陈言未去集（上）

陈　洪　著

南开大学出版社

天　津

图书在版编目(CIP)数据

陈言未去集：上、下 / 陈洪著. —天津：南开大
学出版社，2022.5
ISBN 978-7-310-06195-2

Ⅰ.①陈… Ⅱ.①陈… Ⅲ.①中国文学－当代文学－
作品综合集 Ⅳ.①I217.2

中国版本图书馆 CIP 数据核字(2021)第 242787 号

陈言未去集(上、下)
CHENYAN WEIQU JI (SHANG、XIA)

南开大学出版社出版发行
出版人：陈　敬
地址：天津市南开区卫津路 94 号　　邮政编码：300071
营销部电话：(022)23508339　营销部传真：(022)23508542
https://nkup.nankai.edu.cn

天津泰宇印务有限公司印刷　全国各地新华书店经销
2022 年 5 月第 1 版　　2022 年 5 月第 1 次印刷
240×170 毫米　16 开本　36.5 印张　4 插页　521 千字
定价：168.00 元

如遇图书印装质量问题，请与本社营销部联系调换，电话：(022)23508339

目　录

上册　诗文小集

辞赋类

文言诗

序跋类

辞赋类

天津赋

　　丁亥仲夏，日丽风和。有盘山君者，邀九河伯、渤海若，品茗于长城脚下、银杏荫中。汤过三道，果献数盘，主客怡然，言笑晏晏。盘山君遂发高论曰：

　　"由此而南，数百里内，是谓天津。天津建城，纪虽六百；稽之历史，却逾千祀。更可称道者，北高南阔，右海左河，地理形胜，气旺人和。其北则老夫所在，俯瞰幽燕；旧名无终，今称三盘。燕岳峨峨，参差冈峦。神木灵草，朱实灿然。上盘者，以松胜，虬枝媚，劲干耸；中盘者，以石胜，飞来客，各峥嵘；下盘者，以泉胜，泻珠玉，鸣淙淙。地质上元古界①，多有变化；历时十八亿载，颇记沧桑。其南则沃野百里，湿地之都；武清、静海，古为雍奴②。波光粼粼，芳菲芷兰。白鹤翱翔，雎鸠关关。团泊洼，助诗兴③；东丽湖，今繁荣。最宜人居，允称大地之肺；七十二沽，实为津门胜景。其西则襟带九河④，沛然兴波；永定、潮白，南北运河。三岔口，云帆张⑤；海之门，虹桥长⑥。永乐曾渡，始得嘉名天津⑦；哪吒传说，早有关设陈塘⑧。其东则面迎海潮，日出扶桑；碧波万顷，直通大洋。鲸鲵潜，

---

　　① 天津北部蓟县（今蓟州区）境内有国家地质公园，是我国第一个国家级地质自然保护区，其地质结构属于中上元古界，形成于距今18～8亿年间。

　　② 古代称湿地为雍，武清处大片湿地北岸，故亦名"雍阳"。

　　③ 著名诗人郭小川有诗作《团泊洼的秋天》。

　　④ 天津有"九河下梢"之称，指海河的众多支流。

　　⑤ 海河起点。

　　⑥ 海门大桥，位于海河入海口。

　　⑦ 明初，"靖难之役"，（永乐帝）朱棣率军由此渡河南下。其即帝位后，在此地设置军事卫所，赐名"天津"，彰显其"天子津渡"之义。

　　⑧ 天津东郊有陈塘庄，恰《封神演义》有"陈塘关哪吒出世"情节。故老相传，便有哪吒闹海于三岔口之说。

鸥鸟翔；河海接，物流畅。精卫有志，微木可见寸心①；天妃建庙，香火源自航运②。此得天独厚之地，唯有福之人居之。是以魏武屡过，得贤才于雍地③；太白曾临，发浩歌而佯狂④。鸣驺入谷，乾隆四驻静寄⑤；遗爱有路，中山三莅津厢⑥。水西双狮，犹启大观联想⑦；饮冰真迹，时有来者瞻仰⑧。风俗关乎水土，山河培养人气。李叔同，允称一代高僧；霍元甲，不忝熊虎之士。管中既见一斑，民风全豹可知。其为人，真诚坦率而不乏幽默；其为言，激昂跌宕而时显滑稽。保家卫国，豪杰辈出；奇才绝艺，显扬江湖⑨。老夫耄矣，时忆此而自足。"

九河伯闻言，怃然有间，乃莞尔而笑曰："子之为言，得自然之壶奥；子之自足，却得楛而遗珠。天津之为名邑，固得江山形胜之助，然亦天时、人和凑合之故。上溯百年，国运乖舛；列强肆暴，各逞贪占。划疆强租，吞鲸食蚕⑩。是不可忍，骤起神拳、红灯⑪；兴我神州，结成觉悟、新生⑫。当此时也，东西碰撞，新旧激荡；津门洞开，奇奥舶来。论流通，则有邮政、银行；论信息，则有电报、电话；论制造，则有东局、海寺⑬；论实业，则有开平、永利⑭——斯皆先得风气，长江以北，一城而已⑮。于是，海河

---

① 其事见于《山海经·北山经》。天津民间传说中，精卫填海发生在当地。

② 天妃宫为中国北方最大的妈祖庙，始建于元代，是当时天津地区漕运发达之见证。

③ 曹操多次路过天津蓟县（今蓟州区），并曾驻军盘山。其手下大将田豫为雍奴人氏，安定北部边境，贡献甚多。

④ 李白曾到渔阳，留下多篇作品。

⑤ 清乾隆帝数十次到盘山，并建静寄山庄做行宫。

⑥ 孙中山三次到天津，天津有中山路为纪念。

⑦ 清中叶，大盐商查家在天津建水西庄，园林极一时之盛。清人袁枚《随园诗话》中，将天津水西庄、扬州小玲珑山馆、杭州小山堂并称为清代三大私家园林。乾隆皇帝曾先后四次下榻于此，并赐名"芥园"。有红学家认为，水西庄是《红楼梦》大观园的原型之一。现在仍存当年门前石狮子一对。

⑧ 梁启超的饮冰室已作为纪念馆开放，其中颇多任公真迹。

⑨ 天津民间工艺则有泥人张、风筝魏、杨柳青年画等，传统食品则有"狗不理"等"三绝"。

⑩ 19世纪后半叶，列强先后在天津强行建立九国租界。

⑪ 义和团、红灯照皆以天津为重要活动地点。

⑫ 觉悟社、新生社，都是五四前后的学生组织。

⑬ 天津最早的制造业代表，一个在东局子，一个在海光寺。

⑭ 开平矿务局与永利碱厂。

⑮ 在接受近现代物质文明与制度文明方面，天津是北方的先行者。

两岸，洋楼栉比，钩心斗角，风格各异。廊柱高耸，仿佛罗马花园；庭院幽深，有若巴黎宅邸。五大道①，小白楼，千姿百态；跑马场，起士林，灯红酒绿。繁荣或有畸形，文化已接近代。更有仁人志士，遍觅救国良方：报办益世、大公，学兴南开、北洋，剧演《雷雨》《日出》，业振盐化、毛纺。俊彦展鹏翼而翔宇②，烈士掷头颅于家邦；河海澄清终有日，红旗会师于金汤③。百废俱兴，骋绿野以铁牛④；新局开张，若蓝天有鸽翔⑤。梨园行当，名家辈出；曲艺故里，宗匠相承。海河波洄，起乐家之妙思；卫城方正，衬歌者之绕梁⑥。书法名家，挥洒自有面目；丹青圣手，白描不让龙眠⑦。时移势易，闻'三宝'之屡迁⑧；渊渟岳峙，见津魂之长存。九河汇聚，见证逝者如斯；一点管见，就教二兄高明。"

渤海若辴然而咍，乃盱衡而告曰："二兄所言，诚得天津变革之渊源，然有所不足者，未见今日龙腾大海、鹤唳九天之壮景也。"盘山君、九河伯敛衽而拜曰："愿闻其详。"渤海若曰："津为水德，有海有河，振兴之航，滦水助波⑨。其后，民生优先，廿年如一。连云广厦骤起，陋巷跳坑绝迹⑩。沮洳隰灉，化为碧波护绕；坎坷隘垲，顿作宽阔通衢。海河两岸，绿茵连片；金街一带，虹霓映天。物流辐射三北，港口直通八方。开发区、保税区，效益飙升；制造业、电讯业，业内称雄。聚才则群贤毕至，招商则列

---

① 指睦南道、大理道、常德道、重庆道、马场道一带，是天津名居名宅最为集中的地区，被誉为"万国建筑博览会"。

② 翔宇为周恩来总理的字。此为双关。

③ "金汤"指金汤桥。解放天津时，四野两支主力部队在此会师。

④ "铁牛"为拖拉机品牌，是20世纪五六十年代天津机械工业的代表。

⑤ 天津轻工业的代表产品为"飞鸽"牌自行车。

⑥ 天津音乐人才辈出，作曲有施光南等，声乐有蒋大为等。

⑦ 宋代画家李公麟号龙眠居士，以白描见长。当代画家范曾亦长此道。

⑧ 清末天津市民有谣谚"天津卫，三宗宝，鼓楼炮台铃铛阁（读如'搞'）"。20世纪30年代知识阶层中又有新说："天津卫，三宗宝，永利南开大公报。"21世纪初，有好事者又踵事增华为"天津卫，三宗宝，泰达南开今晚报"。其说虽不尽确当，却可见城市发展变化的缩影。

⑨ 20世纪80年代初，中央协调，河北省人民支持，解放军官兵效力，完成了"引滦入津"工程。

⑩ 天津原有大片贫民窟，因路比院高、院比室高，故称之为"三级跳坑"。20世纪90年代进行了大规模搬迁改造，现已绝迹。

国景从。当是时也，得中央之定位①，若扬帆于顺风。更上层楼，滨海擘划新区；再描宏图，登高望远无穷。于是乎，空客莅临，鹏翼正待高举②；金融改革，先试先行腾骧③。大道再开，津京有如一体④；能源喜获，津冀机会共享⑤。天时地利具备，看我人气正旺。二君十年为期，期待更加辉煌。"

渤海若意有未尽，复作颂以申之，其辞曰："盘山之阳，九河汤汤。巍巍津门，华夏之光。根基永固，如磐如冈。奔腾不息，源远流长。面向大海，敞开胸膛。五洲风来，展翅翱翔。和而不同，二君举觞。我歌我颂，福德无疆！"

---

① 中国共产党十六届五中全会通过的《中共中央关于制定国民经济和社会发展第十一个五年规划的建议》把天津市滨海新区纳入国家发展的战略格局。

② 欧洲空中客车公司与天津港保税区投资公司等签署了在中国共同建设 A320 系列飞机总装生产线框架协议。此为天津产业升级的标志之一。

③ 国务院发文鼓励天津滨海新区进行金融改革和创新。金融方面的重大改革，可以在滨海新区先行先试。

④ 京津之间将建若干新快速通道。

⑤ 新发现的冀东大油田，距天津甚近，且开发者颇多天津骨干。

大健康赋

古语云："衣食足而知荣辱。"观当今国人之生活，似进入一"衣食足而重健康"的阶段。与肖君占鹏、闫君希军诸友快谈及此，忽有所悟，遂作《大健康赋》以申其意。

惟纪元新开，岁在大吉，有黄帝轩辕氏者，思华夏之现状，念苗裔之健康，遂御龙乘风，携大夫岐伯，俯观人间，喟然兴叹曰："何如此矛盾哉，岐伯！"岐伯曰："帝何所感而叹也？"黄帝曰："转瞬千祀，人间巨变。而今科技日新月异，物质堆积如山。然生活质量下降，健康反大不如前。朕百思未得其解也。"岐伯曰："帝何言之切、忧之甚也？岂不见医院大楼兀耸，人寿指数绵延？"黄帝曰："汝深通医理，岂不知健康乃有小大之辨？"岐伯曰："非不知也，实欲聆君一席之言。"

黄帝遂正襟危坐，慨然而谈。其词曰：

"朕观世人，玩忽健康，六邪临身，伐性虎狼。其一在心，终日紧张，名利情切，栖栖遑遑。其二在肝，郁结内藏，动辄火起，两败俱伤。其三在口，肥肉酒浆，不知节制，三高血糖。其四在肺，咳嚏嗽呛，喷云吐雾，牙黑指黄。其五在肾，不知保养，肾水枯竭，腰酸背凉。其六在脑，不知思量：驱邪扶正，惟大健康！"

岐伯曰："此玩忽健康之谓也。然健康之有小大，今愿闻其详。"

黄帝曰："以标言之，健康小大之辨，乃察于未病已病之间。小健康者，已病大治，暂得舒缓者也。大健康者，未病自强，邪不能侵者也。夫由此辨之，可及于小大之标也。

"以本言之，健康小大之辨，当审于天人合一之念。小健康者，我行我素，自以为是，背离自然之道，斫伤性命之本。大健康者，应天顺时，亲和四时之序，培固活力之源。夫由此辨之，乃深得小大差别之精髓，达于大健康之本也。"

岐伯曰："健康小大之辨明矣，然大健康可幸致乎？"

黄帝笑曰："欲臻大健康之妙境，亦非难事。吾有三诀，习之即可。其诀曰：从容舒适、和顺幽默、调理平衡。"

岐伯拊掌曰："妙哉，斯言！请试为君阐释发挥之——

"天地有容，万物乃生；智者效之，包容从容。夫惟包容，厥少纷争；夫惟从容，信步闲庭——享舒适之节奏，赏明月与清风。

"天地亲和，万物利贞；仁者效之，乃宽乃顺。夫惟能顺，忠恕近仁；夫惟能宽，天涯比邻——以幽默之情怀，观棋局于纷纭。

"天地阴阳，此消彼长；医圣效之，调理岐黄。夫惟能调，龙不至亢①；夫惟有衡，地马无疆②——以天人之合一，理大我之健康。"

黄帝莞尔，谓岐伯曰："得汝申之，其义乃足。今盍不将你我之《大健康论》，书而成文，属陈君与其诸友人推而广之，俾泽及万众，强其骨，足其气，丰其神，享生命之美妙，与天地而同春。"岐伯曰："诺！"

---

① 《周易·乾》："亢龙有悔。"亢龙为乾卦第六爻，至此六爻皆阳，失去平衡，故将逆转而生悔咎。若调理阴阳，避免孤阳独大，则健康可期，而无"上火"之虞。

② 《周易·坤》："牝马地类，行地无疆。"坤者，顺也。乾坤配合，阴阳协调，可常葆健康体态。

篮球赋

　　时中国篮球协会与天津市体育局及张伯苓研究会、荣钢集团等协同，筹建"中国篮球博物馆"。天津为中国篮球运动发祥之地，南开老校长张公伯苓百余年前即力倡奥运精神，并为推广篮球运动于全国贡献良多。值此中国篮球运动振兴之际，有此盛事，必当彪炳于华夏体育运动史册。因以为此赋纪念之。

　　惟人类文明，体育乃重，强骨健身，升华魂灵。虽形式屈指难数，而篮球尤为风行。究其故者，厥有五端：

　　其一，设置恰好，允时允空。唯快不破兮速度，揽月九天兮中锋。见遮天大帽而欢呼，讶三分绝杀而大惊。

　　其二，变化多端，允智允勇。知己知彼兮谋略，攻防有术兮平衡。或联防紧盯而多变，或单骑扣关而如龙。

　　其三，兄弟篮球，允义允情。团队精神兮发扬，各有担当兮称雄。为守护篮板而挥汗，甘为人作嫁而助攻。

　　其四，规则严谨，允和允争。君子必争兮输赢，场上秩序兮可控。已引入科技于裁判，更设计制度于联盟。

　　其五，适于普及，允壮允童。条件不高兮易得，热情参与兮大众。可增强体质与老少，兼锻炼娱乐实难能。

　　此五端兮俱全，故篮球兮盛行。虽百年一瞬，然纷纷丹青：南开五虎，小快准灵；女篮银牌，移动长城……不胜枚举兮如数家珍，设馆纪念兮鹰击长空。

　　又值宏愿远道，锐意改革，红蓝分队，激发潜能。可期待者，内外面目一新；可预见者，华夏重振雄风。

赞曰：强我国族，体育运动。篮球首选，其理甚明。优长多端，惠及者众。发扬光大，光荣传统。拭目以待，天下争雄！

百年南开纪念碑记①

　　上溯百年，风雨板荡②；肇我南开，神州苍茫。殷殷强种之梦，拳拳育才之想，其志伟哉，校父校长。

　　而后，或仁者多助，或险厄备尝，或寇雠肆虐，或浴火凤凰③。播迁三地兮广树桃李④，同源七派兮浩浩汤汤⑤。于是乎，得愈挫愈奋之美誉⑥，树铮铮南开之脊梁。乘风云而腾龙起凤，奋健翮而广宇高翔⑦。荐轩辕以热血⑧，听雄鸡之高唱⑨。

　　一元兹始，春风骀荡⑩；航道新开，云帆高张。图画连云广厦⑪，贡献万千栋梁；赓绍前贤懿志，栽培桃李芬芳。渤海之滨，白河之津，看我南开，伟业发煌。日新月异兮中华之振兴，允公允能兮报国之渴想⑫。百年曾

---

　　① 南开区新建"翔宇公园"，中树"百年南开纪念碑"，发起人为南开校友史学仁。史兄属余作文以记盛举。成文后，承蒙范曾教授书丹，遂成一文化景观。然刻工突击工期，稍有疏漏；行文近古，或有难晓，故加以简注，以便观览。

　　②《诗经·大雅》有《板》《荡》两篇，写周厉王时的混乱政局。后世以"板荡"形容政治黑暗、社会动荡。

　　③ 传说凤凰可以浴火而重生（郭沫若有《凤凰涅槃》诗），此喻南开屡蹶屡起。

　　④ 抗战中，南开大学先迁长沙，后转徙昆明；中学则迁重庆。

　　⑤ "七派"指七个分支。南开的系列学校中，大中小学总计有七个兄弟学校。

　　⑥ 南开大学校园被日寇炸毁后，校长张伯苓讲过，南开的精神将愈挫愈奋。

　　⑦ "广宇高翔"有三重含义：周恩来总理字翔宇，一也；南开校友多志向远大、事业有成者，二也；照应翔宇公园之名，三也。

　　⑧ "轩辕"指黄帝，此代指中华民族。鲁迅先生有诗句"我以我血荐轩辕"，即取此义。

　　⑨ "雄鸡之高唱"喻新中国成立。毛泽东主席有诗句"一唱雄鸡天下白"。

　　⑩ "骀荡"指荡漾。

　　⑪ "图画"作动词，意谓建设。

　　⑫ "允公允能，日新月异"为南开的校训。

不过一瞬①，新纪且期我腾骧②！

当此时也，有市区政府，辟兹广场；百名校友，树碑同倡。祝母校如图南之鲲鹏③，颂祖国如方东之朝阳。南开精神，山高水长！

---

① "曾不过一瞬"指十分短暂。苏轼《前赤壁赋》："盖将自其变者而观之，则天地曾不能以一瞬。"

② 新纪指新世纪，新纪元。期：期望，期待。这里原为"且看我腾骧"，范曾先生提出"看"字未稳，不如改为"期"。这是成文后改动的唯一一字，由此得"一字师"矣。

③ 语出《庄子·逍遥游》。鲲鹏图南，即大展宏图之义。

中营小学建校百年纪念碑记

百年为人生之极至，亦为历史之瞬间，唯于学校则正当其盛年。

百年之前，刘宝慈先生得各界有识之士鼎力，建成并执掌直隶第一模范小学，开天津乃至全国义务教育之先河。校址地处中营，故亦称中营小学。先生融海外教育思想于中土，科学启蒙与人文素质并重，课程精当，师资贤良，一时间声名鹊起，的为后起诸校之模范。其后历任校长亦各有建树，遂形成优秀之办学传统，百年间门下贤材不可胜数。

建国以来，学校多有发展，名师迭出，经验广传。今百年校庆之际，适值旧城改造，市、区政府重视文教，眼界高远，特规划中营小学存留扩建，使津城文脉再焕新颜。盛世弘举，谨此刻石以记念。赞曰：

中营百年，为国育贤；良师名校，无愧模范；盛世兴教，国运攸关；新宇拓张，鹏飞图南。

盘山"警世门"钟铭[①]

岩岩盘山，松柏苍苍。

警世有门，铭言铿锵。

八年抗战[②]，山河重光。

热血凝碧，民族脊梁。

永志永宝，史鉴珍藏。

后事之师，前事勿忘。

惟犁当铸，惟剑莫放。

和平发展，自尊自强。

勒铭山阿，惠我无疆！

---

① 津北有盘山，抗战时期为冀东根据地一部分。为铭记历史，建有"警世门"，旁悬巨钟，定时轰鸣。津门驻军将领滑兵来君嘱余撰铭刻其上，明此警世之意云。

② "八年抗战"应为"十四年抗战"。

青山铭

家慈仙去，谆谆有言：从容迁化，托体青山。
惟此青山，一生攸关，勒铭山阿，永志永念。
惟此青山，依依少年，求学芝罘，碧海绿岚。
惟此青山，千佛灵岩，同窗同志，旷世之缘。
惟此青山，与共患难。寄名托意，气骨凛然。
惟此青山，屹立两间，风霜雨雪，不改容颜。
惟此青山，恩泽绵绵，精神血脉，千祀久传。
呜呼，青山长存，天高地远！

天趣园铭

横山书院借得天趣园为讲学之地，诸友人嘱予撰文以记之。

人生不可无趣。

然趣有天趣，有人趣。

人趣者，唯时尚所逐，以雕琢为美；随人俯仰，非真趣也。

天趣则不然。清水出芙蓉，天然去雕饰。天然、天真、天人合一也。

惟此天趣，可远，可大，可久，然非俗人所知，可同赏者，二三高士也。

铭曰：

园称天趣，一派清气。我子天然，中有禅机。

日月精华，咫尺万里。品茗其间，相视莫逆。

文言诗

说诗断想

古人感叹："俯仰之间，已为陈迹。"又云："事如春梦了无痕。"于是，乃有作诗之冲动，为的是刻下一缕属于自己生命的痕迹。

《诗大序》："诗者，志之所之也。在心为志，发言为诗。情动于中而形于言。"这似乎已成套语，于是被新锐（或遗老）诗人视为已陈之刍狗。但是，情、志为诗歌生命之源、灵魂之所系，却仍如伽利略所坚称"地球仍然在转动"一般。

新锐以无人能懂为高标，遗老以搬弄上古音韵（或下延至中古）为能事，至于所码字符是死是活，却从不挂心。其所谓"诗"不在此"说"范围内。

前有钟嵘，后有袁枚，说诗独标性灵。深得我心。

前有萧子显，后有释皎然，说诗尚通变，实为通人达观。

真感动、真体验、真趣味，凝练以出之，巧妙而出之，是即为诗；此时此地此我之感动、体验、趣味，即为我之生命延伸，即为我之诗歌；凝练之法、巧妙之意，各有不同，遂成你、我、他。

此小集，皆为一时兴致所钟。或卑之无甚高格，然出自内心，自然敝帚自珍。"人生到处知何似？应似飞鸿踏雪泥。泥上偶然留指爪，鸿飞那复计东西。"回首留痕之处，千里暮云平矣。

集中所收，非格非律，非古非今，非诗非词，自写之，自赏之，不做教科书也。"我手写我口，古岂能拘牵！"

或有师友览后谆谆："意尚可，不无微善；盍稍调平仄，以厌众口乎？"甚感呵护之意，然思及钟颍川所论："但令清浊通流，口吻调利，斯为足矣。"遂生怠惰之意，遂应"不可教也"之训。呵呵。

然径为白话诗可也，何必文言？

一则表情达意，文言、白话各擅胜场——尤其在书面语中，文言为诗有不可替代之优长；二则中华两千余年的诗歌史，深深印在国人血脉中，歌吟抒怀自然从中生发。

检点中华两千余年的诗歌史，所谓"格律诗"者，只是其中一个时间段落中的一部分作品。讲求格律，既有追求形式美的原因，也与唐代科举的"标准化"考试有关。其优长在于强化了韵律美感，其弊端则是往往形式压倒了内容，以致有创作律诗须持"忍辱"的心理状态之说。

功力深厚，术业专攻，自不妨严守平仄去入，规行矩步学老杜（然老杜也有拗体，呵呵），学江西。对于草野业余，"放宽些子又何妨"。

诚然，流荡忘返，不免至于打油、顺口溜。味之于口，各有所嗜；鲲鹏燕雀，自适其适——注目寒江倚山阁，出门一笑大江横……

夜半，掩卷《谈诗忆往》①，久久不能释然有作

其一

才命相妨今信然，
心惊历历复斑斑。
易安绝唱南渡后，
凉生秋波动菡萏。

其二

北斗京华望欲穿，
诗心史笔相熬煎。
七篇同谷初歌罢，
万籁无声夜已阑。

---

① 《谈诗忆往》为叶嘉莹先生回忆录，稿成余得先睹，该书出版时名为《红蕖留梦：叶嘉莹谈诗忆往》。

其三

锦瑟朦胧款款弹，
天花乱坠寸心间。
月明日暖庄生意，
逝水滔滔共谁看。

人日五鼠吟

　　辛丑人日，适逢雨水时令。翻检旧照，见十三年前人日，有"五鼠"聚于叶先生家中，实一佳话。岁月荏苒，差幸先生矍铄如昔，吾辈托福安好。

人日恰逢雨水新，
匆匆不觉十三春。
朱颜颇似未曾改，
朗月清风驻诗魂。

寄赠叶嘉莹先生

　　过马蹄湖，顺手摄下今年新荷。适逢南开之"荷花节"在即，读叶先生为节庆撰写的"荷缘"一文，感慨良多，遂打油一首，并新荷照片寄赠万里外的叶先生。

　　　　又见满池新芙蕖，
　　　　清香益远君可知？
　　　　熏风相借八千里，
　　　　共赏摇摇带露时。

读顾随付嘱迦陵语有感

南岳禅门马祖雄，
慈风广被续心灯①。
老婆心切拈花意，
一缕妙音起迦陵。

---

① 顾随先生曾付嘱叶先生云："年来足下听不佞讲文最勤，所得亦最多。然不佞却并不希望足下能为苦水传法弟子而已。假使苦水有法可传，则截至今日，凡所有法，足下已尽得之。此语在不佞为非夸，而对足下亦非过誉。不佞之望于足下者，在能于不佞法外，别有开发，能自建树，成为南岳下之马祖；而不愿足下成为孔门之曾参也。"

续叶嘉莹先生

应沈君秉和之邀游澳门。

澳门市花为荷，同游叶嘉莹先生乳名亦为荷，而彼此结缘则在吟咏同好，故有此作。

> 叶：濠江胜地海山隈，
> 　　处处荷花唤我来。
> 陈：把臂听香清益远，
> 　　伴君高咏醉莲台。

贺新凉　稽山书院重光有感①

金桂映红叶。更喜这、碧空万里，新凉时节。

尘间燥热尽散去，到此清爽世界。

算去年支公道场，曾看雁阵新成列②。

续文脉，稽山再呈瑞，有书院，千秋业。

小范老子肝胆绝③，行天健，若居庙堂，若在山野④。

岳麓白鹿连稽山，晦庵平生热血⑤。

阳明莅，发皇心学⑥。

天泉证道彻今古⑦，喜群贤毕至无分别。

大道行，如日月！

---

① 稽山书院为北宋范仲淹创立，近代荒废。经湛如师首倡，群贤助力，遂于甲午（2014）秋重建。

② 癸巳年支道林所创龙华寺重建开光，有雁阵数千头盘旋数匝，经久乃去。

③ 范仲淹文武双全，四夷宾服，西夏人尊称其为"小范老子"。

④ 范仲淹一生刚直，宠辱不改其志，有"居庙堂之高，则忧其民；处江湖之远，则忧其君"之说。其外放至越州（今浙江绍兴），则建书院以传道惠民。

⑤ 朱熹曾先后讲学于白鹿书院、岳麓书院与稽山书院。

⑥ 王阳明本为绍兴人氏，亦曾讲学于桑梓之稽山书院，并作《稽山书院尊经阁记》。

⑦ 阳明在此讲学期间，师徒相与证道于天泉，有"四句教"传世。

贺会稽龙华寺开光暨湛如方丈升座

会稽多名山，香林足风流。

梵呗响天外，桂子飘清秋。

更有龙华寺，瑞霭映重楼。

莲台百千丈，慈氏宗风遒①。

驻锡有硕德，济世大白牛②。

远绍支公义③，烟岚许同游。

传灯心相印，功德不胜收。

湛然晴空远，白日正当头。

---

① 龙华寺后有兜率天宫建筑，外观为巨大莲台。兜率天宫系弥勒道场。弥勒或译为慈氏。
② 《法华经》以大白牛比喻高深的佛法。
③ "支公"指支道林，东晋佛门大德，此龙华寺创建者。

华屋曲

——贺《明清小说研究》百期华诞

东方既明，天朗气清，稗稊①一片盈盈。

风乍起，却看红楼隔雨，水浒迷蒙，吾侪于此独钟情。

方留连，待共赏，倩谁伴我载酒行？

幸有平台，依山傍水，峨峨金陵。

聚几多同道，说数番风流，不觉神驰一百程。

逸气拿云，妙论滚雪，此时快平生！

明朝锦帆高挂，又是云淡风轻。

---

① "稗稊"喻指小说。

闻福瑞老弟致仕

已过大寒林木凋，
忽闻福瑞得逍遥。
如霾尘网脱身去，
绿水青山一渔樵。

登烟台山

此五十五年前旧作。时友朋星散，一身孑然，感时事而叹沉浮，书此以自勉。

神州须健者，
大块待文章。
独自凭栏处，
天高看鹰扬。

虞美人　戏仿蒋捷（二首）

看剑

少年看剑酒楼上，
白马系道旁。
壮年看剑晓梦中，
斜睨街狗吠狂化蛟龙。

而今看剑夕阳下，
雾里强观花；
回首来路无阴晴，
一泓秋水依然照胆明。

观云

少年观云大漠上，
天籁自雄壮。
壮年观云倚孤松，
相看不厌郁郁一峰青。

而今观云夕阳下，
倦鸟归巢去。
暮霭渐起朦胧中，
别有滋味待说与谁听。

京郊黄叶村①

黄叶村头西岭横，
有石兀立向苍穹。
曹侯赊酒归来晚，
相对默然四野暝。

① 一说，此黄叶村为曹雪芹晚年居所。

过秦淮　三首

乌衣巷

乌衣巷口挑红灯，
王谢宅前售票亭。
游客虽稀尚有我，
迷离醉眼寻燕踪。

媚香楼

万点桃花逐逝波，
媚香楼在人如梭。
谁识香君真骨气？
新翻彻夜后庭歌。

夫子庙

摩登千古我夫子，
庙傍秦淮圣之时。
贡院一边巍峨立，
青楼那侧正栖迟。

柳如是墓

　　常州虞山为国家森林公园，山麓颇多名人墓。独柳如是之墓与山隔公路而相望，湮没于农田荒径之中。

　　　　虞山万亩郁苍苍，
　　　　兔穴狐踪尽荫凉。
　　　　缘何独吝三分绿，
　　　　不肯借与柳枝娘？

绍兴印象 三首

鲁迅故居

百草园中短墙根，
油蛉蟋蟀不肯吟。
如雷脚步朝圣者，
真味几人知覆盆？

咸亨酒店

长衫可租毡帽卖，
短衣不必倚柜台。
咸亨如今果亨通，
财运全赖穷秀才。

沈园

如织游客声喧喧，
尽把沈园作戏园。
桥下伤心照影水，
错莫红黄任点看。

谒禹陵　三首

万古云霄垂大名，
百川归海九州平。
救民若论真血性，
盗息壤者亦英雄。

白面修髯好尊容，
冕旒龙衮帝王风。
狐女相见不相识，
胼手胝足觅黄熊。

连云楼阁势峥嵘，
此地相传真禹陵。
治水疏通成伟业，
治人何必诛防风。

周庄双桥

忽发逸兴下东吴，
来赏双桥烟雨图①。
依旧双桥枕绿水，
叫卖声喧失画图。

红颜绿水两嫣然，
风貌同得丹青传②。
自笑当今呼韩邪，
按图索得沈万三。③

---

　　① 1984 年，著名旅美画家陈逸飞以周庄双桥为背景，创作了一幅题名为《故乡的回忆》的油画，在当时引起轰动。后来，此画被阿曼德·哈默用高价购藏。同年 11 月份，哈默先生在访问中国的时候，将这幅油画送给了邓小平同志。于是周庄古镇因陈逸飞的画声名鹊起。
　　② 历史上，王昭君远嫁呼韩邪也是因图画所致。
　　③ 周庄大街小巷皆弥漫"沈万三"牌红烧蹄髈之腻香，双桥一带尤甚。

谒留侯祠

拜黄石，从赤松，
犹记当年棰墨龙①。
一编书是帝王师，
紫柏青山隐侠踪。
英雄神仙勒山阿②，
冷眼看他走狗烹。
此生色彩何斑驳，
千秋飒飒感英风。

---

① 秦尚黑，嬴政称"祖龙"。
② 留侯祠有巨碑，碑文"英雄神仙"。似为千古仅见。

青海坎布拉行

我来青海访自然，绕湖三匝兴未阑。
友人指我坎布拉，神魂早挂青山颠。

长途跋涉不辞苦，垠崖崩豁阻我途。
霖雨终日天何意，不许凡尘落此土？

诸佛与我多有缘，不应袖手壁上观。
一念才动天光开，习习清风拂我面。

唤来吉普破且旧，难得司机胆如斗。
浊流乱渡上忽下，泥途打滑左复右。

同行颇有迟疑者，股颤身摇无人色。
莙然路转峰回处，赤莲涌出映碧波。

疑是女娲炼石处，五色尽取遗赤土。
铸成奇峰多参差，争相撑持作天柱。

疑是祝融战共工，驱风喷火焰熊熊。
共工水精凝为湖，祝融火化百千峰。

赞叹未已登顶去，顶上菩萨破我迷①。

撩云拨雾看下界，火中生莲亭亭立。

须臾山后暮云合，我寻来路分藤葛。

赤壁反照幻境妙，同行诸友诗翁多。

欸乃一声舟去也，碧空当头皓皓月。

险夷晴雨具不见，依然旧侣手相携。

① 湖边危崖耸立，上有数百尼僧结庵修行，为宁玛教派。

西藏行　组诗

携手大高原

携手大高原，
高原天好蓝！
白云来映衬，
彩虹来装点。
雪峰为我出，
花海为我妍。
牦牛饱食卧，
马驹逐母欢。
晴雨转恰好，
口晕为圆满。
诸天皆护佑，
殊胜此因缘！

谒布达拉宫

峨峨布达拉，
千载倚危崖。
白云来复去，
盛衰藏金塔。

廊隅酥灯黯，
诵经闻喇嘛。
扰扰朝圣者，
聚散恒河沙。

见南迦雪山

奇峰隐云中，
不肯露真容。
游客翘首望，
指点各不同。
忽地白云开，
青天愕锋棱，
车迟滞留久，
天意怜吾诚。

辞巴松措

我自巴松下，
彩虹伴我行。
一道复一道，
十道次第生。
映衬碧空碧，
绾结青山青。
尽叹未曾有，
顶礼举金觚。

雅鲁大峡谷旅游餐厅见闻

民以食为天，
于今始信然。
如闻冲锋号，
奋勇齐向前。
千人大自助，
蔚成奇景观。
小勺频频舀，
大碗傢上尖。
风卷残云后，
鼓腹尽欢颜。
食足知荣辱，
诚哉古人言。

新疆行　七首

天池

清凉世界出尘寰，绿玉谁镶雪岭间。
王母瑶池原在此，骓骝错上昆仑山。

交河故城

故垒浮云阅千年，几多玉帛几烽烟。
尘沙难掩精魂在，须待月明照天山。

火焰山

造化小儿弄泥丸，瀚海升出火焰山。
赤沙腾涌簇万仞，兜率助成一炉丹。

高昌遗址

求法高僧过高昌，善缘结下有贤王。
漠风吹得因缘散，犹疑狮吼回断墙。

达坂城

穿城车队涨烟尘，夹道声喧摊贩群。
长辫欲寻须入梦，一曲长思王洛宾。

二道桥

赝玉真丝错杂陈，瓜香果大葡萄新。
买卖不成侃价乐，购物且游民族村。

机场有遇

美人赠我金错刀，秋水一泓新月高。
忍看入关光焰黯，掷还天池万里涛。

克鲁格野生动物园记游

南非到处以人名，
克鲁格君留政声。
牧民难论功过格，
护兽先得慈仁风。

驱车千里我来寻，
探访不辞丛莽深。
狮豹象犀河马鳄，
按图索骥赌纷纭①。

岂料广野凭豹隐，
羚亦挂角无迹寻。
秋水望穿渐不耐，
一声惊呼破沉闷。

悠哉两只小羚羊，
回眸款款向我望。
似怜我辈心殷切，
报讯专程候路旁。

---

① 时与导游邱君赌何兽先现踪。

自此络绎不绝目，
扭羚瞪羚各擅场。
树摇风动惊抬首，
叶猴一群自天降。

青蛇当道我犹怜，
花鹳兀立水中闲。
疾指隔岸斑马动，
二三野牛杂其间。

羚群出没渐觉烦，
指点遗矢觅新欢。
剧呼象卧巨石横，
巧借李广饰赧颜①。

寻寻觅觅近水边，
大喜过望向对岸。
鳄鱼鼓腹雷声作，
河马嬉水肉丘翻。

顺流直到宿营地，
把酒凭栏观鱼戏。
人生如此自可乐，
陶然不辨几猿啼。

四野暝暝暮霭起，

---

① 彼时情境与李广射"虎"差相仿佛。

车挂四挡归程疾。
我心似有不足处，
未见庞然零距离。

同行诸君善解颐，
道是兽界逢会期。
麒麟大象应垂范，
自由逃会肯须臾！

戏言未了车疾停，
一物如山势峥嵘。
咫尺之间触长鼻，
独牙如剑起雄风。

路旁香象巍然立，
车流截断似长龙。
你我相视多瑟瑟，
谁敢近之撄其锋。

风疾草劲排众而出我奋勇，
直面象兄为之留尊容。
我见香象多妩媚，
香象木然若无情。

萧君意犹未餍足，
念念不忘长颈鹿。
道是雄浑已有余，
空灵之美倩谁补？

或有怀疑之说出，
"知足知止"立论俗。
孰知天地有奇迹，
耆然二麟迎车立当途。

俯视我辈情脉脉，
欲留还去意踟蹰。
修然之躯优雅态，
顾盼生姿如贵妇。

长颈渐没丰草深，
我辈诿诿犹疑论：
天公何意予我独垂青？
二兽何缘应声而至独相亲？

怅思不已恍入梦，
梦中坦腹黑面如漆来树神。
为我释惑言凿凿：
"汝车座有狮王尊①！"

---

① 时车中诸君有星座为狮子，且为首日者。

先民纪念馆感兴①

其一　白人感兴

大战血河何壮哉，
感我先民辟草莱。
为有殖民多壮志，
长虹金钻两异彩②。

其二　黑人感兴

大战血河何烈哉，
三千白骨没蒿莱。
前仆后继多壮志，
山河还我旧光彩。

---

① 南非行政首都比勒陀利亚城北之山顶有"先民纪念馆"，记数百年前荷兰殖民者为英人所迫，北上开创基业之历程。主要内容是与土著之祖鲁人之间的"血河大战"。是役黑人万余围攻，荷人倚仗火器杀黑人三千余，血流成河。白人统治时建馆纪念，黑人夺权后作为不忘国耻的教育基地。

② 南非因国民肤色多种，故称"彩虹之国"。而黄金与钻石则为当年殖民者争夺重点。

其三　黄人感兴

大战血河何惨哉，
修罗场上建蓬莱。
国人多羡班生志[①]，
对面看来不光彩。

其四　闲人感兴

大战血河何道哉，
使徒魔鬼俱尘埃。
烟销荣辱一邦起，
留待闲人漫登台。

---

① 扬威域外，飞而食肉，是传为美谈的班超志向、功业。

东瀛三首

有马 "眺っ汤"

　　有马 "眺っ汤"，在大阪、神户附近，号称日本第一汤。露天汤池，远眺青山叠翠，别有情味。

相携新侣并旧侣，
浮生偷闲，
瞬间五千里。
笑开示，
此行随意，
说甚目的。

有马汤滑洗顽躯，
蜕却几层老皮。
眺远山青翠，
斜照一抹，
暮霭已渐起。

品茶"雅中庵"

淡淡香，慢慢品，

一泓深绿，亭午时分。

娴雅文君，徐娘老，

依稀当年风韵。

正骄阳似火，小径幽，

有清凉树荫。

留影，一一珍存。

文殊道：何妨掌中西运？

金粟蹙眉：兹事不难，奈何落地多俗人！

相视一笑，婆娑轻风入襟。

与湛如师过京都大德寺高桐院

盛夏大德寺，

清凉高桐秋。

龙吟风细细①，

鸟去云悠悠。

题壁苍然古，

涧溪自在流。

焉得长闲适，

坐看烟岚收。

---

① 龙吟：喻风动竹林声。

温哥华吊胡蝶墓

繁花似锦草如茵，
梦梦翩翩觅芳魂。
谁喜桑君忒多事①，
已甘大化作飞尘。

① 桑君是华裔加拿大人，胡蝶墓、张国焘墓皆为其考出；在温哥华时，曾为导游。

印度感怀　七首

甘地纪念馆

斯人远矣迹犹然①，
想见当时步蹒跚。
一弹飞来成终古，
成魔成圣只瞬间。

鹿野苑

红尘百丈一墙隔，
苦谛犹如初闻说。
净土痴心西土觅，
暮色苍茫念弥陀。

拂晓泛舟恒河

未晓登舟泛恒河，
千载波连旧劫波。
晨雾漫江蔽晓日，

---

① 馆中有足迹长廊，由居所绵延百余米至后园，当年甘地即循此走向永恒，遂定格于"圣雄"。

腾腾烈焰祭湿婆。

那烂陀遗址

那烂陀，那烂陀，
遥想恢宏好气魄。
习学有万众，术道有百科。
斩首谢辩论，玄冥肯切磋[1]。
当时灵智聚无数，可怜一炬如秦火！
如秦火，徒奈何，人生有情泪滂沱。

玄奘纪念堂

铁脊梁，陈玄奘，
一肩担起千钧囊。
经书万卷犹自可，
种子相续无尽藏[2]。

正觉塔下说诗禅

峨峨正觉塔，
今宵明月多。
清音与梵呗，
回响无言说。

---

[1] 玄奘在那烂陀学习期间，与外道辩论，约定负者斩首。玄奘胜出，饶恕了对方。
[2] 玄奘回国后，创立唯识宗，核心理论是以"种子说"解释世界。

西游圆满引

西行万里不辞远，
亦步亦趋两圣贤①。
逐逝波，穿迷雾，
那烂陀寺接灵山。
已备白马真经在，
菩提叶茂送我还。

---

① 此行追踪佛陀成道与玄奘求法足迹，横穿印度北部诸邦。

《金陵十二钗图》题咏

宝　钗

落落大方富贵花，冷香一缕堪嗟呀。
扑蝶曾经春衫透，轻风掠过日影斜。

黛　玉

千古同悲我颦卿，心多一窍灵犀通。
最是秋窗风雨夜，紫鹃眠去有孤灯。

元　春

元春能使万象新，光大门楣第一人。
骨肉缘何相对处，滢滢无语潜悲辛。

探　春

大厦将倾少栋梁，却抛梗梓向大荒。
身手曾试终何用？岂独断尽女儿肠。

湘　云

良缘金玉信非真，金锁又复金麒麟。
霁月光风不在意，豁达喜见史湘云。

妙　玉

槛里红梅昼掩门，难隔魔障用情深。
青灯莫道足相伴，明月有时到天心。

迎　春

是非忧乐皆木然，心系感应太上篇。
太上不敌豺狼狠，风狂雨横倩谁怜？

惜　春

可叹嫩寒锁晚春，生机萧瑟暮沉沉。
画图纵有千般景，如豆青灯缁衣人。

凤　姐

男人世界此英才，足令门户生光彩。
凤鸣冰山难持久，可恨可怜更可哀。

巧　姐

王谢堂前孤燕雏，暝烟四起旧巢无。

依稀识得蓬门路，姥姥嘻嘻粝饭熟。

李　纨

兰桂齐芳红匾额，谁知其中泪水多。

稻香村外暮色里，独倚柴扉望雁过。

可　卿

林花早落太匆促，孽海情天多沉陆。

若从字缝觅文章，又是皇皇一巨著。

题张旺人物画七种

哪　吒

东海有孽龙，倚势忒横行。

翻滚摧堤岸，嬉闹樯帆倾。

黎庶厌饕餮，鱼虾皆潜踪。

独有我哪吒，年少胆气雄。

左手乾坤圈，右手浑天绫。

白浪如山倒，不碍我飞腾。

须臾孽障除，玄黄海水腥。

敢做自敢当，挺身赴天庭。

牛　王①

战袍换锦袍，

牛王今日多娇，

怜玉面狐狸妖娆。

谁记当年？

一根铁棒，

两只铁角，

---

① 牛魔王为《西游记》中最具宗教象征意义的形象，即陷溺于欲海而得救拔归于佛地者。《大话西游》无意间将此发挥得愈发生动。此双用其意。

曾把江湖横扫。

温柔乡里梦甜，
酣睡不知春晓，
直待大圣厮闹。
筋松骨软难争持，
一根铁索鼻穿了。
方恨欲海波涛。

诗化西游

路坎坷，
魔正多。
云低雾浓，
哪里可见佛？

前行莫蹉跎，
佛在心头坐。
他日回首处，
峰峦险，等闲过。

关 羽

功盖三分国，
义薄九重天。
何期千载后，

为人守银钱①？

金圣叹

雄主当年李世民，
笑看彀里读书人②。
苏州不意千年后，
有此白眼自由魂③。

曹雪芹

一只秃笔黄叶村，
写尽泪湿鲛绡痕。
谁解其中隐幽意，
由他专家说纷纭。

白马游侠儿

浪迹天涯未许愁，白驹为伴足风流。
忽闻南岭白额虎，便拟掷杯拭吴钩。

---

① 当今商家皆以关羽为财神，其中瓜葛殊不可解。

② 唐贞观初，太宗李世民看到参加科举考试的举子鱼贯入场，高兴地讲：天下读书人都进了我的圈套。或有以"射程"解"彀中"者，不确，系知其一不知其二之误。

③ 金圣叹游戏科场被除名后，笑称："今日可还我自由身矣！"白眼，鄙夷不屑的姿态。

十翼先生作泼墨人物廿一幅，余得先睹，颇震撼。言之不足，惟咏歌之①。

梦中曾见安期生，碧海万里骑长鲸。

扬鬐鼓浪如雪山，长啸一声月当空。

浪游曾到长白颠，赤壁千仞临深渊。

罡风烈烈天池生，星斗四落夜阑珊。

快读曾玩维摩经，三千大千方丈中。

天女魔王任驱遣，不可思议弄神通。

人生如此方尽欢，妙境难再长喟然。

孰料奇迹眼前生，砉然打开九重天。

如见雨后千丈虹，如闻昆山雏凤鸣，

如摩周鼎古斓斑，如望海上明月生。

如观荆卿倚天剑，如乘访戴雪夜船。

如睹大禹劈山崩，如随赤松入烟岚。

谁信须弥芥子中？斗室飒飒快哉风。

惨淡经营素壁间，信笔点去飞真龙。

十翼先生翅摩天，藐姑射处常往还。

聚得月华与日精，元气淋漓非人间。

道子雄放摩诘清，八大缄默真化工。

江山代有才人现，五百年间王者兴。

先生兴犹酣，指点墨迹忘形得意似少年：

① 范曾人物画本以白描见长，然不肯自设雷池，又为泼墨写意。是日彻夜挥洒，晨曦初露时得若干，当即遣弟子登门邀我先睹。

高士鹤、伯乐骢，逸笔草草若有神助我毫颠！

我执先生手，殷勤劝金觥：

谁与往还天地间，乘兴俯看万山青。

吁嚱，骚香汉艳日月悬，他年藏诸兜率宫。

题八仙图

洞　宾

名列八仙情性真，
洞庭飞越自朗吟。
袖中青蛇箧中诗，
三界何人不识君。

铁　拐

名列八仙铁拐李，
有时独步下云梯。
纷纷尘世谁具眼，
将谓仙凡自妍媸。

钟　离

名列八仙吾最尊，
当年仙箓掌中真。
手执宝扇燮阴阳，
常使雨调风和顺。

采　和

名列八仙蓝采和，
当衢醉踏赤足歌。
心怜无定河边骨，
篮中采得药草多。

仙　姑

名列八仙一钗裙，
风姿宜笑又宜颦。
孤阳宇宙难成立，
一样佛门重观音。

果　老

名列八仙张果老，
明皇请得探玉霄。
倒骑不为骇俗目，
任意所之自逍遥。

湘　子

名列八仙事迹真，
蓝关雪夜昌黎魂。
临风最羡弄玉笛，
天风苍苍绕余音。

国　舅

名列八仙国舅曹，
笏板抛却不辞朝。
荣华富贵非吾愿，
同赴东海钓金鳌。

东风近

遥想龙华迎新盛况，神魂飞越，小词一首代我与诸友相聚。

香水海畔莲花生，
雾霾不侵自亭亭。
香益远，聚群英，
龙华盛会清夜钟。
回首来时路，
铿然曳杖声。
苍狗白衣何太速，
几度夕阳红。

一元始，发心同，
法喜充满润性灵。
风生水起心自在，
花开花落松长青。
老友聚时一团火，
微信乱聊满天星。
休问坚冰至，
放眼望，
青苹飐飐，
似见紫气沛然东。

除夕大雾戏作

想银花火树，爆竹喧天，朦胧又一年。

回看来时路，天鹅黛色，仿佛正翩翩。

梦中痴想，旧戏可重演？

有黄面瞿昙，作金刚偈语：

亦无那，如露亦如电！

锣鼓声声，夕曛处，此岸彼岸？

真容易，已经年。

参差其羽，猛忆往岁春燕。

依稀，似闻雏儿呢喃。

坚冰方至，几时东风回暖？

珍重，梅吐芳蕊，瑟瑟料峭春寒。

何计拒风雨，且移心间。

不觉橙霾又起，桃源楼台望断。

哭世峰先生

重霾弥月不肯散，一灯摇摇夜正阑。
骤闻大星已陨落，瞠目无语向苍天。

苍天佑德汝之职，苍天有目古信然，
苍天如衡已彪炳，而今吾侪复何言！

先生有才比管乐①，先生风骨攀龙干②。
诸公衮衮台省日，先生郁郁在深涧③。

举世若狂忆往昔，神鸦社鼓正嚣然。
万里绚烂桃花瘴，难遮良知一寸天。

古训如钩可封侯，奈何生来直如弦。
坎壈求仁我自得，先生蓬蒿二十年。

一声霹雳换新宇，远谟宏图信手拈。
关张无命乃运数④，毕竟三分曾斡旋。

---

① 郝世峰先生以研究义山名家。义山有句"管乐有才真不忝"。
② 关龙逢与比干，皆为一时直臣，为从政之"原则"而献身。
③ 此用左太冲诗意。
④ 先生志向远大，20 世纪 80 年代初任南开中文系主任，即设计教育改革，颇得风气之先。然屡折大将，遂至无功。义山有句："管乐有才真不忝，关张无命欲何如？"

滂沱大雨天哭日，洗出嶙峋石嵓嵒。

忍看铮铮入幽谷，晓梦偶尔补苍天。

锦瑟欲弹谁与听，市声嘈杂掩杜鹃。

隔雨红楼渐隐去^①，蜡炬成灰泪不干。

天听天视自我民，如何不恤此拳拳!

当此春风骀荡日，桃李泣露袭轻寒。

---

① 义山诗句"红楼隔雨相望冷"，可喻先生理想主义的一生。

悼刘泽华先生

马蹄湖畔结沙龙，
温肃曾聆笑傲风。
千载堂皇王道曲，
一经犀照显原形。
看多诺诺浑闲事，
怪他苍苍独立松。
极目穹隆久寻觅，
熠熠应是那颗星。

六七初度夜梦慈母

春晖暌违已经年，
不意梦中近慈颜。
呼我乳名执我手，
减肥笑我仍如前。
忽觉正当母难日，
无缘复梦徒潸然。

乾龙之歌①

——《周易·乾卦》有感②

拨回到三千年前的时钟，

西岐的山巅，回荡着浏亮的凤鸣③。

一个名叫姬昌的大巫师，

却在羑里的愁云惨雾间把天人沟通④。

"你们看吧，这神奇的精灵，

它代表着上天的德行。

我将把它的神迹，

展示给远方我的子民，还有天下芸芸众生。

这个神奇的动物，

自然有神奇的名称。

让我们齐声顶礼呼唤

——龙！

---

① 此诗似乖本书"文言诗"之体例，然有篇末之"赞"，勉强厕身亦可。

② 传世的文本文献中，"龙"的记述当以《周易》之《乾卦》为最早，而其思想文化内涵之深邃，影响后世之深远，在"龙文化"中允称翘楚。乾卦有多种阐释，此取其一而发挥之。

③ 传说文王施德政，于是有凤凰飞鸣于岐山的祥瑞之兆。

④ 姬昌即周文王（时为西伯——西部一个大部落的酋长），被商纣王囚禁在羑里。传说他在缧绁之中深究天地阴阳秘奥，把八卦衍生为六十四卦，于是形成了《周易》。而其中第一卦即以"龙"的隐显浮沉比喻天道变化。当时部落酋长往往兼行巫师（广义）之职能。

我的孩子们，
我要你们闭目玄想思维如风，
跟随我的启示，
去瞻仰龙的神异的行踪……"

掠过荒原的凛冽北风，
玄冥之君把一切冰封。
这聪明的巨龙深深潜入九泉，
蜷缩起来享受着自家的酣梦①。

"我的孩子们啊，
这就好比我此时的处境。
在这羑里的冰窟里，
让我们千百遍互勉'潜龙勿用'！"

大地春回，雷声隆隆，
柳眼初开了苏醒，
她惊异地看到原野上硕大的龙的身躯，
正舒展着筋骨，寻觅可靠的友朋②。

"我的孩子们啊，
上天已让我看到这不远的前景：
我将得到一个'大人'的协助，
他的头上隐现出刚猛的'蜚熊'③。"

---

① 《乾卦》第一爻爻辞云："初九，潜龙勿用。"《周易·系辞下》："龙蛇之蛰，以存身也。"
② 《乾卦》第二爻爻辞云："九二，见龙在田。利见大人。"
③ 传说周文王（时为西伯）梦见蜚熊（即飞熊），预兆将得到贤人辅佐，结果遇到了吕望，即姜子牙。

岐山峨峨，渭水汤汤，
百兽率舞兮百鸟和鸣。
脱羁归来的首领，
夜以继日，图治励精①。

"我的孩子们啊，
大周将在我们手里勃兴。
可是，万万不可懈怠，
睁大你们的眼，随时警惕着灾难的阴影。"

大泽浩渺且渊深兮，
气象万千，云蔚霞蒸。
欲开天眼燃犀下看兮，
可见舒卷自得遨游之巨龙②。

"我的孩子们啊，
可喜'三分天下有其二'③的成功。
不过切忌虚骄急切如商纣，
要学蓄势待时那龙的从容！"

九万里无垠的天穹，
天钧之乐中朗彻的大明。
六龙驭日，光明的使者，
飞翔在宇宙，泽被苍生④。

---

① 《乾卦》第三爻爻辞云："九三，君子终日乾乾。夕惕若。厉，无咎。"
② 《乾卦》第四爻爻辞云："九四，或跃在渊。无咎。"
③ 《论语·泰伯》："三分天下有其二，以服事殷。"意谓天下的诸侯国陆续有三分之二拥戴文王，但文王仍臣服于殷商。
④ 《乾卦》第五爻爻辞云："九五，飞龙在天。利见大人。"

"我的孩子们啊，
仰起你们的头颅等待着在天的飞龙！
从此风调雨顺，
从此人和政通。"

祥和日久戾气滋生，
有龙不甘循常兮一意孤行。
欲破穹庐冲出宇宙，
角折颅裂悔之莫及兮天道无情①。

"我的孩子们啊，
不要把这看成一幅幻景。
商纣的教训'殷鉴不远'，
惜福、留余、谦虚、谨慎，才是永远高飞的龙！"②

赞曰：
神州千载气茏葱，
黄水长江两巨龙。
商纣文王俱往矣，
乾爻坤卦仍从容。
根深叶茂参天树，
行健厚德普世情。
九万里风凭借力，
要看云起玉龙腾！

---

① 《乾卦》第六爻爻辞云："上九，亢龙有悔。"
② 《周易·系辞下》："易之兴也，其于中古乎？作易者，其有忧患乎？""易之兴也，其当殷之末世，周之盛德邪？当文王与纣之事邪？"

读《龚自珍集》

万马齐喑悲定盦，
六合放眼此微官①。
仓皇辞庙觉罗后，
不觉又经一百年。

---

① 龚自珍《己亥杂诗》有"五十年中言定验，苍茫六合此微官"句。

鹊桥仙

繁星千亿，银河宽阔，
今宵忽然黯淡。
八荒六合齐瞩目，只看那双星光灿！

转瞬千载，桑田沧海，
唯有此情不变。
似水如梦多涟漪，说初心长铭银汉！

饮 兴

小酌燕市自悠然，
豪饮江上兴未阑。
平生大醉君记否，
临湖开樽笑相看。

导游阿里小像

　　余出访埃及，东道主安排一导游，名阿里。其人与《天方夜谭》中阿里巴巴之关系失考。彼作导游虽有业余之嫌，但论及国际大势甚有兴致，且多小智。相处颇减旅途之寂寞。人才难得，故为小诗以记之。

　　　　　我初到埃及，先识一阿里。
　　　　　憨憨似羞涩，牙牙仿汉语。
　　　　　一句不达意，低头埋两膝。
　　　　　重负背微驼，未减调谑趣。
　　　　　自称十五口，一人独力支。
　　　　　我辈大叹服，足见彼高义。

　　　　　同行无多路，卑辞称"吾师"。
　　　　　华人爱虚荣，甘心为驱使。
　　　　　或作"抄写员"①，或司秘书职。
　　　　　孰料事功毕，翻脸忽惰嘻嘻颇赖皮。
　　　　　呶呶战我群儒骋雄辩，攻无不克常辩常有理。
　　　　　行程计划随口改，动止雌黄任己意。
　　　　　高谈王霸惊人耳②，才略不减外长与总理。
　　　　　最难逆料者，竟出骇世语：
　　　　　"汉语汝太差，理解力太低！"

---

① 此为双关。途中请我等指导其翻译。彼有一稿，将"秘使号"游轮误译为"抄写员号"。
② 阿里论及国际大势时有出人意料之语。

张口结舌下，吾侪齐失语。

刮目相看处，伟哉彼阿里：
当年四十大盗弹指灭，何况尔等徒区区！
呜呼！吁嘻！
埃及大神奇，阿里小神秘。

纳木错"武侠"会戏作

格鲁纳木圣湖①畔，碧浪接天莽高原。
湖畔康巴多勇武，睥睨四海势熏天。

何方壮士掉臂行，狭路相逢真猝然！
熊蹲虎踞似岳峙，四目对视如惊电。

静如处子真寂寂，动如脱兔何喧喧。
大鹏展翅腾空起，鹞子翻身走下盘。

叱咤风云狂飙动，天地为之变容颜。
英雄相惜忽一笑，握手把臂尊好汉。

武林千载此奇观，悄然湮没有谁怜？
幸有能者具慧眼，手持相机若偃岚。

纤细难逃皆捕捉，大起大落随后前。
编就一部英雄谱，藏诸名山五千年。
摄罢提机傲然立，皎然相对大雪山。

---

① 错，藏语"湖"。纳木错，为藏传佛教格鲁派（黄教）的圣湖，如同巴松错为宁玛派（红教）圣湖。

苏雾遮

教指委苏州年会，逢罕见大雾重霾，戏作以充会议总结。

雾失楼台，月迷津渡，
虎丘剑池知何处?
各路贤俊会姑苏，
摸着石头，忍顾来时路!
莫嗟呀，更有夜半来客，新疆李赋。

横塘十里茫茫雾，无妨妙语如珠。
守正创新，艰难前行，自命中流砥柱。
相互启发，互相支撑，倾盖便如故。
恰大雪时节，
王尧已备好、白酒六十五度。

序跋类

《吴大任教育与科学文集》序

古人云："山不在高，有仙则名。水不在深，有龙则灵。"南开规模不大，而在不到百年的时间里，蜚声海内外，端赖众多贤哲加盟其中，矻矻孜孜，以心血滋育了这一方民族希望的沃土。吴大任先生便是众多贤哲中的一位。

余生也晚，实未亲聆謦欬。然大任先生的口碑，遍布于南开园中，故先生之风范存于心中久矣。今崔国良先生受命编辑《吴大任教育与科学文集》，嘱余作序，于是得以透过文字而受教，也透过文字更真切地认识了大任先生。

在大学中，以国人通常的价值观念，往往以学术地位为抑扬之主要标尺，因而以全力毕生投入教育管理的优秀人才十分难得，以致真正意义上的教育家凤毛麟角而已。这在很大程度上成了制约高等教育水平提升的瓶颈。在这种情况下，献身于南开教育管理事业的吴大任先生，就分外赢得了人们的尊敬。

一位真正意义上的教育家，一要有理想与理念，二要有躬行的能力与毅力。大任先生正是如此。《文集》中，先生的很多见解，当年或与时论相乖，而今日观之真如精金美玉，历久而弥显其不磨之光彩。集中又有琐琐小文，孤立看来似无甚高论，然正表现出先生作为教育家的另一面。当年南开老校长伯苓先生亲自督察师生容止，后世传为美谈。大任先生事必躬亲的作风，实乃南开传统的薪火所在，其价值岂是清谈空论者所能想象。

历史走入了 21 世纪，南开的事业也踏上了新的阶段。应对历史提出的挑战，绍续前贤的宏愿，南开的同人最需要的便是大任先生的高远境界与践履精神。先生的文集作为"百年南开"文丛之一种付梓，于历史于当下于未来皆为大书一笔之盛事，故余虽谫陋亦不敢辞揄扬之责任，谨以此小文作为纪念大任先生的一瓣心香。

《南开逸事》序

　　南开是个有特色的学校。从历史讲，在八十年前的风雨飘摇之秋，私人创办这样一所现代意义上的大学，并树立起良好的社会声誉，当数鲜见；而六十年前，南开与北大、清华共建西南联大，在抗战的连天烽火之中弦歌不辍，更是中外教育史上的奇观。从现状看，无论其"文理并重，比翼齐飞"的学科总格局，还是"不薄应用重基础"的教学思路，也都自有鲜明的个性色彩。

　　但这不是南开特色的全部。孟夫子曾讲："所谓故国者，非谓有乔木之谓也，有世臣之谓也。"对于一所大学来说，尤其如此。他的特色，他的传统，更多地表现、保存在教授们中间，在他们的学术追求中，在他们的育人风范中，也在他们一颦一笑的种种"逸事"之中。

　　这本《南开逸事》裒辑了近百位南开人的颦笑写真，包括南开创办人严修、张伯苓，周恩来、陈省身等校友和各个时期的众多教授。既名"逸事"，便非全貌；但传神写意，也许更能见其精神。"石蕴玉而山晖，水含珠而川媚"，南开之所以为南开，从中当能察知一二。

　　南开大学即将迎来她八十岁的生日。对于一所大学来说，这正是朝气蓬勃的盛年。这本小书在一定程度上折射出南开人风雨前行的历程，记录下南开人坚韧执着、乐观从容的风神；同时也展现出南开迈向新世纪时最可宝贵的精神资源。余生也晚，于南开仅有不足三十年之因缘，实不具作序的资格。但蒙出版社朋友的错爱，参与了此书的策划与组稿，其间颇为南开先辈的风范所感动，对所谓"南开精神"也有了新的领悟。刍荛之见，不敢自私，借此与学界同人、青年朋友交流、共勉。

生命之树因诗意而常青

——序《叶嘉莹教授九十华诞暨中华诗教国际学术研讨会纪念文集》

记得与叶嘉莹先生初见，是 1979 年的春天。那时，我三十一岁，研究生在读；先生五十五岁，由加拿大来南开，为"文革"后的头两届本科生授课。当时，先生的学识、风神倾倒了一大批刚刚从"文革"中苏醒过来的年轻的灵魂。

弹指已是三十七年过去。古语云："树犹如此！"三十七年间，世界发生了很多变化，包括学校，包括学界。然而不变者，是叶嘉莹先生对中华诗词文化的那份痴情、热心，是叶嘉莹先生培养人才、提携后昆的忘我精神，是叶嘉莹先生身上的优雅、睿智与充沛的生命力。在先生那里，我们看到了生命之树因文学、因艺术而常青。

这二十余年，叶先生在南开园，在华夏大地，坚持不懈地播撒着诗词文化的种子。先生不仅培养了数十名有关专业的博士生、硕士生，还义务举办了数百次面向社会各界的讲座。听讲者有国家的领导人，有工商界的领袖，也有大量普通的诗词爱好者。在"文化中国"的讲坛，先生把诗词的意境与人生的妙理融为一体，娓娓侃侃，六七百名听众两个多小时如痴如醉，竟无一人走动。那情境真令人叹未曾有。

更令人且惊讶且赞叹的是，叶先生竟然"纡尊降贵"，多次亲自到小学，到幼儿园，去给小孩子们讲授诗词，示范吟诵。先生是从自身的经历认识到，童年、少年的熏陶对于人一生的修养、境界至关重要——己达则达人，己立则立人，此正所谓"仁者胸次"。

对于弟子中的才俊，叶先生不仅慧眼独具，而且栽培、拔擢不遗余力。大约是五年前，先生邀我旁听她一次课。原来是有一个美籍华裔的小姑娘远渡重洋来听课，叶先生觉得这是可造之才，故招我一起"把一把关"。课上，这位初中学生积极参加到讨论之中，思路之敏捷、词锋之锐利，比起在场的博士研究生毫不逊色。甚至，对于先生所讲，她也大胆提出自己的疑问。叶先生不但不以为忤，而且对其探索精神大加赞扬。在先生推动下，这个学生被南开大学破格录取。两年后，她提前修满学分再被保送读研。现在，为了将来她到美国读博时能够顺利接轨，先生正量体裁衣，为她设计独特的学位论文内容与样式。当然，这个学生也不辜负先生的期许，几年间获取了各层次多方面的荣誉及奖励。

叶先生是中华诗词文化的传承者、守望者，也是杰出的研究者。她的学术研究成果丰硕，特色鲜明。诗词的生命在于情感，对诗词中情感的体认、共鸣，可说是阐释、研究的基石。先生以其极为细腻、敏锐的感受力，对于诗词中幽微深邃的灵魂悸动，如燃犀下照鱼龙毕现。在此基础上，她提出了"兴发感动"的诗学观念，以及"弱德之美"的词学理论，得到了海内外学术界的高度重视。

叶先生师承顾随先生，尽得顾先生含咀传统之神髓；而又长期讲学于哈佛、UBC（不列颠哥伦比亚大学），而得以融西方理论方法与东方学术成一体，故所见往往高屋建瓴，远超陈言故套。在词的起源、词的文体特征、词与性别、诗词吟诵的理论依据等诸多方面，皆有发前人所未发之透彻洞见。

叶先生是一位学者，又是一位教师，还是一位卓荦不群的诗人。她的创作，不事浮华，不拘格套，全然是性灵的自然发露。翻检先生的诗集，如同与一个高洁灵魂的坦诚对话，如同倾听近一个世纪的民族的歌哭，如同清风拂面，如同明月朗照。而性灵之外，先生的诗词法度之森严，置于唐宋大家中几无二致。

先生整整长我二十四岁（奇哉！一天不差），然精神之矍铄，思维之敏捷，常常令我自愧弗如。这几十年里，先生讲演、授课，向来是站立，而且脱稿。常有惊异者向先生请教养生的诀窍，先生总是微微一笑，道："'诗词'就是我的生命，吟咏、切磋、传授，养生即在其中了。"我相信，这是先生最为真实的生命体验。

作为中华诗词文化的守望者、传承者、践行者，以终身成就而言，以全面贡献而言，叶嘉莹先生堪称举世一人而已。因此，先生也获得了很多荣誉与头衔。但先生从不在意这些，她常挂在口头的倒是几十年间合作的学界挚友，如缪钺，如海陶玮，等等；还有对她的事业给予支持的友人，如沈秉和，如蔡章阁蔡宏豪，如刘和人，还有湛如大和尚和他的弟子们，等等。先生讲："诗词是几千年华夏祖先留给我们的精神瑰宝，是天下之公器，应该让更多人得其滋养，也只有在更多人的呵护下才能光大。"

数年前，先生的《红蕖留梦：叶嘉莹谈诗忆往》付梓，我有幸先睹。书中以诗词为线索，把近百年的家国风雨与个人的命运沉浮生动记录下来。夜半掩卷，久久不能释然，遂有三首小诗："才命相妨今信然，心惊历历复斑斑。易安绝唱南渡后，凉生秋波动菡萏。""北斗京华望欲穿，诗心史笔相熬煎。七篇同谷初歌罢，力籁尤声夜已阑。""锦瑟朦胧款款弹，天花乱坠寸心间。月明日暖庄生意，逝水滔滔共谁看。"

今《叶嘉莹教授九十华诞暨中华诗教国际学术研讨会纪念文集》亦将付梓，余忝为主编，拜读海内外前辈、同人的大作，感佩无已，同时更为叶嘉莹先生的学术影响力、精神感召力折服，乃再吟一首："南岳禅门马祖雄，慈风广被续心灯。诗坛李杜千年后，一缕妙音起迦陵。"

虽难免班门弄斧之诮，然情发于中不能自已，聊充一篇读后感的"作业"吧。

再次祈愿尊敬的叶嘉莹教授生命之树常青！

丙申中秋于南开园

为己之学　无我之境

——刘叔新先生从教五十周年感言

叔新先生是我的老师，我们又做过多年的邻居，所以还是很好的朋友。先生从教五十周年，众弟子与学界朋友集文为贺。先生嘱我作序，实不敢当。但借此良机写下对先生人品、学品的感想，却是求之不得的。

严复在《涵芬楼古今文钞》的序言中把读书人的事业分为两类，一类是"以得之为至娱，而无暇外慕"，另一类是"假其途以有求，求得则辄弃"。他认为前者是"为己"之学，忘情投入者，是可以"相欣无穷者也"；而后一类则是"为人者也"，如果读书人都操此类为业，"适皆亡吾学"。我想，对于多数读书人来说，内心里或多或少都会有对前者的向往之情。然而，到了要付诸实践的时候，这多数人中的大多数（自然包括笔者在内），却不免只能是"心向往之"而已。其实这也无可深责：大家都难免人间烟火食，稻粱之谋实在是很正常的事情。不过，虽则如此，那前一类状态仍然保存在很多学界朋友的白日梦中，成为精神家园中的一个桃花源。如果说还有少数人能够把这桃花源构建到现实世界中的话，那叔新先生是当之无愧地可以成为其中的翘楚。先生在语言学的很多方面都有卓荦不群的成绩，但他从未借此谋求什么。无论是虚名还是实利，他都是不将不迎的态度，得到亦不足喜，未得亦不足惊。先生本以词汇学的成就名家，但后来却又到语法学，甚至少数民族语言等领域驰骋。有的朋友好心地以"事倍功半"的理由婉言相劝，先生总是一笑置之。因为在他看来，问题所在就是兴趣所在，兴趣所在就是研究对象所在。至于哪里更容易"出成果"，哪里更属"热点"，则统统非先生所挂怀也。

　　细思量，叔新先生之所以能够把学术追求同生命历程打成一片，把为己之学的桃花源构建于现实，其根本原因乃在于他超然的人生境界。先生对于人情世故常不甚了了。七八年前，先生分得一处新宅，乃请一批农民工来做装修。事后，邀我前去参观。我虽是外行，也看出了不少施工欠规范之处。于是，就向先生指出一二，并告诉他民工可能借此偷工减料。不料他很平淡地说："这是我让他们这样做的。"言外之意，很感激施工者的配合，至于用料、工钱是否吃亏，那是根本不在讨论范围之内的。兹事虽小，可见一斑——不计利害，不存机心，以此接物，颇近于王静安论诗所谓"无我之境"。正因为叔新先生日常里如此诗意地生存，所以他的诗歌、他的音乐、他的书法都呈露出一派天机自在的气象。

　　夫子认为七十开始了人生最为成熟的阶段，"从心所欲不逾矩"。换一句现代的语言，就是到达了真正自由的境地。叔新先生现在也在这个阶段之中。其实，先生的人生一直就在演绎着自由的真谛，并把他的学问与道德置于这样的妙境中呈现，春风化雨，也就滋润了满园的桃李。作为他的学生与朋友，我们在和先生的往来中，对此是深有体会的。值此喜庆的时刻，谨以此小文衷心祝福叔新先生从这种人生境界中得到更多的愉悦。

丁亥秋杪于南开园

好的对话：智者的交流与反思

——读赵启正与帕罗《江边对话》①

马克思认为，人的本质在其现实性上，是一切社会关系的总和。而将人类社会的一切社会关系联结、沟通起来的就是——用话语呈现出来的对话关系。可以说，人类生活本身就是对话性的，而人类的文明，也正是在持续不断地理解性对话与交流中推进发展的。

纵观人类的历史，会让我们想起诸多的精彩、睿智的对话：从孔子、曾点到弘忍、惠能，从柏拉图、苏格拉底到德里达、伽达默尔……当然还有庄子与惠施的那段著名的"子非鱼"的"濠梁之辩"！

不过，留在历史记忆里的对话，好像以辩居多，就像人类发展的主要线索也总是由战争和冲突构成。

"真理越辩越明"，真理是否真的越辩越明？

房龙曾说："世间万物，唯有真理离我们最远。"也许唯一可以辩明的真理就是，作为对话方式的一种，有效的辩论能使辩者对话题的理解更为深入、更加明晰，这就是"真理越辩越明"的真实内涵。现实中的很多辩论，尽管较战争和武力进步了许多，但是实在离真正的"文明"尚有一段距离。单纯以说服为目的的辩论，带有强烈的自我中心意识，在强烈的征服欲望支配下，容易陷入"非此即彼"二元对立的思维陷阱，由此产生的盲目和偏见往往导致暴力和纷争。

显然这样的辩论并非"好的对话"。

那么，究竟什么样的对话才是好的对话？

---

① 此文与丁峰合作，本人为第一作者。

　　《江边对话》也许可以回答这个问题。本书两位睿智的作者的对话，堪称成功对话的典范！对话双方不仅成功完成了一次和谐的人际交往，还向世界示范了一种立场迥异、甚至许多观念完全对立的两个国家或两种文明之间的和谐交流和精彩对话。正如该书扉页中标明的一样：这是一个无神论者和一个有神论者的对话；这是一个科学家和布道家的对话；这是一个东方人和一个西方的对话。他们之间的差异是深刻的，而他们之间的成功对话，其示范意义同样广泛而深刻。

　　实则，对话的可能就存在于差异之中，没有差异，对话就没有必要。文明的对话预设了人类文明的多样性。差异使对话显示出渴望、必要和价值。从历史上看，每一个民族和宗教传统都会遭遇不同的文化或信仰体系的挑战，它们也经常从这种相遇中获得巨大活力。基督教神学因希腊哲学而繁荣，伊斯兰教思想因波斯文学获得启示，中国思想史则因佛教传入而丰富。

　　然而差异也使对话成为一个艰苦的过程，甚至常常是冒险。正如本书的译者林戊荪先生指出的那样：真正有效的交流并非易事，既要有尊重对方和容纳百川的心态，又要有优异的理解力和表达力。就《江边对话》的两位主人公而言，思想差异是显而易见的，甚至是尖锐和根本的。但是，这种尖锐的对立和根本的差异并没有使两位主人公的交流走向冲突和隔膜的危险，反而使对话的内容精彩纷呈。

　　对话不同于辩论。对话求和，辩论求胜！杜维明认为，对话不是一种说服的技巧，而是一种需要精心栽培的艺术。对话不是要去传自己的道，也不是要利用这个机会批判异己的言论，而是要通过对话，倾听不同的声音，了解别人，增加自我反思的能力，学到未知的东西。现实的世界里，不同文明之间的差异和隔阂是普遍而深刻的。如果那种迫使他人皈依的意识压倒了倾听和学习的渴望，对话便会陷入困境。《江边对话》的双方显然已经超越了征服和说服的目的，两位保留各自立场，互相尊重信仰，进行平等对话。房龙警告人类：信念一旦被赋予正义的外衣，就容易走向偏见与盲目。以自我为中心而形成的种种偏见，会遮蔽人的智慧。而这两位智者通过相互不断提出问题，不断寻求答案，碰撞出闪耀的智慧火花，发人深思，启迪心灵，令人愉悦。在本书的引言里，两位智者不约而同地提道：与对方的谈话促使自己对原来的知识体系进行反思，思考原来较为生疏甚至从未设想过的问题。

当然，《江边对话》中两位智者的反思不仅局限于自身，还有对人类命运的更深广的反思。

全球化的到来，使整个世界的联系日益紧密，同时也使国家之间、地区之间、民族之间、宗教之间的碰撞愈益频繁，无论是摩擦龃龉还是友好交流都比以往更加便捷。早在1993年，亨廷顿就预计到了这种碰撞加剧的趋势，他说，"后冷战"时代的到来，世界范围内的意识形态之争将让位于"文明的冲突"。凸显文明冲突加剧的趋势是亨廷顿远见之处，但把文明间的冲突描绘成人类的宿命，应该说暴露了他的思维的僵硬与狭隘。

其实，历史进程中文明的融合或生成从来就是在冲突中展开的。问题是解决文明之间的问题是否必须选择一种"冲突"的方式。亨氏的冲突论，其本质仍然是西方中心主义思维的结果，是"冷战"思维的延续。

事实上，世界各国负责任的领导人都越来越关注整个地球所面临的即全人类共同面临的种种问题，并寻求通过协调和以合作的精神解决这些问题，因为一种共识正在逐渐形成：在全球化的背景下，一旦发生大的"文明冲突"，任何民族、任何国家、任何文化，都不可能置身于伤害之外。因此，寻求、建立文明和文化之间的对话机制，其紧迫性比人类历史上任何一个时期都更强烈。

过去两年，中国政府倡导建立"和谐"社会，并将"和谐"理念延伸到处理国际事务的实践中，受到国内外的广泛关注和好评。2004年，中国共产党领导层在十六届四中全会上首次提出构建社会主义和谐社会。2005年，中国在亚非峰会首次提出"和谐世界"理念。如今，和谐社会的建立已经从探讨阶段进入具体实施阶段，其实践也从中国内政延伸到外交。

"和谐"是中国传统文化的核心理念之一，指一种"配合得适当""和睦协调"的关系，包括人与自身、人与自然、人与社会的和谐和世界的和谐。《周礼》中说："以和邦国，以统百官，以谐万民。""和谐中国"和"和谐世界"事实上都是对中国古代传统思想的发扬。

此外，"和谐"思想也为世界所认同。《联合国宪章》提出，为"欲免后世再遭今代人类两度身历惨不堪言之战祸"，"促成大自由中之社会进步及较善之民生"，要"力行容恕，彼此以善邻之道，和睦相处"。这里的"宽容""和睦相处"，都是"和谐"理念在国际事务中的体现。

外交是内政的延伸，同时服务于内政。胡锦涛同志曾指出，中国必须"把自身发展与人类进步紧密联系在一起，既通过维护世界和平来发展自己，又通过自己的发展来促进世界和平"。"和谐社会"与"和谐世界"的关系反映的正是全球化背景下中国发展与人类社会发展的辩证统一关系。

作为深受中国传统和谐文化滋养的东方人，"智慧的哲学家、思想家"，以及提出和谐世界理念的中国政府的一位高级官员，赵启正先生显然表现出了广阔的视野和敏锐的观察力，《江边对话》体现的就是一种在平等基础上的"和谐"对话。

"我们的坦诚使不同的信仰不能成为我们的障碍，不同的语言不能成为我们的障碍，不同的教育背景不能成为我们的障碍，我们都愿意为地球的和谐做出自己的贡献。"

在特定的宗教、文化、种族和民族的背景下，固执自我和无视他人是造成傲慢、偏见和仇恨的主要根源。孔子曾把"忠恕"说成是自己全部学说"一以贯之"的精髓。后世解释"忠"是对自己信念的认真信奉，而"恕"则是对他人信念、立场的宽容与理解。这种解释表达出一种富有智慧的人生境界。这"忠"与"恕"两个方面的圆融，将使我们学会最大限度地欣赏他者的独特性，从而也使得我们自己的信念上升到一个更高更自觉的层次。

"和谐"对话的一个前提就是超越，也就是"跳出来"。"不畏浮云遮望眼，自缘身在最高层"：彼此站得高了，就会忽略枝节上的分歧，互相谅解以至理解；彼此站得高了，眼界开阔，就会看到共同的天空和共同的大地。例如佛教徒和基督教徒，如果各自闭锁在一教一派的范围，彼此间只能是相互否定；而如果都站到终极关怀的高度，彼此间就有了相互理解的可能。

同理，无神论者与有神论者，如果彼此都站到俯瞰人类文明史的高度，都以理性精神为慧眼，也就有了相互了解、理解和尊重的可能。

那么如何才能站到"最高层"呢？答案是：广博的知识和仁者的胸怀。前者可以使对话者摆脱因无知而产生的傲慢与偏见，后者可以使对话在温暖的阳光下、徐徐的和风中展开。《江边对话》的两位主人公恰好具备了这样的素质。他们都对人类的现代自然科学有相当的了解，而赵启正先生更是具有专家的身份；他们都对人文社会科学有相当的了解，并把这种了解同自身的职业圆融起来。于是，他们的对话得以在渊博的知识体系下展开，得以在既严肃认真又轻松幽默的氛围中展开。而对于读者来说，无论是对话者阐述的知识与道理，还是他们卓越的口才与机敏的反应，以及二人因旗鼓相当的对话而碰撞出的智慧火花、心领神会的愉悦，都可以给我们以生动的启迪，引导我们走上好的对话之路，让和谐之辉光洒向更为广阔的天地。这或许是本书奉献给人们（人类）的最大价值吧。

智者乐水。生命的河流在智者的微笑中川流不息。巴赫金断言："一切莫不都归结于对话，归结于对话式的对立，这是一切的中心。一切都是手段，对话才是目的。单一的声音，什么也结束不了，什么也解决不了。两个声音才是生命的最低条件，生存的最低条件。"

好吧，为了生存与发展，让我们开始更多好的对话吧！

《秋叶集》序

石锋兄嘱我为他的自选集作序，我原已欣然从命，岂料看到文稿后，内心却不自禁地纠结起来。

石锋兄的文集定名为《秋叶集》，其意谓将近暮年，如秋叶之自然飘落。此说洒落、通达，然却令我悚然心惊。我与石锋兄相识相交已近半个世纪。在南开中学读书时，我高他一个年级。当时，"恰同学少年，风华正茂"，我俩都不是学校中活跃的大红大紫人物，但都因读书较为出色而彼此知名。"文革"后，读研究生，我是七八级，即"文革"后第一批；他是七九级，与我相差仍是一个年级。所以他总以此和我开玩笑：这个世界上，只有你欺压了我一辈了。所以，在我的心目中、感觉里，石锋兄总是比我小，比我年轻，比我有活力。骤然听到他以"秋叶"自况，无怪乎要惊心了。

当然，心惊只是瞬间，很快就意识到自己同样也是早逾花甲了。石锋兄只是平静地陈述了一个事实而已。而身临迟暮，回首前尘，实在是人之常情。

石锋兄这个集子分为八个部分，如果再加概括的话，大致可分为两个大类。一类是学术方面。计有缅怀学界前辈林焘、吴宗济、胡明扬和恩师邢公畹的文章，对前辈王士元、丁邦新、梅祖麟的访谈记，为自己的学生作的序跋，等等。另一类是记游、忆旧等。他的著述多多，何以选了这些内容呢？细寻绎，这些文字有一个共同的特点，就是其中都有作者人生的足迹，有作者在人生各个阶段情感的印痕。

石锋兄是一个极好相处的人。豁达、随和，老者安之，少者怀之。我和他一起两赴日本，又同行美国、加拿大、中国香港。每遇困顿、坎坷，他必锐身自任。说来也怪，只要他去出面，一切难题都能迎刃而解。想来这既与他较多的国外经历有关，也是他与人为善的处理问题方式起了作用。文集中处处流露着他对长者的尊敬，对同人的友善，对晚辈的提携。可以说，这一片小小的"秋叶"，记录了一棵根深叶茂的大树在生命的年轮中蓄积的温暖的阳光。

当然，这些文字并非石锋兄学术建树的代表作。如前所说，在很大程度上，他选了这些内容，"予揣度之"，是着眼于其中映射出的心灵历程。虽然如此，滴水可以见月，他治学的一些特色还是可以窥见一二的。

石锋治学，一个突出的特点是眼界开阔，具有自觉的国际视野。记得一起出访美加时，几乎每个所到学校都有他熟悉的同行。蒙特利尔、哈佛、哥伦比亚、麦迪逊、斯坦福等等。不仅如此，他还连续多年，组织暑期讲习班，邀请海外学术名家到国内讲学。每期听课的都超过百人——来自全国各高校的中青年教师。文集中提到的梅祖麟、王士元、丁邦新诸先生当时都是共襄盛举者。

他治学的第二个特点是不囿于传统，有很强的创新意识，特别是跨学科的意识。20 世纪 90 年代初，他就与朱思渝先生一起开发语音测试软件，取代了昂贵的语图仪。当时，此项成果应是国际领先的，因为美国、日本等国家的高校纷纷来南开购买，记得半年多销售了三十多套。在工作中，他的创新意识也有强烈的表现。十年前，他到汉语言文化学院做院长后，大胆改革该院教学，一个重要的思路就是借鉴国外非母语教育的理念与方法。虽然阻力很大，但一年之后，效果昭然，得到了多数教师的赞许与支持。

石锋治学的第三个特点是有合作精神。上述与计算机、软件专家的合作是一例，设计、主持海外语言学讲习班又是一例。其他如多年来与张洪明教授相互配合，两次把世界汉语教学大会拉到中国、拉到南开举办；指导青年教师建设语音实验室等，都体现了他重视合作、善于合作的长处。人文学科的性质决定了学者中"自了汉"居多的现状，在这样的背景下，石锋的合作精神尤显难能。

这些特点，与石锋共事者多有体会。不曾与他共事的学界朋友，读了这本文集，也必能感受一二。

刘禹锡《秋词》诗云："自古逢秋悲寂寥，我言秋日胜春朝。晴空一鹤排云上，便引诗情到碧霄。"石锋兄之文集以"秋"命名，而披阅此集，深感他这"秋"的境界正如梦得所咏排云而上之"晴空一鹤"，生机勃勃，乐观而从容。故乐为之序，且乐与石兄分享这一份"秋"的喜乐、从容。

《隋唐五代文艺理论汇编评注》序

　　历史长河经过魏晋南北朝数百年的动荡扰攘之后，到了唐代终于闪现出一道亮丽的风景线。它在政治经济、文化艺术等方面所达到的繁荣与鼎盛，既为前代所不及，也每每被后世所追慕不已。

　　唐代的文坛艺苑在这样的大背景之下也是腾龙起凤，气象万千。而文艺繁荣直接滋育着文艺理论批评，从而产生了一批具有时代特色的思想成果。比如唐代诗歌具有兴象玲珑、意境鲜明的艺术特色，唐代的理论批评家们便开始并不断深化地探究诗歌的意境问题；唐代中叶出现了骈文与古文一争雄长的局面，散文理论也便有了长足的发展。当然，文艺理论批评作为一种富于理性思辨内涵的特殊精神活动，促成其发展的并不止于文艺创作一途，还有政治、经济等社会因素，如唐朝中期白居易、元稹等倡扬讽喻性的新乐府，韩愈、柳宗元等发起"古文运动"，就和唐代自安史之乱后政局动荡而朝野有志之士励精图治的政治形势相关联。此外，社会文化、思想学术等因素也与文学理论批评密切相关。唐代统治者的文化政策较为宽松，提倡儒家，但并不排斥佛、道之说，出现了三家学说同时并存，自由发展，相互渗透的活跃局面。理论批评家受到不同思想的影响、沾溉，他们的文学理论批评便各具特色：白居易、韩愈等人儒家思想强烈，论诗论文重政教实用；皎然、司空图等人深受佛、道熏染，则侧重探讨文学审美，并具较强的思辨色彩。而禅宗二百余年的传布，也成为张彦远超越形似艺术观的思想背景。另外还有社会风气、士人心态等多方面因素交织缠结在一起，也直接间接地折射到文艺理论批评之中。

　　可以说，唐代的文艺理论是一座蕴含丰富的矿藏，很值得后人开采。但是，长期以来受"唐人不善立论"之说的影响，这座宝藏的价值没有得到充分的认识，自然也就没有充分开采利用。这既有偏见的缘故，也和唐代文艺理论批评的形态特点有关。严羽讲："本朝人尚理，唐人尚意兴。"唐人不仅作诗"尚意兴"，一般意义的写作也比宋人随意且多些感性因素。因而唐代的文艺理论大多散见于书信、序跋、诗歌之中，而缺少"体大思精"如《文心雕龙》那样的作品。

正因为如此，研究唐代文艺理论的首要工作便是从大量的文献中抉剔爬梳，搜罗整理出相关的材料。占鹏兄主持编写的《隋唐五代文艺理论汇编评注》正是这样一部为学界打基础的力作。

这部书构设编撰的特色与长处首先在于把文学理论与艺术理论合编。唐人思想活跃，时有把文理与艺理相发明的妙论；他们的创作活动也往往"跨领域"地开展。因此，合编既合乎当时文化活动的实际情况，也利于今人在联想、比较中得到启示。

本书的另一个长处是其体例：入选作品皆有作者简介、注释与简评，既为读者提供了必要的资料支持，也表达了编者的学术眼光。这对于初窥门径的学生与学养丰厚的研究者，在不同程度上都提供了方便——或宛其鸿裁或拾其香草，各得所宜也。

占鹏兄二十四年前负笈南开，自本科而硕士、博士；后留校任教多年，潜心于唐代文学研究，多有力作。他的博士论文《韩孟诗派研究》填补了唐代文学研究的一项空白，视野开阔，取材宏富，而论述之严谨与见解之深刻尤为学界同人所称许。其他参加本书编写的诸君，或已卓然成家，或为颇具实力的后起之秀。他们声气相和，共襄此举，实为学界之一盛事。故欣然为之序。

壬午岁季于南开停云轩

《韩国汉文学史》序

三年前，我的一位韩国博士生毕业，她的学位论文题目是《中国戏曲对韩国戏曲影响之研究》。在指导的过程中，我深为中韩之间历史上文化的密切交往而惊叹，也为这些情况长期被漠视而遗憾。

两年前，我到韩国访问，半个多月的行程，这种感觉日逐加深。在一位大学校长的家中，我见到了他珍藏的万历皇帝的诏书；在一座禅寺里，我看到了深合古制的禅堂；在民俗博物馆中，我看到了翁方纲的手迹。当时，和那位校长谈到这一切，他很动感情地讲，中韩之间甚或东亚范围内的文化纽带是我们共同的财富，特别是在经济全球化的今天。

现在，赵季兄翻译的《韩国汉文学史》摆在我的面前，快读之下大有夙愿得偿的愉悦。韩国汉文学是用汉字表现的大韩民族的文学。首先，必须明确，这是地地道道韩国本民族的文学。其次，由于中韩两个民族十分密切的来往，也由于是用汉字书写表现，所以其中呈露出的两个民族文化的接触互动以及中国文学对韩国文学的影响，都是很值得注意的。

此书的作者李家源教授对韩国汉文学有精深的研究，这部著作是他的扛鼎之作。资料丰富、以简驭繁是本书的突出特点。全书跨度两千余年，涉及作家近千，列举作品千余，而读来并无零散之感，主要得益于作者以文学思潮为脉络的结构方法。此书在韩国半个世纪里成为大学通用教材，足以证明上述两点的成功。

赵季兄和我有多重渊源，我深知他的国学根底。近年来，他又两度到韩国讲学，正是翻译此书的最佳人选。由于此书涉及大量中国古代文学、历史的材料，这方面的修养稍有不足，轻则失其神采，重则难免郢书燕说。赵兄的译本不仅内容准确，而且文辞古雅。如"汉土文学作品的风格是雄浑广漠，韩国文学作品则尤为清雅芊眠，气力虽难以追摩汉人，但情致却足以相埒"，非浸淫古文词数十年者，是不可能译出这样的文章的。

　　这部著作在韩国是高校教材。我想中国学习韩语的大学生和韩国学习汉语的大学生，都应该把它当成必读的书籍。而中国从事古代文学和比较文学教学研究的同人乃至研究生，增加这方面的知识对于开阔视野、启发思路，也将有所裨益。谓予不信，不妨开卷一读。

《清代女作家弹词研究》序

——拓展中国小说史研究的新疆域

两年前，鲍君从我修习博士研究生课程。针对她的知识结构和治学的兴趣，我们一起选择了清代女作家的弹词小说，作为她博士论文的研究对象。当时，设定了三个目标：（1）对作品竭泽而渔，在此基础上对清代女作家的弹词小说进行全面而系统的梳理归纳；（2）把弹词小说的发生发展，置于较为深远广阔的文化背景下观照研究，努力揭示出多方面的深层内涵；（3）特别关注作品所呈露出的女性写作的特色，并分说其性别意识与文化传统、时代风习的彼此影响、相互制约。

两易寒暑，这部稿子终于放到了我的面前。作为导师，我深知其中浸透的劳苦与心血。

为了搜罗第一手的原始资料，鲍君赴京城，下江南，求教访书；为了抉剔作品的深层意蕴，她与同门反复切磋，各抒己见各执一词，务求一点真切体会而不计其他。在世风与学风皆趋浮躁的今天，这样的治学态度，真真可谓"多乎哉？不多也"。

系统研究女作家的弹词，其意义非止一端。

首先，可补我国小说史研究之空白。

作为虚构的叙事的案头的读物，这些作品与现代的小说观念并无二致。可是人们习焉不察地将其打入了另册（当然，其韵散相杂的语言是造成视域盲点的原因之一；但对此理由也同样是习焉不察地接受），造成如此巨大的一批作品、如此富有特色的一些小说作家，被排除到史册之外。

其次，可丰富我国女性文学之研究。

清代的女性大量参与文学活动，留下的作品数量惊人。虽然对此的研究整体性薄弱，但相对而言，女诗人、女词人还是受到了较多的关注。其实，就当时的读者群而言，《再生缘》《天雨花》的影响要大得多。忽视这批作品，特别是忽视其女性写作之特质，无疑是某种话语权力作用的结果（当然，往往也是习焉不察的）。

再次，可成为清代文化研究的重要一翼。

有清一代的文化研究，有时被"集大成""烂熟期"一类大而化之的考语遮蔽。其实，除却上述角度，至少还应关注民族文化的复杂关系及其互动的结果，关注始终存在的异域文化的渗透与影响。而清代小说中涉及女性问题的种种描写，都是这方面研究的极好素材，其中又以女作家的弹词尤具特别价值。

最后，有关材料可提供女性研究（社会的、道德的、心理的等等）的绝佳例证，兹不赘述。

当然，鲍震培目前的工作并没有在上述学术空间全面展开。但是，河出昆仑便骎骎然而有万里之势。面前的这本书无疑是一个良好的开端，只要假以时日，必当更有大成。何况，经过她的努力，这个领域引起更多学人的注意，共同推进高层面研究的前景同样是可以预期的。

只有历经艰险者才有望登上顶峰

——《先秦语言活动之形态 观念及其文学意义》序

对于我国古代文学观念、文学思想的研究，一般的思路不外乎从三个方面着手，即古人正面的直接的表述，文学作品中呈露的价值取向、审美趋势，相关联的文艺思潮与社会文化背景。可是，文学说到底，它的质料是语言。文学的问题不能无视这一基础性的观照角度。20 世纪，在世界的范围，文学理论的发展很大程度上得益于语言学视角的借鉴或使用。然而，在我国传统的民族的文学观念、文学思想研究领域，对此却是相当漠然。究其原因，耆宿硕儒自有其独到的学术眼界，可以不论，而就一般情况看，一是随"学科目录"的日趋规范，学人的划地自守也成为普遍的现象。于是，学科的交叉地带很自然地落入视野的盲区。二是在学科细化的背景下，大家的知识结构也不免趋于单一，因此即使有进入文学与语言的交叉地带的愿望，可能也有力不从心的问题。三是由于各种诱因，学界在选择研究题目、对象的时候，避难趋易的倾向似乎日见明显。当然，并不是说大家都应该一窝蜂地来个"语言学转向"，只是说应有的关注尚远远不够。

在这种情况下，沈立岩的这部《先秦语言活动之形态观念及其文学意义》，就显得特别难能可贵。

立岩是属于那种厚积薄发型的学者。读本科的时候，他的古代文学成绩是全年级最好的。硕士读的是文艺学，那前后，他于西方文艺理论、现代心理学理论用功甚勤。后从我读中国文学批评史的博士，其时他已是副教授、系副主任，但仍孜孜矻矻苦读不已。他并不是两脚书橱式地泛读，而是多有思考、发明。无论是在三尺讲台上，还是在博士课程的讨论中，他的见解时常语惊四座。但是，他的"成果"数量并不算多，甚至可以说与他所读所思不成比例。有一种夸张的说法，说某些学者写的书比读的书多。立岩则完全相反。韩昌黎提倡"无望其速成，无诱于势利"，立岩的治学态度庶几可以当之。

立岩的这部著作就是他的博士论文。答辩时，校内外的委员一致力荐为优秀。除了前述的选题的价值外，其资料之丰富，思维之缜密，功力之扎实，角度之新颖，都得到了高度的评价。特别是对于他"自找苦吃"的治学态度，各位前辈与时贤多有推许。这部著作论及商、周两代卜辞、筮辞与礼仪，对先秦时期语言活动及其观念的发生、演变进行历史描述和理论概括，并由此考察它们对中国文学的复杂影响。举凡三代之典、谟、诰、命，殷商甲骨卜辞，春秋行人专对，战国策士说辞，以及祭祀之祝嘏辞说，乡射之乞言合语，觌见之应对传言，乃至谥法、讳制中的语言观念，等等，都在其视野之内。对这些材料的处理使用，立岩皆取溯源探本的方式，从基本文献出发，而以当代的理论高度观察、分析之。论文中蕴含的心血，只有作者自己最清楚。对于我来说，直观的触动是，不过四年的时间，这一条精壮汉子不知何时已是华发斑斑了。

好像不止一位哲人讲过类似的意思：瑰丽的奇观都是在奇险之地，只有勇于攀登的人才能到达光辉的顶峰。立岩这部著作，立岩的这一段学术跋涉，正是对此一个绝佳的例证。

发掘沉埋的明珠

——《元代诗学通论》序

　　洪德又一部大作杀青，嘱余作序。因对元代的话题不是太熟，本拟婉辞。但一经翻检，便难以释手。通读之下，感想良多。

　　研究中国诗文乃至诗学者历来重视先秦以迄唐宋，而近来明代、清代的研究也渐次升温。至于元代，长期来人们主要兴奋点全在元杂剧。少数行有余力者，或分润于散曲。元代诗文以及诗学则处于边缘甚至视野之外。21世纪以来，关注元代诗文的人渐多，《全元文》与《全元诗》也相继出版。但就全局而论，治文学史者对元诗文、元诗学的关注与评价仍远不能与魏晋、唐宋相比。说到元代，多数人想到的依然是关马郑白。对此，查洪德说："元代诗学不为今人所知，对于中国古代诗学来说，有明珠沉埋之憾。"初看，或以为有张大其词之嫌。但进入《元代诗学通论》，哪怕只是看一看目录，你就会相信，元代诗学，确实是一个值得发掘的领域，因为其中颇有一些"自家凿破一片田地"的观念、见解。如书中重点论述的"自得"说。读后，深感其意蕴之丰富，当成为中国诗学的一个重要范畴。还有一些人们熟知的诗学概念，元代诗学家则有不同于前人的探讨，经《元代诗学通论》的阐发，使我们耳目一新。例如"自然"，虽然是讲中国诗学必讲的观念，但从《元代诗学通论》看到的元人之论，多有此前所未曾闻的表述。于是，对查洪德"明珠沉埋"的感慨，颇有"同情之理解"。

　　洪德长期从事元代文学研究，在元代诗学领域深探邃索，在全面占有材料的基础上，梳理元代诗论家的相关论述，既做宏观把握，又做微观深细考察，并将这所有理论成果放在中国诗学的历史大视野中，审视其理论贡献与独特价值。经多年孜孜矻矻，终于奉献出这一部厚重的《元代诗学通论》。这无疑既是中国诗学研究的重要成果，也是元代文学研究的重要成果。相信该书的出版，应该能够改变人们对元代诗学的看法，进而重新估价元代文学的成就。

自明人提出"各代文学偏胜"之说，经王国维强化为"一代有一代之文学"的论断，几乎成为一个世纪来文学史书写的圭臬。从突出重点，强调创新、进化的意义上讲，这一认识不失为既有道理又便于操作的主张。但"真理跨过半步即为谬误"。尤其是考虑到一个时期的文学活动自有其整体性的生态，割裂开来只论一隅，肯定有所障蔽而难于获得全面深入的认识。

由洪德大作联想到上述中国文学史书写的大框架话题，《元代诗学通论》实"起予"者也。遂欣然命笔。

癸巳小雪前夜于南开园

光影中的大慧心

——序王小慧摄影作品集

　　小慧是南开的客座教授，与我谊属同僚。她的这部作品集即将付梓，嘱我作序。虽自忖并不是合适的人选，但是自初识小慧以来，每次翻阅她的作品，胸中都若有勃勃之气感发，很愿意找二三知音者交流切磋，而大多时候有因无缘，只能"奇文自欣赏"罢了，所以这次明知不敏，也不肯辞却了。

　　若干年前，就听到过王小慧的大名，可彼此相识却是去年的事情。那时我的老师鲁德才教授介绍我认识一位"胶东老乡"，于是结识了小慧的父亲王枫先生，接下来就见到了王小慧。当时的感觉是眼前一亮，数句谈吐，就不由得想到了古人传为美谈的"与叔度相对，使人鄙吝全消"。

　　小慧的摄影作品，国内外的评论已难计其数。或从摄影专业的角度，或从文化比较的角度，或从审美心理的角度，或从性别意识的角度，各抒宏论，对小慧作品的丰富意蕴和复杂内涵都有相当深入的阐发。我现在所能讲的，却只是一个纯粹的外行以一个纯粹的读者眼光所看到、所感到的。小慧的作品，无论是哪种题材，都能产生一种冲击力，这固然有极具个性的光和影的调度对视觉的冲击，但更多更强的，却是超越了这个层面的一种力量，那是对生命的强烈的关怀，是发自内心深处的悸动。正是这种力量，电光石火般唤醒了读者对生命的渴求、珍爱与伤悼。这源于作者的大慈悲，也源于她的大智慧。在这个意义上，小慧的名字就显得过于谦虚了。这样大智慧、大慈悲的作品不是只靠技术所能产生的，它注定要从水晶般的性灵中流淌出来，所以秋水不足喻其清，云烟不足喻其态，兰苕不足喻其巧，沧溟不足喻其深。在这样的作品面前，我们的语言变得那么贫弱，我们所能做的，只有"疏瀹五脏，澡雪精神"，敞开心扉来面对，来感知，来倾听。

每每在兴发感动之余，我也会做一些理性的思考，比如她是如何融会东方与西方的，比如她是如何处理现实情怀与抽象意绪之关系的，等等。但想得最多的可能是她如何做到了既是一个伟大的艺术家，又是一个伟大的女性艺术家。这个看起来有些吊诡的问题，其实是一个涉及颇广而又颇有现实意义的问题。我们知道，当前有一些涉足文学、艺术领域的女性，十分张扬地强调自己的性别身份，并以此来标定自己的所谓风格或是特色，可是实际上所写、所画只是为了迎合男性对女性的要求、想象乃至欲望。这不仅使她们自己最终沦入尴尬的境地，而且使得人们对文学艺术创作中性别意识的合理性及其积极意义产生了疑问。现在，小慧的作品摆在这里，我想那些疑问完全可以消释了。因为其中涌动的生命力、飞扬的想象力，还有深沉的慈悲情怀，完完全全属于整个人类；可是她的表现，她的情调，却又极其鲜明地是女性生命意识、女性自主精神、女性自由意志的呈露。这些作品无言地证明了：如同大地之于长天，两性的"自我"是相对待、相映衬的关系，又是具有独立品质的存在。我没有力量进行更有理论意义的分说，好在小慧的作品——她的摄影、她的文章都放在我们的面前，桃李无言，下自成蹊。

把小慧的作品按照时序排列一下，就会发现每过一个阶段，她都给自己设置新的挑战，也都给朋友们带来新的惊喜。我希望这部作品集依旧带给读者惊喜，也相信小慧的令人惊奇的创造力会为这个世界不断地增添着新的色彩与希望。

2004 初凉时节于南开园

读其书，尚友其人

——《国学闻见录》代序

读书人，古代或称之为"士"，近现代则改名换姓叫作"知识分子"。这些年，又有不同说法，似乎不是所有读书人都有资格戴此桂冠，于是乎有所谓"公共知识分子"的专名来补偏救弊。而到了读书人扎堆的地方，如高校，则又有"专家""学者"的称谓。一般而言，这个圈里的人对"被"专家、学者，都是没有意见的。

不过，细推敲，"专家""学者"与"读书人""士"的意味却颇有不同。前者着眼于知识的拥有者，特别是与特定的知识领域关联；后者似乎主体的意味要更浓一些，是从人的行为、志趣角度着眼——这里的"士"用的是"士不可不弘毅""士可杀不可辱"的通用内涵，而非考古所得之上古词义。

古人论学，有所谓"为人之学""为己之学"的区别，而孔老夫子是力主"为己"而鄙薄"为人"的。何谓"为己"？何谓"为人"？解释历来有歧义，我们不去详究。大端而言，"为人之学"职业化、功利性的色彩较重，而"为己之学"则是与心性修炼、生命体验关系更为密切一些。高校中的"专家""学者"当然是很值得尊敬的职业，但若让孔老夫子来评说，恐怕会纠葛其"为人"而不甚买账的。其实，时至今日，"为人之学"成为"学"者的主流是很自然的事情，绝对不可厚非。反过来，若有哪一位好古之士执着于孔夫子"为人""为己"的畛域，24K地去"为己"而学，不仅会迂阔孤独如柳宗元笔下的孙昌胤，甚且生存也会成为问题。既要脱俗又要通达的做法，恐怕还是要在二者之间选择一个适当的度。

之所以不吝辞费说这些,是因为读到了东方君的这部颇为独特的著作。

东方君是正经的科班出身,有博士学位,又从我进行过博士后研究。出站后,现正任职于一所很好的大学。按照通行的逻辑,他应该把更多的精力用到论文数量的积攒、核心期刊的计较、引用次数的增加之类"正道"之上。他的专业基础不错,而又兴趣广泛,多有才艺,这些事虽不能说是"如拾草芥",但也不至于有什么困难。但显然东方君没有做此选择。从眼前这本书看,涉及领域宽而杂,既有文学思想方面的内容,也有艺术批评的内容,还有书法心得;更奇者,撷拾故乡逸闻、市井掌故,以志怪笔法出之,而其题旨则似不止于志奇炫怪。因为东方君自身带有浓厚的文人气息(或曰"积习"),所以所见、所志、所寄大多与"国学"有或密或疏的关联,此书命名为《国学闻见录》,其谁曰不宜?

子曰:"不得中行而与之,必也狂狷乎。狂者进取,狷者有所不为也。"东方君恐非圣人标榜的"中行"之士,我曾见其痛饮狂歌、率情任性之时,颇有几分欣羡。孔圣人喟然而叹"吾与点也"以及这里"得狂狷而与之",彼时心境或有近似之处。

读东方君之书,可仿佛想见其为人。应有狂狷之士、博学文人,于此嗅得同道气息,不亦快哉!

辛卯初春于南开园

探测水下的冰山

——《明末清初文人结社研究》代序

　　宗美与我的学缘是偶然结下的。当时由于路数有别，他未能列于明师之门墙；而向学之心未泯，遂求教于我。通常，类似"战略转移"很难成功。但其求学经历打动了我。宗美非"正规军"出身，却始终苦学不辍；读书之博，悟性之好，都是不多见的。于是，我为之协调各方面关系，终于使他走进了南开的大门。

　　在新的学术环境中，宗美很快找到了努力的方向，并在眼界、路数、方法各方面迅速有了长进，直令同门师兄弟常有"非复吴下阿蒙"之叹。而弹指三年，终于以心血结晶成这部《明末清初文人结社研究》，无论其篇幅、其材料，还是其新见，都昭示出寒窗之下借月映雪的辛苦。

　　十几年来，学界同人颇喜谈论"重写文学史"的话题。而十余年间，各色"文学史"问世多多，虽不乏佳作，但真正当得起"重写"二字的似尚未见。究其原因，是"史"观并无根本性改变。我们的文学史著作，基本路数都是时间框架中的作家作品论；而其构建基础则是经典化了的文本。有文本入得我法眼，作家便有一页半页之地；然后再溯渊源，析流派，形成一种"说法"；于是，"史"甚至"规律"便都了然纸上了。很多"重写"，不过是对筛选"经典"文本的法眼稍做改换而已。当然，作为文学系大学生的教科书，这种写法不仅未可厚非，而且很难设计出适用的替代方案。不过假若跳出了"教科书"的窠臼，那就会有很多选择摆到我们面前。

　　如果把经典化了的文本比作散布于海面的冰山的话，描画其阳光下熠熠生辉之美景固然赏心悦目，而探究没于水面之下支撑这美丽一角的巨大

"底座"，也是富有挑战性的工作；就其提供新的知识而言，也许比"描画"工作更有意义。

明清之际是文学活动十分活跃的历史阶段，这不仅表现为创作与理论批评所呈现出的少有的异彩纷呈局面，也表现为文人们相当广泛的结社与规模空前的社集。对于异彩纷呈局面的描画、分析，早已汗牛充栋；而对于文人结社——特别是与文学相关的结社活动，人们却缺乏研究的兴趣。其原因便是与这些结社活动直接关联的文本没有（或几乎没有）通过经典化这一关的。尽管社中颇多俊彦，尽管社集规模惊人，尽管社之兴衰关乎风气之转移、潮流之走向，也仍然不能使这些活动较多地进入文学史研究者的视野。而这些，便正是水面之下的冰山。

宗美这部著作借鉴了前人有关研究的成果，但在基本材料的发掘，对史料的理解分析，特别是文社与文学潮流的关系诸方面，颇有"自家凿破一片田地"之处。他所做的工作并不是文学史的"重写"，但这些工作为真正的"重写"准备了基础——当然不是唯一的基础，如同"水面下的冰山"也不仅仅是"文人结社"这一部分一样。

在这个研究范围内，宗美有一系列很好的构想，本书也可看作其宏大构想的"冰山一角"。以他一贯的韧性、毅力，我们有理由期待着巨大的"冰山"浮出水面。

构筑文学史的坚固基石

——《公安派结社考论》序

　　两年前，宗美的《明末清初文人结社研究》出版，很快就得到学界的广泛好评。两年的时间弹指即过，这本《公安派结社考论》又放到了我的面前。

　　《明末清初文人结社研究》出版时，宗美请我作序。我写了一些读后的感想，主要的意思是，欲深入了解各时代的文学，不能不了解当时文人的生存与活动情况，而对文人结社的研究正是打开一扇视野开阔的窗子。如果说，宗美前一部著作已经从这扇窗子里看到一幅山峦起伏、沟壑纵横的图景，那么本书则是调整焦距，把局部拉近后的细部放大图，也可视为前者的续篇。

　　明代文学的研究，向以公安派为一个突出的重点。公安派的文学主张、思想渊源，乃至"三袁"之间的同与异，"三袁"前后期的相续与蜕变，等等，都已经进入研究者的视野，并取得了可观的成绩。但是，对于"三袁"及其友人的文学或更宽泛意义上的交游，似尚缺少系统深入的梳理与讨论。宗美的研究正是对此做出了填补空白式的研究。而这方面的研究既可以深化上述种种问题的讨论，也有利于更全面地把握晚明士人的生存状况和精神面貌。特别是对于公安派之所以成为一个影响广远的文学流派，这方面的材料可以给我们很多新的启示。因此，可以说宗美已经做的、正在做的和将要做的，都是在为文学史构筑更宽阔、更坚固的基石。

　　近些年来，学风问题成为学术界普遍关注的问题，"克隆""注水"等恶劣的风气败坏着学术的声誉。就在浮躁之风甚嚣尘上的时候，宗美潜心凝虑，踏踏实实走自己的路。正如韩昌黎所言，不诱于势利，不期乎速成。结果呢？学术的果实总是向着勤奋的人、诚实的人微笑。

在他自己开拓的这片学术园囿中，宗美已经有了可观的收获；不过据我所知，他的蓝图远不止此。让我们等待下一个金秋的到来吧。

欲穷千里目 更上一层楼

——《雅俗之间：李渔的文化人格与文学思想研究》代序

　　果泉大作即将付梓，嘱我为序，义不能辞，谈一些读后感以塞责吧。

　　在古代文学的学科领域，有关李渔的研究虽不是很热，但从来也不太冷。大家关注的，20世纪五六十年代主要是他的戏剧理论。"立主脑""密针线"之类命题，治批评史者皆耳熟能详。由于当时的理论框架和批评标准所限，他的小说、戏剧作品则少有提及。"文革"中不论，至八九十年代，李渔的创作也逐渐进入研究者的视野；特别是从小说史、戏剧史的发展角度认识这些作品的意义，几乎成为一时之共识。可以说，在传统的作家作品论的层面上，关于李渔的话题，不能说已经穷尽，但剩义无多则是基本的事实。

　　在这种情况下，果泉提出把博士论文的题目定在李渔身上，我是为他捏了一把汗的。然而，当他提交初稿时，我只觉眼前一亮，当时自然想到了"欲穷千里目，更上一层楼"的诗句。果泉论文的出发点是：李渔是中国古代两千余年间的唯一，这不仅仅是由于他在理论和创作上的成就或是特色，更重要的是他的生存方式，以及与之密切相关的价值观念——在很大程度上，其作品的特色反而是由此派生的。当然，这个"唯一"不是跳出三界外不在五行中的唯一，如果没有中晚明一百几十年的社会"转型"，如果没有在"转型"期间千百个佚出传统轨道的异端先行者，李渔的唯一也绝不可能从天上掉下来。

　　果泉凭着自己的睿视，对李渔在中国文化长河中的特殊意义有了更加透彻的认识，而他的论文对这种认识做了非常有说服力的证明。他的成功主要在于：（1）视野开阔，超出了通常古代文学研究的范围，把李渔的商业活动和文学、文化活动的关系分说得清晰、明白。（2）对于李渔之所以选择这样一种异于传统士人生存方式的人生之路，其时代的原因、个人的原因，以及微妙的心态都做了独具只眼的剖析；（3）把对李渔的研究放到大的背景下进行，历史的传承与变异，时代在不同人群的不同投影，都是果泉关注的重点，于是论文中的李渔既是凸显的唯一，又是历史序列中、时代群像中的一个。

果泉的为人，沉毅厚重，有时若不能言者，而实际上很有独立思辨的修养。现在他的教学与行政负担都比较重，希望将来能有调整的机会，则可望在学术上取得更令人瞩目的成绩。

追踪"关帝"的脚步

——《经典的传播：关羽形象传播研究》序

近些年来，中国小说史的研究者逐渐把视野延伸到作品的传播过程，从传播接受、意义播撒的角度更全面地认识研究的对象，既丰富了小说史的内容，也为更广义的文化研究提供了新的材料与新的思路。学义的研究也是循此路数展开的，而又具有自己的特色。本书在对《三国演义》之传播暨关羽形象之传播的研究过程中，特别着意于把不同受众的接受角度、接受程度加以区别，揭示其各自不同的阅读期待。而这恰是《三国演义》这部作品的特色——士人文化与俗众文化的结合物——所致。

学义的研究方向本偏向于近代文学，后从我游，学术兴趣遂向上延伸而至明清，于《三国演义》用力尤勤。其时，他教学任务、行政工作均有较重负担，而治学又绝不肯草草，因而从选题到搜集材料便多费时日。而当撰写近半时，又发现了学界有些研究与己撞车，便毅然放弃一部分已做的工作，把重点放到关羽形象的传播方面。重新构思，抉剔文献，付出了加倍的劳动，终于有了这来之不易的成果。

现代意义上的关羽研究，肇始于20世纪初期，至今百年有余，成果累累。尤其是80年代中后期以来，关羽研究的视野议题逐渐拓展，政治角度、民俗角度、宗教角度、艺术角度、伦理角度等等，几乎涉及了人文、社会研究的各个领域。但专题性的系统的传播角度研究相对而言尚有不足。

本书上篇以小说、戏剧、传说、史传中的有关材料为对象，来考察关羽形象的传播与接受，在传播者的阶层结构、地域分布、话语特点及解读语境等方面皆有独到的研究。下篇则偏重理论的阐发与讨论，在总结关羽形象传播与接受特点的基础上，提出了若干古代文化传播的模式。这样就突破了关羽形象流传过程及关羽庙宇沿革梳理的浅层描述性研究套路，给关羽形象传播研究以更多更深的意义。

对中国文化传统的研究，可以有多种角度、多个层面。大略而言，较为纯粹的思想观念研究，与相对偏于物质方面的研究，界域清晰，容易形成学科意义的研究方向，如庄子研究、论语研究、实学研究之类，如白酒文化、少林武术之类。而交叉性的、专题性的研究，往往因其学科界域的模糊，增加了研究的难度，且影响其被学界关注、认可的程度，如关羽文化现象研究、龙文化研究之类。但此类研究却因其综合性而更能表现出民族文化的实在样貌，甚至往往关乎民族文化深层的"基因图谱"，所以应该得到更多的关注与支持。

关羽形象的传播研究，可以说尚属于起步阶段。日前与学义就此切磋讨论，以为至少在以下方面还有明显的开掘空间：如关羽"武圣"的地位是取吕望而代之的，这期间的政治、社会背景变化，以及庙堂与民间的互动，还有这　过程在文学领域的折光，都有一些有趣的话题可以继续探讨；又如中晚明的士人别集中颇多关羽题材的作品，在偏激如李卓吾、多面如钱谦益、耿介如赵南星等人的"颂关"之作中，何处为同，何处为异，异同之间的原因何在，也都有可深入考察的空间。相信学义这本书只是在这个领域迈出的第一步——当然是矫健的一步，我们有理由相信他的第二步、第三步是更坚实的，是加速度的。

于秋雨绵绵的南开园

"语文"视角的独特鲁迅研究

——《现代语文视野下的鲁迅研究》代序

我们每个人都是"生存"在语文中。但就像我们"存活"在空气中，鱼"存活"在水中一样，习以为常的人们并不对语文有感知、认识、思考的"自觉"。

而受到学科分类的影响，在研究者那里，语文又被机械地分为语言学与文学，各自有严格的研究范围与研究范式。作为人类精神活动主要呈现方式的"语文"，却通常从研究视域中淡出了。

何英的这部著作只眼别具，视角恰是从这一灯火阑珊处投射，而见出了他人未见的景象，讲出了他人未曾言的道理。

她关注的中心是中国"语文"现代转化过程中鲁迅的思考与实践。她把鲁迅所有以文字形式流传下来的材料，包括创作、翻译、编辑、演讲、校勘等等，作为研究的核心材料，把有关鲁迅研究的各类传记、回忆录，特别是有关其语文教学中的情况作为重要的参考，来探索这一文化巨匠所构建的语文世界，以及这一世界在中国"语文"的现代转型中所具有的意义和产生的作用。

这个题目的难点起码有两个。

一个是鲁迅语文实践中的"矛盾"。鲁迅是新文化运动的主将，是提倡白话文的骨干人物。但他不仅写古体诗（广义），而且连学术著作《中国小说史略》都使用了文言。鲁迅很极端地建议青年人"要少——或者竟不——看中国书"，但他自己不仅大量阅读三教九流书籍，而且饶有兴味地去做抄碑、辑佚的事情。

另一个是鲁迅虽然有大量的多方面的"语文"实践，但很少有关于语文观念的理论性的正面表述。因此，这方面的内容在很大程度上，需要"以意逆志"，在实践的内容中爬罗、剔抉。这对思维敏锐性提出了很大的挑战。

正是在克服困难、解决难题的过程中，何英的研究凸显出了创新意识与独特的见解。她通过对鲁迅"自言"与"倡言"两种不同的言说姿态的心理机制的深入剖析，揭示出鲁迅一方面出于社会文化责任，强调顺应时代潮流，积极变革中国语文，一方面又尊重个体基于历史和民族文化而形成的传统语文趣味与表达习惯。这就勾画出转折期文化巨匠复杂的精神世界。

另外，何英的研究还就鲁迅写作实践中对本土与异域语文资源的态度进行了辩证的分析。本土语文资源，在鲁迅主要表现为对文言和民间语文的创造性运用——对汉字潜能的开掘与对民间语文智慧的汲取，这使鲁迅的表达既深刻准确又生动丰富。而另一方面，鲁迅的"洋气"翻译观和"硬译"主张则充分体现了他对异域语文资源的尊重，而从他对中文章法与句法的创新中也可以发现他对"口化""欧化"语文手法的借鉴。

总之，何英这部著作对于中国语文的现代转化，对于当今的语文教育，对于鲁迅研究，均有角度独特的贡献，故乐为之序。

甲午惊蛰前夕于南开园

另辟蹊径　柳暗花明

——《明清家族小说的文化与叙事》代序

对中国古代小说的系统性学术研究，应该从鲁迅、胡适两位算起。两位先生借鉴域外的观念与方法，而又运以己意，不仅解决了一系列重要的问题，而且建立起中国古代小说研究的范式与框架。七八十年过去，他们的影响依然存在，其范式与框架仍是这一领域中不容忽视的圭臬。胡适先生对几部名著的考证，特别是《红楼梦》的考证，其基本理路仍是当今"红学"的主流。而鲁迅先生在《中国小说史略》中对白话长篇小说的"题材四分法"，虽不断有后学意图颠覆之，但作为研究的基本框架却依旧无可替代。

"四分法"中，最为复杂的是所谓"世情小说"，或称之为"人情小说"，近年来试图有所修正的焦点也在于此。平心而论，"世情"相对于"神魔""英雄传奇""历史演义"而设立，其逻辑关系是相对清晰而得当的。之所以产生争议，不在于"四分"之架构，更不在于置身"四分"架构中的"世情"类命名。其实问题在于"世情"不同于"神魔""传奇""演义"：后者的内涵都相对简单，虽也有重新命名之议——如主张以"神怪"代"神魔"等，但实则无关宏旨；而前者却是"横看成岭侧成峰"，既可以因视角不同而有不同观感，又可以因题材侧重点有别而有别样命名的可能。例如《儒林外史》与《歧路灯》，一写社会一写家族，一批判一说教，虽不妨同置于"世情"名目下，品类却颇不相类。然而，若有研究者以教育题材做研究对象，而这似乎又可同属于"教育小说"。指出这一点，并非刻意标新立异，而是要说明"世情小说"内涵宽泛而复杂，如果不再简单地笼统地满足于这一宽泛的类别，则可能有利于研究的细化、深化。

梁晓萍的这篇博士论文就是对此的一次成功的探索。

正如作者在《绪论》中指出的："梁启超、孙中山、李大钊、陈独秀、闻一多、费孝通、冯友兰等前辈学者都曾指出家族和宗法制度是传统中国社会结构中的基本制度，是中国传统社会区别于其他社会的一个重要特色，'一切政治、法度、伦理、道德、学术、思想、风俗、习惯，都建筑在大家族制度上作它的表层构造'（李大钊语），就连黑格尔也指出中国的民族精神是一种'家庭的精神'。在传统中国，家族作为上可扩延至国家（社会）、下能简缩为家庭的不可或缺的社会中介组织和功能单位，正如钱穆先生曾指出的：'是中国文化一个最重要的柱石，我们几乎可以说，中国文化，全部都是从家族观念上筑起，先有家族观念乃有人道观念，先有人道观念乃有其他的一切。'"中国的古代社会中，家族（广义，包括大家庭）乃是最为重要的"构件"，传统文化的根基也是由此而延伸。正因为如此，当小说这一最具人生表现力的文学体裁逐渐成熟起来时，它的视域便自然落到了家族／家庭之上。从《金瓶梅》《醒世姻缘传》《林兰香》到《红楼梦》《蜃楼志》，还有《天雨花》《笔生花》《再生缘》等，一系列的"大部头"在二百年间相继问世，显示出这一题材类别极为旺盛的生命力。

诚然，这些作品从一般意义的"世情"来考察，强调其"社会"表现力，并无不妥，或是从"人情"的角度来考察，强调其"人性"表现力，亦无不妥。可是，这些作品的故事的绝大部分情节都是在"家族／家庭"这个平台上展开的。这一点，既有别于"演义"的"朝堂平台"、"传奇"的"江湖平台"、"神魔"的"世外平台"，也有别于同属"世情"类的《平山冷燕》《金云翘》《好逑传》《儒林外史》《官场现形记》等。拈出这一特性，并从这一视角深入文本，便与笼而统之的内容分析所见不同了。

梁晓萍正是得力于蹊径别辟，而有柳暗花明的发现。她的这篇论文对作品中展现的家族关系的方方面面，都有条分缕析的阐述，并对不同时期、不同作家的叙事态度和叙事手法进行对比、研究，同时把文学文本中的"家族／家庭"与史学文本中的相关内容相互映照，深入到"家族-宗法"文化之中，给文学作品以更加透辟的阐释。这些成果不仅推进了小说史的研究，对于传统文化的研究、古代社会史的研究也都有一定的参考价值。

还应该指出的是，古代的"家族／家庭"小说对于中国现代文学具有非常深刻的影响，巴金的《家》、林语堂的《京华烟云》、张爱玲的《金锁记》，这些现代文学史的经典都打有鲜明的脱胎的印记。实际上，现代文学的"家族／家庭"小说足以蔚成大国。在这个意义上，梁晓萍的论文的出版，也将促进打通古今的"中国家族／家庭文学"研究。

梁晓萍在我们门下三年，家庭分居，女儿幼小，完成学业实属不易。现在，这一心血的结晶终于正式问世，我既为她高兴，也愿借此机会提出一点希望：开辟蹊径、筚路蓝缕自然可贵，健行不辍尤属难能；这一领域可以继续开掘之处多多，期待着看到她的后续之作。

披沙拣金　溯源筑基

——《明清〈三国志演义〉文本演变与评点研究》序

俗语云"少不看《水浒》，老不看《三国》"，不管是否言之成理，倒是从侧面证明了这两部书的广泛影响。近年来，不少人发表宏论，从文化批评的视角颠覆成说，对这两部作品重新评论。这是时代变迁之际，很正常的文化波动。至于某学者高调提出的"双典"实为双"毒草"之说，则稍微沾染了些许愤青气，与 20 世纪 80 年代末"打倒杜甫、屈原"实为同一畸变思维方式所致，于积极的文化建设恐益处不大。

事实上，这样的极端态度也并不能影响民众对"双典"的接受。以网络这一时尚达人云集的民间狂欢平台来看，对《三国演义》关注的热度丝毫没有因为"高论"的出现而有所降低，甚至还出现了品位提升的迹象。不少论坛高手，不仅继续热心于对《三国》的战将品头论足，而且还开始关注小说的文本，甚至版本。他们发现，明代读者看到的《三国演义》（或谓之罗贯中原本《三国》），与现在通行本《三国演义》（或谓之毛宗岗本《三国》），文本上有很大的不同。

从学术的角度来看，这其实是个古代文学研究中时常碰到的文献学问题。近年来，圈内《三国演义》版本研究一改被漠视的状况，日渐深入而成果颇丰。刘海燕正是从这一特定角度切入，开展她的《三国演义》文本演变与评点研究的。

严格地讲，和明代"四大奇书"的其他三部（《水浒传》《西游记》《金瓶梅》）一样，《三国演义》的作者的真实、具体情况也始终烟云模糊。这似乎和罗兰·巴特所言"作者已死"有某种暗合之处。由这种"作者已死"

的前提出发，中国古代小说研究似乎也经历了某种转向，人们更多地对文本的插增、繁简等问题表现出了更大的兴趣。对于《三国演义》来说，这一点更为重要，因为对于三百年间通行的《三国演义》来说，罗贯中的重要性分明因毛氏父子的工作而被降低——毛氏父子评点者与修订（创作）者身份的重合，揭示出一种值得关注的文学现象：在中国古代小说史的研究中，除小说"原作者"之外，其他人参与的再创作与批评的意义和价值，也应给予更多的承认。特别是从"经典"的生产来看，这正是来自一系列创作者与评点者、传播主持者的合力推进。

从这个角度来看刘海燕对《三国演义》早期文本演变的细致梳理以及对早期版本中评点文字的评析，无疑具有填补空白的意义。对于中国小说理论批评史的建构，也自有其文献价值。若干年前，本人在《中国小说理论史》绪论中，曾经提及中国小说理论资料的重要形式和内容——评点，认为"在这汗牛充栋的评点中，有价值的理论成分并不是很多的；但是，中国小说理论史的最光彩的内容正是在评点之中。故过去那种鄙薄其散碎不成系统的看法实属片面，而应代之以耐心细致的披沙拣金的态度"。刘海燕这本书附录部分对《三国演义》早期版本中评注的整理和研究，正是一种披沙拣金的理论资料基础工作。显然，在众所周知的蒋大器、张尚德所论之外，有新的小说理论资料呈露，这对于深入推进明代小说理论研究无疑大有裨益。若说此书还有什么不足之处，大概是在理论方面还可以进一步开掘，尤其对毛评中的小说理论相关探讨，仍显得薄弱些。

刘海燕，这一位小巧的南方女子，当年扛着"关王大刀"走进我门下。她的博士阶段研究关羽形象与关羽崇拜的生成和演变，在南开做博士后期间，则选择了"明清《三国演义》批评研究"作为出站报告。在众人都在占山为王的时候，她却打一枪换一个地方（硕士做的是明代诗歌）；在众人都在树旗帜的时候，她却细针绵密地在绣花。我有时甚至为她担心，如何走出微观，建立自己的学术视野。在她将出站报告整合为本书出版之时，邀我作序。我颇欣喜她能绣出这一朵鲜活之花，也拭目以待其繁花似锦的后续华章。

行有余力　则以学文

——《三与堂诗文》序

在当今读书人中，特别是在高校人文学科的教师中，春蕊老弟是一个略显另类的人物。

对于今日中国大学文科教师而言，有几根指挥棒是能量巨大的。第一是论文。比起 20 世纪的"一本书主义"，专著、教材之类的价值已经大为衰减。而论文的行情则扶摇直上。虽然有"反五唯"之说，但实际上论文数量依然在各种价值衡估中占据重要位置。再有便是所谓"C 刊""顶刊"，以致学者的命运很大程度掌握在刊物的主编手中。至于由此滋生了多少怪现状，圈里的人大多心知肚明。第二是项目。各高校排行榜要靠此"拿分"，压力必然下移。又由于大多数高校的研究生培养学习国外的"老板制"，经费多少直接决定了指导研究生的资格，更使得这根指挥棒成了教师晋升、考核的必要条件。第三是奖项与头衔。评奖本为鼓励学术的好事，但与实际利益关系过紧，也不免与初衷有所偏离。而头衔之多，也是近年中国人才管理的一大特色。可以说，完全无视这几根指挥棒，在高校的生存几乎是不可能的。

有机构就必然有管理，不能说这些指挥棒全无道理。问题在于如果挥动过甚，力度过大，也难免造成人为物役、主体弱化，模糊了学术的根本与初心。

追踪春蕊这十余年的人生脚步，发现指挥棒对他的影响似乎明显小于平均值。站在指挥棒的角度，会惊讶于他所做的一系列"无用功"。

他做本科生班主任的时候，组织"古典学兴趣小组""现代性问题小组"

"思想与实践小组""写作小组"，以读书沙龙的形式带领学生开展研讨，所带班级曾获北京市高校优秀集体一等奖。

春蕊人到京华，不忘桑梓，曾捐出三十万元为山村修路；又拿出祖屋，建起村中的图书馆，多方搜集二万余册书籍供乡亲阅读。

他还积极推进高校人才到江西——春蕊家乡，沉潜到基层工作。经他牵线搭桥到县、乡工作的博士、硕士数以百计。

近年来，春蕊又利用自己的人脉，联系同道，组建起万柳书院，并创办《中国文艺思想评论》，致力于文化传播、普及学术。

如此等等，焚膏继晷，本职的课没少上，书没少写，又做如此多的"无用功"，朋辈无不感佩其过人的精力，以及这种"实干""傻干"的态度。

这些事情，与古贤哲提倡的"躬行"有着精神血脉的联系，却又与通常所谓"事功"全然不同。因为这些事情并不会产生指挥棒体系下的"价值"，因此，多数人"非不能也，乃不为也"，也是可以理解的。但春蕊孜孜矻矻，坚持做了十余年。我想，这确实是需要一点儿情怀，需要一种境界的。

子曰："古之学者为己，今之学者为人。""为己"抑或"为人"，是教育史上一个根本性问题，迄今也不能说已经有明晰的共识。但有一点是可以肯定的，如果纯然"为人"，便不免如程伊川所言："为人，其终至于丧己。"而春蕊抱定"为己"——操守、抱负、自我实现，于是便呈现出虽略显另类却个性鲜明的人生轨迹。

而这一轨迹又与他的治学有深层的血脉关联。

春蕊的博士论文是研究曾国藩的古文理论及实践的。其中既有对曾文正"合学问与事功为一体"的人生的剖析，更有对"古文"特质的深入体认。

五四新文化运动提倡"言文合一"的白话文，同时便为文言文画了终止线。与之相关的是来自西方的"文学四体"说成了关于"文"的教科书式的标准内涵。我们当然了解当年这一文化震荡之合理性的时代背景，但也逐渐发现其"矫枉过正"的某些弊端，如对传统中泛义的"文"的断然舍弃，漠视古文特有的艺术美感而简单以"选学妖孽，桐城谬种"视之，把洗澡水与孩童一起贸然泼掉等。

春蕊秋水洗目，故能洞鉴此际之得失是非；既有所见，又能躬行。便有了传统的"文"人气质。这部集子中的作品便是明证。集中古文辞数十篇，有序、跋、书、记等，均能得各体之窍要，而又显古文气韵与节奏之美。而所收文言之诗词，情词并茂，非斤斤于入声、音律之皮毛，而能于炼字传神精微处得诗心之妙。

诚然，顺水推舟，力半功倍；逆水侧风，难免辛苦。春蕊于现代而行"古"事，其难其险可想而知。此集名为《三与堂诗文》，或曰语出《庄子》。然私意揣度，抑或反用《孟子》语意耶？《孟子·尽心上》云："君子有三乐，而王天下不与存焉。父母俱存，兄弟无故，一乐也；仰不愧于天，俯不怍于人，二乐也；得天下英才而教育之，三乐也。""不与"王天下，便可自得其乐。是耶非耶，吾不得而知。然览此集，思所行，所揣度不中，亦不远矣。

庚子春于南开园

一项重要的基础性工作

——《〈太平广记〉的传播与影响》序

牛景丽的博士学位论文《〈太平广记〉的传播与影响》即将出版，作为她的导师，自然很为她高兴，也十分愿意把这部凝结着大量心血与汗水的佳作推荐给学界的朋友。

宋初编纂的《太平广记》是古代小说史上的里程碑，在小说史上有着不可替代的地位和价值，一定程度地影响了小说史的发展历程。然而尽管学术界对于《太平广记》的重要意义有目共睹，但对于《太平广记》的研究却并不多。特别是《太平广记》在其传播过程中对于古代小说观念、小说创作、小说演进等方面的影响，目前学术界还很少涉及。牛景丽的这部著作，以小说史的发展为线，即把《太平广记》的出现、传播与小说史的发展相对照，来考察《太平广记》对于古代小说的影响。其中既有扎扎实实的文献学的功夫，也有很透辟的理论分析，对于小说史的研究、小说理论史的研究，都有进一步夯实基础的意义。

例如中国的"小说"观念演化，这是一个相当复杂而又不容易分说得很清楚的学术难题。现代的"小说"是一个明确的文体概念，基本内涵为"虚构的叙事性文学作品"。但是，汉语史上的"小说"这个词语，最早的内涵却是"无甚价值的学说、言论"。二者之间虽不能说毫无气息相通，但也是相去甚远。那么，在"小说"的躯壳中，两千多年的时光中，内涵的演变究竟是如何发生的？这个漫长的过程具有怎样的阶段性？这应该是治小说史的人首先要考虑的问题之一。当年，拙作《中国小说理论史》曾提出四段论，即由"泛称小说"、经"子部小说""杂纂小说"，而至"文学小说"。窃以为勾勒、概括较为明晰，也得到学界师长、友朋的一些鼓励。在得出这个结论的时候，《太平广记》并没有被充分关注，原因是其中并没有关于"小说"的正面、直接论述，甚至没有提及这个概念。而这一点经过牛景丽的研究，则有明显的补正。她在本书中以多条切实的材料证明，当时朝野上下都是以"小说"作《太平广记》称谓的，那也就说明当时的"小说"观念集中反映在此书中。然后她把《太平广记》体现的"小说"观念与刘知几《史通》的观念细加比较，得出了很有创见的结论："从《汉书·艺文志》的说理性短文到《史通》叙事性短文，再到《太平广记》对虚构叙事作品——唐传奇的收入，表明了编纂者已经捕捉到了小说这一文体的本质特征，体现了宋初小说观念从历史叙事到虚构叙事的巨大飞跃，从而确立了中国古代文言小说观念内涵，是古代小说观念走向现代的标志。"这一分析过程，材料可靠，推论严密，展示出牛景丽良好的学术素质与功力。

其他如对《太平广记》传播情况的梳理、《太平广记》对小说史发展的影响、《太平广记》研究对中国古代叙事文学母题研究的意义等，本书的研究都有独到之处，而这些对于中国小说史研究的深入，都有补足必要环节的价值。

相信牛景丽的心血会得到学界的重视，也相信牛景丽会做出新的成绩。

论剑说侠意兴殊

——读罗立群《中国剑侠小说史论》

　　我读初中的时候，是 20 世纪的 60 年代初。当时，一则世运坎壈，终日里饥肠辘辘，正是梦幻滋生的好土壤；二则管理者也人饿志短，50 年代的各种约束随之松弛，于是旧武侠就在一些同学中偷偷流传。那些书多是在校门口地摊上淘得，一般一两角一册，纸页黑黄，少头没尾，有几种到现在我还是查不出它们的名字。记得名字的则有《永庆升平》《三侠剑》《小五义》《七侠五义》《兵书峡》等。尽管小男孩儿的阅读心理大半在看热闹，但当时也朦朦胧胧觉得"侠客"与"剑客"（或是"剑侠"）大有不同——侠客们脚踏实地，讲究的是一招一式，至多飞檐走壁而已；剑侠们则以"超距"伤人为特征，劈空掌已是末技，如《兵书峡》的覆盆老人、《三侠剑》的夏侯商元等。待到 80 年代，自己把文学变成了职业，通俗小说尤属职业中主要"经营"方向。于是，武侠小说堂而皇之可以作为专业研究的对象了。不过说来惭愧，由于种种原因，在这个对象领域始终用力不勤。至多讨论讨论金庸作品的文化意义，分说分说鲁智深、武松身上的侠义热血。而早年的阅读体验，则不过成为讨论、分说的背景知识。至于当年那种朦胧感觉，虽然偶尔也会浮现出来，甚至勾起一丝得意之情，可从未想过这里蕴含着一个颇有开采价值的富矿，当然也就未曾有过任何深入、系统的思考。

　　现在，立群兄的皇皇大作摆到了我的面前，由于有当年的小小"情结"，所以一口气读了下来。掩卷之时，已近阑夕，却仍是意兴勃勃。这当然有数十年"情结"一朝开释，那真是金圣叹所谓"不亦快哉"的感觉。不过，更深一层的却是立群学术成就带来的快感，这就如同佛学里时常提到的"法喜"。

十余年前，立群的《中国武侠小说史》问世。作为一部分体的专门史，其突出的优点是脉络清晰，资料扎实、详备。在当时海内外几部同类著作里，显示出了自己的学术个性。而十余年后再读到这部《中国剑侠小说史论》，不仅为立群学术疆域的拓展而快慰，更为他学力的提高、境界的升华而欣喜。所谓"士别三日，当刮目相看"也。

这部著作可以看出立群的学术敏感与学术眼界。在有些人看来，武侠文学难登大雅，那么武侠文学的研究也就价值不大。当然，这是对"学术"缺乏理解的偏狭之见，不值一驳。但也不能不看到，受其影响，忽视或小视武侠文学研究的情况并非个别。整个武侠文学的研究尚且如此，何况它的一个分支。立群兄却没有被类似偏狭之见束缚、左右，而是秉持一个学者最可宝贵的"独立思考，自由探索"精神，发现真问题，开掘真材料，"自家凿破一片田地"。

如果说，有一种意象同时深入大传统与小传统，同时为雅士与豪客所钟情，那大约只有"剑"足以当之。自战国开始，诗人如屈原、哲人如庄子，皆与"剑"结下深厚情缘。后世淡泊如陶潜、超妙如王维、狂放如李白、奇诡如长吉，都有咏剑的名句，至于一代雄杰的辛弃疾，那"醉里挑灯看剑"的情境，睥睨百代的龚自珍，那"美人如玉剑如虹"的气魄，更是脍炙人口，令人神往。立群的大作，深入到这一特殊的文化现象中，既梳理其脉络，又剖析其社会心理，就为勾画"剑侠"文化基因图谱，夯实了基础。

而说到文化基因图谱，宗教的维度对于"剑侠"亦十分重要。如道教的"名角"吕洞宾不仅"袖里青蛇胆气粗（网上有人解此句作'将青蛇收降放到袖子里'云云，一笑）"，"朗吟飞过洞庭湖"，还"飞剑"去斩黄龙。至于唐传奇《聂隐娘》所写之将剑"缩微"收藏到身体里，则来源于佛教的想象。这在立群的大作中都有深入的讨论。

因而，是不是可以进一步说，剑侠之"剑"是来自士人在宗教文化背景下的自我"阳刚化"想象呢？

这一点，与一般意义的武侠有所区别。"剑侠"的威力多由于神奇的特异功能，描写的重点往往放在奇遇及特异功能的获得。相比之下，通常所讲的一般武侠之"武"，则来自民众在江湖文化背景下的救世主想象，其重点在于肉体力量的炫耀、武技的比拼与正义的伸张。当然，这只是大略而言；事实上，武侠与剑侠并非总是泾渭分明，其要素也往往是混融杂陈的。而与此相应的，"剑侠"似乎更宜于以文言来表现，而白话则写行走于江湖的好汉——"武侠"更拿手一些（这也是一般而言，而且截至晚清）。而文言消歇之后，那种"纯正"意义上的"剑侠"也随之消歇，还珠楼主的"剑侠"其实更接近于晚近的"玄幻"，可以说是"剑侠"别子为宗的变体。

这些话题，立群已经分说得十分清楚，我这里只是随感而发的联想而已。而说到这里，忽地记起一个相关的困惑——实际超出了立群这部书的范围。兴之所至便随手记下，算是向立群兄以及读者诸君讨教。从故事的宗教文化背景论，或是从故事情节的想象特征论，与还珠楼主的《蜀山剑侠传》最为接近的古典小说当数《封神演义》，二者都是滋生于道教文化的土壤，都是想象出各种"宝贝"来推进情节、展开故事。可是很奇怪，《封神演义》的争雄决胜所依靠的花样百出的"法宝"，什么"化血刀"、什么"打神鞭"，很多冷兵器都因作者的想象而有了神奇的特异功能，而唯独早已有了特异功能的剑（即以吕洞宾笔下，就有"先生笑，飞空一剑""一剑横空几番到""仗剑锋，麾魔障，荡妖邪""两手擘鸿蒙。慧剑飞来第一峰"种种表述），却几乎被作者彻底冷落。诛仙阵出现一次，却悬挂半空并无作用；云中子进献一次，也是悬挂而终遭焚毁。书中多次写到某种兵器化为龙形"夭矫"而至，这本是传说中"剑"的专利（"张公两龙剑，神物合有时"），为什么陆西星弃而不用，从而把大规模铺陈渲染的机会留给还珠楼主？

当然，这肯定不是"剑侠小说史"的论题范围，只是连类而及，"疑义相与析"罢了。

立群兄在南开读书的时候，同窗多以"罗大侠"称之，据说拳脚也颇有几年真功夫。另一位有"侠"名的就是在下。在下的三脚猫功夫曾为金庸演练过两趟，似乎得到过好评。所以朋友们间或有撮合我二人下场过招者，但机缘始终未至。如今垂垂老矣，向罗大侠讨教拳脚已无可能，便觅此怪题，讨教一二吧。一笑。

辛卯初春于南开园

"中观"研究的成功尝试

——《17 世纪白话小说的创作与传播：以苏州地区为中心的研究》代序

　　首先要声明的是，本文题目的"中观"与佛学中观思想毫无关联，纯属自家的杜撰。何以要杜撰呢？是因为许君的这部著作重要特色在于选题，选题的特色非如此不足以凸显。

　　多年来，我有一个挥之不去的梦魇，就是应该对"17 世纪的中国文学"做一个全面的整体的研究。这倒不是要用一个源自西方的计时观念来代替通常的朝代，借以标新立异——那样当然是很无聊的。明万历中期到清康熙中期这百余年间，实在是中国文学史、文化史、思想史内容十分丰富，特色十分鲜明的一个阶段。即以文学史而论，文坛格局在这个阶段发生了根本变化：一大批才情卓越的读书人加盟到小说、戏曲的创作与批评队伍之中，使原本以通俗为基本品格的小说、戏曲向雅俗共赏迈出了关键的步伐，产生了《牡丹亭》、《长生殿》、《桃花扇》、《金瓶梅》、"三言"、"二拍"、《聊斋志异》、《醒世姻缘传》、《隋唐演义》、《女仙外史》、《天雨花》等一大批传世之作①，并使小说、戏曲的创作方向有了很大的变化，从而使文坛最终确立了雅、俗两分天下而又互相融通的新局。至于其他的方面，也尽有独标异帜的精彩内容。这个时段，恰相当于 17 世纪，而有别于以朝代划分的视野，甚至也有别于近年来渐为论者注意的所谓"明末清初""明清之际"。而称之为"梦魇"，则是因为存此念头至少已有十年，却仍然只是一

①《天雨花》当视为韵散相间体小说。

个"念头"，有心无力，徒呼奈何！

许君从我攻读博士学位，讨论到学位论文的选题时，他提出了要对小说史进行阶段性研究，并已对有关的社会文化背景、出版传播情况做了不少前期的研究。经过彼此切磋，他进一步形成了眼前这个题目。一般来说，博士论文的选题有"宏观"与"微观"两类，孰优孰劣其说不一。一般来说，主宏观者处理不好易沦为肤廓，主微观者处理不好则流于琐屑。许君这个选题比"宏观"则可称具体——研究的目标有时段、地域、文体的三重限定；比微观则显然宏阔——从个案中超越出来，所以以"中观"名之。

其实，宏观、微观以及"中观"本身并无轩轾，唯在运用得当否。许君为人，谨厚而不乏悟性，其文风亦如其人。所以操作"中观"恰如鱼得水。这篇论文，从几个具体的角度切入，而最后的结论则是此时段中、此地域内、此文体之创作、传播、演化的全景图，故而亦扎实亦灵动，不粘不滞，似与不有不空之佛学"中观"异曲而同工。

17世纪的中国文学研究之所以令我临渊羡鱼，题目过大是一个重要原因。许君的研究其实是克服困难的正途之一。这部著作对于前述17世纪中国文学研究之愿景，无疑是铺垫了一块重要的基石；同时也为小说史的研究提供了一个新的视角、新的模式。由此而继续，在这两个向度都可望有更丰厚的收获。余将拭目而待之。

寻找被遗忘的世界

——刘敬《清初士林逃禅现象及其文学影响研究》序

刘敬的博士论文即将付梓，作为导师为其作序，一则为之欣然，一则感慨良多。

这篇论文讨论的是清初士人的逃禅现象，重点又放在逃禅现象与士人结社的关系，以及这种现象对清初文学思潮和清代士人文化的影响上面。在当下学风日趋浮嚣的大背景下，选择这样的题目，实在是不谙时务、自讨苦吃之举。然而，又是一个真正读书人很自然的选择。

明末清初的一百年（约略言之，相当于 17 世纪），是政治上"天崩地解"的一百年，是"中华民族"经过惨烈"洗牌"开始了全新格局的一百年，是"民族性"大转变的一百年，也是文学史上少有的丰富、复杂的一百年。对这一百年的研究，21 世纪以来渐渐趋热。但是，热中有冷。由于种种原因，一些重要的、独特的问题，还没有得到应有的关注。清初士人大规模逃禅的研究，就是其中之一。

清初士大夫逃禅是一种相当特殊且复杂的文化现象，其覆盖、影响面之广是前所未有的。但是，由于清廷长时间有意地打击、遮蔽，也由于事涉宗教对后来的研究产生的特别麻烦，相关的文献资料大半散佚。从某种意义上讲，这一在当时很重要的社会文化现象，到了晚近几乎成了被遗忘的、被抹去的世界。

寻找这一失去的世界，发掘它的文化意义，至少需要三个方面的功力。

一是文献考索的功力。裹挟到这一逃禅的潮流之中的都有哪些人？他们之间有哪些联系？这些逃禅者皈依到哪些佛门大德座下？这种选择的前因后果是什么？逃禅者日后的人生道路各自如何？诸如此类的问题，无疑是研究的基础。但相关材料散佚严重，仅存者也是相当零碎、分散。发现、挖掘、爬梳、阐释、勾连，这既需要清晰的思路，又需要耐得寂寞的"修行"。

二是学科交叉的功力。这一课题至少涉及三个学科，即文学、史学与宗教学。即以"逃禅"而言，侧重于"逃"，史学的因素便是主导性的。为何而"逃"？如何"逃"？都要从历史背景入手考察。若侧重于"禅"，佛教史的因素与佛学的因素便是主导性的。皈依到何处？为何皈依于此？这样的选择给缁素两界带来了什么后果？都须有坚实的宗教学方面的知识与理解力。而这两方面的内容往往散见于士人的诗文之中，这又需要文学方面的功底。

三是分析问题的"长时段、宽视野"能力。明清易代的历史变局下，一些士林才彦剃发为僧乃至嗣法分灯，在行动上度越了儒、释阵营的根本界线，也因此赋予了清初逃禅有别于此前士林逃禅风气的特殊属性。向前看，"逃禅"与晚明的"结社"有相当的关联；在当时，"逃禅"与清初的"僧诤"有相当的关联；往后看，"逃禅"与清廷此后的宗教政策——特别是雍正帝介入佛门是非，有相当的关联。而这些，在此前的相关研究中很少被人注意到，是与研究者的视野有所欠缺有关的。

刘敬的这篇论文得到了答辩专家们的高度评价，并被评为南开大学优秀博士论文，说明她在写作过程中逐步培养起了上述三方面的能力，并表现到了自己的研究成果中。

据我所知，这篇论文对清初士林逃禅者基本材料的发掘与整理，耗费了刘敬大量的时间、精力，在一年多的时间里焚膏继晷，很多内容都是"自家凿破一片田地"。这些"笨功夫"看似效率不够高，却为整个研究工作打下了坚实的基础，也为日后这方面的学术工作提供了便利。

另外，论文中对于复社成员与"逃禅"的关系、"逃禅"与禅门"三峰派"政治姿态的关系、清初"逃禅"风潮的政治文化意义、士林"逃禅"与雍正帝的宗教政策的关联等等诸多问题的看法，皆颇有创见，对于清代思想文化史研究、清初文学思潮研究等，皆有所裨益。

可以说，经过刘敬的努力，"清初士林逃禅"这一段被尘封的历史，这一个极其特殊的被遗忘的世界，已经初步呈露在我们的面前了。套用《红楼梦》评论的诗句，她的努力真可谓"四年辛苦不寻常"了。

有鉴于此，刘敬论文付梓，乐为之序，并希望她能在已有成绩的基础上继续做下去，百尺竿头更进一步，让这个世界的面目更加清晰。

丁酉人日于南开园

照亮大树下的阴影

——《〈阅微草堂笔记〉志怪特色研究》序

在中国小说史上，"志怪"的地位颇有几分尴尬。

"志怪"的得名是与"志人"傍生的。这一对孪生兄弟降生于魏晋，全盛于六朝。随后便到了隋唐。鲁迅先生《中国小说史略》给了唐代小说以殊荣："小说亦如诗，至唐代而一变，虽尚不离于搜奇记逸，然叙述宛转，文辞华艳，与六朝之粗陈梗概者较，演进之迹甚明，而尤显者乃在是时则始有意为小说。"于是，六朝小说——包括"志怪"便得到了"粗陈梗概"的"恶谥"。

应该说，鲁迅对于小说演进的轨迹以及对"志怪"的这一评价是只眼独具的。但是，他也留下了两个略显负面意义的影响。一个是这种进化论的思维方法大端不错，但也有失于绝对化；另一个是"志怪"并未止步于六朝，后世更有高峰出现，而受上述论断波及，这方面的研究便相对冷清。当然，这并不能归咎于鲁迅，而只能看作是大树之下必然产生的阴影。

正是在这样的背景下，对《阅微草堂笔记》的研究首先就须解决一个前提性问题：作品的基本评价或者说价值究竟如何？如果用严格的进化论方法考察，用纯粹来自西方的文学观念衡量，《阅微草堂笔记》只能是文学大家族中的"二等公民"。但如果跳出这些窠臼，回到更根本的层面，即表现生命体验和生活经验的有效性、生动性、独特性上，《阅微草堂笔记》似乎可以直起腰杆来了。

伟丽的这部著作就是基于这样的认识，对《阅微草堂笔记》表现生命体验和生活经验的有效性、生动性、独特性进行了深入、系统的考察与研究。

作为志怪的结穴之作，《阅微草堂笔记》的文化内涵空前丰富复杂，特别是与宗教有关的故事中，既反映了宗教传统的教理教义乃至仪轨，又生动呈现出当时的宗教生态。伟丽对此抉幽剔隐，颇多发明。诸如对于佛门"放焰口"的研究，对道教"牒""扶乩"源流的描述、阐释，都有发前人未发之处。

在这些具体深入的发掘之外，伟丽的整体把握也颇见功力。对于作者，分析其宗教观念的特点，分析其学术思想与小说写作的关系，都很有说服力，也成为上述具体研究的基础。

伟丽对《阅微草堂笔记》文学特色的研究同样有独到之处。她巧妙地运用比较的方法，在相同的故事类型中，通过不同体裁作品的差异来揭橥志怪的艺术特色，以及其别有意趣、不可替代的审美价值。如对"画壁"等同类故事，《阅微草堂笔记》与《聊斋志异》表现的手法有同有异，伟丽一一胪列之后，从作者身份、学养的差别，以及文体自身的特性等多个角度，进行深入分析，持论合宜而抑扬有度，避免了学界常见的"爱之九天恶之九地"的弊端。

志怪，于文学史并非大宗；《阅微草堂笔记》亦非皇皇长篇巨制，但其中的内涵却相当丰厚，只是非慧眼不能尽得。伟丽此文，对该书的意蕴、特质、价值的透彻抉剔，使我想到了稼轩词之"燃犀下看"、鱼龙毕现的境界。唯此庶几可以形容读后的感觉。是为小序，弁之篇首。

乙未初夏于南开园

于浅俗处见深邃

——序《〈封神演义〉与道教》

在中国小说史上，《封神演义》是一部特殊的作品。一方面，它在民间的影响巨大。我在台湾花莲的一座佛寺中，曾看到所有装饰性雕刻及廊檐间壁画全部取材于这部小说。类似的情况其他地方也每每见到。下层民众在很长的时间里，把它当作上古史以及神仙谱系的教科书。正如聂绀弩所讲："在中国旧社会里占着它碻乎不拔的支配地位。"另一方面，学者们又不屑于它在观念以及艺术表现上的浅俗，批评它"侈谈神怪，什九虚造"，"值不得博雅君子们底一笑"。因此，多数的文学史、小说史都是把它作为二流以下来对待，系统、深入的研究也相对要少得多。

这种看似矛盾的现象缘何而来呢？

读过刘彦彦这部著作，当会对此有较为明晰的答案。

《封神演义》之所以产生广泛、深远的社会文化影响，主要不是因为文学的手法、艺术的魅力，而在于它所涵摄的道教文化内容，以及对此内容的整合与再造。鲁迅先生曾讲过，中国文化的根底全在道教。这当然是从某种特定角度来讲的。不过，道教的很多内容确确实实渗透到中华文化的深层，乃至于集体潜意识之中。《封神演义》虽为小说，却和诸多道教典籍以及相关或衍生的民俗、野史之类文本构成了互文的关系。这使得它很容易被浸染在传统文化中的民众接受，也很容易使民众乐于传播与再创造。

这一层，即使有学者曾谈及，也很少有人深入细致地做出分析。刘彦彦的论文，就是要在这方面进行发掘。

由于这个题目强烈的学科交叉色彩，所以涉及的内容与使用的方法都有别于一般的文学研究，也就使得文章的创新性相应地显明一些。大端而言，由"封神榜"之"榜"谈论到道教史的神仙谱系、阶位的演化，由封神过程及法术描写中"星"的描写，关联到古代（特别是道教）的天文观念、星象崇拜；具体问题，如殷郊形象的考证与阐发，云中子、黄龙真人等追根寻源，都是饶有兴味的发明与发现。

更可贵的是，这篇论文既揭示出《封神演义》与道教文化的大量"互文"关系，又不忘其作为小说的文学属性，从而把宗教文化方面的研究与文本的文学特质研究结合起来，避免了时下不少研究者在小说乃至整个文学领域的研究中"去文学化"的倾向。刘彦彦提出的《封神演义》"粗糙复调"之艺术特色，从未经人提出。细玩之，于深入认识文本之特色，实不无启迪。

刘彦彦从我治小说史三年，其间又得孙昌武、李剑国诸名师点拨，进步非常明显。她的硕士方向本非明清，这个题目又涉及很多道教以及佛教、儒学等领域，可以说是个难度相当大的挑战。三年的时间，她焚膏继晷，再加上颖悟的天资，终于拿出了这个成果。若说"字字看来皆汗水，三年辛苦不寻常"，应该说是毫无夸张的。

现在，刘彦彦又选择郭英德兄为博士后合作导师，相信必能百尺竿头更进一步，在学术界产生更大的影响。

2009 初秋于南开园

序《文学·文献·方法："红学"路径及其他》

勇进、昊苏都是我的学生，都负笈南开多年。从这个意义上讲，二位关于《红楼梦》研究的成果编入"天津《红楼梦》与古典文学论丛"名正而言顺。

换一个角度讲，建忠兄倡议、主持编辑这一丛书，洵为津门学术界一盛事，于国内红学界也开了一个好头。入选丛书的作者多为红学界的耆宿，八十高龄以上者超过半数。这显示了津门红学悠久而深厚的传统，也是建忠尊重前辈、赓续传统的苦心所在。不过，"江山代有才人出"，诸多前辈奠定了坚实的基础，发展还要寄希望于后昆。建忠本人可视为承上启下的中生代，而丛书中展示一下更年轻学者的成绩，相信将使其面貌更显完备，并增加一些勃勃生机。

以一部作品的研究而形成一种"学"，在中国似以《红楼梦》肇端。其后虽也有所谓"龙学""金学""水学"等相继出现，但在学界及社会的影响皆远不能与红学相比。检点百年红学，名家辈出，论文、专著汗牛充栋。而几次大的论争，跌宕起伏，波涛所及远远超出学界的范围。有些问题，如所谓"索隐"与"考证"之争，看似当时已见分晓，岂料数十年后烽烟再起；又如后四十回之评价，一度呈一面倒之势，然不久歧义又生。作为学术问题，这都在所难免，甚至是思想活跃的表现。不过，在争论中，有关方法论，有关研究路径的合理性，双方关注不够多，缺少正本清源的探究与碰撞，也是老问题不断重复出现的原因之一。

勇进、昊苏的研究，对于方法与路径有较多的关注。二十年前，霍国玲姐弟活跃于京师时，勇进便著长文讨论文献材料使用的学术规则问题。黄一农"e考据"提出后，昊苏也就其价值与限度著文讨论。这些带有根本性的问题，当然不是几篇文章就能解决的，某种程度上"此亦一是非，彼亦一是非"，见仁见智可能是不可避免的结局。但是，提出这个问题，促使学界更多地思考所持方法、所循路径的合理程度，这样的基础性建设对于学术的发展无疑是非常必要的。

　　二人深知兹事体大，或力有不逮，曾向我建议此书的副题是否用"锥指"二字，虽未获采纳，其惕厉谦逊之意昭然。青年学者有此胸怀，"清于老凤"当可期待。

《文学与文化》发刊词

《易·乾》："九二，见龙在田，利见大人，吉。"

这似乎是量身定制的吉词：一元复始，紫气东来。在诸位"大人"——我们尊敬的朋友，和各位同人的共同努力下，这本年轻的学术刊物（算起它作为集刊的时间，今年九周岁。从今迈入第二个九年，恰合"九二"之数）现身于繁茂的文化原野之上。

春风初沐，上上大吉。

这是一本以文学研究为主旨的刊物，而它的认军旗上，赫然闪现的是斗大的"文化"字样。

作为一本学术刊物，定位于"文学"与"文化"的联姻，是基于以下三个层面的考虑。

一、中国学术历来就有"文史哲不分家"的传统，因而作为本刊主要研究对象的中国文学，本身就有纠缠于思想史、社会史的特色，如果试图剥离出一个"纯"中国文学的话题，反而是费力不讨好的事情。

二、进一步讲，文学本是文化的重要组成部分，是与之血肉相连的有机体。从文化的背景、文化的视角观察文学现象；以文学为切入点考察文化，还原、构拟文学所生所在的"文化场"，都是题中应有之义，也都会有较之于"纯"文学、"纯"文化研究不同的收获。

三、本质上看，文学是人类所创造的符号世界中最为精微、复杂的一个系统，其意义的产生、价值的判定，都因更大的意义系统、价值系统而定，并随其变动而变动，这个更大的系统就是文化。

因此，"文学"与"文化"走到一起，绝非一时之兴起，更非赶所谓"文化热"之时髦，而是二者基因使然。

因此，我们标榜文学研究的文化角度、文化色彩，不是贴标签式的，不是套用某种模式的，不是僵硬排他的。

因此，我们有理由期待，二者的结合具有强盛的生命力，在众多作者的共同扶持下，"终日乾乾"，在不远的将来而"飞龙在天"，成为一本学术个性鲜明的好期刊。

《民国中国小说史著集成》总序

　　20 世纪 90 年代，学界的目光开始向二三十年代回望。人们惊异地发现，曾经长期被漠视的那个时间段落里，竟然绽放着大量异卉奇葩。于是，学者们开始了发掘、研究，也开始了编辑、出版。学术史的研究给了当下思想文化界特殊的滋养，说是"别开生面"毫不为过。

　　20 世纪二三十年代有其不可替代的独特的文化背景。晚清到民初的历史巨变，摧垮了两千余年的文化体系，在破坏的同时也打碎了僵硬的思想外壳，域外的思想文化之风强劲地吹拂过古老的神州大地。这块土地上一批既有旧学根基，又接受了外来影响的才智之士，开始了在思想文化各个领域的探索、建设。而政局的变化也给思想、学术的自由留出了缝隙。于是，新与旧，中与西，有了前所未有的交融，也就结出了一大批前所未有的思想文化的果实。用今天的标准衡量，可能会发现其中相当多的青涩、瑕疵。但是，不可否认，中国的现代意义上的"学术"正是由此而全面奠基。

　　在这样的大背景下，审视中国小说史在当时的发生、发展状况，是很有趣味的一件事情。一方面，与其他领域一样，中国古典小说的现代意义的学术性研究，二三十年代是奠基、发轫的阶段；另一方面，由于特殊的文化传统，这一领域的"新变"又显得分外地滞重。

　　"小说"这个名词，古今的内涵相去甚远。作为一种文学文体的专名，经历了一个相当长的演变过程。这一过程是从晚明肇端，由冯梦龙、金圣叹等倡导，中间颇多曲折，直到清末民初西学东渐，才最终明确下来。这时的"小说"，既明确了具有现代意义的叙事性文学文体的专名意义，又把传统的对"小说"的轻蔑态度有意无意地夹带进来。所以，这一时期，编撰中国文学史的、文学批评史的，大多数仍然对小说、小说批评认识不够，有的甚至付诸阙如。因此，这一时期的小说史方面的著述相对较少，除了鲁迅、胡适等少数大家之外，仅有的几种也流传不广，影响不大。

但是，这些著作又自有其价值。我们现在小说史研究的格局，基本是鲁迅、胡适确定的——鲁迅的大架构，胡适深入的个案范式。这是历史形成的，也是学术选优的自然结果。不过，学术研究是个十分复杂的话题，那些被时间冲刷到边缘的著作，并非一无是处。它们既是学术史的对象，也很可能蕴含着一些合理的因子，可能存在着新框架、新范式的某些"染色体"。如本丛书所收刘开荣的《唐代小说研究》，作者的女性身份、中西合璧的知识结构，都使其对作品的剖析时有特异的闪光；又如孙楷第，其《中国通俗小说书目》为治小说史者所必备，以此为基础，他对小说史的陈述也就别具特色。至于郭希汾编译的《中国小说史略》，在 20 世纪 20 年代曾引发学术、思想界的一场论争，而该书此前很难见到。收入本丛书，无疑对于研究民国思想、学术史的朋友不无裨益。而徐敬修的《说部常识》，当年出版当月即再版，七年间印行七次，其中撰写的经验对于今人亦不无启发。

正是有鉴于此，才有了这套丛书的裒辑、刊行。"王杨卢骆当时体"，我们在裒辑时注意到把自己的审读目光调整到"当时"的语境，希望读者朋友也能注意到这一点。

这套丛书所收大多为 20 世纪二三十年代的著作，其中大部分在 1949 年之后未曾刊印过。还有两种为海内孤本，一种为手稿本——仅从文献的角度看，也是有其独特价值的。从内容来看，本丛书所收之体例可以概括为两句话：中心明确，不拘一格。所谓"中心明确"，指的是所收皆为中国古代小说的研究著作，而尤以"史"的研究类为重点；所谓"不拘一格"，则指某些专段、专项、专书研究也纳入了收录范围。相信这样处理，对于研究中国小说史、近代文学史和近现代学术史的同人，都会提供一些助益。

本丛书付梓之际，忽然想到元好问的那两句诗："论功若准平吴例，合著黄金铸子昂。"对于这项工作来说，王振良的贡献也可准此例而行。如果没有他多年来持续的裒辑之功，这套丛书至多是一种设想而已。

《中国诗词名句赏析大典》序①

中国曾是诗的王国。《诗》、《骚》、陶、谢、李、杜、苏、辛，或掣鲸鱼于碧海，或觅翡翠于兰苕，数千年间，为我们积累了无比丰富的宝藏。中华儿女，即略识之无者，亦无不知"举头望明月"之句、无不谙"离离原上草"之章。一篇佳构，可能伴随我们终生的跋涉；一句隽语，往往会成为滴入精神荒漠的露珠。

为与朋友分享流连于宝山的愉悦，为与同人切磋"奇文共欣赏"的心得，更为了给读者大众献上采自翰苑异葩的一枝一叶，我们编写了这部《中国诗词名句赏析大典》。

摘"佳句"而赏析，前提即有二难：一曰好的诗篇往往"难以句摘"；二曰欣赏文学作品时，"知多偏好，人莫圆该"。

先释其一。一首好诗，自足圆成，如同一个生命体，一字一句莫非其有机构成。从这个意义上讲，"难以句摘"确乎无疑。但是，晋人陆机论为文之道曰："立片言而居要，乃一篇之警策。虽众辞之有条，必待兹而效绩。"明白指示出佳句在整篇中不同一般的地位。他又说："石韫玉而山晖，水怀珠而川媚。彼榛楛之勿剪，亦蒙荣于集翠。"依他的看法，佳句在篇中，如同石中之玉、水中之珠、木上之翠，自有其特有而独立的作用，并使全篇蒙其荣光。这层道理，凡有创作或阅读经验者，可能都会欣然接受。一篇妙文，一首好诗，总是有一句乃至数句最为精彩，如同全篇的眼目。在顾及整个相貌五官的同时，着重描摹传神阿堵，当数为人写照之要求。此理移之于诗，亦可相通也。

---

① 此书及此序皆与乔以钢合作。

　　再释其二。何谓"佳句"，本无一定规矩可蹈可循，不过是传诵较广、意味较厚、文辞较美罢了。然而，传诵广者意味未必尽厚，文辞美者传诵未必最广；何况，当时享名者可能久已衰歇，昔日冷落者可能新近鹊起未艾。要之，"佳句"之拣择只能取其大略而已。至于挂此漏彼，取舍失当，虽尽心竭力，亦不敢称避免。刘彦和说得好："慷慨者逆声而击节，酝藉者见密而高蹈，浮慧者观绮而跃心，爱奇者闻诡而惊听。"——"知多偏好，人莫圆该。"阅读、欣赏原本就染有浓厚主观色彩，"佳句"之传诵自无所谓"圆该"。欧阳修为梅圣俞的知音，鼓吹梅诗不遗余力。然而，他十分无奈地感叹道："圣俞平生所自负者，皆某所不好；圣俞所卑下者，皆某所称赏。"前贤尚有此叹，何况我辈。临文之际，但求权衡有据，"无私于轻重，不偏于憎爱"，如此而已。

　　"文章千古事，得失寸心知。"创作如此，阅读其实也是如此。一首好诗，是诗人心灵悸动的结晶。当时的体验，除此诗之外，即使诗人自己，也难另做描述。这恰如义山自述："此情可待成追忆，只是当时已惘然。"对于阅读欣赏者，只要真的深入其中，其体验精微处也只有寸心可知，而"妙处难与君说"。既然如此，何以有此"赏析"之文？这可做一比：君游苏州名园，林之幽、湖之秀、石之拙、厅之古、廊之曲，均非身历目接不得其妙，然导游一图，虽无代庖之效，却有导引之功。今此书鉴赏之文，君游诗林翰苑之导游图也。此类书籍，海内外已有数种。然珠玑花草，所拾有异；春兰秋菊，各秀一时——此开卷自见，不劳诪诪也。

　　园扉已启，枝头春闹，絮语当止，免阻诸君游兴。

"灵隐博士文库"序

"灵隐博士文库"是灵隐寺文教基金支持的学术项目。

灵隐寺为海内外宗仰的佛教千年古刹,也是影响广远的江南文化重镇。此番善举是这座宝刹致力社会文化建设的又一大手笔。

佛教历来重视智慧。佛陀本义即为"觉者"。僧肇讲过:"佛者何也?盖穷理尽性,大觉之称也。"历史上的佛门大德于世界人生之实相、真谛思考甚深,亦多有启迪民智之举。而自太虚法师提倡"人间佛教"以来,中国的佛教界对于社会的文教卫生殊多贡献。赵朴老当年传承这一思想,又于教育、学术着力尤多。

学术,天下之公器也。学术研究是否活跃,学术思想是否深刻,学术水准是否精进——这些几可视作一个民族精神境界、精神活力的重要标杆。灵隐寺光泉大和尚秉大眼界、大胸怀,关注学术,对青年学者不设任何畛域予以大力扶持,彰显出佛门大德超脱凡俗的智慧与慈悲。

有幸得到这一扶持的青年才俊,当以此为一新起点,增一新动力,于学术之境有持续之开拓,于人生之境有不断之精进。唐人题咏《灵隐寺》有名句"楼观沧海日,门对浙江潮"。期待入选本文库的著作都能有如此的气魄、格局,更期待文库的作者在学术人生中都能常葆如此的眼界、胸襟。

助成文库善举者,还有黄夏年先生、孙克强先生、王红蕾女士。

癸巳处暑于南开园

"横山文丛"总序

三十年前，赵朴老倡言兴文、重教，曾以续慧命、扬正法之责，殷殷付嘱于湛如法师。

二十年前，湛如法师驻锡于横山寺，发大誓愿践行朴老遗愿。得诸多护法助力，先后编刊"华林丛书"，设立华林奖教学金，于多所高校作育后昆、选拔贤才。嗣后又创办"横山书院"，开设"多闻多思系列学术公益讲座"，面向社会传播、阐扬优秀传统文化。此举得到学界耆宿之鼎力支持。叶嘉莹、汤一介、楼宇烈、方立天、乐黛云、王尧、陈鼓应、范曾等先生先后登坛说法，纵论古今，畅谈文史，洵为一时之文化盛事。

越十年，湛如教授与首创集团前董事长刘晓光先生邀余共创"文化中国"论坛，同时成立"文化中国公益基金会"。论坛《发愿词》云："泰山峨峨，黄河汤汤，惟此华夏，允称旧邦。文明千祀，屡铸辉煌，民族之林，秀出豫章。星移斗转，盛衰有常。云龙风鹏，今日东方。卅载奋斗，且富且强。中华崛起，典则泱泱。惟人有魂，惟厦有梁。文化中国，世代梦想。吾侪责任，吾侪担当，吾侪胜缘，吾侪荣光。顺风顺水，扬帆起航。日月照临，福德无疆！"政、商、文、教各界五百余人签名立志，当时风发之意气，于今犹在目前。

转瞬又十易寒暑，回首来路，发愿诸同人奋发精进，初心依然。论坛始终秉持"萃取、激活、兼容、发展"之宗旨，引源头活水，浇灌当代文化之良苗。先后设立"史识悠远""诗意栖居""哲思问道""丝路花雨""梵天汉月""中西之间""返本开新""科学与人文"等主题，在多维视角下，阐扬、探讨文化的传承与文化的交流，开坛二百余讲矣。

论坛始终得到文化和旅游部、中国艺术研究院、中国青年报社、中国教育电视台等部门大力支持。北京大学、清华大学、中国人民大学、南开大学等高校的学术俊彦以及各部门的专家学者以深厚的学养为论坛注入了勃勃的生机、强劲的动力。詹福瑞、左东岭、程郁缀、侯建新、郑大华、莫言、林毅夫、叶小文、白岩松等近百位学界名流的精彩讲演，都深深刻到了"文化中国"的年轮之上。

今承商务印书馆青目，经横山书院与演讲者沟通，商定将以上名家讲演陆续整理出版。此举由中国社会科学院大学杨琳教授牵头落实。湛如教授嘱我作序略述缘起于此。

在年初"多闻多思系列学术公益讲座双百期"的纪念活动中，我曾自度"千秋引"致贺。现移录过来，借以表达对支撑论坛的所有学界朋友的感谢："春光正好，群贤又聚了。初心在，人未老。屈指二百，文化大旗飘飘。举金杯，相视笑。回看来时路，云锦灿然，尽是你我心血浇。韶乐绕梁，迦陵声高，华夏文脉越千年，倩谁人赓绍？铁肩有吾辈，携手岂辞劳！多闻无止境，多思入玄妙。登山独立昆仑顶，观水指点钱塘潮。披襟当风何快哉，云帆又高挂，把酒酽滔滔！"

己亥小雪于南开园

在文化交流浪潮中飞腾起的"中华龙"

——《龙文：中国龙文化研究》序

自从 20 世纪台湾歌手一曲《龙的传人》唱响，"中华龙"很快成为一个既成的文化事实。海内外的华人绝大多数不假思索地认可了自己的身份标签："龙的传人"。

但是，不同的意见也伴随而生。一种说法是：历史上，"龙"从来只是皇家的专用品，如"坐龙庭""龙子凤孙"之类，与"百姓"毫无关系；假如封建时代有人自称"龙的传人"，那肯定要获谋逆罪名。所以，"龙的传人"只是以讹传讹，既无史据，也无理据，应予叫停。另一种说法是：在西方，"龙"是喷火降灾的恶魔，我们自称"龙的传人"恰好迎合了西方妖魔化中国的需要，在西方普通民众中引起误解。所以，或者叫停或者放弃，或者对"龙"字改变译法。

这两种观点都有一定的依据，并非信口妄议。但是，对社会的影响却是甚微。"龙的传人"久唱不衰；在很多传媒上，"中华龙"与"白头鹰""印度象""俄国熊"是并称的象征物；"中华龙的腾飞"也成为宣传民族复兴的形象表述。

原因何在呢？

从人类学、民俗学的视角看，涉及族群历史的传说或神话，其意象观念、图腾崇拜、传说故事一旦流行，就有"三人成虎"的效应，而且很快就会成为第二种"真实"。这时，任何试图厘清"真相"的努力都会成为堂吉诃德式的徒劳无功。

更何况，"龙的传人""中华龙"之说的最终形成，本就有多重原因，也是一个历史过程的结果。

　　华夏文明的早期，本有多种动物图腾存在。中心地带的凤凰、燕子等都曾与龙并存，边缘地带则有狼、熊等。而龙图腾的社会文化内涵，大端言之，经历过四个阶段。秦汉之前，龙图腾虽为尊贵之物，但并未与君权、君位直接挂钩，豢龙氏、屠龙氏的存在说明尚有原始文化的遗存。秦汉之后，龙图腾渐与君权密切起来，但仍处在两可之间，这从北宋乌台诗案中对"世间唯有蛰龙知"的不同解读可以窥见。而南北朝时期，随着佛典的大量译出，龙的形象中又加入了印度的、佛教的内涵，于是有了"龙王""龙宫""龙女"的衍生内容。而"龙王"也成了道教及民间神仙谱系中的成员。到了明清时代，封建统治的专制程度大为加强，龙也就进一步与皇权拴到了一起，成为皇室的专属形象。

　　从这一历史过程看，一方面龙形象确确实实与皇室君权密切关联，另一方面又可以知道龙形象具有多义性，与社会的关联在不同历史阶段也具有不同的维度。而无论是否与君权相关，龙的主流形象都秉有神奇、高贵的特性。

　　这些，其实正是"中华龙""龙的传人"被认同的历史文化的基础。

　　而"中华龙""龙的传人"的说法最终被明确，被传播，被公认，却还需要一个契机，需要一个来自外部的契机。

　　17、18 世纪，中外交流一度十分频仍。来自欧洲的传教士、外交官、商人、探险家们把中国的文化带回了欧洲。在这些异域人的眼中，"龙"无疑是非常有中国特色的形象。于是，当他们需要把中国文化简单化、形象化地表述时，便很自然地选择了"龙"。于是，"龙"越出了当时帝王专属的使用范围，在"他者"的定义中，"被"成为"中华"的象征物。开始的时候，这种他者定义并无明显的褒贬，但随着清王朝的衰朽，以及晚近中西方意识形态的对立，龙的"妖魔"属性逐渐成为西方敌视中国的舆论中刻意强调的成分。

　　总之，"中华龙""龙的传人"本就是跨文化交流的产物，是在"他者定义"与"自我认定"的互动中定型、传播的。但其间有意或无意的误读、误会也同样反映了跨文化交流的困难。中国人之所以绝大部分很容易地接受了"他者定义"，是因为文化传统中的"龙"具有神奇、高贵的属性。外国人之所以在妖魔化时很自然地使用了"龙"，则是一种"近似移植"的结果。这种各说各话的状态反而促使"中华龙""龙的传人"飞快地在全球化的语境中完成了传播/接受的过程。

　　当然，时间不会凝固，历史持续在发展。不论我们喜欢不喜欢，"龙"的印记已经深深打在了我们民族的身上。其实，一个标识引发的联想，更多是依赖于相关的现实。所以，"中华龙"在民族之林中的"他者印象"，虽然有历史的因素，但更多的是中国在现实中的表现。如果我们真的在不长的时间里实现了和平崛起，那么可以相信，"中华龙"一定将是全球几十亿人翘首仰望的飞腾于九霄的吉祥化身。

既明矣，融当不远

——《明代文学研究国际学术研讨会论文集》代前言

　　明代文学的历史定位，长时间处于较为尴尬的境地。有清一代，学界主流的舆论是鄙薄明代学术的，所以对明人思想文化诸方面的成就都估计不足。而文学之批评，多对前后七子网开一面，对最能体现明人活力与特色的通俗文学以及公安、竟陵之创作，则或弃置不顾或痛下贬语。清廷鼎覆，西学东渐，评价体系一百八十度大翻转，于是建立在"进化论"与"语文合一"基础上的文学史研究，又把明代诗文，以及文言小说等——尽管是占据明代文学的绝大部分，基本摒诸视野之外。连带而及的是对明代文学整体性研究也在很大程度上被冷落了。相当长的一段时间里，明代文学好像只有《三国演义》《水浒传》《西游记》与《牡丹亭》。到了 20 世纪末，这种情况开始改变。先是《金瓶梅》在激烈的争论中走进研究视野，接下来小品文、公安、竟陵，再接下来则是前后七子、吴中四子，还有中篇传奇，等等。到世纪之交时，从明代文学的研究范围看，已经基本克服了过去畸轻畸重的缺欠。

　　于是，这个领域的朋友信心大增，声气相通，终于在 21 世纪初筹备成立了"中国明代文学学会"。2002 年召开了首届明代文学国际研讨会。2003年举办了"明代文学与地域文化"学术讨论会。2004 年 10 月，"2004 明代文学国际学术研讨会暨明代文学学会第二届年会"在南开大学举行，海内外学者九十余人汇集南开，再次就明代文学研究的方方面面切磋、交流。

　　从这次提交会议的论文看，明代文学的研究的的确确已经走进了一个新的阶段。这个阶段的标志是：一、上述的研究范围的扩大。不仅诗文、小说、戏曲、民歌都在研究视野之中，而且每一部类之中，题目的覆盖面也是相当广泛。如《明人自传文论略》《偏离与靠拢——徐灿与词学传统》《公安派结社的兴衰演变及其影响》等，都是很新鲜的话题。二、研究的深度颇有可观。如《隆庆、万历初当政者的文学观念》《元明之际的气论与方孝孺的文学思想》《金圣叹早期扶乩降神活动对其文学批评的影响》《〈三国演义〉版本研究的观念、思路和方法》等，在材料的发掘，理论的分说方面都令人耳目一新。三、研究的方法趋于多元。论文中既有传统的考证、艺术分析、文史互证等方法，也有借鉴了传播学、人类学等学科之后的跨学科研究。三天的会议，开得充实、热烈，就证明了大家所提交论文的水平，证明了明代文学研究领域的良好学风，证明了明代文学研究已经走向了繁荣发展的新阶段。

　　《左传》讲"明夷之谦"时有"明而未融"的话语，恰可借用来形容明代文学研究的现状。如果说二十年前的明代文学研究的全局尚处在昏昧未明的阶段，那么经过二十余年的努力，终于"东方既明"，而摆在我们面前的这沉甸甸的果实，正预示着：既明矣，融当不远！

直截本源的探索

——序《文学和语言的界面研究》①

　　昔者严沧浪以禅喻诗，成为中国古代文学批评中影响最大的观点之一，也可以说是最富东方色彩的理论命题。对此历代皆有鼓吹、阐扬者，如王渔洋深契其说，至有"诗禅一致，等无差别"之论（《香祖笔记》）。而亦有不以为然者。如刘克庄云："诗家以少陵为祖，其说曰：'语不惊人死不休。'禅家以达摩为祖，其说曰：'不立文字。'诗之不可为禅，犹禅之不可为诗也。"（《题何秀才诗禅方丈》）

　　诗禅关系至为缠夹，此处不做深论。然此相反两种观点却不期然地把文学两个最基本性质揭示出来。一方面，与"不立文字"的禅思相比，"不离文字"乃至以文字为安身立命之所，乃是诗歌与文学的最大特质。"文学是语言的艺术"，也因此成为无可争议的判断。另一方面，文学又有超越一般意义——能指、所指意义——上的语言的性质，有研究者称之为"非透明"性。这一点，其实就是严羽"以禅喻诗"的出发点。而综合两方面，"不离"也罢，"不立"也罢，都是从语言的角度来定义文学。所以，研究文学，实在离不开语言的视角。

　　那么，研究语言呢？文学的视角又有何意义呢？

　　进入 20 世纪，世界范围内学术潮流向语言学领域涌淌，对语言的认识较之以往深刻了许多，因而也就揭示出在语言与文学之间，尚有一层特别的因缘。

　　文学以语言为材料、为工具，一如雕塑之以金石土木为材料、为工具，

---

① 本文与沈立岩合作，本人为第一作者。

此人所共知，似更无甚深意可究。但自 20 世纪以来，语言观本身的变化却使这个问题变得复杂起来。弗雷格、罗素、维特根斯坦所开辟的分析哲学，酿成了深刻而持久的"语言论转向"，在语言观方面，也发生了从工具论到本体论的转变。语言不再是简单的工具，语言就是我们所是和所知的一切。维特根斯坦所谓"我的世界以我的语言为限"，海德格尔所谓"语言是存在的家"，伽达默尔所谓"能被理解的存在就是语言"，等等，无不凸显着这样的命意。沿着这样的逻辑，所谓"文学是语言的艺术"，就不仅仅是说文学是以语言为材料和工具的艺术，而意味着文学乃是一类深邃的语言，是与存在之混沌状态相对应的特殊的语言，由之，我们可以倾听存在之隐秘，窥见世界的真相。

当语言被提升到本体的意义上进行研究时，其形态必然要覆盖存在的三千大千。如同佛学中唯识论以"种子说"辨析名相，三千大千的复杂要求"种子"的辨析自然趋于细密复杂；而人们的心识既要应对简明的境象，也要以混沌境象为对象，语言的深层意味、隐微功能于是而得以表现、彰显。因此，文学的视角，实在也是今天的（乃至未来的）语言学离不开的。

由语言入手以研究文学，在文体论、风格论、叙事学等诸多领域，往往可以收直探本源之效果。而文学语言的微妙处又是语言学拓宇开疆的好机缘。因为只有在文学的园囿里，语言的生命才展现得最为宏富深幽。如语音之轻重疾徐，于哲学之推理、科学之证明皆无价值可言，然而一旦分为四声，辨乎平仄，究乎粘对，演为声律，则推敲取予之间便有无数微妙难言甚至判若霄壤的审美效果。俄国形式主义推重文学语言，强调语言符号的可触知性，便建基于此。类此之例，不胜枚举。由此路前行，文学研究必将与语言研究逐渐由隔膜而交流，由交流而互补，将来也必走向融通。

威斯康星大学的张洪明教授于此独具只眼，三两年间，时以此义与南开同人切磋琢磨，更于前年倡言两校共同主办"语言与文学"。国际学术讨论会。南开文学院历来有语言学与文学双轮共进、两科比翼的传统，因而欣然响应。于是，而有 2007 夏季之盛会；于是，而有此会议论文之结集。

此文集虽还有部分"嵌"而未融、融而未明的不尽如人意处，但探寻新视角、建构新范式的努力还是显而易见的。有鉴于此，聊弁数言于卷首，向学界的朋友推介之。

　　　　　　　　　　　　　　　　　　　　戊子清明于南开园

桃李芬芳伴弦歌

今年是叶嘉莹先生回国任教的第四十二个年头。当年挤在阶梯教室席地而坐，聆听迦陵妙音的莘莘学子，长者已逾古稀，少者亦近耳顺。而四十多年前那种如饮醇醪、如沐春风的感觉却未曾减淡，甚或随人生感悟越发浓郁。于是，南开大学 1982 级诸同窗首倡，1977 级以下各年级学友响应，征得叶先生同意，遂编成这本图文并茂的《为有荷花唤我来——叶嘉莹先生在南开》。董其事者，既是我的学生，又是我的朋友，邀我作序，义不容辞。

叶先生初次来南开时，我正在读研究生，旁听了不少课，也参与了一些接待工作。先生诗句"曾为行人理行李"，讲的就是我帮助她整理行装之事。后来每一年的授课、讲座，我也是大半在场。先生的《红蕖留梦：叶嘉莹谈诗忆往》稿成，有幸先睹，时值夜半，掩卷久久不能释然，万千感慨凝作一组小诗。

其一

才命相妨今信然，
心惊历历复斑斑。
易安绝唱南渡后，
凉生秋波动菡萏。

其二

北斗京华望欲穿，
诗心史笔相熬煎。
七篇同谷初歌罢，
万籁无声夜已阑。

其三

锦瑟朦胧款款弹，
天花乱坠寸心间。
月明日暖庄生意，
逝水滔滔共谁看。

从叶先生的人生经历，我想到了才华盖世而命运多舛的李清照，想到了"每依北斗望京华"的执着、深沉的杜子美，想到了"一春梦雨常飘瓦""望帝春心托杜鹃"义山那绝美的诗境。席慕蓉曾经回忆陪叶先生到叶赫水寻根的情景，说叶先生一个人站在叶赫城故址的土台上，周围是一望无际的玉米田，地平线上一轮夕阳格外红、格外大。就这样，叶先生久久伫立着。陪同的人远远仰望过去，都被这一画面吸引住了。席慕蓉深深地感慨道，在那一刻，叶嘉莹先生完全融入了《诗经·王风》的诗境——"彼黍离离，彼稷之苗。行迈靡靡，中心摇摇。""她遇到了三千年前的这首诗，也可以说，她从心里流淌出了这首诗，或者说，她自身就是这样一首意味隽永的诗啊！"

叶嘉莹先生是一位卓异的诗人。中华民族三千年的诗歌传统沾溉了她的性灵，于是激发出了那一首首令人回肠荡气的诗词作品。但是，她又不只是一位杰出的诗人。在叶先生九十七年的生命历程中，有将近七十年是承担着"中华诗教"使命的践行者。在海峡两岸，在大洋两岸，她播撒着诗词文化的种子，学生中有金发碧眼的博士、心系故土的老者、位居要津的高官、童心未泯的少年……这些人往往通过叶先生那犹如润物春雨般的开示，从优雅的诗词文化中汲取了日精月华，生命跃升到新的层次。

特别有幸的是，我们南开的学子，尤其是南开中文系的学子，是众多受益者中间，受益最多的人群。自然，我们也是感恩心最为强烈的弟子。用叶先生的诗句来形容，她在南开园的四十余年，可谓"满园桃李正新栽""千春犹待发华滋"。

眼前这本《为有荷花唤我来——叶嘉莹在南开》，收录了数十篇文章、百余帧图片，便是这四十多年来沐浴在三春晖光中桃红李白的姿容，也是先生"犹待发华滋"的拳拳期盼。

经由编纂者的努力，书中所收颇有一些珍贵的文献资料——包括先生与老一辈学人的往来照，也包括师兄弟之间其乐融融的生活场景。相信，无论是曾蒙亲炙的及门弟子，还是未列门墙私淑的朋友，翻阅之下都会感染到栖居于诗意中的愉悦，都会有弦歌一堂的风雅情怀。

这本珍贵的文集，也引发了我心底对弦歌的共鸣、回响，作为一瓣心香，献给诗意的南开园，献给尊敬的叶嘉莹先生：

> 桃李感恩重，瑚琏成器多。
> 回眸趋步日，处处伴弦歌。

声应气求　戚戚我心

——《回望青春：南开大学 1977 级、1978 级相识南开四十年纪念文集》代序

记得 1967、1968 年之际，南开中学几个好读书、喜议论的同窗跨班级、跨派别办了一个"半地下"的小报，起了一个名字是《这一代》。

记得 1968 年下乡插队，几个知交好友临歧赠别，有一句夸口的诗句："二十年后识归舟。"

没想到的是，当时办报的与读报的、送行的与远行的，十年后竟然聚首到大学的校园中，成为中国教育史上极为特殊的"一代"大学生。这就是 77、78 级。

南开大学 77、78 级学友值母校百年之际，编撰了这本文集，邀我作序。虽不免几分惶恐，但还是欣然应允。因为我进入南开中文系读研，是在本科 77 级之后、78 级之前（似乎早了几天）；虽然给他们讲过六七节课，却只不过是研究生的教学实习。广义地讲，我也是这个群体的"自己人"。这两个年级的很多人都是朋友相交，如经济的李罗力、殷洪林，数学的龙以明、张显谟，历史的朱凤瀚、刘景泉，哲学的刘仲林、许瑞祥，化学的齐伟杰、颜得意；中文更不用说了，刘跃进、刘卫国、赵玫、滕锦然、卢治安、周婴戈等，所谓"不可胜数也"。所以，这既是好朋友的嘱托，更是自己的事情：文中他们所经历、所体验、所思考的，也是本人曾经刻骨铭心的。故草此小文以代序言，以申"同声相应，同气相求"，"于我心有戚戚焉"之意。

既代友人作序，何故从自家经历说起？实在是因为"这一代"三个字。

"这一代"，是一个年龄段的概括，更是一个时代的标识。

这个时代就是中国改革开放的四十年。

77、78 两届大学生的青春、奋斗、成功与感叹，正是与这四十年完全同步。而与之同步，得以见证，是人生难得的一大因缘。因为在历史的坐标上，如果把这四十年放到此前一百二十年的背景下来看，或更进一步放到中华民族五千年的背景下来看，这四十年风雨阴晴之丰富实为空前。

记得《生活》杂志著名的摄影记者刘香成的名作《毛泽东以后的中国（1976－1983）》，主题词是"一个新时代开始了"，而第一个标志性的镜头便是天安门广场路灯下拍摄的第一次高考的备考场景。高考制度的恢复，77、78 级大学生的入学，确乎是这个"新时代"最有显示度的标志。

"新时代"意味着思想的解放。这两级学友在校期间，长期板结的思想土壤在春雨浸润下开始松动，崭新的科学前沿知识与古今中外的经典名著令他们（其实也包括我）废寝忘食。大家难忘的是，叶嘉莹先生初登南开讲坛时的轰动——哦，原来文学作品还可以如此"兴发感动"！那时候，我们这一代人就是经常体验着国家和民族前进、变化带来的各方面的"兴发感动"。

"新时代"意味着能量的释放。这两级学友在校期间，图书馆、自习室，无论什么时段，总是人满为患。大家如饥似渴地汲取着、积累着，也如痴如醉地思考着、争论着。社团、出版物……南开园中一时繁花似锦。我现在手头还有这两个年级编的《南开园》，里面有韩小蕙、赵玫、杨志广等的小说，黄桂元、安志军等的诗歌。有趣的是，其中竟然开设了专栏"象征小辑"，收有《死灰》《冬天的落日》等，可见开风气之先的锐气。

"新时代"意味着砥砺前行。这一代人在这四十年里，走过了人生最富活力的阶段，回首往事，无论是在科技、文化领域，还是管理、工商行业，南开的 77、78 人都留下了踏踏实实的脚印。而我们的母校，也从当年的"老九系"发展到今天的二十六个专业学院，有了四千余亩的津南新校区。百岁的南开，风华正茂，迎来了发展的新机遇。

日前，与中文的七七级旧友小聚，谈及这本文集，心有所感，自度《忆旧游》一阕。

　　弹指四十年。最难忘，与君携手南开园。涸辙十载忽甘霖，点滴沁润喜源泉。又恰逢春潮涌动，扶摇欲上，万里山河待俯瞰。并肩曾记，马蹄湖畔，柳丝拂面，细赏小荷角尖尖。

　　百战归来再读书，重入校园，不复朱颜。纷纷笑说当年事，各执一端。风雨同行四十载，初心仍在仔细看。却又值母校百岁辰，各抒胸臆，奉上吾侪心香一瓣。

　　草草代序，尽为心声，聊发诸学友一笑。

戊戌岁末于南开西南村

《我的洋插队：魅力波罗的海》序

何杰是南开大学汉语言文化学院的教授，与我有共事之雅。她的专业是语言学，研究重点在语义、语用、词汇。但她除发表语言论著外，还在不断发表文学作品。她的第一个散文集《我和我的洋弟子们》就叫人耳目一新。诚如一位评论家所言："书中扑面而来的是毫无矫饰的童真和毫无学院气的鲜活。何杰始终像一个孩子一般，对生活充满好奇和探究的热情。""她充满着激情地为读者打开一扇一扇通向世界的窗。"她的第二个散文集《我的洋插队：魅力波罗的海》又将出版，我很乐于向读者朋友推荐。

何杰从事国际汉语教学数十年，或在"小联合国"一样的留学生课堂，或去海外学术交流，或到国外生活、工作，一直在一个多元文化的交汇和碰撞之中，其经历、感受颇有独特之处。《我的洋插队：魅力波罗的海》便是她在异国"插队"生活感悟的抒写。

何杰曾在拉脱维亚大学工作、生活了两年。拉脱维亚地处波罗的海沿岸，东、西、北欧文化交汇，文化艺术气息浓郁。这些凝聚到何杰的笔下，展现得格外新鲜而斑斓。

何杰是一个热爱生活又认真生活的人。在拉脱维亚的两年中，她结交了很多朋友，有拉脱维亚族、俄罗斯族、茨冈族、犹太族，有男人、女人、老人、孩子。分手时朋友留言："你回国我们为你高兴，但我们也会哭泣。"何杰说，当时那感动深深刻在了她的心上，历久而不稍减。而现在，正是这种情感注入了这部散文集，真切又强烈，使我们读来，如见其人，如临其境。

这样，《我的洋插队：魅力波罗的海》就不同于一般纪行逐异的旅欧散记，而有着更深切的感染力。

何杰是个顽强又乐观的人。十六年前，她做过开颅手术，在生死线上走了一次。从那时，她坚持冬游和冷浴锻炼，一直到今。她不但站起来了，还能坚持工作。而现在虽已退休，却笔耕不辍。《我的洋插队：魅力波罗的海》是她继已出版的《我和我的洋弟子们》的第二个散文集。第三个集子《快乐走天下——我的洋游》也在整理中。她的短篇小说已经开始发表。她最为心仪的 12 万字的中长篇小说《爱在那个时候》也将送审。不久，商务印书馆还将出版她的教学法著作《国际汉语教师的手记》。

何杰喜欢写作。她说："写作是我生活的一部分，写作叫我快乐，我又希望别人快乐。当我真的有一天，走向天堂的时候，想想，我的书还能为人们做点事，多好！写作是我生命的延续。"

我佩服何老师的强韧的人生意志，欣赏她独特的语文造诣，所以乐为之序。

丙申初秋于南开园

《中华名校佳作·天津耀华中学卷》序

忠威兄是我的畏友。在当下熙熙攘攘的人海中，找到他这样肝胆义气的人把酒促膝、快谈雄辩，已是近乎奢侈的事情了。所以，当他命我为这本书写一篇小文时，我几乎没有一点儿推托的念头——尽管我不是个合适的人选。

中学语文教育是近五六年的热门话题，尤其是作文教学。持批评意见的人颇多，有的话讲得也很尖刻，甚至很绝对。对于那些绝对化的看法，我向来不甚以为然。窃以为其中含一明显悖论：写此尖刻雄文者的写作本领又是从何处而来呢？另外还有一点，发高论易，着手实施难。我的身边有几位朋友是中学语文教师，在不多的来往中，总是听到他们为改进作文教学效果殚精竭虑的一些话题。当然，不是说语文教学没有问题，而是说不能漠视在教学第一线上切切实实为学生们点燃心智之火、授业传技的教师们的劳动与贡献。

眼前的这本书就是忠威和他的同人们心血的结晶。以我这外行人的眼光，也至少可以看到如下特色或优长。

1. 学生思想活跃，文章不拘一格。这既表现于论述之中，也表现在选材、命题上。

2. 夹批与总评有些文字相当精彩，本身对学生就会产生一种示范性影响。

3. 不少评语所论恰中肯綮，非常切近地指点出文章妙道之所在。

无论学生们的作文，还是教师的点评，更有一个共同的特点给人以深刻印象，就是绝无套话、空话，全书洋溢着勃勃的生气。学生有此生气，便为可造之才；教师有此生气，便会不断探索，使某些教育难题尽快得到解决；学校有此生气，民族的创造力才可能源泉不竭，民族的未来才有希望。

如果十年后的某一天,听到这本作文选中的某位小作者成为著名作家、记者、编辑，我想读者们是不会感到意外的。

雏凤清音此津梁

——读《儿童古诗分类读本》

李义山诗云："雏凤清于老凤声。"表达了人们对后辈才俊出蓝胜蓝的期许。这种期许，在当今家家把子女教育置于头等位置之时，变得更加普遍，更加强烈。至于如何实现这一期许，每个家庭都有各自不同的理解与做法。于是，"起跑线"理论，各种"小灶"班、"私塾"班应运而生。其效果如何，短时间还难有论断。但从人才成长规律来看，似乎不无揠苗助长、舍本逐末之嫌。

韩愈在《答李翊书》中讲到文学人才的成长时，有一段著名的话："无望其速成，无诱于势利，养其根而俟其实，加其膏而希其光。根之茂者其实遂，膏之沃者其光晔。"也就是说，只有固本培元才是作育人才的正途。

如何固本培元？当然不止一条途径。但有一条途径是我们祖先提倡了两千多年的，也是成效卓然就在眼前的。这就是"诗教"。

"诗教"是孔子大力提倡的。《礼记·经解》中称引他的话讲："入其国，其教可知也。其为人也温柔敦厚，诗教也。"强调借助诗歌的教化力量可以提升人的精神境界，使其成为气质高华的人。他又谆谆告诫自己的儿子："不学诗，无以言。"把学《诗》同人的最基本修养、最基本能力紧密联系到一起。孔子还对诗歌的多重社会功能做出精辟的概括："诗可以兴，可以观，可以群，可以怨。"指出学习诗歌对于个人修养与参与社会都具有独特的作用。

而成效卓然的例证就是摆在读者诸君面前的这个《儿童古诗分类读本》。张元昕从小就是在外祖父、外祖母的引导下，读着这本书成长起来的。她初中毕业就被南开大学破格录取为本科生；本科读了两年就修满学分，以优秀的成绩被保送读研；两年后，研究生毕业，同时拿到六所美国著名高校（包括哈佛）全额奖学金的录取通知。在此期间，她参加、组织多项公益活动，钢琴达到九级水平，作诗千余首，获得多项文化、文学方面的大奖。这当然是天资聪颖、勤奋努力的结果，但是，与少儿时打下的良好、深厚的基础也是分不开的。

　　这个《儿童古诗读本分类》就是张元昕的外祖父、外祖母当年为她编选的。《读本》有着鲜明的特点：一是水平适当，适于少儿诵读；二是分类恰切，与少儿的生活密切相关。目前，家长们普遍开始重视孩子对于传统经典的诵习，但读什么，怎样读，还存在很大误区。有的家长，甚至幼儿园让孩子背诵《老子》《周易》，显然是南辕北辙的事情。有鉴于此，谨向家长们推荐此书。

　　希望将来能够聆听到更多清亮、美妙的凤鸣回响在神州的天空。

丁酉阳春三月于南开园

喜见小荷尖尖角

——《小童醉诗中》代序

　　我第一次见到牛牛，是在叶嘉莹先生的课堂上。记得那是一天下午，叶先生来电话，问我是否有兴趣晚上到她家听一次课。我很惊奇，询问缘故，叶先生讲，有个从美国来的小女孩儿，晚间来旁听，是个有意思的孩子。

　　叶先生的博士课程，通常是讲一半讨论一半。讨论开始之后，学生以及听蹭课的"叶粉"纷纷发言，大多是谈听讲的心得体会。忽然，一个略带稚气的声音插了进来："叶先生，我提两个问题，可以吗？"她提的是什么问题，现在已经记不清了，但是其单刀直入的风格，清晰的思维，当时令我大为惊讶。于是，就有了后来叶先生推荐，南开大学破格，牛牛以初中学历"跳级录取"的故事。

　　入学后，牛牛也时常来旁听我的博士生课程，其求知的欲望和学习的能力给学兄学姐们留下了深刻印象。两年后，她再次"跳级"，成为叶先生的硕士研究生。

　　牛牛不仅学业优异，诗才更是出类拔萃。她原本就有深厚的家学渊源，到南开之后，经过几年里叶先生的亲炙，"如矿出金，如铅出银"，时时令人刮目相看。

　　难得的是，她绝不孤芳自赏，而是经常和同窗同好切磋琢磨，并把美妙的诗情词意播撒到南开园中。几年里，每到花季，南开园的海棠、蔷薇、红桃白李之上，都会有精致诗笺，书写历代咏花名作——这就是牛牛和她的伙伴们的心血。

现在，《小童醉诗中》将要付梓，这实在是一件大好事。

相信青少年朋友会从中结识一位有才情，有修养，热心传播诗词文化，热心公益的好伙伴；

家长们会从中领悟培养孩子全面发展的真谛，领悟丰富多彩的诗词文化对于孩子成长的独特意义（附带说一句，牛牛的妹妹同样出类拔萃，今年已被南开中学保送升入南开大学）；

教育工作者会从中看到教育对象身上可能激发出的巨大潜能，看到教育教学改革的另一种可能性；

当然，最重要的是，所有中华诗词文化的爱好者，所有诗词创作的爱好者，会从这本书中得到一份美的享受，一份知音的惬意，一份初见"小荷才露尖尖角"的惊喜，以及强烈的"雏凤清音"的期许！

闻叶嘉莹先生将为《小童醉诗中》作序，故斗胆续貂，以明前后缘起。

丙申初夏于南开文学院

《寻绎文化的血脉：互文视角下的中国文学经典》绪言

这本小书有三个特点。

第一，讨论的问题，有古代文学，有现代文学，还有所谓"当代文学"，所以不那么"纯粹"。但是，有一个纯粹的大前提，就是皆属"中国文学"。

第二，之所以有此"跨领域"的选择，和探讨这些问题所使用的方法相关。说得艺术一点儿，就是"追寻文化的血脉"，说得直白一些，就是"互文"方法。血脉也罢，互文也罢，都是在时间的纵轴上展开思路，自后寻前，由古而今，正是题中应有之义。

第三，由于跨了领域，而术业有专攻，所以作者就是二人的合作。这一合作既表现为分工，也有彼此的切磋交流，知识互补。

对于从事古代文学研究的中国学者，有一个潜在的"共识"（有些导师们经常会作为秘诀、"心要"传授于弟子）：最保险的研究是在文献、材料上下功夫；反之风险度最高的是理论性研究，尤其是使用了舶来的理论术语。

这当然是有些道理的。道理既存在于学科自身的性质中，也存在于历史的教训中。20世纪五六十年代，固化的意识形态成为一切研究的理论前提，其结果便是几十年间学术的基本停滞。八九十年代，思想解放本是大好事，但体虚峻补也曾蔚然成风，什么"文学史控制论"一类的东西借助媒体一度很吸引眼球。

于是，在一部分同行的眼中，"理论""方法"便近乎歪门邪道，而固守"乾嘉"则是天不变道亦不变的不二法门。

但是，我们要追问一句：学术何为？

现在大家都在讲"初心"。从事学术研究也不妨自省一下初心。这个初心，简单讲，就是希冀"有所发现，有所发明"，从而为人类精神文明的积累有自己的一点点贡献。至于如何"发现"，如何"发明"，那肯定是要借助工具的。工具有多种，选择在个人。不过，何种工具有效，何种工具便捷，是应该在选择时有所考虑的。

这方面，开放的心态很重要。乾嘉也罢，舶来也罢，"唯是是从""运用之妙存乎一心"。

当然，以上讲的是古代文学研究领域的状况，现当代（尤其是"当代"）并不相同，甚至恰恰相反。不过，在理论方法方面，"唯是是从""运用之妙存乎一心"的态度，则应该是普世的。

具体而言，大略有以下几个误区似应避免。

追求时髦，逐波赶浪，并未弄懂理论方法的内涵，也不考虑研究对象的适用性；钻牛角尖，陷入枝节问题不能自拔；硬贴标签，贴过便了，却不在解决问题上下功夫，如此等等。

反之，合理而有效的做法，首先是读懂、理解，然后是超越枝节，把握内核，"天机云锦用在我"，而已而已。

回归我们的正题。

半个世纪前，法国学者克里斯蒂娃创立了"互文性"这一概念。由于其严谨的逻辑基础以及解决问题的有效性，很快就在文学批评领域得到了广泛的认可，并被很多学者如巴特、热奈特等大力发挥，丰富了内涵，也带来了歧见。随着这一方法在文学批评、文学研究领域的成功实践，渐次被应用到更广泛的文化批评、文化研究中，甚而至于移用到其他学科领域——包括一些自然科学。于是，在"互文性"的大旗下，出现了色彩斑驳、主张大相径庭的派别。

不过，万变不离其宗。"互文"理论的"宗"是什么呢？

就是任何一个文本，都不是孤立的存在。它使用的语言，是前人使用过的；因而其中的词汇，也必定曾经出现在此前的某些文本中。这样的"前文本"便因共同的词汇而与之具有了关联。具有关联的前文本很可能不止一个，于是就形成了有意义关联的网络。当我们阐释当前文本中这一词汇意义的时候，不能不顾及偌多前文本中该词汇的意义。反过来想，作者使用这一词汇时，前文本的意义正是他的出发点。

不仅语词，文本的组织结构、内容安排等，也存在类似的关联网，只是要虚化一些而已。

在这个意义上，一切文学作品皆具有互文性。

互文性是在再现性与表现性之外认识文学创作机制的第三维。如果说，再现性主要体现为社会现实给作家提供的外源性创作冲动以及素材，表现性是人格自我产生的内源性创作冲动以及主观审美偏好的话，互文性则揭示出作家作品的文学、文化血脉，认清文本中独创内容与非独创内容的关系——显然，有了这一维度，我们对于文学作品的认识会更全面，更深入。

使用这一方法，不必拘泥、纠缠于国外各派别的争议，尤其不必刻舟求剑于某些极端、片面的观点，而是要抓住其基本的合理内核，在血脉关联上着眼、着力。而具体到某一文本、某个问题的时候，互文关联的程度可能差别很大，我们的运用也自然随之有别。一句话，方法不是目的，目的是解决问题，深化认识。欲渡河者，不可无舟无筏；既济之后，舍筏登岸可也。

本书所收文章，皆为二十年间陆续刊发者。本次结集，或有增删，兹不一一说明。

还珠楼主作品导读三篇

【缘起】

南开大学出版社策划出版"民国通俗小说精粹导读丛书"，还珠楼主作品在编选范围内。还珠楼主的小说向以卷帙浩繁著称。气魄宏大、想象奇特是其所长，良莠不齐、不便阅读是其所短。本丛书则取其精华，稍加整饬，邀我做导读并加批点。今将导读三篇收入文集，亦可见该丛书之一斑。

恩仇肝胆
——还珠系列中最耀眼的明珠

还珠楼主的作品以《蜀山剑侠传》名气最大，但论起全书的文学水准来，却是以本书——《云海争奇记》为第一。

在讨论《云海争奇记》的蕴意与评价之前，我们先来谈一谈还珠楼主的成就及其义学史价值。

在很长一段时间里，还珠楼主的名字从一切文学批评、文学研究、文学史著作中消失了。但意想不到的是，20 世纪末，由《亚洲周刊》编辑部与来自全球各地的文学名家联合评选的"二十世纪中文小说一百强"揭晓，鲁迅的《呐喊》夺得百年小说冠军。紧接着的有沈从文的《边城》、老舍的《骆驼祥子》、张爱玲的《传奇》、钱锺书的《围城》、茅盾的《子夜》、白先勇的《台北人》、巴金的《家》、萧红的《呼兰河传》等。而就是在这样一份分量极重的榜单上，还珠楼主赫然在列。

还珠楼主作品的上榜，并非评委们制造噱头，而是反映出了评选标准的更趋全面，更趋合理。若从社会影响力、文化传承，以及独创性来看，还珠上榜实在是实至名归。

还珠楼主，本名李寿民，生于 1902 年，卒于 1961 年，重庆市长寿区人，一生作品多达四千余万字。20 世纪三四十年代，其作品风行一时，既有报刊连载、单本发行，也被搬上了舞台与银屏；五六十年代，由于意识形态的原因，还珠淡出了人们的视野。而近三十年来，特别是随着网络的普及，他的影响力骤然表现出来。"蜀山"成为各种网络作品、网络游戏汲取灵感的源泉。

还珠楼主的小说最为有名的是"蜀山系列"，包括《蜀山剑侠传》及前传、后传等，相关的另一长篇巨著是《青城十九侠》。这些作品明显受到《封神演义》的影响，但又有所超越，可以说是"神魔"加"剑侠"。由于其中融入了近现代的科学知识，所以想象的空间更加阔大、奇幻；又由于其中灌注了儒释道的观念，特别是道教的思想，所以增加了小说的思想厚度。还珠楼主的另一类作品是所谓"入世"之作，也就是说"神魔"色彩基本消退，"武侠"人物成为作品的主角。同时，历史背景也较为清晰，多数作品以明清鼎革作为故事展开的基础，在既有的惩恶扬善的同时，又加入了"气节""隐逸"等主题。本书即为这后一类小说的突出代表。

《云海争奇记》及其续集《兵书峡》故事的大背景是明末清初，明宗室的朱由仑率众隐居于芙蓉坪，并伺机反清复明。由于日久骄奢淫逸，正人君子渐次远离，终于祸生肘腋。本人被残杀，事业被出卖，部众沦为奴隶。不过，这一背景在开端并未披露。作者安排叙事颇具匠心。这一背景是在故事展开的过程中，东鳞西爪，逐步交代出来，从而产生了强烈的悬念。

小说采取多线索发展，相互绾络的结构。开篇既不写武林，也不写剑侠，而是从浙东的乡绅虞氏兄弟写起。虞舜民家居，虞尧民在福建为官，而各自有奇特的际遇，分别卷入了武林的大漩涡之中。

舜民这条线借鉴了清代著名小说《儿女英雄传》，但更曲折，更有韵味。其中写江小妹出场一节，颇有诗情画意。

帆饱舟轻，顺流而下，行甚迅速，不觉到了桐庐附近。（舜民）推篷凝望，桐君山已横在北岸，临江耸秀，萦紫回青。山麓下面，是岸阔江深，波平似镜。晴日光中，望向前面，风帆点点，直向天边。时见渔村蟹舍，参差位列于两岸之间。三五渔人，据岸扳罾，临流垂钓。山容水色，尽态极妍，宛然一幅富春江长图卷子，端的风物清丽，美妙绝伦。

正观赏得有趣头上，忽听船右侧打桨之声，转向右面船窗一看，点点大一只小船，船头上放着两个蔑篓，后半舱坐着一个小姑娘，双手起落不停，身子一仰一合，打桨如飞，在广阔的江面上，疾如箭射，急驶而来。那小船又轻又快，眨眨眼的工夫，已驶到大船旁边，眼看撞上，舜民刚喊得一个"唉"字，小姑娘倏地把左桨朝前，反手一推，同时右手向后一划，双桨便横成了个"一"字。浪花卷处，那小舟立即轻巧巧横了过来，紧贴船边，顺流并进，一点没挨碰上。小姑娘更有主意，紧跟着放了左手的桨，由船内拾起一只上带铁链的搭钩，向大船舷上抛去，"咔"的一声微响，便即勾住，随用左手的桨支住大船边壁，于是借带同行，连一点力都不消费了，转眼停当，这才轻吐娇声，喊了声"卖蟹"。

舜民见那小姑娘年约十六七岁，穿一身灰布短袄，裤腿卷齐膝盖，露出一双细圆有力的粉腿，白足如霜，只嫩指尖上微沾了一点湿泥痕迹，腰系一条蓝布带子，两手略红，想是常常做粗活之故，身材甚是苗条。舟中只她一人和两篓螃蟹、几根草索，别无长物，暗讶：此女小小年纪，孤身掉舟，于大江之上穿波戏水，举重若轻，身子灵活，动作熟练，宛如儿戏一般，却也少见，不禁又去谛视。正赶上小姑娘做完手脚，抬起头来，两下一照面，不由大为惊异。

原来那小姑娘虽是雾鬓风鬟，荆钗布衣，却生就一张白生生的清水脸儿，一双秀目黑白分明，澄如秋水，耳鼻眉口无不滴粉搓酥，琼妆玉砌，青山遥横，红樱欲破，真个是容光照人，秀骨天生，休说荒江渔舍中无此丽人，便是自己半世阅历，也只仅见。那小姑娘看见他是一个官老爷神气的壮年男子，不禁把脸一红，低下头去，低声说道：

"老爷可要买点大活螃蟹？"舜民正要答语，船艄上的老大已走过来说道："小妹，你的娘呢？怎今天一个人出来，这些日生意好么？"小姑娘凄然答道："我娘病了。昨晚乘娘睡着，捉了这点螃蟹，隔了一夜，都不甚肥了。中午卖了两回，没卖成。还算张老板船走过，卖了他五斤买药，别的不够用了。正盼你们船走过，在江边望见上流来一只红船，连忙赶来，果是你们。如若不要，你劝坐船大老爷，随便给多少，迁就点吃，都买了吧，省得明天更不好卖了。"船老大应了一声，正要往后艄去寻舜民仆人商量。舜民忽听虞妻在身后说道："老爷快喊王升，叫那小姑娘上船来，我买她蟹，还有话问呢。"

……小姑娘危难之中遇到这样善人，事出意外，自是感激拜谢而去。不大一会儿，便听小姑娘在向船老大致谢和双桨打波之声。虞妻凭窗一看，小舟已自大船后划出，直向江岸。小姑娘回顾虞妻望她，将头连点几下，遥遥致谢，双桨不住手地划着，贴波飞驶，真和箭一般朝横里驶去，眼看船影越来越小，隔不一会儿，便停在一个钓矶旁边，仅剩一个小白点子，纵上岸去，隐隐前移，晃眼没入斜阳丛树之中，不知去向。

读这段文字真有"清水出芙蓉"的感觉。而随后展开故事，这个清秀的小姑娘原来身负血海深仇，而且躲避着强仇剧寇的追杀。紧接着，她的唯一保护人又死于非命。情节从此一下子就紧张起来。

尧民那条线则另辟蹊径，从宦海风波写起。虞尧民为官清正，甚有风骨，以致得罪了权贵，必欲置其于死地。他曾无意中救治过一位江湖异人。而这位异人其实是前辈剑侠司空晓星。于是，就引出了司空及其弟子黑摩勒的登场。黑摩勒逐渐走到了舞台的中央。从黑摩勒的故事中，又先后引出了陶元曜与葛鹰两个奇人。而陶元曜的徒弟江明恰是江小妹从未谋面的同父异母弟弟。于是，江小妹、江明、黑摩勒等少年英侠便开始了复仇、惩恶的惊险历程。

作品并没有从此顺流直下，而是由陶元曜的徒弟身上又另生枝节，从而引出了另外三个性情、品格各异的少年。其中有两个属于负面形象，但也有血海深仇在身，于是产生了与前文几位少侠的强烈对比。他们的恩仇、历险故事逐渐发展，自然而然地出现了另一组人物——阿婷母女。阿婷母女隐身于仇敌身旁，椎心泣血以待一逞，则是另一种复仇者形象。

随后，阿婷这条线与黑摩勒的故事产生交集，渐渐地这些少年英侠走到了一起，而故事的大背景也随之逐渐清晰：原来，他们的仇敌虽非一人，却是一个罪恶集团。集团的首领名为曹景，是个阴狠毒辣、武艺高强的人物。他在十余年前卖主求荣，投靠了清廷，并一直在追杀遗孤。至此，一场大追杀与大复仇的总决战拉开了大幕。

可以看出，整部作品大开大合，头绪繁多，但作者控御有度，始终保持着悬念与节奏。而故事的演进围绕着中心，所以放得开，收得拢，毫无松散的感觉。

这部小说紧紧抓住了武侠文学的两个最富冲击力的"母题"：一个是快意恩仇，一个是少年磨难。而连接这两个母题的，就是"孤儿"。所以，本书把《云海争奇记》与《兵书峡》紧密关联的部分合到　起，并另起一副标题——"儿女恩仇记"，以期更能凸显本书的内容特点。

粗略统计，《云海争奇记》及续书《兵书峡》共计写了二十个孤儿，这种情况实属罕见。孤儿的代表人物是江小妹和他的弟弟江明，而他们的朋友黑摩勒、童兴也都是孤儿。从故事的关联度划分，可以把这四个人物算作"一组"。　另一组则为阿婷、陈业、金线阿泉，以及洪明、洪亮。这一组的特点是隐忍潜藏、苦心孤诣报仇。但一正一反：前三人为正面，后两位属于反面。反正有别，而费尽心机以求一逞则十分相似。这种写法，上可追溯到《史记》的《刺客列传》，下影响到金庸《神雕侠侣》的杨过刺杀郭靖。还有一个也是身负血仇但纯属于"反面"人物的孤儿马琨，其形象颇令人不喜，刁滑、偏狭、工于心计。不过，作者并没有脸谱化，反而在他身上用了不少笔墨，更增加了作品的艺术魅力。

还珠楼主创作中的这种"孤儿情结"明显地影响到了金庸。金庸的十五部作品，大半以孤儿为主角。最主要的几部尤其如此。像《天龙八部》

的萧峰、《笑傲江湖》的令狐冲、《鹿鼎记》的韦小宝、《射雕英雄传》的郭靖与杨康、《神雕侠侣》的杨过、《倚天屠龙记》的张无忌、《碧血剑》的袁承志、《飞狐外传》的胡斐等等。

本书描写孤儿复仇的心理颇为细腻，特别是对于江明。因为年幼，江明的亲人与师父都不肯告知他杀父仇人的情况，而他急于得知内情，一次又一次设法打探，如：

> 江明先就盘问小妹仇人姓名和本身真姓、亲父是谁与旧日家乡何在，小妹只是缄口不言，一听提起芙蓉坪，立即想起在天门岛时，好似听师父和三老也曾说过，立时勾起报仇心事，忙即追问："阿娘，芙蓉坪现在何处？"小妹看了江母一眼，江母自知失言，便叹道："这事早晚必对你说，不过还不到时候，对你说了，无益有害。以后你往来两地，只可说作姓江，乃萧隐君门下新收弟子，别话休说！如不听我言，便不孝了。"
>
> 江明急道："杀父之仇，不共戴天！娘不肯说，姊姊不肯明说，师父更连问都不许。一个人生在世上，连自己的真姓和父母的名字都不知道，有什意思？真急死人！到底何年何月才对我说实话呢？"江母见他放碗不吃，满脸俱是愤悲激烈之容，便慰解他道："听说我儿在山中也常读书，如何还这等暴性？可知子胥逃吴乞食，终于覆楚；勾践卧薪尝胆，遂致灭吴么？此时正是你两姊弟忍辱负重，增益其所不能，以待将来一举复仇之际，如若不问轻重，徒仗血气之勇贸然行事，凭你二人此时本领，决非仇人对手。倘有失闪，不特仇报不成、饮恨终古，我家只此一线，也由此前斩，娘老无所依还提不到，岂非大不孝么？"江明道："我也不说就去寻找仇人，不过藏在心里知道，又不泄露于外，怎么说不得呢？"江母故意作色道："我儿读书，应知明理，怎不听娘话呢？此时不寻仇人，间他何用？如寻仇人，无异送死。年轻人血气方刚，口头不稳，稍泄机密，便成大错，哪能说呢？我儿想知此事，只等你恩师将宝石取去铸成兵刃，有了克敌制胜之具，便娘

不说，你师父也会对你说的。这面还有不少，大哥大嫂这里无庸客气，尽量吃饱快走。早去早回，赶来吃夜饭吧。如有闲空，也补上一觉，虽说年轻人不怕熬，终是睡足的好。"

江明想起父仇，心中悲愤已极，哪里还能多咽？恐被众人看破，便把剩的半碗两口吃完，站起说道："我已吃饱，谢谢大哥大嫂，叫人领我出去，我要走了。"

类似场景后面多次出现，但具体情状各有不同，活灵活现刻画出情切亲仇的少年侠士的性格及心理活动。

作者描写这些少年侠士，个性也大多鲜明。江小妹的外和内刚，黑摩勒的性傲胆壮，江明的外朴内秀，铁牛的憨厚忠心，阿婷的纯情热心，陈业的老实厚道等，都给读者留下深刻印象。

小说中，描写前辈侠士也有不少妙笔。如写司空晓星报答虞尧民一节，既写出大恩不言谢、急公好义、救人救彻的丈夫气概，更把他智斗悍匪的过程描绘得有如云中神龙，偶露鳞爪，十分引人入胜。

另一位个性鲜明的老侠是葛鹰。这是个带有三分邪气的神偷，但骨子里善恶分明。他游戏风尘的姿态，使读者觉得亲切、可爱。葛鹰这个形象给了金庸很大启发。金庸小说的一些人物刻画的妙笔，情节设计的奇思都有还珠创造的这个葛鹰的影子。如《射雕英雄传》的洪七公，因少了一个手指头，江湖人称"九指神丐"，武功高强，但有一嗜好，就是嘴馋贪吃。而这正是葛鹰的"标志"——江湖人称"七指神偷"，武功高强，但嘴馋贪吃。江小妹借下厨为他烹调美味，得到了他的帮助与保护，赶跑了纠缠不休的姜绍祖与姜氏。而洪七公则有黄蓉烹调，"骗"他传授武功，并赶跑了纠缠不休的欧阳克。

葛鹰驱逐姜氏母子一节，写得十分滑稽：

（姜氏金红）扬梭待发。不料手才一扬，猛听对面有人怪声怪气的喝道："我家有个丑丫头，找不着小老公，恰好你正找媳妇。你那乖儿子已被我抢回去，准备做姑爷了。”

说时迟，那时快！金红手中梭已然发出三片，那发话人也声随人到，落在当场，手伸处全部接去。小妹一听声音，便知来者正是葛鹰，好生惊喜。这时葛鹰衣衫不整，步履歪斜，说话本就粗声怪气，酒后再短着一个舌头，一身都是醉态。尤其是脸上还戴着一副黑面具，头大面具小，也不知怎么结束的，脸只遮住口鼻等处，露出一头乱发和两只的的有光的鹘眼，身相端的又丑又怪……小妹一听口气，料他隐迹来此解围，不愿对方知底，立即顺风收帆道：“是她瞎缠不清，谁愿和她动手？老伯伯既要和她攀亲，我走了。”说罢将身一跃，便向林外纵去。

金红一见发了急，忙喝：“小鬼丫头往哪里走？”待要追去。葛鹰只一闪身便拦在前面，笑道：“亲家母追她作什？趁此无人，我两家头商量亲事吧。”……

金红闻言，才想起适才叫儿子暗中相亲，后来曾见他掩进林来藏身左侧树后偷看，怎喊他不见答应；这醉鬼行藏诡秘，看身手着实是个会家，所说虽像醉话，多有骨子，莫非我儿真个吃了他亏不成？想到这里好生惶急，不禁把追小妹的心思全都打掉，忙喝：“你这醉鬼说话颠三倒四，到底你叫什名字？因何来此笑闹？”葛鹰笑道：“我虽喜欢吃两盅，人满明白，不似你糊涂心肠。不是对你说过，因我朋友屋里有个丫头，本事着实比你儿子强得多，长得丑点。适才由此路过，见你正在强讨亲，你说得天花乱坠，人家偏不情愿，我想你那儿子和那丫头，一个夯一个丑，两家头刚好扯直。你这样着急讨媳妇，对这自送上门来的大媒一定情愿。不过那丫头从小没娘，我朋友一向拿她当女儿看待，年纪虽有三十多岁，早就该出阁，但她心高气大，差一点人还看不上眼，再说女儿家要到男家来相亲，也失点身份，因此我叫徒弟把你儿子抱走，明早赶到南京给那丫头看看。怕你老夹缠别人，多费气力，特意告诉一声。话虽这样，你先不必高兴，女家看你儿子没出息，还不定情愿不情愿呢！情愿更好，要是不情愿的话，包退回人，请你放心。再会吧！"说罢便要转身。

熟悉金庸作品的朋友看到这里一定会会心一笑，会想到《鹿鼎记》中十分相似的一段。书中的韦小宝吩咐他的朋友们绑架了郑克爽，口称自己有个又老又丑的妹妹要嫁给他，来阻碍郑对阿珂的追求。显然，金庸是由此获得灵感。至于两本书的"假逼婚"优劣高低如何，可以说"春兰秋菊，各极一时之秀"。

这部书刻画的几位老年女性也给读者留下深刻印象。正面的，有江小妹之母，阿婷之母，反面的则有花铁丐。江母原为王妃，虽落难而不失高华气象。阿婷之母一方面是武林高手，潜伏虎穴近旁伺机复仇，一方面又是一个慈母的形象；而对待陈业又是一副慈心热肠的"准"丈母娘的面目。反面人物花铁丐一生作恶多端，但她又有自己的感情生活，而且舐犊情深；到了生死关头，坦然面对，很有几分大丈夫气概。这些不是一般武侠小说可比的。

至于武侠小说题中必有之义——武技与武打场面，本书也是精彩纷呈，颇有匠心独运之笔。仙霞岭大战、金华北山大比武，都是场面宏大、起伏跌宕的武戏。而铁摩勒与断臂丐的比武较技、车卫戏弄刺客等，都在武技之外别出心裁，读来令人忍俊不禁。

人们读《水浒》，对于其中力搏猛兽的情节尤其印象深刻，如武松打虎、李逵杀四虎、解珍解宝猎虎之类。《云海争奇记》在这方面继承传统又有发展。全书写侠士剑客与各种猛恶动物搏斗，不仅情节紧张，而且想象奇特。其中比较写实的有周鼎与侯绍联手除掉野猪群，陈业、马琨斗藏獒等。极力夸张想象的则有黑摩勒与江明黄山斗异蛇，玄玉、清缘除芋蜓、犬骜与星蝓。这些稀奇古怪的动物完全出于作者的凭空虚构，于是为全书增添了几分神异色彩。

另外，对于年轻的朋友，这部书在带来惊险刺激的同时，还可以帮助提升写作的水平。还珠楼主走南闯北，多历名山大川，阅遍晦明雨雪，因而书中不仅喜欢写景，而且善于写景。那些大量的精彩的景物描绘，实在是不可多得的"写景教材"。

在 20 世纪三四十年代的几百部武侠小说中，论及情节丰富，结构紧凑，人物生动，虚实相生等几个方面的均衡，当以这部作品列于榜首。

巾帼须眉第一人
——还珠塑造的第一位"女一号"

《蜀山剑侠传》是还珠楼主的开山之作，无疑也是影响最大的一部巨著。书中有名号的角色数以千计，但被作者特别标出"第一"，而且是一而再，再而三地强调这个"第一"身份的，却是一个女孩子——李英琼。

五百万字的巨著，以一个少女为头号人物，这在中国文学史上空前绝后。

中国的长篇小说，发端之时几乎没有什么像样的女性形象——《三国演义》《水浒传》和《西游记》，名列于"四大奇书""四大名著"，却没有一个重要形象是女性，这不能不说是遗憾的事情。

从《金瓶梅》开始，女性形象开始堂而皇之地出现在我国长篇小说中。其后，《金云翘》《林兰香》《红楼梦》等，都把女性放置到了舞台的中央地带。不过，在英雄传奇类小说，尤其是武侠类小说中，却仍然罕见（《儿女英雄传》前半似可，而后半却"英雄气短"了）。民国的武侠长篇，《荒江女侠》首开女侠"首席"先河。但该书格局较小，情节较单，人物较少，规模远不能与《蜀山》相比。

《蜀山剑侠传》中，峨眉派首领之一妙一夫人初次见到李英琼，就对她讲："'吾道之兴，三英二云。'长眉真人这句预言，果然应验。"峨眉的重要盟友青囊仙子也当面对英琼道："你应劫运而生，光大峨眉门户，与别人不同。三英二云，独你杰出。虽然杀气太重，然亦非此不可。不久齐道友回山，自会特许你一人便宜行事。""与别人不同""独你杰出""特许你一人"云云，就更是强调了李英琼头号人物的地位。连她的敌人也反复称赞：

"老怪暗忖：'莫怪峨眉英、云名不虚传，此女果是天仙一流的根骨人品。'"足见作者对这一形象的重视。

但是，《蜀山剑侠传》的篇幅实在是太大了，又是在报纸连载，而作者的写作习惯又喜欢"节外生枝"，以至于李英琼的故事难免散布于全书，时常被其他人物的故事穿插、割裂，对于这个形象的完整性产生了一些负面的影响。即以"蜀山剑侠吧"中网友的反应看，不少读者因为该书篇幅太长而中辍。为了弥补这一缺憾，本书把作品中以李英琼为主的故事段落串联起来，命名为《蜀山剑侠之英琼传》。

还珠楼主的武侠小说与传统的《七侠五义》《儿女英雄传》不同，其中注入了相当多的神魔因素。在这个意义上，可说是《水浒传》与《封神演义》笔法的混融。当然，他的不同作品中，这两种成分的比例是不同的。如《云海争奇记》《兵书峡》等，武侠的成分占到九成以上。而《蜀山剑侠传》中，神魔的成分占多数。因而，李英琼也是半女仙半女侠。

由此决定，围绕李英琼的故事，充满奇异的想象。这也就使得李英琼的形象不仅不同于林黛玉、薛宝钗，也不同于十三妹、荒江女侠。白先勇讲："还珠楼主的巨著《蜀山剑侠传》，从头到尾我看过数遍，这真是一本了不起的巨著。其设想之奇，气派之大，文字之美，冠绝武林，没有一本小说使我那样迷过。"他把"设想之奇"放到评价的第一位，正是着眼于这种奇特不凡的想象。

本书所选是原书第一回到第二百九十三回中的四十一回。顺序、回目基本保持原貌，文字也只有极少的微调——为了摘录后的衔接。这四十一回从故事内容看，大体可分为六部分。

第一部分为前五回，讲的是李英琼随同父亲李宁避祸进入峨眉山，迭遭险厄；而李宁终于被白眉和尚收归门下。李英琼从此孤身一人面对命运。这一回基本是传统武侠的路数，特别是与多臂熊的冲突部分。

第二部分从第六回"李英琼万里走孤身　赤城子中途逢异派"到第十二回"大发鸿慈　为难女顽童作伐　小完夙愿　偕仙禽异兽同归"，写李英琼孤身寻仙的历险过程，包括斗僵尸、擒怪龙、斩巨人、诛木魅、杀猛虎、拯救马熊与猩猩，最后得遇妙一夫人，列入峨眉派门墙。这部分为本书最为精彩段落，各种妖异接踵而来，而一个孤身少女勇敢面对，逐一战而胜之。紧张之处，足令读者屏息扼腕。

第三部分从第十三回"并驾神雕　逐鹿惊邪火　饥餐朱果　斗剑遇同门"到第二十三回"两界等微尘　幻灭死生同泡影　灵岳多异宝　金精霞彩耀云衢"，写李英琼初到峨眉山的际遇。这一部分，出场的人物渐渐多起来。峨眉的门下，素质性格也是参差不齐，于是各种小矛盾、小冲突接连发生。虽是神仙洞府，却也充满人间小儿女的情味。而李英琼勇于任事、急公好义、刚直而稍显粗率的性格也随之渐渐表现出来。

第四部分从第二十四回"指挥若定　灵云收得七修剑　鼓勇无前　英琼盗取万年玉"到第二十九回"斩妖尸　得宝返仙山　逢巨恶　无心留隐患"，集中写李英琼为了救治好友余英男，同穷凶极恶的妖尸斗智斗勇，终于成功的经过。一个事件写了六回，曲折反复，是《英琼传》最细致的一段。这一段突出塑造李英琼对朋友一片赤诚、舍己助友的形象。

第五部分从第三十回"情重故人　名山访道侣　喜收神火　奇宝吐灵辉"到第三十七回"有意纵妖娃　宝树婆娑　青霞散绮　隐形擒异士　精虹激滟　红雨飞花"，写李英琼成道之后奉命开府幻波池，与易静、癞姑领导众同门和各路妖邪大战的故事。这一段，"敌""我"的法力都升级了，她面对的汗南公、九烈神君等，都是千年以上的道行。道、魔互长互动，写出了李英琼小小年纪隐然领袖群伦的气派。这部分的长处在于"仙阵""法宝"的描写，显示出作者丰富的想象力——这一点，出于《封神演义》而又远远超过。其不足是过于热闹，人物性格、情感反而被遮蔽了。

最后一部分从第三十八回"灿烂祥霞　双飞莲座　庄严宝相　自有元珠"到第四十一回"苦缔心盟　三生寻旧约　宏施佛法　七老悟玄机"，写李英琼率领同门，在老前辈暗助之下最终战胜强敌，保全了幻波池的胜境。

作者通过李英琼的成长过程，竭力塑造一个美若天仙、福报无穷、勇于担当的形象。作品通过她的同门师姐的眼中所见来表达自己极力赞颂之意：

癫姑劝她不听，又看出英琼面朝阵地，独立在斜阳影里静以观变，人既美艳，加以仙骨姗姗，一身道气，吃本山灵景一陪衬，休说常人，便天上神仙也未必能有许多这样人品。癫姑知其夙根深厚，用功更勤，智慧定力无不超人一等。尽管胆大包身，对于大敌当前，危机已迫，依然气定神闲，处之泰然；但非骄矜自满，一味胆大可比，表面上从容，实则神仪内莹，星光湛湛。真有心包宇宙，气罩山川，而又岳峙渊淳，与天同化之概。将来分明是天仙一流人物无疑，难怪师长垂青，许其领袖英云，表率群流，独领女同门，别张一军，继承师门法礼，与申屠、诸葛、阮、岳诸先进男同门旗鼓相当，分庭抗礼。自己虽得仙佛两家真传，入门较久，如论根骨福缘，先就比她不过，何况将来成就。本门竟有这等人物，真乃可喜之事。正暗中赞佩间，竺笙忽然悄声说道："师父留意准备，请去主持仙法，以备到时釜底抽薪，老怪物快来了。"

"神仪内莹，星光湛湛""心包宇宙，气罩山川""岳峙渊淳，与天同化"，这些形容词用到一个十几岁的少女身上，足以令读者震惊。作者别具匠心之处在于，这些评价出于癫姑之口，而癫姑是一个神通广大、滑稽玩世、向不服人的人物，由她来做出这样的评价，分量及"信度"就格外不同了。

但是，作者又不是一味高调赞颂，她写李英琼勇敢而略带莽撞，疾恶而稍欠宽容，担当而过于好胜。这样，就使这个人物有血有肉，丰满起来。为了凸显她的个性，作者还刻意安排几个映衬的形象与她互动。其间自然出现了几个少女之间的出现性格冲突：

英琼道："你几时也学会这些啰唆？赵世兄又不是外人，适才既认出这位师兄被妖法所伤，就该当时下手才对，偏要挨到这时，白叫人等着心急，一肚皮的话没法先说。"若兰道："我没见你这急性子。各异派中妖法千头万绪，我的学历又浅，将才我也没看出来。后来见乌风草在他身上连拂，闻见一股子邪香，才猜是香雾迷魂砂。对不对，还要救醒转来才知道呢。你就爱埋怨人，真讨厌！"

这样，一箭双雕，两个性格截然不同的少女一起跃然纸上了。

在着力刻画李英琼的同时，还珠楼主还描写了一群可爱的少年女仙形象。大体来讲，这些女孩子的个性还是相当鲜明的。例如秦寒萼，本是天狐的女儿，与秦紫玲是姐妹。姐姐紫玲神通超众，修养也渊深。寒萼作为妹妹，未免娇惯。于是在峨眉这个群体里，总是耍小性、抢风头。和她形成对照的，则是这群人的"大姐大"齐灵云。由于她的特殊身份——妙一夫人的长女，年龄最大，所以总是思虑周全，一板一眼，很有点儿"少年老成"的感觉。灵云与寒萼时不时演出一段"对手戏"，两个人的性格便在对比中鲜活起来。再如癞姑，形象奇丑，却身处一群颜值极高的美女中，偏偏不自惭形秽，还经常拿这个话题自嘲，或和别人开玩笑，于是给读者留下鲜明的印象。

这方面还应特别关注一下朱文。朱文和灵云的幼弟金蝉是前世姻缘，今生又遇到一起。二人的关系十分微妙，而朱文作为女孩子，内热外冷，几分娇羞几分矜持——作者对此描写得十分细微：

> 大家忙了一阵，英琼将粥煮好，切了一盘腊味，又取了一大盘咸菜捧将出来。金蝉、若兰最爱吃那腊味，赞不绝口。朱文笑对金蝉道："九华虽然清苦，辟邪村玉清大师颇预备许多荤素吃食，我不信这一趟莽苍山，会把你变成一个馋痨鬼。今天才到李师妹家中第二天，也不怕人家笑话。"说罢，抿着嘴，用两个指头在脸上刮。金蝉见朱文羞着笑他，便也反唇相讥道："朱姊姊你还不是不住口地吃鹿肉，还说我呢。当心把神雕的粮食吃完，神雕不依吧。"朱文正要还言，英琼见二人斗口，忙道："朱姊姊、金哥哥爱吃腊味，我还多着呢。即使吃完，只要叫我金眼师兄出去几趟，便能捉得好几个回来。我们都跟亲手足一样，谁还笑话不成？"朱文冷笑道："我不过见他吃得野相，好意劝他几句，他反倒来说我。这类烟火食，我一年也难得吃上两回，因见李姊姊劝

客情殷，又加上头一次吃鹿肉，觉得新鲜，才拿两片撕着就稀饭。谁似他狼吞虎咽的，这一大盘倒被他吃了一多半。为好劝他两句，还反说人吃不停嘴，吃你的吗？"金蝉见朱文娇嗔满面，便低下头只顾吃，不再言语。

灵云是一向看他二人拌嘴惯了的，也不去答理。见大家都吃得津津有味，便也取了筷子夹一片慢慢咀嚼，那一股熏腊之味竟是越吃越香。笑对金蝉道："无怪你们争吃，果然这鹿肉很香。英琼妹子小小年纪，独处深山，居然布置得井井有条，什么饮食设备样样俱全。与若兰妹子一样，都是那么能干，叫人见了又可爱又可敬。要像这种殷勤待客，怕不宾至如归，把山洞都挤破了吗？"若兰见朱文、金蝉拌嘴，在旁边也不答言，只顾吃。这会听灵云赞她能干，便笑道："姊姊怎么也夸奖起我来？我哪一点比得上诸位姊姊们？不过平日仗着先师疼爱，享享现成的罢了。"

这时朱文停箸不食，坐在那里干生气。金蝉不时用眼看着朱文，想说什么，又不好说出似的。英琼惦记着那只神雕，匆匆在后面取了两只鹿腿，出洞喂雕去了。芷仙怕他二人闹僵，看他二人神气，知道金蝉业已软化，容易打发，便劝朱文道："姊姊不要生气，招呼凉了，不受吃。"还要往下说时，灵云忙拦道："我们休要劝他们，他二人是这样惯了的。"朱文误会灵云偏袒金蝉，本想说两句，猛想起灵云患难中相待之德，不便出口，越发迁怒金蝉，假装看雕，立起身来，独自行出洞去。金蝉见朱文出洞，知她心中不快，讪讪地立起身来，也跟了出去。

这一段如果移到《红楼梦》中，背景换成大观园，和"金钗"们烧烤鹿肉，林黛玉与贾宝玉使性、拌嘴的情景几无二致。"金蝉见朱文出洞，知她心中不快，讪讪地立起身来，也跟了出去。"这几句若换个主语："宝玉见黛玉出门，知她心中不快，讪讪地立起身来，也跟了出去。"放到《红楼梦》中，当毫无扞格。其实这种写法有点"小儿科"嫌疑，与朱文、金蝉"半仙"

的身份并不十分吻合，但却可以增加读者的亲近感，也使朱文的形象明显有别于众人。

　　说到仙人们的情感问题，易静更令人意外。她是资历甚老的"转世灵童"，已跻身天界的圣姑当年是她的"闺蜜"，但她就是挣不脱情网：

> 　　易静闻言，接口笑道："玉弟此时当知我的苦心了。如非恩师相助，毁容易貌，那冤孽先就放我不过。迟早仍还你一个白幽女如何？"陈岩喜道："当真的么？不怕洪弟与癫道友见笑，我虽是修炼多年，因是幼童，仍不免于童心和洪弟一样，言动天真，自觉所附童身尚还灵秀，易姊姊偏毁了芳容。经我多年苦修，早已脱胎换骨，此身又不舍抛弃，正想易姊姊如允双修，也将容貌毁去，好和她配对呢。"易静忍不住伸手朝陈岩头上指了一下，笑道："痴子！难为你多年修为，还改不了老脾气。"癫姑见陈岩看去只十来岁年纪，神情既极天真，语气又是那等痴法，忍不住笑了起来。陈岩笑道："癫姊姊笑我脸老么？"癫姑笑说："不敢。"陈岩又道："我历劫三生，本是为她一人，便笑我也不怕。"随问："易姊姊，何时恢复昔年容光？"易静笑答："你才说重人而不重貌，如何又对此事关心呢？"

从"仙界逻辑"来说，这好像有点儿出格，有点儿"不合理"；而从凡人的"情感逻辑"讲，却又是顺理成章的事。这样写，就把玄奥的神仙们拉回到人间，缩小了他们与读者的心理距离。

　　本书还有一特色，就是写了很多动物。最重要的是李英琼的一只神雕和一头猩猩。这自然让我们想到金庸笔下的郭家白雕和杨家神雕，还有袁承志的两头猩猩——这是"点珠成金"的一个小显证。本书的动物除了这俩主角，还有很多"群众演员"，如马熊、猩猿、山魈、木魅等。这些动物大半出于作者的想象，如：

> 　　呼的一声，纵出一个似猴非猴的怪物，身上生着一身黄茸细毛，

身长五六尺，两只膀臂却比那怪物身子还长。两手如同鸟爪一般，又细又长。披着一头金发。两只绿光闪闪的圆眼，大如铜铃。翻着朝上一看，比箭还疾地蹿了下来，狼嗥般大吼一声，伸出两只鸟爪，纵起有三五丈高下，朝英琼头上抓将下来，身法灵活无比，疾如闪电。

如此奇特的动物形象，也在一定程度上增加了小说的奇幻色彩。

与《云海争奇之儿女恩仇记》《蜀山剑侠之孽海情天》两书相比，这本书中法宝、法术的描写更多、更奇诡。例如幻波池的"五行禁制"，不但是一般的五行生克，还套入了九宫八卦的生死景杜之类的观念，甚至还发明了正反五行的"创新"阵法。其描写的笔墨也相当细致，几乎可以与儒勒·凡尔纳那些科幻想象媲美。如法宝想象：

> 丌南公门下弟子，各有一两件至宝奇珍。那"大有圈"发时是一环淡悠悠的彩虹，月晕也似。初发光并不强，一经发动，便由小而大往外开展，电也似疾，连转不休，越长越大，光也越来越强烈，晃眼暴长千百丈。然后化为光雨爆散，光雨所及之处，无论是人是物，当之均无幸理，整座山峰均能炸裂，荡为平地。

这人约就是氢弹爆炸的景象。如法术想象：

> 洞里竟是一个怪石丛列，穷极幽暗深窟，宽约百丈。满地上竖着数十面长幡，俱画着许多赤身魔鬼。每面幡底下，叠着三个生相狰狞的马熊、猩猿的头颅，个个睁着怪眼，磨牙吐舌，仿佛咆哮如生。当中有一面一尺数寸长小幡，独竖在一个数尺高的石柱之上。幡脚下有一油灯檠，灯心放出碗大一团绿火，照在妖幡和兽头上面，越显得满洞都是绿森森阴惨惨的，情景恐怖，无殊地狱变相。

读者至此恐怕不免要寒毛直竖吧。

还珠楼主写作有一大癖好，就是洋洋洒洒的景物描写。这既与其深厚的古代文学修养有关，也与其早年四方游历的体验有关。物理学家何祚庥甚至认为："（《蜀山》）想象的奇特与丰富前无古人后无来者，其中写中国的山水之美，无人能够超过他。过去柳宗元写《永州八记》为人称道，但我觉得《蜀山剑侠传》超过了柳宗元。"这种讲法当然可以讨论（柳宗元山水游记之美不限于模态，而在于寄托、意味），但指出了还珠写作这一突出特点，无疑是正确的。这里不妨举几个例子来看。

> 一面是孤峰插云，白云如带，横亘峰腰，将峰断成两截。虽在夏日，峰顶上面积雪犹未消融，映着余霞，幻成异彩。白云以下，却又是碧树红花，满山如绣。一面是广崖耸立，宽有数十百丈。高山上面的积雪受了阳光照射，融化成洪涛骇浪，夹着剩雪残冰，激荡起伏，如万马奔腾，汹涌而下。中间遇着崖石凸凹之处，不时激起丈许高的白花，随起随落。直到崖脚尽处，才幻作一片银光，笼罩着一团水雾，直往百丈深渊泻落下去，澎湃呼号，声如雷轰，滔滔不绝。再往对面一看，正对着这面洞门，也是一片平崖，与这边一般无二。平崖当中，现出一座洞府，洞门石壁，有丈许大的朱书"飞雷"二字。

写深涧急湍有声有色，既壮观又绚丽。又如：

> 神雕飞行迅速，二人稳坐在雕背上。上面是星明斗朗，若可攀摘；下面是云烟苍莽，峰峦起没，大小群山似奔马一般，直从二人脚底倒退过去。这时遥瞩天边，东方已微微有了明意。倏地起了一阵乌云，把天际青光遮成一片漆黑，连下面云山都在微茫杳霭之中若隐若现。英琼刚说得一声："怎么天还不亮，许要变吧？"一言未了，若兰忙叫："琼妹快看奇景！"英琼侧转头一看，先是东南方黑云踪中闪出两三丝金影。一会儿工夫，又见有数亩方圆的一团红光忽而上升天半，彩霞四射；忽而没入云层，不见踪迹。若金丸疾走，上下跳动，滚转不停，

要从天际黑云中挣扎而出。以后红光越来越显，越转越疾，倏地往下一落，又没入天际，便不再现，只东南半天现出了鱼肚色。头上的星也隐去了好多。二人在雕背上迎着天风，凭虚飞行，一路谈说，一路看那朝日怎样升天。倏地瞥见正东方红影一闪，霎时半轮亩许方圆火也似红的太阳，已经端端正正地从地平上涌起。那些黑云也都不知去向，干干净净的天，只红日出处有半圈红影。满天只剩数十百颗疏星，光彩已暗，摇摇欲坠，越显天高。再低头一看，下面是云潮如海，咕咕嘟嘟簇拥个不住，把脚下群山全都隐没，只剩那几个高山的尖儿如岛屿一般，在云海中隐现。上面却是澄空若洗，一碧无际。

描写日出的文字很多，写云层之上俯瞰日出与云海者，似未曾有（笔者从欧陆返程，夜航机上曾睹类似奇观）。还珠当时不可能有乘机夜航的经验，纯为想象而写得如此摇曳多姿，实在是笔力扛鼎。

还珠楼主的景物描写有时又能与情节融合到一起，更显得生动，如李英琼降龙一节：

英琼但觉一阵奇寒透体袭来，知道那龙已离身后不远，不敢怠慢，亡命一般逃向庙前梅林之中。那条龙离她身后约有七八尺光景，紧紧追赶。英琼猛一回头，才看清那条龙长约三丈，头上生着一个三尺多长的长鼻，浑身紫光，青烟围绕，看不出鳞爪来。英琼急于逃命，哪敢细看。因为那龙身体长大，便寻那树枝较密的所在飞逃。这时已是三更过去，山高月低，分外显得光明。庙前这片梅林约有三里方圆，月光底下，清风阵阵，玉屑朦胧，彩萼交辉，晴雪喷艳。这一条紫龙，一个红裳少女，就在这水晶宫、香雪海中奔逃飞舞，只惊得翠鸟惊鸣，梅雨乱飞。那龙的紫光过处，梅枝纷纷坠落，咔嚓有声。

真是奇丽无俦。

上文说到一个词语："点珠成金"。那是笔者多年前的一个"发明"，意在指出一个有趣的事实，就是金庸大量（超出一般人想象的）"偷意"于还珠楼主而讳言。这其实并不含有褒贬抑扬之意，只是讨论文学史一个常见的现象。本书也有若干例证，兹举其中一个有趣者：

> （丌南公）每一出洞，照例要有好些排场做作，未到以前，先使当时风云变色，山川震撼，有时还有门人和仙音仪仗前导，以显他的威势……随见遥天空际，云旗翻动，时隐时现。隔不一会儿，又听鼓乐之声起自彩云之中，由天边出现，迎面飞来，看去似乎不快，一会儿便已飞近。那彩云自高向下斜射，大只亩许。云中拥着八个道童，各执乐器、拂尘之类，作八字形，两边分列。衣着非丝非帛，五光十色，华美异常。相貌却都一般丑怪，神态猛恶……八童分执乐器，仙韶迭奏，此应彼和，并不发话。

熟悉金庸小说的朋友读到这里立刻要会心一笑，想到《天龙八部》中丁春秋的排场和作者揶揄的叙事态度。

南怀瑾讲："现在写武侠小说的都是乱写，很多都是偷还珠的东西。"这话肯定讲过头了。但看到上述类似的例子，我们也不得不承认他讲的有一定道理，也不得不重新认识还珠楼主的文学史地位。

情·侠·魔
——别具一格的武侠世界

在金庸纵横江湖之前，武侠小说江湖上最亮的金字招牌是什么呢？

毫无争议，《蜀山剑侠传》！

还珠楼主的《蜀山剑侠传》不仅在问世之初风靡一时，而且七八十年过来，又有"返老还童"的趋势。到百度上敲入"蜀山"一词，显示相关网页将近三百万！

再随便举一个小例子，便可看出"蜀山"的持久影响力了。在金庸的系列小说中，有一个反复出现的情节：外人搅闹少林寺。例如，《倚天屠龙记》的开篇，小姑娘郭襄寻人偶经少林，遇见何足道挑战少林，以及西域少林僧奔来报信，于是挺身出来打抱不平；《天龙八部》中，番僧鸠摩智挑战少林，扬言要取而代之，《鹿鼎记》则有两个少女阿珂与阿琪，不知天高地厚硬闯少林，结果遇到了韦小宝。可见金庸对于"闯少林"这个基本情节的喜爱。而这些故事的重要源头恰在《蜀山剑侠传》之中。《蜀山剑侠传》一百四十九回，先是两个少女三凤与冬秀来到少林寺，"冬秀更是满心记着昔日江湖上寻师访友的步数。因寺庙中不接待女施主，原打算到了寺前遇着本僧，略显身手，将寺中人引了出来，看看有无真实道法，再行定夺……"。接下来，又写一个"蛮僧"来少林寺挑战，提出："昨日我已递了法牒，限他三日将全寺让出，由我住持。"与上面金庸的闯少林彼此间递嬗之迹显然，甚至故事情境、人物话语都颇有相似处，如金庸所写阿琪与阿珂闯少林，也因"不接待女施主"而起冲突，并写道："亭中两个年轻女子，正在和本寺四名僧人争闹。蓝衫女郎双眉一轩，朗声道：'我们听人说道，少林寺天下武学的总汇，七十二门绝艺深不可测。我姊妹俩心中羡慕，特来瞻仰……'"与还珠笔下的三凤、冬秀闯少林十分相近。当然，金庸的作品出蓝胜蓝，更加生动有趣。但也毋庸讳言，还珠楼主的影响、启发也是不可忽略的因素。

《蜀山剑侠传》卷帙浩繁，结构方面的一个突出特点就是"板块连缀"。如开篇是李英琼的故事板块，有近百万字的篇幅，后面有戴湘英、凌云凤之戴家场板块，周轻云的板块，初凤姐妹板块等。各板块相对独立，而彼此之间略有交叉。这种写法类似于《水浒传》"武十回""宋十回"的所谓"列传体"。"列传体"结构方式对于报刊连载的好处是较为自由，作者顺手写去，无限生长。缺点是枝枝蔓蔓，有时不免于散乱。香港著名作家倪匡讲："曾发过愿，要替《蜀山剑侠传》下一番整理功夫，加新式标点，删去五十五集书中一些扯开去的枝节，重新出版。"便是有鉴于此。

在《蜀山剑侠传》的各板块中，有一个故事板块显得与众不同，就是欧阳霜、崔瑶仙的两代情仇故事。无论在故事内容上，还是描写手法上都很特别——不仅是在《蜀山》各板块中特别，而且在所有武侠小说中也是不多见的。

这个特别之处就是在武侠与神魔的壳子里，描写的是世态人情的婚姻、恋爱故事。

本书就是截取欧阳霜、崔瑶仙两代情仇的章节，并为之命名曰《蜀山剑侠之孽海情天》。

整个故事是以剑仙凌浑的四个徒弟奉师命赶赴大熊岭支援郑颠仙为引子，四人路遇妖人天门神君林瑞的徒弟，将其打败逃走，得知他们与卧云村村主夫妇为仇，于是入村相助。由此展开了卧云村中惊心动魄的情天孽海的故事。

卧云村是一个世外桃源。地方与世隔绝，居民本为避乱迁居而来，非亲即友，本来是一派祥和。但人性复杂，日久生隙。而导火索则是几对男女之间的爱恨情仇。

最核心的故事是黄畹秋、欧阳霜与萧逸的三角恋情。萧逸的表姐，姓黄名畹秋，长萧逸一岁，才貌双全，心机过人。她与萧逸小时同在一处读书习武，又是举家随隐，常日相见，深深种下情根。双方父母也都看好这段姻缘。但是，萧逸另有心上人，就是寄居在黄家的孤女欧阳霜。

这个故事的基本格局，以及三个人的形象，都有《红楼梦》的影子。但故事的发展却是大不相同。萧逸坚持自己的情感，多次婉拒了黄畹秋。趁父亲去世，姑母（黄畹秋之母）一时不察，与欧阳霜结为连理。而黄畹秋在失望、报复的复杂心态中"下嫁"了崔文和。萧与欧阳琴瑟和谐，黄与崔也育有一女崔瑶仙。但黄氏恋萧之情历久不减，于是处心积虑陷害欧阳霜。在她的罗织之下，萧逸终为谗言所动，对欧阳霜恩断义绝，甚至到了必欲杀之而后快的地步。欧阳霜被逼上了绝路，只好以死抗争，留下遗书辩白冤情。不料黄畹秋手段毒辣，连这个机会也不给她，把遗书隐匿起来。但幸而有剑仙偶遇此事，将欧阳霜救走，并送到郑颠仙门下修行。萧逸的家庭遭到极大破坏，对黄畹秋渐渐产生怀疑。黄为自保，又出手暗杀了共谋者雷二娘。暗杀过程中，导致了另一同谋萧元与丈夫崔文和的丧命。于是一连串扑朔迷离的命案，终于把黄畹秋的阴谋逐渐暴露。而此时欧阳霜的道业与武术都有了相当的造诣，奉师命回卧云村公干，顺路开始了复仇的行动。经过几番较量，黄畹秋终于原形毕露，无奈之下仰药自尽。但欧阳霜却始终不肯原谅萧逸当初的绝情。

黄畹秋临终之时，仍然在谋划报复的办法。首先，她处心积虑把仇恨的种子深深埋到女儿崔瑶仙、义女绛雪的心里。然后，又计划了十分恶毒的祸害全村之策。接下来，故事的重心转到萧元之子萧玉与崔瑶仙的孽情上来。本来，萧玉单相思于崔瑶仙，崔并无真情。但在黄的计划中，要借助萧玉实现复仇之策，所以授意女儿以"美人计"笼络萧玉。萧玉实为一浮浪子弟，故不为瑶仙所喜。但在对待恋人上却是一往情深，生死靡它。时间一长，崔瑶仙被他感动，也就动了真情。于是，崔瑶仙、萧玉和绛雪就结成了复仇同盟。在复仇过程中，几度出生入死，险些为妖人虐害永堕畜道。

和这两条情感纠葛平行的，还有崔文和对黄畹秋的痴恋，绛雪对萧玉之弟萧清的单相思。落墨都不算多，但人物情感、心理的刻画都相当生动，也能够给读者留下深刻印象。

黄畹秋是作者着力刻画的人物。这是个十分阴狠可怕的女人，但又是个为情所困的可怜女人。作者写她的心理、行为，颇有可称道的笔墨。如她骤闻情敌欧阳霜与心上人萧逸成亲的鼓乐声时，作品这样描写：

> 黄畹秋在后村也正心烦，遥闻鼓乐繁喧，笑语如潮，做梦也未想到这一段。后来听出鼓吹有异，方觉奇怪。同行人中忽有家人寻来，说村主成婚，催往致贺，这才大惊。一问是谁，不由一阵头晕眼花，几乎不能自制，幸是身倚石上，没有晕倒。来人说罢，同行诸少年男女谁不喜事，一窝蜂都赶了去。只剩黄畹秋一人，倚坐危石，蹭蹭凉凉，百感俱生，半晌作声不得。
>
> 女子心性本窄，加以会场上笙歌细细，笑语喧喧，不时随风吹到。

怅触前尘，顿失素期，冷暖殊情，何异隔世，越发入耳心酸，柔肠若断。想到难堪之处，只觉一股股的冷气，从脊梁麻起，由头顶直凉到了心头，真说不出是酸是辣是苦。伤心至极，忍不住眼皮一酸，泪珠儿似泉涌一般，扑簌簌落将下来。正在哀情愤郁，顾影苍茫，悲苦莫诉之际，忽听身后似乎一人微微慨惜之声。先时喜讯一传，只见同来诸人纷纷喜跃，狂奔而去，本当人已走尽，不料还有人在。忙侧转脸一看，正是素常憎为俗物的崔文和站在身后，两手微微前伸，满脸俱是愁苦之容。见畹秋一回头，慌不迭地把手放下，神态甚是惶窘，好似看见自己悲酸，想要近前抚慰，又恐冒犯触怒，不知如何是好的情景。畹秋见他潜伺身后，不禁生气，正要发话，秀目一瞪，大颗泪珠落将下来，正滴在手臂之上。猛想起适才心迹，必被看破，心一内愧，气一馁，嘴没张开。同时看出他眷注自己，情深若渴之状，在自己万分失意之余，忽然有人形影相随，不与流俗进退，又是这等关心，心便软了好些。不禁把头一低，满腹情绪，繁如乱丝，也不知说什么好。

黄畹秋初闻时的震惊与伤心，接下来的羞窘与自尊，还有崔文和的痴情与柔弱，都描写得细致入微。这在当时的武侠小说中是少见的。

到了后面，写黄畹秋为灭口杀死雷二娘后的情状也是同样刻画入微：

且说畹秋在萧元家中鼓起勇气出去，到了路上，见雪又纷纷直下。猛想起害人时，雪中留有足印，只顾抱人，竟忘灭迹，如非这雪，几乎误事，好生庆幸。又想起适才二娘显魂，形相惨厉怕人。再被冷风迎面一吹，适才从热屋子出来，那点热气立时消尽，不由激灵灵打了一个冷战。方在有些心惊胆怯，耳听身后仿佛有人追来。回头一看，雪花如掌，看不见甚形影。可是走不几步，又听步履之声，踏雪追来。越往前走，越觉害怕。想早点到家为是，连忙施展武功，飞跑下去。初跑时，身后脚步声也跟着急跑，不时好像听到有人在喊自己名字，声为密雪所阻，断续零落，听不甚真。畹秋料定是二娘鬼魂，脚底加劲，更亡命一般加紧飞跑。跑了一段，耳听追声隔远，渐渐听不见声息。

　　前面描写这个狠辣的女人，果决狠毒，杀人不眨眼，尤其和怯懦的萧元对比之下，更是一派"女汉子"的气派。但是，她毕竟是女人，又是孤立无助的女人，杀人之后免不了心虚胆寒。这样一写，就更真实，人物形象也就更加立体化了。

　　畹秋如此，其女瑶仙的形象同样不乏细腻生动的描写。如畹秋自尽时要女儿学会操控男人，牢笼住萧玉用作报仇的助手。丧中，瑶仙谨遵母命，把萧玉玩弄于掌股之上：

　　　萧玉瞥见帘内似有微光透映，又不似点灯神气。闻言如奉纶音，不等说完，诺诺连声走将进去，放下雪具，匆匆关好堂屋门，朝灵前叩了三个头。慌不迭掀帘钻入一看，室内无灯无火，冷清清不见一人，仅里面屋内帘缝中射出一线灯光。不知瑶仙是喜是怒，许进不许，正打不出主意。忽听里屋通往后间的门响了一下，仿佛有人走出，跟着又听瑶仙长叹了一声。萧玉忙也咳嗽一声，半晌不听回音，提心吊胆，一步步挨到帘前，微揭帘缝一看，忽觉一股暖气从对面袭上身来。室内炉火熊熊，灯光雪亮，向外一排窗户俱都挂着棉被。绛雪不知何往，只剩瑶仙一人，穿着一身重孝，背朝房门，独个儿手扶条桌，对着一面大镜子，向壁而坐。不由心血皆沸，忍不住轻唤了声："姊姊，我进来了。"瑶仙没回头，只应声道："来呀。"萧玉听她语声虽带悲抑，并无怒意，不由心中一放，忙即应声走进。瑶仙偏脸指着桌旁木椅，苦笑道："请坐。"萧玉忙应了一声，在旁坐了。见瑶仙一身缟素，雾鬟风鬟，经此丧变，面庞虽然清减了许多，已迥非昨日模糊血泪，宛转欲绝情景。本来貌比花娇，肌同玉映，这时眉锁春山，眼波红晕，又当宝镜明灯之下，越显得丰神楚楚，容光照人，平增许多冷艳。令人见了心凄目眩，怜爱疼惜到了极处，转觉欲慰无从，身魂皆非己有，不知如何是好。坐定半晌，才吞吞吐吐道："好姊姊，你昨日伤心太过，我又该死，害你生气。回去担心了一夜。今天稍好些么？人死不能复生，姊姊还是保重些好。"说完，见瑶仙用那带着一圈红晕的秀目望着自己，只是不答，也未置可否。看出无甚嗔怪意思，不由胆子渐大，跟着又道："姊姊，你这个弟弟昨天也是新遭大故，心神悲乱，虽然糊涂冒昧，得罪姊姊生气，实在一时粗心，出于无知，才有这事。刚才因绛妹怕走早了，防人知道，来得又晚一些。昨晚我心都急烂了，望好姊姊不要怪我吧。"说完，瑶仙仍望着他，不言语。萧玉面对这位患难相处的心头爱宠，绝世佳人，真恨不能抱将过来，着实轻怜蜜爱一番，才觉略解心头相思之苦。无如昨晚一来，变成惊弓之鸟；再加上瑶仙秋波莹朗，隐含威光，早已心慑。唯恐丝毫忤犯，哪里还敢造次。又想不出说什话好，心里也不知是急是愁，仿佛身子都没个放处。由外面奇冷之地进到暖屋，除雪具、风帽留在堂屋外，身着重棉，一会儿便出了汗，脸也发烧，又不便脱去长衣。心爱人喜怒难测，尚悬着心，呆了一会儿。

萧玉的迷恋使得他背礼逾矩来私会瑶仙。他一方面不能自制、自拔，另一方面又心虚，又怕触怒心上人，所以表现得进退失据，首鼠两端。而萧玉之所以如此，是因为瑶仙的欲擒故纵。在浓墨重彩写萧玉的同时，瑶仙的心机、隐忍自然流露于笔端。

可是，瑶仙毕竟是个情窦初开的少女。萧玉的痴情，少年男女的频繁接触终于在她的芳心中激起了涟漪，"天""人"交战的结果，是她给自己找理由转变了态度。这一段，作者也写得十分细腻：

　　萧玉还在怔忸不安，瑶仙忽然轻启朱唇说道："你热，怎不把厚棉袍脱了去？"萧玉闻言，如奉纶音，心花大开。忙即应声起立，将长衣脱去，重又坐下。瑶仙忽又长叹了一声，流下泪来。萧玉大惊，忙问："好姊姊，你怎么又生气了？是我适才话说错了么？"瑶仙叹道："你适才说些什么，我都没听入耳，怎会怪你？我是另有想头罢了。你这两天定没吃得好饭，我已叫绛妹去配酒菜、消夜去了。等她做来，你我三人同吃，一醉方休，也长长我的志气。"萧玉知她母仇在念，情逾切割，怎会想到酒食上去？摸不准是甚用意。想了想，答道："我这两天吃不下去，姊姊想吃，自然奉陪。"瑶仙玉容突地一变，生气道："事到今日，你对我说话还用心思么？"萧玉见她轻嗔薄愠，隐含幽怨，越觉妩媚动人，又是爱极，又是害怕，慌不迭答道："哪里，我怎敢对姊姊用心眼？实对姊姊说吧，现时此身已不是我所有，姊姊喜欢我便喜欢，姊姊愁苦我便愁苦，姊姊要我怎么我便怎么。不论姊姊说真说假，好歹我都令出必行，粉身碎骨，在所不辞哩。"瑶仙闻言，微笑道："你倒真好。"萧玉方当是反话，想要答时，瑶仙忽伸玉腕，将萧玉的手握住，说道："你当真爱我不爱？"萧玉先见瑶仙春葱般一双手搁在条桌上面，柔若无骨，几番心痒，强自按捺，想不到会来握自己的手。玉肌触处，只觉温柔莹滑，细腻无比。再听这一句话，事出望外，好似酷寒之后骤逢火热，当时头脑轰的一下，不由心悸魄融，手足皆颤。爱极生畏，反倒不敢乱动，只颤声答道："我、我、我真爱极了！"瑶仙把嘴一撇，笑道："我就见不得你这个样子，大家好在心里，偏要表出来。"随说随将手缩回去。萧玉此时手笼暖玉，目睹娇姿，正在心情欲化的当儿，又看出瑶仙业已心倾爱吐，不再有何避忌，如何肯舍。忙顺手一拉，未拉住，就势立起挨近身去，颤声说道："好姊姊，我今天才知道你的心。真正想死我了。"边说边试探着把头往下低去。瑶仙一手支颐，一手在桌上画圈，一双妙目却看着别处，似想甚心思，不想理会。萧玉快要挨近，吃瑶仙前额三两丝没梳拢的秀发拂向脸上，刚觉口鼻间微一痒，便闻见一股幽香袭入鼻端。再瞥见桌上那只粉团般的玉手，益发心旌摇摇，不能自制。正待偎倚上前，瑶仙只把头微微一偏，便已躲过。回眸斜视，将嘴微努道："人来了是甚样子？放老实些，坐回去。我有话说。"萧玉恐怕触怒，不敢相强，只得返坐原处，望着瑶仙，静候发话。等了一会儿，瑶仙仍是面带笑容，回手倚着椅背，娇躯微斜，面对面安闲地坐在那里，一言不发。

这样的画面放到《红楼梦》中，也可乱真几分呢。

除却描写痴情、孽情有出色的笔墨外，作为"世情"与"武侠""神魔"的混合体小说，作品在其他方面也有令人印象深刻的文字。如描写瑶仙与绛雪刺杀萧逸一节：

> （瑶仙）令绛雪伏窗窥伺，手握毒刀，走到房门前，把牙一咬，正待揭帘掩进，忽听"叭"的一声。瑶仙心疑仇人已醒，连忙缩步，退向院中。见绛雪伏伺窗下未动，才略放心。双方打一手势，才知敌人梦中转侧，无意中将手压的书拂落地上，人并未醒。
>
> 又待了一会儿，看见仇人实已睡熟，二次鼓勇再进，轻悄悄微启门帘，由门缝中挨入。一看，萧逸仰卧榻上，床边上的手已缩回去搭向胸前。老远便闻到酒气透鼻，睡得甚是香甜。知道手上毒刀见血立毙，萧逸虽然武功绝伦，寻常刀剑刺他不进，幸在醉卧之际，刀又锋利异常，如向面部口眼等容易见血之处刺去，万无不中之理。杀心一起，更不寻思，轻轻一跃，便到床前。单臂用力握紧毒刀，照准萧逸面上猛刺下去。满拟这一下必定刺中，谁知竟出乎意料，萧逸平卧身子忽又折转向外，放在胸前的那只右手也随着甩起，无巧不巧，手臂正碰在瑶仙的手腕上面。虽是睡梦中无心一甩，力量也大得出奇，瑶仙手腕立被向上荡起，震得生疼，几乎连刀都把握不住。心方大惊，眼前倏又一暗，床前那盏油灯，也被这一甩熄灭。跟着便听里屋萧珍在喊爹爹和下床之声。同时床上作响，萧逸朦胧中也似有了醒意。瑶仙虽是拼死行刺，毕竟情虚，一击不中，手反震伤，又酸又麻，灯再一暗，怎不胆寒。再加萧珍一喊，武功好的人最是警觉，晃眼人醒，再下手，只有送死，决难得手，哪里还敢逗留，慌不迭往外逃出。仗着路熟心细，暗中逃退，并未弄出声响。走到门前，正揭门帘想往外走，那柄毒刀忽吃门帘裹住。心忙意乱，手又酸麻无力，竟然脱手。又惊又急，还想回手摸索，忽听里屋三小兄妹相继惊醒，齐喊："爹爹，外屋什么响动？"边喊边往外走。萧逸在床上也似有了应声。不由心

胆皆裂，不敢再事摸索，急匆匆逃到院中。

萧逸宅心仁厚，欲使瑶仙知难而退，故佯醉诱其动手。而瑶仙虽亦通武艺，但毕竟与萧逸相去太远，又是个未经战阵的少女，所以完全落入对手掌控却毫不自知。萧逸的艺高人胆大，瑶仙的心惊胆薄，都刻画得栩栩如生。

写神魔的内容，也有不少独具特色的地方。如郑颠仙分配给欧阳霜的"工作任务"是种植七禽果树，以备饲喂金蛛，保证其吸取金船时的体力。想象力颇出人意表。而描写妖人林瑞的笔墨更是多有匪夷所思之处，如把妖徒化身为野兽役使：

> 另外还有两个矮妖童，早取来一狼一豹两张兽皮，旁立相待。申武又用剑尖挑起两符，张口喷出一股碧焰。符便化为两幢绿火，各将二人笼罩，随即立起。眼看身上肌肉全数平复如初，和未受伤时一样。二人反倒牙齿作对儿厮颤，格外害怕起来。一会儿绿火消去。申武念念有词，将幡一指，便有无数火针飞起，朝二人身上撒下，钉满全身。约有半盏茶时，火针飞回，随着针眼往外直流鲜血，晃眼成了一个血人，从头到脚不见一丝白肉。先还面色惨变，咬牙忍受。血出以后，终于忍受不住，往后便倒。两矮妖童早抢向二人身后，张开兽皮等候，未容倒地，纵身迎上，接住由后朝前一包。跟着朝每人背上一脚踹去，趴跌在地。申武持幡一阵乱划，兽皮逐渐合拢，将二人全身包没，合成整个，化为一狼一豹，死在地上。由二矮妖童抓住尾巴，倒拖出去。

很有《聊斋》中描写《席方平》下地狱的文字风格。另外，写林瑞门下徒弟们相互倾轧、陷害，与金庸的《天龙八部》丁春秋门下钩心斗角也是意味相通，不排除金大侠偷意于此、点"珠"成"金"的可能。

作品所写魔教中人物，铁姝也是个性鲜明、能给读者留下较深印象的一个。狠毒之外，高傲、好胜、宁死不折，都使她有别于其他妖魔。其斗法的场面也不同于一般，如与玉清大师拼命的一段：

　　两人正在相持不下，忽然远远传来一种极尖厉刺耳的怪声，叫道："玉清道友，孽徒无知，请放她回山受责如何？"玉清大师知是鸠盘婆声音，忙答："令高足苦苦相逼，不得已而为之。本在劝她回转，教主今回，敢不唯命。"又听怪声答道："盛情心感，尚容晤谢。"说罢寂然。玉清大师知魔宫相去当地何止万里，竟能传音如隔户庭，并还连对方答话也收了去，好生惊异。再看铁姝已是神色沮丧，凶焰大敛，知道魔母已经另有密语传知，不会再强。忙把旗门移动，敛去光华，笑道："铁姝道友，令师相召，你那法宝、焰光和三魔鬼未敢妄动，现在收聚一处，禁法已撤。我不便奉还，请你自己收回，归见令师，代为致候，改日再容负荆吧。"祥光一敛，铁姝立即行动自如。师命不敢违逆，再如逞强，必受师父遥制，终归无用。闻言垂头丧气，满脸激愤，道声："行再相见。"径自收回法宝、魔焰，化为一道黑烟冲霄而去。

三个顶尖的高手，一个老辣果决，一个明白冷静，一个愤激隐忍，彼此相得益彰。

　　这部作品还有一个突出的特色，就是为萧逸、欧阳霜等设置的生活环境——世外桃源。还珠楼主身处乱世，对世外桃源情有独钟。他在不止一部作品中描写了桃源，有的甚至以桃源的蜕变作为全书的大背景——如《兵书峡》中的"芙蓉坪"。他不仅写世外桃源，而且站在今天的思维高度，对桃源存在的可能性、桃源内在的种种问题，都做了相当深入的探索，并把思考的结果体现到小说创作之中。可以说，在 20 世纪三四十年代，中国人对世外桃源的反思者中，还珠楼主应该占有独特的一席之地。

　　相信这本《蜀山剑侠之孽海情天》带给读者的也将是十分独特而丰富的阅读体验。

大樽居士于戊戌岁末

杂 忆

四纪如何太匆匆

　　勉强一点儿讲，我也算是从"旧社会"过来的人。当解放天津的隆隆炮声响起的时候，我刚好半岁，被父母放在一张八仙桌下，上面蒙了三层棉被做掩体——当然喽，这全是十几年后他们讲给我听的。

　　我的父母都是中学教员。留在我童年记忆中的，是他们终年的忙碌与生活的清贫。当时假如有问卷调查："世界上什么事情最劳累？"我的答案一定是："批改学生作文。"因为不知有多少次，我在半夜醒来，看到母亲正在昏黄的灯光下翻动着学生的作文簿。有时还会听到祖母唠叨："还是先睡吧，看你困的那样子。"那时家里人口很多，因为父亲把他的侄女、外甥都从乡下接到城里来读书。这自然造成了家里的经济紧张。记得每年秋天家里都要腌制几缸咸菜，而父亲上班时，带上两个窝头、一块咸菜就是午饭了。但是家中的气氛倒总是其乐融融。父亲的兴趣很广泛。他是象棋高手。经他点拨，我们几兄弟全成了打遍街头无敌手的"九段"。他在武术方面似乎也是高手，每天早上总要操演两趟，记得名目有"岳家拳""梅花枪"什么的。偶然地，他还会带我和妹妹去看足球。不过，这对我是一种灾难，又热又渴的，运动员慢腾腾地半天也踢不进去。我奇怪他们为什么那样有耐性，而每当我发表这类意见的时候，总是变成了"人民公敌"。可他们很快便忘记了我的"不合时宜"，下一次仍然把我带上。到了寒暑假，家里有一个"传统节目"，父母用旧报纸抄下很多诗词，挂在墙上，命我们兄弟姐妹背诵比赛。好像这是我在家中唯一的强项，所以我对此从无异议。现在我的女儿在中文系读到了大三，但比起这份功夫来，她还是望尘莫及——因为我这是"童子功"。

我家在天津"城里"①，那是典型的平民区。幸运的是，我读中小学时都有机会进入了最好的学校。我的小学是中营小学，它的前身是"直隶第一模范小学"。我在小学时的先后两位班主任——董玉华老师和张淑英老师都是市里著名的优秀教师。董老师教数学，班里经常搞观摩教学，听课的有时比学生还多。我们每个同学都因此自豪得不得了。张老师教语文，每到星期天就在家里搞作文辅导，学生们自愿参加。她自掏腰包买了一大摞作文纸，任学生取用。对于我来说，师恩深重的还有一位孙老师。他是图书馆的管理员，偶然的机会，发现我读书速度很快，就给了我一个"特权"：不论时间，不拘数量，可任意借阅。这使我在小学期间，阅读了大量的文学、历史书籍。遗憾的是，当时年纪小不懂事，不知道这位老师的名字。而在我毕业后不久他便调走了，竟再也没有消息。

读书之外，小学生活中印象最深的是校办工厂、大炼钢铁和捉麻雀。学校有一个粉笔厂和一个水泥厂。粉笔厂是全手工操作，四、五年级的学生轮流上岗，每人都要完成全部"工艺流程"——非常简单，类似小孩子的玩泥巴。虽则如此，我的技术仍然长期不能过关，废品率"居高不下"，以致带班的工人几乎也把我看成了"废品"。水泥厂炉筒高耸，壮观非常，但主要工种全由教师担任，我们不过是打杂，所以只留下了"大印象"而已。在1958年"钢帅升帐"的全民狂欢中，我们当然仍属龙套，不过本人也有过"壮举"——步行二十多里去拾废铁，好像是得到了年级的某种"提名奖"。最好玩儿的是消灭麻雀②。我被指派守护操场的沙坑，任务是不停挥舞一根扎满破布条的竹竿。老师告诉我们全国人民都在这样战斗，让贼麻雀无处落脚而全部累死。我怀揣着一张糖饼，从天蒙蒙亮一直坚持到日落西山，如同一个尽职尽责的稻草人。麻雀究竟累死了几只没有看到，我自己倒是感觉快要累死了。

在中营小学"豪华阵容"的栽培之下，我以双百分的成绩考入了南开

---

① 即天津的老城区。

② 1958年，中共中央、国务院发出《关于除四害讲卫生的指示》，提出要消灭苍蝇、蚊子、老鼠、麻雀等"四害"（几年后，又给麻雀"平反"了）。

中学。不过，这并没有给我带来进一步的荣耀。初中阶段过得相当黯淡。当时，正是我们的国家处于严重的经济困难时期，填满肚子成为第一需要。我经常在课余去郊区拔野菜，运气好时能拔一面袋。记得一次回来的路上，忽然眼冒金星昏了过去。这种饿肚皮的滋味，我们的下一代完全无法想象。有时我也很想给他们讲一讲，但又深怕听到"何不食肉糜"的问题。初中二年级时，父亲去世了。这个打击实在太沉重了。当时，两个哥哥和堂姐、表哥都离开了天津，我是母亲身边最大的孩子。丧事过后，自己一下子就产生了一种"顶门立户"的感觉。我的性格由内向变为外向，这大约是个转折点。

　　高中还是在南开中学读。我又幸运地遇到了几个十分优秀的教师。学校的教务主任安同需先生兼我们的代数课。他对教学方法深有研究。一堂课至多讲授二十分钟，其余时间安排练习、答疑和讨论。他的本领是从来不留家庭作业，而我班的成绩却始终在年级名列前茅。他特别注意培养学生的自学能力。在他的启发、指导之下，我班几个人课余研究"运筹学"，并在全校搞公开讲座，算是出了一次风头。《天津日报》还就此做了报道。这件事后来给他和我们都带来了不小的麻烦，当然是始料未及的。还有一位孙养霖先生，上生物课，课堂教学真是出神入化。直至今日，他的上课风度仍然历历在目。日后当我也吃上教师这碗饭时，一出马就比较受学生的欢迎，其中窍门大多来自安、孙两位先生。

　　当时的南开中学，课外活动十分活跃，特别是贯彻"七三指示"①以后。几乎每天都有班级间的球类比赛；全校六十多个学生社团，如"南开话剧队""波波夫电讯社""航海多项队"等，每周都有活动；而全校性的文艺活动，差不多每月有一次。我是话剧队的铁杆队员，上过几次场，但全是小角色。我班的篮球很厉害，全校无敌。上高二时，我光荣地进入了首发阵容，不过自己心里倒还比较明白：人家看上的只是我的弹跳能力而非篮球技术——这种自知之明一直延续到了今天，因为球技始终没有多大的

① 1965年7月3日，毛泽东对教育做出指示，大意是"学生负担太重，建议砍掉三分之一"。

长进。

在这一派弦歌之声的背后，另一种不和谐音逐渐加强了。记不得从什么时候开始，班里开始强调"阶级路线"。先是两个出身"有问题"的班干部被撤换，接着是"有白专倾向"的团支书下了台。然后各种"批评与自我批评"会便接连不断，其中还间杂着批判会或准批判会。我倒是没有赶上风口浪尖，原因嘛，可能是由于处在了"中间地带"。时隔二十年后，当我读到《阿尔巴特街的儿女》①时，实实地为中苏两国的学校竟然有这样一段"何其相似乃尔"的时光而惊叹不已。

于是，接下来便是"文革"了。在一张题为《砍掉修正主义教育路线的黑宝塔尖》的大字报中②，我被光荣点名，罪名之一就是那次讲座。不过，因为大多数人在忙着"横扫牛鬼蛇神"，这张大字报并没有产生太大影响。当月下旬，我终于在劫难逃了。事情的起因是有人刷了一条大标语："谁反对市委就砸烂他的狗头！"③我一时多嘴，说了一句："嗨！都是同学，砸烂了也是人头嘛。"这真应了"祸从口出"的箴言，我当即由"人民内部"变成了"划清界限"。现在说起来很轻松，当时的压力还是蛮大的。一连六七天，我几乎彻夜不眠。母亲问起来，还要设法搪塞，因为我实在不能再让她为我操心——她的学校也同样处在"史无前例"之中啊。事后想起来，这段经历还是有些好处的，"有了这碗酒垫底"，在以后的三十多年里，无论又碰到多大的风浪，我再也没有失眠过。

折腾了两年之后，大家便一起到"广阔天地"去"大有作为"了。"大部队"去的是黑龙江与内蒙古，而我实在厌倦了学生气的"杯中风暴"④，就溜到祖籍——胶东栖霞做了单干户⑤。这是我第一次完全独立自主地选择

① 作者是俄国的安·雷巴科夫，写 20 世纪 30 年代中期苏联大肃反前夜的社会生活，特别是青年的遭遇与困惑等。

② 记得是在 1966 年 6 月 7 日。

③ 天津耀华中学某学生在 1966 年 6 月 21 日贴出质疑市委的大字报，史称"六二一事件"，两天后波及南开中学。

④ 本为孟德斯鸠用语，当时却是由列宁文章而普及。此语对于本人超脱学生中的派系恩怨有所助益。

⑤ 当时为尽快把这批人送走，允许自找门路，投亲靠友。

人生之路，而这第一次便是无悔的选择①。朋友们到码头为我送行②，"将行未行各尽觞"之时，不免也要各自打油。记得我的一首结句是"二十年后识归舟"，当时觉得真是豪气干云，不料竟成谶语——我 1968 年 10 月离津，1978 年 10 月考研回来，不多不少恰是一个十年。至于还有一个"十年"呢，咱们后面再说。

刚下去时，日子当然很难过。套一句李后主的词，可说是"几曾识稼穑"。那时神州大地正流行各种贬损知识分子的"笑话"，诸如指麦苗为韭菜、称马拉车为动物拉植物之类，于是我就成为这些笑话的最佳注脚。幸而我还有几分傻力气，干活又绝不偷懒，什么"汗流浃背"，什么"滚一身泥巴"，什么"两手老茧，两脚血泡"，等等，这些超级形容词，每天都可以扣到头上而保证毫无愧色。而村里的乡亲们看人，标准非常简单，有这一条就够了。所以，我很快便融入他们之中。这之后呢，我的优势逐渐显露，于是也就逐渐成了他们的天然"头羊"。村里有一片果园，每年须高价雇人来修剪。这项技术被渲染得十分神奇，因此也就被高度垄断。我找了几本《园艺学》《果木修剪与管理》，再到现场偷看两眼，然后就剪将起来，而垄断就此打破。村里的卫生所掌握在一个医德甚差的人手中，大家敢怒不敢言。我就从堂伯家藏的《医宗金鉴》读起，兼习《针灸学》《新针疗法》，同时还上山采药。为练进针手法，我差不多把自己变成了"刺猬"。"实践是检验真理的标准"，当我连续治愈几个人后，名声大振，随之也就门庭若市了，结果自然取那人而代之。我的医术似乎还真的不错，周围三五个村都有闻名而来的。最得意的病例是邻村一个患坐骨神经痛的老爷子，被人抬着来的，而半个月后本人挑着两大篓子礼物来谢我。礼物自然是分毫未收，但他给我带来的快乐却一直享受到现在。我以为，世界上最大的快乐，莫过于医生面对着亲手治愈的病人之时。不过，这种快乐有其形影难分的

---

① 此"无悔"与"青春无悔"毫无关联，只是就脱离"杯中风暴"所做的选择而言。数十年后，每逢见到老同学们仍然沉浸在当年的情绪之中时，就越发地为自己的选择"无悔"了。

② 天津到烟台一般是乘船走渤海湾，其时码头尚在市内，后来海河上建桥，上船便要到塘沽（今滨海新区）了。

伴生物——束手无策时的遗憾。我的这方面体验当然也不会少，但那些"走麦城"的事就不说它了吧。

那十年中，有一件事始终未断，就是读书。在学校时，我们已经有了自己的读书小组，从马恩原著到莎士比亚，"于书渐有无所不窥之势"。分手之际，彼此还特地约定了以后交流读书心得的办法。当时，最大的困难是找到有价值的书。幸而诗人鲁藜的两位公子都与我同学，他们家中藏书比较丰富，又对我很慷慨。开始几年，我隔几个月就要回来到他家借上一批书，直到在当地结识了一位图书馆管理员为止。这位管理员老太太擅自打开封闭的书库，让我在尘土与蛛网中自由徜徉——不知怎的，每到关键时刻，我总有"福星"照命。我的那些"读友"可能缺少一点儿这种运气，所以大多没有坚持到底。

"文事"之外，"武事"也很兴盛。我和村里的"穷弟兄"们先后成立了篮球队、排球队，自己修球场，集资买球，正月里到处去巡回比赛。我还拜在一位绰号"谢虎"的老拳师门下，颇得他拳棒真传。农闲时，在麦场上摔跤打拳，也多少有点儿"威震一方"的感觉。说来难以置信，这些哥们"摸爬滚打"之余，还时不时地聚集到我家，翻书读报（我的大哥每半月给我寄一次《参考消息》之类），或听我乱侃天文地理、古今中外。当时的村支书是个伤残的老八路，经常拄拐来旁听。现在的村支书则是当时最不起眼儿的小兄弟。所以说我开办了那个村的袖珍"黄埔"，也不能完全算是吹牛。

当然，十年里并不都是莺歌燕舞，"隔几年来一次"的运动有时还蛮汹涌澎湃的①。我这样张扬，自然免不了卷入一些矛盾冲突。轻则湿了鞋，重则几乎没顶。不过农村毕竟是农村，农民兄弟毕竟距离政治动物远了一点儿，所以总是比较快地风平浪静下来，我也总是能够脱离险境，"不改其乐"。

农村生活最令我留恋的，是人与自然的贴近。夏日中午，一个人躺在白洋河的浅滩上，让清澈的河水漫过身体，闭着眼睛，听淙淙的水流声与

---

① 穿插在那十年中的有"两清""清查五一六""一打三反"等"次一级"的运动。

蝉噪交织成美妙的天籁。秋天黄昏，拖着疲惫的腿走在田间小路时，总是迎着依傍在艾山主峰的那一轮落日。通红的日轮紧贴着陡峭奇绝的山峰慢慢下落，给天边的云朵镶上灿烂的金边儿——奇怪的是，这每天重复的一幕，始终使我感到新鲜，感到兴奋。

下面该说另一个"十年"了。1973 年返城时，我与妻初识。正所谓"相逢何必曾相识，同是上山下乡人"，于是便有了赤绳系足之事。当时她在内蒙古四子王旗插队，与我相距四千里，一个来回便是"八千里路云和月"。但两个人似乎都没意识到这一颇不寻常的时空障碍，而一味沉浸于秦少游《鹊桥仙》的境界之中。我们 1975 年 2 月结婚，直到 1985 年 2 月才结束了两地奔波，整整十年，我俩（以及女儿）为国家的交通事业做出了巨大贡献。为纪念这一功业，我们的爱情成果就正式定名为"千里"。

1978 年我参加了研究生考试，不知是出于自信还是自卑，在报名表上写了一行大字："吾有利锥，未得其囊。"天可怜见，这一狂妄举动为导师和主考官所谅解，我终于顺利地以 78001 的学号被南开大学录取。以后的事情就比较简单了：毕业留校，教书，做一点儿研究，再兼做一些行政。好像光阴还没有虚度。不过，蓦然回首，原来又过去了近二十年，原来已到了"知天命"之时！检点半生，自己还算满意——没有什么可愧可悔的。所遗憾的，只是如后主词所云："林花谢了春红，太匆匆。"既然该知天命了，这种少年维特水平的遗憾似乎也就不宜再保留。还是说两句现实一点儿的"人生信念"，作为前半生的小结，也作为今后的自勉之词吧：

自处——我愿意在洒落与执着之间把握一个自然的度；

处世——我希望达到"老者安之，少者怀之，朋友信之"的境地；

至于成败利钝，那"非'陈'所能逆睹也"，只好统统随它去吧。

1999 年 5 月

南开琐忆

　　与我最有缘分、纠缠最多的两个汉字差不多就是"南开"：出生地属南开区——先后称过二区、城厢区，最终落到"南开"二字上；1961 年 9 月至 1968 年 10 月，读书于南开中学——一度称为十五中，也是最后落到了"南开"二字上；1978 年 10 月考研到了南开大学，读书教书、衣食住行尽在南开园中，荏苒已将近三十寒暑，其间使用的字眼似乎也应该以"南开"为最多。

　　不过，在诸多"南开"中，怕还是南开中学的"南开"别有一番滋味。一则当时正是青春年少，大家都在做着桃红色的梦；二则那个时代起起落落，无论是学校还是个人都经过了"在清水里泡三次，在血水里浴三次，在碱水里煮三次"（小托尔斯泰语），酸甜苦辣均非常态的中学教育所可比。现在大家要把渐渐淡去的记忆攒一攒，试图留下几缕痕迹，大约也是同样的心态吧。

　　虽然南开可忆者甚多，但对于这种民间味道浓厚的"史学"来说，似乎还是拣几件无关宏旨的趣事，彼此发会心一笑，更为得体一些。

杨校长的书

　　杨志行校长重返南开的时候，好像我正在读初二。只记得是在西操场和大家见面，至于是课间操还是专门的安排已经无法确定了。当时情景尚可依稀记起——矮小的个子，洗得发白的很旧很旧的蓝制服，但很威严的样子。作为一个初中小孩儿，一是惊讶于校长身材之矮，二是惊讶于校长衣着之简朴，别的就没什么印象了。不过，杨校长给学校带来的变化，逐渐地让同学们感觉到了。首先是纪律。过去的校领导在礼堂讲话，下面乱成一锅粥，自己照念讲稿不误。现在杨校长到台上一站，下面立刻肃然。其次是风气。不知从什么时候开始，学校里哪个老师"有学问"，哪个同学有才华，渐渐地成了学生中议论的话题。比如某某老师可以背诵《古文观止》，某某老师曾经发明过什么墨水的配方之类。当然很多只是中学生想当然而已，不过风气的转移从中可见。

这类臆测之词不知何时也把杨校长"笼罩"进来了。记得同学们很神秘又颇带几分敬仰地说起杨校长师出名门，语文修养高得不得了，证据之一是他的家里有一套《四部备要》，价格如何如何昂贵。此类书现在已经成为我职业常用品，但当时却实实在在是第一次听到，立刻觉得杨校长简直是伟大的人物，觉得自己好像也"与有荣焉"。据说"文革"开始后，这套书首当其冲被抄走烧掉了，但也是街谈巷议而已。十几年后，几次见到校长，都想核实一下当年的传闻，但话到嘴边又咽了回去——内心隐隐有一点儿恐惧，生怕校长的如实回答"证伪"了少年的偶像。①

全能周毓英

我的初中同学里有三位美术迷：刘津德、林公雨、张伟凝。刘津德好像天分最高，而且循规蹈矩。另外两位有时逃学躲到澡堂子里偷着画人体（未经核实，以当事人意见为准），有时自习课也偷着速写素描。有一次，张伟凝在自习课上正画得起劲儿，忽然感觉有点儿异样，原来是"政教主任"周毓英正站在他的身后。据他事后说，当时的第一念头是："坏啦！画具肯定要没收，闹不好还得来个处分。"不料，周老师压低了声音，指着那幅倒霉的半成品，告诉他"这里线条如何""那里明暗不对"，说完看了看

---

① 此事后来得到杨校长的指正：他家的藏书是《二十四史》。老人临终前遗言，把这套书留赠给了我。

他，说"课后再接着来吧"。

从那次以后，好像"画家们"都不在自习课上画画儿了。

这一类的"传奇"也是当时同学们中间比较热门的话题：周老师足球踢得如何如何，指挥《黄河大合唱》何其潇洒，等等。用现在的话讲，就是周老师"粉丝"多多。周老师后来遭遇很惨，固然有"文革"特殊的际遇因素，现在想来和他"露才扬己"的处世风格也不无关系吧——虽然，不过一个如南开这样的学校如果没有几个可以使学生成为"粉丝"的教师，那我们搜索记忆的时候怕也要黯淡不少的。

王金池提问

初中阶段最"土"的老师当数王金池。王老师不知是鲁西还是豫东人，反正方言口音奇重。一般来说，天津这个地方还是有些欺生的，操外地口音的人多有些不自在。可王老师总是旁若无人、坦荡自信，以至于不少同学都学起他的口音——绝无贬意、恶意。他教的是地理课。地理课最头疼的事是记地名，尤其是世界地理。他有一套办法来提高大家背地名的兴趣。例如："谁第一个背下欧洲的国名，我就给他两个一百分。"于是，记性好的让脑子飞转，记性差点儿的怕问到自己也勉力挣扎，片刻，手臂林立好像拍卖行的情景。我肯定得到过此类殊荣，似乎孙海麟也得到过，别人就记不清了。他还有其他一些类似的"把戏"，也都挺受大家欢迎。

对于我来说，王老师这一套办法不仅使我中外地名至今还大半未忘，更重要的是培养了激发记忆潜能的能力。上山下乡做赤脚医生时，我曾用三天背下全部中药名称、分类及性能，当时我就想到了王金池老师。

白乌鸦与孙养林先生的命运

高中阶段的老师多有名家，班主任王淑玲和李学茹、物理苏彦玲、代数安同霈、几何聂炳襄等，课都讲得相当好。其中又以孙养林先生的特色更为鲜明。孙先生教生物的时候，正赶上"减轻学生负担"，所以生物列为不考试不记成绩的课程，而且安排在上午第四节或下午第一节，好像暗示给学生不妨打打瞌睡。可是孙先生的课没有人打瞌睡。先生总是在打铃前两三分钟走进教室，步履慢慢的，走到讲台前放下讲义夹，慢慢地摸出一块很大的怀表——那时候这已是古董了，慢慢地打开，再掏出眼镜盒，慢慢地拿出眼镜仔细地戴上。奇怪的是，他那慢吞吞的动作仿佛有磁力一样，满教室的目光就全被吸引过去。然后开讲，娓娓道来，每次都打开一扇出其不意的窗子，在不经意间把你带进孟德尔、摩尔根的世界。记得一次课的开头是这样的："现在都说'天下乌鸦一般黑'，这其实不太科学。世界上是有白乌鸦的。"接下来，遗传变异的知识就绵绵汩汩淌入几十颗好奇的心灵。

这件事成了孙先生一大"罪状"，说是反对阶级分析与阶级斗争理论。"文革"结束后，为先生平反，说是先生只是陈述一个科学的客观事实云云，于是平反成功。

现在想起来，可能"罪状"并不冤枉，而那样却更会增加我们对先生的崇敬。

安主任的假期作业

安同霈主任给我们班上代数，这是当时"高二六"人的共同骄傲——作为教导主任，他只给我们一个班上课，足见学校对我班的重视（这也是当时小孩子一厢情愿的臆测）。

不过，先生的教学确实有一套。现在连国家领导人都在强调启发式教学是教育改革的重点，而当时安主任已经把这种方法发挥得淋漓尽致了。首先是讲授要言不烦，一堂课讲个十五分钟至多二十分钟，然后是堂上练习、练习题讲评，经常不留课后作业，而学习效果却比"题海战术"不知强了多少倍。十几年后，我凭着这点老本儿给两个初中程度的晚辈从头讲授数学，使他们分别在 1977、1978 年考上了不错的大学。

更超前的是，1965 年的寒假，安主任意外地给我们布置起假期作业来——到"五大道"附近溜达，观察建筑的不同类型及其分布规律。虽然结果未如预期（开学后"文革"的火药味已不绝如缕了），但这种不拘一格、注重能力的教育思想却影响我的职业生涯直到现在。

一次夭折的讲座

"高二六"的"四剑客"在"文革"前的南开园是有一点儿小名气的，那就是李志新、冯家华、王慧芳和我。原因大约是这样几件事：一件是《天津日报》约过我们谈学习"经验"的稿子；一件是流传过一个半真半假的神话，就是要我们（或其中的某人）试验高二提前考大学；还有一件就是我们联名举行过一次夭折的讲座。

好像是在 1965 年下半年，安主任建议我们读一点儿运筹学的书，后来又和我们讨论过一两次。我们虽然只是读了一两种普及的东西（也许他们三个读了很多，不过我不知道），但自己感觉很好，觉得聪明了不少。于是，就在安主任的鼓励和安排下，我们四个就准备联名搞一次"学点儿运筹学"的讲座。学生搞讲座，当时是破天荒的，现在的中学怕也罕见。海报贴出去了，心情也就紧张起来了。后来，这次讲座莫名其妙地就被取消了，没有任何人来做一句解释。当时我还是隐隐觉得事关政治方向了，于是告诫自己缄口为妙。同时，自己很阿 Q 地自我安慰："正愁讲不好了，老天照顾……"

事后，好像我和李志新还试图把这种"高明""科学"的管理思路介绍到六号门去——究竟是真的开始做了还是只不过一种虚幻的想象，现在我也没把握了。其实都一样，因为最终是个"无花果"。

现在想来，此事虽小，意义却不甚小。一滴水看太阳，当时政治气候之影响到了方方面面，于此可见一斑；而南开中学当时的教育改革观念之超卓，亦于此可见一斑——可惜被中断了。

小号"顾准"

我要写的这个人，恐怕没有几个人知道，连我也不记得他的名字了，只记得姓张。那是在 1968 年的上半年，具体的时间也记不准了，应该是五、六月份吧。当时大家正在军宣队的撮合下努力"大联合"，忽然传出一个消息，分局到学校把张某某带走了。张某某？好像大家都没听说过此人。不过，强烈的好奇心驱使所有人把自己知道的一鳞半爪贡献出来，于是，一个身影也就渐渐清晰了。

此人当时读初三，中等身材，有些"少白头"。据说貌不惊人，言不压众，最大的特点是总是背着一个很大的旧帆布书包，里面鼓鼓囊囊装满书本——这在当时应算是一个相当怪异的特征了。又据说，当警察找到他的时候，把那个书包倒了个底儿朝天，里面是四卷本的马恩选集、鲁迅杂文，似乎还有两本外国小说什么的。他很镇定，说"我早知道要有这一天"。

再后来呢？零零碎碎传来的消息是他的笔记本惹了祸——大家都在干革命忙得要命，学习嘛也有若干人的语录足够选择，偏生他整天抱着砖头一样的旧货啃，还不时地记点儿什么，终于引起了革命人民的警惕。

再后来呢？大家都下乡了，没有人再想到他。

此生幸遇明师多

岁月匆匆，早已过了知天命之年。回首前尘，虽说不上无怨无悔，却也颇多月明澄江之境，风乎舞雩之感。而最可幸运的，是在人生的每一阶段，总会遇到几位明师，或启我蒙昧，或示我楷模，或指点高远之境界，或引领彳亍之前行。古人讲"得天下英才而教育之"为人生一大乐事，其实反之亦然："遇一代明师而聆教"实乃人生一大幸事也。

我的小学是中营，当时叫"模范"，起因是创办之初称"直隶第一模范小学"。一至四年级的班主任是董玉华老师——后来做了市教育局小教处的处长。她教我班算术。我的数学兴趣一直很浓，直到高中数学成绩始终名列前茅，都与董老师的启蒙有关。现在还留有印象的是她很善于制作教具。四则应用题涉及面积，她就制作出类似于沙盘的东西，依稀记得上面立着一排排绿色的树模型；似乎还有水池或者粮仓一类立体的东西，为说明什么问题已经记不起来了。可能与董老师的这些改革有关，那时总是有人来听课，甚至听课的比学生还多，就把课堂搬到礼堂去——小孩子虽不懂多少事，却也模模糊糊地和老师分享着自豪感。

五、六年级时，语文老师是小教界鼎鼎大名的张淑英老师——她有很多头衔，当时的好像是全国文教群英会代表。我因为作文好成了她的"爱将"。张老师的家是大家的第二课堂，每到周日，就会有五六个同学被招到家里习作，什么稿纸墨水的，当然都是她免费提供。我可能去得多了几次，所以升学时作文竟然考了满分。由于"物以稀为贵"，我毕业后，好几届学弟学妹们都被号召向我学习。

中学到了南开，初中、高中盘桓了七年（"文革"所致）。南开明师自不胜数，而印象深刻、受益终身的首推安同霭、孙养林两位先生。安先生是学校教导主任，同时担任我班的代数课老师。先生教学改革的种种，今天来看虽时光已过近四十年，仍不乏其先进示范之价值。如课上精讲多练，竟至于不必再留家庭作业；因材施教，引导尖子生自学甚至"研究"课外知识，并在全校公开"讲座"；寒假布置学生对城市建筑进行考察分析，全面提高学生素质；等等。多少年后，我靠自学十分顺利地考取了开大学的研究生，不能不说与安先生培养的种种学习习惯、自学能力有着直接的关系。

孙养林先生教生物。当时，生物课不考试，所以课表上总排在学生犯困的时间。可是孙先生却有本领让每个学生都瞪着眼睛听他的课。他的声调并不高，却仿佛具有磁力一样。几十年过来，他在课堂上那份潇洒，那份从容，还是如在目前。我现在也勉强算是受学生欢迎的教师，其实组织教学的本领也不过得孙先生真传之二三而已。

至于到了南开大学，所遇明师已大多是文化名人，不待我之文字而早已名播宇内。如业师王达津先生之渊博，罗宗强先生之宏阔，郝世峰先生之深刻，宁宗一先生之才情，孙昌武先生之专精，皆学术界之翘楚，腾骧绝尘徒令后生小子瞠目于其后，生也有幸，得聆謦欬。更有词学界泰斗叶嘉莹先生，艺术大师范曾先生，清茶一杯谈诗论艺，妙语纷纷，使人如置身维摩方丈，真至乐之境地也。

达津先生逸事

在一年一度的元旦联欢会上，师弟酬唱，弦歌一堂。欢快中，一丝哀伤蓦地袭来，我忽然意识到，今年此会少了最亲切、最熟悉的身影——我的恩师王达津先生。数月前，王达津先生悄然离开了我们，离开了躬耕近半个世纪的南开园。从容而来，从容而去，留在这个世界上的，只有那片桃李林下的纵横蹊径，还有弟子们心中抹不去的音容笑貌。

达津先生幼承庭训，长经名师，国学根底非常深厚，但平时谈吐却十分平易，绝无分毫的学究腔。记得癸酉年岁末，也是在系里的师生联欢晚会上，先生兴致勃勃地来参加。当时先生已年近八旬，全场序齿最尊。晚会进行到高潮时，主持人接到下面递上来的一个条子，欲请先生出一个节目。主持人有些为难，恐怕先生拒绝，大家不免尴尬。谁想先生当即走上台去，笑呵呵地说："既然点了我的将，不上台也不行。我打油一首吧。"满场气氛一下子活跃起来，大家以为"打油"必是谦辞，因为先生素擅诗词，所作无不格律精严，堂奥深幽。不料先生开口便道："鸡飞上九天，狗跳下尘寰。"大家为之一愣，均觉过于浅俗。先生却故意顿了一顿，然后慢悠悠地吟出两句："鸡飞与狗跳，俱是太平年。"语音刚落，满场掌声雷动——时值酉末戌初辞旧迎新之际，先生所作实在无比切题，而又善祷善颂，于浅易之中见出急智与功力。

达津先生性喜古物，近年来尤喜收藏古币。身体好时，自己打的去沈阳道旧物市场；后来渐感衰弱，就在八里台邮局附近的地摊看一看。每有收获，就马上赶回家里，喜滋滋地取出《古币大观》一类的图书，左手持币，右手持放大镜，一本正经地观察、对照，目的自然是希望图、币一致。我到先生家中讨教，多次见到这番景象。先生看到我，总是非常兴奋，别的话题且放到后面，先探讨古币真伪要紧。一次，先生打电话给我，吩咐我找一个量杯。我虽然满心疑惑，但还是立即照办，借到一个让学生送了去。两天后，我到先生家，一进门，先生迫不及待地告诉我："你那量杯真帮了大忙！"细问之下才知道，原来是先生买了一枚汉代的刀币，自己判断是赝品，币商却指天誓日说是真品。为了"验明正身"，先生忽然想到了阿基米德定律——真品含金，比重大于铜的比重，于是便一本正经地实验起来。结果自然是判断正确，先生却不无遗憾地对我说："实验前，我希望自己判断得对；实验后，倒宁可是自己错了。"

达津先生"一生好入名山游"，到老兴致不减。七十八岁时再游庐山，大家全为他捏了一把汗。到七十九岁时，我陪先生一起参加《文心雕龙》国际研讨会，先生的家人和诸师友争相嘱咐，道是务必"管住"，千万不可再去爬山云云。我也自是小心惕厉，几乎寸步不离。果不出所料，会议期间组织参观云居寺，并游览寺后小山。大家都帮我劝先生"在家留守"，告诉他那座小山实在是不看也罢。可先生执意要去，说是自我感觉甚好，绝不会出问题。无奈，我只好和他"约法三章"，讲定只看寺不登山。不料刚刚告别大雄宝殿，先生就得陇望蜀，提出要到山脚看看。我说此乃"乱命"，坚决不从。先生却不急不恼，说道："你放心，我也知道自己这几根老骨头的分量。我不过想走到山脚，往上望一望，就算是'到此一游'了。其实，这也不是我的发明，不过袭孙猴子五行山下之故智也。"一番话，说得在场的人无不捧腹。

先生一生坎坷，然始终保持"人不堪其忧，我不改其乐"的心境，著述不辍。众门人受业之余，这方面耳濡目染，实受益良多。今哲人早逝，师兄弟间每念及此，无不泫然。想去年联欢会上，先生曾无意吟老杜"明年此会知谁健"之句，不料竟然成谶！以先生之达，此或非无意乎？

本色书生谁堪比

虽然在疫情开始时就听到宗强先生身体渐衰的消息，有一定的思想准备，但噩耗传来，还是伴随着强烈的震动与刺痛。

宗强先生是我的大师兄，又是合作多年的直接领导，他的学问、人品，正如颜渊所言："夫子步亦步，夫子趋亦趋，夫子驰亦驰；夫子奔逸绝尘，而回瞠若乎后矣。"

从电话中得知先生仙逝，几十年的情境一幕幕闪过心头，一个强烈的印记不断重复着——"本色书生"！

我是 1978 年考入南开，师从王达津先生攻读中国文学批评史的研究生。宗强先生是 1961 年进入王门的，所以说虽为师兄，亦兼师长。我在读期间发表的第一篇论文，就是经过宗强先生指导、斧正的。当时在这位"温而厉"的超级大师兄面前聆听教诲，那种混杂着兴奋与忐忑的感觉，思之犹如昨日。

记得 20 世纪 90 年代初，宗强先生的《玄学与魏晋士人心态》问世，瞬间士林洛阳纸贵。当时，我陪先生去上海，王元化先生、章培恒先生等沪上学界翘楚轮番设宴，席上话题大半在此书。诸位先生皆盛赞宗强先生对那一段历史"同情的理解"，而史料之扎实，文章之赡逸犹在其次也。当时，感慨良多——20 世纪 80 年代中后期，南开的中文学科陷入困境，以致在公开场合有南方学界大佬肆意谤讪。不意数年间竟有如此大的反转。当时之感慨，集中于一点，就是学问、学术的力量乃至于斯！

十几年前，宗强先生的研究领域转移到明代文学，半年之内数次邀我恳谈、讨论。我对明代小说研究略有所知，而他的思考深度其实远远超过。但是，关于《水浒传》作者与写作年代，《金瓶梅》的传播途径，李开先的仕宦经历等，他都是虚怀若谷地听取我的意见。其实，他当时对这些问题已经有相当充分的了解，却仍然愿意听到多方面的观点。我当然也是直陈所见，包括对于不同时段"文学思想史"范式的变通等，有些看法彼此并不完全一致。而宗强先生不以为忤，过后仍然招我品茗畅论。

宗强先生性格偏于内向，但对朋友、对晚辈之热心直如春日。记得 1991 年，我晋升教授，请詹锳先生做学术鉴定。由于学校工作的粗疏，给詹先生留出的时间相当迫促。宗强先生出于对詹先生的尊敬，也怕误了我的时机，就亲自去给詹先生送材料。当时刚刚降过一场大雪，雪融复凝，路上满布冰沟雪棱。罗先生车技很差，骑行在那样的路上实在令人不安。但他不听劝阻，硬是摇摇晃晃上路了。酷寒的冰雪与温暖的热流，那一幕终生难忘，真是"冰炭置我肠"！

宗强先生多才多艺。诗文写作自不待言，而水墨写意犹见功力。一幅"送君者皆自崖而反，君自此远矣"，把《庄子》的精神境界表现得悠远超卓。他与夫人同嗜丹青，相对挥毫，并有合集付梓。南开同人每谈及此，无不欣羡不已。

称宗强先生"本色书生"，似乎不够高大上。但在我辈心中，能够全心全意心系学术，不慕浮华，远离名利，实在是当今世上最可宝贵的精神。先生的楷模，虽不能至，但高标在前，终如浩浩天宇中的斗辰。

宗强先生精研南华，对迁流之大化早已彻悟。今驾鹤归去，可谓了无遗憾。但在吾侪心中的哀思却是如何销得！

我的"草鞋"生涯

　　记得是 1978 年 5 月，我回到阔别的天津，在南开大学主楼参加研究生的复试。一上来，鲁德才教授就让我做个自我介绍。我说："要是概括一句话，就是'社会经历复杂'。"五位考官似乎吃了一惊，因为在当时的语境中，"社会经历复杂"可不是什么好话。看到已经有了"语惊四座"的效果，我便按捺住得意的心情，不慌不忙地说："近十年，种过地，管理过果园，做过团支书，训练过女子排球队，当过公社干部，在三所中学教过书，还做过'草鞋医生'。"当时，"赤脚医生"是人所皆知的通用语，这个"草鞋医生"令他们又吃了一惊。

　　我的这个杜撰，还是有几分道理的。

一、"临危"受命

　　我下乡是"单干户"，自行回了祖籍所在——胶东半岛的一个小山村。那个村子很小，但是卧虎藏龙，在当地被周边另眼相看。其中，有一个"龙、虎"，是村子里的草泽医生。这个人是从外地回来的，在村子里很有势力。他的哥哥是贫协主任，他本人是大队会计。第一次见到这个人时，着实惊呆了：油亮油亮的大背头，穿着高领绒衣，牵着狼狗，昂首阔步行走在小村子的"中央大道"上。在 20 世纪 60 年代后期，在"文革"中间，农村竟然有这样的人物！后来得知，他能如此高调张扬，除了那些背景之外，还与一项特长有关。此人有些鬼聪明，医术加上江湖，方圆几十里颇有名声。以至于有人从县城过来，住着旅店找他针灸。不过，他在村民中的口碑并不太好，集中到一个字，就是"贪"。不管是谁，要治病必须先送礼，礼物轻重直接和诊治态度关联。

两年后，他终于"作"到了头，村支书借助"民意"把他搞了下去。虽说有点"大快人心"的味道，但也出现了问题——看病不方便了。特别是他原来拿手的针灸，公社医院的那些人还真的不行。于是，这个人开始放风："到头来，还是要来求我！"

大约过了一个多月，村支书找上门来，开门见山道："你把诊所的活儿接过来吧。"虽然意外，我还是一口答应下来。事后回想，这应该是对那个人的强烈反感所致吧。而之所以敢于接，则是和南开中学培养出的自信——学习能力的自信分不开的。

答应下来，立马付诸行动。先是在本家的一位伯父那儿借到了一套（线装、函套）《医宗金鉴》，从张仲景的《伤寒论》开始读；同时向天津的家人紧急求援，很快就得到了《中医方剂手册》《中药手册》《中医学》《温病条辨》《濒湖脉学》《针灸学》《电针疗法》等一大包"弹药"。当然，还有银针与艾条。最喜出望外的是，我哥哥以最快的速度组装了一部电脉冲针灸仪，恰好和那本《电针疗法》配上了套。

靠着南开中学给予的看家本领——自学能力，那一个多月，我疯狂地进入了中医中药的知识海洋中。白天还要出工，晚上几乎是通宵达旦。仗着年轻，每晚也就睡三四个小时，却一点儿不觉疲倦。记得用了三个晚上（还有凌晨），把五百多味中药的基本药性编成歌诀，背了下来。至于针灸，就是对着经络图"自虐"。先从腿练起，发展到肚子，然后是胳膊。开始，手法不对，一针下去，也许有针感，也许只有刺痛。闹不好，还会出血。

这时候，南开训练出的韧性、理性都开始显现出来。传统针灸理论中颇多故弄玄虚的东西，什么青龙摆尾、苍龟探穴的手法，什么顺向为补、逆向为泻的"理论"，慎思明辨之后都不妨悬置起来。而"胸薄如纸，背薄如饼"的经验谈则万万不可轻忽。至于电脉冲，原理何在？优势何在？一定要琢磨透彻。

待到自我感觉足够好了，便正式悬壶开张。当时，我担任着林业队长，手下有五六个人，管理两座果园，还有一片河滩树林。潺潺流水边的恬适，修剪之后见到累累果实的成就感，都是不愿放弃的。于是，就和村支书谈了三个条件：一是"兼职"，主要在工余时间出诊；二是不要那间小破诊室，就在自己家里"坐堂"；三是不要额外报酬，只要个名分。他急于要我顶上去，又巴不得我不计较待遇，就满口答应下来。于是，我成了"村医"，却不同于当时"体制内"的赤脚医生，自我调侃便是"草鞋医生"。

二、渐成气候

电针，是我打天下的利器。因为电脉冲使针感成倍翻番地加强，所以治疗筋骨疼痛、嘴歪眼斜之类病症的效果特别明显。而据那本《电针疗法》的数据，脉冲电流刺激之下，局部的白细胞瞬间可以增加到百分之三百以上。换言之，针眼感染的概率大大降低。因而，我便尝试着隔衣取穴。先在自己身上试，再到哥们儿弟兄身上试，果然安全无恙。然后，就"大面积推广"了。当时的农村，取暖全靠火炕，房间里大半年是冷的。有了这个法子，行针就方便多了。附带而来的就是名声："那个陈洪，不得了，隔着衣服都能找到穴眼！"

那个被我顶替的人见我声名鹊起，心有不甘。一天中午，十几人在场院上闲聊，不知怎么说到了中药材的话题。好像是某个人拿来一个药方，让我分析分析构成与功效。其中有"生地"一味。我就告诉他，生地凉血，兼有补血的功能。那个人在一旁听到，哈哈大笑："老弟，你外行啦！生地凉血，熟地补血！"一下子，人们的目光全集中到我身上，看我怎么下台。我不慌不忙道："各位都别动，等我一会儿。"几分钟后，我从家里拿来两三本中药书籍，让他来看。从此以后，这个人再也不对我的悬壶工作旁置一词——讲起读书，讲起扎实，南开出来的人，还是多了这么几分自信的。

针灸之外，我也开始钻研诊断与方剂。而诊脉需要体验，于是我在读书之外，还要出去"偷艺"。距我家六七里有一个村子，里面有一位老中医闻名遐迩，颇多传奇故事，尤其是把脉，传得神乎其技。我托朋友致意，表示想去讨教。老先生毫不客气就拒绝了（当地人这方面普遍保守，我的武术也是靠"偷艺"学来）。无奈，心生一计，就以病人的身份去观摩。他那简陋的小诊室里，有六七个病人候诊，我排在最后，一边观察病人们的神态、情状，听着他（她）们彼此间的诉苦，一边注意老大夫的望闻问切。特别是他诊脉时与患者的问答。不知不觉轮到我了，老先生三个手指按照寸关尺、浮中沉，三部九候走了一遍，盯着我说："你没毛病啊。怎么了？"我很尴尬，额头上汗都出来了，只好说："最近干活多，腰疼。"他给了我一贴膏药，挥挥手让我走了。

这种把戏还在别的地方弄过两次，收获还是有的。一是体会了他们诊脉时的指法，二是悟出了中医对人情世故的重视。他们是把具体的人，人的处境、性格、心态与脉象、神情结合起来诊断。这样，我就把《濒湖脉学》一类书本上的知识与观察、领悟结合起来，再到实践中验证、调整。时间不长，居然也有人夸我"好脉手"了——虽然我自己知道这里面的水分。

三、高光时刻

我的"草鞋医生"正式干了一年半，后来选调做教师，但没离开本公社，所以"半专业"又干了两三年，直到调进县城。其间最得意的病例是邻村一位姓王的大爷，坐骨神经痛导致行动不便，让他儿子用独轮车推到我家来的。前后扎了十一次，中秋节前，他自己挑着担来送礼致谢。我当然是只收下了他的真诚的笑容，婉辞了那两篓子礼物——其实也不过是瓜果梨桃什么的。我说："看着你走过来，这份大礼就足够了。"

绝不收礼，是我的一个原则。本村有一个大嫂，胃疼，扎了几次好了。要送礼，怕我不收，就趁我不在放到我的院子里。记得是六七包挂面。那是她用自家的麦子到集上换来的。我要送还，怕她觉得没面子，就等到天黑之后，抱着这捆挂面"鬼鬼祟祟"出了门。中途要过一个小沟，我一跨，挂面捆散了，摔得稀里哗啦。只好草草收拾一下，偃旗息鼓、垂头丧气地收兵回营。第二天，我称了自己的麦子上集换了挂面，改在大白天堂而皇之地送上了门。当然，我是不会讲出昨晚败走麦城的糗事的。

一年下来，我最拿手的"活儿"有这么五六件吧：扭腰岔气、面神经麻痹、原发性偏头痛、原发性坐骨神经痛、肩背痛，还有就是气滞胃痛，等等。这些病症，我的有效率差不多百分之百，治愈率也应该达到百分之六七十吧。最主要的是，我不收费。这对于农民朋友来说，比什么都重要。

技术不断提高，不收礼的原则坚持得杠杠的，乡亲们自然"好评如潮"。当时，我和村里的铁哥们儿吹牛："现在要是投票选好人，我肯定是满票。"好像他们都是真心诚意地点头称是——至少我觉得是这样。

不过，也有例外。邻村太平庄有一个三等残废军人，绰号"刘二虎"，在他们村里当护林员。我当林业队长，和他的"业务"有交集。他就对我说，你把家把什带到林子来，给我扎扎胳膊。第二天，我就带着家伙，到河滩的一棵大树下，给他扎了四五针。因为是野外操作，电针仪器自然没有用上。扎上之后，我就带着我的人去干活儿了。一说一笑，把起针的事给忘了。结果，这个人果然不愧"二虎"之名，自己把针全薅下来，跑到我面前往地下一丢，扬长而去。我虽然吃了亏，但无理在前，也就只能装哑巴了。

四、总有遗憾

讲了半天过五关斩六将，也得说说走麦城。

上面讲的治愈率如何如何，只限于那几种。一般来说，发热性疾病，我是不肯贸然接诊的，或是简单听一听心肺，量一量体温，便通通劝他们去公社医院。他们拿回了针剂，可以找我注射。疼痛性疾病，胳膊腿的好治，腰肌劳损之类，基本上效果不大。"病人腰疼，医生头疼"，这句古训，成为自我解嘲的理论依据，也用作搪塞病人的"防御盾牌"。

不过，最大的走麦城还是给后村一个小孩治疗婴儿瘫。那个孩子已经七八岁了，只能半坐半爬地挪动。家里三四个孩子，又困难，根本顾不上他。还是当妈的心疼，找到我门上。我当然知道难度有多大，但抱着"死马当活马医"的态度，开始了治疗。电脉冲显现出了威力，两三个疗程之后，他竟然能够扶着墙站起来，甚至能够挪动几步送一送我。至今，他那充满期盼的目光，还会时不时闪现在我眼前。但是，我的工作调动了——到县城的一中去教书。县城距离我们村整整六十里（后村紧挨着我村），治疗只好中断了。后来听别人说起，这个孩子慢慢地又只能坐着挪动了。

1978年，回到天津，进了南开大学。这种"草鞋"手艺偶然还会显示一下。系里颇有几位先生做过我的标靶。不过，90年代以后，我忽然意识到，这似乎有非法行医的嫌疑，便金盆洗手了。只是在自己出点儿小毛病时——如今春足跟痛，还会拿出旧行头，重操旧业。一则是确实有效而又方便，二则更重要的是借此梦回当年。

醉卧草原君莫笑

饮酒之乐，首在得趣。

酒趣又可分文、武。文趣即如白乐天所描画："绿蚁新醅酒，红泥小火炉。晚来天欲雪，能饮一杯无？"亦如杜子美笔下的"天子呼来不上船，自称臣是酒中仙"。武趣首推恐非辛稼轩"江左沉酣求名者，岂识浊醪妙理。回首叫、云飞风起。不恨古人吾不见，恨古人不见吾狂耳"莫属了。

回首本人半个多世纪的饮酒小史，一次印象极深的，却是兼得"文趣"与"武趣"。

那是1976年年初，元旦已过，春节将至，我长途奔袭两千公里，到了大青山背后的格根塔拉草原。此时已是我"上山下乡"的第八个年头了。我下乡是由天津去了胶东的栖霞。这种下乡单干户，按当时的官方文件，应称之为"自行投亲靠友"。我爱人则是跟随大部队，从天津到了内蒙古四子王旗。1975年结婚时，我俩便下定决心要多为中国铁路做贡献了——往返一次恰合"八千里路云和月"之数。1976年是我首次实践承诺。当时的兴奋，一则有新婚宴尔的余韵，一则有对大草原蓝天、白云、绿草的神驰魂飞。

我爱人去内蒙古也是第八年了。她在五年前因手风琴的一技之长被选入了乌兰牧骑，并很快成了音乐方面的主管。我到四子王旗就住在乌兰牧骑的大院里。大院是多功能的，宿舍、食堂、排练厅都挤在一起。不多几天，我就熟悉了奶茶的气味，也喜欢上了悠扬的长调和如泣如诉的马头琴。

转眼就是春节。大年初一的早晨，我俩换上新行头，挨家去拜年。第一家就是一位蒙古族长者。进了门，互致问候，语音未落，女主人就捧来了银碗，满满的白酒，酒香扑鼻。我虽然没有思想准备，但"入乡随俗"

的道理还是懂的。更何况，浓郁的香气早已勾动了心中的酒虫。于是，合掌当胸之后，双手接过，一饮而尽。主人夫妇没想到我这样痛快，兴奋得连声称赞："好！好！真是好人啊！"走出门来，我爱人赶紧补课：蒙古族人敬酒很实诚，但不强人所难，只要做出敬天、敬地、敬友情的仪式，不喝干也不会生气。可是，我觉得还是干掉，主人的笑容才是发自心底的。于是，那一上午走了八家，也就大大小小喝了八碗（杯）的白酒。好的是有"塞外茅台"之称的宁城老窖，差一点儿的就是薯干酒。不过，四五碗之后，基本品不出差别了。只记得回家的路上很有腾云驾雾的感觉，还有就是省了一顿午饭。万幸的是，我所犯的没有听从指导的原则性错误，回来后没有被进一步追究。

这个年过的，使我对蒙古族兄弟的热情加深了认识。

后来才知道，这个认识仍然是远远不够的。

一个月的假期很快过去，无可奈何，分手的时间越来越近了。

正赶上自治区的乌兰牧骑会演，于是我和这些新朋友一起到了呼和浩特，住进政府招待所。返程票是后天的，因为我很想完整地看一场演出。招待所的晚饭十分简单，我三两口便解决了战斗，然后到大街上溜达了一圈儿，便匆匆回到了宾馆。记得是住在二楼，上了楼梯，无意中向对面看了看，见对面的房门大开着，里面几个人围坐桌边正在喝酒。恰好一个人往外瞟了一眼，与我四目相对："啊，老陈！进来坐一会儿嘛……"说着，三两步走出来，拉着我的手就拖。不太熟，好像是凉城或者武川的独唱演员。

桌子中央簇着五六个酒瓶，围坐的四个人，每人一个白搪瓷缸子。有点儿奇怪的是，一点儿下酒菜也没有。

"老陈，来，喝一点儿！"

我一看这阵势，立刻警觉起来："哈，我不会喝，从来没喝过。"

"那……没关系，坐一会儿吧。"

"老陈，喜欢我们内蒙古吗？"

"喜欢，非常喜欢！"

"喜欢我们内蒙古的歌子吗？"

"喜欢……"

我话音未落，他已经站了起来，一手举起搪瓷缸子，一手挥动着："我唱一只家乡的歌子给你听……"

有几分熟悉的旋律反复回荡着，调子好像越来越高。旁边另一位朋友递过一个酒缸子，往里面倒了大约半两酒："这是他家乡的敬酒歌，你不喝，他就不停地唱下去。"

虽然这个兄弟唱得挺有味道，我还是不忍让他继续下去了。"我喝一点儿吧，万事开头难啊！"端起酒缸，我轻轻地抿了一口。

"老陈，你不够朋友！你会喝！"于是，不由分说，咚、咚、咚，倒了大半缸。

我一看反正躲不过了，再说也有几分馋了，就说："几位稍等，我马上就回来。"快步赶回房间，顾不上解释，把预备明天早点的一袋糖蒜拿了过来——吃寡酒还是有些怵头。

其实，在天津，在山东，我还是有过几次拼酒的经历。大抵是不论对方说什么，咱们自己心里有数：他是在变着法儿灌醉你。有了这样高度的警惕性，倒还真是没醉过。

没想到，老经验不灵了。几位蒙古族朋友根本不曾想法儿灌你，他们首先是想把自己灌醉。当然，他们也不会忘了你，在痛饮狂歌中是一定要拉着朋友一起快乐的！

很快，糖蒜没有了，缸子也见底了。我自觉是没醉，暗中告诫自己：可以了，见好就收吧，找个合适机会就撤。恰好，有个什么部门的副处长经过，也被拉进来，不过喝了一杯就起身说是有公务。大家起身送他，我一见机不可失，就"醉"倒在门口的床上了。

躺在床上，暗自得意，看着昏黄的灯光下，几个人一边喝，一边唱，有两个还激动得边唱边哭。什么"美丽的草原"啊，"伟大的祖先"啊，完全沉浸其中，绝对地旁若无人。我觉得自己很聪明，撤得很及时，心想："趁着清醒，好好记住他们的样子，将来如果描写醉人真是好素材。"

再后来呢？没有记忆了。醒来已经是第二天半晌午了，头痛如裂。那个男高音不好意思地站在旁边，嘟嘟囔囔："对不起了，你还真是不会喝啊。老陈，你躺在那儿，怎么不断捶自己的头啊？"

是吗……

这件事，好几年间成了家庭里的话柄，直到十年后。

十年后，我俩带上小朋友旧地重游，正赶上那达慕。我们的车子离格根塔拉还有二三里路，蒙古族朋友的马队就赶来迎接了。一下车，蓝色的哈达，银碗中的"下马酒"，当年的知青一下子感动得忘乎所以，连连干掉三碗白酒，一进蒙古包就歪倒在毡毯上。不料，远远传来了手风琴声，妻连眼都睁不开，嗫嚅着："给我找个琴来……"

琴来了。先是歪靠着拉，一会儿坐起来拉，一会儿竟然站起来演奏着那些熟悉的牧歌。眼神是那样明亮，一点儿点儿酒意也看不出来了。

这件事，我讲给人听，人们大多是流露几分怀疑的。而我的证据是：从那以后，家庭中，我醉卧呼市的糗事再也不被提起了……

下乡散记之"斗法黄大仙儿"

俗话说："百里不同风，隔道不下雨。"

同在山东省，相隔不过六七百里地，胶东和淄川——就是那个谈狐说鬼上瘾的蒲松龄的家乡，竟然有那么大的差异。当然，这专指的是关乎另类存在的"信仰"差异。

一部《聊斋》，大半非鬼即狐。胶东呢，我在那儿生活了整整十年，"豆棚瓜架"①也是经常栖息之地，就没听谁讲过狐狸的话题。至于鬼嘛，当时是 20 世纪六七十年代，"文革"横扫过不久，庙都拆了，神呀鬼的，也没人当回事了。村子里为盖学校去扒邻村的祖坟，优质棺材板破开做门窗，坟砖用来砌成教室培养下一代，竟然没有一个人觉得有什么不妥——此事当另文细述。

这么说，胶东人民是不是全成了"彻底的唯物主义者"了？

那还真不是——因为他们非常虔诚地崇拜黄鼠狼，也就是"黄仙儿"。

一

下乡的第二个月，差不多就算进入了农闲阶段，每天的活计就是深翻土地，整"大寨田"。这种活儿不是麦收秋种那样的"硬指标"，加上天气一天比一天冷，生产队收工自然比较早。回到家，天还没有完全黑，就逐屋检点起祖宗的遗产。白铜的水烟袋、伯父学俄语的笔记本，还有祖父自

---

① 王士禛为《聊斋志异》题诗："姑妄言之姑听之，豆棚瓜架雨如丝。料应厌作人间语，爱听秋坟鬼唱诗。"

家做烧酒的甑，都够我研究好一会儿的。一种奇怪的念头时不时冒出来：不会有什么秘宝藏在哪里吧？

某天，终于在厢房角落里发现了一个古怪的东西。曲尺状的家伙，褐里泛黑的楸木，二尺左右的竖杆，一尺多长的横底；横木是并列的两根，两端分别系着细细的牛皮带；横木与竖杆的顶端有一竹片，打磨得亮光光的，像一张弓的样子。奇怪！这是什么秘密武器？

请教了几位老者，才搞明白，那是专门打黄鼠狼的夹子。晚上，放到狗洞口，下面的两根横木撑开，让黄鼠狼的头可以顺利钻过。当它前腿一迈，就会碰到"消息"，竹弓发力，上面的横木落下，正好夹住脖子。这样捉，手拿把掐，而且不会损伤皮毛。

看着我如获至宝的样子，几位老人七嘴八舌警告："你可别打这个主意！""黄大仙儿不是好惹的！""你爷爷做这个夹子打了两三只，过了不到半年，就把腰摔坏了！""你打听打听去，这可不是迷信，村里谁不知道啊，可灵验了！"

那又真诚又激动的样子，五十多年了，还历历如在目前。

一番告诫，反而把我的斗志彻底激发出来。本来内心最深处的"豪杰"期许，还有"启蒙"的使命感，一个多月来时时和窘迫的现实冲突。现在，黄鼠狼就如同堂吉诃德的大风车那样刺激着我的自尊，推动我策动瘦马冲将过去。

更何况，一个小兄弟听说了，偷偷跑来告诉我，公社收购站明码实价，一只皮毛无损的黄鼠狼可卖六块钱。

这个诱惑给了"堂吉诃德"更大的勇气。当时，我所在的生产队一个男子壮劳力干一天的工分值是七毛钱——这在北方已经是令人艳羡的数字了，有的地方只有五六分钱。如果成功，一次就抵得上八九天的汗水。

干！

这玩意儿还真灵！头天晚间安上，第二天就有收获。鸡叫头遍，天还没亮，我就迫不及待爬起来。"哇！立竿见影啊！"只见一只尺把长的黄鼠狼落入了陷阱。竹弓紧绷着，上面的横杆死死压在它的脖子上，已经没有气了。看来是昨晚"牺牲"的。

皮毛丝毫无损！晌午一收工，顾不上吃饭，拿着战利品直奔公社收购站。明码实价，六块钱到手。

消息立刻在小小的山村里传开。七嘴八舌，批评者居多："不听老人言，吃亏在眼前！""别看眼前闹得欢，小心秋后拉清单！""不知天高地厚，哼！"当然，也有艳羡的："别管那一套，挣到手是真的！""老弟，回头借我使使……"

那时，刚下乡不久，两眼一抹黑，还处在"夹着尾巴做人"的阶段。所以，随便他们说什么，我也毫不理会，只想着怎么再接再厉，甚至考虑是否做个专业"猎户"。

根据不知是哪本小说里的经验，我把秘密武器认认真真刷了两遍——据说如果留下气味，野兽们就知道危险所在了。然后过了三四天，还是在傍晚，仍然安置到原地，便怀着兴奋与憧憬，辗转反侧了半个时辰，入了梦乡。

"哇！"竟然连战连捷！

这一下，名声大噪。村子里，人们都在议论，好几个略通木匠手艺的鬼鬼祟祟找到我，要求量尺寸、画图纸。我也顿时觉得腰板儿挺起了一些。

可是，正在我踌躇满志，计划"宜将剩勇追穷寇"的时候，情势陡然发生了变化。

武器还是那个武器，

洗刷得还是那么彻底，

还是隔了三四天，

还是按照"传统"方法安置……

黄鼠狼却再也没有光顾。

不仅是我没有新的收获，那几个仿制的也没有任何收获。

舆论随之逆转，当然是不利于我的，无非歌颂黄仙儿通灵，并预言我的悲惨下场。

结果呢，我除了没有发第三笔财，其他一如既往，不温不火地活着，在生产队长领导下每天学着大寨、整修梯田……

这一局，我和黄大仙儿的斗法，算是平局吧。似乎略占上风？

二

转眼两年过去，在经过一连串出生入死的遭际①——亦当另文细说，我在村子里站稳了脚跟。标志就是担任了好几桩美差。其中之一就是林业队长。

这是个小村子，所谓"林业队长"也就是和弼马温差不多级别的官。管辖范围有两块：一块在张家茔，是利用坟地种植苹果与桃树的果园；一块在南河，是一大片河滩，称之为"南河荒"——就是"国土保卫战"②中写到的那片"领土"，里面主要是毛白杨和棉槐——一种灌木，枝条可编筐。近两年为了增加收入，又种了一片莱阳梨，还有几百棵白蜡杆。我的部下呢，一共五个人，只有一个算是壮劳力，剩下四位全是老弱残兵。

北方农村最长的忙季就是"三秋"——秋收、秋种、秋管，从九月直到十一月。其中最忙的又要数十一前后的一个月。到了这一段，我的"兵"就会被抽调走两个支援秋种，剩下我带着三个老头，一半任务是收获果林里间种的花生、大豆，另一半就是护林防贼。梨、桃子早已摘掉了，招贼的一是苹果，一是白蜡杆。特别是白蜡杆，用来做开石大锤的柄，一根可以卖一元钱。自然是我们防护的重点。

为了显示我的"高风亮节"，就优先安排了俩老头儿轮流值夜班护林——白天他们就可以干点自己的活儿，也累不着。

计划实行了三天，一个老头儿找来了，嗫嗫嚅嚅地："我想换换……""怎么了？头天你不是还直谢我吗？""不，不是，咱爷们儿，求你……""唉，好吧！可别过两天又后悔了！"

---

① 此为写实，毫不夸张。事情复杂，且待另文详述。

② 未收入本书，所记系与邻村的一次械斗。

过后一打听，原来村子里有了传言，说是从南山下来狼了，说得有鼻子有眼儿，说顺着河套子下来的，河南的某村已经丢了几头羊云云。

狼就狼吧，年轻气盛，又自恃会几下拳脚，我痛痛快快接下了夜间护林的活计。吃过晚饭，就开始装备：主要的兵器是"手棒"。这是一种非常实用的家伙，在《李氏家传》（拙著《武林异人传》讲过的那部武术秘籍）的"器械部"中列在首位。棒体二尺半，一头粗一头细，三分之一处有套索，拴在手腕上。它的招法变化多端，一点儿花架子也没有，可以说招招打人。我听人讲过，狼是"铜头铁背麻秆儿腿"，所以特意把几招横扫的棒法——"扫上打下，扫下打上"之类演习了几遍。另一个武器是一柄短剑。"少年别有赠，含笑看吴钩"，下乡分手时朋友送的。我打了绑腿，把剑插在里面。全副武装之后，雄赳赳，如同上景阳冈的武松，提着手棒就去了南河荒。

一大片林子，静得瘆人。我巡视了一圈儿，脚踩着落叶与荒草，沙沙的，说实话，心里还是有几分紧张。不过，一股气撑着，说什么也不能认怂。所幸西线无战事，贼没见到，狼也没见到。但我还是保持着高度警觉，支棱着耳朵，走一段就突然转身，把"兵器"轮上几圈。

走着走着，忽然一个念头冒出来："都说有狼，那贼不也就不敢来了吗？"

"既然贼不敢来了，就该咱多歇会儿吧。"

我一下子说服了自己。停止了巡查，把歇脚的玉米秸搭的窝棚加固加固，地面多铺了两捆秸秆，就钻进去躺下来。想到万一真的有狼，如果钻进来怎么办？就拟了一个应急作战方案：左臂抬起护住咽喉，右手拔出匕首，顺势刺入狼的软腹。想好了，虚拟演练了几遍，自己很满意。不知不觉就睡了过去。

一觉醒来，冷得不行，赶快从窝棚里钻出来。只见皓月当空，四面的杨树都披上了银纱，林子里依然死寂。我拎着家伙，快步巡视了两圈儿：贼没来，狼也没来。

虽说"傻小子，火力壮"，却还是抵不住中秋的夜寒。

"看样子要感冒！"

"反正贼也不敢来了，撤吧！"

决心一下，顿感轻松了许多。

南河荒距离我的村子将近五里地，路倒不难走，是并行两辆马车的大道。走在路上，月光如水，四野静悄悄的，偶然有几声蟋蟀的鸣叫。

忽然，我愣住了。前方大约五六丈的地方，大路的中央，一只黄鼠狼站在那里。不错，就是"站"在那里。身体竖直竖直，两只前爪蜷在胸前，两眼在月光下乌溜溜地瞅着我。

我吃了一惊，但是并不害怕。毕竟只是个小家伙，站直了也就是一尺多高。只是觉得很奇怪：它为什么不跑？

我也紧盯着它，向前走了五六步。它纹丝不动，静静地站在那儿，看着我，目光里好像是好奇，似乎还有点儿挑衅。它太沉稳了，完全没把我放到眼里！我终于被激怒了，大吼一声，把手棒在头顶上猛地抡了两圈，向着它冲将过去。

只见黄鼠狼出溜一下向旁边逃走了。

"还是你怕我啊！"我志得意满地转头看过去。不料这小东西并没有逃走。大路两侧有排水沟，一米多宽，二尺多深。沟那边是大片的麦茬玉米，正准备收割。这黄鼠狼翻过排水沟，到了沟那边，回过身，又直挺挺站住了，还是那样盯着我，乌溜溜的小眼珠，月光下特别亮。

我想也不想，抡圆了手棒，一撒手就砸了过去。

当然没有砸到——这家伙太灵活了，出溜，就顺着苞米垄逃掉了。

虽然没砸到，我还是感受到胜利的喜悦，便一纵身越过了道沟，捡起了手棒，满意地看了看沟沿上被我砸出的坑。

忽然，惊愕代替了喜悦：这只黄鼠狼竟然还站在那里！

就在玉米垄间，距离我一两丈，它就直挺挺站在那儿，两只小爪蜷在胸前，微微仰着头，直盯着我，乌溜溜的小眼珠反射着月光。

不知为什么，我觉得后背有些发凉，头皮也有点儿发炸。

这家伙的行为太诡异了！我不由得想到了：《聊斋》……

好在胆子还有些——"喂，你要把我引到哪儿去？拜拜吧，不跟你玩儿了。"

我一边解嘲地嘟囔着，一边急速转身跳过沟来，匆匆离开了。

这件事，直到我离开村子，绝口不曾讲过。因为知道，讲了一定会被演绎成现代版的《聊斋》。

由大灰狼的传说，引出了黄鼠狼的现身，这中间的因缘何在？

三

又是三年过去，我调到了县城，在一中教书。

刚到一个新单位，一切从头开始。足足忙乎了半个学期，直到五一，又是周末，才得空骑上自行车回村。

我是和父亲的婶儿住在一起，准确的叫法是叔祖母，但一向是以"奶奶"相称。我去了县城，丢下一位年逾古稀的老人，独自守着空旷的院落，想想还是有些内疚。

老人精神挺好，看到我进门，顿时喜上眉梢。攒下的鸡蛋、腌好的香椿、集上买的虾干儿……不一会儿就摆满了一桌。

酒足饭饱，想起在村里时的兄弟们，我抹了抹嘴，起身就往外走。忽然发现老人的神色有一点儿异常："有事吗？"

"唉，本来不想说的，想等着你自己看。"

"什么事儿？这么神秘呀！"

"有两个多月了。你走后没有几天，这院里就来了一大窝黄鼠狼。天天夜里闹妖，唉……"

还有这种事儿？！

前面的恩怨一幕幕闪现出来。

太猖狂了！

"这些东西藏在哪儿？什么时候出来？"

"要到半夜，一下子十几只啊。"

访友的兴致瞬间消散，战斗豪情直冲牛斗。

既然闹妖在半夜，那就早点儿睡下，半夜再起来守候。可能是骑车累了，头沾着枕头就呼呼睡去。

"嗬！嗬！"老人的吆喝声把我惊醒了。

翻身爬起，冲到老人住的东间，只见窗外几条黑影，有大有小，扒着窗棂，上下追逐，忽上忽下，极为灵活。对老人的驱赶毫不在意。

我炸雷般大喝一声，从堂屋一步蹿到院里。七八只黄鼠狼四散奔逃，一转眼无影无踪了。

尽管逃得快，我还是看到几只钻进了西敞棚。西敞棚码了半屋子的苞米秸，看来这些家伙的窝就安在草垛里面。

又是一个明月夜，院子里清光如水。

"扫穴犁庭"，一个历史名词闪现到脑中。好！我找了一把木杈——长柄，堆草垛专用，气昂昂到了敞篷中。

"滚出来吧！"我大喝着，舞动木杈，把秸秆一捆捆挑起，甩到院子里。不一刻，草垛就被拆掉了一多半。

出溜，一只超大号的黄鼠狼夺路蹿出来。我一杈打去，它早就溜进了排水道。转眼间，一只接一只，大大小小从草垛底蹿出，只见黑影闪动，还未容我动手，全从水道逃之夭夭了。

"战役"结束得过于顺利，反而有几分失落。

奇怪的是，从此之后，再没有一只黄鼠狼来我的宅院骚扰过。

事后，老人不经意说起：这些东西住进来有两个月吧，从不侵犯自家的鸡。大鸡小鸡也没看出惊恐来。"唉，挺怪的，要不是闹妖让我睡不好觉……"

听了，不知怎的，我不觉有几分恻然。

四

三哥：你好！写信给你，是实在憋不住了。

你离开村里以后，发生了好多事。咱们竖的篮球杆给拔掉了，说是影响生产；乒乓球台子也推倒了。我都没告诉你，怕你生气。现在这件事，我实在是憋在心里难受，也想听听你怎么说。

你还记得前街西头那个三嫂子吗？就是外号叫"黑翠儿"的那个。她的二小子还跟你练过几天拳脚的，小名叫半斗。这几年长得勒粗勒壮，整个一个大老爷们儿了。

上个月，这个半斗忽然魔怔了，一会儿哭一会儿笑，嘴里还吐白沫，吵吵嚷嚷说是上辈子被半斗他爹害死了，现在来讨债。最要命的是，上来劲儿的时候，就去撞墙，砸东西，几个人也按不住。他妈慌神儿了，把老公从烟台叫回来。半斗看见他爹，更坏了，摸起菜刀就抢过去。把他爹吓得连夜跑回烟台了。后疃儿那个小李逵儿——就是卖假药那家伙，过来看了看，说一准就是黄仙儿附体，说他有个朋友，是邻县福山苇夼的，有道行，兴许能对付黄仙儿。半斗他妈一听更慌神了，就来找我，借拖拉机去苇夼。

这事不能推脱，我就拉着她娘俩，还有小李逵儿，又叫上半斗他堂兄，一车五人，颠簸了一个多钟头，才到了这个苇夼村。小李逵儿是熟门熟路，直接领到这个半仙儿家里。这个人姓蓝，五十多岁，长得挺寒碜，可是口气挺大。住的地方也脏兮兮的，不过一间厢屋挺大的，空落落，只有靠窗一个土炕，铺着一领破席。

这个蓝半仙儿把我们领进厢屋，回身关上了门。上上下下盯着半斗看，那黄眼珠挺瘆人的。忽然，他大喊了一声："孽障！"抡圆了胳膊，就给了半斗一个大嘴巴。说也奇怪，半斗一路上还时不时地吵嚷，全赖他妈说好说歹才哄到了地头。这个半仙儿盯着他看，又打嘴巴，他竟然老老实实，木呆呆站在那里。

蓝半仙儿呵斥着，让半斗脱光衣服躺到炕上。然后就在他身上摸来摸去，嘴里念念有词。突然大喝一声："可抓住你了，孽畜！"只见他左手捏在半斗大腿根部，右手不知从哪里掏出了一把短刀。那半斗老老实实任他摆布，半斗妈紧张得瞪着眼，张着嘴，哆哆嗦嗦，想说话又不敢出声。

蓝半仙儿无腔无调地唱起来："你家住在老磁山，山北有个阴风洞，洞中住了八百精。你爷爷胆敢跟我抗，一下叫它送了残生。你今老实听我劝，饶你不死一条命。不听良言不听劝，本仙下手不留情！"这家伙边唱边耍那把刀，左手不停地又捏又捻。唱了一会儿，歪着头，好像在听什么——我可是什么也没听见。这个半仙儿猛然瞪起眼来："畜生！好意劝你你不听，休怪本仙下狠手了！"一下就刺下去，奇怪，一点儿血也没有，他左手挤了两下，一股黄水儿流了出来。

"好了，这孽畜叫我杀了！我这一刀把它嘴豁开了，连魂也灭掉了。""明早你们在房前屋后找找，魂在我这，它的身子就在你家。"

三哥，你猜怎么着，第二天，黑翠儿天不亮就起来，果然在房后的草垛发现了一个死黄鼠狼，嘴是豁开的。她提溜着给半斗看："好了，儿啊，快谢谢蓝大仙儿吧！"半个村子的人都挤着来看，蓝半仙儿成了蓝大仙儿，老磁山的黄仙儿也成了真事。

三哥，你在家的时候，我们都听你的，这些歪门邪道全不信了。现在眼睁睁看了这前前后后。不信吧，亲眼所见；信吧，又觉得哪儿不太对劲。心里闷得慌，你快说说吧。

此致，敬礼！

弟　老光

我的答复冗长不录，核心就是一点："这个半仙儿收不收费？收的话，收多少？如果不收费，我就没法解释，只好也跟着信他。如果收费少，比如少于供销社收购黄鼠狼的价格，或者多那么一点儿，我也解释不好。"

"三哥，哪能不收费啊！去以前小李遂儿先转手要走一百，回来看见死黄鼠狼，再交一百。供销社收购还是六块啊。"

"那还用我再讲吗？"

"可是，半斗从那真好了啊。这二十多天了，一次也没犯病。就是人有点儿傻，有点蔫儿。"

"那，那就走着瞧吧。"

后来呢，更戏剧了！这位老弟的信太啰唆，简单归纳一下吧。

过了没有半个月，半斗的病就复发了，比原来更厉害了。

再找小李遂儿，小李遂儿说这次是那只黄鼠狼的二大爷来报复，半仙儿降不住了。

黑翠儿的娘家表哥出主意，让带着半斗坐船去大连，说是黄鼠狼怕海龙王，就会摆脱纠缠。结果到了大连，在旅店大吵大闹，惊动了公安，只好回来——海龙王没起作用。

消息越传越邪乎，都说来报复的是阴风洞的大王，千年的道行，除了观音菩萨谁也降不住。没想到，竟然有不信邪的。这一天，毛遂自荐，从南山来了一个老头儿，自称专门降妖除怪，六七十岁，高高的，瘦瘦的，三绺白胡子，倒是有点儿仙风道骨的样子。老头儿看了看半斗，从一个随身的布袋里拿出两张黄表纸，又拿出一个小盒，打开来是红红的朱砂。老头儿蘸着朱砂画了两张符，一张贴到大门口，一张贴到半斗外衣的背上。半斗安静顺从着。半斗妈高兴得千恩万谢，杀鸡烫酒，招待老头儿。老头儿三杯下肚，就讲起他的师门，说是济公亲传。又说，黄仙儿看他来了已经逃走，三个月不回来就没有后患了。到时候，他就把孙女嫁给半斗。这可坚定了半斗妈的信心——人家没把握，能把孙女往火坑里推吗！

一晃就是七八天，半斗果真没犯病，有时候还能上桌陪老头儿喝两杯。看了老头儿孙女的相片，咧着嘴光笑不讲话。全村人都说，半斗有福气了，这黄仙儿不成了大媒了吗？

一天半夜，半斗家忽然沸反盈天，大门轰然洞开，仙风道骨的老头儿捂着脑袋跌跌撞撞冲了出来，指缝里全是血。原来，半斗起夜撒尿，看见老头儿扒着窗台偷窥，就扑上去咬掉了老头儿半个耳朵。

说来也怪，从那天起，半斗真的好了。

五

再后来呢？

老光跑到烟台，在一个建筑队当工头，忙着讨要工钱和克扣工钱，早已没有了对黄仙儿之类话题的兴趣。

我呢？

也有十好几年没回那片故土了……

保荐毕毅（上）

保 荣 著

南开大学出版社

天津

说　明

　　编此"陈言",初心乃掇拾一些散碎诗文稿,算是对雪泥鸿爪的忆念。后编辑田君提出,毕竟大半生是在所谓"学术"中讨生活,雪泥鸿爪中不可丝毫无痕。于是"从谏如流",裒辑一些近期所作以及以往关注较少的文章,遂有此下册。

目　录

下册　学术拾零

论清初"孤愤兴寄"的文坛主潮

明清鼎革而异族入主，由于事变突然（不同于南宋百年的危如累卵），士人们心理准备不够，也由于东林和复社砥砺士气、标榜节操的影响，清初很长一段时间里，士人对新王朝的拒斥心理不能彻底消除。"欲哭不敢，诗即何罪？"（金圣叹语），便纷纷借助文学来抒写心底的郁懑，从而形成了中国文学史上罕见的孤愤兴寄的创作主潮。

本文所谓"清初"，指的是顺治二年（1645）至康熙十七年（1678）的三十余年。如此分期，根据有三：首先，鼎革时担纲于文坛的钱谦益、吴伟业、冯梦龙、袁于令、周亮工、金圣叹、宋琬、冯班等均已辞世，李渔等也入残年；其次，康熙十八年（1679）《长生殿》初稿成，毛批《三国演义》面世，标志着一代新人步入文坛中心，一种新倾向开始形成；最后，康熙十七年清廷诏举博学鸿词科，顾炎武等坚拒，而朱彝尊、赵执信于次年应试得官，象征着遗民们被挤到了社会的边缘。而康熙十八年后，文学思想的另一种趋向也便渐渐清晰起来。

一

"天崩地解"（黄宗羲语）的大事变，在汉族士人的心里刻下了深深的伤痕，映射到文学思想中，就形成了强烈的言志发愤趋向。这一趋向延续了三十余年，形成了主张鲜明、作品繁多、风格多样的兴盛局面，洵为一个历史阶段中的文坛主潮，诚如钱谦益在《施愚山诗集序》中所描述：

兵兴以来，海内之诗弥盛，要皆角声多宫声寡，阴律多阳律寡，

嚄杀恚怒之音多，顺成啴缓之音寡，繁声多破，君子有余忧焉。①

　　站在这一趋向潮头之上的，自然是那一批数量可观的遗民作家。《清诗纪事》收入"明遗民卷"的诗人，除去"清初抗清志士为明朝尽忠献身者如陈子龙、夏完淳、张煌言、瞿式耜等人不收"，尚有四百三十九人之多。这批作家的代表当推"惊隐诗社"。该社又名"逃之盟"，创办于顺治七年（1650）。主盟者为叶桓奏、吴炎，成员中的著名文士有顾炎武、归庄、陈忱、潘柽章等。诗社每年定期的活动有五月五日祭屈原，九月九日祭陶潜，"咸纪以诗"，其创作倾向可想而知。归庄的《悲昆山》《击筑余音》，顾炎武的《羌胡引》《井中心史歌》，陈忱的《水浒后传》等，都是慷慨沉郁之作，产生了深远的影响。惊隐诗社成员近百，活跃了十余年，在当时的江浙一带产生了较大的影响。与此同时，还有"西湖七子社""弃繻社""西园诗社""冰天诗社"等，皆"相与悲歌叱咤，更唱迭和无虚日"。一时诗坛俊彦，如吴梅村、屈大均、函可等，皆为社友。②杨凤苞《书南山草堂遗集》描述这一文学史之空前景观道：

　　　　明社既屋，士之憔悴失职、高蹈而能文者，相率结为诗社，以抒写其旧国旧君之感。大江以南，无地无之。其最盛者，东越则甬上，三吴则松陵。③

全祖望在《钱蛰庵征君述》中也有类似的记述：

　　　　硤中有澹鸣社、萍社、彝社，吴中有遥通社，杭之湖上有介社，

　　① 钱谦益：《牧斋有学集》卷十七，上海古籍出版社，1996，第760页。
　　② 谢国桢：《明清之际党社运动考》，中华书局，1982。
　　③ 杨凤苞：《秋室集》卷一，第7页，中国基本古籍库（"中国基本古籍库"，国家重点电子出版物，北京爱如生数字化技术研究中心研制，黄山书社出版发行。）

　　海昌有观社，禾中有广敬社，浯溪有澄社，龙山有经社……①

当然，各社的宗旨并不一致，其中亦有不谈国事者，如望社即以"非有裁量人物，讥刺得失"相标榜，但多数是以"离黍秋风怀故国"为社集缘由的（平湖"忘机吟社"社友诗句）。《鲒埼亭集》中还有两段文字描写诗社的活动情况：

　　有明革命之后，甬上蜚遁之士，甲于天下，皆以蕉萃枯槁之音，追踪月泉诸老，而唱酬最著者有四社焉。②

　　已而国亡……乃相与悲歌叱咤，更唱迭和，无虚日。居湖上，有"七子诗社"。③

这种景象实为中国文学史上所仅见。

　　与以往易代之际的文坛不同，言志发愤的合唱中，"贰臣"们的声音也与"遗民"一样响亮。其中，既有依违不定如钱谦益、吴伟业者，也有久居枢要如龚鼎孳者。钱谦益"率先迎降"，贻终身之羞，然辞归后加入复明的秘密斗争中，遂赢得了知情人的谅解。他自述创作的心态道：

　　漫漫长夜独悲歌，孤愤填胸肯自磨！敌对灾星凭酒伯，破除愁垒仗诗魔。逢人每道君休矣，顾影还呼汝谓何。欲共老渔开口笑，商量何处水天多。④

这可视为孤愤文学主潮的自觉宣言。而他的《后秋兴》组诗则是孤愤兴寄主潮的扛鼎之作，也是中国诗歌史上罕见的大手笔。其风格之透彻与沉重，

---

　　① 全祖望：《鲒埼亭集外编》卷十一，载朱铸禹汇校集注《全祖望集汇校集注》中册，上海古籍出版社，2000，第 947 页。

　　② 全祖望：《鲒埼亭集外编》卷六《湖上社老董先生墓版文》，第 850 页。

　　③ 全祖望：《鲒埼亭集外编》卷二十《余生生借鉴楼记》，第 1122 页。

　　④ 钱谦益：《癸卯仲夏六月重题长句二首》，载《投笔集》卷下，第 42 页，中国基本古籍库。

代表了此主潮的面貌，如：

> 海角崖山一线斜，从今也不属中华！更无鱼腹捐躯地，况有龙涎
> 泛海槎。望断关河非汉帜，吹残日月是胡笳。嫦娥老大无归处，独倚
> 银轮哭桂花。

> 地坼天崩桂树林，金枝玉叶痛萧森。衣冠雨集支祈锁，闾阖封凄
> 纣绝阴。丑虏贯盈知有日，鬼神助虐果何心？贼臣万古无伦匹，缕切
> 挥刀候斧砧。①

前者对光复前景的绝望，后者对吴三桂的痛恨，都出以毫不掩饰的淋漓倾
诉。"望断关河非汉帜，吹残日月是胡笳。""丑虏贯盈知有日，鬼神助虐果
何心？"其痛切与大胆，几至于并世无两。

作为诗苑祭酒的吴梅村，由于性格原因，在抗拒新朝的一切事情上均
取低姿态。唯其如此，他的大量反映乱离的作品，激烈虽不及归、顾、钱
等，"恻怆"（牧斋评语）却远过诸人，成为孤愤合唱中音色特异的别调。
而龚鼎孳，虽与钱、吴齐名却实未并肩。他在致梅村书中言及自己的创作
动机：

> 且身既败矣，焉用文之？顾万事瓦裂，空言一线，犹冀后世原心，
> 宣郁遣愁，亦惟斯道。②

愧恧、忧惧而力求摆脱，这便是"贰臣"们被裹挟进清初创作主潮的心理
动因。

---

① 钱谦益：《后秋兴》之十三，载《投笔集》卷下，第40页，中国基本古籍库。
② 吴伟业：《梅村诗话》，第3页，中国基本古籍库。

二

这个时期的"孤愤兴寄"写作的一个重要特点是对"大不幸"的普遍关注。

归庄在《吴余常诗稿序》中明确提出了抒写"大不幸"的主张：

> 太史公言："《诗》三百篇，大抵圣贤发愤之作。"韩昌黎言："愁思之声要妙，穷苦之言易好。"欧阳公亦云："诗穷而后工。"故自古诗人之传者，率多逐臣骚客，不遇于世之士。吾以为一身之遭逢，其小者也，盖亦视国家之运焉。诗家前称七子，后称杜陵，后世无其伦比。使七子不当建安之多难，杜陵不遭天宝以后之乱，盗贼群起，攘窃割据，宗社鼎沸，民生涂炭，即有慨于中，未必其能寄托深远，感动人心，使读者流连不已如此也。然则士虽才，必小不幸而身处厄穷，大不幸而际危乱之世，然后其诗乃工也。……所谓积愤离忧者，盖小不幸与大不幸兼之者也。余作诗数年不能工，然出以示人，有见赏者，率感遇之作十三四，忧时之作十六七。余之无文以兼此两不幸，遂亦有足取者，况其才倍蓰于余者乎！①

在《历代遗民录序》中又讲：

> 太史公言："虞卿非穷愁不能著书。"……余谓此一身之遭遇，愁愤之小者也；岂知天下之事，愁愤有十此者乎？②

这种主张是和他的人生态度、写作实践血肉相连的，归庄自称："余有无穷

---

① 《归庄集》卷三，上海古籍出版社，1984，第182—183页。
② 同上书卷三，第170页。

之恨，郁积于中，多发之于诗。"①"叹老嗟卑非我事，家忧国恨只今年。"②
所以，归庄虽赞赏司马迁、韩愈、欧阳修等一脉相承的发愤著述、穷而后
工之说，却又有所不满，于是进而强调对"大不幸"的表现。这便十分准
确地把握到了时代的脉搏，也对传统理论有了丰富与发展。

归庄的"写大不幸"之说，代表了汉族读书人，特别是遗民作家的共
同心声。顾炎武以"悲深宗社墟，勇画澄清计""发愤吐忠义，下笔驱风云"③
称许归诗。又如黄宗羲以"西山之薇汨罗水，便是招魂第一篇"自警，而
其友吕留良更有"甲申以后山河尽，留得江南几句诗""烽烟一怅望，洒泪
独题诗"的显豁之语，都把书写"大不幸"，把"家忧国恨"作为吟唱的主
旨，这样便产生了一大批题材、风格相近的作品。如归庄的《悲昆山》：

> 呜呼！昆山之祸何其烈！良由气懦而计拙。身居危城爱财力，兵
> 锋未交命已绝。城陴一旦驰铁骑，街衢十日流膏血。白昼啾啾闻鬼哭，
> 乌鸢蝇蚋食人肉。一二遗黎命如丝，又为伪官迫懅头半秃。悲昆山，
> 昆山诚可悲！死为枯骨亦已矣，那堪生而俯首事逆夷。拜皇天，祷祖
> 宗，安得中兴真主应时出，救民水火中！歼郅支，斩温禺，重开日月
> 正乾坤，礼乐车书天下同。④

此诗作于乙酉清兵初下江南之际，字字俱染血腥，句句皆含悲愤，一个为
了国家、民族之"大不幸"而呼号的诗人形象跃然于纸上。同时的韩洽《觜
篥行》、阎尔梅的《惜扬州》、钱秉镫的《虔州行》等一批诗作都与此相似，
其共同的特点是：（1）写实性极强，多为目睹惨剧的实录；（2）情感强烈，
不加掩饰；（3）叙事直白真切。

相比之下，顾炎武的名作《井中心史歌》显得含蓄一些：

---

① 《归庄集》卷三《吴门唱和诗序》，第 192 页。
② 同上书卷一《乙酉除夕次顾大鸿韵四首》，第 50 页。
③ 顾炎武：《顾亭林诗文集·亭林诗集》卷四《哭归高士》，华忱之点校，中华书局，1983 年，第 392
页。
④ 《归庄集》卷一，第 37—38 页。

　　　　有宋遗臣郑思肖，痛哭元人移九庙。独力难将汉鼎扶，孤忠欲向
湘累吊。著书一卷称《心史》，万古此心心此理。……忽见奇书出世间，
又惊牧骑满江山。天知世道将反覆，故出此书示臣鹄。三十余年再见
之，同心同调复同时。陆公已向厓门死，信国捐躯赴燕市。昔日吟诗
吊古人，幽篁落木愁山鬼。呜呼！蒲黄之辈何其多，所南见此当如何？①

由于采取古今时空交错的手法，作品的意味较之直录时事要复杂、深沉。
虽然如此，"又惊牧骑满江山""蒲黄之辈何其多"等语仍算十分大胆而醒
豁。此诗作于康熙十七（1678）年，"值禁网之愈密"之时，显示出作者"独
立不惧"的人格（语均见《井中心史歌》自序），也表现出遗民的中坚分子
对"大不幸"关注之恒久深切。

　　在文坛对"大不幸"的普遍关注中，有两点值得特别指出：

　　一是每次大的时局动荡，都会产生一批相关的作品，如郑成功长江战
役的失败，就有牧斋《后秋兴》组诗、钱曾《海上谣》、王时敏《亥秋书事》
四首、程正揆《己亥江行》、许旭《己亥秋日感兴》、王昊《兵船行》、邵长
衡《守城行纪时事也》、冷士嵋《海天别》、纪映钟《地震》、傅山《东海倒
座崖》及《朝沐》等歌咏其事；瞿式耜守桂林城破而死，归庄作长律三十
韵吊之，复作组诗八首，钱谦益则有《哭稼轩留守相公一百十韵》，陈璧有
《挽留守相公稼翁夫子七十韵》，钱曾亦有《哭留守相公诗一百韵》，王夫之
所作为《桂山哀雨》四首，等等。

　　二是诗文之外，小说、戏剧中也有一批抒写"大不幸"的作品。明季
已有用稗、曲直述时局、政事者，入清后碍于文网，表现手法由直述改为
隐曲，但明眼人不难窥见其底蕴。如《水浒后传》《续金瓶梅》均写金兵蹂
躏中原的惨况，在借宋元以写明清这一点上，与顾炎武《井中心史歌》同
出一辙。陈忱一方面化名"古宋遗民"力图遮掩，一方面却又忍不住宣示
此书为"泄愤之书"，是"胸中块垒，无酒可浇，故借此残局而著成之也"。

_____

① 顾炎武：《顾亭林诗文集·亭林诗集》卷五，第409—410页。

短篇小说《豆棚闲话》《聊斋志异》（其中早期作品）等也都程度不同地反映了那场时代惨剧。吴梅村的传奇剧《秣陵春》《通天台》《临春阁》等，写家国兴亡的意旨也相当显豁。

三

作为一个历史阶段的文学主潮，孤愤兴寄既表现为众多作家创作倾向与评价向度的一致或接近，又表现为内涵的丰富而各具特色。如在美学趣味上，便存在着慷慨英雄气象与感伤衰飒气象截然相反的追求；在创作手法上，也存在着写实与兴寄共用的情况。

写孤愤情怀而追求英雄气象，这是清初文学思想引人瞩目的特色。

历代读书人都有沉迷于"英雄"梦之中的，而明末尤多一些。这一则由于王学发展到泰州，"其人多能亦手搏龙蛇"（黄宗羲语），其代表人物被李卓吾誉为"亢龙""最英灵""真英雄"，从而影响了士林的风气。二则明末边警频仍，故才士颇有喜谈兵者。钱谦益《谢象三五十寿序》记述此种风尚道："余在长安，东事方殷，海内士大夫自负才略，好谭兵事者，往往集余邸中，相与清夜置酒，明灯促坐，扼腕奋臂，谈犁庭扫穴之举。而其人多用兵事显，拥高牙，捧赐剑，登坛而仗钺者多矣。"①当时，甚至如阮大铖辈，都曾"招纳游侠，为谈兵说剑"②可见渴慕"英雄"风气之一斑。

入清后，政局长期动荡，晚明培植起的士人张扬心态在豪杰用命之秋愈发膨胀，而现实生活中又几乎毫无用武之地，于是就以文学天地来消释这一情节。这方面首推归庄。他明确主张："豪杰之士，抱用世之略，不幸遭时不造，槁项衡门，不得已而以诗自见。"③"结纳齐、鲁奇节之人，燕、赵悲歌之士；间以诗歌发愤抒情。"④其作品则大多如"三年正朔系人心，

①《牧斋初学集》卷三十六，钱曾笺注，钱仲联标校，上海古籍出版社，1985，第1018页。

②《明史》卷三〇八《奸臣传》。

③《归庄集》卷三《张公路先生诗集序》，第186页。

④ 同上书卷三《咸大咸诗序》，第187页。

不独张衡思桂林。已见几人击楫去，乘风不怕楚江深。"（《口号四首》）"岂知丈夫已决计，此志不遂不得休。一朝扬帆去不顾，慷慨击楫江中流。"（《送瞿公子入广西》）而与他订交莫逆的顾炎武，诗作中也流露出同样的美学追求，如"祖生奋击楫，肯效南冠囚！""何当整六师，势如常山蛇。一举定中原，焉用尺寸为！"又如阎尔梅赠归庄诗："余问主人欲何为？虬髯直竖双瞳裂。男儿不能抒国难，老死蓬蒿心恼绝！"类似的作家、作品不胜枚举，而应特别指出的是钱谦益与陈忱。钱氏不仅有"端居每作中流想，坐看冲风起九河""老马为驹气似虹"这样的豪迈诗句，还有正面鼓吹诗文之英雄气象的言论：

> 海内才人志士，坎壈失职，悲劫灰而叹陵谷者，往往有之。至若沉雄魁垒，感激用壮，哀而能思，愍而不怼，则未有如伯紫者也……胸中有一段不可磨灭之气，英雄失路、托足无门之悲……评伯紫之诗，庶几似之。①

陈忱不但能诗，所作《水浒后传》更是豪情万丈的孤愤兴寄之典型。他在自序中赞美《水浒》"序英雄，举事实，有排山倒海之势"，宣称己作是"泄愤之书"，是"胸中块垒无酒可浇，故借此残局而著成之也"，并形容自己的创作状态是"肝肠如雪，意气如云，秉志忠贞，不甘阿附"。书中写梁山残部李俊等避居海外以后，终于成就王霸之业，卷终有诗赞叹：

> 儒者空谈礼乐深，宋朝气运属纯阴。……无端又续英雄谱，醉墨淋漓不自禁。

对英雄的渴望、向往溢于言表。

由归、钱、陈身上，我们可以清楚看到当时文坛对英雄气象的自觉

---

① 钱谦益：《牧斋有学集》卷四十七，《题纪伯紫诗》，第 1548 页。

追求。

大事变在激发起敌对情绪与斗争壮志的同时，也在文人们的心中投下了幻灭与困惑的阴影。此时的很多作品都出现了对"天道"质疑、讥刺之语，正是这种心态的集中表现。如《豆棚闲话》："今天下涂炭极矣，难道上天亦好杀耶？"《续金瓶梅》："因上帝恨这人人暴殄，就地狱轮回也没处报这些人，以此酿成个劫运，刀兵、水火、盗贼、焚烧，把这人一扫而尽……"而钱谦益的《戏为天公恼林古度》则直指上天老迈昏愦："我为天帝元会运世八万六千岁，安能老而不耄长久精神勿差忒！"显然，刺天之语的背后是对家国命运的无奈与慨叹。陆世仪的《感遇诗》道："气数苟在天，匹夫岂能争？""天道不可知，叹息徒彷徨。"更把内心的无奈与惶惑直露地写入诗篇。

当然，更多的诗人是通过营造感伤氛围、渲染衰飒气象来表现幻灭情怀的，从而形成了独特的艺术追求。这可以吴梅村为代表。其《题归元恭僧服小像》有"劫灰重作江南梦，一曲开元泪万行"的诗句，实乃他的创作心态及作品情调的写照。体现这种追求的诗作如："主人更命酒，哀吟同击筑。四坐皆涕零，霜风激群木。"（《毛子晋斋中读吴匏庵手抄宋谢翱西台恸哭记》）"老夫濩落复何求？寒笛江潭独倚楼。"（《三松老人歌》）"斜晖有恨家何在？极浦无言水自流。……十年旧事总成悲，再赋闲愁不堪读。魏寝梁园事已空，杜鹃寂寞怨西风。平泉独乐荒榛里，寒雨孤灯听暝钟。"（《后东皋草堂歌》）

而最能反映出士人此种情调、此种追求的，是风靡一时的《秋柳》唱和。顺治十四（1657）年，王士禛作客济南，会友于大明湖，作《秋柳》四首，其序云："仆本恨人，性多感慨。情寄杨柳，同《小雅》之仆夫；致托悲秋，望湘皋之远者。"诗之寓意，其说不一，或以为"吊明亡之作"，或以为哀某人之不幸，或以"吊""哀"之说均属"支离附会"。而不论做何种笺释，此诗轰动一时，在广大范围引起共鸣，却是文坛罕有的景观。渔洋自称《秋柳》诗四章，诗传四方，和者数百人"。郑鸿则称"和者千余家"，"家有其诗"。出现这一景观的底蕴，应从诗作本身探寻，组诗其

一云：

> 秋来何处最销魂？残照西风白下门。他日差池春燕影，只今憔悴晚烟痕。愁生陌上黄骢曲，梦远江南乌夜村。莫听临风三弄笛，玉关哀怨总难论。①

其诗实未必有明确的喻指或切实的寄托，但透过几组景物的描绘，却极富感染力地营造出了感伤的氛围，令读者黯然销魂。作者因此而得到了"绝代销魂王阮亭"的评语。对于这样一首感伤之作，千余人不约而同地唱和，可见上述幻灭心态与美学追求的普遍。

孤愤兴寄主潮的丰富内涵还表现于创作手法的多样化。

为了把这场惨烈的民族劫难记录下来，传于后世，使"百世而下，了然在目"，很多诗人自觉地采用了"以诗为史"的写实手法。②"诗史"之说也成为一时间品评作品的重要标准。如阎尔梅"诗才若海"，"纯以史事隶之"（《清诗纪事初编》），本人亦以"例变春秋太史公"自诩。其作《惜扬州》，则先叙乙酉初之攻守形势，再记史可法决策经过，然后补叙扬州的世风民情，继而写扬州失守惨况，最后评论史可法功过，完全是作史的思路，而以诗的语言表现出来。当时的大事件，几乎都有诗歌形式的记载。最典型的是钱谦益《后秋兴》组诗，把郑成功兵围江宁的始末，逐节载诸篇什。这种"以诗为史"的观念，对于创作利弊兼有，但可以肯定的是，清诗以记事见长的特色，实肇端于此。

由于写实之作容易贾祸（阎尔梅即有"贾祸机文尽数删"之句），很多诗人便采用隐喻和兴寄的手法来记事、抒怀。清初论者多言比兴，与这种背景有一定的关系。如冯舒所云："心有在所未可直陈，则托为虚无惝恍之词，以寄幽忧骚屑之意。昔人立义比兴，其凡若此。"（《家弟定远游仙序》）金圣叹作《杜诗解》，处处以"隐曲之词"深求其义，又以"冬春惟眼泪，

---

① 王士禛：《渔洋精华录集注》，惠栋、金荣注，伍铭辑校，韦甫参订，齐鲁书社，1992，第51页。
② 陆廷抡序吴嘉纪《陋轩诗》语。

玄肃最微辞"来概括杜诗的内容及写作手法。①"惟眼泪"与"最微辞"，以之解杜或有牵强之嫌，作为金圣叹及其同时代人的自况，却相当恰切。此类隐曲手法表现于诗作中，多为咏史、咏物。前者如顾炎武《义士行》中"一心立赵事竟成，存亡死生非所顾"，借咏赵氏孤儿事申述己志，其意甚明。检点清初诗集，咏史之作的数量是其他时期罕见的，原因乃在于此。后者如黄宗羲《七夕梦梅花》："梅花独立正愁绝，冰缠雾死卧天阙。孤香牢落护残枝，不随飘堕四更月。"弦外之音不难体味。钱谦益集中有十余首咏围棋诗，皆喻指时局，这在诗史上也是不多见的。诗文之外，戏曲小说也颇多隐曲兴寄之作，如吴伟业的《通大台》《临春阁》《秣陵春》，丁耀亢的《续金瓶梅》等，都是典型的借古讽今手法。

　　综上所述，清初三十余年间的文坛，涌动着前所罕见的孤愤兴寄的思潮，表现于创作、批评和理论主张等多方面，而其范围之广、时间之长、内涵之丰富，都是空前的。

---

　　① 金圣叹：《沉吟楼诗选》卷三《长夏读杜诗有怀明人法师却寄二十四韵》，载陆林辑校整理《金圣叹全集》第二册，凤凰出版社，2008，第 1181 页。

论清代顺康之际文坛的娱世闲情风尚

一

晚明的文坛已经出现以闲情、娱世为旨归的风气，代表人物当属陈眉公。其所编著《小窗幽记》《太平清话》《狂夫之言》等都畅销一时，本人也得享大名。但士林毁誉不一，如蒋士铨所作"妆点山林大架子，附庸风雅小名家。终南捷径无心走，处士虚声尽力夸。獭祭诗书充著作，蝇营钟鼎润烟霞。翩然一只云间鹤，飞去飞来宰相衙。"讥讽对象便被认为是陈眉公。眉公之外，又有苏士琨著《闲情十二忨》、程羽文著《清闲供》等，都以消闲为旨归。

这种风气，以及连带而来的士林评价之分歧，延续到了清初，而情况更有过之。这与当时的社会政治背景的变化密切相关，也是多数读书人在特定时期生存状态、处世心态的自然表现。

鼎革的十余年，一方面异族入主必然伴随的血腥，一方面抵抗力量带来的希冀，使得顺治前十余年的文坛，抒写"大不幸"成为最强音。而与此同时，还有另一种别调隐隐作响。有"江南大儒"之称的陆世仪，入清后不参加科举，先是隐居，后来四处讲学，遂得大名。其《感遇诗》云："气数苟在天，匹夫岂能争！在昔大圣哲，处困皆有伦。区区卑贱子，含垢安足嗔。伏读明夷卦，悠然感我心。柔顺以蒙难，艰贞晦其明。"这里有两重意思：一重是清朝的统治是"气数"使然，"匹夫"是无力也不必回天的；所以，他又一而再，再而三地写到天意："天道不可知，叹息徒彷徨"，"岂天靳斯文，每出多遭遇"——为"不抵抗"进行自我正当化的用意十分明

显。另一重则借"明夷"卦来为不抵抗，甚至"含垢"来寻找道义上的依据，也就是"内文明而外柔顺，以蒙大难"。解《易》者多指明夷卦描述的为文王遭逢暴纣时不得不选择的姿态，也就是外示柔顺、内持操守。黄宗羲著《明夷待访录》，也有这重意思在。这种为不抵抗、不死节"自我正当化"的心理调适，随着南明小朝廷一个一个瓦解，清廷统治逐渐稳固，成为越来越多士人的选择。

支撑这一心态的，还有一个理由，就是"道行"与"道尊"的话题。当时，另一个名满天下的大儒孙奇逢有诗《读许鲁斋集》云：

> 我读公遗书，知公心最苦。乾坤值元运，民彝已无主。公等二三辈，得君为之辅。伦理未全绝，此功非小补。不陈伐宋谋，天日昭肺腑。题墓有遗言，公意有所取。众以此诮公，未免儒而腐。道行与道尊，两义各千古。[①]

许鲁斋即许衡，是元初重臣。曾为元世祖划策："考之前代，北方奄有中夏，必行汉法，乃可长久。故魏、辽、金能用汉法，历年最多。其他不能用汉法者，皆乱亡相继。""北方"，明确指异族入主者。"汉法"，则主要指儒家治国方略。他以长治久安为口实，说服忽必烈以"汉法"治国，就是所谓"道行"。当时的另一位大儒刘文靖屡征不起，标榜为的是"道尊"。

陆世仪同样在其《感遇》诗中提到许鲁斋：

> 仲尼千载师，偃蹇生衰周……嗟嗟鲁斋公，仕元以为尤。岂天靳斯文，每出多遭遒。展卷仰前哲，浩然忘我忧。[②]

他甚至把许衡与孔子并列，把他的仕于元看作上天的安排。而这样看了之后，对自己接受王朝更替这一现实也就"浩然忘我忧"了。

---

①《夏峰先生集》卷十三，第278页，中国基本古籍库。
②《桴亭先生诗文集》诗集卷二，第107页，中国基本古籍库。

　　许鲁斋、刘文靖面临的局面，正是孙奇逢、陆世仪等所面临的。肯定许鲁斋，其实内涵里带有自我开脱——不抵抗、可合作——的动机。也就是说，承认新朝统治的合法性，把自我生存（或者说得漂亮一些是黎庶的生存）放到所谓"气节"的前面。陆世仪在《送闽中林衡者游中原长歌》中写道："天公天公何不仁！忠臣饿死英雄贫。岭云如山战骨白，至今闽海飞征尘。男儿致身苦不早，双鬓蹉跎浑欲老。安能一一局促辕下驹，凤凰朝翔在苍昊。"既然天公已不可倚靠，自己谋求生存与发展就是理所应当的了。

　　在这方面，还有一重理由在支撑汉族读书人选择做顺民时的心理。金圣叹借批点杜诗讲：

　　　　夫秦不失德，则今日犹秦；汉不失德，则今日犹汉。乃今秦汉何在……不谓今日遂至目睹其事。盖忧惧无出之至也。①

言外之意直指明朝覆亡是统治者咎由自取。那么，对"失德"者大可不必尽忠尽节了。

　　这种态度随时间流逝逐渐成了大多数人的选择，而相应的文坛风气也发生变化，与孤愤兴寄思潮的逐渐消退同步，写闲情以自娱、娱世的创作倾向慢慢成为潮流。

　　李渔的《中秋看月歌》："浮云不独天边有，人事违心常八九。明宵明月照谁家，酩酊莫辞今夜酒。"李、陆二人的生存方式、生存状态与社会评价相去甚远，但为草间苟活而自我正当化的心理却极其相似。稍有不同的是，陆世仪为自己开脱的是举出士大夫共同认可的道德"标杆"——"仲雍避荆""殷箕逃纣"，而李渔则是一种更世俗的姿态：既然"人事违心常八九"，那便不妨"酩酊莫辞今夜酒"。由于在道德上放低了身段，也便更少心理压力，对于自己为了生存做出的"违心"之举——自娱娱人，更有

---

①《金圣叹全集》第二册，陆林辑校整理，凤凰出版社，2008，第625页。

自我解嘲的玩世意味。

他的《酒徒篇为燕中褚山人作》把这种心态表现得更为淋漓尽致：

> 自舞自歌还自美，饮中三昧君得之……但能领略醉翁情，喜与八仙为伴侣。①

正是这样一种自觉的人生选择，使得李渔成为这个时代——甚至整个中国文学史上娱世闲情的最为突出的代表。他的《闲情偶寄》便成了这一时期文坛风尚的旗帜。而与"娱""闲"相对应的，便是文字风格上的"浅""俗""趣""巧"。对李渔的文学观念与文学实践，无论怎样评判其价值，其前无古人、后无来者的独特性是无可置疑的。

这种时运与文风的变化在同一题材的不同书写中可以看得很清楚。

扬州，因十日屠城而深深铭刻在遗民们心中。顺治朝，尤其是前十年，表现于作品中都是伴随着血泪的。如顾炎武的《赠朱监纪四辅》：

> 十载江南事已非，与君辛苦各生归。
> 愁看京口三军溃，痛说扬州十日围。
> 碧血未消今战垒，白头相见旧征衣。
> 东京朱祜年犹少，莫向尊前叹式微。②

吴嘉纪的《一钱行赠林茂之》：

> 先生春秋八十五，芒鞋重踏扬州路。
> 故交但有丘茔存，白杨摧尽留枯根。
> ……

---

① 《李渔全集》第二册，王翼奇点校，浙江古籍出版社，2013，第30页。
② 《顾亭林诗文集》卷二，第303页。

　　　　酒人一见皆垂泪，乃是先朝万历钱。①

而到了康熙年间，星移斗转十余载而已，诗人们笔下的扬州，却已经变成
了完全不同的题材。尤侗在《彭骏孙延露词序》中，以相当的篇幅胪列扬
州这座城市可以给诗人什么灵感：

　　　　盖维扬佳丽，固诗余之地也。昔人谓天下三分明月，二分独照扬
　　州；至有人生只合扬州死之语，不止三年一梦而已。……今以骏孙之
　　才，江山助之，折大堤之杨柳，对官阁之梅花；选楼公子，盥手装书；
　　殿脚美人，画眉捧砚。宜其提柳、扳秦，含周、吐李，与红杏尚书、
　　花影郎中平分风月。则维扬固诗余之地，而彭子乃诗余之人也。有其
　　地，有其人；有其人，有其词。②

看到这里，真令人生出"亲戚或余悲，他人亦已歌"的感慨。这种转变并
非个别。继钱牧斋、吴梅村之后成为新一代文坛祭酒的王渔洋，与尤侗《词
序》大致同时也有描写扬州的词作——《浣溪沙》：

　　　　北郭青溪一带流，红桥风物眼中秋，绿杨城郭是扬州。
　　　　西望雷塘何处是？香魂零落使人愁，淡烟芳草旧迷楼。③

此时的"扬州"，尽是红桥风物、淡烟芳草，已没有半分"废池乔木，犹厌
言兵"的血腥气了。这首词不但广为流传，唱和者众多，而且不少人以"绿
杨城郭是扬州"为题作画，以歌颂盛世，实在令人感叹、唏嘘。
　　这一思潮表现在通俗文学的创作中，便是风靡大江南北的李渔的戏曲
与小说，以及尤侗的戏曲作品，还有后世称为"才子佳人小说"的一批短

---

　　①《吴嘉纪诗笺校》卷二，杨积庆笺校，上海古籍出版社，1980，第41页。
　　②尤侗：《西堂杂俎》二集卷二，中国基本古籍库。
　　③王旭：《国朝诗综》卷二，第15页，中国基本古籍库。

篇白话作品。长篇领域，如果把《肉蒲团》同《金瓶梅》做一对比，其间的差异——俗趣与机巧代替了对社会黑暗的揭露——也是显而易见的。由于文体的功能不同，相比之下这种趋向在文坛"正宗"的诗文中要弱一些，但也不难窥见些许踪迹。另外，这种文学思想更多地体现在文学的社会实践中，包括创作、出版、传播与影响，相对而言，理论性的表述则较为少见了。

二

顺康之际，反清复明的标杆式力量——郑成功的军队屡受重挫退守台湾，最有影响的朱明后裔永历帝被吴三桂缢杀。清廷为挫折汉族——特别是江南读书人的士气，屡兴大狱，奏销案、哭庙案、明史案等都起到了恫吓的作用。明末那批文坛中坚渐入老境，意兴消磨殆尽。于是，反映现实的作品较前明显减少，诗文应酬、自娱之作日增，小说戏剧则娱世、消遣渐成主流。

吴梅村《与冒辟疆书》感叹："吾辈老矣！海内硕果，宁有几人？唯有药饵不离手，善自摄卫，一切人事付之悠悠可耳。"李渔《渔父》诗云："波恬浪静无篙橹，跌坐船头信水流。"《赠金山老衲》："跌坐江心不记年，涛声帆影悟真禅。"都流露出无可奈何、冷眼旁观的心态。

天花藏主人自述其创作动机道：

> 贫而在下，无一人知己之怜。不幸憔悴以死，抱九原埋没之痛，岂不悲哉！……淹忽老矣。欲人致其身而既不能，欲自短其气而又不忍。计无所之，不得已而借乌有先生，以发泄其黄粱事业……上可佐邹衍之谈天，下可补东坡之说鬼，中亦不妨与玄皇之梨园杂奏……而

所受于天之性情，亦云有所致矣。①

这是中国古代文学批评中少有的一篇创作动机论。无关经国大业、世道人心，只是为了表现个人的文才，为了实现个人的白日梦（黄粱事业）。以当时那一大批才子佳人类小说的内容相印证，这完全可以看作是这一批作家的共同心声。杜濬为小说《十二楼》作序："盖自说部逢世，而侏儒牟利，苟以求售，其言猥亵鄙靡，无所不至，为世道人心之患者无论矣。即或志存扶植，而才不足以达其辞，趣不足以辅其理，块然幽闷，使观者恐卧而听者反走，则天地间又安用此无味之腐谈哉！今是编以通俗语言鼓吹经传，以入情啼笑接引顽痴，殆老泉所谓'苏张无其心，而龙比无其术'者欤？"虽然打出了"世道人心"的旗号，但真正的着眼点显然在"通俗语言""入情啼笑"，在作品的"才"与"趣"。

这样的文学思想集中表现于李渔的小说、戏剧创作中。

刻意在文学作品——尤其是小说中炫学、逞才，乃贯穿有清一代的倾向。所谓"才子佳人小说"的作者，诚如《红楼梦》所批评的："至若佳人才子等书，则又千部共出一套——不过作者要写出自己的那两首情诗艳赋来，故假拟出男女二人名姓，又必旁出一小人其间拨乱，亦如剧中之小丑然。"借小说中人物之名，展示自己的诗文辞赋，诚为此类作品突出的特色。李渔则与之不同，他更有兴趣的是表现自己的广博多闻与机智滑稽。例如在小说《夏宜楼》中用大量篇幅描写、介绍望远镜等奇巧之物："这件东西名为千里镜，出在西洋，与显微、焚香、端容、取火诸镜同是一种聪明，生出许多奇巧。附录诸镜之式于后：'显微镜'，大似金钱，下有三足。以极微极细之物置于三足之中，从上视之，即变为极宏极巨。虮虱之属，几类犬羊；蚊虻之形，有同鹳鹤。并虮虱身上之毛，蚊虻翼边之彩，都觉得根根可数，历历可观。所以叫做'显微'，以其能显至微之物而使之光明较

---

①《平山冷燕》，李致中校点，春风文艺出版社，1982，第232—233页。（此文或以为《平山冷燕》之序，或以为《天花藏合刻七才子书》之序；《平山冷燕》或以为出于天花藏主人之手，以为乃其友人手笔。均无碍于本文所论）

著也。'焚香镜'——'端容镜'——'取火镜'——'千里镜'——以上诸镜皆西洋国所产，二百年以前不过贡使携来，偶尔一见，不易得也。自明朝至今，彼国之中有出类拔萃之士，不为员幅所限，偶来设教于中土，自能制造，取以赠人。故凡探奇好事者，皆得而有之。诸公欲广其传，常授人以制造之法。然而此种聪明，中国不如外国，得其传者甚少。——这些都是闲话，讲他何用？只因说千里镜一节，推类至此，以见此事并不荒唐。"关于各种镜子的介绍，竟然写了一千二百余字。这样的写法，此前从未有过。

李渔对于工艺性、技巧性的话题特别有兴趣，乃至于可以旁溢歧出，津津乐道，从而形成了鲜明的写作个性。甚至在诗歌中，往往也按捺不住炫露技巧的冲动。如《和友人春游芳草地三十咏》，三十首诗分别押平水韵的三十个韵部；《伊园十二宜》写"宜春""宜夏""宜秋""宜冬"等十二篇；《伊园十便》写"耕便""钓便""汲便"等十篇；都带有很强的自娱的文字游戏色彩。

在小说中炫耀知识，既有逞才的动机，也有满足读者好奇心的目的。这方面，《归正楼》更为典型。这一篇以一个无良骗子为主角，极写其机智、冷静，甚至大度、慈悲。这已经是匪夷所思了。而作者的重点在于渲染其高超的骗术，以及行骗成功的收获：

> 父母听见，称赞不了，说他是个神人。从此以后，今日拐东，明日骗西，开门七件事，样样不须钱买，都是些偷来之物。……你说这些智谋，奇也不奇，巧也不巧？起先还在近处掏摸，声名虽著，还不出东西两粤之间。及至父母俱亡，无有挂碍，就领了徒弟，往各处横行。做来的事，一桩奇似一桩，一件巧似一件。……所得的财物估算起来，竟以万计。①

---

① 《李渔全集》第九册，第88—90页。

整部作品几乎可以当作"诈骗教科书"来读。李渔的叙事立场完全站到骗子一边，一次又一次地写他在看来完全不可能的情况下，匪夷所思地设置骗局，最后得手。

可以肯定，这方面的材料是李渔平日里用心收集的，然后又以自己的聪明才智为其增添了曲折与趣味。对于读者来说，这些闻所未闻的骗术，其中隐含的智谋、胆略，都是极具吸引力的"料儿"。特别值得注意的是，通篇对于这个超级骗子没有丝毫道德谴责，有的都是赞赏与惊叹。而最后的结局还让他修成正果得登仙界。

对此，杜濬的评价是"我不知笠翁一副心胸，何故玲珑至此！然尽有玲珑其心而不能玲珑其口、玲珑其口而不能玲珑其手者，即有妙论奇思，无由落于纸上。所以天地间快人易得，快书难得，天实有以限之也。今之作者，无论少此心胸，即有此心胸，亦不能有此口与手，读《十二楼》以后，都请搁笔可也。"若考虑到杜濬坚定的遗民"身份"——"老而益贫，贫而益狂"，曾劝阻朋友"毋作两截人"，那么此时他对李渔这一类作品的赞赏更能看出社会风气的转移。

当然，李渔这样写，内心还是有些许不安的，所以要特意声明："做小说的本意，原在下面几回，以前所叙之事，示戒非示劝也。"不过，这种声明不必过于当真。自枚乘《七发》以来，"劝百讽一"的文字代不绝如缕。《金瓶梅》固然有揭露和批判社会黑暗、人情险诈的一面，但在铺陈声色，极写西门骤得富贵平步青云的笔墨中，未尝没有几分艳羡。此时的《肉蒲团》更是如此——书名的"蒲团"乃声明"由色悟空"的宗旨，其内容却不乏"性教科书"式的笔墨。出现这种矛盾姿态的最深层原因在于市场，李渔此时的写作基本属于商业行为，所谓"砚田、笔耕"，所以作品注重娱乐性，大多带有迎合读者——特别是市井读者心理欲求的因素，即写他们感兴趣的题材，从而吸引他们来阅读、来消费。

若从这个角度看，上述作品不失为一篇很有阅读趣味的小说。分析起来，其趣味来自新奇感，以及智力探险，在叙事中混合着越轨成功的喜悦。这些与"经国之大业，不朽之盛事"丝毫搭不上关系，和作者自己标

榜的——掩饰性的标榜——"示戒"也没有真正的关联。因为读者谁也不可能成为如此"神骗"，因此也就不具有"放下骗术立地成仙"的前提。有的只是沉浸其中产生的阅读快感、阅读乐趣。而这，恰恰是通俗文学的基本属性。可以说，李渔在这方面有十分的自觉，实践中也取得了十分的成功。

出于"娱世"的动机，李渔的小说在色情描写、生理刺激方面也是大打"擦边球"，如《拂云楼》："此番相见，定有好戏做出来，不但把婚姻订牢，连韦小姐的头筹都被他占了去，也未可知。各洗尊眸，看演这出无声戏。"《萃雅楼》："诗云：汝割我卵，我去汝头，以上易下，死有余羞。汝戏我臀，我溺汝口，以净易秽，死多遗臭。"《十卺楼》："逞雄威檀郎施毒手，忍奇痛石女破天荒。"《夏宜楼》渲染偷窥的乐趣，等等。不过，只要是他的署名作品，此类笔墨都有分寸感，既照顾了娱乐性的市场，又不失自己"雅士"的面子。

当时，同样得享大名的"才子"作家尤侗，他的杂剧也是颇多取悦读者的噱头，如风靡海内的《钧天乐》：

【净巾服上】区区阁老令公郎，官样；赌钱吃酒养婆娘，肥胖；中庸大学两三行，没帐；荷包鳖住状元郎，停当。

【丑巾服上】【前腔】秀才名棍姓儿光，强横衙门、钻刺跪公堂。名望，之乎者也了三场；辖闱，打雄吃食睡他娘；乱放！【副拍介】老魏放的是什么？【丑】是屁。【副】是你的文章。【丑】只怕你的文章，屁也不值！①

固然，插科打诨在戏曲中并不罕见，但尤侗剧作还是比较突出。他歌咏东坡的诗作反映出自己的创作态度，《宋苏轼》：

---

① 尤侗：《钧天乐》，第 3 页，中国基本古籍库。

一口吐万斛，江河从之东。逢场但游戏，笑骂起雷风。琵琶同绰
板，木鱼与鼓钟。掀髯天地间，万物皆顽童。①

"游戏""笑骂""顽童"，不妨看作他自觉的处世及写作态度。

此时的文坛还有一件广有影响的"韵事"，就是朱彝尊的《风怀诗二百
韵》。顺康之际，朱彝尊还是"文坛新秀"（十余年后他参加"博学鸿儒"
考试中选，便成了"盟主"之一），而这首千字长诗"为时传颂"，很快使
他成了名人。而这首诗也在其后的二百余年中，成为文学批评反复讨论的
话题。这是一首叙事诗，有很高的自我指涉度，写的是作者婚外的一段恋
情。诗中对情感的经历，甚至床笫的活动，都有很详细的描述，但对情感
之外的内容——社会环境等，基本上不曾涉及。今节略部分，可见其余：

红豆凭谁寄？瑶华黯自伤。家人卜归妹，行子梦高唐。……乍执
掺掺手，弥回寸寸肠。背人来冉冉，唤坐走伴伴。啮臂盟言覆，摇情
漏刻长。已教除宝扣，亲为解明珰。领爱蝤蛴滑，肌嫌蜥蜴妨。梅阴
虽结子，瓜字尚含瓤。捉搦非无曲，温柔信有乡。真成惊蛱蝶，甘作
野鸳鸯。……油壁香车路，红心宿草冈。崔徽风貌在，苏小墓门荒。
侧想营斋奠，无聊检笥筐。……永逝文凄戾，冥通事渺茫。感甄遗故
物，怕见合欢床。②

这是"真情"，也是"闲情"。在中国诗歌史上，算得是独一无二的作品。
作者晚年编辑作品时，"屡欲汰之，终未能割爱"。"欲汰"，是深知其不合
于正统的诗歌思想；"未能割爱"，则是其中的真情，以及其中逞露的才华。

---

① 尤侗：《西堂诗集》，第7页，中国基本古籍库。
② 朱彝尊：《曝书亭集》卷七，第73页，中国基本古籍库。

三

晚明文坛崇奇尚异。诗歌方面，竟陵派异军突起，提出"物有孤而为奇"的主张，倡导"幽深孤峭"的风格，在诗境及遣词造句方面标异立新。散文方面，唐宋派渐趋平庸，一些有个性的作家在取材与行文上也追求新奇。而小说创作则有《云合奇踪》《拍案惊奇》《今古奇观》等径自以"奇"相标榜，鼓吹"天地间有奇人始有奇事，有奇事乃有奇文""即空观主人者，其人奇，其文奇，其遇亦奇"，都可见一时之风气。

入清之后，随着文坛因鼎革而致的孤愤兴寄之逐渐退潮，在自娱、娱世的潮流中，崇奇尚异一脉得以接续，并有以过之。在顺康之际，有一桩文坛趣闻，牵扯到两个皇帝，三个文坛名人。王士禛《池北偶谈》中记载："吴郡尤悔庵工乐府，尝以'临去秋波那一转'公案，戏为八股文字。世祖见而喜之。其所撰乐府亦流传禁中。"又云："近见江左黄九烟周星，作'怎当他临去秋波那一转'制义七篇，亦极游戏之致。"这里说的尤侗"戏为八股文字"，见于《西堂杂俎》：

想双文之目成，情以转而通焉。盖秋波非能转，情转之也。然则双文虽去，其犹有未去者存哉。张生若曰：世之好色者吾知之，来相怜、去相捐也。此无他，情动而来，情尽而去耳。钟情者，正于将尽之时，露其微动之色，故足致人思焉有如双文者乎？最可念者，啭莺声于花外，半晌方言，而今余音歇矣。乃口不能传者，目若传之。良可恋者，衬玉趾于残红，一步渐远，而今香尘灭矣。乃足不能停者，目若停之。唯见濚濚者，波也；脉脉者，秋波也。乍离乍合者，秋波之一转也。吾向未之见也，不意于临去遇之。吾不知未去之前，秋波何属。……噫嘻，招楚客于三年，似曾相识；倾汉宫于一顾，无可奈何。有双文之秋波一转，宜小生之眼花撩乱也哉。抑老僧四壁画《西

厢》，而悟禅恰在个中。盖一转者，情禅也。参学人试于此下一转语。①

尤侗首创，黄周星变本加厉，而王渔洋"述朝廷殊典及衣冠胜事"（《四库全书提要》语）的《池北偶谈》张扬之。其中又有"世祖见而喜之"的"尚方宝剑"，在社会传播中，又衍生出康熙帝同样欣赏的说法。其社会影响力可想而知。把"代圣人立言"、以《四书》为内容的科考文体来表现《西厢记》的艳情，真可谓"极游戏之致"了。

这个尤侗，受知于顺治、康熙二帝，称之为"真才子""老名士"，"天下羡其荣遇"。当时士林的评价趋于两端，而赞之颂之者为大多数。名列"博学鸿词科"录取第一名，当时与王渔洋齐名的彭孙遹称许道："先生著作满家，向以文章名海内。所撰《西堂杂俎》，驰骤于艺林，洋溢于人口，已非一日。"其后的沈德潜则评论其诗的特色道："塑街谈巷议入韵语中，远近或以游戏视之。""海内驰名"与"以游戏视之"，这两个方面的评价其实都不错，合起来便是尤侗的"这一个"。可以说，当时活跃在江浙的三个文化名人——金圣叹、李渔与尤侗，为人与为文都隐隐呈现出李卓吾、袁中郎，以及汤显祖的"精神因子"。从他们身上可以看到，李卓吾的"趣为第一"，袁中郎的"不拘格套"等主张，都在新的历史背景下复活了。尤侗论诗主张"道性情"，要"自成其本人之诗而已"。而在生活与创作中，很多地方以金圣叹为楷模，又与李渔互相揄扬，称赞李渔"十郎才调福无双"。显见其声气相通。

尤侗有《读东坡志林》，谓："石介作三豪诗，谓曼卿豪于诗，永叔豪于文，杜默豪于歌。默之歌少见于世，其一篇云'学海波中老龙，圣人门前大虫'。——予见小说载，默落魄入项羽庙，升神座大言曰：'以大王之英雄不能取天下，以杜默之文章不能成进士，不平之事孰甚于此？'因大恸，泥神亦下泪。此等意气，自是百尺楼上人。默之歌虽不可谓豪，然可谓豪于哭矣。"欣赏杜默隐含着欣赏自己，狂放、游戏的姿态跃然纸上。与

---

① 尤侗：《西堂杂俎》卷七，第 78 页，中国基本古籍库。

《西厢》入八股同一机杼，他又写出《论语诗》一组，如"浴乎沂"一首：

> 去去东山东复东，登临赖有酒徒同。白鸥暖泛桃花水，紫燕轻摇
> 杨柳风。洗耳自余高士洁，披襟不让大王雄。人生适志须行乐，懒束
> 衣冠拜帝宫。①

"酒徒""懒拜"，都非"侍坐"一章所固有，游戏的色彩十分明显。正因为
如此，这首诗反而广为人知，以致后世衍生出不同的怪诞不经的传说（见
袁枚《随园诗话》、徐珂《清稗类钞》）。又如《董文友有美人吃烟诗戏和六
首用烟字韵》（选二）：

> 起卷珠帘怯晓寒，侍儿吹火镜台前，朝云暮雨寻常事，又化巫山
> 一段烟。
> 斗帐熏篝薄雪天，泥郎同醉伴郎眠，殷勤寄信天台女，莫种桃花
> 只种烟。②

从题材的选择，到诗歌的情调，都显现出戏谑、新异的追求。

如果说以上的作品，其价值主要是反映出某种创作倾向，本身不过游
戏之作的话，那么同为求新求异的另一组诗却不失为具有多方面价值的大
制作。那就是《外国竹枝词》一百首。这组诗作于康熙二十年（1681）前
后，缘起是尤侗参与《明史》的编撰，分工之一是撰写《外国传》。于是得
以搜罗、阅读了一批关于外国风土人情的著作。编撰之余，他把其中自己
感兴趣的内容以《竹枝词》的形式写出来，共计一百首，涉及七十八个国
家。多数国家是一国一首，少数为一国两首，个别如朝鲜则为一国四首。
这一组诗，不只是知识的介绍、胪列，更表现出作者的理解、兴味与情趣。
在中国诗歌史上，可谓空前绝后——其后仿作者不少，但规模、意味都远

---

① 尤侗：《西堂诗集》，第 55 页，中国基本古籍库。
② 尤侗：《西堂诗集》，第 39 页，中国基本古籍库。

不能及。每首诗的后面还有尤侗父子的小注，与诗合观，生动反映出当时思想活跃的读书人的异邦乃至世界的想象。兹举其中几首：

> 高句骊降下句骊，未若朝鲜古号宜。千里王京陈百戏，汉城犹见汉官仪。（朝鲜）
>
> 金沙江上建牙军，贝叶书装金叶文。酿取树头百瓮酒，醉骑香象望南云。（缅甸）
>
> 蜈蚣船橹海中驰，入寺还将红杖持。何事佛前交印去，定婚来乞比丘尼。（佛郎机——葡萄牙）
>
> 三学相传有四科，历家今号小羲和。音声万变都成字，试作耶稣十字歌。（欧罗巴）①

朝鲜一首着眼点在与中华文化的关系。缅甸一首专写文化与民俗，"醉骑香象望南云"很有情趣。葡萄牙一首写天主教信仰，从婚俗角度来写，而把神父想象成"比丘尼"，令人喷饭。更有意思的是把欧罗巴当成了一个国家，着眼点在其教育、历法、拼音文字，以及宗教活动。其中尤其感兴趣于教育制度，在诗后附的小注中，特别指出："国有小学、中学、大学；分四科，曰医，曰治，曰教，曰道。""字以二十三母互配而成，凡万国语言、风雨鸟兽之声，皆可写出，随音成字。"比起只知闭关锁国，或只知计较跪拜礼仪的颟顸大臣，尤侗的眼界无疑高出倍蓰。而"醉骑香象望南云""入寺还将红杖持"的诗境，也确乎新异而有趣。无怪乎十余年后张潮重刊这组诗时，赞叹不已："读《外国竹枝词》，如摩挲异锦，如领略新声，真文字中奇观也！""吾尝设一幻想——勒为一书，以遍赠宇内好奇之士。读悔庵先生《外国竹枝词》，益深我远游之想矣。"以"奇""异"评价尤侗这一组诗，实深得其壶奥。百余年后，小说有李汝珍的《镜花缘》，著述有魏源的《海国图志》，分别表现出不同形式的"开眼看世界"的冲动，寻源溯流，尤侗

---

① 尤侗：《西堂诗集》，第 281 页，中国基本古籍库。

这一组诗是不应忽略的。

黄周星和尤侗有交集，但人生的选择大相径庭。他入清后，坚不出仕，以授徒为生。举博学鸿儒避不赴试，叹曰："吾苟活三十七年矣，老寡妇其堪再嫁乎？"最后，效仿屈原结束了生命。这样一个人，在时代风气转移之后，也不能置身其外。他与书商合作，整理刊刻了《西游记》；其所著《廋词》为灯谜与酒令结合的娱世之作，颇得时人喜爱。他的其他游戏之作也风行一时，脍炙人口，如《小半斤谣》。其序云："有某公善治生，市肉不得逾四两，名为小半斤，人遂以'小半斤'呼之。道人闻而叹曰：'此盛德事也，不可不传。'因为长谣纪之。"谣曰：

"市肉市肉，震惊神人。乃公终身不饮酒，穷年不茹荤，今朝胡为忽市肉。咄咄怪事，畴可比伦。"【一解】"市肉市肉，爰聚童仆。左手提衡，右手启椟。有铜如金，有钱如琛。把授童仆，不觉掩泪酸心。"【二解】"童仆受钱，愕眙相视。长跪请命，市肉宁几。童曰一斤，公怒欲捶；仆曰半斤，怒犹未已。童仆惶恐，莫测公旨。"【三解】"匍匐再请，听公所云，徐伸四指，曰小半斤。小半斤者，半斤之半。半而又半，禄已逾算。"【四解】"仆乃前行，公尾其后，侧身躧足，潜伏闾右。仆诣肉肆，钱付屠手。屠方鼓刀，公突而前，曰……'此我之肉，尔无我胺'。屠曰公肉，敢不腆焉？一增再增，肉重于权，小半斤名，不啻六两。公挟仆归，大喜过望。"【五解】"肉已至家，仆欲持去。公曰无遽，谈何容易，此肉我当细区分，安得仓皇暴殄等儿戏。为我呼爨婢，此肉谨付汝，汝其善烹煎，一为干豆荐祖考，二为宾筵饷师生，三为君庖餍我口……猫鼠不得窃，犬豕不得争，余汁满注缶，轹釜须令夏夏鸣。珍重小半斤，此肉良匪轻。"【六解】"市肉市肉，震惊神人。咄咄怪事，畴可比伦？我闻东海麒麟，麻姑擘脯世莫陈。公之啖肉毋乃啖麒麟，吁嗟乎小半斤。"【七解】"我闻古有豢龙人，飇菽潜醢缮夏君。公之啖肉，毋乃脍龙肝批龙鳞。吁嗟乎，小半斤。"【八解】"我闻天府之内有熊蹯豹胎猩唇，惟辟玉食罢八珍。公之啖肉，毋乃啖彼

熊蹯豹胎猩猩唇。吁嗟乎，小半斤。"【九解】①

以十分独特的文体形式，刻画了一个极度吝啬的小财主形象，讽刺入木三分。而语言之滑稽、世态之夸张，在文学史上实属罕见。这种风格近乎徐文长的《歌代啸》，而玩世背后的无奈与悲凉，似亦差相仿佛。

这种写作姿态甚至表现到文学批评之中。金圣叹评点《水浒》已有师心横口的游戏文字，而到了《第六才子书西厢记》中，更是变本加厉，如这两段看起来很有理论内涵，很有独创性的议论：

"离别名为疗痴良药，离别名为割爱慧刀，离别名为抉网坦途，离别名为释缚恩赦。汝善思惟：一切众生，最苦离别，最难离别，最重离别，最恨离别。而以先世福德力故，终亦不得不离别时，自此一别，一切都别，萧然闲居，如梦还觉，身心轻安，不亦快乎。汝善思惟：设使众生，于先世中无有福德，则于今世终无离别。既无离别，即久颠倒。颠倒既久，便成怨嫉"云云。已上，出《大藏》拟字函，《佛化孙陀罗难陀入道经》。由是言之，然则《西厢》之终于《哭宴》一篇，岂非作者无尽婆心，滴泪滴血而抒是文乎？如徒以昌黎"欢愉难工，忧愁易好"之言目之，岂不大负前人津梁一世之盛心哉？②

曼殊室利菩萨好论极微，昔者圣叹闻之而甚乐焉。夫娑婆世界，大至无量由延，而其故乃起于极微。以至娑婆世界中间之一切所有，其故无不一一起于极微。此其事甚大，非今所得论。今者止借菩萨"极微"之一言，以观行文之人之心。人诚推此心也以往，则操笔而书乡党馈壶浆之一辞，必有文也；书人妇姑勃溪之一声，必有文也；书途之人一揖遂别，必有文也。何也？其间皆有极微。他人以粗心处之，则无如何，因遂废然以阁笔耳。我既适向曼殊室利菩萨大智门下学得此法矣，是虽于路旁拾取蔗滓，尚将涓涓焉压得其浆，满于一石，彼

① 黄周星：《九烟先生遗集》卷三，第39页，中国基本古籍库。
② 《金圣叹全集》第二册，第1069页。

天下更有何逼迮题，能缚我腕使不动也哉？读《西厢记》至《借厢》后、《闹斋》前《酬韵》之一章，不觉深感于菩萨焉。尚愿普天下锦绣才子，皆细细读之。①

这里的"佛说""菩萨说"，其实都是"圣叹说"。前者是完全的杜撰，后者是肆意发挥。模仿佛经的语气，假托佛、菩萨的名义，他人——包括前人与后人，既想不到，也不敢作。而金氏之所以敢想敢作，还作得像模像样，张狂的个性是一个因素，欺他人不谙佛典也是一个因素，但时代潮流、社会氛围也是不容忽视的一个重要因素。

其《西厢》评点，一方面确有高妙之见、神来之笔，但也有率意游戏，甚或轻薄浅俗的地方，如讲行文含蓄的道理："尝有狂生题半身美人图，其末句云'妙处不传'。不直无赖恶薄语，彼殆不解此语为云何也。夫所谓'妙处不传'云者，正是独传妙处之言也。停目良久睇之，睇此妙处；振笔迅疾取之，取此妙处；累百千万言曲曲写之，曲曲写而至于妙处；只用一二言斗然直逼之，便逼此妙处。然而又必云'不传'者，盖言费却无数笔墨，止为妙处；乃既至妙处，即笔墨都停。夫笔墨都停处，此正是我得意处；然则后人欲寻我得意处，则必须于我笔墨都停处也。今相续之四篇，便似意欲独传妙处。夫意欲独传妙处，则是只画下半截美人也，亦大可嗤已！"所论道理固然不错（接近于《拉奥孔》的艺术观念），但似乎不必举此"无赖恶薄"的例子。但这个例子却被李渔留意，并翻作绝句《西子半身像》："半纸天香满幅温，捧心余态尚堪扪。丹青不是无完笔，写到纤腰已断魂。"这其实是趣味不高的恶谑，李渔却很得意，又把它移用到剧本中。事情很小，不过从中可以看到一时之风气，也可发现这是一个不太大的圈子，核心人物是金圣叹、李渔、尤侗等。圈子不大，社会影响却是非常之大。

---

① 《金圣叹全集》第二册，第917页。

存史记事，铺陈为尚

——清初诗学思想的一个重要方面

一

自晚唐孟棨在《本事诗》中称道杜甫："杜甫逢禄山之难，流离陇蜀，毕陈于诗，推见至隐，殆无遗事，故当时号为'诗史'。"其后，"诗史"成为我国诗歌理论中的重要命题。"以诗存史""以诗补史"的观念，宋代以后深入人心，特别是在评价杜甫、白居易等具有较强写实倾向的作家时尤然。但是，具体到创作的环节，五代以迄明末，实践者不多，佳作、名作较为罕见。原因之一是能称之为"诗史"的作品，内容一般要关乎国家、社会的大事件，形式上一般需要叙事曲折、气脉贯穿的长篇。没有足够的人生遭际、阅历，没有排比铺陈的扛鼎笔力，是很难担当起来的。

而时至清初，惨烈的大事变延续既久，可泣可歌的人物、事件层出不穷，而被迫"左衽"的文化屈辱又创剧痛深；另一方面，晚明的文化繁荣，产生出一大批文才卓异、思想丰富的作家——因缘际会，"诗史"的文学思想便在这块特异的土壤中得到了空前的发育。

异族入主，衣冠毁弃带来的精神冲击，以及现实中的无可奈何，在相当一批读书人中激发出"存史"的念头。清初三四十年间，很多文人冒着"大不韪"进行着私史的写作，有些人为此付出了惨重的代价。据不完全统计，当时完成或接近完成的私家史著就有几十种，如张岱《石匮书》《石匮书后集》、谈迁《国榷》、庄廷鑨《明史辑略》、谷应泰《明史纪事本末》、费密《荒书》、邹漪《启祯野乘初集》《启祯野乘二集》、彭仲牟《流寇志》、

林时对《茧庵逸史》、查继佐《罪惟录》（《明书》）、陆圻《陆子史稿》、朱克生《明代宝应人物志》、陈弘绪《南昌郡乘》、刘心学《四朝大政录》、王雯耀《全桐纪略》、计六奇《明季北略》《明季南略》、马骕《左传事纬》《绎史》、王夫之《永历实录》、黄宗羲《明儒学案》、戴笠、吴殳《流寇长编》等等。这种情况在以往任何一次王朝更替，甚或整个华夏历史中，都是空前绝后的。

这种情况既反映了普遍的社会心态，又推动了社会"存史"的写作潮流——包括"诗史"观念的膨胀，以及空前的"诗史"创作。

这个时期文坛的领袖人物，无疑是钱谦益与吴梅村。他们的"诗史"观念以及率先垂范的创作实践，都对风靡一时的"存史记事，铺陈为尚"的诗歌思想产生了巨大的影响。

二

钱谦益本人对历史著述始终保持着浓厚的兴趣。早期他曾著有《开国功臣事略》《北盟汇编抄》等，晚年更是以著《明史》为己任。同时，他详注杜诗，开有清一代杜诗热的先河。他自诩对杜甫诗歌的阐释"凿开鸿蒙，手洗日月"，其最为得意之处就在于"以诗证史"，把杜甫诗作的"诗史"一面张大到极致。

钱谦益的"诗史"观集中表达在《胡致果诗序》之中：

孟子曰："《诗》亡然后《春秋》作。"《春秋》未作以前之《诗》，皆国史也。人知夫子之删《诗》，不知其为定史。人知夫子之作《春秋》，不知其为续《诗》。《诗》也，《书》也，《春秋》也。首尾为一书，离而三之者也。

三代以降，史自史，诗自诗，而诗之义不能不本于史。曹之《赠白马》，阮之《咏怀》，刘之《扶风》，张之《七哀》，千古之兴亡升降，感叹悲愤，皆于诗发之。驯至于少陵，而诗中之史大备，天下称之曰

"诗史"。唐之诗，入宋而衰。宋之亡也，其诗称盛。皋羽之《恸西台》，玉泉之《悲竺国》，水云之《苕》歌，谷音之《越》吟，如穷冬沍寒，风高气慄，悲噫怒号，万籁杂作。古今之诗莫变于此时，亦莫盛于此时。至今新史盛行，空坑、崖山之故事，与遗民旧老，灰飞烟灭。考诸当日之诗，则其人犹存，其事犹在，残篇啮翰，与金匮石室之书，并悬日月。谓诗之不足以续史也，不亦诬乎？

余自劫灰之后，不复作诗。见他人诗，不忍竟读。……史之大义，未尝不主于微也。二雅之变，至于"赫赫宗周""瞻乌爰止"，《诗》之立言，未尝不著也。扬之而著，非著也；抑之而微，非微也。著与微，修词之枝叶，而非作诗之本原也。学殖以深其根，养气以充其志，发皇乎忠孝恻怛之心，陶冶乎温柔敦厚之教。其征兆在性情，在学问，而其根柢则在乎天地运世，阴阳剥复之几微。微乎！微乎！斯可与言诗也已矣！胡子汲古力学，深衷博闻。其为诗，镌刻陶洗，刊落凡近。过此以往，深造而自得之，使后论"诗史"者，谓有唐天宝而后，复见《昭陵》《北征》之篇，不亦休乎！余虽老而耄矣，尚能磨厉以俟之。①

如此系统地为"诗史"说寻找立论依据，在诗歌理论批评中几乎仅见。立论如此详尽探讨这个话题的，此前只有杨慎。而杨慎是持否定态度的：

"诗史"误人。宋人以杜子美能以韵语纪时事，谓之"诗史"。鄙哉！宋人之见，不足以论诗也。夫六经各有体：《易》以道阴阳，《书》以道政事，《诗》以道性情，《春秋》以道名分。后世之所谓"史"者，左记言，右记事，古之《尚书》《春秋》也。若《诗》者，其体其旨与《易》《书》《春秋》判然矣。"三百篇"皆纳情合性而归之道德也，然未尝有道德字也。未尝有道德性情句也。"二南"者，修身齐家其旨也，然其言琴瑟钟鼓、荇菜芣苢、夭桃秾李、雀角鼠牙，何尝有修身齐家

---

① 钱谦益：《牧斋有学集》，钱曾笺注，钱仲联标校，上海古籍出版社，1996，第800页。

字耶？皆意在言外，使人自悟。至于变风变雅，尤其含蓄。言之者无罪，闻之者足以戒。如刺淫乱，则曰"雍雍鸣雁，旭日始旦"，不必曰"慎莫近前丞相嗔也"。悯流民则曰"鸿雁于飞，哀鸣嗷嗷"，不必曰"千家今有百家存"也。伤暴敛则曰"维南有箕，载翕其舌"，不必曰"哀哀寡妇诛求尽"也。叙饥荒则曰"牂羊羵首，三星在罶"，不必曰"但有牙齿存，可堪皮骨干"也。杜诗之含蓄蕴藉者，盖亦多矣。宋人不能学之，至于直陈时事，类于訐讪，乃其下乘末脚，而宋人拾以为己宝；又撰出"诗史"二字，以误后人。如诗可兼史，则《尚书》《春秋》可以并省。又如今俗"卦气歌""纳甲歌"，兼阴阳而道之，谓之"诗易"可乎？①

客观地讲，杨慎所论虽稍嫌偏颇，细绎之却不无道理。他主要从两个方面立论，一方面指出"诗歌"的文体特征是"意在言外，使人自悟"，有别于史著的"直陈"；另一方面从"六经各有体"出发，以经学的大旗为据，强调《诗》《书》《春秋》功能、体式判然有别，不应混淆。

钱谦益也论及这两个方面，明显是有针对性的。他首先借孟子之口来驳杨慎的经学话题，指出《诗》与《尚书》《春秋》"首尾为一书，离而三之者也"。据此，在根源上，诗歌与史著就不是泾渭判然的了。然后又从文体特征方面来驳杨论，指出"史之大义，未尝不主于微也"，"诗之立言，未尝不著也"，并举出若干文例，说明诗歌的含蓄与史著的直切都是相对而言，且属于修辞方面的"枝叶"性的小问题。因而，"诗史"不仅在理论上是站得住脚的，而且是诗歌创作的崇高境界。

钱说抓住杨说的某些偏颇，针锋相对地驳论，看似理直气壮，其实不乏"偷换概念"、强词夺理之处。但对于诗学的一个影响广远的传统命题，正面做出论证，还是很难得的。而钱谦益还不停留于此，更进一步从诗歌史的角度来论证"诗史"观念的合理，"诗史"作品的超卓。他提出，杜诗

---

① 杨慎：《丹铅总录》卷二十，文渊阁四库全书本，中国基本古籍库。

的"诗史"特质是从《诗经》到曹植、阮籍等一脉相承的，而抵达杜甫是
为高峰。杜甫之后则直至宋末元初，谢翱等人才再次达到新的高峰，所谓
"古今之诗莫变于此时，亦莫盛于此时"。这样评价宋元之际诗歌的成就显
然不是平正、通达之论。但钱氏自有其理由。他认为，如果不是《登西台
恸哭记》等作品，文天祥等人的事迹便湮没无闻了。从"存史"的角度看，
这些诗作的价值足以"并悬日月"了。由此，钱谦益更是提出了一个衡量
诗歌价值的新的标尺，和盛行于明代的严沧浪"妙悟""兴趣"之说显然是
大相径庭了。

　　钱谦益把他这种诗歌思想用于评论之中，如《浩气吟序》：

　　　　昔者睢阳苦战，更楼起横笛之吟；越石重围，长啸发扶风之咏；
　　以至空城被执，吟啸之集频烦；柴市归全，正气之歌激越。其人为宇
　　宙之真元气，其诗则今古之大文章。……人言天荒地老，斯恨何穷；
　　我谓劫尽灰飞，是诗不泯。……庸表汗青，长留碧血。呜呼！八百三
　　十纪之算，鸿朗庄严；一千一百字之章，鼎钟铭勒。岂徒托诸诗史，
　　终有考于斯文。[1]

他称赞以生命、以鲜血写出的诗歌是"今古之大文章"。即使"劫尽灰飞"，
这样的"诗史"也是不会消失的。

　　基于这样的认识，钱谦益自家的诗歌颇有精心构撰以"存史"为旨归
者，最为典型的当属《投笔集》。据沈增植的跋语："蒙叟《投笔集》二，
凡诗一百八首，题为《后秋兴》，用杜韵者，十三叠九十六首，自题前后四
首。前二叠国姓攻金陵时作，后七叠皆为永明王作。中间三四五叠，作于
国姓兵败后，情词隐约，似身在梦中者。"指出这部诗集以一百零八首七律
构成一组，记录了郑成功抗清的成败过程，这样的大结构、大手笔，空前
而绝后。而题为《后秋兴》，且"用杜韵"，直接就亮出了继承老杜"诗史"

---

① 钱谦益：《牧斋有学集》，第742—743页。

传统的旗号。鸡鸣子的跋则从另一角度来讲："此书微吟深讽，易触忌讳，故秘而未刊。然江南藏书家多有写本。东南士人之留心文献不忘故国者，恒以一得见其书为快，故传抄殆遍。"足见这部作品在当时巨大影响。而讲得最为透彻的是陈寅恪。其《柳如是别传》中讲：

> 《投笔集》诸诗模拟少陵，入其堂奥，自不待言。且此集牧斋诸诗中颇多军国之关键，为其所身预者，与少陵之诗仅为得诸远道传闻及追忆故国平居者有异。故就此点而论，投笔一集实为明清之诗史，较杜陵尤胜一筹，乃三百年来之绝大著作也。①

这一评价可谓"至矣尽矣蔑以加矣"。无论是否同意"三百年来之绝大著作"的结论，他所指出的钱氏自觉以老杜"诗史"为圭臬，继承而有所超越的事实，则是确当无疑的。

在自觉的"诗史"追求中，《后秋兴》组诗还形成了三个独具的特色。一个是仿杜甫的《秋兴八首》而又铺张扬厉、大大超越。记载、描述一个大历史事件（分为相关联的两部分），八首七律为一组，竟达十三组之多，确如陈寅恪所言之"绝大著作"；另一个是组诗的写作与事件几乎同步，作者每组诗都标明具体的写作时间，留存历史记录的意图十分显豁，如：

> 金陵秋兴八首，次草堂韵，乙亥七月初一日作
> 杂虏横戈倒载斜，依然南斗是中华。金银旧识秦淮气，云汉新通博望槎。黑水游魂啼草地，白山战鬼哭胡笳。十年老眼重磨洗，坐看江豚蹴浪花。
> 后秋兴八首之二，八月初二日闻警而作
> 王师横海阵如林，士马奔驰甲仗森。戎备偶然疏壁下，偏师何竟溃城阴。凭将按剑申军令，更插繿刀儆士心。野老更阑愁不寐，误听

---

① 陈寅恪：《柳如是别传》，上海古籍出版社，1980，第 1168 页。

刁斗作秋砧。

后秋兴之五，中秋十九日，暂回村庄而作

三匝惊乌未出林，危柯荒楚郁萧森。一区环堵方朝雨，四野穹庐尚夕阴。自丧乱来余破胆，除君父外有何心？石城又报重围合，少为愁肠缓急砧。①

"乙亥七月初一日"，郑成功舟师溯江而上，所向披靡，故诗云"坐看江豚蹴浪花"；"八月初二日"，郑成功在南京城下溃败，诗云"偏师何竟溃城阴"；"中秋十九日"，听到郑军重整旗鼓，于是写出"石城又报重围合"的诗句。如此以诗存史，文学史上当属仅见。第三个特征是，一方面钱氏主张"史"要直陈，另一方面碍于情势不得不隐曲，于是就形成了系列性隐喻，如几乎每组诗中都出现"弈棋"的话题——"廿年薪胆心犹在，三局楸枰算已违"之类。

另一位诗坛领袖吴梅村同样是自觉鼓吹"诗史"观念，并进行大量的"存史"性写作。如《梅村诗话》中"杨廷麟"一条：

（廷麟）为文排宕峭刻，在韩苏间；书法出入两晋，仿索靖体。诗则好用奇思，句不甚合律，然秀异耸拔，往往出人。机部偕卧子同出吾师姜新建之门，以文章气节相砥砺。……机部过宜兴访卢公子孙，再放舟娄中，与天如师及余会饮十日。嘉定程孟阳为画觷参军图。钱虞山作短歌。余得临江参军一章，凡数十韵。以文多忌，不全录。余与机部相知最深，于其为参军周旋最久，故于诗最真，论其事最当，即谓之诗史，可勿愧。机部后守赣州，从城上投濠死，集竟散佚不传。②

杨廷麟为隆武朝兵部尚书、东阁大学士，开府南赣。丙戌十月初四日死难。吴梅村作《临江参军》歌行，记其生平与死难经过。此诗历来被评为"最

① 钱谦益：《投笔集》卷上，清宣统二年（1910）邓氏风雨楼本，中国基本古籍库。

② 吴伟业：《梅村家藏稿》卷五十八诗话，四部丛刊景清宣统武进董氏本，中国基本古籍库。

工者""关于时事之大者"，是梅村的代表作之一。梅村在"诗话"中自命此诗为"诗史"，足见创作的自觉。这一大段议论表达了他对"诗史"类作品价值的看法，就是"存"。正如所言，杨廷麟在战乱特殊的境遇中，"集竟散佚不传"。有了此类诗作，便为湮没于乱世浊流中的英杰、友人，以及重大事件真相，存一记录。同时，吴梅村还对"诗史"类作品提出了标准，即记事要"真"，论事要"当"，提出"论事"，就关乎史学中的"史识"，也就是说，不能简单记录始末，而要有自己的评价、见地。

在实践"诗史"创作理念方面，吴梅村较之钱牧斋有过之而无不及。陆云士评价他的作品是"以龙门之笔，行之韵语，洵诗史也"。"韵语"，书写之形式；"笔"法，则包括《史记》发奋著书的精神、据实直录的态度，以及铺排、错落的章法，等等。赵翼在《瓯北诗话》中所论更详、更切：

> 梅村身阅鼎革，其所咏多有关于时事之大者。如《临江参军》《南厢园叟》《永和宫词》《洛阳行》《殿上行》《萧史青门曲》《松山哀》《雁门尚书行》《临淮老妓行》《楚两生行》《圆圆曲》《思陵长公主挽词》等作，皆极有关系。事本易传，则诗亦易传。梅村一眼觑定，遂用全力结撰此数十篇为不朽计。此诗人慧眼，善于取题处。白香山《长恨歌》、元微之《连昌言词》、韩昌黎《元和圣德诗》，同此意也。

> 梅村之诗，最工者莫如《临江参军》《松山哀》《圆圆曲》《茸城行》诸篇，题既郑重，诗亦沉郁苍凉，实属可传之作。

> 平心而论，梅村诗有不可及者二：一则神韵悉本唐人，不落宋以后腔调，而指事类情，又宛转如意，非如学唐者之徒袭其貌也；一则庀材多用正史，不取小说家故实，而选声作色，又华艳动人，非如食古者之物而不化也。盖其生平，于宋以后诗，本未寓目，全濡染于唐人，而己之才情书卷，又自能澜翻不穷，故以唐人格调，写目前近事，宗派既正，词藻又丰，不得不推为近代中之大家。……而感怆时事，

俯仰身世，缠绵凄婉，情余于文，则较青丘觉意味深厚也。①

他所列举的梅村作品，全为长篇，不同于牧斋的组诗；而其中又半为歌行，半为长律。这便全面继承了老杜"诗史"之作的主要体式。不过，梅村继承了老杜古体长篇"感怆时事，俯仰身世"的精神，而风格上又融入了元白的基因。正如赵翼所指出的，"指事类情，又宛转如意""缠绵凄婉，情余于文"，可以说丰富、发展了我国古代长篇叙事诗的表现手法。

即以享名最盛的《圆圆曲》而言，叙事之时序、观点均有腾挪变化。开端四句："鼎湖当日弃人间，破敌收京下玉关。恸哭六军俱缟素，冲冠一怒为红颜。"从明鼎倾覆入手，展开大的历史背景。而接下来的"恸哭六军"与"冲冠一怒"则把历史大事件与个人的命运巧妙地挽结到一起。后面四句从个人的角度继续写历史事件。接下来，用顶真的修辞转到了陈、吴初见。再后面继续使用类似的手法，把叙事逆推到源头。这里似乎无意间带上一笔："梦向夫差苑里游，宫娥拥入君王起。"看似枝枝，其实颇具匠心。倒叙之后，叙述变为顺时序而行，到"拣取花枝屡回顾"则与前面的"初相见"交汇。下面直到"散关月落开妆镜"皆是顺流而下，明写陈圆圆否极泰来的命运，暗述李自成逃窜、败亡的经过。到这里，诗人笔锋陡然一转，把叙事观点转到了"浣纱女伴"，寄寓了对人生命运的感慨。然后再回到陈、吴之恋，照应开端的"恸哭六军俱缟素，冲冠一怒为红颜"，写出辛辣的一笔："妻子岂应关大计，英雄无奈是多情。全家白骨成灰土，一代红妆照汗青。"这一笔类似于"太史公曰"，从史家的角度，对吴三桂的历史选择做出了评判。叙事至此，诗人如椽之笔起落腾挪，铺陈而不呆板，似已无剩义；但诗人意犹未尽，再把笔锋转到"吴宫曲"，从而增加了反思历史的余味。在古代叙事诗中，此诗的铺陈变化技法允称翘楚。

又如《听女道士卞玉京弹琴歌》，也是把一个女性的命运放到江山社稷兴亡的大背景下书写。但全诗的叙事却是另一种策略。诗人叙事的层次类

---

① 赵翼：《瓯北诗话》卷九，清嘉庆湛贻堂刻本，中国基本古籍库。

似白乐天的《琵琶行》，从自身"侧听弹琴声"，"借问弹者谁？云是当年卞玉京"切入，而接下来从"我"的视角转到卞玉京，全诗的主体就是卞的叙述。看起来是平铺直叙，但诗人把卞的遭遇与"北兵早报临瓜步"的历史背景紧密关联，又夹杂了"韩擒虎""东昏侯"等故实，利用"互文"的效果，增加了丰富、复杂的历史感。这种以一人、一姓之遭际反映一个时代的文学手法，上承《长恨歌》，下与《桃花扇》《红楼梦》在文学思想上隐约"暗通声气"，成为我国古代叙事文学一个可贵的传统。

　　吴梅村的"诗史"之作不仅篇幅众多，而且多体式，多风格。如《望江南》是一组小词，表面看只是描摹昔日市肆繁华，但作者以此具体而微的场景，表现出南明小朝廷"清歌漏舟之中，痛饮焚屋之内"的令人痛心的腐败状态，隐隐揭示其败亡的历史命运。所以前人评价道："梅村亲见其事，故直笔书之，以代长言咏叹。十八首皆'诗史'也。可当《东京梦华录》一部，叵抵《板桥杂记》三卷。"而他的《思陵长公主挽诗》则是"百韵长律"，被评为"排比声韵、律切精深者也"。论者与《明史》对照，然后同样得出"于故明亡国之际，可备'诗史'"的结论。

三

　　在"诗史"的创作潮流中，另一个观念自觉、作品丰富、有所创新的人物是钱秉镫。他在《生还集·自序》中讲：

　　　　（《生还集》）断自弘光元年乙酉，迄永历二年戊子冬止，约计四载，共得诗若干篇，为六卷，付诸剞劂，目曰《生还集》，志幸也。其间遭遇之坎壈，行役之崎岖，以至山川之胜概，风俗之殊态，天时人事之变移，一览可见。披斯集者，以作予年谱可也，"诗史"云乎哉？①

---

　　① 钱澄之：《藏山阁集》文存卷四，中国基本古籍库。

可见其"诗史"观念的自觉。浏览其《田间诗集》，有大量以诗存史、以诗存人之作，人称"是集诸诗，皆记出处时事"，"自贵其文，意在庀史"。与钱谦益、吴伟业相比，他的"诗史"之作，"史"的色彩更浓，有的几乎就是韵文体的"史略"。

一方面，他有意识地模仿杜甫，如《哀江南》《悲湘潭》《悲信丰》《悲南昌》《虔州行》《沙边老人行》等，从命题到笔法，都有明显的仿杜痕迹。但另一方面，他又自出机杼，把"存史"之旨推向了极致，如其《三吴兵起纪事答友人问》：

> 昔迎戎师至，兵骄马亦疲。三吴望风附，弓矢弃不持。刘生（名履丁，闽人）总戎客（陈洪范），船插使清旗。泊船秀水（属浙嘉兴府）上，奔兢人恐迟。刘生不肯仕，心识发且披。剃发令朝下，相顾为发悲。三吴同时沸，纷纷起义师。争言舟楫利，长技不得施。刘生奔武水，父子就诛夷。陈梧（四川人）钱塘至，旋登嘉禾陴。颇闻黄镇南（名蜚），驻舟太湖湄。楼船号万艘，胜兵焉可知。吴兴馈军粮，昼夜相追随。壮士争激烈，富室愿蠲资。姑苏城门外，匹马不敢窥。可怜陆太学（陈墓陆世钥同戴之隽始事），破产供军炊。……可怜熊虎姿，尽为鱼腹尸。三吴遍焚戮，试问戎首谁？①

《纪事》不但把剃发令引发的吴地反抗经过详加铺叙，而且对于涉事人物的姓名、籍贯，甚至事件中的角色皆加以小注，"存史"的意图更加明显。与钱、吴同类作品相比，钱作少了一些隐曲，笔法更加直切。类似的作品如《虔州行》，也是平铺直叙，巨细无遗，如写战事经过："城头壮士不畏死，夜半缒城砍敌垒……城悬粮绝无援兵，四面尽是吹笳声。初犹食马后食人，登楼击鼓鼓不鸣……"，可看作押韵之"记略"。

又如《哀江南》组诗，篇首自序云："江南死事者多人，以予所知者，

---

① 钱澄之：《藏山阁集》诗存卷三，中国基本古籍库。

四方或未尽知，各赋一章，备异事野史采择焉。"明言是为史存事而作。而体例则从"列传体"翻出，一组诗计十九首，每首是一个死难者的小传。每首诗的后面再对不宜直接写到诗中的基本情况，如官职、籍贯、名字等，加以补注。更有意思的是，在叙述涉及他人时，诗人如果认可其人，就会也给他补注，很像史著的列传后面的"附传"。如：

> 学士好禅定，报国亦讲武。木天请缨出，志抗城下虏。厥功虽不成，天子髀尝拊。归田颇寓兵，还遭绛灌怒（里人歼灭黔兵，颇为冯相所衔）。义旗倡天都，严关飞鸟阻。一呼百万饷，侠哉新安贾。奸人半夜回，公志竟中沮。可怜江文学（江名天一，号文石，诸生，佐公练兵，后被执，公曰："子有老母，不可死。"对曰："一同公起兵，可不同公殉义乎？"遂偕死），奋身赴死所。大义激孤忠，肯为甘言取？一死报里人，不负平生许（金学士声，字正希。按：公皖休宁人，父贾于楚，因占籍嘉鱼。崇祯戊辰进士）。①

诗后面的"金学士声"云云，是对传主情况的"补注"。中间夹的"江名天一"云云，则是"可怜江文学"的"补注"，也可看作江文学的"附传"。这一组诗，正传十九篇，附传六篇。作者感觉所"存"远远不够，于是又作《续哀江南》与《南京刘君咏》，分别加注，其序略云：

> 乙酉之变，予有《哀江南》诸诗。今在盱江，闻嵩江之难，及传南中诸死事甚悉，因为《续哀》《广哀》以纪之。
>
> 南京陷，死者寥寥，得丐与卒而六焉。悲夫！然其死不愧四君，四君又岂不屑六也？故并存之。②

一再申明自己的"纪""存"旨归，并特别说明，不以逝者的身份而有所拣

---

① 钱澄之：《藏山阁集》诗存卷六，中国基本古籍库。

② 同上书诗存卷九，中国基本古籍库。

择。这三组诗，与《哀江南》相比，在"存史"方面又有变化。兹举二例：

> 节义云间盛，陈登志更悲。九旬存大母，五世得孤儿。意气同人尽，株连一死迟。虏廷无血溅，长啸逐鸱夷（陈给谏子龙，字卧子，华亭人。崇祯丁丑进士，历绍兴推官，举天下廉卓第一，擢给事中。子龙才气豪迈，所著诗赋古文，宗汉魏，骈体精妙。徐庾弗能过也。门人同邑王沄，字胜时，才誉早著，有入室之目。子龙死，沄收葬之）。①
>
> 不走黄端伯，居然揖左贤（虏至，公自署其门曰：不走不降黄端伯。见大酋，长揖而已）。忘生缘学佛，骂敌反称颠。岂有头皮硬，还期心血溅。（刃其颈，不殊。公曰：非颈硬，乃心硬也。刺心而死）。帐前新辫发，可悔罪通天（黄仪部端伯）。②

歌咏陈子龙的一首，诗后的小注八十余字，竟是诗歌本身文字的两倍。小注完全可以作为一篇完整的传略来读，诗似乎只是一个引子。黄端伯一篇，除了对身份加注之外，中间还穿插了两个情节描写性的注释、说明。一个是自署其门，一个是刺颈不死。黄端伯这两件事都富有传奇色彩，经诗中一注，其铮铮铁骨跃然纸上。"诗史"写作，到了这种程度，其本质属性究竟是"诗而史"，还是"史而诗"，已经不好分辨了。

在当时，遗民诗人有"以诗存史"之想，"贰臣"诗人也同样有强烈的愿望。这一诗学思想的广被，实在是时代使然，从而形成了诗歌史上仅见的"诗史"写作热潮。顾炎武、黄宗羲、傅山、吴嘉纪、潘耒等等，一大批在当时广有影响的诗人都有数量可观的作品。甚至，人们印象中的"帮闲文人"李渔也有《婺州行》这样铺陈扬厉、声泪俱下的长篇典型"诗史"作品。而且还有继承发扬"诗史"传统的明确宣示："昔见杜甫诗，多纪乱离事"，"犹觉杜诗略，十不及三四"，"请为杜拾遗，再补十之二"（《甲申纪事》）。

---

① 钱澄之：《藏山阁集》诗存卷九，中国基本古籍库。
② 同上书诗存卷六，中国基本古籍库。

四

对于清初"诗史"这一声势、影响巨大的文学思潮，评论者多给以正面评价，着眼点主要在两个方面：一个方面是保存了历史的真相、细节，一个方面是继承了诗歌艺术的重要传统。

即以对吴梅村此类作品的评价为例，从"存史"角度加以肯定的更多一些。如郑方坤《国朝名家诗钞小传》："（梅村）所作《永和宫词》《琵琶行》《松山哀》《雁门尚书行》《思陵公主挽诗》诸什，铺张排比，如李龟年说开元、天宝遗事，皆可备一代诗史……按节而歌，犹令人掩卷而三叹也。"赵翼《瓯北诗话》："（梅村）因诗以考史，援史以证诗……《临江参军》之为杨廷麟参卢象升军事也，《永和宫词》之为曲贵妃薨逝也，《洛阳行》之为福王被难也，《后东皋草堂歌》之为瞿式耜也，《鸳湖曲》之为吴昌时也，《茸城行》之为提督马逢知也，《萧史青门》之为宁德公主也，《田家铁狮歌》之为国戚田宏遇也，《松山哀》之为洪承畴也，《殿上行》之为黄道周也。"此类评价不胜枚举。而有趣的是，由于梅村的诗歌，造成了清代历史上的大疑案。文廷式曾评价道："梅村诗当以《清凉山赞佛》四首为压卷。"而陈衍则强调："吴梅村《清凉山赞佛诗》五首，为前清诗中一疑案。"而为了破解这一疑案，清史专家孟森用了近三千字辨析，清诗专家钱仲联更是用近万字疏解、辨析。可见人们对于"诗以存史"的正视、重视。

至于另一方面，论者从源流角度谈得较多，但也有对其叙事艺术、铺陈能力的创新予以肯定者。如"梅村溯源风骚，陶冶六朝、三唐，其高者直闯李、杜之室，次亦可以参长庆一席，镂金错采，出天入渊，纵横变化，不拘常套……谁谓之非大家耶？"（《梅村诗抄序》）"（梅村）古胜于律，尤善歌行。"（《晚晴簃诗汇》）"梅村最工歌行……可方驾元、白。"（《莲坡诗话》）"梅村长歌，古今独绝，制兼赋体，法合史裁，诚风雅之嫡传，非声韵之变调。……岂知铺陈终始，正杜陵之擅场……世有知音，必契斯指。"（《越缦堂日记》），等等。

　　既然如此，为什么一时间煊煊赫赫的"诗史"书写，不过二三十年就骤然消歇了呢？这恐怕要从外部与内部两个方面来寻找原因。外部是随着清王朝统治趋于稳固，社会生活逐渐"常态化"，"史材""史料"随之匮乏；同时文网渐密，更多的人对敏感话题避而远之。内部呢？"诗史"观念的内在矛盾性，即杨慎所言"诗贵隐曲，史贵直切"，也限制了作家高水平创作的可能。另外，正如徐世昌在《晚晴簃诗汇》中指出的："《临江参军》《遇南厢园叟》……诸篇皆志在以诗为史，而事实舛误及俗调浮词亦所不免。后来模拟成派，往往无病而呻，令人齿冷。甚至以委巷见闻，形容宫掖，谰言自喜，雅道荡然，则非梅村所及料也。"不是着眼于"诗史"观念中含有的关注现实的可贵情怀，而是生硬地"以诗为史"，其实是给诗歌增加了难以负荷之重，"舛误""浮词"在所难免；而一成风气，免不了鱼龙混杂，于是衰落也就不可避免了。

　　"清空""神韵"便成了诗家新的追求。

"闲情"背后的隐情

——兼论鼎革后李渔的复杂心态

一

李渔的人生，是古代中国三千年间读书人中独一无二的"另类"；李渔的代表作《闲情偶寄》，是三千年间独一无二的一部奇书。

但是，对李渔评价，无论其生前还是身后，都是扬之九天贬之九地。他的同时代人中，朋友们把他比作白居易，比作袁中郎，称其为"福慧之人""清超迈俗，是陶处士后身""前有杜陵，后有坡公，得翁鼎足"，夸赞其"海内文人无不奉为宗匠"。瞧不起他的人，则称之为"极龌龊""性淫亵"，攻击他"不齿于士林"。而自从鲁迅把他当作"帮闲"文人的代表之后，20世纪的后半叶，"帮闲"几乎成了李渔摘不掉的"铁帽子"。

进入21世纪，由于大环境的变化，评价标准一度发生了根本性改变。这个时期先后出版了四五种李渔的传记（名称各异），都对其人生道路，尤其是商业性活动给予了程度不同的肯定。对他的文学作品，也更多地看到"娱乐性"的正面价值。对于李渔的多方面才能，研究者也大多表达出敬意，甚至赞叹。

应该说，这一转变是学术研究趋于客观、平实的表现，新的评价大多是站得住脚、具有说服力的。但是，在有的方面，传统的思维仍保持着较大的惯性，影响研究者的视野。当然，也就给进一步的研究留出了空间。

例如，对于《闲情偶寄》的全面考察。

《闲情偶寄》是李渔的重要著作。李渔颇看重这部书，他在给礼部尚书

龚鼎孳的信中说：

> 庙堂智虑，百无一能；泉石经纶，则绰有余裕。惜乎不得自展，
> 而人又不能用之，他年赍志以没，俾造化虚生此人，亦古今一大恨事。
> 故不得已而著为《闲情偶寄》一书，托之空言，稍舒蓄积。①

意在把此书与人生价值紧紧联系到一起。而他的好朋友余怀为《闲情偶寄》
作序，盛赞此书为"大勋业、真文章"，高度评价道：

> 今李子《偶寄》一书，事在耳目之内，思出风云之表，前人所欲
> 发而未竟发者，李子尽发之；今人所欲言而不能言者，李子尽言之；
> 其言近，其旨远，其取情多而用物闳。滆滆乎，缅缅乎，汶者读之旷，
> 僿者读之通，悲者读之愉，拙者读之巧，愁者读之忭且舞，病者读之
> 霍然兴。此非李子偶寄之书，而天下雅人韵士家弦户诵之书也。②

称作"思出风云之表""言近旨远"的大著作，又预想其传播效果，断定对
于各类读者的巨大影响，乃至于可以"愁者忭且舞，病者霍然兴"，不仅中
土"家弦户诵"，而且将要远播海外。
　　那么，什么样的内容，怎样的文章使他们有如此期许呢？
　　不妨先来看看当代研究者对于这部书的评介。
　　陆元虎《鲁迅谈李渔及其他》：

> （李渔的）戏剧美学著作《闲情偶寄》的成就最为突出。③

---

①《李渔全集》第一册《与龚芝麓大宗伯》，浙江古籍出版社，2013，第137页。
②《李渔全集》第三册《闲情偶寄序》，第1页。
③ 陆元虎：《鲁迅谈李渔及其他》，载上海鲁迅纪念馆编《上海鲁迅研究（15）》，上海文艺出版社，2004，
第331页。

叶辉《李渔：誉满天下，谤满天下的文化巨匠》：

> 他贡献最大的是戏曲理论专著《闲情偶寄》，这是我国导演学的奠基之作，被称为世界上第一部导演学著作。[①]

把《闲情偶寄》看作"戏剧美学著作""戏曲理论专著"，这种观点有相当的代表性。很多研究李渔的学者，或是研究文学批评史的学者，或是研究清代文学的学者，对于《闲情偶寄》，阅读的兴趣往往停留在前三卷，即"词曲部"与"声容部"。而对于后面的三卷则以小道、小技视之，很少有仔细、深入阅读的，更不要说研究了。

一般来说，这种态度也还算得正常，因为后面涉及的都是形而下的"俗事"，特别是饮馔、养生、花木之类，与文学、与思想，似乎都没有多大的关系。"术业有专攻"，囿于自己研究领域而未越雷池，也算是一种常态。

但是，这种判断错了。《闲情偶寄》的后三卷不只是简单的衣食住行的"说明文"汇编，而是包含了相当多的精神层面的内容，也有文笔相当不错的散文小品。李渔的朋友们盛赞这部书，与这方面内容是有关系的。发掘其内涵，对于更准确地认识、定位李渔的一生，特别是认识、评价他复杂的人格与品质，都具有特别的价值。

二

李渔有《赠许茗车》诗，略云：

> 担簦戴笠游寰中，阿谁不知湖上翁。誉者渐多识者寡，金云曲与元人同。近之则方汤若士，《四梦》以来重建帜。询其所以同前人，众口莫能举一字。许子才高能识吾，穷幽晰微遗其粗。……只今迢遥赴

---

① 叶辉：《李渔：誉满天下，谤满天下的文化巨匠》，《观察与思考》2011 年 6 期。

内擢，犹将笠翁书卷随征途。向也读书人未遇，萍踪瞥向燕都聚。华衮先来觅布衣，词章雅作通名具。两人相对菊花天，秋风飒飒生寒烟。把酒酾歌继以泣，天生我辈今徒然。知己相逢苦不早，怜才未睹容颜好。头颅白尽余枯骸，佳会难频来日少。君负奇才有令名，少年食禄非躬耕。……君非他人吾益友，汝南月旦出君手。君荣我亦叨余荣，管鲍千年同不朽。①

许茗车本人就此评论道："今天下谁不知笠翁，然有未尽知者。笠翁岂易知哉！止以词曲知笠翁，即不知笠翁者也！"

玩味笠翁的赠诗，主要抒发了三个方面的情感。一是对许某情谊的感动，特别是身为"华衮"——朝廷官员，却能放下架子"先来觅布衣"。二是感叹举世对本人片面的认识："誉者渐多识者寡。"这种片面既是只看到自己作为剧作者的成就，也表现为对自己的创新与个性的漠视。三是称赞许某为难得的"知己"，对自己的成就、为人，有可贵的全面、准确的认识——"汝南月旦"，汉末汝南人许劭定期评价当代人物，极具权威性。而许茗车上述"知笠翁"与否的评论便是对此的回应。值得注意的是，被引为"知己"的许茗车不仅从李渔作品中认识笠翁其人，而且是与其"两人相对菊花天""把酒酾歌继以泣"的，也就是说两人曾经痛饮畅谈，肝胆相照。所以，笠翁才能许为"管鲍"之交，赞为"千年不朽"。那么，许茗车所讲的"笠翁岂易知哉"，究竟指何而言呢？

显然，他是排除了从李渔发表的戏剧作品中"尽知"的可能的——"止以词曲知笠翁，即不知笠翁者也"。

可能他也觉得自己所讲的"尽知"有些模糊，所以后面又补充了两条批语：

"我亦不解何以故，当问圯桥纳履人。""黄石只履中间有十部火雷金经。"②"圯桥纳履"是用的张良遇黄石公的典故，自比张良，而把李渔比

---

① 《李渔全集》第二册《赠许茗车》，第46—47页。
② 《李渔全集》第二册《〈赠许茗车〉批语》，第47页。

作黄石公。这个比喻初看有些不伦，李渔怎么能比作仙人黄石公呢？但细想来，许某也并非率然戏说。表面一层的理由可能是由李渔的名号联想——李渔原名仙侣，字谪凡。深入一层，当与李渔对他倾吐肝胆后的认识有关。也就是说，他认为李渔不是一个普通的文学家、戏剧家，而是一个见识超凡的人，对他的帮助是在"王者师"层面之上的。

这样的认识与当时多数人对李渔的印象大不相同。这样的认识是否有道理、有依据呢？如果我们更仔细地研读《闲情偶寄》，便会得出肯定的结论了。

李渔把这部书定名为"闲情"，在凡例中一再声明编撰的动机是"点缀太平"，是为盛世效"粉藻之力"。开篇第一节就赫然列出"戒讽刺"的标题。很有点儿"莫谈国事"的味道。不过，这种表态与《红楼梦》卷首的表态十分相似，当与特定的时代背景有关。不仅不能全信，甚至恰恰要从反面来理解。

《闲情偶寄》的"饮馔部"后是"种植部"。"衣食住行"，"食"后的"种植"似乎应该是指导私家庭院中居住环境的布置，也是"闲情"的一部分。但仔细读来，却会发现不少隐在"闲"后的文字，发现"闲情"背后还有"隐情"。

如在"牡丹"一条下面，既没有讲如何种植牡丹的技术，也没有介绍牡丹品种之类的知识，而是大发议论道：

> 牡丹得王于群花，予初不服是论，谓其色其香，去芍药有几？择其绝胜者与角雌雄，正未知鹿死谁手。及睹《事物纪原》，谓武后冬月游后苑，花俱开而牡丹独迟，遂贬洛阳。因大悟曰："强项若此，得贬固宜，然不加九五之尊，奚洗八千之辱乎。（韩诗'夕贬潮阳路八千'）。"……是花皆有正面，有反面，有侧面，正面宜向阳，此种花通义也。然他种或能委曲，独牡丹不肯通融，处以南面即生，俾之他向则死。此其肮脏不回之本性，人主不能屈之，谁能屈之？予尝执此语同人，有迂其说者。予曰："匪特士民之家，即以帝王之尊，欲植此花，

亦不能不循此例。"同人诘予曰："有所本乎？"予曰："有本。吾家太
白诗云：'名花倾国两相欢，常得君王带笑看。解释春风无限恨，沉香
亭北倚栏杆。'倚栏杆者向北，则花非南面而何？"同人笑而是之。①

古代文化中，历来有"比德"的传统，如以松柏比节操，以菊花比隐逸等。
对于牡丹，一般视之为富贵之花，清高之士多敬而远之。李渔恰恰相反，
大加赞赏其品格："肮脏不回之本性，人主不能屈之"——指牡丹在武则天
面前强项的传说。他甚至由此联想到韩愈的命运，赞美牡丹顶撞皇帝，不
为权势所屈，是为受辱的士人争了一口气。显然，这种讲法十分牵强。李
渔自己也意识到了，所以自己设计了质疑与驳诘。这里借题发挥的意味是
相当明显的。

　　而在"李"一条下面，同样大发议论：

　　　　李是吾家果，花亦吾家花，当以私爱嬖之，然不敢也。唐有天下，
此树未闻得封。天子未尝私庇，况庶人乎？以公道论之可已。与桃齐
名，同作花中领袖，然而桃色可变，李色不可变也。"邦有道，不变塞
焉，强哉矫！邦无道，至死不变，强哉矫！"自有此花以来，未闻稍易
其色。始终一操，涅而不淄，是诚吾家物也。至有稍变其色，冒为一
宗，而此类不收，仍加一字以示别者，则郁李是也。李树较桃为耐久，
逾三十年始老，枝虽枯而子仍不细，以得于天者独厚，又能甘淡守素，
未尝以色媚人也。若仙李之盘根，则又与灵椿比寿。我欲绳武而不能，
以著述永年而已矣。②

如果说赞美"牡丹"还有些泛泛的话，这段对李树的歌颂就带有强烈的自
我言志的色彩。李渔开篇劈头就声明"李是吾家果，花亦吾家花"，把下文
对李树的评价与自我评价联系起来。他给了李树很高赞誉——首先是"始

---

　　①《李渔全集》第三册，第 227 页。
　　②《李渔全集》第三册，第 230 页。

终一操，涅而不淄"，是就节操上的表现而言。"涅而不淄"，着眼的是身处污浊而内心清白。为了歌颂李树，他不惜把桃树拿来做反衬，然后还强调，如此的节操"诚吾家物也"。至于这种高尚节操的具体表现，李渔进一步概括为"甘淡守素，未尝以色媚人"。其针对性相当明显了。李渔在鼎革之后绝意仕进，其动机始终是一个争议的话题。其实，这段话正是对此的说明、声明。在当时的背景下，是否与新朝合作可能事关生死，李渔只能这样做个表态，只能把自己的表态"藏"到"闲情"的树丛之中。

李渔既然把自己的"隐情"深深地埋藏到"闲情"里面，那就无怪乎大多数人只见其"闲"，未见其"隐"了。同时代人是如此，后代人更是如此。目光如炬的鲁迅尚且只见"帮闲"，遑论他人。李渔对此是深深地不平了。他同样借题发挥，用植物来自我"比德"。这方面，他选择了冬青：

> 冬青一树，有松柏之实而不居其名，有梅竹之节而不矜其节，殆"身隐焉文"之流亚欤？然谈傲霜砺雪之姿者，从未闻一人齿及。是之推不言禄，而禄亦不及。予窃忿之，当易其名为"不求人知树"。①

这一番抱不平慷慨陈词，激烈动情，很难想象一个"闲人""帮闲"会为了一种植物的"名分"如此大动肝火。"身隐焉文""不求人知"，显然不是谈论树木的用语。联想到清初一段时间里，颇有一些士人因高调张扬"气节"而得享大名，在一定的圈子里获得尊重，李渔这一番话的所指就容易理解了（同时的金圣叹也有类似的议论，下文当言及）。而"窃忿之"所流露的复杂心态也就昭然了。

借冬青而发牢骚，这个"情结"看来在李渔的心中十分强固，以致他又以诗的形式再次加以表达：

> 冬青寒不凋，名难松柏齐。幽兰非瑞草，与芝常并提。草木亦有

---

① 《李渔全集》第三册，第264—265页。

命，同类分高低。歇后作宰相，郑五当自嗤。功高不封侯，李广嗟数奇。<u>人亦同草木，贵贱任品题。</u>不似幽兰辛，<u>甘为冬青遗。</u>承恩既略貌，慎勿夸蛾眉。①

"甘为冬青遗"——甘心像冬青一样没有美名，这里的主语自是诗人自己无疑。李渔托物言志之意在此毫不掩饰了。而所言之志，便是"岁寒不凋"，"傲霜砺雪"之"姿"、之"节"了。

鼎革之后，是否参与新朝举办的科考，是摆在每一个汉族读书人面前的大难题。答案是各式各样的。开始的时候，观望者居多，随着时间的流淌，新朝根基越来越巩固，观望者便越来越少。《清稗类钞》中有这样一段讽刺文字："明末诸生入本朝，有抗节不就试者，后文宗按临出示，'山林隐逸有志进取，一体收录'，诸生乃相率而至。或为诗以嘲之曰：'一队夷齐下首阳，几年观望好凄凉。早知薇蕨终难饱，悔杀无端谏武王。'及进院，以桌凳限于额，仍驱之出。人即以前韵为诗曰：'失节夷齐下首阳，院门推出更凄凉。从今决意还山去，薇蕨堪嗟已吃光。'"这一段又见于顾公燮的《丹午笔记》，文字稍有异同。顾为乾隆时人，可见这一讽刺文字传播之广远。"一队夷齐"，极言曾以遗民自居的人为数众多；"几年观望"，描摹出这些人的矛盾姿态；"下首阳"，揭示出多数人的最终选择。在这样的背景下，李渔的坚持不科考、不仕进，是需要相当的定力的。而且，他的选择还承受着被误解的压力，无怪乎急于向许茗车这样的"知己"倾诉，急于在"闲情"的字缝里反复表白。

这段文字有一句值得特别注意："山林隐逸有志进取，一体收录。"这实际是给汉族知识分子一个"下台阶"的机会，也是异族入主后笼络人心的应有之义。及时转向，当然是利益驱使；坚持"隐逸"，一则是"良心"，二则是"名声"。清初的三四十年间，朝廷和"遗民"们的博弈始终未停，据《清史稿》：

---

① 《李渔全集》第二册，第19—20页。

世祖定鼎中原，顺治初元，遣官微访遗贤，车轺络绎。吏部详察履历，确核才品，促令来京。并行抚、按，境内隐逸、贤良，逐一启荐，以凭征擢。……嗣以廷臣所举，类多明季旧吏废员，<u>未有肥遁隐逸逃名之士</u>。诏"自今严责举主，得人者优加进贤之赏，舛谬者严行连坐之罚。荐章止以履历上闻，才品所宜，听朝廷裁夺。傥以赀郎杂流及黜革青衿、投闲武弁，妄充隐逸，咎有所归；若畏避连坐，缄默不举，治以蔽贤罪。"

十三年，……复诏各省举奏地方人才，给事中梁鈇言："皇上寤寐求才，<u>诏举山林隐逸</u>，应聘之士，自不乏人。然采访未确，有负盛举。如江南举吕阳，授监司，未几以赃败……吕阳等岂其抱匡济之才，不过为梯荣之藉耳。山林者何？谓远于朝市也。隐逸者何？谓异于趋竞也。必得其人，乃当其位。请饬详加采访。"疏入，报闻。

顺、康间，海内大师宿儒，以名节相高。<u>或廷臣交章论荐，疆吏备礼敦促，坚卧不起</u>。如孙奇逢、李颙、黄宗羲辈，天子知不可致，为叹息不置，仅命督、抚抄录著书送京师。康熙九年，孝康皇后升祔礼成，颁诏天下，命有司举才品优长、山林隐逸之士。自后历朝推恩之典，虽如例行，实应者寡。[①]

朝廷一再征召，坚持不应，是有很大风险的。像孙奇逢、黄宗羲等极少数人，一是名气很大，二是生活无后顾忧，所以能成为朝廷所需要的开明的点缀。而率尔放弃"名节"，既有良心、舆论的压力，还有首鼠两端可能面临的尴尬——"院门推出更凄凉"。于是，李渔选择了一条变通之路：文化产业，自娱自养。这条路是前无古人的，在当时也是独一无二的。对自己的变通性选择，他同样在《闲情偶寄》中"藏"进了几笔，如：

葱、蒜、韭三物，菜味之至重者也。菜能芬人齿颊者，香椿头是

① 赵尔巽等：《清史稿》卷一〇九，中华书局，1976，第3182页。

也。菜能秽人齿颊及肠胃者，葱、蒜、韭是也。椿头明知其香而食者颇少，葱蒜韭尽识其臭而嗜之者众，其故何欤？以椿头之味虽香而淡，不若葱蒜韭之气甚而浓。<u>浓则为时所争尚，甘受其秽而不辞；淡则为世所共遗，自荐其香而弗受。</u>吾于软食一道，悟善身处世之难，一生绝三物不食，亦未尝多食香椿，殆所谓"夷、惠之间"。①

吃不吃葱、姜、蒜，完全是个饮食习惯，这里竟然变成了颇具"原则性"的人生选择。香椿，本在人们的饮食中只是偏门小道——一年之中唯初春半月间尝个新鲜而已。这里却也成了一种价值选择——精英、小众的象征。而李渔的结论是"夷、惠之间"，既不"随大流"，也不"高大上"，而是在二者之间设计一条自己的人生道路。

这条道路就是：不合作，不抗拒；不求高尚之名。

《闲情偶寄》中，借题发挥，委屈表达这一人生选择的，还有"桃""菊""山茶""芍药"等篇，其中隐显程度不一。而唯其为"隐情"，故不尽显、不遍及，正是苦心所在也。

三

李渔的不合作绝非简单地为明王朝"守节"。

清兵下江南，是伴随着血与火的。这一点，李渔感同身受。

清兵初下江南，由于朱明王朝衰朽已久，而南明小朝廷又腐败混乱，所以在江南几乎没有遭遇像样的抵抗，应天、苏州都是传檄而定。但随着剃发令的颁布，异族入主之痛开始显现，各种反抗此起彼伏，嘉定、金华是其中最为激烈的地方，也是清兵屠戮最为残酷的地方。而金华便是李渔的家乡，李渔也目睹了这一血腥的惨剧。

顺治三年（1646），金华人朱大典据城抗清，坚守多日后城破。朱大典

---

① 《李渔全集》第三册，第 209 页。

与部属、家人皆慷慨赴死。清军为泄愤而残暴屠城，三天内残杀平民五六万人。李渔目睹了这场惨剧的全过程，并将悲愤之情化作多首诗作，如《婺城行·吊胡仲衍中翰》：

> 婺城攻陷西南角，三日人头如雨落。轻则鸿毛重泰山，志士谁能不沟壑。胡君妻子泣如洗，我独破涕为之喜。既喜君能殉国危，复喜君能死知己。生刍一束人如玉，人百其身不可赎。与子交浅情独深，愿言为子杀青竹。①

《婺城乱后感怀》：

> 重入休文治，纷纷见未经。骨中寻故友，灰里认居停。地欲成沧海，天疑陨婺星。可怜松化石，竟作砺刀硎。②

《婺城乱后感怀》：

> 荒城极目费长吁，不道重来尚有予。大索旅餐惟麦食，遍租僧舍少蓬居。故交止剩双溪月，幻泡犹存一片墟。有土无民谁播种，孑遗翻为国踌躇。③

"三日人头如雨落""骨中寻故友，灰里认居停""故交止剩双溪月，幻泡犹存一片墟"，其中多少血泪！当事人对此评论道："悲愤苍凉，似少陵天宝归来诸作。"（王安节评）这样的遭遇，这样的情感，不是轻易能够忘记的。何况伴随而来的还有精神上的打击。反抗不成，剃发令无可阻挡。当时有"留头不留发，留发不留头"之说，今天人看来会觉得奇怪——不就是几根

---

① 《李渔全集》第二册，第32页。
② 同上书，第72—73页。
③ 同上书，第124页。

头发吗，何至于赔上性命？但是，在汉民族的文化传统里，有一条根深蒂
固又至高无上的训诫，就是《孝经·开宗明义章》从孔子口中讲出的：

> 身体发肤，受之父母，不敢毁伤，孝之始也。①

这一训诫经历代统治者高倡"孝道"的放大，便有了天经地义的意义。伴
随着剑与火而来的剃发令无疑是对"征服"的标识化，另一面也变成了汉
族，尤其是汉族读书人"屈辱"的标识化。对此，李渔《丙戌除夜》诗中
慨叹：

> 秃尽狂奴发，来耕墓上田。屋留兵燹后，身活战场边。几处烽烟
> 熄，谁家骨肉全。借人聊慰己，且过太平年。②

这是屠城后，逃归乡下所作。劈头一句"秃尽狂奴发，来耕墓上田"，把心
中的屈辱、怨愤淋漓尽致表现出来。而"秃尽""狂奴"又有多种解读、联
想的可能，于是成为日后被禁毁的导火索。结尾两句，"太平年"云云，自
是无奈之语，亦是反讽之语。在某种程度上，也隐隐预示了李渔在后半生
的人生道路选择，以及采取的生存策略。

剃发之事在李渔的心灵留下了难以愈合的创伤，他在日后多次以诗文
表达这种痛苦，如另一首《剃发》诗：

> 晓起初闻茉莉香，指拈几朵缀芬芳。遍寻无复簪花处，一笑揉残
> 委道旁。③

又如《丁亥守岁》：

---

① 《十三经注疏》下册，阮元校刻，中华书局，1980，第 2545 页。
② 《李渔全集》第二册，第 74 页。
③ 同上书，第 255 页。

　　　　著述年来少，应惭没世称。岂无身后句，难向目前誉。骨立先成鹤，头髡已类僧。每逢除夕酒，感慨易为增。①

"遍寻无复簪花处，一笑揉残委道旁""骨立先成鹤，头髡已类僧"，这是典型的李渔风格，可以称作是"含泪的幽默"。"一笑揉残"，十分形象生动地传达出复杂、矛盾的心态。"揉残"的动作中有痛苦，有决绝；"一笑"的神态中，有无奈，有自嘲。

　　在李渔的诗集中，吟咏惨剧的作品占了相当大的比重，如《吊书四首》《挽季海涛先生》《清明前一日》《乙酉除夕》《过某氏荒居题壁》《花非花四首》等等。这些，显然是分析李渔后半生人生态度所不能忽略的，也是可以和上述《闲情偶寄》中寄托的"隐情"相互发明的。

　　随着时间的流逝，新政权逐渐稳固，心中的血痕也逐渐淡化，汉人对于清廷的态度也逐渐发生了变化。这首先是因为大局已定，无可奈何。诚如"花非花，是人血。泪中倾，恨时泄。鹧鸪声里一春寒，杜鹃枝上三更热"所表达的，悲痛终化为了感伤。其次，当铁蹄声渐远，鼎革后的统治成为常态，对大多数人来讲，吏治的状态是最现实的，是关乎切身利益的。康熙的前中期，政治较为清明，能吏、廉吏颇不乏人，这也导致了民众态度的转变。李渔同样经历了这一过程。

　　他在康熙十三年（1674）前后写得《赠孙雪崖使君》云：

　　　　纷纷戎马践嘉禾，只美桐乡乐事多。民昔无襦今有袴，官惟浩叹此长歌。虚堂讼少门栖鹤，廉吏诗馋字换鹅。与客对酣千日酒，不知何地有干戈。②

他歌颂对方虽然不能排除取悦当道的因素，但是所着眼的"民昔无襦今有袴""虚堂讼少"，毕竟是从民生的角度，也应该有一定的写实性（有趣的

---

①《李渔全集》第二册，第78页。
② 同上书，第185页。

是，稍早些的金圣叹，对清廷的态度与李渔相近，也曾以廉范的"襦袴"典故称颂仕清的地方官）。

约略同时的《赠枭宪郭生洲先生》有一篇长序，言赠诗缘起云：

> 予别武林十载，甲寅复至。当路诸公皆属旧好，惟枭宪未经谋面，虽深仰止之诚，其如繁戟森然，望而生畏。又值羽檄纷驰之际，岂我辈执经问字之时，有听其辽阔而已。讵料先生刻意怜才，不分治乱，闻予至止，渴欲下交，遂属醝宪李含馨先生招至焉。才炙耿光，欢如凤契。以韦布见礼于公卿，又非偃武修文之日，生平特达之知，自王汤谷按君而后又一人也。诗以志幸。①

他所感动的是对方礼贤下士的态度——"刻意怜才"，"以韦布见礼于公卿"，于是赋诗：

> 四方不尽羽书来，束阁猛然为我开。食不遑兮犹揖客，此何时也尚怜才。公门岂患无桃李，私好翻宜及草莱。只愧竖儒双鬓色，秋深难以副培栽。②

这些都是李渔对清王朝情感、态度转变的契机。

显然，此时的李渔对新的王朝的态度与金华屠城之时已经大为不同。但是，他却不是轻易自我否定之人，何况这些清官廉吏也只是一部分而已，异族入主的屈辱感不是能够完全烟消云散的。于是，李渔的思想感情便呈现出矛盾的状态。被动接受与消极疏离并存的情况需要一个自我正当化的说明，因而就有了前面所引的《闲情偶寄》中"夷、惠之间"的自我定位、自我说明。

李渔对于自己的这一定位、说明很得意，以至又特意写到诗作中，《西

---

① 《李渔全集》第二册，第183页。
② 同上。

溪探梅同诸游侣》：

> 去花犹十里，香气已迎人。身到亦如是，不缘近益芬。芝兰有其质，体用歧然分。此居夷惠间，入室香犹闻。学兰得其似，难为世所珍。何如师梅花，智愚同相亲。①

诗文中类似的表态不少，如《伊园十便之灌园便》：

> 筑成小圃近方塘，果易生成菜易长。抱瓮太痴机太巧，从中酌取灌园方。②

"抱瓮太痴机太巧"，活用《庄子》典故。介于"痴"与"巧"之间，旨趣与"夷、惠之间"类同。又如《杏园芳·书所见》：

> 见人太觉逢迎，避人太觉无情。酌留半面示惺惺，极公平。佳人心性皆如此，不教至美空生。往来无日不留青，即公评。③

"逢迎""避人"是矛盾的态度，如何自处呢？"半面"。虽说是"书所见"，其实流露的是自己处世的态度。

显然，这与《闲情偶寄》中表达的"不合作，不抗拒"态度若合符契。

四

这样的态度是当时历史条件下很自然的一种选择，我们不妨把视野稍微扩大一些，看一看文坛上类似的人物秉持的态度，以及其表现的形式。

---

① 《李渔全集》第二册，第7—8页。
② 同上书，第243页。
③ 同上书《耐歌词》，第37页。

这方面，最有可比性的是金圣叹。金圣叹与李笠翁，可谓清初文坛双子星座，彼此间又有较为密切的精神上的联系。这种可比性具体表现在五个方面。第一，时代与地域相近。两个人都生活在明末清初，金圣叹长李渔三岁。金圣叹生活在苏州，李渔则生活在金华、杭州、南京，属于同一个大文化圈。第二，二人都绝意仕进，一生不曾在科举上着力。这种情况在读书人中并不多见。第三，二人都是在通俗文学方面做出了卓越的成绩：金圣叹批点、改写的"第五才子书""第六才子书"成为三百年间最为流行的通俗读物；李渔创作的大量剧本、小说也为他赢得了巨大的社会名声；两个人分别代表了中国古代小说理论与戏剧理论的最高水平。第四，两个人都被社会主流，被道学家们所不齿、所攻击，作品都遭到了被禁毁的命运。第五，金圣叹成名较早，李渔受到他的多方面影响，又在金氏成就之上有所突破，有所超越。

关于李渔受到金圣叹的影响，最明显的是《闲情偶寄》中讨论了金氏戏剧批评的优劣得失，其略云：

> 施耐庵之《水浒》，王实甫之《西厢》，世人尽作戏文小说看，金圣叹特标其名曰"五才子书""六才子书"者，其意何居？盖愤天下之小视其道，不知为古今来绝大文章，故作此等惊人语以标其目。噫！知言哉！[①]

> 读金圣叹所评《西厢记》，能令千古才人心死。……自有《西厢》以迄于今，四百余载，推《西厢》为填词第一者，不知几千万人，而能历指其所以为第一之故者，独出一金圣叹。是作《西厢》者之心，四百余年未死，而今死矣。不特作《西厢》者心死，凡千古上下操觚立言者之心，无不死矣。人患不为王实甫耳，焉知数百年后，不复有金圣叹其人哉！

> 圣叹之评《西厢》，可谓晰毛辨发，穷幽极微，无复有遗议于其间

[①]《李渔全集》第三册，第20页。

矣。然以予论之，圣叹所评，乃文人把玩之《西厢》，非优人搬弄之《西厢》也。文字之三昧，圣叹已得之；优人搬弄之三昧，圣叹犹有待焉。……圣叹之评《西厢》，其长在密，其短在拘，拘即密之已甚者也。无一句一字不逆溯其源而求命意之所在，是则密矣，然亦知作者于此有出于有心，有不必尽出于有心者乎？心之所至，笔亦至焉，是人之所能为也；若夫笔之所至，心亦至焉，则人不能尽主之矣。且有心不欲然，而笔使之然，若有鬼物主持其间者，此等文字，尚可谓之有意乎哉？[①]

这里对金氏的评价是相当高的。对于金氏文学批评的分析、评价也是相当公允，相当高明的。特别有趣的是，他评价金圣叹所用的语言，如"令作者心死""心之所至"云云，都带有鲜明的金圣叹风格的印记。而李渔写作这些话之时，距离金圣叹被官府处决还不过十余年，所以是需要一些勇气的。

李渔受金圣叹的影响还可以举出一些例子，如金圣叹青年时代一度热衷于扶乩，曾为文学世家叶绍袁家多次招魂，其经过载于文坛领袖钱谦益的著作《牧斋初学集》及所编《列朝诗集小传》，叶绍袁所编《午梦堂集》之中，这些都是当时影响很大的书。李渔也对扶乩表现出浓厚的兴趣，他有《召仙》绝句："今古才人总在天，诗魂不死便成仙。他年若许归灵社，愿执诸君款段鞭。"诗前有说明性文字：

　　辛亥之夏，吕祖降乩于寿民佟方伯之寄园，正在判事，予忽过之，方伯曰："文人至矣，大仙何以教之？"吕祖判云："笠翁岂止文人，真慧人也。正欲与之畅意盘桓，或旗鼓相当，未可知耳。可先倡一韵，吾当和之。"予即倡是绝。吕祖和云："闻说阴阳有二天，诗魔除去是神仙。相期若肯归灵窟，命汝金门执玉鞭。"和毕，复赠予一绝云："潇洒文心慧自通，无端笔下起长虹。波平云散停毫处，万里秋江一笠翁。"

①《李渔全集》第三册，第55—56页。

疾扫如风，扶乩者手腕几脱。真异事也！ ①

借扶乩的形式宣扬自己不同凡俗的才华，正是金圣叹当年的路数——称渤大师附体，佛道两家的神祇集于一身。李渔的表演同样是借助所谓"吕祖"来称赞自己，并写到诗中，编入集中，广为传播。他的朋友们纷纷凑趣，王茂衍评为："冰雪无尘，宛然仙气。"顾赤方评为："真文人，即真仙人。太白、长吉、笠翁，各有仙级。"尤展成云："真仙句也。"看来笠翁的目的达到了。

这种对金圣叹的追慕、仿效还表现到写作的一些细节，如李渔有游戏之作《西子半身像》："半纸天香满幅温，捧心余态尚堪扪。丹青不是无完笔，写到纤腰已断魂。"这其实是趣味不高的恶谑，但李渔很得意，又把它移用到剧本中。如果我们拿来金氏的《半截美人》，就会看到思路、语言明显地相似。

指出这些，为的是进一步指出这两位文坛巨擘的可比性。

金圣叹所在的苏州，也经过清兵的屠城，只是程度不及金华惨烈。这种带血的伤痕同样写到了金圣叹的诗中，如《兵战》：

兵战兹初试，凶危敢道过。旧人书里失，新哭巷中多。天子宜长寿，将军厌宝戈。定当逢此日，黔首竟如何？②

剃发令下达后，苏州秀才陆世钥倡义反抗，焚烧了抚、按、府、县等五座衙门，结果导致了清兵屠城，由盘门直杀到饮马桥。金圣叹诗中的"新哭巷中多"当与此次屠城有关。金圣叹此后迁居到郊区（这也与李渔相同），他描写当时的处境道："夫寇从南来，斯北避可也。寇自北至，斯南避可也。乃今南北西东，寇来无向，然则不免移家入舟，团团摇转，终食之顷濒死数十。此其仓皇窘迫，固非未经乱人之所梦见也。"因此，他在相当长的时

---

① 《李渔全集》第二册，第 259 页。

② 《金圣叹全集》第二册，陆林辑校整理，凤凰出版社，2008，第 1163 页。

间里对清兵的暴行及清政权确有怨愤、不满，但这种不满的基点是他自身以及民众受到的压迫、损害。但其不满的表现是较为曲折隐蔽的，而非直接对抗。另外，这种不满与消极对抗并非为朱明王朝"守节"，这是他与那些从事反清复明的遗老遗少明显不同的地方。

金圣叹社会政治思想的核心是"民为贵"，对已亡之明及新兴之清，他都用这同一把尺子来衡量，以定臧否。这在长诗《下车行》中表现得很明显，诗云：

> 君不见，今年春风至今吹不休，百花合沓生长洲。……父老引领垂素发，传呼妇女观诸侯。……"阊门遗黎去四方，东南岂是无良畴。虎冠飞择遍诸县，县县大杖殷血流。……我从都门闻，恶卧通夜忧。小臣无廉隅，得非大臣羞！……且得饘粥聊汝生，灵雨一至驱耕牛。十年疮痍果苏息，然后便宜无不求。"嗟乎下车第一章，仁君之言何宽柔。照临万万沟中人，朗如晶壶悬素秋。儿童合掌妇女拜，三年有成我能讴。白太傅、韦苏州，千秋万岁，肸蚃与俦。[1]

此诗乃顺治九年（1652）为秦世祯按吴事作。秦世祯，《清史稿》卷二百四十有传："秦世祯，汉军正蓝旗人……八年，甄别台员，列一等，寻命巡按江南。世祯察淮扬各郡蠹役害民，严治其罪。"他按吴三年，主要政绩之一是惩办贪官污吏。关于当时吴地吏治情况，《苏州府志》记载甚详："巡抚土国宝以下江南功再莅吴，贪纵斁法。其吏沈碧江……索富民财，不遂者辄指为盗，周内之，远近震恐。"常熟知县瞿四达、嘉定知县隋登云，"凡获盗，令指富人为窝党，逮系狱，入财即释"。"漕卒骄横，每米一石索加银二三钱"。圣叹诗中"虎冠飞择遍诸县，县县大杖殷血流"，正是这种情况的写照。秦世祯按吴后，弹劾土国宝，杖毙沈碧江，法办瞿、隋，"诸冤滥久系者系清出之，自是民得安枕"。"方农时，半月无雨，人以为忧。世

---

① 《金圣叹全集》第二册，第1249页。

祯一日雪数囚，雨大降，民呼为'御史雨'。"①圣叹诗中所云"灵雨一至驱耕牛""十年疮痍果苏息"，皆非泛泛之词。他这首诗对秦某实是颂扬备至，竟以白太傅（香山）、韦苏州（应物）相期许。而这个秦某人为旗人且不论，本身乃清廷能吏，在对付郑成功等抗清力量时颇有手段。可见，金圣叹此时对官吏的评判，已不存在"故国""新朝"之畛域，而是采取了封建时代通行的标准——廉或贪。至于诗中"虎冠""疮痍"云云，与颂秦之词为同一问题之两面。正由于"虎冠""疮痍"竟至十年，所以顺治前期，金圣叹对清政权的基本态度是不满、抵触的。但这种抵触也只是表现为"不合作"——"绝意仕进"，"不抵抗"——仅仅诗文中发发牢骚而已。

金圣叹为自己的一首诗所写的按语云：

> 昔陶潜自言时制文章自娱，颇示其志。身此词岂非先神庙末年耶？处士不幸，丁晋宋之间；身亦遭变革。欲哭不敢，诗即何罪？不能寄他人，将独与同志者一见也。①

"欲哭不敢，诗即何罪"，道尽这种"不合作、不抵抗"的内心纠结。诗为《上元词》，是怀旧之作，本身并无违碍内容。而从按语看，当作于清初数年间。按语中值得注意的一点，是他把自己与陶渊明进行比较。他认为自己与陶令有数端相似：同处在王朝兴衰更替的乱世，同有悲愤而难诉，同于无可奈何之下以文自娱。在人们心目中，金圣叹狂放玩世，似乎和淡泊沉潜的陶渊明了不相涉。殊不知，金圣叹所仰慕的古人，"六才子"以外，首推陶令。一部薄薄的《沉吟楼诗选》中，以陶令自比之作就有十五首。不仅以陶自喻，且相期许于友人，如赠王斫山："孤松底下青篱竹，五柳边头白板门。一个先生方醉卧，四围黄菊并无言。"此前后诗中凡"孤松""五柳""桃源"字样甚多，皆为慕陶心理的流露。金氏鼓吹"六才子"，主要着眼于其"才"；而他仰慕陶渊明，原因却有多端：既有对身世、时运感慨

---

①《金圣叹全集》第二册，第1195页。

之情的寄托，又是为自身寻一精神依托，还包含着对隐逸生活模式的向往。而这些原因归结到一起，是基于对清朝新政权的抵触情绪——这些诗集中作于顺治前期五六年间。

与此适成对照的，是金圣叹对急于谄事新朝者的讥刺。如《村妇艳》："西施尽住黄金屋，泥壁蓬窗独剩依。"又如拟杜之《湘夫人祠》。杜之原作为："肃肃湘妃庙，空墙碧水春。虫书玉佩藓，燕舞翠帷尘。晚泊登汀树，微馨借渚蘋。苍梧恨不尽，染泪在丛筠。"据《杜臆》，此以湘妃思舜寄托思君之意。无论是否如此，老杜之诗为正面作品，为同情赞美湘妃挚情贞节则无疑。金圣叹全反其意，其作为：

> 缘江水神庙，云是舜夫人。姊妹复何在？虫蛇全与亲。寨帏俨然坐，偷眼碧江春。未必思公子，虚传泪满筠。①

诗有题注："刺亡国诸臣。"老杜原作着意于"思"与"节"，圣叹也便在这两方面做文章，但全由反面落笔，化庄严为可笑。写"节"，看是"俨然坐"，实则"虫蛇全与亲"；而已堕落犹嫌不足，还更"偷眼碧江春"。写"思"，则尽属"虚传"而已。这首讽刺之作，虽为刺某几个人物而作，却十分生动地写出了在易代之际，多数读书人的尴尬处境与矛盾心态。一边是良知与操守，一边是生计与富贵，"偷眼碧江春"，极生动地写出前者的虚伪和后者的诱惑。

死节不值得，仕清损人格，抵抗无出路——剩下的路似乎只有做"逸民"之一途了。

金圣叹有两首题画诗，所题同为"陶渊明抚孤松图"，画面取《归去来辞》中"抚孤松而盘桓"之意。二诗分别为：

> 后土栽培存此树，上天谪堕有斯人。不曾误受秦封号，且喜终为

---

① 《金圣叹全集》第二册，第 1170 页。

晋逸民。三迳岁寒唯有雪，六年眼泪未逢春。爱君我欲同君住，一样疏狂两个身。①

先生已去莲花国，遗墨今留大德房。高节清风如在眼，何须虎贲似中郎。②

诗中意旨表述颇巧妙：慕松者渊明，慕渊明者圣叹，一则以显，一则以隐。陶渊明在《归去来辞》中多次写松，皆隐喻己之节操。圣叹二诗亦着眼于此。"不曾误受秦封号"，反用"五大夫松"之典，实指陶未仕刘宋。"何须虎贲似中郎"，用蔡邕欲为董卓死节之典，作陶"高节清风"的反衬。二诗写不受秦封、不为董死，看似咏陶，实为表达自己的现实抉择，也就是第一首诗中明白标出的"逸民"。

金圣叹有《赠许升年》，描写"逸民"生活："便有桃源最深处，那知秦汉事何如。"桃花源是陶渊明的理想国，也是隐逸情调的集中表现。金圣叹甚喜此篇，诗中屡用"桃源"之典，如"曾点行春春服好，陶潜饮酒酒人亲。沉冥便是桃源里，何用狺狺更问津""桃花水深深千尺，由是不洗尘心客"等等。用在此处，既申明自己洁身自好，又表达了不问时事的决心。

这样的心境也为其他"逸民"所共有。与金圣叹年龄相近的张岱在《陶庵梦忆序》中自述："陶庵国破家亡，无所归止，披发入山，駴駴为野人。……鸡鸣枕上，夜气方回，因想余生平，繁华靡丽，过眼皆空，五十年来总成一梦。今当黍熟黄粱，车旅蚁穴，当作如何消受？"同样选择了"逸民"之路，同样反思既往，又同样归于失望与空虚。其实，随着清政权逐渐站稳脚跟，街市恢复了往昔的太平，支撑"逸民"精神的道义之柱随之削弱、动摇，妥协与转向是迟早的事。即使如黄宗羲、顾炎武那样积极抗清的斗士，也不再反对子侄辈入仕新朝。故"逸民"们在苦闷之后，"一队夷齐下首阳"也就难以避免了。

---

① 《金圣叹全集》第二册，第 1222 页。
② 同上书，第 1207 页。

但金圣叹、李渔没有很快转向，是因为他们选择了另类安顿心灵的道路。对于金圣叹，这就是文学评点。在中国文学批评史上，终身以文学批评为事业的，只有金圣叹一人。他把自己如此选择的心理动因写到《第六才子书西厢记》的两篇序言中，一名为《恸哭古人》，一名为《留赠后人》。两个题目都很别致，给风流香艳的《西厢记》冠以感慨悲凉的序，这仍是金圣叹好作惊人语的老习惯。但序言却非肤浅的惊人哗众之词，而是饱经沧桑的智者对人生最根本的问题的认真反思。这两篇序言在李渔的文章中也留下了痕迹。

李渔的选择是同类的，但具体做法大不相同，这就是文化产业的经营。自组剧团演出，编写、出版畅销书等，既实现了自己暗自选定的"不合作、不抵抗"的处世原则，也解决了一家人的生计问题。当然，他俩的选择在当时都是相当"另类"的，因此不为"正人君子"（或自命"正人君子"）所理解、所认可。金圣叹被攻击为"邪鬼"，李渔被谩骂为"龌龊"。这都在他们各自心灵中留下了阴影，也都促使他们以不同的方式来申明，来辩解。

在李渔，便是《闲情偶寄》上述的种种借题发挥之词，特别是"李色不可变""不求人知""甘为冬青""夷、惠之间"等语，都表现出他在负面社会舆论面前内心深沉的不平。而他虽然明白"身隐焉文"的道理，但对于自己的名声、社会的评价其实还是不能忘情的，各种方式的自我表白、辩解恰恰显示出内心的纠结。

五

李渔为自己设计的"不合作、不抵抗"的道路，既为世人误解，而他又不能明言，于是只好借助于文学作品，把真实的自我（或者说是"自认为的真实自我"）通过借题发挥包装后表达出来；同时也把不被理解之苦闷，用文学的手法加以抒发。

如前所述，《闲情偶寄》中隐到闲情后面的"肮脏不回""甘淡守素"

"傲霜砺雪"的自我表白都是这种心态的流露。而除此之外，他的其他文学作品往往也有此表露。如诗歌《谒岳武穆王墓》：

> 忠心尽瘁矢无他，万死甘心奈屈何？三字狱成千古恨，从来谤语不须多。①

歌颂岳飞，这本身就有民族情绪的因素。而诗中"谤语不须多"却有几分别扭。因为"莫须有"三个字是牵强的罪名，和通常的"谤语"所指明显不同。李渔被社会负面舆论困扰，那些负面舆论正是名副其实的"谤语"。最后一句显然是为自己感叹。

　　类似的情况也表现到他对文天祥事迹的书写中。李渔编撰《古今史略》，从盘古传说编到明末。几千年的史实压缩到很小的篇幅，文字的精简可想而知。如元成宗，在位十三年，记事仅十一个字；元泰定帝在位五年，记事十五个字。而记文天祥个人则用了近七百字，其中全文抄录了《正气歌》，以及《过金陵》诗，仰慕之情灼然可见。他对文天祥坚持操守，在牢狱中三年不变其节特别加以赞誉："千锤之铁，百炼之钢，较尸浮海上之十万余人，犹觉忠纯而义至。"他认为坚守立场不变，比起慷慨赴死更为难能，更为可贵。这种比较以及做出的抑扬评价，似乎都大可不必，但如果联系到他在《闲情偶寄》中反复申明的"李树不改其色""冬青高洁不冀人知"一类态度，这里的借题发挥的痕迹还是不难看出的。

　　这种借题发挥，申明己志的创作态度表现到他的叙事文学作品里，便是塑造出一系列的人物形象，其中或多或少呈现出作者本人的影子，使得小说具有明显的自我指涉的色彩。

　　例如《三与楼》中，写了一个名叫虞素臣的高士，绝意功名，寄情诗酒，平生"只喜欢构造园亭"，对于建筑、设计"定要穷精极雅"。生活在其中，焚名香，读《黄庭》，正是李渔理想的人生。所以，孙楷第指出："文

---

① 《李渔全集》第二册，第272页。

中虞素臣，即是笠翁自寓。"

《闻过楼》中则写了一个顾呆叟，恬淡寡欲，远离功名，到城外"结了几间茅屋，买了几亩薄田"。小说中描写他居处的环境："数椽茅屋，外观最朴而内实精工，不竟是农家结构；一带梅窗，远视极粗而近多美丽，有似乎墨客经营。若非陶处士之新居，定是林山人之别业。"这样的人生情趣、审美追求，完全是李渔本人的投影。陶渊明、林和靖，都是李渔企慕的前贤。顾呆叟居处的花竹、池沼、疏窗，几乎就是李渔伊山别业的摹本。

而在《奉先楼》中，则寄寓了他上述应对时局的基本态度。李渔借小说中人物之口，反复讨论"当下殉节"与"忍辱存孤"的选择问题。先是舒秀才与舒娘子讨论，然后又把问题提到宗祠中"集体评议"。讨论的"模板"则是"赵氏孤儿"中程婴与公孙杵臼不同选择的评价。当然，最后的结论都倾向了"忍辱存孤"。小说又为"忍辱存孤"的舒娘子设计了功德圆满、皆大欢喜的结局，显示出作者的鲜明立场。[①]

《生我楼》说得更加直截：

> 词云：千年劫，偏自我生逢。国破家亡身又辱，不教一事不成空。极狠是天公！

论人于丧乱之世，要与寻常的论法不同，略其迹而原其心。苟有寸长可取，留心世教者，就不忍一概置之。古语云："立法不可不严，行法不可不恕。"古人既有诛心之法，今人就该有原心之条。迹似忠良而心同奸佞，既蒙贬斥于《春秋》；身居异地而心系所天，宜见褒扬于末世。诚以古人所重，在此不在彼也。

此段议论，与后面所说之事不甚相关，为甚么叙作引子？只因前后二楼都是说被掳之事，要使观者稍抑其心，勿施责备之论耳。从来鼎革之世，有一番乱离，就有一番会合。乱离是桩苦事，反有因此得

---

① 这个情节其实十分牵强，但富有戏剧性。于是被金庸移用到《射雕英雄传》中，"将军"变成了完颜洪烈，舒娘子变成了包惜弱。这个情节几乎成了《射雕英雄传》全书展开故事的基础，甚至影响到《神雕侠侣》。

福，不是逢所未逢，就是遇所欲遇者。造物之巧于作缘，往往如此。①

"国破家亡身又辱"，这里说的是某个不知姓名的女性被虏失身，但无名无姓，又与下面的故事无关，显然是借题发挥。而下文又把这个"辱"扩展到"从来鼎革之世"，这就和自身的命运联系到了一起。前文已经提到，儒家传统中有"身体发肤受之父母"的信条，剃发正是莫大的"辱身"。这段议论正是对奇耻大辱面前的怯懦做出的自我正当化的开释。

　　同时代的另一部小说《金云翘》中，也是写了一个失身的女性，然"身辱心不辱"。其中议论道：

　　　身免矣，而心辱焉，贞而淫矣；身辱矣，而心免焉，淫而贞矣。此中名教，惟可告天，只堪尽性，实有难为涂名饰行者道也。故磨不磷，涅不缁，而污泥生不染之莲。②

　　　大凡女子之贞节，有以不失身为贞节者，亦有以辱身为贞节者，盖有常有变也。夫人之辱身，是遭变而行孝也。虽屈于污泥而不染。较之古今贞女，不敢多让。③

与笠翁作品相互印证，其中的情感意蕴与写作心态就更加清晰了。

　　这种以小说的形式表现自我，是清代小说与明代小说的一个重要不同；特别是自我指涉的成分，清代小说远远多于明人作品，如《聊斋志异》，如《红楼梦》《儒林外史》等。而李渔则是肇其端者。

---

① 李渔：《十二楼》，萧容标校，人民文学出版社，1986，第213—214页。
② 青心才人：《金云翘》，春风文艺出版社，1985，第1页。
③ 青心才人：《金云翘》，第208页。

归庄文学思想述评

　　明末清初的近一个世纪中，社会、政局虽然天崩地解之巨变，文学创作与文学思想却繁荣而多姿。其间颇有特立独行之士，在文学活动中表现出鲜明的个性，如李渔、金圣叹、顾炎武、钱谦益等，而归庄亦为其中之一。

　　归庄，字玄恭，是归有光的曾孙，生于万历末，卒于康熙初。"生平最善顾炎武"，二人青年时一起参加复社，鼎革后又同为"惊隐诗社"中坚，共以遗民相期许，"而惧不谐于俗，里中有归奇顾怪之目"①。而二人的文学思想亦颇相通，皆以言志发愤为主旨。虽就社会思想及学术建树而论，顾高于归，但若论文学思想之明确且富特色，则归庄尤为突出。清初二三十年中，遗民们活跃于文坛，孤愤兴寄是文学创作的主潮，也是文学思想的主流，而归庄可看作这一主潮、主流之中，文坛"遗民"们的代表。②

　　归庄原有诗十二卷，文三十二卷，亦属多产，惜大半散佚，已难窥全豹。他的文学思想既直接表现于所作序、跋、书等评论性文章中，也间接流露于诗文作品内，下面便两相印证而评述之。

一

　　归庄文学思想的最突出特色，是对传统发愤著述思想的继承和发展。他在《吴余常诗稿序》中全面表达了这种观点：

---

①《乾隆昆新志·叶均禧传》，转引自《归庄集》附录，上海古籍出版社，1984。
②《昆新合志》："甲申后，（归庄）野服终身。谈忠义者，以庄为归。"

太史公言："《诗》三百篇，大抵圣贤发愤之作。"韩昌黎言："愁思之声要妙，穷苦之言易好。"欧阳公亦云："诗穷而后工。"故自古诗人之传者，率多逐臣骚客，不遇于世之士。吾以为一身之遭逢，其小者也，盖亦视国家之运焉。诗家前称七子，后称杜陵，后世无其伦比。使七子不当建安之多雄，杜陵不遭天宝以后之乱，盗贼群起，攘窃割据，宗社颠危，民生涂炭，即有慨于中，未必能寄托深远，感动人心，使读者流连不已如此也。然则士虽才，必小不幸而身处厄穷，大不幸而际危乱之世，然后其诗乃工也。①

归庄明确指出了自己所继承与所发展。他对司马迁、韩愈、欧阳修等一脉相承的发愤著述、穷而后工之说十分重视，在《历代遗民录序》《张公路先生诗集序》《许更生诗序》《与顾宁人书》中亦曾反复申说。如谓顾炎武："使兄不遇讼，不避仇，不破家，则一江南富人之有文才者耳，岂能身涉万里，名满天下哉！"称许更生："设使更生遇不穷，家不贫，诗必不能如今之工。试授以陶卫之家，而焚其稿，吾知终不以彼易此。"不仅观点，连语势亦颇似昌黎之《柳子厚墓志铭》，足见其刻骨铭心程度。但是，归庄对前贤的立论亦有微词，在《历代遗民录序》中讲：

太史公言："虞卿非穷愁不能著书。"……余谓此一身之遭遇，愁愤之小者也；岂知天下之事，愁愤有十此者乎？②

所谓愁愤之大者，即国家、民族的悲剧，也就是前文所说的"大不幸"。把发愤著述说同国家命运联系起来，韩愈的《送孟东野序》已有所论及。但明确主张以诗文歌吟国家、民族的悲剧，似以归庄的写"大不幸"之说为最明确。

"大不幸"说对前人的发展主要有两点：第一，个人命运与"国家之运"

---

① 《归庄集》卷三，第182页。
② 同上书卷三，第170页。

密切相关，故文学创作不仅要表现个人遭际，也应关注"国家之运"；第二，作为创作题材，国家、民族的命运更能"寄托深远，感动人心"，达到最高的艺术层次。

归庄之所以形成这种观点，既有时代的原因，也与个人的政治态度、人生遭遇有关。我国历史上，每当国家、民族的存亡之秋，儒家思想的"忠于王事""舍生取义"等传统便被激发出活力，在一部分士人中得到多方面的表现——包括文学思想方面，如屈子、老杜、文文山等。归庄所处正是这样的时代，而他心感身受的又十倍于常人。清兵南下，归庄的仲兄尔德助史可法守扬州，以身殉城。叔兄尔复守长兴，不屈而死。他本人率民众反剃发令，杀清吏阎茂才，抗拒清军。城破后，两个嫂子死于清兵之手，老父忧愤而死。归庄本人改扮头陀，长期亡命江湖。而对于反清复明的事业，始终抱有"一旦有变，疆域便分"①的期望。这自然影响到他对文学的看法，他自称："余有无穷之恨，郁积于中，多发之于诗。"②"叹老嗟卑我事，家忧国恨只今年。"③其《隆武集》《乙酉稿》《乙丑稿》中，大半为抒写"家忧国恨"之作。其立意之显豁、语气之激烈，都令人刮目。如《悲昆山》：

> 呜呼！昆山之祸何其烈！良由气懦而计拙。身居危城爱财力，兵锋未交命已绝。城陴一旦驰铁骑，街衢十日流膏血。白昼啾啾闻鬼哭，乌鸢蝇蚋食人肉。一二遗黎命如丝，又为伪官迫懻头半秃。悲昆山，昆山诚可悲！死为枯骨亦已矣，那堪生而俯首事逆夷。拜皇天，祷祖宗，安得中兴真主应时出，救民水火中！歼郅支，斩温禺，重开日月正乾坤，礼乐车书天下同。④

① 《归庄集》卷五《与顾宁人书》，第339页。

② 《归庄集》卷三《吴门唱和诗序》，第191页。

③ 《归庄集》卷一《乙酉除夕次顾大鸿韵四首》，第50页。

④ 《归庄集》卷一，第37—38页。

此诗作于乙酉清兵初下江南之际，字字俱染血腥，句句皆含悲愤，一个为了国家、民族劫难而呼号的诗人形象跃然于纸上。四年后，大局已不可为，归庄却仍抱紧恢复之想，高吟："天运已转亡胡岁，坐需英雄提戈矛！""区区何足论，社稷方倾圮。誓欲匡王家，功成归田里。"甚至到了康熙二年（1663），清室已鼎革二十春秋，归庄《赠冯道济诗》仍持旧调："夙昔曾闻烈士名，中丞司马旧家声。人才济美孤身在，世争更新两眼瞠。天地不能回志气，江湖那可了平生！可怜余亦怀奇者，几度田间辍耦耕。"诗中不仅继续以遗民相期许，而且有明显的骂世、激励反抗之意。可以说，终归庄一生，"家忧国恨"未有须臾忘怀。

　　斯人斯诗，自然要以抒写"大不幸"为旨归了。

二

　　由于着眼在"大不幸"，归庄的发愤之作形成了一种明显的特色：以豪杰自命，追求英雄慷慨的气象。

　　作于顺治六年（1649）的《夏日陈秀才池馆读书》云：

> ……忽然废书起长叹，文士雕虫何足算！五年宗社生荆棘，万国苍生坐涂炭。愿提一剑荡中原，再造皇明如后汉。勒铭作颂任儒生，南宫名姓高东观。[1]

同年又有《读书》一诗：

> 人生今世宜何如？不能有为且读书。读书终不事章句，略知大意弃之去……忠义天生不必言，古来大儒皆有用。象纬方舆肆览观，六部之事尤多端，学成会取通侯印，才大要登上将坛。人生遇合固有命，

---

[1]《归庄集》卷一，第55页。

规模经画先时定，格天功业有本源，谁谓读书记名姓？我今读书幸不误，但恐荒娱白日暮！愿告当世读书人，毋为空作书中蠹。①

稍后，又有《我行》诗：

> ……我思当世人，生气存者寡。日行尸枢间，有涕不胜洒……称恨良有托，时命不可假。大海生巨鱼，长途待天马。独知谅有人，慎哉宝欧冶！②

这些诗都强烈地表达了以豪杰自命，不甘雌伏的壮怀，充溢着郁勃的英雄之气。若细加推敲，便可发现作品所具有的时代及个性特色。首先，诗作皆由"大不幸"的现实而生，非比泛泛的功业梦想。如前诗开篇，劈头便是"君在万里亲在堂"，"君"指僻居边荒的永历帝，强调君父蒙难的大背景及以身许国的渴望，然后又以"宗社生荆棘""苍生坐涂炭"渲染之。后诗则极尽伤时骂世之能事："尸枢"云云指异族统治下顺民们"心死"、臣服的现状；而只有自己这样的人物才能如"天马"、如"巨鱼"，不受羁勒，并改变这"大不幸"的现实。其次，诗中所渴望的"格天功业"是文韬武略兼备的，而在文武两个方面，更是右武左文，故有"才大要登上将坛""愿提一剑荡中原"的豪语。诗中的英雄气象大半与此有关。

归庄一生以英雄自命，青年时便喜谈兵戎之事，经常登高临险，指画地理形势，"有邓艾指画营垒之意"③。鼎革后，这种抱负与反清复明的政治图谋结合起来，变得更加强烈，自称"文士独好武，常怀投笔志。卧病终不忘，雄心此焉寄！"④据钱谦益《归玄恭恒轩集序》所记，归庄经常和他"纵谈古今用兵方略如休？战争棋局如何？古今人才术志量如何？"并

---

① 《归庄集》卷一，第 56 页。
② 同上书卷一，第 60 页。
③ 同上书卷三《列郡舆地图记》，第 167 页。
④ 同上书卷一《卧病》，第 58 页。

十分自信地讲："一旦将数万兵临大敌，炮车轰天，我知其不目瞬也！"因此，钱氏给了他一个"圣少狂多"的考语，并以诗记其壮志与狂言："韬铃经握奇，扼塞图地图。棋局画兵符，酒旗树戎垒。"①归庄在鼎革后，自比于中兴汉室的云台诸将，认为自己的才具、遭际与二十八将之首的邓禹差相仿佛②。这些不甚切实际的壮语在知交好友中得到认可。顾炎武赠诗，以韩信相比："世无汉高帝，饿杀韩王孙……时人未识男儿面，如君安得长贫贱！读书万卷佐帝王，传檄一纸定四方。"③阎尔梅则以马援、霍去病比拟，叹其"一生谈剑不封侯，床头笑煞《阴符经》！"④显然，友人的期许更助长了归庄的豪逸之气，以至于终其一生，"投笔、仗剑之志，无日无之。"这反映于诗作，自然形成了极富个性特色的英雄气象，如："三年正朔系人心，不独张衡思桂林。已见几人击楫去，乘风不怕楚江深。"(《口号四首》)"岂知丈夫已决计，此志不遂不得休。一朝扬帆去不顾，慷慨击楫江中流。"(《送瞿公子入广西》)又如："书生何与兴王业，谢却雕虫带镆铘。"(《己丑元日》)"击楫非无志，揭竿但有身。"(《哭陆幼余秀才》)"中华七万里，何地无人杰？"(《古意》)，等等。

归庄评赏诗也重英雄气象，且往往将其与"发愤"之说、"大不幸"之说联系起来。如《张公路先生诗集序》：

> 豪杰之士，抱用世之略，不幸遭时不造，槁项衡门，不得已而以诗自现。⑤

又如《咸大咸诗序》：

---

① 钱谦益：《牧斋有学集》卷十二《赠归玄恭八十二韵》，钱曾笺注，钱仲联标校，上海古籍出版社，1996，第596页。
② 《归庄集》卷五《上吴鹿友阁老书》，第320页。
③ 顾炎武：《亭林诗集》卷二《吴兴行赠归高士祚明》，中华书局，1983，第279页。
④ 桂中行：《徐州二遗民集》卷七《麈鏖歌为昆山归玄恭作》。
⑤ 《归庄集》卷三，第186页。

　　　　结纳齐鲁奇节之人，燕赵悲歌之士，间以诗歌发愤抒情。①

《费仲雪诗序》：

　　　　若夫诗而有干将之气，良玉之质，其为倜傥奇伟之人无疑也。②

如是等等，在所多有。可见归庄不仅以英雄自许，亦以英雄期人；不仅在自己诗作中追求英雄气象，亦持英雄气象为准的以评诗。因此可以说，追求英雄气象是归庄文学思想的一个显著特色，也是他对传统"发愤著述"说的发展。

<h2 style="text-align:center">三</h2>

　　归庄对英雄气象的追求，既表现在作品的思想内容上，也表现于艺术形式方面。

　　归庄诗歌大半以气势见长，英雄气象往往借助于奔放的气势发露出来。他对此是有自觉认识的。他曾极力赞誉张公路的诗作：

　　　　诸体皆备，合计千余首，大抵豪迈放逸，一往奔注，直抒胸臆，不屑屑于字句求工……慨然有封狼居胥之意。③

把张诗"封狼居胥"的英雄气象归结到"豪迈放逸，一往奔注"方面，着眼点正是作品的气势。他也曾以类似的标准评论自己的诗歌："诸诗皆信口率笔，以适一时之兴，无意求工。""率笔""适兴"也是"放逸""奔注"之意，只不过自评须谦逊些罢了。

---

　　①《归庄集》卷三，第 187 页。
　　②同上书卷三，第 189 页。
　　③同上书卷三《张公路先生诗集序》，第 186 页。

归庄称道张公路"慷慨负气，下笔千言"，这适为其夫子自道之语。兹举《楚州酒人歌为陈阶六进士赋》印证之。诗云：

纷纷秦楚时，桃源商山若弗知；扰扰汉之季，赵北燕南可避世。当今四海无宁宇，择地潜身何处所？达人不用远翱翔，逃入醉乡即乐土……只今有酒人，邈然古风流：毕卓何足比，阮籍不能侪，时就狗屠饮，或从卖浆游，朝鬻紫骝马，暮典鹔鹴裘。不必归邛垆，长安市、天津楼，但有酒如长淮水，淮南千里与尔作糟丘。漂母墓前倾一壶，南昌集下酹百觚，古贤遗迹刘伶台，一石五斗相啸呼，雄风逸气满天地，不数当日高阳徒。日月无光氛气恶，酒人何心日作乐？一身蹦跨高厚中，愤发无聊意有托……不就小山招，犹望宣王旅，中怀复何限，欲言不敢语。酒人对酒索我歌，听我歌罢朱颜酡。楚洲酒人何姓名，前朝进士陈先生。①

前人或云归庄之诗"仿香山、剑南"，自有一定道理，但若就此诗而言，毋宁说更与太白相近。而相近之处，主要在于酣畅淋漓的气势。此诗虽写避世酒人，但诗中"但有酒如长淮水，淮南千里与尔作糟丘"的气势，"雄风逸气满天地，不数当日高阳徒"的豪情，"不就小山招，犹望宣王旅"的寄托，却交结成了跌宕慷慨的英雄乐章。总体来看，归庄的古风最具此种特色，如《悲昆山》《玉玺行》等；而律诗限于体裁，特色稍逊，但也有一些于严整中见气势的佳作。其和瞿式耜的七律云：

抗志还争日月光，狱中双剑凛于霜。长留发在神终王，已戴头来气尽狂。栋折不忘支大厦，路穷无异履康庄。精忠实是同文谢，非特沙场侠骨香。②

① 《归庄集》卷一，第73页。
② 同上书卷一，第149页。

法度谨严而盛气贯穿，直可追老杜的《闻官军收河南河北》；而激昂慷慨之处，读来令人血沸肠热。

归庄还有两道奇作，在当时颇负盛名，也可看作以气势见长的典型，就是套曲《万古愁》与《击筑余音》。二者大同小异，而后者较工，当为润饰后的定稿。今举其中两支小令以见一斑：

> ［风雨大江清］没一个建义旗下井陉的张天讨，没一个驱铁骑渡黄河的把贼胆摇，没一个痛哭秦庭效楚包，没一个洒泪新亭做晋导，没一个击江楫风涌怒涛高，没一个舞鸡鸣星静月痕小，没一个喷贼血截舌似常山杲，没一个守孤城碎首在睢阳庙。大都是鹤唳风声预遁逃，把青徐兖济双手送得早。
>
> ［变调］金陵福王兴，江南彗星照。夸定策推翼戴铁券儿晃耀，抬狐朋树狗党蜩蛄般喧噪。那掌大的两淮供不得妖狼吵，便半壁的江南也下不得诸公钓。反让那晋刘渊做了哭义帝的汉高皇军容素缟，可怜那猛将军做了绝救兵的李都尉辫发胡帽。兀的不闷杀人也么哥，兀的不痛杀人也么哥！尚敢贪天功向秦淮渡口把威权召。①

这两支曲子读来如急流涌泻，如骏马腾骧，固然得益于散曲之体，却也与作者的艺术处理有关。以第一支为例。曲中连用八个排比句，同时又利用衬字调整句子的节奏，使两两一组有所变化，从而使整首曲子产生波涛滚滚的感觉，把作者强烈的愤激之情同充沛的文章气势熔铸为一体。

归庄的这两个散套都是从盘古写到当代，居高临下，俯瞰千年史册，其中充满了反语、调侃语、激愤语、放肆语，如"笑那唠叨置闰的老唐尧，怎不把自家的丹朱来教导？""最可笑那弄笔头的老尼山，把二百四十年死骷髅提得他没颠没倒。""更可怪那爱斗口的老峄山，把五帝三王的大头巾磕得人没头没脑。"讥尧舜，嘲孔孟，颇有"推倒一世豪杰，开拓万古心胸"

---

① 《归庄集》卷一，第 164 页。

的气魄。而其中还有直指清廷为"逆胡"，讥吴三桂变节之语，更显出作者敢作敢为的英雄肝胆。这两个散套在当时很有影响，全祖望为之题词曰："世传《万古愁》曲子，瑰璨恣肆，于古之圣贤君相，无不诋诃，而独痛哭流涕于桑海之际，盖《离骚》《天问》一种手笔。"并称，此曲传入宫中，顺治帝"大加称赏"，命乐工"每膳歌以侑食"①。这种艺术魅力主要产生于作品雄视百代、放言无忌的英雄气象和跌宕恣肆的气势。在晚出的《桃花扇》《豆棚闲话》中，都可以见到受其影响的痕迹。

四

历代读书人都有沉迷于"英雄"梦之中的，而明末尤多一些。这一则由于王学发展到泰州，"其人多能以赤手搏龙蛇"②，被李卓吾评为"亢龙""最英灵""真英雄"，从而影响到士林风气。二则"东事""辽事"边警频频，故自命不凡的读书人便多喜谈兵。钱谦益《谢象三五十寿序》记述此种风尚道："余在长安，东事方殷，海内士大夫自负才略，好谭兵事者，往往集余邸中，相与清夜置酒，明灯促坐，扼腕奋臂，谈犁庭扫穴之举。而其人多用兵事显，拥高牙，捧赐剑，登坛而仗钺者多矣。"甚至如阮大铖辈，都曾"招纳游侠，为谈兵说剑"③，可见渴慕"英雄"风气之盛。

在这种风气熏染下成长起来的归庄一辈人，自以为正值豪杰用命之秋，于是纷纷做起"英雄"梦来。归庄交流的士人圈子中，诗文时有英雄气象，当非偶然。

长一辈的作家如钱谦益。钱氏虽有迎降的失节之举，后来却又长期参加"地下"的反清复明的斗争，而诗文中颇有壮怀豪情，如《见盛集陶次他字韵诗重和五首》之一：

---

① 全祖望：《鲒埼亭集外编》卷三十一《题归恒轩〈万古愁曲子〉》，载朱铸禹汇校集注《全祖望集汇校集注》，上海古籍出版社，2000，第 1391 页。

② 黄宗羲：《明儒学案》卷三十二下册，沈芝盈点校，中华书局，1986，第 703 页。

③《明史》卷三〇八《奸臣传》。

枪口刀尖取次过，银铛其奈白头何！壮心不分残年少，悲气从来秋士多。世欲屠龙愁及我，人思画虎笑由他。端居每作中流想，坐看冲风起九河。①

祖逖之志，腾飞之想，出自年过耳顺的衰翁笔下，使人想起他当年身为东林党领袖时的气派。又如《丁亥夏为清河公题海客钓鳌图》之四：

老马为驹气似虹，行年八十未称翁。劳山拂水双垂钓，东海人称两太公。②

"垂钓"云云，或指其正在进行的一项策反密谋，而"老马为驹气似虹"则生动描画出投身反清斗争的雄心壮怀。

特别值得指出的是，钱谦益也有鼓吹诗文英雄气象的言论。

海内才人志士，坎壈失职，悲劫灰而叹陵谷者，往往有之。至若沉雄魁垒，感激用壮，哀而能思，愍而不怼，则未有如伯紫者也……袁中郎评徐文长之诗，谓其胸中有一段不可磨灭之气，英雄失路、托足无门之悲……移以评伯紫之诗，庶几似之。③

联系其论及"英豪"的种种言论，如"天生英豪，使斯世不获其咫尺之用，此……天下之大不幸也""余于《龙川二书》，窃窥其中兴之大志，悲以其英豪自命，而卒于无成……发千载一慨焉"等，若说归庄的文学思想与此有某种渊源，似不为牵强。

同辈人中，自以顾炎武为归庄第一知交。顾炎武虽乏专门的诗论，但从创作倾向中还是可以看出其文学思想的。顾诗多为发愤言志之作，也有

---

① 钱谦益：《牧斋有学集》卷一，第26页。
② 同上书，第6页。
③ 同上书卷四七《题纪伯紫诗》，第1548页。

相当一部分作品流露出对英雄气象的追求，如"阖闾用子胥，鄢郢不足收。祖生奋击楫，肯效南冠囚！""何当整六师，势如常山蛇。一举定中原，焉用尺寸为？"等等。甚至在写景状物之作中，也情不自禁地寄托了这种英雄豪情："劳山拔地九千丈，崔嵬势压齐之东。下视大海出日月，上接元气包鸿濛……此山之高过岱宗，或者其让云雨功。宣气生物理则同，磅礴万古无终穷。何时结屋依长松，啸歌山椒一老翁。"

归庄的同辈好友万年少与阎尔梅亦慷慨奇节之士。万曾与陈子龙等一起揭竿抗清，失败后僧装避祸，漂泊江湖，遭遇颇类于归庄。归庄《哭万年少》诗中反复赞叹其"壮心"，称他"豪杰尤罕觏""发愤将一逞""雄志图功烈"，以英雄相许。而阎尔梅赠归庄诗同样为其大唱英雄赞歌："鏖鏊铠寒金粟镂，鼹为龙豹啼风雨。银鲨制鞘绿松镡，凉夜啾啾作鬼语。云内青镔锤万折，锋如破冰莹如雪，蒲元淬之蜀江涛，欧冶熔之婴孩血。挂在壁间吐瑶华，茅屋深宵闪明月。余问主人欲何为？虬髯直竖双瞳裂。男儿不能抒国难，老死蓬蒿心恸绝！"阎尔梅笔下的归庄形象直欲压倒荆轲、聂政——剑是宝剑，人是人杰，写剑即是写人。由此，我们可以想象出这一群"圣少狂多"的朋友们，彼此间是如何以"英雄"相推许、相勉励的。同时，也可以察觉到，阎尔梅等也与归庄同样追求着诗中的英雄气象。

与归庄同为"惊隐诗社"成员的陈忱，所著《水浒后传》更是别有寄托的英雄颂歌。他在自序中称自己的作品是"泄愤之书"，形容自己的创作状态是"肝肠如雪，意气如云，秉志忠贞，不甘阿附"。这与归庄的创作心理完全相同，而小说里李俊等兴王图霸终于成功，与归庄诗中的"愿提一剑荡中原""才大要登上将坛"也属同一机杼。

综上所述，我们似乎可以得出两点结论。第一，明末清初的二三十年中，士人有渴慕英雄的倾向，并一定程度地投射到文学思想之中。第二，归庄的这种倾向最为强烈，因而在文学思想中的表现也最为典型，并成为他文学思想的特色；归庄的这种文学思想在当时有一定的代表性，尤其是在"遗民文学家"之中。

五

归庄的文学思想还有一个可注意的观点，即关于文品与人品关系的看法。他在《天启崇祯两朝遗诗序》中讲：

> ……后世人多作伪，于是有离情与志而为诗者。离情与志而为诗，则诗不足以定其人之贤否，故当先论其人，后观其诗。夫诗既论其人，苟其人无足取，诗不必多存也。①

归庄明确主张论诗先论作者品行，人品是评论的前提条件。由此出发，他认为陆机、沈约、王维、皮日休等作品都因作者卑污而减价，反对选辑流行。在作者品行与作品工拙之间，归庄断然一边倒，提出"借诗存人，人不得滥；以人重诗，诗不必尽工"的原则，把艺术标准、艺术价值置于无足轻重的地位。

归庄在这里贬斥的王维、陆机等都有"失节"的污点，因此，这段议论似乎只是针对变节事清者的愤激之词。但他在《顾伊人诗序》中讲：

> 古人之作，大抵出于学问性情，舍是无诗矣……深其学问，养其性情，而勿求工于诗！诗固雕虫之技，余之所悔而不可追者也，其亦务为士君子之所急乎？②

《黄蕴生先生文集序》：

> 立德者，立言之本原也。苟但求工于文辞，而不思立德，考其行事，有与文辞不相似者，虽下笔语妙天下，不过文人而已，君子不贵

---

① 《归庄集》卷三，第181页。
② 同上书，第204页。

也。先生忠孝出于天性……诗爱浔阳而宗杜陵，必以人伦忠孝为主。蕴积日久，本原深厚，于是发为文章，一片言辞，皆由中出，肖其为人。①

这已不是有具体针对性的批判文字，而是就文学评论的基本原则提出的具有普遍意义的见解。大要而言，包括三点：第一，诗不必求工，"语妙天下"并不具有独立的价值；第二，深学问，养性情，自然就会有好诗；第三，学问、性情之本乃在"忠孝"。

这种观点在韩愈的《答李翊书》中早有阐发，而在宋明的道学家那里则属老生常谈。出自归庄——豪杰自命，圣少狂多的人物——之口，似乎有些意外。其实，此类见解与前述发愤著述，追求英雄气象的文学思想不但不矛盾，而且颇有关联。归庄心中的"格天功业"本就是"大儒"的事业，包括武功与文治两个方面，而文治主要指"理学、经济"。他在中年以后，自称"以雕虫之技为戒"，"而专力于理学"，"以孔孟为师，而以程朱为入门之路"，"但期将来能救济苍生，不为自了汉则已矣"。②这种强烈的儒者意识使他鄙薄文辞之工，以致其诗文虽以气象见长，却不免失之于率直、质朴；也使他虽壮志满怀，大言铿锵，却始终依违于忠孝两端，未能真正做出一点儿事情来。

放在特定的时代背景下，归庄的道德重于文章之说有一定的合理性。实际上，当时以遗民自居的诗人多有类似观点——可以说，救亡之际重质轻文，在文学史上是屡验不爽的规律。但是，归庄把问题推向了极端，不仅生硬地把道德与诗文对立起来，非此即彼，而且把道德狭隘地理解为程朱道学，这就违反了文学规律。结果是儒者归庄同文士归庄发生了冲突，有时儒者压倒了文士，造成自我否定："始悔向者之溺于文章，乃大误也。"③有时持此偏颇之见评论他人，便产生十分片面的看法，如论金圣叹："不知

①《归庄集》卷三，第213页。
② 同上书卷五《上吴鹿友阁老书》，第320页。
③ 同上书卷五《与檗庵禅师》，第330页。

有礼义廉耻，又粗有文笔，足以济其邪恶。尝批评《水浒传》……余见之曰：'是倡乱之书也。'未几又批评《西厢记》行世，名曰'第七才子书'。余见之曰：'是诲淫之书也。'……以小说、传奇跻之于经、史、子、集，固已失伦，乃其惑人心、坏风俗、乱学术，其罪不可胜诛矣！"①其保守、蛮横程度令人吃惊。

归庄卒于康熙十二年（1673）。是年吴三桂反，战事绵延五年，至康熙十八年（1679）"三藩之乱"平定。同年，清廷殿试"博学鸿词"，朱彝尊、赵执信、陈维崧、施闰章、尤侗、汪琬、潘耒等应考者皆文坛之俊彦。这两件事联系起来，清楚表明：随着清王朝的稳固，新起的一代文士已改变了他们前辈的立场和态度，而文学思想也便更换了新的面貌。

---

① 《归庄集》卷十《诛邪鬼》，第 499 页。

"弼马温"再考辨

《西游记》的第一主角是孙悟空。他的"戏份"当然是最多的，有趣的是，他的"名号"也是最多的。

按理说，把主人公的名字搞清楚，应该是阅读小说的一个基本前提。但弄清《西游记》里这只猴子的所有名号却是个比较麻烦的事情。

一则猴子的名号相当多，二则有些名号的来历、含义颇有名堂，三则数百年来谬解流传，似乎已成定谳。

我们先来做一番"定量"的工作，数数他到底有哪些名号、称谓，各自出现的频度又如何。先从回目上看。回目中他的名称可分七类，具体为十一种，共出现四十七次。其中有"弼马温"一次，简称为"弼马"；"齐天大圣"八次，简称为"大圣"或"齐天"；"心猿"十七次；"孙行者"十次，或简称为"行者"；"悟空"八次；"美猴王"两次，或简称为"猴王"；"金公"三次，或简称为"金"。这十一种在正文中都出现过，而以"大圣""行者""悟空"为最多。此外，正文中还另有"猴头""猴子""泼猴"等称谓。

从功能看，这些名号、称谓使用的语境明显不同。从来源与含义看，有些相对简单，无甚深义，而"弼马温""金公""心猿""悟空"等却是各有名堂，很值得我们逐一来分说一番。

其中，"弼马温"又是最为怪异的一个。

"弼马温"这个名号是心高气傲的孙大圣终身的心灵之痛，而他的敌人们也总是拿这个名号来羞辱他。何谓"弼马温"？从故事中来看，答案很简单，就是"马夫"的头儿。小说这样写道：

　　玉帝宣文选武选仙卿，看那处少甚官职，着孙悟空去除授。旁边转过武曲星君，启奏道："天宫里各宫各殿，各方各处，都不少官，只是御马监缺个正堂管事。"玉帝传旨道："就除他做个'弼马温'罢。"众臣叫谢恩，他也只朝上唱个大喏。玉帝又差木德星君送他去御马监到任。①

但是，马夫头儿为什么叫"弼马温"呢？这究竟是个什么样的职级呢？这一点，孙猴子本人也很纳闷。作品接下来对此解释道：

　　不觉的半月有余，一朝闲暇，众监官都安排酒席，一则与他接风，二则与他贺喜。正在欢饮之间，猴王忽停杯问曰："我这'弼马温'是个甚么官衔？"众口："官名就是此了。"又问："此官是个几品？"众道："没有品从。"猴王道："没品，想是大之极也。"众道："不大，不大，只唤做'未入流'。"猴王道："怎么叫做'未入流'？"众道："未等。这样官儿，最低最小，只可与他看马。似堂尊到任之后，这等殷勤，喂得马肥，只落得道声'好'字，如稍有些尪羸，还要见责；再十分伤损，还要罚赎问罪。"猴王闻此，不觉心头火起，咬牙大怒道："这般藐视老孙！老孙在花果山，称王称祖，怎么哄我来替他养马？养马者，乃后生小辈，下贱之役，岂是待我的？不做他！不做他！我将去也！"忽喇的一声，把公案推倒，耳中取出宝贝，幌一幌，碗来粗细，一路解数，直打出御马监，径至南天门。众天丁知他受了仙录，乃是个弼马温，不敢阻当，让他打出天门去了。

说到底，在这一段中只有两句"官名就是此了""受了仙录，乃是个弼马温"的含混之词。于是把难题与疑惑留给了后世的读者。后世读者却发现，这个词，不但在古今"干部序列"中都不曾见，而且除却《西游记》，其他任

---

① 吴承恩：《西游记》第四回，人民文学出版社，1980，第38—40页。

何地方也没发现过这个官名，或者"私名"。

人民文学出版社 1980 年版的《西游记》，在"弼马温"一条下加注："民间传说，猴子可以避马瘟。"至于这个"民间传说"从何而来却是语焉不详。而随着两岸关系的变化，人们找到了一个源头。原来台湾的学者苏同炳在他的《长河拾贝》有一篇三四百字的小文《"弼马温"释义》，其中讲道：

> 明人赵南星所撰文集中，曾有这么一段话，说："《马经》言，马厩畜母猴辟马瘟疫，逐月有天癸流草上，马食之永无疾病矣。《西游记》之所本。"……"弼马温"者，乃是"辟马瘟"三字的谐音。①

此书于 1998 年印行于大陆，其后这一观点屡经征引。如 2003 年《文汇读书周报》刊《〈马经〉·弼马温》，称"（苏同炳教授）揭开'弼马温'之谜，功不可没"，并特地说明苏所征引的"赵南星文集现藏美国国会图书馆，（中国）台湾有影印本"，以强调这一材料的可靠与珍贵。2003 年，《羊城晚报》也有署名文章《"弼马温"何解》，其中引述苏文，并赞叹："历来研究、注释《西游记》的学者都没有把这个问题解释清楚……《赵忠毅公文集》，国内无存，藏于美国国会图书馆，（中国）台湾有胶卷翻印本，苏同炳先生读后写成文章，使我们得以知道了'弼马温'的真相。"文章中又是"国内无存"，又是"美国"云云，意思与前文类似，对苏说的推介热情更有过之。此文后被收入中学语文辅助教材，影响甚广。该学者在 2011 年收入自己文集时，特意在文末加上读到此说时"不亦快哉"，极言其欣赏赞叹之意。

于是，"母猴月经可辟马匹瘟疫"之怪说不胫而走，"弼马温"之"猴月经"内涵似为不刊定论。"百度"输入"弼马温、猴"，可检索到 581000 条，绝大多数是在重复此说。有人甚至从中还读出了某些微言大义。认为

---

① 苏同炳：《长河拾贝》，百花文艺出版社，1998，第 176 页。

"以母猴月经'避马瘟'来封孙悟空的官，玉皇大帝的轻视人才到了何等地步"，"这是极其辛辣的讽刺"，云云。这一名号的解读有了如此微言大义，更使得我们不能不认真对待一番。

事实真相究竟如何呢？

因苏同炳的文章是随笔写法，对于出处只是含糊地说"（赵南星）文集中曾有这么一段话"，使得我们核实起来十分困难。幸亏现在的数字技术提供了检索的可能性。实际上，《赵忠毅公文集》现存两种版本，一种是明崇祯十一年（1638）范景文等刻本，署《赵忠毅公诗文集》，是最早的刊本；另一种是清同治求是斋刊《乾坤正气集》中的《赵忠毅公文集》，较之前者少了六卷诗集，其余并无二致，显然系出于前者。当我们分别以"西游""西游记""母猴""马经"等关键词对《赵忠毅公诗文集》进行检索时，显示均为"零"。甚至我们到"明文海"中检索"母猴"时，也只有一篇文章中出现，而且是抄录《吕氏春秋》中的一则寓言而已，与养马并无半点儿关联。

是否苏先生看到的美国版本与明崇祯初刻本、清同治复刻本皆不一致，倒也不敢断言。但就其行文出处含混，以及上述多方检索结果而言，我们只能得出一个结论："母猴月经辟除马瘟"与东林党领袖赵南星似乎难以拉上关系，因而借他名义所讲"《西游记》（弼马温）之所本"更属无稽。

不过，有《西游记》爱好者出于对此说的兴趣，又无法到美国国会图书馆核查，便另觅途径，终于到《本草纲目》里找到了出处。于是便把李时珍拉来做了"赵南星"的同盟军①。而李时珍的民间声望自然而然为这一说法做了背书。于是，一个东林党，一个"药圣"，一部美国国会图书馆的孤本文献，一部中华药学"圣典"，这些给了这个名号考索小问题的怪异"答案"以不容置疑的光环。

其实，问题还是大有可讨论的空间。

《本草纲目》中确有马厩里养猴子之说，而且还不止讲了一次。我们需

---

① 从网上可查到："明赵南星《赵忠毅公文集》、明李时珍《本草纲目》曾引述过该书一句话：《马经》言，马厩畜母猴辟马瘟疫，逐月有天癸流草上，马食之，永无疾病矣。"

要辨析的是其说的来龙去脉，以及可靠程度；更重要的是，这与《西游记》孙悟空的雅号——"弼马温"究竟有无关联。

先来看前一方面：马厩养猴之说的来龙去脉。

明代关于马厩养猴的说法，现在能查到的，当以《本草纲目》为最早。其中在卷五十"马"的条目下，有"集说"子目，其中有这样一段话：

> 以猪槽饲马，石灰泥马槽，马汗着门，并令马落驹。系猕猴于厩，辟马病。皆物理当然耳。①

这段话是在"时珍曰"的下面，应看作李时珍自己的看法。略晚于《本草纲目》的，则有徐光启的《农政全书》，略云：

> 以猪槽饲马，以石灰泥马槽，马汗系着门，此三事皆令马落驹。术曰：常系猕猴于马坊，令马不辟恶，消百病故也。②

显然，这两段话文字十九相同，必有相当密切的关联。而《农政全书》一段文字中的"术曰"给了我们提示。原来，这个"术"指的是《齐民要术》。在这部北齐贾思勰的著作中，有这样的一段话：

> 凡以猪槽饲马，以石灰泥马槽，马汗系着门，此三事皆令马落驹。术曰：常系猕猴于马坊，令马不畏，辟恶消百病也。③

毫无疑问，《本草纲目》与《农政全书》都是从这里抄录的。只是《农政全书》老老实实注明了出处，而《本草纲目》省了这一环节。但二者抄录不谨，致使意思全变，难以索解。《齐民要术》的意思是，把猴子拴在马厩里，

---

① 李时珍：《本草纲目》卷五十下，见《四库全书》子部医家类。
② 徐光启：《农政全书》卷四十一，见《四库全书》子部农家类。
③ 贾思勰：《齐民要术》卷六，见《四库全书》子部农家类。

逐渐使马匹适应"不再惊恐"——"不畏"，有助于提高马匹免疫力。《农政全书》漏抄一个"畏"字，便成了"令马不辟恶"的不词之文。而《本草纲目》更是大而化之，以"物理当然耳"应付过去。

　　那么，《齐民要术》的这一说法又是从何而来呢？莫非当时真的马厩里都拴着猴子吗？这实际很难确切考证，因为文献中几乎没有旁证，而现实生活中也并无遗存。不过，《格致镜原》中倒是有一段说明：

　　　　《独异志》："东晋大将军赵固所乘马暴卒，令三十人悉持长竿，东行三十里遇丘陵社林即散击。俄顷，擒一兽如猿，持归至马前。兽以鼻吸马，马起跃如旧。"今以猕猴置马厩，此其义也。①

看来，古人对于为何要讲"猕猴入马厩"，也是莫名所以，乃至附会出如此怪异之谈②。

　　在《本草纲目》与《农政全书》之间，有谢肇淛的《五杂俎》也谈到马厩养猴，恰好证明《齐民要术》所记或有事实依据。《五杂俎》卷九·物部一：

　　　　京师人有置狙于马厩者，狙乘间辄跳上马背，揪鬣搤项，翾之不已，马无如之何。一日，复然，马乃奋迅断辔，载狙而行，狙意犹洋洋自得也；行过屋桁下，马忽奋身跃起，狙触于桁，首碎而仆。观者甚异之。③

《五杂俎》颇多道听途说不实之词，如砍头之后人依然饮食、言说之类。故此记之真实程度不妨存疑。假设属实，倒是有两点可拈出：第一，"有置狙

　　① 陈元龙：《格致镜原》卷八十五，见《四库全书》子部类书类。
　　② 这段奇谈出于《搜神记》，本为宣扬郭璞法术，后经《艺文类聚》《太平广记》等多种类书传播，影响广泛。但其中并无"猴入马厩"之说，后世耳食异说，不敢质疑，特以此附会耳。
　　③ 谢肇淛：《五杂俎》卷九，上海书店出版社，2009，第173页。

于马厩者",此语气显系讲述个别事例,而非生活中之通则也;"嬲之不已,马无如之何",则证明若有马厩养猴,其效用也是心理训练方面——"令马不畏",而非避免瘟疫。当然,所记之心理训练也是失败的。可见"常系猕猴于马坊"其说之不经。

谢肇淛接下来把这一传闻与《西游记》联系起来:

> 置狙于马厩,令马不疫。《西游记》谓天帝封孙行者为弼马温,盖戏词也。

这段话很可能是近人注《西游记》,以及苏同炳札记的真实出处。但显然属于难以为据的街谈巷议而已。且不说同为"置狙于马厩",前后两段所说目的与效果皆有矛盾。就是这短短一段话,前后两截有何关联,也是很难看出的。

其实,"马厩养猴"说之由来,还有一种可能,便是古代民间驯猴为戏,或令骑羊,或令骑马。骑羊成本低下,走江湖者颇多借以维生,称作"猴跑羊",至今偶尔还可见到。骑马则谐音"马上封侯",故成为新宅之装饰性木雕、石雕题材。久之,与马厩养猴以抗干扰之说混同,遂成为互相支撑的理由。

不过,李时珍对于猴子这个"特异功能"情有独钟,表现出较之他人更大的兴趣。他在"猕猴"之"皮"条目中,本已引述唐慎微的《证类本草》对猴皮药用功能的说法——"治马疫气"。但不知出于何种考虑,又加上了一段与"猴皮"完全无关的话:

> 时珍曰:"《马经》言,马厩畜母猴辟马瘟疫,逐月有天癸流草上,马食之,永无疾病矣。"①

---

① 李时珍:《本草纲目》卷五十下。

他可能是引述《证类本草》时，见到"疫"字，联想到"避马瘟疫"，便插入了这段话。若从体例上讲，不免稍显乖违（这段与"猴皮"完全无关）。这且不论，问题是比起前面所抄《齐民要术》来，给马治病的猴子又多了性别因素，防治马病的"原理"也有了根本的变化：由惊扰运动的"心理锻炼"，变成了包治百病的"排泄物""内服"。

奇怪的是，就在"猕猴"这一条里，李时珍明明考辨过一段：

> 猴好拭面如沐，故谓之"沐"；而后人讹"沐"为"母"……（母猴）即"沐猴"也，非牝也。①

就是说，因为猴子性喜洗面，所以称之为"沐猴"。世人误解为"母猴"，其实与猴子性别无关。可是一转眼，他就拿猴子的性别大做文章。

其实，这与李时珍一个不算太高明的癖好有关。《本草纲目》裒辑前人大量"本草"类著作，又广收偏方验方。好处是广采博收，有"汇编"之价值；缺点是未经实践，不加拣择，作为药方未免过于芜杂。而且，李时珍有好奇喜怪的倾向，《本草纲目》中所收以各类排泄物入药治病的"偏方"，无论数量之多，还是用途之怪，都令人瞠目结舌。如关于猪屎就有十七个方子，从"小儿夜啼"到"妇人血崩"，都可以服用猪屎治疗，其中有七个特别标明"母猪屎"。而最厉害的一个方子竟然声称"母猪屎水和服之，解一切毒"。至于人的各种排泄物就更用途广大了，大便可以治病三十三种，小便则治病四十五种，多为匪夷所思。而妇女月经入药也有十二个方子，适应证从"霍乱"到"中毒药箭"。看了这些，我们还能把他讲的"母猴月经避马瘟"当真吗？

我们要辨析的第二方面，就是无论"'母猴月经'说"多么怪诞，毕竟是有此一说，关键在于它是否为"《西游记》之所本"。

《本草纲目》初版于万历二十四年，即公元 1596 年；而世德堂本《西

---

① 李时珍：《本草纲目》卷五十下。

游记》刊于万历二十年（1592），也就是说，繁本《西游记》的成书下限也要早于《本草纲目》的刊出时间。所以，无论《本草纲目》关于"马厩养猴"之说怪诞与否，都和《西游记》没有关系。

至于刊刻于万历晚期的《五杂俎》，刊刻于崇祯的《农政全书》，更不可能为《西游记》所本，则是无须辞费的了。

那么，孙猴子去养马，做了"弼马温"，这一思路究竟由何而来呢？

其实，答案就在作品的文本之中。

小说第七回"八卦炉中逃大圣"有诗赞曰：

　　猿猴道体配人心，心即猿猴意思深。大圣"齐天"非假论，官封"弼马"是知音。马猿合作心和意，紧缚牢拴莫外寻。[1]

作者唯恐读者不懂"弼马温"的含义，在此专门做了说明。

这段诗赞的第一层意思是说明猴子的形象另有"心猿"的寓意，比喻人躁动的心灵；第二层意思是说，以"齐天"为封号，正是着眼于"心"（当取"心比天高"之意），所以说是"非假论"；第三层意思则专门来解释"弼马温"的含义。作者把这个名称看作对"心即猿猴"的"知音"之笔，指出之所以设计出"弼马温"的官职就是要把猴子与马联系到一起，凸显"心猿意马"的寓意。"是知音"，所知者何？便是下一句的"马猿合作"，也就是把猿和马写到一起，让人们关注"心猿意马"这层意思。第四层意思是强调这些名号是体现全书"紧缚牢拴"的主旨，告诫读者莫要另生歧解。注意，"是知音"与"莫外寻"相互呼应，作者显然预见到对于"猴子养马"这一情节误读的可能性，所以预加告诫。

这段诗赞对于全书是重要的点题文字。此前的第四回回目已明确标识为"官封弼马心何足　名注齐天意未宁"。表明了作者编织"闹天宫"情节的目的——心意躁动、膨胀，造成了"原罪"。这里既首次"心""意"连

---

[1] 吴承恩：《西游记》第七回，第72页。

用，开启了"心猿意马"话语的模式，又把心意膨胀与"弼马""齐天"两个官职联系起来，和后文形成了呼应。而自 20 世纪 50 年代以来，学术界囿于当时意识形态的先验前提，简单地把"闹天宫"解释为歌颂反抗专制，结果造成了整个文本阐释的分裂，也形成了对上述点题话语的盲点——这便是第二讲提到的"困惑"之一，而最终解疑释惑的工作，我们还是要留待最后两讲来完成。

对这段诗赞的意指，我们还可以找到进一步的旁证。

其实，小说之所以写玉皇大帝派猴子去管马，绝非有正常的或是怪诞的饲养经验做依据，更不是由谐音而生奇想，其中原因涉及宗教文化，且与《西游记》复杂的成书过程直接相关。

这一关联在于全真教。[①]

如前所述，全真教是金元之际兴起的道教一个支派，其创教（主要指北宗）祖师是王重阳，门下马丹阳、丘处机等七人称为"全真七子"。

前文已经提及，王重阳有赠马钰之作《风马令》，而马丹阳又有唱和。王重阳词曰：

> 意马擒来莫容纵，长堤备，珰滴琉玎。被槽头，猢狲相调弄，攒蹄举耳，早临风，珰滴琉玎。[②]

马钰和道：

> 意马癫狂自由纵，来往走，珰滴琉玎。更加之，猢狲厮调弄。歌迷酒惑，财色引，珰滴琉玎。[③]

---

①《西游记》与全真教之间有密切的关联。经柳存仁肇端，众多学者踵武，揭橥大量内证，已成不刊之论。

②《王重阳集》，第 185 页。

③《马钰集》，第 285 页。

师徒二人的两段小令，不但把"心猿""意马"形象化、生动化，而且给了二者之间一种新的关系：猴子是马匹的管理者，可以在"槽头""调弄"马匹；而马匹则服从它的"调弄"，"攒蹄举耳"。这不由得使我们想到了《西游记》中的 "官封弼马心何足"的一段文字，小说写到孙悟空被玉帝封为弼马温之后，"勤劳王事"的情形：

> 这猴王——昼夜不睡，滋养马匹。日间舞弄犹可，夜间看管殷勤：但是马睡的，赶起来吃草；走的捉将来靠槽。那些天马见了他，泯耳攒蹄，都养得肉肥膘满。①

猴王看管"舞弄"，马匹"泯耳攒蹄"，无论其诡异景象之相似，还是彼此间"舞弄"与"调弄"，"攒蹄举耳"与"泯耳攒蹄"这样的罕见词语之类同，都使读者不能不在二者之间产生关联之想。

现在，我们从王重阳、马丹阳的两首词与小说的比较可以知道，小说之所以安排猴王进马厩，是因为"心猿"与"意马"词义上的关联，而且不排除受到全真祖师们塑造的"槽头""调弄""攒蹄举耳"这些生动的意象的启发。于是，作者假借玉帝之手，把猴王派到了"弼马温"的职位上。

这一点，清人在评点中已有模糊的认识，如黄周星讲："未得意马，先见天马。天马千匹，何如意马一缰。""可见猿马原不相离。意马未到，天马已驯矣。"②张书绅则评曰："马即意也。弼即正也。""不肯弼马，就是不肯诚其意。"③不过，他们无缘见到王、马这两首词，竟不能完全搔到痒处。

要而言之，小说写猴王去管马厩，起因是"心猿"与"意马"的关联，直接原因是王重阳、马丹阳都有"心猿"调伏"意马"的描写——《西游记》与全真教的渊源有很多表现，此仅一端而已④；而所谓"弼马温"，绝

---

① 吴承恩：《西游记》，第39—40页。

② 《黄周星定本西游证道书：西游记》第四回夹评，黄永年、黄寿成点校，中华书局，1998，第35页。

③ 《新说西游记图像》第四回夹评，张书绅注，中国书店，1985，第2—3页。

④ 《西游记》中全文移录全真教道士的诗词多达十余种。

非"母猴月经"之谬说。若依张书绅之解，"弼"则为矫正、纠正之意，"马温"即"马瘟"，也就是"马的毛病"，"弼马温"其实就是"调驯意马"的别样表达。

如果觉得"'马温'即'马瘟'"，还是有些牵强的话，其实另有一种解读可能更为直截一些。

只从字面的意义看，《说文》云："弼，辅也。""弼"解为"辅佐"更近本义。相应地，"弼马温"最直接的解读应该是"辅佐'马温'的人"。有趣的是，在道教的神祇序列中恰恰就有这么一位"马温"。

《道藏》的《灵宝玉鉴》卷八中有"召神霄发放大将军符"①，这位"神霄发放大将军"的名字叫"马温"，而召请他的灵符样子是▨。这道符的特点是右侧由两个"马"字并列组成。另一部道书《高上神霄玉清真王紫书大法》卷六中同样有召请"发放大将军"的灵符，这位"发放大将军"的名字也叫"马温"。符的样子是▨②。符的右侧同样由两个"马"字组成，与《灵宝玉鉴》不同的是两个"马"字由并列变成了上下。也就是说，在道教的神祇序列中，有一位"马温"，官职是大将军。他的特点是与"马"关系密切：不仅姓马，而且相关符咒都有双"马"。

正如道教中很多神祇的名称、"官职"往往都带有一些随意性，这位"马温"的职司也还有另外一种记载。在《高上神霄玉清真王紫书大法》卷七中，有"缚龙灵官'马温'"。他的官衔变成了"灵官"，职责不是一般的驱魔除邪，而是"专职"捉拿"孽龙"。其召请的方式为："掐辰文，取辰炁，书符，烧，召呼云：'灵官马温，从官一百二十人，与吾前去某处，捉孽龙神，速至坛所。疾！'"③

可注意的是，这个马温有"从官一百二十人"，这些"从官"都是"马温"的辅弼——在当时道教的话语系统中，由"心猿意马"之"马"联想

---

① 《灵宝玉鉴》卷八，《正统道藏》洞玄部方法类。《道藏》称"撰人不详，约出于元明间"。

② 《高上神霄玉清真王紫书大法》卷六，《正统道藏》正一部。《道藏》称"撰人不详，约出于北宋末南宋初。"

③ 《高上神霄玉清真王紫书大法》卷七，《正统道藏》正一部。

到与"马"关系密切的"马温"，由"马温"衍生出"弼马温"，恐怕也是不能完全排除的一种思路。

而且，《西游记》十四回写"弼马温"职责时还有这样一段："盖因那猴原是弼马温，在天上看养龙马的，有些法则，故此凡马见他害怕。""弼马温"看养"龙马"，而"马温"和他的辅弼们专司"缚龙"，其间相似之处同样是不应完全漠然视之的。

要之，有关"弼马温"的话题可以有以下几点结论。

1. 认为"弼马温"谐音"避马瘟"，反映的是马厩中养猴可以避免马匹染上瘟疫。从文献的角度看，马与猴"结缘"之说乃起于《齐民要术》；而出处或来自神异传说，或来自某些民俗。但《齐民要术》文字的本意乃在"令马不畏"——心理锻炼，实无"避马瘟疫"之义。

2. 后世传抄不审，且望文生义，遂有"避马瘟疫"之说。后世（中晚明）更有好奇炫怪者，附会出母猴"天癸"令马食之的荒诞不经言论。

3. 此说——"母猴"云云，流传并不广泛，检索各种古籍汇编（《四库》系列、《四部丛刊》、"中国基本古籍库"等），只有极个别引述李时珍的怪说。

4. 即使《本草纲目》为人信从，其成书亦晚，影响不到《西游记》的构思、成书。

5. 《西游记》第七回彰显全书题旨时明确指出："弼马温"与"齐天大圣"都是喻指心灵的狂放，而"弼马温"更是与全书拴缚"心猿意马"的题旨直接相关。

6. 作者唯恐他人望文生义，附会误读，特别强调对"弼马温"等描写的意义"莫外寻"。

7. 小说的猴子管马描写，与全真教祖师、领袖的诗文中猴子调教、驯养马匹的文字颇多相似之处。至少具有互文的关系。

8. 从文字训诂的角度看，"弼马温"可直接解读为"辅佐马温者"。而道教神祇系列中恰有"马温"的名号，且有带领辅佐的记载。其形象既与"马"关系密切，又有降服龙的功能。

9. 据《西游记》文本，"弼马温"亦有降服龙马的职能。

10. 在各种解读中，这种解读的思路相对理性一些，逻辑自洽的程度也是比较高些的。

11. 更重要的是，这种解读与"心猿"的解读，与《西游记》文本的明显的"全真之缘"相一致，而没有支离、歧出的弊端。

《西游记》中的大量出现的"心猿"也罢，奇特的名号"弼马温"以及"猴子驯马"的情节也罢，显然都与全真教密切相关。或者更明确地说，就是在《西游记》漫长复杂的成书过程中，全真教曾经染指其中留下的痕迹。①

解读"猴子驯马""弼马温"，都有助于了解《西游记》成书的过程；而对《西游记》成书过程的全面考察，也有助于理解这些看似奇特的描写。从文本内证可以看得够清楚了，哪里有什么"母猴月经血"的鄙陋意思！人们之所以宁信如彼不经之说，而忽视文本中如此清晰的自我说明，很大程度上就是盲目相信了胡适、鲁迅当年绝对排斥《西游记》宗教性话语及其内涵的偏见之故。②

---

① 《西游记》世代累积的成书过程中，曾有过一个"全真化"的环节。这一点，参见拙作《论西游记与全真教之缘》，《文学遗产》2003 年第 6 期；《西游记"心猿"考论》，《南开学报》2009 年第 1 期。其要旨谓：唐玄奘取经的故事，在两宋时期已有多种形式在民间流传；入元之后，全真道势力大张，教众以多种方式演绎、传播教义，丘处机的门徒依傍祖师曾作《长春真人西游记》的名头，把民间西游故事与全真内丹之说杂糅在一起，借故事演说教义，于是就有了"全真化"的西游取经故事。到了二百年后，明万历中期，某天才作家（或许就是吴承恩吧）对此"全真化西游记"大加删削改写，增加文学趣味与社会批判内涵，于是成了今天看到的样子。

② 胡适、鲁迅都对《西游记》中的宗教性内容不屑一顾，认为浅陋错误，没有意义。其观点影响学界与读者大半个世纪。

《西游记》作者"尤未学佛"说考辨

一

　　《西游记》是一部宗教题材的小说，是用文学笔法描写佛教史上一个重大事件的作品。因此，准确认识作品中与宗教，尤其是与佛教有关的内容，是解读这部小说的题中应有之义。

　　在过去特定历史阶段中，由于一些文学之外的原因，国内这方面的研究工作几乎是空白状态。近三十年来，局面有了较大的改观，产生出若干有分量的成果。但是，囿于过去某些权威性说法，有关的学术研究仍存在着一些空白。

　　对于《西游记》中的宗教性内容，鲁迅先生当年几乎不屑一顾。他在《中国小说史略》中语带轻蔑地讲："作者虽儒生，此书则实出于游戏，亦非语道，故全书仅偶见五行生克之常谈，尤未学佛，故末回至有荒唐无稽之经目，特缘混同之教，流行来久，故其著作，乃亦释迦与老君同流，真性与元神杂出，使三教之徒，皆得随宜附会而已。"①这段话有三层意思：一是全书为一个儒生（即吴承恩）出于游戏目的而作；二是有关宗教的内容只是其"偶见"，且并非认真撰写，同时作者也不具备相关的知识结构，所以或浅显——涉及道教者，或错谬——涉及佛教者；三是由于源远流长的"三教合一"思想文化传统，所以作品中的佛教与道教内容混杂在一起，不分彼此，给各种误读提供了可能。

---

　　① 鲁迅：《中国小说史略》，载《鲁迅全集》第九卷，人民文学出版社，2005，第172页。

时至今日，虽然《中国小说史略》仍为这一领域的经典，但学术的发展已经在很多方面超出了当年的论断。就上述三点而论，可以理解的是，鲁迅先生系针对清代《西游真诠》之类有所激而发；但从学术研究的角度看，迄今仍可立住的却只是一部分观点了。说作者创作动机"出于游戏"，可以说有一半真理性；说作品的宗教内容"混同"了三教，是由于长期存在的"三教合一"传统所致，这倒是合乎事实的。但当时鲁迅先生没意识到《西游记》成书过程的复杂程度，特别是宗教界人士曾经染指的情况，所以简单地归结为"儒生"作者的不经意以及学养不够，导致了浅薄且错谬。至于对充斥全书的全真教丹道术语、诗词，竟视如不见地称为"仅偶见"；对于全书明显的崇佛贬道态度也一概忽略，以简单的"同流"一词带过，显然失之于简单化了。而评论中有一个特别引人瞩目的判断，指《西游记》作者"尤未学佛"，其中的缘由颇可玩味。

称"尤未学佛"，一方面是表达他看出了《西游记》中关于佛教的文字不够"专业"，甚或错讹多多——主要表现为"荒唐无稽之经目"；另一方面，不无鲁迅先生张扬自我之意。因为鲁迅此前在佛教、佛学方面颇下过一番功夫。据鲁迅日记，1912 年他初抵北京便对佛教有了兴趣；而到了 1914 年，八个多月时间，他便购买了佛教书籍一百三十六种二百三十六册——几乎每天一册，其中包括《大乘起信论》《维摩经》《金刚经》等佛教主要经典。购买之外，鲁迅还亲自动手抄经，同时又向朋友借经来读。为给母亲做寿，鲁迅还曾出资刻经。①

有了这一番"学佛"的功夫，再看到《西游记》小说中"半瓶醋"式的佛教文字，自然居高而临下，要下一个"尤"字的评语了。

鲁迅的这一评语自有其一定程度的合理性。不过如果从学术研究的角

---

① 参见王锡荣：《从日记看鲁迅怎样读佛经》，载《日记的鲁迅》，人民文学出版社，2018，第83—86页。

度看，还有进一步细化、研究的空间，也有进一步细化、调整的必要。①

《西游记》毕竟讲的是一个佛教的故事，而且是把一段真实的佛教史使用文学语言讲述而成的。全书的主线是"取经"，小说最后自然要给一个"取经"的结果。作品中是这样写的：

> 如来方开怜悯之口，大发慈悲之心，对三藏言曰："……我今有经三藏，可以超脱苦恼，解释灾愆。三藏：有《法》一藏，谈天；有《论》一藏，说地；有《经》一藏，度鬼。共计三十五部，该一万五千一百四十四卷。……将我那三藏经中三十五部之内，各检几卷与他，教他传流东土，永注洪恩。"
>
> ……如来问："阿傩、伽叶，传了多少经卷与他？可一一报数。"二尊者即开报："现付去唐朝《涅槃经》四百卷，《菩萨经》三百六十卷，《虚空藏经》二十卷，《首楞严经》三十卷，《恩意经大集》四十卷，《决定经》四十卷，《宝藏经》二十卷，《华严经》八十一卷，《礼真如经》三十卷，《大般若经》六百卷，《金光明品经》五十卷，《未曾有经》五百五十卷，《维摩经》三十卷，《三论别经》四十二卷，《金刚经》一卷，《正法论经》二十卷，《佛本行经》一百一十六卷，《五龙经》二十卷，《菩萨戒经》六十卷，《大集经》三十卷，《摩竭经》一百四十卷，《法华经》十卷，《瑜伽经》三十卷，《宝常经》一百七十卷，《西天论经》三十卷，《僧祇经》一百一十卷，《佛国杂经》一千六百三十八卷，《起信论经》五十卷，《大智度经》九十卷，《宝威经》一百四十卷，《本阁经》五十六卷，《正律文经》十卷，《大孔雀经》十四卷，《维识论经》十卷，《具舍论经》十卷。在藏总经，共三十五部，各部中检出五千零四十八卷，与东土圣僧传留在唐。现俱收拾整顿于人马驮担之上，专

---

① 曹炳建：《〈西游记〉中所见佛教经目考》(《河南大学学报》2004 年第 1 期)"对《西游记》实际所涉及的佛教经目 44 种进行考证"，通过与《少室山房笔丛》比较等途径，得出了"假定《西游记》和《少室山房笔丛》有关经目均来自'流行'经目，然相对来说，《少室山房笔丛》只是忠实抄录'流行'经目之原文，而吴承恩则对其加以改造"的结论。对于质疑鲁迅先生"尤未学佛"说，允开先河。不过，对于解决问题的途径及结论皆有探讨的空间。

等谢恩。"

　　……如来因打发唐僧去后，才散了传经之会。旁又闪上观世音菩萨合掌启佛祖道："弟子当年领金旨向东土寻取经之人，今已成功，共计得一十四年，乃五千零四十日，还少八日，不合藏数。望我世尊，早赐圣僧回东转西，须在八日之内，庶完藏数，准弟子缴还金旨。"如来大喜道："所言甚当，准缴金旨。"即叫八大金刚吩咐道："汝等快使神威，驾送圣僧回东，把真经传留，即引圣僧西回，须在八日之内，以完一藏之数，勿得迟违。"①

　　这个经目，共计开列三十五部佛经，虽然不能与佛门大德编撰的各种《大藏》相比，却也不能简单地以"荒唐无稽"来一笔抹杀。而其中特别强调"五千零四十八卷"，且有些经目别有来历，都有深入研究的必要。

二

　　经目所开列的这三十五部佛经，情况并不一样。如果细加分说，就会发现不仅不能笼统地以"荒唐无稽"概括，而且对于我们研究这部作品的思想内涵，以及成书过程都会提供一些有益的启发。

　　经目开列的三十五部佛经，可以分为四种情况。第一种，佛藏中确有其书的十九种，约占总数的一半强；第二种，佛藏中有其书，作者因某种意图对名称稍有改动的七种，占总数的五分之一；第三种，佛藏中并无其书，而是由"佛语"中生发出来的五种，占总数的七分之一；第四种，看似与佛教无关或关系不大的四种，其实颇有名堂，值得深入探究一番。

　　先来看第一种情况。

　　经目开列云"《大般若经》六百卷"，据《大正新修大藏经》，《大般若经》，六百卷，十六会。名称、卷数皆准确无误。

---

　　① 吴承恩：《西游记》，人民文学出版社，1980，第1137—1144页。

经目开列云"《菩萨戒经》六十卷""《佛本行经》一百一十六卷",据《历代三宝记》:"《菩萨戒经》八卷。《佛本行经》五卷。"①名称准确无误,唯卷数不符。

经目开列云"《涅槃经》四百卷",据《大正新修大藏经》,全称《大般涅槃经》,三十六卷,二十五品。但佛典中颇多简称为《涅槃经》的,如《续古尊宿语要》:"师问:'德上座,菩萨在定,闻香象渡河。出什么经?'德云:'《涅槃经》。'"

经目开列云"《虚空藏经》二十卷",据《大正新修大藏经》,全称《观虚空藏菩萨经》,一卷。佛典中亦多简称为《虚空藏经》,如《起信论疏》:"先依经说,后依论明。依经说者,如《虚空藏经》言。"②

经目开列云"《首楞严经》三十卷",据《大正新修大藏经》,全称《大佛顶如来密因修证了义诸菩萨万行首楞严经》,一卷。因其名称过长、过于复杂,故佛典中极少用全称,大多简称为《首楞严经》,如《大般涅槃经》:"如《首楞严经》中广说……"③

经目开列云"《宝藏经》二十卷",据《大正新修大藏经》,全称《杂宝藏经》,十卷,一百二十一则。亦简称为《宝藏经》,如《历代三宝记》:"《宝藏经》二卷。"④

经目开列云"《华严经》八十一卷",据《大正新修大藏经》,全称《大方广佛华严经》,六十卷,三十四品。多简称为《华严经》,如《维摩罗诘经文疏》:"然细寻《大智论》前后所引《不思议经》,悉是《华严经》文。如说讴舍那优婆夷为须达那菩萨说度众生数量,乃是《华严经》明善财入法界所闻事。"⑤

经目开列云"《决定经》四十卷",据《大正新修大藏经》,全称《佛说

---

① 费长房:《历代三宝记》卷九,载《大正新修大藏经》第 49 册,日本大藏出版株式会社,1988,第84b 页。

② 释元晓:《起信论疏》卷一,载《大正新修大藏经》第 44 册,第 202c 页。

③ 昙无谶译:《大般涅槃经》卷四,载《大正新修大藏经》第 12 册,第 388b 页。

④ 费长房:《历代三宝记》卷六,载《大正新修大藏经》第 49 册,第 62c 页。

⑤ 智顗:《维摩罗诘经文疏》卷一,载《卍新纂大日本续藏经》第 18 册,第 464b 页。

法乘义决定经》，三卷。多简称为《决定经》，如《阿毗达磨大毗婆沙论》："《决定经》于三无数劫，修习百千难行苦行，积渐具六波罗蜜多。"①

经目开列云"《金光明品经》五十卷"，据《大正新修大藏经》，全称《金光明经》，四卷，十九品（另有《合部金光明经》，八卷，二十四品）。

经目开列云"《维摩经》三十卷"，据《大正新修大藏经》全称《维摩诘经》，三卷，十四品。多简称为《维摩经》，如《法华经义记》："是故《维摩经》言：'譬如胜怨乃可为勇，如是兼除老病死者，菩萨之谓也。'"②

经目开列云"《金刚经》一卷"，据《大正新修大藏经》，全称《金刚般若波罗蜜经》，一卷，三十二分。多简称为《金刚经》，如《法华文句记》："如《金刚经》问名问持乃在经中，不可一切悉令居中。"③

经目开列云"《大集经》三十卷"，据《大正新修大藏经》，全称《大方等大集经》，六十卷，十七品。多简称为《大集经》，如《新华严经论》："第七《法华经》，会权就实为宗。第八《大集经》，以守护正法为宗。第九《涅槃经》，明佛性为宗。"④

经目开列云"《摩竭经》一百四十卷"，据《大正新修大藏经》，全称《佛说三摩竭经》，一卷。简称为《三摩竭经》，如《阿弥陀经疏》："《三摩竭经》云：'佛欲度彼事裸形外道难化国王故，令诸弟子皆现神变。'"⑤亦有简称《摩竭经》者，如《御制秘藏诠》："《摩竭经》云不行见。"⑥

经目开列云"《法华经》十卷"，据《大正新修大藏经》，全称《妙法莲华经》，中土有三种译本，卷数不一，多者为竺法护译，十卷，二十七品。多简称为《法华经》，如《大智度论》："如《法华经》中多宝世尊，无人请故便入涅槃。"⑦

---

① 《阿毗达磨大毗婆沙论》卷六十三，玄奘译，载《大正新修大藏经》第 27 册，第 327c 页。

② 法云：《法华经义记》卷一，载《大正新修大藏经》第 33 册，第 575b 页。

③ 湛然：《法华文句记》卷十，载《大正新修大藏经》第 34 册，第 351a 页。

④ 李通玄：《新华严经论》卷一，载《大正新修大藏经》第 36 册，第 721c 页。

⑤ 窥基：《阿弥陀经疏》，载《大正新修大藏经》第 37 册，第 317a 页。

⑥ 宋太宗：《御制秘藏诠》卷五，载《高丽大藏经》第 35 册，台湾新文丰出版公司，1982，第 846b 页。

⑦ 《大智度论》卷七，龙树造、鸠摩罗什译，载《大正新修大藏经》第 25 册，第 109b 页。

经目开列云"《瑜伽经》三十卷",据《大正新修大藏经》,全称《金刚顶瑜伽念珠经》,一卷。简称为《瑜伽经》,如《仁王般若陀罗尼释》:"金刚手者,《瑜伽经》释云:'手持金刚杵,表内心具大菩提;外表摧伏诸烦恼。故名金刚手。'"①

经目开列云"《大孔雀经》十四卷",据《大正新修大藏经》,全称《佛母大孔雀明王经》,三卷。简称为《大孔雀明王经》,如《开元释教录》:"大孔雀明王经三卷五十纸。"②

经目开列云"《未曾有经》五百五十卷",据《大正新修大藏经》,全称《佛说未曾有经》,一卷。而据《长阿含经》:"比丘!于十二部经……十曰《未曾有经》。"③是有此简称。

以上十八种,均为佛藏中实有其书,小说中的经目只是卷数的表述不够确切(内有两种卷数亦恰合)。还有一种情况稍微特殊一些,即经目开列云"《菩萨经》三百六十卷",而据《大藏经》,称《菩萨经》者甚多,但皆有定语,如"月光""月明",大多一二卷,多者六七卷。

综合上述情况,经目所列三十五种佛典,半数以上皆实有不误。只是卷数或不够准确。

三

再来看第二种情况。

经目开列云"《起信论经》五十卷",而据《大正新修大藏经》,只有《大乘起信论》一卷,简称《起信论》。《大藏经》中,该简称出现2818次,如《佛说佛名经》:"南无《百论》、南无《起信论》、南无《三无性论》……"④经目中只是在"论"字后面加了一个"经"字(其原因后面再讲)。

---

① 《仁王般若陀罗尼释》卷一,不空译,载《大正新修大藏经》第19册,第522a页。
② 智昇:《开元释教录》卷二十,载《大正新修大藏经》第55册,第699c页。
③ 《长阿含经》卷十二,佛陀耶舍、竺佛念译,载《大正新修大藏经》第1册,第74c页。
④ 《佛说佛名经》卷五,菩提流支译,载《大正新修大藏经》第14册,第208a页。

经目开列云"《大智度经》九十卷"，而在《大正新修大藏经》中有《大智度论》，一百卷，出现2201次，居诸"论"之首。经目中只是把"论"字换成了"经"字。

经目开列云"《维识论经》十卷"，当指《成唯识论》，据《大正新修大藏经》，恰为十卷。而此《论》则确为玄奘"取"回，并译出，又以此为理论旗帜建立"唯识宗"，成为所谓"大乘八宗"之一。经目中也是在"论"字后面加了一个"经"字。

经目开列云"《具舍论经》十卷"，当指《阿毗达磨俱舍论》，据《大正新修人藏经》为三十卷，九品。此《论》小为玄奘"取"回，并译出。

经目开列云"《三论别经》四十二卷"。"大乘八宗"有"三论宗"，以《中论》《百论》《十二门论》开宗立派。隋释吉藏撰有《三论玄义》，一卷，总叙《中》《百》《十二门》"二论"要旨，成书丁仁寿二年（602）四月。全书内容分两人部分，包括有《别释众品》。可见这里的《三论别经》虽欠准确，却也实有出处。同样是在"论"字后面加了一个"经"字。

"论"字后面加上"经"字的，经目中还有两种，一种是《正法论经》，一种是《西天论经》。这两种皆非现成的"论"加一"经"字，但"正法论""西天论"均于佛典中有所凭依，如《方便心论》："既自有过，何由过彼？如是等名'正法论'也。"①《物不迁正量论》："'西天论'者有所立破，必以因明为准。"②

以上七种，在小说经目中的共同特点是，都称之为"经"，而"经"之前都有一"论"字。其中多数也确实是佛典"经、律、论"三藏中"论藏"的名篇，如《大智度论》《成唯识论》《俱舍论》。后两种还确实是玄奘由"西天""取经"带回的成果。

作者之所以在经目中开列这些本为"论藏"重要经典，却又后缀一个"经"字，原因盖有两端：一是开列者知道"经、律、论"三藏之说，但又知之不确，故在前文由佛祖口中讲出"有论一藏"，并就其所知举了《大智

① 《方便心论》，吉迦夜译，载《大正新修大藏经》第32册，第27c页。
② 镇澄：《物不迁正量论》卷下，载《卍新纂大日本续藏经》第54册，第920b页。

度论》《成唯识论》《俱舍论》这样有名的"论"著；二是，毕竟作品讲的
是西行"取经"的故事，最终要取回一批"经"来。而小说自身的通俗性
质，也不要求这方面的严谨，所以两个因素勾兑的结果，就是"论经"名
目的出现。

这种情况虽似不伦，却也反映了作者较为认真的处理思路，以及知之
而不甚确的佛学水准。

属于第三种情况的有五种。即"《恩意经大集》一部五十卷，《礼真如
经》一部九十卷，《僧祇经》一部一百五十七卷，《佛国杂经》一部一千九
百五十卷，《正律文经》一部二百卷"。经目所列这五种"佛经"，不见于各
种佛藏，确属虚构。占整个经目的七分之一。

但是，这五种"经"虽不见于佛藏，"经"的名称却是佛教典籍十分常
见的语词。如"恩意"，检索《大藏经》得 81 次。如《贤愚经》："彼有恩
意，以牛借我。"①《法华文句记》："如十恩中初恩意也。"②而"恩意"又
常与"十恩"关联。"十恩"也是习用语汇（以及"十种恩"），如《法华义
疏》："第二大段叹佛恩深难报。此经始终佛有十恩。"③可见《恩意经》名
虽杜撰，却非向空虚造。杜撰者还是对佛经较为熟悉的。

"礼真如"，"真如"更为常见，检索《大藏经》得 57969 次，"礼真如"
即为"礼佛"，泛言之耳。至于"佛国"，为中土佛徒对天竺的敬称，使用
同样频繁，检索《大藏经》得 12083 次。如《增壹阿含经》："云何佛国境
界不可思议？"④"僧祇"，佛教常用语，检索《大藏经》得 1776 次，如"僧
祇部""僧祇律"等。《翻译名义集》："摩诃僧祇，此云大众。大集云：广
博遍览五部经书，是故名为摩诃僧祇。"⑤"正律"，在佛教经典中亦不罕见，
如《杂阿含经》："尔时，世尊告诸比丘：'有非律，有正律。谛听善思，当
为汝说。何等为非律？谓杀生乃至邪见，是名非律。何等为正律？谓不杀

①《贤愚经》卷十一，慧觉等译，载《大正新修大藏经》第 4 册，第 428c 页。

② 湛然：《法华文句记》卷七，载《大正新修大藏经》第 34 册，第 288c 页。

③ 吉藏：《法华义疏》卷七，载《大正新修大藏经》第 34 册，第 557c 页。

④《增壹阿含经》卷二十一，僧伽提婆译，载《大正新修大藏经》第 2 册，第 657b 页。

⑤ 法云：《翻译名义集》卷四，载《大正新修大藏经》第 54 册，第 1113b 页。

乃至正见，是名正律。'"① 检索《大藏经》得 113 次。而"正律"后缀"文"，
则如"东塔为正律文"②。

要之，经目中看似无稽的这五种，也不是凭空捏造。同样是反映出开
列者对佛教典籍有较多接触，但又不具备"专业"水准的情况。

四

值得特别探究一下的是属于第四种情况的四种"佛经"：《本阁经》《宝
威经》《五龙经》《宝常经》。

"本阁"一词，偶见于佛典，如《续高僧传》："门人慧安智頔者，师资
义重甥舅恩深，为树高碑于寺之内。东宫庶子虞世南为文。今像还归于本
阁云。"③此"本阁"实为一普通名词，与佛理无涉。但这个名词同样偶见
于道教典籍，如《玄天上帝启圣录》："今再赐本阁二年恩泽一道。""自住
持吴筠以后，本阁收到，遂日看经开殿施利钱二万余贯，日渐聚积。"④意
蕴与佛藏类似。

"宝威"一词，同样既偶见于佛典，亦见于道教典籍，如"三宝威神"
"三宝威力""三宝威灵"等。但严格来讲，这并不是一个词语，而是截取
词组形成的"接搭"。

"宝常"一词，情况与"宝威"类似，同样既偶见于佛典，亦见于道教
典籍。前者如《摩诃摩耶经》："诸佛虽灭度，法、僧宝常住。"⑤《大智度
论》："是宝常能出一切宝物。"⑥后者如《元始天王欢乐经》："供养三宝常
住福田。"⑦《金阙帝君三元真一经》："《灵宝经》曰：天精地真，三宝常存，

---

① 《杂阿含经》卷三十七，求那跋陀罗译，载《大正新修大藏经》第 2 册，第 275c 页。

② 景霄：《四分律行事钞简正记》卷六，载《卍新纂大日本续藏经》第 43 册，第 139a 页。

③ 道宣：《续高僧传》卷二十九，载《大正新修大藏经》第 50 册，第 695b 页。

④ 《玄天上帝启圣录》卷六至卷七，《道藏》第 19 册，文物出版社、上海书店、天津古籍出版社，1988，
第 611a—619a 页。

⑤ 《摩诃摩耶经》卷下，释昙景译，《大正新修大藏经》第 12 册，第 1013a 页。

⑥ 《大智度论》卷五十九，龙树造，鸠摩罗什译，《大正新修大藏经》第 25 册，第 478b 页。

⑦ 《元始天王欢乐经》，《道藏》第 2 册，第 25a 页。

此之谓也。"①

"五龙"一词最为触目。因为它实在不像是佛典名称，甚至也不像佛教用语。检索《大藏经》，果然杳无踪影。但是，如果我们换个思路，去检索一下《道藏》，便会发现"五龙"乃是道教常用语。检索《道藏》，可得 158篇，282 条，如《太上元始天尊说北帝伏魔神咒妙经》："若下元生人，住宅凶耗，居处不安，频有灾疾，可建立五龙道场，日夕三时，转经行道。"②《云笈七签》："五龙氏得此经，以道治世万二千岁，白日登仙。"③等等。"五龙"与"经""道场"皆有所联系。另外，道教"五龙"之说在社会上有多方面影响。如小说《说唐》有"锁五龙"的关目。五台山有"五爷庙"，所供奉为龙神，香火居于全山之首。也就是说，一个道教中特有而常见的名词，成为《西游记》开列佛典经目之一种。

把《五龙经》这种情况与上面亦佛亦道的三部经的名称联系起来看，《西游记》这个经目的撰写者是一个既对佛教经典有一些了解，又对道教话语有所掌握的人。

循此思路，我们发现在《西游记》描写的授经、取经过程中，还有一个刻意强调的细节也处于佛教与道教之间。

九十八回，先是如来询问阿傩、伽叶："传了多少经卷与他？可一一报数。"有趣的是，高高在上的如来竟然对具体数字发生了这样的兴趣。二位尊者于是报告道："各部中检出五千零四十八卷，与东土圣僧传留在唐。"这里出现了一个数字：五千零四十八。接下来，节外生枝，观音启奏道，唐僧五众路上走了"五千零四十"天，与经卷数差了八天，所以返程天数必须控制在八天，这一项取经事业才算得功德圆满。如来便吩咐八大金刚："汝等快使神威，驾送圣僧回东……须在八日之内，以完一藏之数。勿得迟违。"④

① 涓子授东海青童君：《金阙帝君三元真一经》卷一，载《道藏》第4册，第549c页。
② 欧阳雯受：《太上元始天尊说北帝伏魔神咒妙经》卷七，载《道藏》第34册，第423b—423c页。
③《云笈七签》卷三，张君房编，载《道藏》第22册，第16c页。
④ 吴承恩：《西游记》，第1142—1144页。

这一笔有些莫名其妙。为什么行程天数必须要与所取佛经卷数一致呢？好像没有什么道理。插上这一笔，实际的效果在于数字方面。一是进一步强调经卷是五千零四十八卷，二是出来一个"五千零四十"的数字。而这两点都与道教有些关系。

历史上的玄奘从天竺带回的经卷当然不是五千零四十八卷。这个数字出自《开元释教录》。据《佛祖统纪》："西京崇福寺沙门智升，进所撰《开元释教录》二十卷，以五千四十八卷为定数。敕附入大藏。"①"五千零四十八"这个数字为后世禅门所乐用，如《古尊宿语录》《五灯全书》《指月录》以及大量的禅宗大德语录之中频频出现。也在民间产生了影响。与此同时，道教的典籍中也频繁出现这个数字。而道士们既接受了佛禅的话语，又转化为自己的话语。如《上阳子金丹大要》："佛经五千四十八卷，也说不到了处。"②《玉清无极总真文昌大洞仙经注》："佛经五千四十八卷一藏。"③《紫阳真人悟真直指详说三乘秘要》："然而大藏乃有五千四十八卷者，此皆圣人以人味道之，甚不获已而强言之也。"④《道法会元》："行雷法须先受雷部《天童经》，诵五千四十八卷。""行北斗玄灵式，先念《北斗玄灵经》五千四十八卷。"⑤前两个是袭用佛教话语。第三个则含糊其词。第四个索性移用到道教自己的经典上。其实，《天童经》亦名《天雷咒》，只有短短的一卷。而《北斗玄灵经》在《道藏》中并无载录。所以，这里都夸张地称之为"五千四十八卷"，不过是显示出道教徒对这个特别的"高端"数字的崇敬与兴趣。

至于《西游记》这里出现了观音所说"五千零四十"的数字，也不是偶然的。《道德真经三解》："太极圈中，有一神物，可重一斤十六两零三百八十四铢，五千四十年又五千四十日而后结成。"⑥可见，"五千零四十"这

---

① 志磐：《佛祖统纪》卷四十，载《大正新修大藏经》第49册，第374c页。

② 陈致虚：《上阳子金丹大要》卷二，载《道藏》第24册，第9c页。

③《玉清无极总真文昌大洞仙经注》卷十，卫琪注，载《道藏》第2册，第697c页。

④《紫阳真人悟真直指详说三乘秘要》，载《道藏》第2册，第1022c页。

⑤《道法会元》卷二百五十，载《道藏》第30册，第534b—534c页。

⑥《道德真经三解》卷二，邓锜注，载《道藏》第12册，第199c页。

个数字也是在道教的神秘数字系统之中。而且，我们还发现，它竟然也与经卷数有关。有署名吕祖的《真经歌》：

> 真经歌，真经歌，不识真经尽着魔……真经原来无一字，能度众生出大罗。……五千四十归黄道，正合一卷大藏经。……初祖达摩亲口授，真玄妙法莲华经。……活中死，死复生，自古仙佛赖真经。此个造化能收得，度尽阎浮世上人。大道端居太极先，本于父母未生前。度人须要真经度，若问真经癸是铅。①

这首歌词可注意者有三点。第一，把"一卷大藏经"同"五千四十"联系起来；还提到了"无字真经"——小说中也出现了"无字真经"的情节。第二，歌词虽出于道教人士之手，却承认"五千四十"这个数字与"一卷大藏经"皆源出于佛禅。第三，但是，此"五千四十"的"一部大藏经"，同时适用于"仙佛"，二者在这个意义上是一体的；而最终要归之于道教的内丹之术——"度人须要真经度，若问真经癸是铅"②。

显然，这段文字是可以同《西游记》构成互文关系的。

说明《西游记》作者在"五千四十八"与"五千四十"这两个数字上格外用心的，还有两个细节。一个是在第一百回，描写唐太宗李世民口诵《圣教序》全文八百余字。这样严肃的文字在总体嬉笑风格的作品中显得十分特异。这篇文字几乎是百分之百的移录，明显的改动只有两处。一处是"周游西宇，十有七年"，改为"周游西宇，十有四年"③；另一处是"总将三藏要文，凡六百五十七部，译布中夏，宣扬圣业"，改为"总得大乘要文，凡三十五部，计五千四十八卷，译布中华，宣扬圣业"④。而这两处改动其实密切相关，都为的是"五千四十八"，以及"五千四十"这两个数字。因

---

① 吕岩：《吕祖全书》卷三，载《藏外道书》第 7 册，巴蜀书社，1994，第 120—121 页。

② 参见郭健：《〈西游记〉中"真经"的内丹学含义》，《中国道教》2001 年第 5 期。

③ 吴承恩：《西游记》，第 1158 页。

④ 同上。

为十四年，恰好五千四十天（古人习以三百六十天为一年），是全真道《真经歌》所谓"五千四十归黄道，正合一卷大藏经"的说法。由于全真道还有另一与佛教通用的"五千四十八"数字，于是小说在后文就出现了观音的那道加法题："5040+8"，把两种说法统一起来，"方合一藏之数"，算得功德圆满了。

另一个是九十八回开列的经目卷数颇为参差，多者1638，少者仅1卷，看似杂乱，其实不然。经目所列所有经卷总和恰为5048，可见作者的苦心。

从这个角度看，《西游记》作者在开列结局的经目时①，不仅不是随意、游戏的态度，而且是相当认真与用心的。至于佛学知识不够"专业"的问题，则说明这位作者既对佛教有相当的兴趣、相当的了解，却又不是佛门人物。再证之以《五龙经》与"五千四十"，他的身份是全真道徒，当为大概率事件。

五

《西游记》与全真道的关系，自柳存仁先生予以关注②，开启了这方面的学术性研究。概括来说，他揭示的"关系"，主要为两点：一是散布于全书的大量全真教内丹话语，如"婴儿""姹女""金公""木母"之类；二是书中有直接移录的全真教道士的若干诗词。

其后，近三十年来，踵武柳氏的研究者对这两方面陆续有所增补，强化了对这一关系的认知。笔者也有几篇小文章③，在一些方面有些许新的发现，使认识有所推进。如笔者发现明初全真教道士何道全的《般若心经注解》被大段移录到《西游记》中，又如揭示《西游记》中的"心猿""白牛""弼马温"等形象、称谓，皆与全真教的话语系统具有相当密切的关联，等等。因而提出《西游记》成书的过程中元末明初存在一个的"全真化"环

---

① 这里的"作者"指的是在累积成书的过程中，在"全真化"环节操觚的某无名氏。
② 柳存仁：《全真教和小说西游记》，载《和风堂文集》下册，上海古籍出版社，1991，第1319—1391页。
③ 参见陈洪：《红楼内外看稗田》，知识产权出版社，2020。

节，以致《西游记》文本中既有大量全真道的话语，又有很多佛教的内容。

　　在以上研究的基础上，再来考察前述《西游记》开列的经目，以及相关的种种描写——如观音的"加法"，《圣教序》的改动等，不难发现一条清晰的逻辑：小说确曾经过全真教道士的染指；全真教本就是融佛禅入道教的特殊教派，所以导致《西游记》既有数量可观的丹道话语，又有不甚"专业"的佛教内容；这不甚"专业"的佛教内容——如开列的经目，并非世德堂本写定者"尤未学佛"，而是此前"全真化环节"的留存；当初，道士们对这些内容是认真设计的，只不过是立足于捃扯来的二手佛学，难怪入不得鲁迅先生的法眼了。

《封神演义》"陆西星著"补说

一

《封神演义》的作者问题复杂而有趣，而问题的焦点在于晚明一位十分活跃的道士陆西星。

孙楷第《中国通俗小说书目》按语云：

> 《封神演义》作者，明以来有二说：一云许仲琳撰，见明舒载阳刊本《封神演义》卷二，题云"钟山逸叟许仲琳编辑"。鲁迅先生有文记之。仲琳盖南直隶应天府人，始末不详。且全书惟此一卷有题，殊为可疑。一云陆长庚撰，余始于石印本《传奇汇考》发见之。卷七《应天时》传奇解题云："《封神传》传系元时道士陆长庚所作。未知的否？"张政烺谓"元时"乃"明时"之误，长庚乃陆西星字。其言甚是……惜不言所据耳。①

这里把两种主要观点的来龙去脉梳理得清清楚楚。"惜不言所据"，也是很客观、很谨慎的态度。不过，从语气看，孙先生还是比较倾向于"陆西星著"一说的。

许、陆二说之外，20 世纪八九十年代又有李云翔合著的说法，唯依据含混②，影响不大，这里且置之不论。

---

① 孙楷第：《中国通俗小说书目》卷五，人民文学出版社，1982，第 196—197 页。
② 此说依据仅为李云翔的一篇序言，然其中语既含混，复多矛盾，似难成立。

由于孙楷第先生留下了"惜不言所据"的憾词，旅澳学者柳存仁便接下了这个任务。他在《陆西星、吴承恩事迹补考》《佛道教影响中国小说考》《元至治本全相武王伐纣平话明刊本列国志传卷一与封神演义之关系》等文章中，相当细密地论证了陆西星撰写《封神演义》的根据。①大略言之，有以下几个方面。

1. 不仅《全相武王伐纣平话》是《封神演义》的早期蓝本，嘉隆万之际的《列国志传》亦"或曾为陆西星所见，且为陆所利用"。

2.《封神演义》中的一些道教用语与陆西星其他著作如《南华真经副墨》等颇有相同或相近者。

3.《封神演义》中的散仙陆压是个神龙见首不见尾的人物，值得深究。

4. 张政烺认为陆西星与吕洞宾关系至为密切，所以神通广大的陆压暗指陆的老师吕洞宾。证据是"陆压"二字的声母与"吕岩"（吕洞宾名吕岩）的声母皆为 L、Y。而柳存仁先生认为其观点与论证均未免迂远，不如直接以"陆压"为作者自己的隐名为妥。

5. 指"陆压"为陆西星的隐名，理由多多，主要有："压星"为道教方术，以"压"指"星"自然而然；"陆压"来自"西昆仑"，与陆西星亦有所呼应；"陆压"不在书中设定的阐教、截教神仙谱系之中，更谈不上辈分问题，以致阐教十二门徒在"封神"之役展开前根本不认识他②；姜子牙碰到的大难题，很多都靠他解决，例如射赵公明、斩丘引、处死妲己等；同时，无论对手多么厉害，作者从不让陆压"吃亏"③；其他，还有现实中陆西星的"性命双修"宗教主张、"西昆仑"的地望等，都在小说的"陆压"身上有所体现，等等。

可以说，柳先生的工作相当细致。然推敲之下，前两点与陆西星的著作权关系不大。④但后面三条出于文本内部，非如此对"陆压"这一奇特的

---

① 参见柳存仁：《和风堂文集》，上海古籍出版社，1991。

② 许仲琳：《封神演义》第四十八回，华夏出版社，1994，第288页。

③ 如遇到碧霄、孔宣等劲敌，皆"化一道长虹"即可脱身。

④ 章培恒先生著文驳柳，主要也是从此下手。

人物形象难有圆通的解释。①虽然据此尚不能对著作权问题铸成铁案，却也是相当有说服力的。假如有"陪审团"来表决，相信通过的可能性还是相当大的。

我们在这里梳理问题的由来与现状，当然不是为了彰显柳存仁的贡献，或是讨论李云翔的资格，而是由"陆西星"还可以延伸出去，涉及几个较为有趣的话题；而这些话题有多多少少可以为"陆西星著《封神演义》"之说增添几个小砝码。

二

《封神演义》的仙界分为两大阵营：正面的阐教与反面的截教。阐教的谱系是这样的：最高神是鸿钧老祖，其下传三个弟子，老子与元始天尊为阐教领袖，通天教主为截教领袖。元始天尊门下又有十二门徒——"昆仑山玉虚宫掌阐教道法元始天尊，因门下十二弟子犯了红尘之厄，杀罚临身，故此闭宫止讲"。故事就由此展开。

《封神演义》的基本结构在某种程度上与希腊神话相类：人间的冲突与仙界的矛盾交织在一起。阐教十二门徒便积极参与到武王伐纣的战争之中，以应自己的"劫数"。这十二门徒的名单首次出现于破"十绝阵"，书中写道：

> 杨戬启子牙："二仙山麻姑洞黄龙真人到此。"子牙迎接至银安殿，行礼毕，分宾主坐下。子牙曰："道兄今到此，有何事见谕？"黄龙真人曰："特来西岐，共破十绝阵。方今吾等犯了杀戒，轻重有分，众道友咫尺即来。此处凡俗不便，贫道先至，与子牙议论。可在西门外，搭一芦篷席殿，结彩悬花，以便三山五岳道友齐来，可以安歇。"……仙圣自不绝而来。来的是：九仙山桃源洞广成子，太华山云霄洞赤精

---

① 此人在作品中凭空而来，神通广大，往往起到决定性作用，却又不入各方谱系。

子，二仙山麻姑洞黄龙真人，狭龙山飞云洞惧留孙——后入释成佛，乾元山金光洞太乙真人，崆峒山元阳洞灵宝大法师，五龙山云霄洞文殊广法天尊——后成文殊菩萨，九功山白鹤洞普贤真人——后成普贤菩萨，普陀山落伽洞慈航道人——后成观世音大士，玉泉山金霞洞玉鼎真人，金庭山玉屋洞道行天尊、青峰山紫阳洞清虚道德真君。

……

众人正议破阵主将，彼此推让，只见空中来了……灵鹫山圆觉洞燃灯道人……子牙与众人俱大喜曰："道长之言，甚是不谬。"随将印符拜送燃灯。①

这一段带有总体交代的意味，后文的情节大多与这个大名单有关。这个名单及其出现有三点值得注意之处：一是把佛教在中土影响最大的三位菩萨——观音、文殊、普贤安排成元始天尊的弟子；二是把"灵鹫山"（释迦牟尼说法处）的"燃灯"道人安排成十二弟子的同辈师兄——在佛教的谱系中，燃灯是地位极其崇高的过去佛；三是十二弟子的到来，是黄龙真人来"打前站"，提前安排。

前面两点显然带有扬道贬佛的意味，此且不论。要说的是，黄龙真人似乎在十二弟子中地位稍微特殊一些。

这一点在后文继续有所表现，如另一重头戏"诛仙阵"，也是"（姜子牙）正在殿上忧虑，忽报：'黄龙真人来至。'子牙迎接至中堂，打稽首，分宾主坐下。黄龙真人曰：'前边就是诛仙阵，非可草率前进。子牙你可分付门人，搭起芦篷席殿，迎接各处真人异士，伺候掌教师尊，方可前进。'子牙听毕，忙令南宫适、武吉盖芦篷去了。……子牙感谢毕，复至前殿，与黄龙真人同众门弟子离了汜水关，行有四十里，来至芦篷。只见悬花灯结彩，叠锦铺毹。黄龙真人同子牙上了芦篷坐下。少时间，只见广成子来至；赤精子随至。次日，惧留孙、文殊广法天尊、普贤真人、慈航道人、

---

① 许仲琳：《封神演义》第四十四至第四十五回，第264—266页。

玉鼎真人来至；随后有云中子、太乙真人……来至……稽首坐下。"①而姜子牙被吕岳暗害性命垂危，也是"哪吒正忧烦，听的空中鹤唳之声，元来是黄龙真人跨鹤而来，落在城上"②，并修书伏羲索取丹药救治。

若看这些情节，作者似乎很看重这位黄龙真人，突出他在十二弟子中的地位。可是，奇怪的是，他又是十二弟子中最"倒霉"的一位。

先是与赵公明作战：

> 赵公明道罢。黄龙真人跨鹤至前，大呼曰："赵公明，你今日至此，也是'封神榜'上有名的，合该此处尽绝。"公明大怒，举鞭来取。真人忙将宝剑来迎。鞭剑交加。未及数合，赵公明忙将缚龙索祭起，把黄龙真人平空拿去。……至中军，闻太师见公明得胜大喜。公明命将黄龙真人也吊在幡杆上。把黄龙真人泥丸宫上用符印压住元神，轻容易不得脱逃……燃灯闻言，甚是不乐；忽然抬头，见黄龙真人吊在幡杆上面，心下越觉不安。众道者叹曰："是吾辈逢此劫厄不能摆脱。今黄龙真人被如此厄难，我等此心何忍！谁能解他恁尤方好。"③

作战、斗法，不妨互有胜负。但做了俘虏，被吊在幡杆上示众出丑，这样的写法用在"正面"的仙人身上就显得有点儿怪异了——十二弟子只有他享受了这样的待遇。最后还是被自己的晚辈师侄从杆子上救下来。

如果说事出偶然、作者无心，那下一段文字就不好解释了。

> 黄龙真人曰："众位道友，自元始以来，为道独尊，但不知截教门中一意滥传，遍及匪类，真是可惜工夫，苦劳心力，徒费精神；不知性命双修，枉了一生作用，不能免生死轮回之苦，良可悲也！"……黄龙真人上前曰："马遂，你休要这等自恃。如今吾不与你论高低，且等

---

① 许仲琳：《封神演义》第七十六回，第474页。

② 同上书第五十八回，第357页。

③ 同上书第四十七回，第282页。

掌教圣人来至，自有破阵之时。你何必倚仗强横，行凶尚气也。"马遂跃步，仗剑来取。黄龙真人手中剑急忙来迎。只一合，马遂祭起金箍，把黄龙真人的头箍住了。真人头疼不可忍，众仙急救真人，大家回芦篷上来。真人急忙除金箍，除又除不掉，只箍得三昧真火从眼中冒出；大家闹在一处。不表。[①]

这是万仙阵的一段，又是黄龙真人逞强出头，不料"只一合，马遂祭起金箍，就把黄龙真人的头箍住了"。显然，本领低劣，无自知之明。问题是箍住了也罢，还有更过分的描写："真人头疼不可忍"，"急忙除金箍，除又除不掉，只箍得三昧真火从眼中冒出"，而"众仙急救真人……大家闹在一处"。不仅黄龙真人狼狈不堪，连众仙人都被他拖累得"闹在一处"，全无尊严了。

除此之外，其他地方还多次写到他的无能，如"吕岳战黄龙真人，真人不能敌，且败往正中央来。杨文辉大呼：'拿住黄龙真人！'哪吒听见三军呐喊，振动山川，急来看时，见吕岳三头六臂，追赶黄龙真人。"[②]结果又是晚辈哪吒救了黄龙真人的命。

十二门徒中，多次写黄龙真人出头充当"组织者"，显然是要引起读者对他的注意；而出头的同时却是一次次让他出乖露丑——高吊示众、"箍得三昧真火从眼中冒出"，这样的笔墨中流露出强烈的负面情绪。

一个"正面的"仙人，为何如此"倒霉"？为何只有他如此"倒霉"？

这样提问题，看起来似乎有点儿网络游戏水平的嫌疑，其实含有相当复杂的学术因素。因为"黄龙"，曾经是佛道争胜的"箭垛式"人物。

从北宋到晚明，"吕洞宾飞剑斩黄龙"就是一个热闹非凡的宗教话题。站在佛教的立场，是黄龙禅师折服了吕洞宾，如《五灯会元》写吕的忏悔词："自从一见黄龙后，始觉从前错用心。"《飞剑斩黄龙》剧本则写"（吕）夜半飞剑入禅室中，剑被黄龙收摄，卓地不动。洞宾百计取剑，终不能得，乃拜服，愿归佛法"。而站在道教的立场，便全然翻转，杂剧《吕纯阳点化

---

① 许仲琳：《封神演义》第八十二回，第 511 页。
② 同上书第五十九回，第 360 页。

度黄龙》，以及《吕真人神碑记》《吕祖全书》等，都是让吕洞宾最终占了
上风。

不过，总体来看，社会上流传的黄龙与吕洞宾的斗争故事，以黄龙得
胜的为多。这在道教徒，特别是全真教教众心中是一记耻辱的印痕。①

以此为背景，来看《封神演义》中给"黄龙"的特殊待遇，就不难理
解了；有趣的是，陆西星与吕洞宾有十分密切的关系。

据《兴化县志》，陆西星尝为诸生，后弃儒学道，自称吕洞宾降临其草
堂，亲授丹诀。他自著《金丹就正篇》的两篇序言重点便是宣传自己与吕
洞宾深厚的仙缘：

> 嘉靖丁未，偶以因缘遭际，得遇法祖吕公于北海之草堂，弥留款
> 洽，赐以玄醴，慰以甘言。三生之遇，千载稀觏。
> 甲子嘉平……恩师示梦，去彼挂此，遂大感悟，追忆曩所授语，
> 十得八九。参以契论经歌，反复抽绎，窹寐之间，性灵豁畅，恍若有
> 得，乃作是篇。……庶几不背吾师之旨乎！
> 昔师示我云："《参同》《悟真》乃入道之阶梯。"顾言微旨远，未
> 易剖析，沉潜廿载，始觉豁然。且夫仆非能心领神悟也，赖玩索之功
> 深，而师言之可证耳。②

首先，他能入道完全是吕洞宾的提携（注意，历史上的道士吕洞宾是唐代
人物；此吕洞宾乃是"得道"后的仙人）。吕洞宾甚至住到他家里，传授内
丹的诀窍，实在是"千载稀觏"——千载难逢的旷世缘分。其次，吕洞宾
始终关心他这个弟子，二十年后又托梦来指导，打破他种种瓶颈性问题，
使之"窹寐之间，性灵豁畅"——换个说法是"当下大悟"。于是乎，他不
敢私密，于是把吕祖所传及自己的学习心得公之于众，便有了这本《金丹

---

① 详见吴光正《佛道争衡与吕洞宾飞剑斩黄龙故事的变迁》（《文学遗产》2005 年第 4 期）。不过，该
文不曾涉及《封神演义》，以及其中"黄龙真人"诸问题。

② 陆西星：《金丹就正篇》，国学大师网，"影印古籍"。

就正篇》。

可见，陆西星与吕洞宾的关系实在是旷世仙缘！

陆西星后来成为全真教中一派的领袖，当与他所宣称的这一师承关系有直接的联系——虽然，这一师承、仙缘俱出自他本人自述，但哪一宗教领袖没有过类似的把戏呢？

明乎此，作为吕洞宾的"亲炙弟子"，陆西星在《封神演义》中把"黄龙"置于特殊的尴尬地位，做出带有几分恶意的描写，也就不难理解了。

这个问题的另一面是，《封神演义》中直接移录了若干吕洞宾的诗文，如十三回的："交光日月炼金英，一颗灵珠透宝月；摆动乾坤知道力，逃移生死见功成。逍遥四海留踪迹，归在三清立姓名；直上五云云路稳，紫鸾朱鹤自来迎。"①四十六回的："自隐玄都不计春，几回沧海变成尘；玉京金阙朝元始，紫府丹霄悟道真。喜集化成千岁鹤，闲来高卧万年身；吾今已得长生术，未肯轻传与世人。"②这显然表现出作者对吕洞宾特殊的兴趣与敬意。

另外，七十七回，还有这样一段文字："（元始天尊）吩咐弟子排班：赤精子对广成子，太乙真人对灵宝大法师，清虚道德真君对惧留孙，文殊广法天尊对普贤真人，云中子对慈航道人，玉鼎真人对道行天尊，黄龙真人对陆压，燃灯同子牙在后。"③可是，作品在前文明明交代了陆压不是元始天尊的弟子——"不去玄都拜老君，不去玉虚门上诺"④，这里却让他参加到"弟子排班"中，而且让他和黄龙真人结成了对子。于是，在似有意似无意之间，作者给读者留下了二者有关联的印象。

从《封神演义》对"黄龙"的特殊描写，可以引发我们如下一些思考，并提供了做进一步研究的可能。

1. 明代中后期，无论宗教内部，还是社会上——包括官方、民间、士

---

① 吕洞宾：《吕祖志》，见《万历续道藏》。
② 吕洞宾：《纯阳真人浑成集》，见《正统道藏》太玄部。
③ 许仲琳：《封神演义》第七十七回，第478页。
④ 同上书第四十八回，第288页。

林，都出现了相当强烈的"三教合一"的舆论。这种情况反映到小说创作中，《西游记》《西洋记》以至《封神演义》等都有十分明确的"三教合一"的说法。但是，"合一"只是一方面，在"合一"的大旗下，"争胜"始终暗潮汹涌。上述阐教十二门徒的种种安排，正是站在道教立场上，对佛教的"挑衅"——一定程度上是对禅门把"吕祖"安排成黄龙弟子的回应。

2. 几乎同时的《西游记》《西洋记》，则是站在佛教立场上充满对道教的"挑衅"，最突出的如《西游记》"车迟国"一节。

3.《封神演义》作者的问题，虽然尚不能铸成铁案，但这些材料无疑有力地指向作者的道教人士身份。

三

《封神演义》中还有一个特殊得有点奇怪的人物，就是截教门下的"长耳定光仙"。在阐教与截教大决战的"万仙阵"一段，通天教主的"终极法宝"是"六魂幡"。这个情节在"诛仙阵"就出现端倪："通天教主……自思：'不若往紫芝崖立一坛，拜一恶幡，名曰六魂幡。'此幡有六尾，尾上书接引道人、准提道人、老子、元始、武王、姜尚六人姓名，早晚用符印，俟拜完之日，将此幡摇动，要坏六位的性命。"①到了后面"万仙阵"大决战前夕，这个"长耳定光仙"开始崭露头角。先是代表通天教主去阐教下战表：

> 通天教主曰："罢了！如今是月缺难圆。既摆此万仙阵，必定与他见个雌雄，以定一尊之位。今日是万仙统会，以完劫数。"随命长耳定光仙："你且去芦篷上，见你二位师伯，下这一封书。"定光仙领命，径至芦篷下……老子看书毕，谓定光仙曰："吾知道了。明日来破万仙阵也。"定光仙下篷至万仙阵，回复通天教主。②

---

① 许仲琳：《封神演义》第七十八回，第485页。
② 同上书第八十二回，第512页。

在"万仙"之中，教主把这个任务交给"长耳定光仙"，显出他是通天教主弟子中的亲信。接下来，通天教主进一步又把决定大局的最重要的任务交给了他：

> 通天教主分付长耳定光仙曰："但吾与你师伯共西方二位道人会战，吾叫你将六魂幡磨动，你可将幡磨动，不得有误！"长耳定光仙曰："弟子知道。"①

但万万没有想到的是，到了决战的最关键时刻：

> 通天教主只见万仙受此屠戮，心中大怒，急呼曰："长耳定光仙快取六魂幡来！"定光仙因见接引道人白莲裹体，舍利现光……知道他们出身清正，截教毕竟差讹，他将六魂幡收起，轻轻的走出万仙阵，径往芦篷下隐匿。正是：根深原是西方客，躲在芦篷献宝幡。话说通天教主大呼："定光仙快取幡来！"连叫数声，连定光仙也不见了。通天教主已知他去了，大怒，欲待无心恋战。②

由于"长耳定光仙"的临阵叛逃，使得万仙阵彻底崩溃，通天教主也被鸿钧老祖收走。而这个长耳定光仙却借此改换了门庭：

> 老子与元始看见定光仙，问曰："你是截教门人定光仙，为何躲在此处也？"定光仙拜伏在地曰："师伯在上，弟子有罪，敢禀明师伯。吾师炼有六魂幡，欲害二位师伯并西方教主……弟子不忍使用，故收匿藏身于此处。"……西方教主曰："吾有一偈，你且听着：极乐之乡客，西方妙术神。莲花为父母，九品立吾身。池边分八德，常临七宝园。波罗花开后，遍地长金珍。谈讲三乘法，舍利腹中存。有缘生此

---

① 许仲琳：《封神演义》第八十三回，第520页。
② 同上书第八十四回，第525页。

地，久后幸沙门。"西方教主曰："定光仙与吾教有缘。"元始曰："他今日至此，也是弃邪归正念头，理当皈依道兄。"定光仙遂拜了接引、准提二位教主。①

显然，临阵脱逃，背弃师门，都不是什么太光彩之事。不过，也可以用改邪归正一类说辞来开脱。这并不是我们关注的问题。我们关注的是，这个形象奇怪的名字是从哪里来的。

通天教主门下颇多动物成精者，在名称上往往有所体现，如"龟灵圣母"，现出原形就是一只大乌龟，"灵牙仙"就是一头大白象，"虬首仙"就是青毛狮子，"金光仙"则是金毛犼，等等。如果按照这个"惯例"，"长耳定光仙"似乎应该是一个兔子精，这才符合读者的"阅读期待"。但是，他不仅没有"现出"兔子的原形，还很风光地到了西方"极乐之乡"。

那么，这个怪怪的"长耳"从何而来呢？怎么又入了佛门呢？

原来，这是个真实的历史人物，还是个真实的佛门大德。更有趣的是，他与陆西星有交集！

《武林梵志》卷三有"宝相寺"条目，提到晚唐五代时有宗慧大师者：

> 姓陈氏，名行修，号性真……母梦吞日，惊寤而生，长耳垂肩，异香满室。
>
> 人或问师，如何有是长耳？即以手曳耳示之，不发一语。②

"吞日"云云，自然是附会之词。但其人以"长耳"为异相，则是突出的表征。五代时，"吴越王以诞辰饭僧。有永明禅师者，亦异人也。王问永明：'今有真僧降否？'永明曰：'长耳和尚，乃定光古佛应身也。'"③于是，就有了"长耳定光"之说。而法相寺就成了他的道场。

①　许仲琳：《封神演义》第八十四回，第 526 页。
②　《四库全书》史部，地理类，古迹之属，《武林梵志》卷三。
③　《四库全书》史部，地理类，古迹之属，《武林梵志》卷三。

万历年间，道士陆西星的兴趣向佛教转移——全真教本有融佛入道的传统，乃与两浙督抚甘士价共同发愿，整修已渐倾圮的这座寺院：

> 督抚甘士价、平湖陆长庚倡缘，筑石迳，甚整，沿坞而上，为定光庵古佛修证处。①

不仅如此，陆西星还为之作记——惜今已不得见。②

这个带有强烈地方色彩的"长耳定光"与陆西星竟然有如此缘分，或可为陆西星著《封神演义》之说增添一个小小的砝码。

四

《封神演义》的宗教立场呈现出复杂的状态。这表现在两个方面：一方面是书中屡屡提到的"三教"，一方面是对待佛教的态度。

"三教合一"本是一个远自汉末三国就有的老话题，而到明中叶勃然而兴。按照通常的理解，"三教"即为儒、释、道。如《西游记》孙悟空训诲车迟国国王所言："望你把三教归一，也敬僧，也敬道，也养育人才。"但到了《封神演义》中，虽屡屡言及"三教"，其内涵的混乱到了不可思议的程度。

第十五回，讲到"封神榜"的缘起时，有一段带有总论性的话："昊天上帝命仙首十二称臣，故此三教并谈，乃阐教、截教、人道三等。"③也就是说，《封神演义》中的"三教"，是儒家（人道）与道教内部的阐、截二派。这一内涵同样出现在云中子劝谏商纣王一段话中："比儒者兮官高职显，富贵浮云；比截教兮五行道术，正果难成。但谈三教，惟道独尊。"④其"三

---

① 《四库全书》史部，地理类，古迹之属，《武林梵志》卷三。

② 《武林梵志》卷三有"宝相寺"条："陆长庚有记。"

③ 许仲琳：《封神演义》第十五回，第91页。

④ 同上书第五回，第28页。

教"指的是"儒者""截教"与"阐教"（"道"之尊者）。

这个用法，在其他地方又简化成阐教与截教，如"当时三教金押封神榜"①，"通天教主曰：'红花白藕青荷叶，三教原来是一家。'""公明大怒：'岂有此理？三教原来总一般。'"

可是，在某些地方，"三教"又进一步简化，成为"阐教"——"正义方"的独享称号，如"三教会破诛仙阵"，"这壁厢三教圣人行正道，那壁厢通天教主涉邪宗。"②，"韦护展开宝杵，变化无穷，一个是护三教法门全真，一个是第三部瘟部正神"③。

如此使用"三教"一词，这也未免过于随意了。但还有更奇怪的，就是与上述特有的阐教、截教内涵全不相干，又回到了社会上通行的意义，如"古语云：'金丹舍利同仁义，三教原来是一家。'"④"舍利"指代佛教，当尤叵疑。又如"翠竹黄须白笋芽，儒冠道履白莲花；红花白藕青荷叶，三教原来总一家"⑤。"白莲花"指代佛教也是显而易见的。

这样一个社会上普遍使用的语词，又与作品的故事主干关系匪浅，内涵却如此混乱，原因何在？

陆西星是个有学问、有根底的人物，儒、释、道皆造诣不低。贞明道人为他所作《刻〈楞严述旨〉〈楞伽句义通说〉二经题辞》称："长庚氏者，谭性命之学，而归极于仙禅于道。……为《南华副墨》。则会合三家。而各极其趣。……夫大道无岐，殊途合辙……即释即儒。亦佛亦仙。……长庚作《方壶外史》，千万余言，于彼契论经歌藏之尽矣。是刻为《楞严述旨》《楞伽句义通说》，则迦译也。述旨以宗古德，通说以为童蒙，皆如禅之要典。……开示蕴奥，用心亦良苦哉。"⑥首先称赞他打通儒释道的观点，认为能够"会合三家。而各极其趣"。然后重点推崇其道教方面的"性命之学"，

---

① 许仲琳：《封神演义》第十三回，第82页。
② 同上书第八十四回，第524页。
③ 同上书第五十九回，第361页。
④ 同上书第六十五回，第400页。
⑤ 同上书第四十七回，第282页。
⑥ 《卍新续藏》第14册No.0294，《楞严经说约》。

认为"千万余言，于彼契论经歌藏之尽矣"——达到了理论的顶峰。对于佛学方面的造诣，则指出其普及与研究并重的特点。总之，陆西星力倡三教融通，而又以道教的著述为根本。

据此，小说中多言"三教"十分符合其身份与主张。但出现上述低级乱象，则很难对此做出圆通的解释。一种可能是，在《武王伐纣平话》《列国志传》之外，还有某些具有中间环节性质的本子——如同《西游记》的"全真本"，而陆西星只是一个最后的整理、写定者。而整理、编撰通俗小说毕竟带有游戏、消闲的性质，用语有几分随意亦属正常——《水浒》《西游》的最后编撰者同样在文本中留下了明显的矛盾。①

这种"猜想"还有一个小的旁证，就是小说对待佛教的态度。

《封神演义》对待佛教的态度很矛盾。

与《西游记》整体上扬佛贬道的宗教立场相反，《封神演义》的基本宗教立场是扬道抑佛的。这主要表现在两方面：一是神界、仙界的最高等级都在道教的谱系之中，如"昊天上帝"与"鸿钧老祖"。若从"辈分来讲"，佛教中地位崇高的燃灯佛、惧留孙佛、定光佛，以及影响巨大的观音、文殊、普贤菩萨，都是"鸿钧老祖"的徒子徒孙辈。甚至明确代表佛教的"西方圣人"——接引道人、准提道人，也是与老子、元始平辈论交，是"鸿钧老祖"的晚辈。

这倒是与作者（或为"写定者"）身为道教人物的身份相合。

可是，小说中写到"接引道人"与"准提道人"的时候，文字之间又颇为不吝赞美之词：

　　见一道人，身高丈六。但见：大仙赤脚枣梨香，足踏祥云更异常。十二莲台演法宝，八德池边现白光。寿同天地言非谬，福比洪波语岂狂。修成舍利名胎息，清闲极乐是西方。②

---

① 如《水浒传》宋江性格的分裂；《西游记》大量全真教话语与全书扬佛贬道的立场。
② 许仲琳：《封神演义》第七十八回，第482页。

而且，与前面提到燃灯道人等不同，明确指为"西方教主"的接引道人与准提道人神通广大，不出手便罢，出手则战无不胜。

这种情况，与上述"三教"称谓混乱互参，似提供了版本曾有演变过程的又一证据。但是，考虑到陆西星既是全真道的一派领袖，又对佛教深感兴趣的多重身份，在整理、写定过程中，两面兼顾倒是很正常的选择了。

还有一个话题，也不妨提几句。我国小说史上，有一个有趣的传统：自我指涉。文言系统且不论，这里简略说说白话方面。逆向而述：《老残游记》的主角有作者刘鹗的影子；《红楼梦》的贾宝玉、《儒林外史》的杜少卿，皆含作者自我指涉的成分；李渔的《十二楼》中也把自己写了进去。这是世情题材，似乎自然而然。有趣的是，历史题材与神魔题材也会自我指涉，只是"白日梦"的成分不免大为增加。《三国演义》中的诸葛亮超级"帝王师"形象，与罗贯中"有志图王""传神稗史"不无关联；《女仙外史》的"帝王师"吕律，明显是吕熊自己的"意淫"；无独有偶的是《野叟曝言》之文素臣，只是这个"梦"更大，把"自我"放大了千百倍。

在这个意义上，《封神演义》中的"陆压"，又逍遥自在，又神通广大，又建不世之功，又逃世俗之名——在伐纣、封神的关键时刻，他起了决定性作用[1]，天不管兮地不拘，人生如此，夫复何求！看作聪颖超人、出入儒释道的达人自我"人设"的小狡狯，不失为文艺创作心理学的一个生动例证——当然，前提是还要做更多的论证（如果有新的文物、文献发现，则幸甚至哉了）。

至于本文，只能是连带而及，点到为止了。

---

[1] 如第七十回，姜子牙决定停止伐纣，"子牙方欲退兵，军政官报入：'启元帅！有陆压道人在辕门外。'……乃对子牙曰：'切不可退兵。若退兵之时，使众门人俱遭横死，天数已定，决不差错。'子牙……不敢再言退兵。"

哪吒：从佛典中蜕变出的悖伦"英雄"

明清两代的通俗小说，大多与下层文人有关，因而方方面面与"庙堂文化"皆有程度不同的疏离。《水浒传》被称为"诲盗"，《金瓶梅》更是直接被宣判为"淫书"，实在有其自身的原因在。但是，对于封建伦常的"大原则"，这些作品还都是认同的——至少在文字表面上。

只有《封神演义》，在这个重大问题上，颇有"出格"的地方。换言之，书中的人物、情节体现出的伦常态度，迥非那个时代的"常态"，如灵珠子哪吒，大义凛然地"弑父"复仇；如处于父母血仇中间的殷郊，从《武王伐纣平话》形象的大转变；如姜子牙在历史中的"武成王"封号的被转移——黄飞虎命运的复杂意味，等等。

这些都可以从思想文化视角做深入的讨论，或许能够产生一些有多方面价值的认识。尤其哪吒一例，追踪蹑迹，考察这个极为独特的文学形象是如何从佛教经典中蜕变出来，是一个颇有兴味的话题。哪吒出自佛教，哪吒及托塔天王与佛教密宗有关，这都已有文章论及，但其中的起承转合、脉络演变的梳理似还有进一步细化的空间。

一

中国"神魔"小说中，若论影响最大的艺术形象，孙悟空、猪八戒之外，哪吒应属无可争议者。他与猴子、胖猪一样，都是家喻户晓，都经过各种艺术形式不计其数的改编。不过，他又有几点是和孙悟空、猪八戒迥然不同的。

首先，他是"来历分明"的人物。检索《大藏经》，"那吒"可得近九

百条（佛经中多写为"那吒"）。其次，他的所作所为，颇有与"礼教中国"大相凿枘者，以两千年间的伦常衡量，直可称作"大逆不道"——这样的文学形象独一无二。再次，哪吒在《封神演义》中的形象可称之为"少年英雄"，透过神异、宗教的表象，典型地表现了成长的梦想与烦恼，这正是其艺术生命的根本所在。

这些，都值得做专题性研究，我们在这里只是讨论前面两个方面。

先来看看他的来历——既是确然分明，又不乏复杂与模糊。而这都与《封神演义》的描写不无关系。

《封神演义》中有名有姓的人物四百余名，重要而"有故事的"也有数十名，但只有哪吒的"出身传"足足写了三回书，篇幅甚至超过了姜子牙。可以说，全书最精彩的部分就是这三回。书中写哪吒为灵珠子转世，一出生就不同凡响。七岁时，已"身长六尺"，然后因嬉戏闹海，打死了龙王手下的巡海夜叉，又打死了三太子，还抽了龙筋，在师父的纵容下，上天宫揭龙鳞，又射死石矶弟子，闯下了一连串的灭门大祸，接下来，出现了三个极为特异的情节。第一个是剔骨还父、析肉还母：

> 哪吒厉声叫曰："'一人行事一人当'，我打死敖丙、李艮，我当偿命，岂有子连累父母之理！……我今日剖腹、剜肠、剔骨肉，还于父母，不累双亲，你们意下如何？"……哪吒便右手提剑，先去一臂膊，后自剖其腹，剜肠剔骨，散了七魄三魂，一命归泉……魂无所依，魄无所倚……飘飘荡荡，随风而至，径到乾元山而来。[1]

这段文字写得极为惨烈，哪吒的命运也显得极其悲惨。幸而他的师父太乙真人同情其遭遇，于是情节陡转，又有了神奇的莲花化身一段：

> （太乙真人）叫金霞童儿："把五莲池中莲花摘二枝，荷叶摘三个

---

[1] 许仲琳：《封神演义》第十三回，第83页。

来。"童子忙忙取了荷叶、莲花，放于地下。真人将花勒下瓣儿，铺成三才，又将荷叶梗儿折成三百骨节，三个荷叶，按上、中、下，按天、地、人。真人将一粒金丹放于居中，法用先天，气运九转，分离龙、坎虎，绰住哪吒魂魄，望荷、莲里一推，喝声："哪吒不成人形，更待何时！"只听得响一声，跳起一个人来，面如傅粉，唇似涂朱，眼运精光，身长一丈六尺，此乃哪吒莲花化身，见师父拜倒在地。①

死而复活，本就是具有戏剧性的情节。而复活的方式又是如此奇特。莲花化身，既有佛教"妙法莲华"的意味，又极具视觉冲击力，活画出天上地下绝无仅有的一个神祇形象——神采灵动、超逸凡尘的少年英雄。另外，这个设计又为小说后来的一系列情节打下了基础：因为是莲花化身，所以好多邪魔外道的法宝在他身上都不起作用，终于成就了哪吒"肉身成圣"的功业。

接下来的第三段更加匪夷所思，就是让哪吒演了一出轰轰烈烈的"弑父"报仇的大戏：

真人曰："李靖毁打泥身之事，其实伤心。"哪吒曰："师父在上，此仇决难干休！"真人曰："你随我桃园里来。"真人传哪吒火尖枪，不一时已自精熟。哪吒就要下山报仇。真人曰："枪法好了，赐你脚踏风火二轮，另授灵符秘诀。"真人又付豹皮囊，囊中放乾坤圈、混天绫、金砖一块。"你往陈塘关去走一遭。"哪吒叩首，拜谢师父，上了风火轮，两脚踏定，手提火尖枪，径往关上来。诗曰："两朵莲花现化身，灵珠二世出凡尘。手提紫焰蛇矛宝；脚踏金霞风火轮。豹皮囊内安天下；红锦绫中福世民。历代圣人为第一，史官遗笔万年新。"

话说哪吒来到陈塘关，径进关来至帅府，大呼曰："李靖早来见我！"……李靖大怒，"有这样事！"忙提画戟，上了青骢，出得府来。

---

① 许仲琳：《封神演义》第十四回，第86页。

见哪吒脚踏风火二轮，手提火尖枪，比前大不相同。李靖大惊，问曰："你这畜生！你生前作怪，死后还魂，又来这里缠扰！"哪吒曰："李靖！我骨肉已交还与你，我与你无相干碍，你为何往翠屏山鞭打我的金身，火烧我的行宫？今日拿你，报一鞭之恨！"把枪晃一晃，劈脑刺来。李靖将画戟相迎，轮马盘旋，戟枪并举。哪吒力大无穷，三五合把李靖杀的马仰人翻，力尽筋输，汗流脊背。李靖只得望东南逃走。哪吒大叫曰："李靖休想今番饶你！不杀你决不空回！"往前赶来。不多时，看看赶上。——哪吒的风火轮快，李靖马慢。李靖心下着慌，只得下马，借上遁去了。哪吒笑曰："五行之术，道家平常，难道你土遁去了，我就饶你！"把脚一蹬，驾起风火二轮，只见风火之声，如飞云掣电，望前追赶。李靖自思："今番赶上，被他一枪刺死，如之奈何？"……见一道童，顶着鬏巾，道袍大袖，麻履丝绦，来者乃九公山白鹤洞普贤真人徒弟木吒是也。木吒曰："父亲，孩儿在此。"李靖看时，乃是次子木吒，心下方安。哪吒架轮正赶，见李靖同一道童讲话，哪吒向前赶来。木吒上前，大喝一声："慢来！你这孽障好大胆！子杀父，忤逆乱伦。早早回去，饶你不死。"哪吒曰："你是何人，口出大言？"木吒曰："你连我也认不得！吾乃木吒是也。"哪吒方知二哥，忙叫曰："二哥。你不知其详。"哪吒把翠屏山的事细细说了一遍："……这个是李靖的是，是我的是？"木吒大喝曰："胡说，天下无有不是的父母！"哪吒又把"剖腹、剐肠，已将骨肉还他了，我与他无干，还有甚么父母之情！"木吒大怒曰："这等逆子！"将手中剑望哪吒一剑砍来。哪吒架住曰："木吒，我与你无仇，你站开了，待吾拿李靖报仇。"……用手取金砖望空打来。木吒不提防，一砖正中后心，打了一交，跌在地下。哪吒登轮来取李靖。李靖抽身就跑。哪吒叫曰："就赶到海岛，也取你首级来，方泄吾恨！"李靖望前飞走，真似失林飞鸟，漏网游鱼，莫知东南西北。往前又赶多时，李靖见事不好，自叹曰："罢！罢！罢！想我李靖前生不知作甚孽障，致使仙道未成，又生出这等冤愆。也是合该如此，不若自己将刀戟刺死，免受此子之辱。"……太乙真人叫：

"李靖过来。"李靖倒身下拜。真人曰："翠屏山之事，你也不该心量窄小，故此父子参商。"哪吒在旁只气的面如火发，恨不的吞了李靖才好。二仙早解其意。真人曰："从今父子再不许犯颜。"分付李靖："你先去罢。"李靖谢了真人，径出来了。就把哪吒急的敢怒而不敢言，只在旁边抓耳揉腮，长吁短叹。真人暗笑，曰："哪吒，你也回去罢。好生看守洞府，我与你师伯下棋，一时就来。"哪吒听见此言，心花儿也开了。哪吒曰："弟子晓得。"忙忙出洞，踏起风火二轮，追赶李靖……

却说李靖被哪吒赶的上天无门，入地无门。正在危急之际，只见山冈上有一道人，倚松靠石而言曰："山脚下可是李靖？"李靖头一看，见一道人，靖曰："师父，末将便是李靖。"道人曰："为何慌忙？"靖曰："哪吒追之甚急，望师父垂救！"道人曰："快上岗来，站在我后面，待我救你。"……道人跳开一旁，袖儿望上一举，只见祥云缭绕，紫雾盘旋，一物往下落来，把哪吒罩在玲珑塔里。道入双手在塔上一拍，塔里火发，把哪吒烧的大叫"饶命"。道人在塔外问曰："哪吒你可认父亲？"哪吒只得连声答应："老爷，我认是父亲了。"道人曰："既认父亲，我便饶你。"道人忙收宝塔。哪吒睁眼一看，浑身上下，并莫有烧坏些儿。哪吒暗想："有这等的异事！此道人真是弄鬼！"道人曰："哪吒，你既认李靖为父，你与他叩头。"哪吒意欲不肯，道人又要祭塔；哪吒不得已，只得忍气吞声，低头下拜，尚有不平之色。道人曰："还要你口称'父亲'。"哪吒不肯答应。道人曰："哪吒，你既不称'父亲'，还是不服。再取金塔烧你！"哪吒着慌，连忙高叫："父亲，孩儿知罪了。"哪吒口内虽叫，心上实是不服，只是暗暗切齿，自思道："李靖，你长带着道人走！"道人唤李靖曰："你且跪下，我秘授你这一座金塔。如哪吒不服，你便将此塔祭起烧他。"哪吒在旁，只是暗暗叫苦。道人曰："哪吒，你父子从此和睦，久后俱系一殿之臣，辅佐明君，成其正果，再不必言其前事。哪吒，你回去罢。"哪吒见是如此，只得回

乾元山去了。①

这一段"弑父"复仇，小说洋洋洒洒写了将近八千字，中间曲折反复，煞是好看。特别是哪吒的心理活动，一而再，再而三，直至最后也是在"金塔"的威压之下，不得已而妥协。除此之外，全书再没有如此摇曳多姿的笔墨。

值得提出的是，作者的立场是同情哪吒的。这不仅从太乙真人为哪吒准备复仇的法宝，传授武艺、神通可以感觉到，而且从描写李靖狼狈状况的笔墨也流露出来。特别是在哪吒出发复仇之际，作者的赞语中竟然有"历代圣人为第一"的评价！

这样一个独特的哪吒，却是地地道道的佛门出身——作者的态度与评价与此不无关系。

二

在早期的佛经中，"哪吒"经常出现在咒语中，如《大方等大集经》："尔时，世尊即说此陀罗尼句：'……比婆那吒、却伽那吒、阿吒那吒、究那吒、波利究婆那吒、那荼那吒、富利迦那吒……尸利拘婆那吒。'"②《大佛顶如来放光悉怛多般怛罗大神力都摄一切咒王陀罗尼经》："召那吒鸠伐罗天王咒曰：'唵那咤俱伐罗可可可可吽波多曳莎呵。'"③

哪吒作为人格神的形象从何时开始，很难准确考订。在"阿含"部佛经中有"阿吒哪吒经""阿吒哪吒剑"之说，但尚非人格神。明确成为护法的人格神，并与"天王"成为一家人，是在密宗的经典中，如唐代不空所译《北方毗沙门天王随军护法仪轨》：

---

① 许仲琳：《封神演义》第十四回，第86—91页。
② 《大正藏》第13册，No. 0397。
③ 《大正藏》第19册，No. 0947。

　　尔时那吒太子手捧戟，以恶眼见四方，白佛言："我是北方天王吠室罗摩那罗阇第三王子其第二之孙，我祖父天王及我那吒同共每日三度白佛言：'我护持佛法，欲摄缚恶人，或起不善之心。我昼夜守护国王大臣及百官僚，相与杀害打陵，如是之辈者，我等那吒以金刚杖刺其眼及其心。若为比丘比丘尼优婆塞优婆夷起不善心及杀害心者，亦以金刚棒打其头。'"①

类似文字出现于密宗多部经典中。不过，其中的哪吒为北方天王之孙（后逐渐"升级"为子），作为护法神祇，其形象相当凶恶："恶眼""捧戟""以金刚杖刺其眼及其心"。

　　不过，透过其他佛典，发现这个哪吒形象还有较为丰富的内容，如《发觉净心经》："尔时世尊，欲重宣此义，而说偈言：'……轻躁犹如风吹草，有诸疑心不能决，彼无坚意不能定，乐于多言如是患。犹如那吒在戏场，说他猛健诸功德，彼时亦复如那吒，乐于多言如是患。'"②"猛健"，与前面的护法恶神倒也相近，不过"轻躁""多言"，以致"在戏场"，还是使人大出意外。

　　这个护法神形象传入中土后，继续护法，除恶之外多了行善功能，如《佛祖统纪》等书中多有类似事迹："师初在西明寺，中夜行道，足跌前阶。有圣者扶其足。师问为谁，答曰：'北天王太子那吒奉命来卫。'"

　　不知何时开始，哪吒与天王的关系出现了戏剧性变化。北宋苏辙的《栾城集》有《哪吒》诗，甚为有趣：

　　　　北方天王有狂子，只知拜佛不拜父。佛知其愚难教语，宝塔令父左手举。儿来见佛头辄俯，且与拜父略相似。佛如优昙难值遇，见者闻道出生死。嗟尔何为独如此，业果已定磨不去。佛灭到今千万祀，

_____

　　①《大正藏》第 21 册，No. 1247。
　　②《大正藏》第 12 册，No. 0327。

只在江湖挽船处。①

首先，那吒已经明确成为"天王太子"，而不是复杂的"第三王子其第二之孙"了。《栾城集》中与此诗相邻有《读传灯录示诸子》《示诸子》，三首诗都涉及父子关系，都有禅悟意味，似有一些关联。苏辙所读的《传灯录》，应指宋真宗时编就的《景德传灯录》。然今本《景德传灯录》只有哪吒"析肉还母，析骨还父"之说，却不见"拜佛不拜父"。无论如何，苏子由此诗说明前述哪吒"弑父"的某些故事因素已经开始流行于僧俗两界。细玩该诗，至少有三个相关要素已经存在了：一个是哪吒乃"狂子"而非孝子；一个是哪吒坚持不肯"拜父"；一个是出现了"塔"，只不过是佛以之为自己的替身，以"如朕亲临"般的诈术来解决父子间的矛盾。但是，无论是《传灯录》本身，还是苏辙的转述、评论，都没有"弑父"的严重冲突，也没有从伦理角度谴责哪吒，也没有对"不拜"做出明确的评价，而是以佛教常谈——"业果已定"来搪塞了一下。

与苏辙同时的惠洪所撰《禅林僧宝传》也有哪吒的事迹：

> 天台国师名德韶……问："那吒太子析肉还母，析骨还父，然后化生于莲花之上，为父母说法。未审如何是太子身？"曰："大家见上座。"②

这里出现了两个有关的情节。一个是"析肉还母，析骨还父"，但没有说明为什么。若从前后文看，似乎没有涉及恩怨情仇。另一个是出现了"莲花"，不过不是由莲花化生，而是"化生于莲花之上"。这一"之上"就出现了问题：究竟是什么"化生"到"之上"呢？于是有了"如何是"与"大家见"的机锋问答。今天一般读者来看这段问答，一定是如同看其他禅门机锋一样如堕五里雾中。如果我们强做解人的话，这个公案似应指向"真

---

① 《大正藏》第 49 册，No. 2035。

② 苏辙：《栾城集》第三集卷一，《四库全书》集部，别集类。

空妙有""照见五蕴皆空"之类意旨，但是又不能说破。所以，此后，"哪吒"的骨肉与真身关系成了禅宗十分常见的"话头"。兹再举二例，以见其余。如《古尊宿语录》卷第二十八，《舒州龙门佛眼和尚语录》：

> 昔日那吒太子，析肉还母，析骨还父，然后现本身，运大神通。大众！肉既还母，骨既还父，用什么为身？学道人到这里若见得去，可谓廓清五蕴，吞尽十方。听取一颂："骨还父，肉还母，何者是身？分明听取，山河国土现全躯，十方世界在里许。万劫千生绝去来，山僧此说非言语！"下座。①

佛眼这段话的大意是，肉身本为虚幻，自性即为佛性，而佛性无所不在。《禅宗颂古联珠通集》更有意思，若干大德就此一事各抒己见。其赞颂的古则为前述佛眼禅师那一段："那吒太子析肉还母，析骨还父，然后现本身运大神力，为父母说法。肉既还母，骨既还父，用甚么为身？学人到这里若见得去，廓清五蕴，吞尽十方。乃颂曰云云。"下面胪列一系列相关颂词：

> 骨肉都还父母了，未知那个是那吒。一毛头上翻身转，一一毛头浑不差。（径山杲）
>
> 那吒太子本来身，卓卓无依不受尘。云散水流天地静，篱间黄菊正争春。（自得晖）
>
> 析骨还父肉还母，不知那个是那吒。夜深失脚千峰外，万古长风片月斜。（少室睦）
>
> 骨还父肉还母，日西沉水东注。——（良久）露！（北磵简）
>
> 雨散云收后，崔嵬数十峰。王维虽敏手，难落笔头踪。（无准范）②

如同各种禅门公案一样，这些都有些莫名其妙的味道。但可知的是：第一，

---

① 《卍新续藏》第 68 册，No. 1315。
② 《卍新续藏》第 65 册，No. 1295。

哪吒析还父母骨肉的事迹在宋代已经流传甚广，特别是在禅门中；第二，其基本含义是摒弃、超越物象而显现内在精神。至于这一事迹从何而来，当时的人们已经深感困惑了，以致有"丛林有'析骨还父，析肉还母'之说，然于乘教无文。不知依何而为此言"的质疑。[①]但如此惊心动魄的神异事迹，已经广为传播，得到采信，些许质疑已不起作用了。此时，不仅禅门热衷讨论，甚至谈文论艺者也引经据典证明己说，如严沧浪的《答出继叔临安吴景仙书》：

> 仆之《诗辨》，乃断千百年公案，诚惊世绝俗之谈、至当归一之论。其间说江西诗病，真取心肝刽子手。以禅喻诗，莫此亲切。……尝谒李友山，论古今人诗，见仆辨析毫芒，每相激赏。因谓之曰："吾论诗，若那吒太子析骨还父，析肉还母。"友山深以为然。[②]

可见其影响之广泛。

说到这里，哪吒与天王的关系，护法神的身份，析骨肉还于父母，都在佛教文献——特别是中土的佛教灯录中找到了根源。而析骨肉还于父母的行为，与中土的文化传统格格不入。在禅宗，是个带有寓言性质的哲理命题。由于很大程度上"只能意会，不能言传"，大德们都是以"篱间黄菊正争春""万古长风片月斜"之类的囫囵语来阐释，俗人们做出"狂子"的误读也就很自然了。但析还父母之后，他做了什么，却找不到佛门的依据。只有惠洪讲了一句"于莲花之上，为父母说法"，但言之不详，似乎是说佛法以报父母恩德的意味。但这就更为俗众所不解。于是，这就给后世进一步误读——特别是在通俗文学中——留出了空间。

---

① 《祖庭事苑》，载《卍新续藏》第64册，No. 1261。

② 严羽：《沧浪诗话校释》附录，人民文学出版社，1961，第253页。

三

《封神演义》之外，言及哪吒弑父报仇的，只有《西游记》。其八十三回《心猿识得丹头　姹女还归本性》：

> 天王抡过刀来，望行者劈头就砍。早有那三太子赶上前，将斩妖剑架住，叫道："父王息怒。"天王大惊失色。噫！父见子以剑架刀，就当喝退，怎么返大惊失色？原来天王生此子时，他左手掌上有个"哪"字，右手掌上有个"吒"字，故名哪吒。这太子三朝儿就下海净身闯祸，踏倒水晶宫，捉住蛟龙要抽筋为绦子。天王知道，恐生后患，欲杀之。哪吒奋怒，将刀在手，割肉还母，剔骨还父，还了父精母血，一点灵魂，径到西方极乐世界告佛。佛正与众菩萨讲经，只闻得幢幡宝盖有人叫道："救命！"佛慧眼一看，知是哪吒之魂，即将碧藕为骨，荷叶为衣，念动起死回生真言，哪吒遂得了性命。运用神力，法降九十六洞妖魔，神通广大，后来要杀天王，报那剔骨之仇。天王无奈，告求我佛如来。如来以和为尚，赐他一座玲珑剔透舍利子如意黄金宝塔，那塔上层层有佛，艳艳光明。唤哪吒以佛为父，解释了冤仇。所以称为托塔李天王者，此也。今日因闲在家，未曾托着那塔，恐哪吒有报仇之意，故吓个大惊失色。却即回手，向塔座上取了黄金宝塔，托在手间问哪吒道："孩儿，你以剑架住我刀，有何话说？"①

这段故事与《封神演义》的哪吒出身传十分相似，包括闹海、抽龙筋、割肉还母剔骨还父、莲花复生、弑父报仇、以塔解冤的主要情节完全一样。这就出现了一个大问题：两部作品之间的关系。是《西游记》"缩写"了《封神演义》的三回书，还是《封神演义》"扩写"了《西游记》的这一段？抑

---

① 吴承恩：《西游记》第八十三回，人民文学出版社，1980，第973页。

或二者之前本有哪吒弑父的故事存在，二书所取略有差异？

可以说，三种情况皆有可能，而在没有新的文献材料发现之前，这个问题很难做出确定的结论。

我们在这里只是梳理了问题的来龙去脉，并无解决上述问题的宏愿。不过，比较一下两部作品讲述同一个故事的差别，还是饶有兴味的事情。《西游记》中，哪吒弑父复仇是个人行为，而如来并未支持；如来解决问题的方法虽然也是赐塔，但"塔"不是武器、法宝，而是"层层有佛"，因而是佛的象征，哪吒"以佛为父""以和为尚"，于是消解了"冤仇"的因果。这里几乎没有伦理评价的因素出现——既没有同情哪吒，也没有谴责他。

相比之下，《封神演义》弑父描写的特异之处就凸显出来了——特别是在伦理层面上。至少有以下几个方面。

一个是给哪吒"弑父"以更充分的理由。哪吒的析肉剔骨本出于自愿（这点与《西游记》"剔骨之仇"不同），结仇乃缘于李靖毁像烧庙的过分行为：

> 李靖指而骂曰："畜生！你生前扰害父母，死后愚弄百姓！"骂罢，提六陈鞭，一鞭把哪吒金身打的粉碎。李靖怒发，复一脚蹬倒鬼判。传令："放火，烧了庙宇。"……
>
> 哪吒那一日出神，不在行宫；及至回来，只见庙宇无存，山红土赤，烟焰未灭，两个鬼判，含泪来接。哪吒问曰："怎的来？"鬼判答曰："是陈塘关李总兵突然上山，打碎金身，烧毁行宫，不知何故。"哪吒曰："我与你无干了，骨肉还于父母，你如何打我金身，烧我行宫，令我无处栖身？"……跪诉前情："被父亲将泥身打碎，烧毁行宫。弟子无所依倚，只得来见师父，望祈怜救。"真人曰："这就是李靖的不是。他既还了父母骨肉，他在翠屏山上，与你无干；今使他不受香火，如何成得身体。……李靖毁打泥身之事，其实伤心。"哪吒曰："师父在上，此仇决难干休！"真人曰："你随我桃园里来。"真人传哪吒火尖枪，不一时已自精熟。哪吒就要下山报仇。真人曰："枪法好了，赐你

脚踏风火二轮，另授灵符秘诀。"真人又付豹皮囊，囊中放乾坤圈、混
天绫、金砖一块。"你往陈塘关去走一遭。"①

李靖无理而过分的行为给了哪吒复仇的理由。从读者的角度，也自然会给
予哪吒高度的同情。而这个李靖虽为人父，其形象却从一开始带有暴虐、
无情，还有几分鄙俗的色彩。夫人难产分娩，他提剑闯进产房；哪吒闹海，
龙王找上门来，他害怕玉帝的"正神"权威，"放声大哭"；哪吒的母亲为
儿子建庙，他毁像焚庙，原因竟然是怕"这条玉带送了"——丢官。这些
描写，都为哪吒的弑父做了背书。这一点，又从太乙真人的言语、行为得
到了加强。太乙真人是小说中的正面人物，他不但明确谴责了李靖："这就
是李靖的不是……其实伤心"，而且亲自动手为哪吒复仇准备条件：传授武
艺，赐予法宝，并为之送行。

　　与之相反的，哪吒弑父途中遇到哥哥木吒，而木吒是完全站在李靖立
场——也就是通常的"三纲五常"上的。作品写木吒以伦常大道理责骂哪
吒："孽障好大胆！子杀父忤逆乱伦！"当哪吒讲出李靖那些过分的行为来
做解释时，木吒毫不理会，大义凛然地斥责："胡说！天下无有不是的父母。"
这是很有意味的一段。"忤逆乱伦"，就把哪吒复仇的故事与伦常大道理紧
密联系了起来。而"天下无有不是的父母"，更是那个时代不容置疑的"天
经地义"（《四库全书》的经部，这句话出现了三十余次②）。作者让它出于
木吒之口，给哪吒的行为戴了个负面的"大帽子"。可是，接下来，这个站
在道德高地的木吒就被他的弟弟"一砖正中后心，打了一交，跌在地下"，
成了一个可笑的失败者。作者的立场、态度由此可见。

　　还有一个与《西游记》的明显不同处，就是事情的结局。《西游记》是
"以和为尚"，双方无是非与对错，塔中有佛，"以佛为父"，伦常问题让位
给佛教义理。这显然是与苏辙诗中"儿来见佛头辄俯，且与拜父略相似"
一脉相承（不过，苏辙诗中未有弑父情节，只是"不拜"而已）。《封神演

---

① 许仲琳：《封神演义》第十四回，第86页。
② 如《五礼通考》《四书大全》等。

义》则不然，结局是灵鹫山燃灯道人（约略等于"我佛如来"）以宝塔烧炼哪吒，哪吒不是敌手，"哪吒不得已，只得忍气吞声，低头下拜，尚有不平之色……口内虽叫，只是暗暗切齿"。也就是说，在这场情理与伦理的生死大战中，哪吒是一个在武力胁迫下失败的英雄形象。

打乱龙宫与天庭的秩序，哪吒与孙悟空异曲而同工。但弑父复仇，则是他在文学形象的长廊中与众不同、特立独行之处。如果考虑到这是一个成长中的少年形象，那么他对秩序的反叛，对长辈权威的挑战——甚至到了"弑父"的地步，以及在挑战、反叛过程中，生命却得到了升华，通过这一升华，获得巨大的神奇力量（包括豹皮囊中的种种法宝），都具有某种文学/文化"原型"的意义。而在宋明理学盛行了几百年的思想背景下，何以出现这样的文学形象？何以广为传播竟未遭到质疑，或是禁毁？这些，都是值得做出更深刻的理论性研究的大问题。

当然，那已经超出本文讨论的界域，只能俟之他日了。

从"林下"进入文本深处

——《红楼梦》的"互文"解读

一度显赫的"红学",近年来渐趋冷清。其中原因固然很多,但决定性的似乎要从研究路径方面寻找。所谓"红学",在很大程度上就是"寻根",即作品的故事由何而生。索隐派到历史中、政治中按图索骥;考证派到作者家世中、经历中考察原型。两派一度势成水火,遂有新红学、旧红学之称(如同佛教之有大、小乘,乃后来居上者所派定)。不过,如果我们深入一层,新、旧红学在研究理路上实有高度吻合、会通的地方。简言之,两派都认为小说的故事是真实生活的"拷贝",小说中的人物是现实中人物的"镜像"。区别只在于:是向历史中寻"拷贝"之原版、"镜像"之真人,抑或到作者身世中寻找。

毋庸讳言,两派皆有其合理性,但也皆有其合理之限度。①其实这属于文学理论的 ABC,但身处其中者往往当局则迷。而由于对所持方法之限度的忽视,以致花了大量功夫,路反而越走越窄。

其实,还有一条更宽广的道路。

一部文学作品的产生,有两个必不可少的前提:一个是文化/文学的血脉传承,一个是作者所在族群当下的生存状态(当然,前提条件要在创作主体的作用下方可体现到书写之中)。特别是对于长篇叙事文学来说,这两个前提和作品的关系可以用"皮之不存,毛将焉附"来形容。而文化/文学

---

① 称"索隐派"有其合理性,是因为:一则历史事件、人物有可能影响作家构思,二则我国古代文艺思想中也确有比附、影射的主张。称"考证派"有其合理性,是因为:一则作者的身世、经历肯定会影响其思想与创作,二则《红楼梦》是以家庭、爱情为题材的作品,作家的生活体验也必然会进入作品。问题在于合理性有其边界、限度,而且不能简单地排他。

的血脉传承最直接的表现就是在作家使用的语词上。

本文就尝试从文化/文学血脉传承的角度来对《红楼梦》的深层内涵做一探索。

一

《红楼梦》阅读、赏析、研究中有一个百年大难题，就是如何认识、评价林黛玉与薛宝钗，也就是所谓"林薛优劣辨"。清末，邹弢在《三借庐笔谈》中讲述了一个有趣的故事："许伯谦茂才绍源论《红楼梦》，尊薛而抑林，谓黛玉尖酸，宝钗端重，直被作者瞒过。……己卯春，余与伯谦论此书，一言不合，遂相龃龉，几挥老拳，而毓仙排解之，于是两人誓不共谈《红楼》。"那个时代谈论《红楼梦》，没有什么"先觉""叛逆"之类的视角或话题，所以"林薛优劣"几乎是人人要表态的问题。到了俞平伯的笔下，唯务折衷，提出"双峰对峙，二水分流"，主张春兰秋菊各极一时之秀。

作品中是怎么描写的呢？我们不妨先胪列一下文本中的有关描写，然后，再来思考如何解读。

以作者口吻比较林薛二人，首推第五回的一段文字。这是薛宝钗刚刚来到贾府寄居之时：

> 如今且说林黛玉自在荣府以来，贾母万般怜爱，寝食起居，一如宝玉，迎春、探春、惜春三个亲孙女倒且靠后；便是宝玉和黛玉二人之间之亲密友爱处，亦自较别个不同，日则同行同坐，夜则同息同止，真是言和意顺，略无参商。不想如今忽然来了一个薛宝钗，年岁虽大不多，然品格端方，容貌丰美，人多谓黛玉所不及。而且宝钗行为豁达，随分从时，不比黛玉孤高自许，目无下尘，故比黛玉大得下人之心。便是那些小丫头子们，亦多喜与宝钗去顽。因此黛玉心中便有些

恺郁不忿之意，宝钗却浑然不觉。①

这一大段林薛比较，字面上全是薛优于林："年岁虽大不多，然品格端方，容貌丰美，人多谓黛玉所不及。""黛玉不及"，看似已做定评，但其实不尽然。因为前面还有一个限定："人多谓"。这句话怎么理解？作者在这里说的是"众人"的看法。于是，就有两层意思存在了：一层是薛宝钗确有很多长处，像"容貌丰美、品德端方"等，这是表面的意思，读者一眼就能看出来；还有一层是较为隐蔽的，读者会有感觉，但不细想便不显豁，这就是薛宝钗会赢得一般舆论的好评。

我国古代对于个人与社会的关系历来有两种倾向，一种是"克己复礼"——约束自己的个性与欲望，使行为合乎礼法的要求，也就是遵从社会通行的规则。这是孔子提出的。但是孔子又强调，这一倾向走向极端就是"乡愿"，"乡愿，德之贼也"：

> 子贡问曰："乡人皆好之，何如？"子曰："未可也。"②
>
> ——《论语·子路》

孟子对此有更为激烈的论述，说明不讲原则赢得舆论好评对于社会道德的危害：

> 阉然媚于世也者，是乡原也……同乎流俗，合乎污世，居之似忠信，行之似廉洁，众皆悦之，自以为是，而不可与入尧舜之道，故曰"德之贼"也。③
>
> ——《孟子·尽心下》

---

① 本文《红楼梦》的文本使用人民文学出版社 1982 年版，以后引文不再一一说明。
② 《论语注》，中华书局，1984，第 202 页。
③ 《孟子注释》，中华书局，1960，第 341 页。

当然，不能说作者这里就是把薛宝钗判定为"乡愿"了——毕竟此时的薛宝钗还只是个少女。但文本的叙事口吻却略有把读者的感受朝这个方向引导的嫌疑，如"故比黛玉大得下人之心""人多谓黛玉所不及"。"得人心""人多谓"，显然强调的是"人缘"。也就是说，薛宝钗一来，就在"人缘"上压倒了林黛玉。一般而言，在现实生活中对礼教反感的人、个性较强的人，都不会喜欢薛宝钗，根子就在这个地方种下。

不过，从整个文本来看，作者对待这两个形象的态度又不如此简单。后文的笔墨中，写薛宝钗善于笼络人心还有几处，不过贬斥的意味并不显豁。更多的毋宁说是刻画一个精明达理形象所必需。而在接下来的几十回书中，作者写黛玉、宝钗的重点更多放到了对学识与才情的加意渲染上。如"宝玉悟禅机"，让钗、黛一起来与贾宝玉"斗机锋"，二人的才学与悟性不相上下。还有一段是结诗社，让钗、黛来显扬各自的诗才。结果，咏海棠二人平分秋色，咏菊花黛玉夺魁，咏螃蟹宝钗称绝。从这些小地方看来，作者对黛玉、宝钗都极为欣赏，是把她二人当作旗鼓相当的形象来刻画的。更有趣的一段是二十回的"俏语谑娇音"：

> 湘云走来，笑道："二哥哥，林姐姐，你们天天一处顽，我好容易来了，也不理我一理儿。"……"他再不放人一点儿，专挑人的不好。你自己便比世人好，也不犯着见一个打趣一个。指出一个人来，你敢挑他，我就伏你。"黛玉忙问是谁。湘云道："你敢挑宝姐姐的短处，就算你是好的。我算不如你，他怎么不及你呢。"黛玉听了，冷笑道："我当是谁，原来是他！我那里敢挑他呢。"

三人斗嘴，薛宝钗虽不在场，却借史湘云之口使她出场——"你敢挑宝姐姐的短处，就算你是好的""我那里敢挑他呢"。这样，薛宝钗在同龄人中的威信，特别是"无懈可击"的人格特点，便又一次得到了强化；同时，也表明薛的影子始终笼罩在林的心头，薛宝钗的形象，不论她在场与否，总是在她们这几个小朋友的生活圈子里存在，并发挥着影响。

这一大段文字，使得"双峰对峙"的意味进一步增强。薛宝钗身上的笔墨虽不多，但表现力很强。而林黛玉则"物极必反"，看似"小性"越来越厉害，其实从此开始出现转折，终至于"兰言解疑癖""互剖金兰语"，而后林薛竟成知交。总体看，这三个女孩子的"群戏"，作者的笔墨生动灵妙至极，而于彼此之间大多数场合是没有轩轾的。

现在我们可以得出一个结论：作为书中的主角，贾宝玉对薛宝钗的基本态度是喜爱加尊敬，对林黛玉的基本态度是怜爱加赞赏。作者曹雪芹的态度如何呢？在这一点上，可以讲，贾宝玉的态度就代表了作者的态度，亦即：第一，基本态度都是肯定的；第二，各有各的长处；第三，对林黛玉的欣赏、怜惜，乃至悲悯更多一些。

接下来会有一个问题：薛宝钗、林黛玉，乃至史湘云等，是不是作者现实生活中的人物？我们知道，有所谓"红学家"认定《红楼梦》是严格的"自叙传"，所以得出了"曹雪芹最终娶了史湘云"这种类似关公战秦琼式的论断。其实，这真的是一个伪问题，既不可能证实，也不可能证伪，而且也没有什么意义。如果一定要认死理地问下去，那我的回答是：从曹雪芹生平遭际看，他不可能真实经过大观园那样的生活；倒是在文化传统中会给他塑造这样艺术形象的启发与灵感。①

实际上，薛宝钗与林黛玉的"双峰对峙，二水分流"，可以追溯到一种源远流长的"文化/审美"传统。

《世说新语·贤媛》篇中有一段影响广远的故实：

> 谢遏绝重其姊，张玄常称其妹，欲与敌之。有济尼者，并游张谢二家。人问其优劣，答曰："王夫人（谢道韫——今按）神情散朗，故有林下风气；顾家妇清心玉映，自是闺房之秀。"②

---

① 由于"曹雪芹自传"之说面临这个难以逾越的"坎"，故又有"叔辈创作，侄辈加工""二书合一"等弥缝之论。

② 刘义庆、徐震堮：《世说新语校笺》，中华书局，1984，第378页。

这一佳话也见于《晋书》的《列女传》，文字小有异同：

> 初，同郡张玄妹亦有才质，适于顾氏。玄每称之，以敌道韫。有济尼者，游于二家。或问之，济尼答曰："王夫人神情散朗，故有林下风气；顾家妇清心玉映，自是闺房之秀。"

这里出现了两个相对待的人物："王夫人（即谢道韫）"与"顾家妇"；同时也产生了两个相对待的评语："林下风气"与"闺房之秀"。

这位被形容为具有"林下风气"的谢道韫，还有一段在民间知名度更高的故事，就是以"未若柳絮因风起"来咏雪，从而获得了"咏絮之才"的美名①。而"咏絮"也把《红楼梦》与《世说新语》拉上了关系。《红楼梦》第五回写贾宝玉在太虚幻境观看《金陵十二钗正册》，见头一页上"有四句言词"，道是：

> 可叹停机德，堪怜咏絮才。玉带林中挂，金簪雪里埋。

"玉带林"显然是"林黛玉"的倒置，而"咏絮才"三个字便十分明确地把林黛玉与"林下风气"的谢道韫联系起来了；同时，前面两句以"咏絮才"与"停机德"相对举，也与"林下风气"与"闺房之秀"的对举产生了类似"同形同构"的关系。

我们不妨追问一句："林下风气"又是什么意思呢？

若仅从《世说新语》这一段文字看，"林下风气"就是"神情散朗"。可"神情散朗"又是什么意思呢？这很大程度上是可意会难言传了。不过我们可以把视野打开一些，从当时的思想文化背景来找答案。谈"林下风气"，离不开"魏晋风度"。我们都知道"竹林七贤"是魏晋风度的代表，而他们的另一称谓就是"林下诸贤"（《世说新语·赏誉》）。所以，"林下风

---

① 刘义庆、徐震堮：《世说新语校笺》，第72页，并见于《晋书·王凝之妻谢氏传》。

气"就是竹林七贤们代表的风气。

"林"黛玉之"林"，经谢道韫而与"林下风气"有了关联，进而使得林黛玉的精神气质与竹林七贤有了若隐若现的关联。这里还一个重要的旁证，就是作品里安排林黛玉住到"潇湘馆"，又别号"潇湘妃子"，且反复渲染林黛玉喜竹、比德于竹（"潇湘"喻指斑竹）。这都使得林黛玉之"林"与竹林七贤的"林"更清晰地关联起来——这在古代文化人通常的语境中，可不是什么偏僻而需要索隐的话语。

稍早于谢道韫时代的嵇康，是竹林七贤的领袖。《世说新语》形容嵇康是"爽朗清举"（与"神情散朗"相近），"若孤松之独立"，"肃肃如松下风"，也就是潇洒，脱俗，有独立人格。他提出了"越名教而任自然"的著名观点，把"自然"与"名教"对立起来。他又在《与山巨源绝交书》中，表达自己不愿入朝为官的意愿时讲，自己好比一头野鹿，"虽饰以金镳，飨以嘉肴，愈思长林而志在丰草也"。"长林丰草"，可以看作"任自然"的象征性表达，与"林下"也有某种意味上的相通。刘义庆没有嵇康那么偏激，《世说新语》的"贤媛"篇赞美了谢道韫的"林下风气"，但也给"闺房之秀"留下了一定的空间。既称"闺房"，自然就不是"林下"的潇洒自在，一定程度上有"名教"约束的意味。刘义庆的基本态度是：高度赞赏谢才女的"林下风气"，但也肯定顾家妇的"闺房之秀"。

随着《世说新语》在士人阶层的广泛传播，"林下"逐渐成为常见的文化符号。如"林下"这一意象，便在《全唐诗》中出现了 246 次。著名诗人多有吟及"林下"意象之作，如太白《安陆白兆山桃花岩寄刘侍御绾》："独此林下意，杳无区中缘。永辞绣衣客，千载方来旋。"乐天《老来生计》："老来生计君看取，白日游行夜醉吟。陶令有田唯种黍，邓家无子不留金。人间荣耀因缘浅，林下幽闲气味深。烦虑渐销虚白长，一年心胜一年心。"《狂吟》："亦知世是休明世，自想身非富贵身。但恐人间为长物，不如林下作遗民。"宋人同样喜用这一意象，如司马光《野轩》："黄鸡白酒田间乐，藜杖葛巾林下风。"邵雍《初夏闲吟》："林下一般闲富贵，何尝更肯让公卿。"等等。其中意味大体相同，都是表现文人雅士疏离礼教羁勒、摆脱利禄枷

锁、向往潇洒人生的情怀。

而《世说新语》设立的"林下风气"及"闺房之秀"这两种相对比的理想女性类型，其影响在后世逐渐超出了"贤媛"的范围，甚至形成了更普世的二元"文化/审美"模式。

如明代万历年间的文坛领袖王世贞评论赵孟頫的书法作品道：

> 褚妙在取态，赵贵主藏锋；褚风韵道逸飞动，真所谓"谢夫人有林下风气"；赵则结构精密肉骨匀和，"顾家妇清心玉映，自是闺房之秀"。①

这显然扩大了"世说"的"林下风气"的适用范围，而使其有了二元对待的一般审美模式的意义。

把"林下风气"继续用于人物品评，特别是用于杰出女性品评的，我们可以举出明末沈自征的《鹂吹集序》。《鹂吹集》是叶绍袁的夫人沈宜修的诗集，沈自征则是她的弟弟。序云：

> 吾姊之为人，天资高明，真有林下风气。古来女史，桓孟不闻文藻，甄蔡未娴礼法，惟姊兼而有之……独赋性多愁，洞明禅理不能自解免……良由禀情特甚，触绪兴思，动成悲惋。②

此文可注意的地方，首先是从"林下风气"的角度来赞美一位自己崇敬的女性；其次，作者把"林下风气"与"天资高明""赋性多愁""触绪兴思，动成悲惋"的形象联系到了一起。更可注意的是，作者虽高度称赞女性的"林下风气"，却又对"礼法"不能忘情，于是有"兼而有之"的理想。该文收辑在《午梦堂集》中。清前中期，《午梦堂集》因沈自征的外甥叶横山的刊刻，以及叶横山弟子沈德潜的揄扬，在文士中有相当广泛的传播与

① 王世贞：《弇州四部稿》卷一三一《跋赵子昂枯树赋真迹》。
② 《午梦堂集》，叶绍袁编，冀勤辑校，中华书局，1998，第 18 页。

影响。

　　就在曹雪芹的时代——乾隆朝的中前期，朝廷推出了一部大书《石渠宝笈》，其中收有永乐名臣姚广孝的一篇跋文。跋文是题在赵孟頫的夫人管道昇所绘《碧琅庵图》上的，文曰：

　　　　天地灵敏之气，钟于文士者非奇；而天地灵敏之气，钟于闺秀者
　　为奇。管氏道昇，赵魏公之内君也。贞静幽闲，笔墨灵异，披兹图，
　　捧兹记，真闺中之秀，飘飘乎有林下风气者欤！①

这里，既是以"林下风气"来赞美脱俗的女才子，也是把"林下风气"作为一种普适的审美标准来使用了。其中还有两点可注意，一是他提出的"天地灵敏之气所钟"的话语，至少可与《红楼梦》中贾雨村"天地清明灵秀之气所秉"的话语发生互文的关系；二是同时使用"闺中之秀"与"林下风气"来评价同一个女性，也就是所谓"灵异"与"贞静"同时体现于一个女人的身上，这典型地表现出男人们对"兼美"的期待。

　　这些，对于熟悉《红楼梦》的读者来说，难免不引起你更多方面的互文性联想。上面提到，曹雪芹在宿命性的判词——《金陵十二钗》正册第一篇中，便把林黛玉比作了有"林下风气"的谢道韫，"林下风气"与林黛玉之间的关联，应是毫无疑义的事情。而沈自征在以"林下风气"赞美自己崇敬的女性同时，又使用了"天资高明""多愁""悲惋"的形容词，这几乎可以看作是为林黛玉量身定制的。可以说，沈自征的"兼而有之"与《石渠宝笈》里"闺中之秀兼有飘飘乎林下风气"所表现出的价值观，便不失为解开曹雪芹"兼美之想"的一把钥匙——这都是流行于《红楼梦》同一时代的著作。

　　　　────────────

　　①《四库全书》子部八，《石渠宝笈》卷十四。

二

如果说，我们从《红楼梦》第五回的判词入手，通过互文的追索、分析，为小说中林黛玉的形象以及林薛相对待的关系，找到其文化/文学的血脉的话，那么，循此思路，继续通过互文研究的方法，就还能找到孳乳《红楼梦》的更多文化/文学的渊源。当然，这种方法的延伸几乎可以是无穷的，本文只能举出一些最为直接、最为明显的例子。

我们举出的第一部书是前面提到的《午梦堂集》。这是崇祯年间苏州吴江的叶绍袁所编的自家眷属的诗文。叶绍袁的妻子和三个女儿都是才情过人的诗人，但皆红颜薄命。女儿叶小鸾最称有才，十七岁临出嫁前早夭。随后其姊叶纨纨、其母沈宜修皆因哀伤过度而谢世。《列朝诗集小传》中并收母女三人的事迹。《午梦堂集》收集了叶绍袁一家的诗文，其中特别引人注目的是其妻女的诗词集六种。该书于崇祯九年（1636）初刊后，至清末的不足三百年间，便有不同的刻本八种，抄本一种，传播很广。八种刻本，其一由著名诗话作者叶燮（叶燮即叶绍袁第六子）编刻，其一由乾隆年间文坛领袖沈德潜作序刊出，其一由晚清名士叶德辉刊刻，这几位都是能够影响文坛的人物，该书的流行与影响即此可见。这部书除了张扬女性的才华、惋惜她们不幸的命运之外，还有一部分奇特的内容，很可能对《红楼梦》产生过直接的影响。这就是其中详细记载的金圣叹的"无叶堂"构想。

叶小鸾去世后，叶绍袁无比哀痛，亟思能召回灵魂再见一面。当时金圣叹正伙同几个朋友热衷扶乩。叶绍袁便请来家中，为叶小鸾等招魂。金圣叹先后多次到叶宅，导演了几位亡灵到场"对话"，其间发明出了"无叶堂"等话题，对当时及日后都有相当的影响。这些经过与金圣叹的话语均载入《午梦堂集》。读者虽大多不知与金氏有关，但他降神时托名于佛门"泐大师"却更容易耸动耳目。《红楼梦》的女性观以及若干具体笔墨，都可以看出金圣叹观点以及叶小鸾事迹影响的印痕。

《午梦堂集》中九次提到所谓"无叶堂"，如：

　　无叶堂者，师于冥中建设，取法华无枝叶而纯真实之义。凡女人生具灵慧，凤有根因，即度脱其魂于此，教修四仪密谛。注生西方，所云天台一路，光明灼然，非幽途比也。俱称弟子，有三十余人。别有女侍，名纨香、梵叶、嬾娘、闲惜、提袂、娥儿甚多。

　　此是发愿为女者，向固文人茂才也。虔奉观音大士，乃于大士前，日夕回向，求为香闺弱质。又复能文，及至允从其愿，生来为爱，则固未注佳配也。少年修洁自好，搦管必以袖衬，衣必极淡而整。宴尔之后，不喜伉俪，恐其不洁也。每自矢心，独为处子。嘻！亦痴矣。今归我无叶堂中。①

综合其内容，金圣叹发明的这个"无叶堂"理想可以描述如下——这是凡尘之外的一个女性乐园，进入者都是有佛缘的才女之魂灵；主持其事的是半佛半仙的"泐大师"，她既是乐园诸女性的精神导师，又是沟通女魂们与凡间的联系人、桥梁（实际是金圣叹幻想中的化身）；无叶堂排斥男性，即使生前有亲属关系的"男魂"，也只有住在外堂的份；这个无叶堂还带有处子崇拜的色彩，对于叶小鸾则强调其婚前去世而来至此地，对于叶纨纨则强调"琴瑟七年，实未尝伉俪也"；无叶堂中，诸才女魂灵都有婢女服侍，过着舒适的生活。

　　类似这样专为女性设立的世外天堂，此前似乎没有见诸过文字描写。而在此后清代的长篇小说中，却先后出现于《金云翘》《女仙外史》《红楼梦》《镜花缘》等作品里。特别是《红楼梦》中的太虚幻境，上述无叶堂的特征几乎全都有所表现。考虑到林黛玉的形象与叶小鸾诸多相似之处（才高体弱，能诗，婚姻不谐等），考虑到《红楼梦》与《午梦堂集》其他方面的可比性，认为太虚幻境的构想很可能从无叶堂中得到过启发，恐怕也不能说成无稽之谈吧。

　　另外，"无叶堂"的构建（想象之中的）强化了两性差别的观念——不

---

　①《午梦堂集》，第519页。

过是站在女性的立场上来强化的（男性只能停留在"外堂"）。从这个意义上说，"无叶堂"观念的提出与传播，对清代文坛的"才女崇拜"潮流具有很强的"加温"作用，这也是影响《红楼梦》"堂堂须眉诚不若彼裙钗"的潜在因素。至于说其中表现出的处女崇拜，更是与《红楼梦》中褒处女贬妇人的"怪异"见解遥相呼应了。

　　这里举出的第二部书是《平山冷燕》。这是一部典型的"才子佳人小说"，在文学史上至多算是二流半的作品。但在我们这个话题里，却有其特别的价值。自从曹雪芹借贾母之口贬抑才子佳人小说以后，人们多把《红楼梦》看作这类作品的对立面，是"拨乱反正"之作。其实，这只是问题的一个方面。若换个角度看，曹氏的议论恰好说明他读过不少才子佳人小说，对这类作品相当熟悉。其实《红楼梦》的直接源头之一恰在这些不起眼儿的作品中，只不过是化蛹成蝶，有了质的飞跃而已。我曾经写过一篇小文章，指出另一篇"才子佳人小说"《吴江雪》里的雪婆乃是《红楼梦》刘姥姥的"前身"。对于我们这个话题来说，《平山冷燕》有三点可注意。第一，不是一般地赞美少女的才情，而是一定要让她们"压倒须眉"。才女山黛才学不仅压倒满朝官员，还压倒了"才子"状元。作品写天子赐她一条玉尺，成为衡量天下人才分的"裁判长"。作者还借"才子"燕白额之口叹服："天地既以山川秀气尽付美人，却又生我辈男子何用！"第二，以两个隽才美女来对写，让二人才、美俱在伯仲之间；而其一名山黛，其一名冷绛雪——《红楼梦》则为林黛玉与薛宝钗，而薛宝钗的图谶以"雪"指代"薛"，薛宝钗又嗜服"冷香丸"。第三，书中有一小丑似的纨绔子弟张寅，作诗出丑，与薛蟠作诗有隐约相似处。

　　第三部是《金云翘》。这是一部很有特色的小说，我曾专门写过一篇文章，讨论其中流露的清初汉族读书人"身辱心不辱"的复杂心态。这里提出它来，一则因为这是我国古代第一部以一个女性命运贯穿全书、以一个女性为唯一主人公的小说，而这位女性又是才情过人、性格刚毅，却又历经磨难的悲剧人物；二则因为其中有些笔墨似与《红楼梦》不无瓜葛。书中第二回写王翠翘梦遇刘淡仙，刘淡仙托断肠教主之名，请王翠翘题咏十

首，为《惜多才》《怜薄命》《悲歧路》《哀青春》《苦零落》《苦相思》等，
一一编入《断肠册》中。每一首均是对一个女性永恒之悲感主题的诠释，从
而布下此一部"怨书"的基调，也成为王翠翘一生的预言。《红楼梦》的"太
虚幻境""警幻仙子"，以及"金陵十二钗正副册"的思路，与此何等相似！

　　第四部是《纳兰词》。我把这部书提出来，是有点儿风险的事。因为把
纳兰性德与《红楼梦》联系起来，很容易被正宗的"红学家"讽为"索隐
派"，讽为"荒诞不根"。清人传说乾隆皇帝指《红楼梦》所写为"明珠家
事"，这当然是站不住脚的。但由此把纳兰性德与《红楼梦》的关系彻底割
断，却也属因噎废食。纳兰性德作为清初影响最大的词人，又是著作宏富、
交游广泛的学者，曹雪芹若是对他一无所知，那实在是不可思议的事情。
何况纳兰与雪芹祖父曹寅有过从，有相赠诗词留存。我们特别要指出的有
两点：一是纳兰作品中表现出的个人气质——看淡功名，多情哀怨，肝胆
交友，忏悔人生，与曹雪芹笔下的贾宝玉颇有可比之处；二是其作品中与
《红楼梦》意境乃至词语，相似、相同之处多多，假如理解为曹雪芹熟习纳
兰词，深入骨髓，无意中自然流注于笔下，似乎也无甚不妥。

　　这样的例子颇多，我们只能举其中几个。有兴趣的朋友，不妨找来《纳
兰词》，自己看看，再做出判断。如《摊破浣溪沙》：

> 林下荒苔道韫家，生怜玉骨委尘沙。愁向风前无处说，数归鸦。
> 半世浮萍随逝水，一宵冷雨葬名花。魂是柳绵吹欲碎，绕天涯。[①]

以"冷雨葬名花"与"林下道韫家"相关联，其中"葬花""冷雨""林下"
"道韫"等意象，以及整体的境界，与《红楼梦》之互文关联，有目者皆不
待烦言也。其他如同调："人到情多情转薄，而今真个悔多情。"（《红楼梦》
"情不情"之说）"方悔从前真草草，等闲看。"（《红楼梦》开篇忏悔之语）
《念奴娇》："人生能几？总不如休惹、情条恨叶……愁多成病，此愁知向谁

---

① 纳兰性德：《纳兰词笺注》卷二，张草纫笺注，上海古籍出版社，1995，第139页。

说？"《贺新郎》："便决计、疏狂休悔。但有玉人常照眼，向名花美酒拼沉醉。天下事，公等在。"如此等等，境界、意味也都与《红楼梦》有相通之处。而集子中，"葬花"凡两见，"红楼"凡三见；其中更有将"红楼"与"梦"相关联者一处（"今宵便有随风梦，知在红楼第几层？"《别意》六首之三）。

有鉴于此，王国维曾有一精辟论断：

> 自我朝考证之学盛行，而读小说者，亦以考证之眼读之。于是评《红楼梦》者，纷然索此书中之主人公之为谁，此又甚不可解者也。夫美术之所写者，非个人之性质，而人类全体之性质也——故《红楼梦》之主人公，谓之贾宝玉可，谓之子虚乌有先生可，即谓之纳兰容若、谓之曹雪芹亦无不可也——然诗人与小说家之用语其偶合者固不少，苟执此例以求《红楼梦》之主人公，吾恐其可以傅合者断不止容若一人而已。[①]

静安先生对《红楼梦》的理解超迈群伦之处甚多，可惜一蔽于烦琐之"曹学"，二蔽于庸俗社会学，三蔽于炫奇索怪的"秦学"之流。

我们要举出的第五段文字是：

> 这李通判回到本宅，心中十分焦躁，便对夫人大嚷大叫道："养的好不肖子！今天吃徐知府当堂对众同僚官吏，尽力数落了我一顿，可不气杀我也！"夫人慌了，便道："什么事？"李通判即把儿子叫到跟前，喝令左右："拿大板子来，气杀我也！"说道："你拿的好贼！他是西门庆家女婿。因这妇人带了许多妆奁、金银箱笼来，他口口声声称是当朝逆犯寄放应没官之物，来问你要。说你假盗出库中官银，当贼情拿他。我通一字不知，反被正堂徐知府对众数说了我这一顿。这是

---

① 王国维：《红楼梦评论余论》，载《中国历代文论选》第四册，上海古籍出版社，1980，第518页。

我头一日官未做，你照顾我的。我要你这不肖子何用！"即令左右雨点般大板打将下来。可怜打得这李衙内皮开肉绽，鲜血迸流。夫人见打得不像模样，在旁哭泣劝解。孟玉楼立在后厅角门首，掩泪潜听。当下打了三十大板，李通判吩咐左右押着衙内："及时与我把妇人打发出门，令他任意改嫁，免惹是非，全我名节。"那李衙内心中怎生舍得离异，只顾在父母跟前哭泣哀告："宁把儿子打死爹爹跟前，并舍不得妇人。"李通判把衙内用铁索墩锁在后堂，不放出去，只要囚禁死他。夫人哭道："相公，你做官一场，年纪五十余岁，也只落得这点骨血。不争为这妇人，你囚死他，往后你年老休官，倚靠何人？"……通判依听夫人之言，放了衙内，限三日就起身，打点车辆，同妇人归枣强县家里攻书去了。[①]

熟悉《红楼梦》文本的朋友一定会感到惊讶：这段文字和《红楼梦》中"宝玉挨打"一段太相似了！父亲为官场受窘而痛打儿子，儿子为"情义"甘愿忍受，母亲苦苦哀求——不但基本故事情节相似，连"年纪五十余岁，也只落得这点骨血。……你囚死他，往后你年老休官，倚靠何人？"的语言也相似乃尔。

而李衙内的故事影响到了曹雪芹，还可举出一些旁证。如孟玉楼嫁入李府后，李衙内原来的通房丫头玉簪瞧不起她的出身，加以嫉妒，便骂闲街挑衅，而孟玉楼一味容让。这一段的故事情节、人物关系，都和尤二姐嫁给贾琏后，与秋桐的关系有几分相似。再如孟玉楼为了自保，设计陷害陈经济的情节、情境，与王熙凤算计贾瑞一段，颇有神似处。

更有趣的是李衙内的名字——李拱璧。"拱璧"即"宝玉"，如王世贞《题〈宋仲珩方希直书〉》："百六十年间，学士大夫宝之若拱璧。"而类似用法历代不可胜数。

这些完全可以解释为"偶合"，尤其是"拱璧"与"宝玉"。但是，多

---

① 这段引文用的版本是《皋鹤堂批评第一奇书金瓶梅》第九十二回（吉林大学出版社，1994，第1537页），与《词话》本文字略有出入。有清一代，流行的主要是这个本子。

重"偶合"叠加到一起，意义就不同了。特别是就大端而言，《红楼梦》借鉴于《金瓶梅》已是不争的事实。在这样的前提下，李衙内的故事，李衙内的人物形象和贾宝玉的多方面近似就不能简单视为偶合了。

在中国小说史上，李衙内本身是个甚为微末的存在，但如果瞻其前观其后，从"互文"的视角看去，却又会发现他不容忽视的意义与价值。指出这些，并无意说曹雪芹抄袭了《金瓶梅》，而是要说明，所谓"没有《金瓶梅》便没有《红楼梦》"，其真实含义恐怕要超出人们通常理解的程度。

三

一切文本都具有与其他文本的互文性，一切话语也都必然具有互文性，这已经是常识性的命题。但在文学批评、文学研究之中，如何通过互文性的视角展开工作，以期取得更有启发性的认识，却还是见仁见智、颇有不同的。

首先，对于"互文性"的认定，就有着宽狭不同的主张。而这几乎是运用这一理论解决问题的前提。如有的学者把互文性分为三种情况：第一是直接引语，或是重复出现的词汇、意象，也就是明显或有清楚标记的"互文"；第二是典故，其出处指向"互文"关系，也就是较为隐蔽的"互文"；第三是照搬，就是局部采取移录、抄袭的手法，但不加以任何说明。持不同见解的理论家，则批评这种分类不当，第三种情况根本不能算作"互文"。

其次，利用"互文性"进行文本分析，终极目的何在？与中国传统的笺注之学、"无一字无来处"的阅读方式有何区别？

再次，这种批评、研究的意义与后现代的文本颠覆、作者"死去"的思路有何异同？它能给我们的研究带来哪些"正能量"？

本文不可能对这些话题做全面的讨论，却应该，也必须说明自己的选择，以及选择的理由。

一种理论的有效性，主要的不是表现为自身形式的优美，而是解决问题的实际能力。因此，本文采用的"互文"视角乃基于以下三点考虑。

第一，"互文性"是一种客观存在，是由创作主体知识结构之形成及其创作使用语言符号之特性决定的。从这一视角观察、分析，不是去发明"互文"，而是要揭示"互文"，并做出有说服力的分析。

第二，对于文学研究中"互文性"的表现可以借鉴热奈特的说法而有所修正。也就是采取核心明确、边缘弹性的"广义互文"界定。"互文"的核心是相同语词、相同意象之间的关联。如前文揭示的"林下""红楼""葬花"等。稍微间接一些的则是通过典故发生的关联，如"潇湘+林"与"竹林"之间，便是由舜妃的典故连接起来。而更边缘一些的则是某些情节单元、结构方式的互仿，甚至某些"创意"的袭用。如"无叶堂"之于"太虚幻境"，一系列"林下风气"与"闺房之秀"相对待的结构模式等，在本质上都是与意象、语词的"互文"并无二致的。

第三，"互文性"视角的运用，绝非"掉书袋"式的炫学。其目的应是给文本找出赖以滋长的文化/文学血脉，从而更准确、更深入地理解文本的内涵，当然也给文学发展史的研究提供更为鲜活、具体的材料。

对于《红楼梦》的研究来说，这一视角的运用还有特殊的意义。

如前所论，长时间以来，《红楼梦》研究的基本思路出了问题。这一点，有见识的红学前辈也颇有自省之词，如俞平伯先生，如周策纵先生。周先生更是直接以《论〈红楼梦〉研究的基本态度》为题写成专文，指出：《红楼梦》研究，如果不在基本态度和方法上改进一番，可能把问题愈缠愈复杂不清，以讹传讹，以误证误，浪费无比的精力。事实正是如此，红学家们用的大部分气力都是在为小说寻找现实生活中的"底本"。索隐派是如此，考证派也是如此，甚至最近热闹起来的作者"新探"，其隐含的目的也指向"生活底本"问题。而近百年的努力，并不能让"底本"变得逐渐清晰，而是陷入了一个又一个的怪圈，如作者的年龄、阅历与作品的故事情节不"匹配"，各种"底本"之间的互相冲突，等等。甚至出现了《红楼》的"底本"与"侠女刺雍正"相交集，或是推演出类似"搜孤救孤"式的桥段。至于小说本身的艺术得失、思想文化内涵，反而被视为"红外线"嗤之以鼻。现在，我们从"互文"的视角看过去，原来《红楼梦》中的偌多内容——

人物的关系、性格的基调、情节的设计、意象的营造等等，都可以从文学的、文化的长河中找到血脉之由来。这便给沉迷于索隐、考证之中的朋友们一个有力的提示："底本"绝不是全部，《红楼梦》的基本属性毕竟是文学，而非"自传"，或是"他传"。

说到这里，《从"林下"进入文本深处》似乎已无剩义。不过，有一种有趣的现象还可附带讲两句。对《红楼梦》的"互文性"观照，为这部作品找到了向上的文学史、文化史关联；而循此思路，又可把类似的关联向下延伸，突破人为的古代文学、现代文学的鸿沟。不妨随便举一个例子。《红楼梦》的"双峰对峙，二水分流"，我们从"林下之风"与"闺房之秀"的对待中看到了历史的脉络；而这一脉络却又向下伸展，如林语堂便把这种"各有各的好处"的观念用到自己的小说创作中，创建了一种"双姝模式"——《京华烟云》中的木兰与莫愁，《红牡丹》中的牡丹与素馨，《赖柏英》中的赖柏英与韩沁等，让每个男主人公都享受到"黛玉做情人，宝钗做妻子"的"人生至乐"。①

这种上下前后血脉贯通的现象，对于我们深入剖析文本，以及讨论文学的传承流变，无疑都是很有意义的材料。

---

① 参见陈千里：《"女性同情"背后的"男性本位"——林语堂小说"双姝"模式透析》，《南开学报》2013 年第 3 期。

元杂剧与佛教

有元一代，历史仅仅百年左右（以有"元"之国号计算为九十八年，自灭金算起亦不过一百三十余年），而见于著录的剧作就有七百余种（准确数字则见仁见智），明人更有千种之说。元代文人的创造力很大程度凝聚于此，元代社会文化的真实情况也在此有多方面的反映、折射。元代曲论家胡祗遹对此曾发表过颇有见地的评述，他讲：

> （杂剧中）上则朝廷君臣政治之得失，下则闾里市井父子兄弟夫妇朋友之厚薄，以至医药卜筮释道商贾之人情物性，殊方异域风俗语言之不同，无一物不得其情，不穷其态。①

因此，研究当时一般民众的佛教观念，了解佛教演变的讯息，元杂剧都可以为我们提供不少有价值的材料。可是，长时间以来研究者对此普遍注意不够。检索内地近十年关于元杂剧的论文计有 556 篇，而和这个方面稍有关联的也仅有 5 篇。②之所以如此，是因为很多研究者的印象里元杂剧中涉及佛教内容的数量既少，蕴含又浅。故本文即由这两方面切入来谈。

一、元杂剧中的神仙道化题材与涉佛剧目

中国戏曲自来就有表现神鬼及宗教内容的传统。这是因为戏曲（包括雏形戏曲）的表演，往往与祭神祀祖一类的庆典相关联。王国维讲："古代

---

① 胡祗遹：《紫山大全集》卷八《赠宋氏序》，四库全书本，第147页。
② 据"中文期刊全文数据库"。

之巫，实以歌舞为职，以乐神人者也。"也就是说，古代的歌舞（前戏曲）多是巫的表演，多与祭神有关。而到了宋代戏曲的形成期，佛教就已经是演出的一项重要内容了。据孟元老《东京梦华录》卷八：

> 七月十五日中元节，先数日……即印卖《尊圣目连经》……自过七夕，便搬《目连救母》杂剧，直至十五日止，观者倍增。[1]

至于金、元两代，佛教在社会上、在整个文化领域都占有特殊地位。一则统治者尊崇佛教，二则民众苦难深重，也需要到宗教中寻求心灵的救济。汉族文人很多沦落到社会底层，他们把聪明才智投入到杂剧这样的大众文艺形式时，"但摹写其胸中之感想，与时代之情状，而真挚之理……流露于其间。"（王国维语）民众的宗教信仰（包括佛教的内容）就自然流注笔端并搬演于舞台了。

一般说来，与佛教有关的剧作，其创作观念是与神仙道化剧（广义的）并无二致的。所以，在讨论与佛教有关的剧目之前，有必要了解一下元杂剧中神仙道化剧的整体概貌。

神仙道化题材在元杂剧中占有相当大的比重。明初朱权的《太和正音谱》把元杂剧分为十二类：

> 一曰神仙道化；二曰隐居乐道（又曰林泉丘壑）；三曰披袍秉笏（即君臣杂剧）；四曰忠臣烈士；五曰孝义廉节；六曰叱奸骂谗；七曰逐臣孤子；八曰朴刀杆棒（即脱膊杂剧）；九曰风花雪月；十曰悲欢离合；十一曰烟花粉黛（即花旦杂剧）；十二曰神头鬼面（即神佛杂剧）。[2]

神仙道化排在第一，可见对它的重视。而如果广义地看，第二与十二两类

---

[1] 孟元老：《东京梦华录》卷八，四库全书本，第30页。
[2] 中国戏曲研究院编《中国古典戏曲论著集成》（三）《太和正音谱·杂剧十二科》，中国戏剧出版社，1959，第24页。

也与神仙道化有一定的关联。就现有的著录和尚存的作品综合来看，元杂剧中的神仙道化剧的数量在六十到七十种之间，大约占总量的十分之一。

在现存的元杂剧作品中，神仙道化剧有三十四种。其中明显和道教有关甚至明显和某一教派有关的约占五分之二，如显扬全真道五祖七真事迹的就有《刘行首》《城南柳》《升仙梦》《铁拐李》《任风子》《岳阳楼》《黄粱梦》等，显扬天师道龙虎宗的有《张天师》等。一般性写遇仙得道和神魔故事的各有七八种，前者如《陈抟高卧》《庄周梦》，后者如《锁魔镜》《斩健蛟》等。而与佛教有关联的则可分为直接与间接两类（与上述各类略有交叉）。间接的指题材来源与佛教有或远或近的关系，计有《张生煮海》《柳毅传书》《西天取经》《齐天大圣》《锁魔镜》等；直接的则是正面表演与佛教有关的故事，如《度黄龙》《猿听经》《度柳翠》《忍字记》《来生债》《东坡梦》等。依此看来，元杂剧中涉佛的剧目数量虽不如涉道的多，但也不容忽视。不过，这主要是从题材角度做的统计，如果更进一步讲宗教观念的话，则在所有门类里，可以说都有相当充分的体现。就纯宗教题材说，属于道教的比佛教的多，这是因为道教的神仙幻化之类故事更容易构造戏剧情节；而如果就所表现的思想观念说，佛教的六道轮回、因果报应、他力救济的灵验等等则更为普遍和深入。所以当年青木正儿断言："元曲中取材于佛教的作品很少，和取材于道教的作品相比，实在是寥寥无几。"[①]虽有一定的道理，但显然是不够准确全面的。

二、元杂剧的涉佛题材分析

元杂剧的涉佛题材，大致可分三种情况：一种是借助佛教有关的素材生发故事，无意于阐扬佛理；一种是借助于历史或传说中的人物，编织出和佛教有关的故事情节，从而阐扬佛教的义理、宗旨；一种是从佛教的观念或传说出发，衍生出人物与故事，来达到说法的目的。

---

① 青木正儿：《元人杂剧概说》，中国戏剧出版社，1957，第 95 页。

　　第一类中最典型的是李好古的《沙门岛张生煮海》。这个故事的创意与《生经》有明显的血缘关系。《生经》的《佛说堕珠着海中经》写佛持器竭海，逼迫龙王献出宝珠。《张生煮海》的基本故事骨架乃由此袭取。可是，剧中既设置了一位石佛长老，又写东华仙、金童、玉女来增添道教氛围，这间接反映了当时三教合一的思想趋势——不过全剧并无明显的辅教阐道的意图，也看不出对于佛教血缘关系的着意表现。

　　《柳毅传书》也属于这种情况。其创意与《摩诃僧祇律》的佛教因缘故事有关，《柳毅传书》的很多情节元素都可从《摩诃僧祇律》中找到，如龙女落难、仗义相救、龙性暴嗔、有龙被系、重金相酬等。若以袭取的情节元素之丰富论，《柳毅传书》比《张生煮海》尤有过之。当然，杂剧的这个故事是从传奇中来，与佛经只是间接关联，所以剧本中也基本看不到表现佛缘的地方。

　　第二种情况以《来生债》和《东坡梦》最为典型。

　　《来生债》全名《庞居士误放来生债》，刘君锡作。讲居士庞蕴虔心礼佛，广行善举，其妻女亦共同修持，与禅门大德马祖道一、石头希迁、百丈怀海屡有印证。他感念穷人还债艰难，于是悉数焚烧债契；为免牵缠，还把家财全部沉入东洋大海，一家人卖笊篱过活。其女灵兆借卖笊篱之机，点化度脱了禅师丹霞天然。后得仙人引导，举家白日升天，共成正果。剧本将因果报应思想掺到庞居士事迹中，更加强了佛教的宣传气息。

　　现存有关庞蕴的资料最早的是五代时期的《祖堂集》（卷十五），后来则有灯录《景德传灯录》和《五灯会元》等，另有传为于頔所编的《庞居士语录》。①

　　据《五灯会元》载：

　　　　襄州居士庞蕴者，衡州衡阳县人也。字道玄……元和中北游襄汉，随处而居。有女名灵照，常鬻竹漉篱以供朝夕……缁白伤悼，谓禅门

　　① 详见谭伟：《庞居士研究》，四川民族出版社，2002。

庞居士即毗耶净名矣。

可见庞蕴其人确是生活在中晚唐的一位虔诚的居士，与刺史于頔等都有往来。《五灯会元》所记除掉间杂的神异内容，庞蕴的事迹基本是实录。对《五灯会元》所记的庞蕴事迹，剧作者取其大端，甚至把庞蕴的偈语也抄作台词：

　　断绝贪嗔痴妄想，坚持戒定慧圆明。自从灭了无明火，炼得身轻似鹤形。（第一折）

所不同的就是编织出一些因果报应和神仙灵异的情节，使得舞台上更加热闹一些。另外，把庞蕴的身份由维摩改成了宾陀罗，其中的意味也值得关注。至于把丹霞天然编派为灵兆的弟子，显然是因为天然在灯录中的事迹富有戏剧性，民间知名度高一些的缘故。

　　《东坡梦》全称是《云门一派老婆禅 花间四友东坡梦》，作者吴昌龄。《东坡梦》写苏轼与佛印相调笑事，东坡指使妓女白牡丹引诱佛印破戒，结果白牡丹反被佛印度化做了尼姑，东坡也在机锋往来中为佛印所屈，终皈依于佛门。

　　苏轼与佛印都是真实的历史人物，但故事显然是杜撰的。由于苏轼生性幽默，且与友人参寥僧确有过嘲谑玩笑之事，所以早在南宋就有了多种关于他与佛印互斗禅门机锋的话本（包括语录体）。又由于迎合市民的口味，所以往往要扯上妓女。这部杂剧当是在话本《苏长公章台柳传》和《五戒禅师私红莲记》的基础上编撰的。但是和二者有明显的不同。其一：《苏长公章台柳传》主要写东坡、佛印和妓女章台柳诗歌唱和的故事，以调笑为风流而已。《五戒禅师私红莲记》则把兴奋点放在僧人因妓女而破戒上。比较起来，《东坡梦》却是辅教阐道的意味十分明显。《苏长公章台柳传》中的佛印写诗咏妓："带烟和雨几多标，惹恨牵愁万种娇。欲识章台杨柳态，请君先看柳眉腰。"一副色眯眯的神气。《东坡梦》中的佛印则是地地道道

的有道高僧，面对百般诱惑毫不动心，而最后反而把妓女和东坡都度脱了。剧名标为"云门禅"，也是意在强调禅门修行的功效。

这一类中有一部作品的情况很特别，它依托历史人物演述和佛教相关的故事，表达与佛教有关的道理，只是这个道理不是阐扬佛理，而是贬抑佛教。这部作品就是《吕纯阳点化度黄龙》。自五代至宋元，吕洞宾既是道教徒十分重视的仙真，又是大众文艺热衷表现的角色。在杂剧中，写吕洞宾的剧目很多，但这一部有其独特的意味。剧写吕洞宾劝黄龙禅师弃佛皈道，禅师不从，吕洞宾显示神通法力，终使禅师折服，并随吕洞宾修行得道。这个故事后来有多种改写本，对照来看，可以透露宗教史上的很有趣的一些讯息。

第三类则以《忍字记》与《度柳翠》为代表。

《忍字记》全称《布袋和尚忍字记》，作者郑廷玉。郑是元代前期的重要剧作家。其作品存目二十三种，今存六种，包括《忍字记》《冤家债主》《看钱奴》等。这三部作品内容十分相近，都是宣扬佛理，意在教化，而讥讽的对象都是吝啬鬼。不同的是，《忍字记》佛教的内涵更多一些。《忍字记》写如来座下第十三尊罗汉宾头卢尊者谪下凡尘，投胎为刘均佐，其人悭吝不堪，于是有弥勒、伏虎禅师、定慧长老分别入世点化。弥勒在他手上写一"忍"字，助成其修行，中间历经多次魔障，皆由"忍"字化解。使其终于认清本来面目，回归天界。

这部剧最大的特点就是全部剧情围绕一个与佛教有关的观念——"忍"来展开。实际上，如果纯从剧本写作看，开始的戏剧矛盾乃种因于刘的吝啬与收留外人，按照一般写作规律后面应由此展开，但郑廷玉全不顾这些铺垫，笔锋一转，便把后面的几次戏剧冲突都落到了"忍"与"不忍"之间。作为剧本，这当然是不足为法的；但如果当作佛教文化的材料，其中的讯息却是相当丰富的。

《度柳翠》全称为《月明和尚度柳翠》，作者很可能是李寿卿[①]。李与郑

---

① 李寿卿名下有《临歧柳》，或曰即《度柳翠》之别名。王国维有考证。

廷玉约略同时。元杂剧中，以僧人为主角，以宣扬佛理为宗旨的剧目首推这一部。故事大意为：观音净瓶中杨柳枝偶然污染，被罚入尘世，投胎做了妓女，名唤柳翠。

柳翠宿债偿满后，月明尊者下界点化度脱她。经过几次反复，终于使柳翠了悟本来面目，斩断尘缘，坐化归西。

剧本中的月明和尚是一个典型的狂禅形象，饮酒吃肉，疯疯癫癫，但彻悟佛法，神通广大。剧中多处刻意描写他的这一特点，还专门安排了一个"行者"来和他演"对手戏"，借此人之口反复渲染他：

> 正是个疯魔和尚。
>
> 你这个和尚，则要吃酒吃肉，真是个滥僧！
>
> 好是奇怪。难道这香积厨下疯魔和尚，倒是个活佛不成？我如今不吃斋了，也学他吃酒吃肉，寻个柳翠来度她去。

同时，剧中还安排了两次机锋问答，更突出了月明的禅门身份。可以说，这部剧的创作，在很大程度上是作者把自己的禅学思想以及"狂禅"观念故事化。

三、关于元杂剧的佛教观念

我们还可以换一个角度，从上述作品所表现的佛教观念以及佛学义理的深浅，做一下层次的分析。

最浅的一层是只涉及了佛教中的故事素材或佛门人物，几乎没有佛教的观念，更说不上对义理的阐发。稍深一层的是作品有意识地表现一些佛教的观念，但基本停留于大众对佛教的理解层面，如因果报应、禁欲等。较深的一层则是有意识地"剧以载佛"，运用较多的佛教思想材料，来表达自己对佛教的某种认识。更深的一层就是比较地道地运用了佛教的思想材料，或包含了较多的佛教发展流变的讯息，作者自己对佛教也有相当明确

的认识。

　　属于第一种情况的是那些只是题材有某些关联的作品。如《张生煮海》，虽然故事题材出自佛经，而且故事发生在佛寺，剧中石佛寺的长老甚至是一折的主角，但是全剧却无一语涉及佛理。长老座前的小和尚有一段很长的独白，也只是插科打诨而已。《柳毅传书》更不消说，虽然故事的人物、场景、基本情节全与佛教有关，但几经转折，文字中的脐带已经完全剪断了。至于《锁魔镜》，只是从佛教中借用了哪吒等人名，其他则全无关涉了。

　　属于第二种情况的作品是《冤家债主》《看钱奴》等。即以《看钱奴》为例。剧本写周荣祖与贾仁两个家庭的盛衰故事及恩怨纠葛。周家先衰后兴，原因全在于对佛教的态度：

　　　　先世广有家财。祖父周奉记敬重释门，起盖一座佛院，每日看经念佛，祈保平安。至我父亲……将那所佛院尽毁废了……得了一病，百般的医药无效。人皆以为不信佛教之故……想俺祖上信佛，俺父亲偏不信佛，到今日都有报应也呵。

　　　　周家庄上，他家福力所积，阴功三辈。为他一念差池，合受折罚。

因此，不仅家业消乏，而且到了把儿子卖给贾仁的地步。至于贾仁，"不敬天地，不孝父母，毁僧谤佛，杀生害命，当受冻饿而死"。可是由于周家的"福力"暂时没有着落，就借给他二十年，不过限定其空享其名，并无任何实惠。到了二十年后，一一报应不爽。

　　值得注意的是，剧中除了一般的报应观念，以及为了强化报应的威慑力而特别提出"速报司"之外，还反复强调了"福力"的观念。"福力"本为业力之一种，如《华严经》卷六十八：

　　　　今此宝藏。随逐于汝。是汝往昔善根果报。是汝福力之所摄受。汝应随意自在受用。

有趣的是，剧作者创造了"福力"可以"借用"的观念，从而把两个本不相关的家庭连到一起，从而产生了戏剧冲突。

《冤家债主》则是写一家人的关系都是前世果报的因缘，"今生今世赖了我，那生那世填还我"。而最后的主题则突出"作业自殃"——这样一种佛教伦理的"普及化"观点。

第三种情况是剧中引用了较多的佛教材料，也有辅教劝化之意，但材料与剧情尚未融合，作者自己对材料也缺少理解后的处理。《猿听经》《来生债》《东坡梦》都属于这一层次。《度黄龙》除却动机有别之外，也是在这一层次。

例如《猿听经》①，写龙济山中一头老猿，向慕佛法，听了修公禅师一番说法问答后，当场彻悟坐化。其中最重要的关目是说法一折，作者不厌其烦，先后安排了小僧、众僧、守坐（原文如此，似当为首座）与老猿向禅师发问。问题大体是由浅入深：第一轮四个问题是禅门一般话头；第二轮就是经典公案，"如何是西来意"之类；第三轮就是禅宗史的根本性问题，"如何是曹洞宗""如何是临济宗"等等；最后的问题带有机锋的色彩，而禅师的回答也像模像样：

> "如何是妙法？""合着口。""如何是如来法？""四十九年三百会。""如何是祖师法？""九年不语，声震九天。"……

如果这些问答掺进禅门的语录、公案里，不仔细看也是很难区分出来的。还有作者模仿船子和尚《拨棹歌》写的两首偈诗，和历代高僧的和诗相比也是不遑多让的。但是，这些材料都是抄撮进来的，和剧情的发展没有密切的关联，换几段公案丝毫不影响上下剧情。

《来生债》写庞居士事迹，可是剧本把《五灯会元》所载素材舍弃了十之七八，而代之以四个方面的新内容：第一个是剧本的核心内容"误放来

---

① 此剧见于脉望馆《古名家杂剧》，收于《元曲选外编》。《剪灯余话》有《听经猿记》，二者颇有雷同，然彼此先后难以遽断。

生债"，即庞居士把家财散给穷人，结果造成穷人来生变牛变马还其债务的局面，无奈之下只好把万贯家财沉入东洋大海；第二个是她的女儿买笊篱点化了丹霞天然；第三个是增加了两个受庞居士恩惠的角色，让他们二十年后来报恩；第四个是给庞居士一家都安上前世的仙佛身份，特别是庞居士女儿，竟然是观音转世。这四方面内容都与佛教相关，但与佛典中有关材料相比，其层次的浅俗是非常明显的。第一、二两个方面都有所本，但作者踵事增华的痕迹还是很清楚的，如家财沉海在北宋中叶就有类似的传说，不过"来生债"却是作者的增益。从这种"来生债"的观点看，作者对佛理和禅义的理解还不及《猿听经》。

《东坡梦》也是一个表现佛禅的好题材，本事中的生动素材也相当多。可是，同样由于作者的佛学水平所限，没有把东坡与佛印之间机智幽默的机锋往还使用到剧本中。作者的主旨是宣扬佛法，他把东坡与佛印做对比，佛印在牡丹的调情面前庄严自持，最终还度化了牡丹，而东坡则被桃柳竹梅迷住无力自拔，从而颂扬佛法无边。这在市井文艺普遍以僧尼破戒为卖点的情况下，明显带有为佛教辩护的色彩。剧中正面所写禅机只有两段，而且都是毫无机趣可言。

能够达到第四个层次的只有《度柳翠》和《忍字记》两种。

《度柳翠》的故事框架是"大众化"的转世因果，但作者对佛理、禅学有相当深入的了解和兴趣，因而对度化过程的描写比较细致，言及的佛理也较为融通。例如第三折：

> ［正末云］柳翠，上船，上船。［旦儿云］师父，怎生有船无梢公？［正末云］柳翠也，要那梢公怎么，我一意在这里渡人来……（唱）柳翠也，我怎肯满船空载月明归，一波才动万波随。半载河东半载河西，谁也么知，三番家度柳翠，去来波，我与你同赴龙华会。（云）柳翠，到岸了也，可下船来。

以渡船喻度人，这是禅门大德船子和尚的故智，用在这里是比较贴题的。

难得的是作者化用船子和尚的《拨棹歌》，十分灵活得体。船子的原作是：

> 千尺丝纶直下垂，一波才动万波随。夜静水寒鱼不食，满船空载月明归。

船子和尚以题写船夫渔父式的组偈著称，这和宋代文字禅的潮流相一致，所以宋元直至明清他都是禅门"显要"，特别是追求洒落的文人禅客颇多追随模仿者。李寿卿另有一部杂剧《船子和尚归莲梦》，可见他对船子和尚以及文字禅的偏好。剧中化用前人诗句作偈语的还有：

> 曾向章台舞细腰，行人几度折柔条。自从落在禅僧手，一任东风再不摇。

此乃从《苏长公章台柳传》章台柳的诗作脱化出来，改动数字，便把月明和尚的身份自然显示出来（释参寥有诗句"禅心已作沾泥絮，肯逐春风上下狂"），也算高明。

剧作里面谈禅的几段也可看出作者的佛学修养与文字水平，有的还可作理趣诗读。①不过，全剧最能体现作者对佛禅理解水平的还是月明与柳翠的象喻内涵。月明与柳翠的对举，实际上隐含了"空"与"色"的对立统一，虽然作者不曾明说，但在当时的语境中，人们是应该能有所感觉的。何况剧本最后还有点题之论：

> ［观音云］柳翠，因为你枝叶触污微尘，罚往人世，填还宿债。今日月明尊者引度你归空了么？……［正末云］柳也，听我佛的偈。［偈云］一切有为法，如梦幻泡影。如露亦如电，应作如是观。

---

① 参见张则桐：《元杂剧〈度柳翠〉与文字禅》，《中国典籍与文化》1999 年第 4 期。

《金刚经》的这段"六如"偈，向来被看作是色空观的典型表述。作者用在这里，初看有些突兀，而内在原因就是他要点破全剧的题旨。

至于《忍字记》，正如前面提到的，作为剧本来说戏剧冲突的安排并不高明，但是就其表达的佛教内容看，作者还是颇具内学根底的。如剧中的偈语：

> 行也布袋，坐也布袋，放下布袋，到大自在。
>
> 学道如担担上山，不思路远往难还。忽朝担子两头脱，一个闲人天地间。（第一折）

不仅语融义深，而且和剧情、人物相当贴合。虽然未见得是作者自创，但即使抄录或改写，也是需要独具只眼的。

剧中涉及佛理处颇为不少，也不是持扯名词之流写得出来的：

> （参禅）需要绵绵密密打成一片，只如害大病一般。吃饭不知饭味，吃茶不知茶味，如痴如醉，东西不辨，南北不分。若做到这些功夫，管取你心华发现，彻悟本来。
>
> 定慧为本，不可迷着。定是慧体，慧是定用。即慧之时定在慧，即定之时慧在定。若识此言，即是慧定。学道者莫言先慧而发定。定慧有如灯光，有灯即有光，无灯即暗。灯是光之体，光是灯之用。名虽有二，体用本同。此乃是定慧了也。（第二折）

这些都是当时佛教界关心的核心理论问题。郑廷玉并不是自家悟出了这些道理，而是抄撮到剧本中。不过他的理解准确，所抄具属"第一义"，这在大众文艺里是不多见的。

《忍字记》的核心是宣扬佛教的"忍辱"观念。过去有的研究者把此剧的佛教思想归结为"无生法忍"，其实是简单的望文生义。《大智度论》讲得很清楚，佛教所讲的"忍"是分为两种的：

一、众生忍，忍者忍耐也。诸众生以种种恶害加之，我能忍耐不
起瞋恚，谓之众生忍。二、无生法忍，忍者安忍也。理原为不生不灭，
今但言不生，又名无生，菩萨于无生之法，安忍而不动心，谓之无生
法忍。（卷六）

众生忍辱，于杀伤骂詈等众生之迫害忍受之也。（卷十四）

显然，剧中的"忍"为忍辱、忍耐，也就是上述的第一种"众生忍"，即"六
度"之一的"忍辱"。如果站在以剧辅教的立场上，那我们不能不承认《忍
字记》的成功之处：剧本对"忍"的理解与表现都是相当准确的，而且处
理刘均佐由"忍"入道的过程十分细致，经过多次反复，最终无路可走方
下定决心，充分表现出作为"六度"之一的"忍辱"之艰难。

四、元杂剧涉佛剧目反映出的佛教演化信息

（一）关于大肚弥勒的形象定型

弥勒在中土佛教中是很特异的一尊菩萨，不仅形象特异，而且又有专
属的特性："大肚能容，容天下难容之事；笑口长开，笑世上可笑之人。"
可是，若按印度佛经的说法，弥勒的形象却甚是庄严：

名曰弥勒。有三十二相。八十种好。庄严其身。身黄金色……弥
勒成无上道时，三千大千刹土六变震动。地神各各相告曰："今弥勒已
成佛。"……转转闻彻三十三天……尔时，座上八万四千人诸尘垢尽，
得法眼净。①

这就是中土广泛流传的《维摩经》，虽然没有类似的正面形象描写，但其中
他和维摩居士辩难对垒的情状，也分明是妙相庄严的菩萨，毫无滑稽玩世

---

① 《佛说弥勒下生经》，大正藏《经集部》T14.

的意味。弥勒形象在中土的变化起于五代。据《景德传灯录》《释氏稽古录》等佛教典籍，五代时僧人契此，居明州奉化（今属浙江），常以杖挑一布袋入市，一切随身之物都放入袋内，见物即乞，出语无定，随处寝卧，形如疯癫。后梁贞明三年（917）圆寂于岳林寺，有《辞世偈》曰："弥勒真弥勒，分身千百亿。时时示时人，时人自不识。"世人遂以他为弥勒佛化身。①翻阅宋人文集，东坡、子由、放翁诗中尚多次把弥勒与维摩并举，显见他们心目中的弥勒还是《维摩经》中的传统形象。但黄鲁直诗中已套用"弥勒真弥勒"之句，而《石门文字禅》中已有"只欠一个布袋，便是弥勒化身"的偈语，说明当时布袋和尚即弥勒化身的说法已被一部缁白一众信从。但这个形象和"大肚能容"的品性之间何时产生关联，尚缺少很直接的材料。在这种情况下，《忍字记》就有两个方面值得注意了：

一是把布袋和尚的形象进一步夸张，特别是其"大肚"：

> 兄弟，笑杀我也。这和尚吃什么来，这般胖那。（唱）……他腰围有簸来粗，肚皮有三尺高，便有那骆驼、白象、青狮、豹，敢也被你压折腰……这和尚肉重千斤，不算臕……

在写"大肚"的时候，作者反反复复写到"笑"，如"布袋笑科""见正末笑""笑杀我也"等等，布袋和尚出场的短短一段戏中，"笑"字就出现了十五次。虽然不是"布袋和尚"一人在笑，但笑声都是围绕着他。"布袋和尚"上场第一个动作就是"作笑科"，后面还有一段关于"笑"的"总结"：

> 你笑我无，我笑你有。无常到来，大家空手。

这至少说明当今流行的"大肚笑弥勒"形象在元初就基本定型了。虽然我们尚不能断定《忍字记》在这个定型的过程中，究竟起到了哪些作用，但

---

① 参见释道原：《景德传灯录》卷二十七《明州布袋和尚》，《四部丛刊》三编第58册，上海书店，1985。

至少可以肯定它在这个过程中的作用是值得重视的。

二是赋予大肚弥勒以"能容"的品性。此前的文献，似乎尚没有把布袋和尚或是弥勒菩萨同"忍辱"专门联系到一起的材料。把"忍"的观念同弥勒紧密联系，应该说是郑廷玉的一个创意。其创意的思路似乎是从"大肚"到"肚量大"，再到"能忍"这样一个联想的过程。

如果上述分析没有材料上的疏漏的话，我们可以说《忍字记》在塑造一个最为中国化的佛教形象上，有着重要的贡献。

（二）禅与狂禅问题

综览这十余种涉佛的剧目，有关佛教的内容主要集中在出世入世、因果报应与参禅悟道三个方面。这里首先遇到的一个问题是剧中的描写，除了涉及一般意义的佛教外，就是禅宗一家。《东坡梦》《度黄龙》《猿听经》《来生债》《忍字记》等写的都是禅门人物，而《度柳翠》虽未明言禅僧身份，却让月明和尚自家口中道出：

> 想初祖达摩西至东土，不立文字，教外别传，直指人心，见性成佛。此个道理，你世上人怎生知道也呵！

这是个很有趣的现象。因为有元一代，佛教与道教孰尊，佛教中禅与教孰尊，显与密孰尊等争执几乎贯穿了始终。在多次的廷辩中，禅宗的处境并不是太好，与"国教"密宗比固然不行，就是在教禅之争中，也是落得个"教冠于禅"的结果，以致出现了改换门庭的禅僧。可是就在这样的背景下，杂剧里的佛教描写是清一色的禅，总不能说是完全的偶然吧。这种情形只能解释作，杂剧的作者——下层的汉族文人，和杂剧的主要观众群——市井民众，并没有受到统治者宗教政策的太大影响，换言之，禅宗在汉族民众中的影响仍然是当时佛教各宗派中最大的。

与此相关联的，就是有关禅宗的描写中，传灯史、偈颂、机锋等不论，禅僧形象有一个应予注意的现象，就是狂禅或准狂禅的多次出现。

月明和尚是一个典型的狂禅形象，饮酒吃肉，疯疯癫癫，但彻悟佛法，

神通广大。且看这样一段对白：

> ［行者云］我叫你做好事（指为柳翠家做法事）。［正末（即月明）云］你几曾做那好事来。我问你，那里有酒么？［行者云］人家做好事，哪得有酒？［正末云］有酒我便去，无酒我不去。［行者云］有酒，有酒。［正末云］那里有肉么？［行者云］我说道做好事，哪得肉来？［正末云］有肉我便去，无肉我不去。［行者云］有肉有肉。［正末云］是谁家做好事？［行者云］是柳翠家。［正末云］哦，是那好女孩儿的柳翠么？［行者云］你问她怎的？［正末云］是别人家我不去，是柳翠家我便去。［行者云］偏怎生他家你便去？［正末云］我若不去呵，怎生成就俺那姻缘大事？［行者云］正是疯魔和尚！［正末］（背云）他哪里知道，贫僧乃是西天第十六尊罗汉月明尊者。

这里月明的插科打诨之处，绝类《济颠语录》中的道济，而且二者同为罗汉下界，似乎是同源异流的两个形象。剧本中虽用了不少篇幅渲染月明和尚的疯癫，但最终却把他塑造成一个有道高僧。为此，不仅设计了月明和尚指挥阎王的情节，还安排了他多次说法谈禅的场面，让他在舞台上大讲"般若波罗蜜""人相我相众生相"。这在其他剧作中是很难见到的。

布袋和尚也有类似的表现：

> ［布袋云］刘均佐，你斋贫僧一斋。［刘均佐云］我这里无有素斋。［布袋云］贫僧不问荤素，便酒肉贫僧也吃。［刘均佐云］有酒肉拿来与他吃。［布袋云］将来我吃。［奠酒科］南无阿弥陀佛。［布袋云］刘均佐，再化一钟儿吃……

他在点化刘均佐时的行为，也颇多游戏神通的意味，如装奸夫躲进销金帐，幻化出两房夫人来激怒刘均佐等。

还有一个"准狂禅"的形象，就是《西厢记》里"不念《法华经》，不

礼《梁皇忏》，经怕谈，禅懒参"的惠明和尚，完全是佛门异类的形象，血脉里显然是有狂禅基因的。

剧中出现此类形象，既是禅林中现实的反映，也说明了民众对此类形象富有兴趣。这后一点也是狂禅之风绵延不绝的一个原因。

（三）佛教的通俗化、市井化趋势

杂剧中出现这样数量不算太少的涉佛剧目，本就是佛教走向市井的表现。

而剧本对佛教素材的处理，也很自然地迎合演出所需要的通俗甚至俚俗。例如写佛教总是要纠缠到"财"与"色"两个话题。《来生债》《忍字记》《冤家债主》《看钱奴》都是围绕家产问题展开故事，而《度柳翠》《东坡梦》《忍字记》则都把僧人放到色欲前来考验一番。这当然只是舞台上的佛教，不过舞台影响民众，而民众的趣味最终是要影响到社会观念的。

另外，剧作中写佛，不能不考虑到观众的接受水平，于是就有降低思想文化层面的趋势，如庞居士原来的身份是"净名"（维摩），到剧本里改成一个民众更容易理解的尊者（罗汉）；讲果报就强调"福力"，并发明出"借用"的观念；表现禅就多用通俗的偈颂，实际上是文字禅的末流，甚至还有彼此间抄来抄去的①，等等。

还有对三教合一的表现，也完全是通俗化的，如弥勒下界带着婴儿姹女，老猿到西方极乐世界也是"金童引接，玉女相随"。而刘均佐一家人更是"合一"的典范：他是罗汉宾头卢尊者，浑家是骊山老母，儿女是金童玉女。这些混杂的观念虽然看来很好笑，可是在佛教的演化过程中，都起着一定的互动作用，未可完全漠视。

元杂剧的涉佛剧目不仅在研究元代佛教状况时可以提供角度独特的材料，而且可以通过比较，在更广阔的视野中给我们更多的启示。如把《度柳翠》同徐渭的《玉禅师翠乡一梦》、《古今小说》中的《月明和尚度柳翠》比较，把《度黄龙》同《指月录》、《醒世恒言》的《吕洞宾飞剑斩黄龙》

---

① 如以"杨柳岸"词句作为佛门人物间的联络暗号，《东坡梦》《度柳翠》相同，且与《五灯会元》法明事迹相类；又如《度黄龙》黄龙上场诗偈与《来生债》丹霞上场诗偈相同，且与《猿听经》相近；等等。

比较，都可以得到一些有趣的认识。

　　如果我们进一步拓宽视野，把元杂剧与佛教的关系放到佛教及佛教文化在中国发展流变的整个历史过程中来考察认识，放到宗教与文学艺术的关联互动的大题目下分析，那么其进一步的意义就会呈露出来。由于元杂剧本是"市井"艺术、"市井"文化的典型形式，因此本文的内容就关系到一些更为深入的话题，如，宋元以后的所谓"近世"历史时期，宗教是怎样一步一步走向世俗的？在这个"近世"历史时期，市民社会与佛教演化（居士思想、世俗化、三教合一等）的关系怎样？大众化的佛教对于元明清民众文化、民众精神产生了哪些影响？所以，本文在一定意义上只是一种基础性的工作，而由此进一步的学术研究，俟之他日，尚待贤者。

中国文学批评史领域的新"矿源"

——《名媛诗话》的文献及学术价值

　　有清一代，女性文学之繁盛远迈历朝。据胡文楷《历代妇女著作考》，全书收录女作家四千余人，清代竟占九成。以影响力而言，《天雨花》当时与《红楼梦》齐名，有"南花北梦"之说；顾太清与纳兰性德并称，有"男有成容若，女有太清春"之论。这种情况，在沈善宝的《名媛诗话》中得到了充分的反映。如论及的家族性女性文学创作："吾乡多闺秀，往者指不胜屈。近如梁楚生太夫人德绳，及长女许云林延礽，次女云姜延锦，项扉山纫、项祖香纫、汪小韫端、吴苹香藻、黄蕉卿巽、黄颖卿履、鲍玉士靓、龚瑟君自璋，诸君诗文字画，各臻神妙。"又如女诗人之间的切磋交流："太夫人见余《秋怀诗》十五章，深为激赏，访问殷勤。迨余北至晋谒，即蒙刮目，奖许过当。嗣后一诗脱稿，随录示之。"再如文学传承："小云即陈云伯文述大令之子，一门风雅，讨论切磋，得竟其学。诗派神似乃舅，专以选色炼声为主，而用意亦能深婉。"此仅枚举而已。

　　对此，近年来已有不少学者给予了高度关注，从不同角度对沈善宝及《名媛诗话》进行了研究，如《名媛诗话》所反映的沈善宝文坛交游，《名媛诗话》的思想倾向等，对其基本内容及价值判断有了相当详细的梳理。[①]不过，从文学批评史的角度揭示、衡估这部旷世奇书，迄今似乎还罕有着鞭者。

　　中国文学批评史是很成熟的学科，内涵也十分丰富。不过，总体来看，

---

　　① 参见王力坚《钱塘才媛沈善宝的随宦行迹与文学交游》《从沈善宝〈名媛诗话〉看清代才媛的历史观念》，刘燕《沈善宝研究综述》等。

对于女性在这个领域的贡献，目前的认识与研究还有所不足。以这个领域的开山之作郭绍虞先生的《中国文学批评史》①而言，全书四十五万言，几无一字及于女性。他主编的《中国历代文论选》②，皇皇四巨册，女性之作也仅有李清照《论词》一篇而已。当然，这绝不是郭先生自己的缺失，检点同时及以后的罗根泽、朱东润、侯敏泽、张少康各位的著作，情况也大体相同。清代女性文学如上述之繁荣，而《清代文学批评史》中也几乎没有女性的只言片语。这种情况，固然有在那个时代，女性在理论批评领域耕耘不够，影响力不足的原因，但研究者关注欠缺，对有关资料发掘不力，也是毋庸讳言的。

其实，仅以《名媛诗话》而言，其中出于女性作家之手的文学批评文字，既有沈善宝本人的，也包括了清代前中期一批女诗人的，不仅数量可观，其水平也颇有出乎意料者。

大体而论，《名媛诗话》对于中国文学批评史的意义体现在三个方面。一是史料、文献的价值。它裒辑、保存了一批出于女性之手的文学批评著述，其中不乏精金美玉。二是集中了沈善宝本人的文学批评观点，对于研究她的文学活动，以及由她辐射而成的女作家群体的文学创作，都是重要的切入角度。三是这些内容反映出的文学思想，是那个时代文学思想的重要侧面，也是研究女性文学、性别观念的重要视角。

因此，下文便从这三个方面来讨论《名媛诗话》在中国文学批评史上的价值。

一

《名媛诗话》保存的女性文学批评史料中，关于《诗经》的评论蔚为大观。

如余杭陈炜卿著有《听松楼遗稿》，内载《授经偶笔》，其中涉及《诗经》评论的有两大段文字。其一为：

---

① 郭绍虞：《中国文学批评史》，上海古籍出版社，1979。
② 郭绍虞、王文生：《中国历代文论选》，上海古籍出版社，1980。

　　又论《葩诗·采蘋》全章云："古者女子生十年始习祭祀之仪矣。《记》曰：'观于祭祀，纳酒浆、笾豆、菹醢，礼相助奠。'至于二十而嫁，少成习惯，已历十年。然后为大夫妻，能循法度，可以承先祖而共祭祀矣。礼教之衰，人不知敬，至于祀事，犹或偷惰，奉羞而进，或委之婢仆。拜起之际，临以忽略，言动任意，杂使经前，漫无诚敬之容，焉有感格之理。男既若是，女更可知。宗室之教不修，礼仪之节不讲，逮其嫁也，乌能循法度于夫家，有齐尸奠以答神休哉！吾家祖训，每令节忌辰，虽蔬肉不丰，而堂必洁静，荐必躬亲，幼子童孙，以次凝立，无敢涕唾謦欬。女子随于母侧，使观于祭祀，抑亦公宫之遗意也。"①

　　"葩诗"，即《诗经》。《采蘋》为《召南》中的一篇。原文为："于以采蘋？南涧之滨。于以采藻？于彼行潦。于以盛之？维筐及筥。于以湘之？维锜及釜。于以奠之？宗室牖下。谁其尸之？有齐季女。"这首诗通篇为赋体，看起来文字浅显，解读似应无碍。而其实不然。特别是"有齐季女"一句，可以说是全诗的点睛之语，而注者歧说纷纭。如《诗集传》云："尸，主也。齐，敬貌。季，少也。祭祀之礼，主妇主荐豆，实以菹醢，少而能敬，尤见其质之美。"②意思是说，这个主持祭祀的"主妇"，虽然年少，但是表现出恭敬的姿态，"尤见其质之美"。依此说，《采苹》的意旨在于歌颂祭祀活动中的年轻少妇。而《毛诗传笺》云："尸，主；齐，敬；季，少也；蘋藻，薄物也；涧潦，至质也；筐筥锜釜，陋器也；少女，微主也。古之将嫁女者，必先礼之于宗室，牲用鱼，芼之以蘋、藻。"③按照这种解释，《采苹》描述的是少女出嫁前的礼仪。但是，同为《毛诗传笺》，又有"此言能循法度者，今既嫁为大夫妻，能循其为女之时所学所观之事以为法度"④的说法，

①　沈善宝：《名媛诗话》卷五，第50页。
②　朱熹：《诗集传》卷一，上海古籍出版社，1980，第9页。
③　《毛诗传笺》卷一，中华书局，2008，第21页。
④　《毛诗传笺》卷一，中华书局，2008，第20页。

似乎"有齐季女"是少女成长时所受的教育。于是，就有"难毛者"指出《传》以教成之祭与礼女为一，是毛氏之误，故非之也。"①《毛诗集解》则别出心裁，云："季女之少，若未足以胜此，而实尸此者，以其有齐敬之心也。大夫之妻未必果少，特言苟持敬则虽少女，犹足以当大事云尔。"②他同意"季女"就是少妇，就是在丈夫家主持某种祭祀，而强调其年轻则是为了突出其恭敬的态度。有趣的是，他又转了个弯，提出这里的"季"——年轻，可能只是一种修辞性的假设，借以突出恭敬的态度何等重要。

　　在这样纷繁而莫衷一是的阐释背景下，陈炜卿提出了自己的看法。她以《礼记·内则》的女子教育来做依据，即十岁的少女应该"观于祭祀，纳酒浆、笾豆、菹醢，礼相助奠"。从而摒弃了"尸之"者为"少妇""主妇"，以及"出嫁礼仪"诸说。这里所采用的方法值得注意。以《内则》之语来阐释诗意，并不自她始。她只是在多种阐释中选择了这一种。但是，陈炜卿选择之后，从两个不同角度来论证加强自己的见解。一是直接引述了《内则》的"观于""相助"一段，点出其年龄段——"十岁"，来证明"季女"的含义。其思路已隐隐有"互文"的端倪。而另一方面，她又以自己的家庭生活为例："每令节忌辰，虽蔬肉不丰，而堂必洁静，荐必躬亲……女子随于母侧，使观于祭祀。"把个人的生活经验与经典文本相互参证，一则加强了阐释的说服力，二则借以推行"诗教"的主张。这样把个人家庭生活经验与文本阐释结合起来的思路，一定程度上体现出女性独特的思维逻辑。

　　陈炜卿评论《诗经》，还就一批题材接近的作品进行比较：

　　　　又论《邶风·燕燕》之诗，喟然叹曰："庄姜之贤而能，逮下三代以来未之有也。"或曰："《樛木》《螽斯》《小星》《江汜》之诗，岂不如《燕燕》？子何独赞美此耶？"子应之曰："太姒之德，固美矣。而文王化行天下，岂独遗于后妃？大雅云'刑于寡妻，至于兄弟，以御

---

①《毛诗正义》卷一，《十三经注疏》本，中华书局，1979，第19页。
②段昌武：《毛诗集解》卷二，影文渊阁四库全书本，第41页。

于家邦',然则太姒之德,文王有以化之也。《江汜》之诗,方媵待年于国,而嫡不偕行,其后被后妃之化,乃自悔而迎之,其始实有阙焉。《小星》之诗,夫人虽无妒忌,然肃肃宵征,下情弥苦,亦非和柔之盛德。夫以卫庄公之无道,惑嬖妾,宠庶子,庄姜贤而失位,不见答于庄公,谑浪笑敖,只搅我心,其无思齐之化,可知也。《日月》之诗云'胡能有定?宁不我报。'即石碏所言,将立州吁,乃定之矣。庄公不能用其言,至于桓公弑,州吁立,而戴妫大归于陈,于是庄姜作诗以送之。每章重言'燕燕'者,伤己与戴妫不能如两燕之相从,颉颃下上而不相离也。其卒章曰:'先君之思,以勖寡人。'夫以庄公之无道,而戴妫犹以先君之思勉其夫人,可谓难矣。庄姜又美其温惠,嘉其所勖,而咏叹之。呜呼!自古以来,妾媵之于夫人,恩义相信,未闻及此者。故曰:'庄姜之贤,三代以来,未之有也。'"①

《邶风·燕燕》之诗云:"燕燕于飞,差池其羽。之子于归,远送于野。瞻望弗及,泣涕如雨。燕燕于飞,颉之颃之。之子于归,远于将之。瞻望弗及,伫立以泣。燕燕于飞,下上其音。之子于归,远送于南。瞻望弗及,实劳我心。仲氏任只,其心塞渊。终温且惠,淑慎其身。先君之思,以勖寡人。"此诗是《诗经》中的名作,一般认为是中国诗歌史上最早的送别之作,最早的有主名的女性诗作。其主旨为卫庄公失政,造成了国内的动乱。其妾媵戴妫被迫回归故国,君夫人庄姜远送于野而有此作。这首诗历来评价很高,或称道其深情,或赞美其含蓄。陈炜卿同样予以高度评价,但其角度、其方法却与众不同。她是从庄姜的人物形象着眼,又是通过与其他篇什的比较来立论的。她逐首分析了《樛木》《螽斯》《小星》《江汜》中女主人公的形象,指出各自在道德境界上的欠缺。以此作为分析庄姜形象的背景,认为《燕燕》中的庄姜"贤而能"形象几乎达到了完美。她以诗中的具体描写来证明自己的观点:庄公无道,且对不起庄姜,同时也对不起

---

① 沈善宝:《名媛诗话》卷五,第50页。

戴妫，而戴妫还是劝庄姜要有"先君之思"；庄姜不以为忤，反而夸赞戴妫温惠、淑慎。另外，她俩又是妻妾的关系，彼此之间做到"恩义相信"，这在作品里、生活中都是极其难能的，所以要给予庄姜"未之有也"的极高评价。

从家庭人际关系的角度分析、评价诗歌中的人物形象，这也带有鲜明的女性色彩。而把题材接近的一组作品放到一起，进行比较，来强化自己评价作品的观点，这种方法也是值得注意的。

毋庸讳言，陈炜卿的《诗经》评论，受传统经学影响，主要还是囿于教化、道德的视角。不过，她并不是抄袭旧说，而是有自己的分析、判断，且能够多方论证，言之成理，诚如沈善宝所言，"著作议论恢宏，立言忠厚""历来闺媛通经者甚鲜，矧能阐发经旨，洋洋洒洒数万言，婉解曲喻，援古诫今，嘉惠后学不少，洵为一代女宗"①。可惜这"数万言"已不可见，否则或许可以给我们更多的惊喜。

《名媛诗话》中关乎《诗经》的评论，还有汪雅安的一首长诗：

> 男儿希圣贤，女亦贵自立。礼义与廉耻，四维毋缺一。千秋传女宗，在德不在色。德厚才自正，才华本经术。无德才曷取，衾影先难质。我诵三百篇，多出妇人笔。王化起闺门，性情悉纯一。《柏舟》矢靡他，之死身罔恤。男忠偕女节，要各用其极。人生顺境少，处顺宜自识。家范森以严，主馈修内则。富贵戒骄奢，贫贱弗抑郁。古人乐天命，无往不自得。容貌肃端庄，笑謦气安辑。长舌维厉阶，多言不如默。谨慎采藻蘋，静好御琴瑟。舅姑比父母，孝养情汲汲。曲折体慈怀，乃能尽其力。善处骨肉间，和气生一室。不幸失所天，无言自悲泣。生死权重轻，抚孤务先亟。冰霜自苦辛，败絮行荆棘。坤道利永贞，言动众矜式。循分事女红，固穷志不惑。避嫌严瓜李，防微谨闺阈。保始更慎终，姓名香可挹。教子有义方，父师皆母职。一朝能显

扬，芳烈欧阳匹。常变守此心，纲常力能植。女子赖师教，考亭言足述。蒙养自少时，定性严所习。三从有定泉，女戒恒栗栗。熟读四子书，义理都洞悉。经史苟旁通，万卷盈胸臆。偶尔歌咏志，无邪协诗律。敦厚而温柔，朴雅去雕饰。亦足舒性真，匪求名誉溢。不则缮名言，终身守勿失。有女养闺中，莫使耽安逸。施衿结褵时，欲学嗟何及。①

这首诗主旨并非文学批评，而是与曹大家《女诫》同类的闺训。但是，她在道德训诫中涉及文学，而且是以文学批评始，以文学批评终，形成了较为明显的特色。

她主张"女亦贵自立"，而自立的根本是德才兼备，"德厚才正"。然后她以《诗经》作为立论的依据。"我诵三百篇，多出妇人笔"——强调这一重要经典的作者大半为女性，这既为"女贵自立"提供了强有力的支撑，又为女子的文学活动找出了相当充分的理由。在接下来的论述中，她涉及《邶风·柏舟》《大雅·瞻卬》《召南·采蘋》等。以《柏舟》作为教化"女节"的教材，以《采蘋》作为教化家庭和谐的教材，以《瞻卬》作为杜绝家庭是非的教材。可贵的是从女性自强、自立的角度，来援用《诗经》，把诗教的思想具体化；但终究未脱经学窠臼。

汪雅安很重视女子的文化修养，主张"蒙养自少时"。虽然她不可避免地要讲"纲常"，要肯定"三从"，但是她又同时提出女子应该旁通经史，应该"万卷盈胸臆"。这当然是很高的要求了，也是事实上对"女子无才便是德"的突破。而从这首长诗本身看，汪雅安对于理学，对于《周易》，都达到"熟读"而能自由运用的水平。

在提高文化修养的基础上，汪雅安提倡女性的文学活动。她认为学养是文学写作的前提；女性文学要秉承"思无邪"的宗旨，要抒发真实性情；而这种情感应以"温柔敦厚"为标准，艺术风格则以"朴素雅正"为尚，

① 沈善宝：《名媛诗话》卷十一，第120页。

从而反对雕饰文辞。她对女性的文学活动的见解，基本未越礼教的藩篱。但是，她在礼教的旗号下，堂堂正正提出女子的文学活动是"无邪"的，是"女亦贵自立"的组成部分，这已经十分难能可贵的了。

汪雅安论《诗经》还有一段理论色彩更为浓厚的材料：

> 又有与儿妇夏玉珍言诗云："真州族母方静云著《有诚堂集》，载一绝云：'闲吟风雅绣余时，谁道诗非女子宜。不解宣尼删订意，二南留得后妃诗。'作者自示所为诗，导源三百言，固不愧也。大抵诗寓规劝，隐合'思无邪'，一言乃不虚所作。若止吟风弄月，摛藻求工，而香奁脂粉气流溢楮间，真性情杳不可窥。不但违三百篇之旨，下笔先自觉无味，后人安得而珍重之！近日闺咏甚多，明此意者少。汝有天分，苦无学力，于此三致意焉，思过半矣。"①

这段谈话包含了两部分：一部分是转述方静云的观点，重点是以《诗经》为据，维护女性作诗的权利；另一部分由此生发，阐释"三百篇之旨"。她把传统诗教的"思无邪"说发挥、改造，强调诗作要有"真性情"，要有"味"，而不能囿于闺阁之中"吟风弄月，摛藻求工"。与前面的长诗相互参证，对于诗经学与文学批评史，都有特殊的价值。

沈善宝评价汪雅安道："学力宏深，词旨简远，且能阐发经史微奥。集中多知人论世、经济之言。洵为一代女宗。"②"一代女宗"的评价与陈炜卿完全相同，全书中仅此二例。这一方面是因为二人都是辈分既高学识又博，也有二人有力地提倡女性文学，影响力较强的缘故。

《名媛诗话》中言及《诗经》的还有周季华的《天启宫词百首》的自注。宫词云："独坐深宫花落时，抛书长夜自寻思。闲宵絮絮惟何语，只有青天夜月知。"词后附有诗人援《终风》来说明诗境的注释："张后既疏宸眷，绝不露怨望之色，惟以文史自娱。或清坐絮絮，独语而已。可见《终风》

---

① 沈善宝：《名媛诗话》卷十一，第121页。
② 同上书卷十一，第119页。

之感，千古同情。"《终风》为《诗经·邶风》中的一篇，其略云："终风且暴，顾我则笑。谑浪笑敖，中心是悼。终风且霾，惠然肯来。莫往莫来，悠悠我思。"这首诗的意旨历来有三说：一说是庄姜伤感于卫庄公对自己的冷落、侮辱，但还保有对丈夫的思念；一说是庄姜愤慨于庶子州吁的横暴无理；一说是无主名的女子对横暴丈夫的控诉。周季华采取的是第一种解释。但她的重点不是解释这首诗，而是把庄公云云当作既定的事实，然后以它来为咏张后的诗作注。也就是说，她把自己的"宫词"与《终风》以"千古同情"一语联结到了一起，并与张后的现实处境、表现互相印证。这种对经典的理解，也是显露出互文方法的端倪。

《名媛诗话》中还收有关于楚辞的评论。卷一周明瑛评《离骚》一段颇具理论内涵：

> 《离骚》之所以妙者，在乱辞无绪，绪益乱则忧益深，所寄益远。古人亦不能自明。读者当危坐诚正以求，然后知其粹然一出于正。即不得以奥郁高深奇之也。[①]

这段批评文字见解既高，文辞又美，涉及《离骚》的审美特性、价值评判，并有关于具有普适意义的文学创作心理的描述。"乱辞"，通常指篇末的"乱曰"。但周氏这里则取广义，"乱"为"辞"的修饰语，如同《公孙龙子》的"悖言乱辞"，《中说》的"陈事者乱而无绪"。她的意思是说：《离骚》的文辞看起来逻辑线索有些混乱，但这种混乱恰好是表达忧愤情绪的最佳方式，使得寄托的情感、呈露的心态越发幽深。而如此的诗歌话语境界，并不是作者出于理性的刻意营造，而是意到笔随的非理性创作状态的产物——"亦不能自明"。对于读者而言，不应简单地以"奥郁高深"敬而远之，而应该从"无绪"中体会诗人的深远的精神世界。这段文字虽稍显简略，却对于楚辞学与古代诗学都是非常可贵的材料。

---

① 沈善宝：《名媛诗话》卷一，第9页。

　　《名媛诗话》所载录的文学批评文字涉及的对象甚广，如还有对明诗的评论。清中后期的诗坛名家陈文述的儿媳汪小韫，自少年即有诗名，博学强记，颖悟非常，著有《自然好学斋诗钞》行世。同时，又对文学批评有浓厚的兴趣，"因人论明诗多沿归愚旧说，尊李梦阳、王凤洲，而薄青邱。小韫非之。竭数年心力，选明诗初、二两集，参以断语，多知人论世之识。集出，海内诗家莫不折服"。

　　可惜所选已不可见。幸亏其中一些内容赖《名媛诗话》而得传：

　　　　如《三十家题词·顾亭林》云："燕赵悲歌骑瘦马，山陵醉酒拜啼鹃。"《陆桴亭》云："新蒲细柳孤臣泪，流水桃花野老家。"《陈忠裕》云："凤凋玉树宫嫔泪，云暗苍梧帝子愁。"《夏节愍》云："莺花有恨平陵曲，沧海无家楚泽吟。"《陈元孝》云："雪飘六出悲贞魄，磷化生家吊国殇。"《题方正学集》云："松经雷雨空山劫，梅历冰霜太古春。"①

清代诗坛有两个热门话题：一个是宗唐抑或宗宋，一个是对明诗的评价。后者缘起于钱谦益的《列朝诗集》，特别是他的《列朝诗集小传》。而后或是或非，议者纷纭。到了沈德潜，编选《明诗别裁》，推崇前后七子，并借此彰显自己的"格调"诗学思想。其书因沈德潜的文坛领袖地位产生了广泛影响，而推尊"七子"——特别是李梦阳、王世贞（凤洲），则成了流行的观点。从沈善宝的介绍可以知道，汪小韫不同意沈德潜的看法，并"打擂台"式地也编了明诗的选本，似乎是调低了对"七子"的评价，提升了高启等以才情见长者的地位。据说，这部集子使"海内诗家莫不折服"。由于集子已散佚，《名媛诗话》收录的若干内容就更可珍贵。汪小韫评价的角度聚焦于"激扬忠孝，表章贞烈"，从例举的"三十家"中顾炎武、陈子龙、陆世仪、夏完淳、陈元孝看，都是气节卓著的人物；方孝孺更是这方面的表率。所录汪小韫的题诗，虽然各自只有一联，但可概见其风格神韵，如

---

　　① 沈善宝：《名媛诗话》卷六，第61页。

"燕赵悲歌骑瘦马"，既活画出顾炎武奔走各地图谋恢复的形象，也抓住了顾诗慷慨悲歌的特质。而"松经雷雨""梅历冰霜"则是笔端饱含了仰慕感情，"孤臣""啼鹃""国殇"等集束意象的使用也是相当大胆的。

《名媛诗话》的女性文学批评还进入了弹词的领域。

作为韵文体长篇小说的弹词最迟产生于明末清初，顺治八年（1651）完稿的《天雨花》中有"弹词万卷将充栋"句，说明当时已产生了大量的弹词文本，如《玉钏缘》《天雨花》是较早产生的作品。有清一代，此类弹词作品有五百余种。其中影响较大的都是女作家的作品，约有三四十种。[①]无论是清代文学史，还是清代文化史，弹词——尤其是女作家的弹词都应占有重要的一页。

《名媛诗话》编辑的嘉道之际，正是弹词创作走向繁盛的阶段。本文前面述及的梁德绳，就是著名弹词《再生缘》的续作者。《名媛诗话》还收录有弹词《凤双飞》的作者——女诗人程蕙英，称其"著有《北窗吟稿》。家贫，为女塾师，曾作《凤双飞》弹词，才气横溢，可谓妙手空空"。《名媛诗话》对她的弹词创作给予了以很高的评价——"才气横溢"而"妙手空空"，可谓很恰切的叙事文学评论，强调的是高超的虚构故事能力。

幸运的是，《名媛诗话》收录了弹词作者程蕙英的《自题凤双飞后寄杨香畹》：

> 半生心迹向谁论，愿借霜毫说与君。未必笑啼皆中节，敢言怒骂亦成文。惊天事业三秋梦，动地悲欢一片云。开卷但供知己玩，任教俗辈耳无闻。[②]

另有《有感》云：

> 道旁筑室半经年，买得良材亦枉然。非为崎岖愁蜀道，已从变幻

---

① 参见鲍震培：《清代女作家弹词研究》，南开大学出版社，2008。

② 沈善宝：《名媛诗话》卷八，第91—92页。

识桑田。要驯饿虎须成佛，不炼黄金漫学仙。辛苦工师倍惆怅，夕阳风雨听啼鹃。①

《黄莺儿·四家雪景》之《贫家》云：

> 薄暮启柴关。望长途，隔远山，河冰冻合溪桥断。鹑衣半单，藜羹半残，拥炉谁送王孙炭？耐饥寒，采薪无路，何处觅朝餐？②

《儒家》云：

> 鸡肋旧生涯。好文章，空自夸，洛阳已减三都价。窗穿玉沙，疏棂纸斜，却添光彩衡门下。且煎茶，客来当酒，呵冻咏梅花。③

前者自述弹词创作的心理、体会：一是借题表现，具有自觉而强烈的"以他人酒杯浇自家块垒"倾向；二是希望通过作品寻求知音、同调，而不迎合俗众；三是明确作品的虚构性质，是白日梦；四是自承创作中追求情节的"惊天动地"，情感的"敢言怒骂"。虽因诗体的限制，四个方面未能展开，但立论大胆、透辟，思路明晰、开阔，实为不可多得的叙事文学批评之作。

后面三首，若证以"家贫，为女塾师"的境遇，则自我指涉的意味甚明。世路之艰险，维生之困顿，"好文章，空自夸"之半得意半无奈，对知音、良友之渴求，尽溢于言表。恰可作为《自题》的注脚。

《名媛诗话》中关于李清照、朱淑真的评论也很有意思：

> 金坛于蕊生（月卿）……溧阳史琴仙静，为蕊生叔娣，亦工韵语。

---

① 沈善宝：《名媛诗话》卷八，第91—92页。
② 同上。
③ 同上。

蕊生《百美诗》，于李易安、朱淑贞，尚沿旧说。琴仙辩之，云："蕙
砧风雅重当时，金石心坚那得移。人比黄花更消瘦，何缘晚节有参差。
手编一卷断肠吟，采凤随鸦恨太深。怪煞庐陵好词笔，误人传诵到如
今。"易安、淑贞得知己于百千年后，九原有知，亦当含笑矣。①

李清照是否改嫁，是文学史、文学批评史的一桩公案②。从文献材料的角度
看，肯定改嫁的理由要充分些；从情理、感情角度说，否定改嫁也不无道
理。这桩公案的歧见主要在事实的辩证上。朱淑真则是另一种情况。婚姻
不幸，自谋出路，事实基本清楚；争议的是如何评价③。两个同时代的杰出
女诗人，在批评史上都被婚姻问题困扰，迄今莫衷一是。于蕊生评论的特
殊之处在于以下四点。第一，女诗人以诗歌形式来评论另外两位女诗人。
第二，评论的出发点是自己的情感体验：李清照夫妻情深，且为知音，"金
石心坚那得移"！李清照明明是"人比黄花更消瘦"，沉浸在丧夫之痛中，
怎么可能改嫁呢？第三，朱淑真"采凤随鸦"，有所反抗是正常的，其词作
不应该被贬低。第四，"怪煞庐陵好词笔，误人传诵到如今"，更是以欧阳
修被指责为冤案，表现出对礼教过度干预文学的不满。

其立论虽然未曾尽脱礼教桎梏（不能公然主张女权），但立场鲜明地为
女诗人张目，而且是在与"旧说"辩论中发声，很是难能。而这段材料显
示出两位女诗人在文学批评中的互动，同时表现出编者沈善宝看待女性诗
人的立场、态度，也算是一段批评史上的佳话。

前文提到的汪小韫，是一位学殖深厚的才女，在史学方面尤为突出。
沈善宝对此极口称赞："小韫议论古人，具有特识"，"史学既深……（其）
诗取材宏富"，"议论英伟，可破拘墟之见"。在此基础上，汪小韫颇多咏史
之作，同时也对"诗史"类作品发表了看法，其《题翁大人沧桑花月录

---

① 沈善宝：《名媛诗话》卷十，第114页。
② 参见《李清照事迹编年》附录，载《李清照集校注》，王仲闻校注，人民文学出版社，1979，275—289页。
③ 参见黄嫣梨：《朱淑真研究》，上海三联书店，1992。

序》云：

> 花天月地感茫茫，墨澹毫枯写断肠。两后旌旗归斗极（原注：喜
> 后烈后同日殉国），六宫剑佩从轩皇（原注：宫人魏氏二百余人自沉太
> 液池）。美人虹起花飞雪（原注：费贞娥刺贼自杀），帝女碑残冷卧霜
> （原注：长平公主墓，在彰义门外）。读到梅村诸乐府，苦将心事托红
> 妆。①

清初的三十年间，"诗史"写作成一时风气②，而吴梅村是其代表，有"以
龙门之笔，行之韵语，洵诗史也"的评价。而作品中以女性命运做视角为
其重要特色，如《圆圆曲》《听女道士卞玉京弹琴歌》《思陵长公主挽诗》
等。汪小韫此诗明确自己对于吴梅村的承传。而诗中夹注，来凸显"史"
的价值，是清初"诗史"写作的一种范式。汪小韫采用这一范式，也表明
了对"诗史"观念的肯定。

《名媛诗话》中，具有文学批评史意义的材料还有对于回文诗的评论，
如：

> 《见上元朱菊如景素题回文诗后》云："始信连波解爱才，肯因锦
> 字遣阳台。当年若只怜歌舞，就是回文也枉裁。"余尝云："使汉武不
> 能爱才，长门赋虽工，何能感悟？窦连波不知翰墨，回文锦虽巧，亦
> 复何益！"二君之作，盖有深意焉。③

还有涉及《红楼梦》的评论：

> 遂宁张淑征……《和次女采芝红楼梦偶作韵云》："奇才有意惜风

---

① 沈善宝：《名媛诗话》卷八，第93页。
② 参见拙文《存史记事，铺陈为尚——清初诗学思想的一个重要方面》，《南开学报》2019年第2期。
③ 沈善宝：《名媛诗话》卷九，第98页。

流，真假分明笔自由。色界原空终有尽，情魔不着本无愁。良缘仍照钗分股，妙谛应教石点头。梦短梦长浑是梦，几人如此读红楼？"①

考虑到张淑征（张问端）为张问陶之妹，这段文字对于《红楼梦》研究也有一些价值。②

此外，《名媛诗话》还收录有陈文述一大段文字，记录以女性乩仙口气作序，点评乩坛中的诗作，可谓极为特殊的文学批评。

二

《名媛诗话》在收录其他女性诗人有关文学批评的文字外，还有沈善宝本人的文学批评内容。有一段妙论可以视为她诗歌思想的总纲，事实上也是她编纂《名媛诗话》的指导原则：

> 余常论诗犹花也。牡丹、芍药具国色天香，一望知其富贵。他如梅品孤高，水仙清洁，杏桃秾艳，兰菊幽贞，此外则或以香胜，或以色著，但具一致，皆足赏心。何必泥定一格也。然最怕如剪彩为之，毫无神韵，令人见之生倦。读湘潭郭六芳论诗云："玉溪獭祭非偏论，长吉鬼才亦妙评。侬爱湘江江水好，有波澜处十分清。""厨下调羹已六年，酸盐情性笑人偏。近来领略诗中味，百八珍馐总要鲜。""今古才人一例看，端庄流丽并兼难。桃花轻薄梅花冷，占尽春风是牡丹。"可谓实获我心矣。③

她以花喻诗，主张诗歌风格的多样性——"何必泥定一格也"。在这个前提

---

① 沈善宝：《名媛诗话》卷九，第98页。

② 张问陶与高鹗谊属郎舅，又是同年。其《赠高兰墅同年》题注称："传奇《红楼梦》八十回以后，俱兰墅所补。"此皆为红学重要材料。

③ 沈善宝：《名媛诗话》卷八，第77页。

下，她提出"但具一致，皆足赏心"，也就是说好的作品并非面面俱到，而是在某一方面有特色，有长项，就能够受到读者的欢迎、喜爱。相反，徒具形式，没有内在生命的诗，是不能赢得读者的。她认为，无论哪种风格，"赏心"之作一定是有"神韵"的，是"鲜"活的。这个"鲜"活的概念，是沈善宝援引了郭六芳的论诗诗。以诗的形式品评诗歌，前有杜甫，后有元好问。而郭六芳这三首立论精到，形象而警醒，较之老杜、遗山，实不遑多让。其中带有独创性的观点有，"獭祭"、诗"鬼"之类偏至之才，因其超越平庸而获得了生命力，而产生了审美特质——"有波澜处十分清"；还有，各种风格、审美类型，有优长就有缺欠，所以不能求全责备。而领略酸咸之外的"鲜味"，需要批评者自身水平的提高。这些见解虽然出于郭诗，但经沈善宝援引，且声言"实获我心"，故也不妨看作沈善宝诗歌思想的组成部分。

　　沈善宝这种重"鲜味"，重神韵的诗歌思想，一个更核心的概念就是"性灵"。

　　众所周知，乾嘉时代，诗坛前期以沈德潜"格调说"为主流，中后期则是袁枚的"性灵说"与翁方纲"肌理说"相抗衡。

　　沈善宝正面评论了"性灵"与"肌理"之争：

> 　　风人之诗长于言情，故得弦外之音；学人之诗晦于用意，转少天然之韵。从古如斯，不仅闺阁。[1]

她虽然没有点明"性灵"与"肌理"，但这里以"风人""学人"对举，其意已是相当显豁。此说乃延续沧浪的"别材别趣"之说，而又有所发展。她指出，当行本色的诗人之诗由于重视情感表现，所以能"得弦外之音"，而学问家作诗囿于理性，所以缺少"天然之韵"。这一论断可谓中其肯綮。

　　《名媛诗话》中直接以"性灵"评论作家作品的如：

---

　　[1] 沈善宝：《名媛诗话》卷五，第57页。

湘潭郭笙愉……诗皆性灵结撰，无堆砌斧凿之痕，为可贵也。①

长洲张静芳……《学诗》云："听惯吟哦侍祖庭，唐诗一卷当传经。花红玉白描摹易，笔底还须写性灵。"诗皆秀逸。②

钱塘玉楚芳……五古直写性灵，似长庆体。③

看来，沈善宝所主张的"性灵"，针对的是"堆砌斧凿"，是"描摹"，提倡的是直抒胸臆。这与上文的"风人""学人"对举，一脉相承；也是她反复强调的"诗本天籁，情真景真，皆为佳作"，"全以神行，绝不拘拘绳墨"。

她虽然主张"直写""性灵"，但是又看到这是需要一定的外部条件的。评论方芷斋之作时，她详细讨论了二者之间的关系：

> 《在璞堂诗》初集最佳，续集次之，再续集则老手颓唐，性灵尽失矣。余谓此系境使然耳。当其在室时，虽箪食瓢饮，依父母膝下，天伦之中自有至乐。且得一意操觚，出笔自然和雅。迨于归后，米盐凌杂，儿女牵缠，富贵贫贱不免分心。即牙签堆案，无从专讲矣。吾辈皆蹈此辙，读《在璞堂诗集》，不觉感慨系之。④

她指出，"性灵"自然流露而为诗，是需要一定的条件保障的。当生存条件困顿、杂乱，心境自然受到干扰，欲写"性灵"亦不可得。这与东坡的"欲令诗语妙，无厌空且静"颇为相通。而她又以自身的经历相印证，揭示了女诗人特有的创作甘苦，便在一定程度上深化了"性灵"诗论。关于这一点，她在下文又再次加以强调："（仁和杭清之）'境遇坎坷''孤苦无依'……（方芷斋）序其遗稿刊之，且称其'生平备历劳苦拮据，诗笔酸辛，境使然耳。'"两次提到"境使然耳"，中间蕴含了作者多少思考与感慨！

---

① 沈善宝：《名媛诗话》卷七，第 76 页。

② 同上书卷九，第 105 页。

③ 同上书续集中，第 160 页。

④ 同上书卷四，第 41 页。

有趣的是，沈善宝借他人之口评价自己作品，核心标准就是"性灵"：

> 诗人嗜好有不可解者。当今海内闺秀诗集甚众，而陈慕青独推许
> 潘虚白《者人不栉吟》、王澹音《环青阁诗钞》及余《鸿雪楼诗草》……
> 评诗云："手追心慕《环青阁》，梦想神劳《鸿雪楼》，更有好词吟《不
> 栉》，茫茫大地总无俦。"《怀人》云："篇篇风雅耐哦吟，缘浅缘深契
> 性灵。我欲绘图循故事，拜潘揖沈哭环青。"（原注：近时名媛惟潘虚
> 白、沈湘佩、王澹音为最。余至津门，澹音已下世。丙午春入都，得
> 交湘佩，而事多阻于潘虚白，卒未晤。）①

看来这个陈慕青眼界甚高，在"甚众"的闺秀诗集中，只看得上三个人的
作品。而沈善宝得以厕身其中，自是十分得意。"嗜好有不可解"云云，正
是得意之余的谦辞。她所引述的陈慕青两首诗，前者"茫茫大地总无俦"
是极高的评价，后者"篇篇风雅耐哦吟，缘浅缘深契性灵"则是带有理论
性的论断：成就的取得源于契于"性灵"的创作路径。这种夫子自道式的
评论，足见"性灵"在沈善宝诗歌思想体系中的位置。

但是，沈善宝又不是拘守于袁枚"性灵说"一派之内，她既对"性灵"
诗论有所补充、发展，同时在使用这个诗学概念时又比较通达。众所周知，
"性灵"旗手袁枚对标榜"神韵"的王士禛多有微词，称其"一代正宗才力
薄"。但沈善宝并无畛域之见，在她看来，神韵与性灵不无相通之处：

> 太夫人诗学深得六朝神韵，感时叙事皆从性灵中来，无一毫柔靡
> 之音，惜稿存甚少。②

所以，在《名媛诗话》中，以"神韵"来品评作品也不在少数，如：

---

① 沈善宝：《名媛诗话》续集上，第143页。
② 同上书卷七，第73页。

　　陆素窗……填词得元宋人神韵。①

　　雷江邵素文……颇有唐人神韵。②

　　用清馥太孺人芬诗稿……颇似初唐神韵。③

　　鸳湖陈静宜绮余室诗……集中秋柳二律神韵独绝。④

如此等等，可见沈善宝论诗不泥于一家，同时也说明，到了嘉道之际，文坛对于此前的派别主张已经不是太在意了。

　　沈善宝论诗，还有一个个性鲜明的地方，就是力主巾帼不让须眉。对于胸襟阔大的作品，往往分外青目。如卷四收归安叶氏作品，称其"卓荦不群""非寻常浅觉者可比"，作品如"金欲园林化紫烟，铜驼荆棘总凄然。自从七尺珊瑚碎，引动秋风莼菜船""书画船多压上流，三山烽火使人愁。长星劝汝一杯酒，已有真人起荻洲"等等，评价为"不特诗笔超超，胸襟亦复不凡"。

　　还有一个有趣的现象：她选录的诗中，有很多"英雄"的字样。一般而言，这在女性诗作中应属罕见，而在《名媛诗话》中屡见不鲜。如：

　　　　吾乡女子《邯郸客舍题壁》云："独坐幽斋夜气清，可堪风雨作秋声。典钗沽酒偕君醉，拣史烧灯快我评。事业到头都未是，英雄当下只争名。自惭弱质非男子，闺阁沉埋负此生。""英雄"句，七字千古！⑤

诗作出于无名氏，沈善宝竟给予"千古"的评语，实在是从中产生了强烈的共鸣。"自惭弱质非男子，闺阁沉埋负此生"，也可看作沈善宝心灵深处的无奈与不甘。所以，当顾太清赠诗给她，称"巾帼英雄异俗流，江南江北任遨游。萧条行李春明路，半载新诗半载愁"，便大兴知己之感。

---

① 沈善宝：《名媛诗话》卷四，第 38 页。

② 同上书卷十一，第 122 页。

③ 同上书续集上，第 144 页。

④ 同上书续集下，第 174 页。

⑤ 同上书卷十二，第 132 页。

所录"英雄"吟咏还有：

> 因更赋一诗以存其迹，并告碧城为勒碑焉。诗云："……玉颜阿母归魂远，剑佩诸姑旧恨长。莫认埋香同紫玉，英雄儿女管兴亡。"[1]
>
> 如西湖咏古《翠微亭》云："壮士衣冠真社稷，美人桴鼓亦英雄。"[2]
>
> 阳湖徐嗣昭……精史鉴，《杂咏》云："别有英雄感，来登广武城。千秋遗恨在，竖子竟成名。""南渡长城在，谁教脱虎符。英雄怜失意，老去亦骑驴。"[3]

对尤寄湘的《读武侯传》（"经世推王佐，伊周共瘁勤。君才能一统，天意定三分。饮血承遗诏，攻心静徼氛。英雄终古恨，洒泪出师文。"）沈善宝的评语为："一气呵成，格韵苍老。"以"格韵苍老"评价女性诗作，其审美取向大异俗流。类似的还有评奉天铁岭许氏的《马上歌》（"快马轻刀夜斫营，健儿疾走寂无声。归来金镫齐敲响，不让鬓眉是此行。"）曰："侠气豪情溢于楮墨。"评海宁陈静闲的《寄鹃红二绝》（"诗狂心性与君同，遗世搜奇兴不穷。见说绿窗谙剑术，白云深处礼猿公。"）曰："味此诗，鹃红为人亦颇恢奇也。"对"狂""奇""剑术"兴味盎然，礼赞有加，也显得别具只眼。

如此等等，几至不胜枚举。究其原因，除却自负"英雄"，借彼显此的心理之外，还与她对女性文学的见解有关。她虽主张诗作的题材、风格应该多样化，但在多样的同时还是有所轩轾的。对于这些超越闺阁眼界，不甘雌伏的作品，她都予以很高的评价：

> 毗陵钱冠之有《浣青诗草》，集中五七古纵横排奡，直入唐人之室。七律如《潼关怀古》云："潼关天险郁嵯峨，天外三峰俯大河。六国笙

---

[1] 沈善宝：《名媛诗话》卷十，第117页。

[2] 同上书卷十一，第129页。

[3] 同上书卷八，第94页。

歌明月在，五陵冠剑夕阳多。时来杰士能扪虱，事去将军竟倒戈。终古丸泥凭善守，英雄成败感如何？"①

安徽和州蒋氏《昭关怀古》云："溃楚复亲仇，当年气吐不？英雄知父子，臣道失春秋。山自无今古，祠谁定去留？不知经此者，又白几人头。"笔致老炼，殆天授也。②

尤寄湘，字素兰，有《晓春阁集》。读武侯传云："经世推王佐，伊周共瘁勤。君才能一统，天意定三分。饮血承遗诏，攻心静徼氛。英雄终古恨，洒泪出师文。"一气呵成，格韵苍老。③

满洲西林太清春，赠诗有"巾帼英雄异俗流，江南江北任遨游……"全以神行，绝不拘拘绳墨。④

"纵横排奡""笔致老炼""格韵苍老""全以神行"，这样的批评用语，以往很少见到用于女性诗作。显然，这与品评对象的境界密切相关。通观《名媛诗话》全书，凡诗作题材超出了闺阁生活，而关注到社会民瘼、兴衰治乱者，编者都不惜赞誉之词。这可以看作沈善宝文学批评的一个显著特点。

三

关于《名媛诗话》的编纂缘起，沈善宝自述道：

余自壬寅春，送李太夫人回里。是夏，温润清又随宦出都。伤离惜别，抑郁无聊，遂假闺秀诗文各集并诸闺友投赠之作，编为诗话。于丙午冬落成十一卷。复辑题壁、方外、乩仙、朝鲜诸作，为末卷，共成十二卷。⑤

---

① 沈善宝：《名媛诗话》卷三，第27—28页。
② 同上书卷三，第30页。
③ 同上书卷四，第38页。
④ 同上书卷八，第85页。
⑤ 同上书卷十一，第131页。

这里轻描淡写，把这一历时五六年的呕心沥血之作说成是"抑郁无聊"时的消闲所为。其实，这乃是她一贯的文字风格：以低调"文"豪情。她对于这一成果的真实态度，真实评价，在另一段文字中巧妙而淋漓尽致地表现出来：

> 鸳湖陈静宜诗，已录于前卷。今又寄《题名媛诗话》"大江东去"一阕云："鸿荒初辟，女娲氏、曾把乾坤手补。灵气常钟，闺阁内，三百篇多妇女。风絮联吟，璇玑织字，千载咸推许。即看近代，诗人更难仆数。之子才调无双，贤名第一是。吟坛宗主，大集刊成，《诗话》继、舌底青莲纷吐。剪腋为裘，酿花作蜜，慧业超千古。军开娘子，请看何等旗鼓！"誉虽过情，而词颇雄迈。又《题鸿雪楼诗稿四章》云："孝亲费尽卖文钱，营到松楸力更殚。百行俱完三绝备，闺中人杰似君难。""觥觥大集许披寻，仿佛成连海上琴。超绝胸襟清绝调，风前一读一倾心。""自凭秃管写离忧，矜宠多君意独优。绝胜梅花空谷里，无人把酒慰深幽。""尺素传心一载余，那堪同调尚离居。他年丹凤城南路，容我长停问字车。"①

沈善宝借他人之口评价自己，包括人生、诗作与这部《名媛诗话》，而重点落到《名媛诗话》的价值，以及其中表现出的诗歌思想。这一手法，倒有几分《庄子》中的"重言"意味。

陈静宜的这首《念奴娇》的确是"词颇雄迈"，从女娲补天开始讲女性的贡献，以《诗经》为据讲女性吟咏的传统，都是在最高的层级上确立女性的价值，争取女性的权利。"灵气常钟"，近于《红楼梦》的"女尊男卑"感觉。在这个大前提之下，词作进一步评价沈善宝为"才调无双""贤名第一""吟坛宗主"，称道《名媛诗话》的编纂是"慧业超千古"。这样的评价可谓登峰造极了。沈善宝虽然以"过情"谦虚了一下，但得意情态还是溢

---

① 沈善宝：《名媛诗话》续集上，第144页。

于言表的。尤其是《念奴娇》结尾处的两句："军开娘子，请看何等旗鼓！"盛赞《名媛诗话》一出，诗坛上女作家就以堂堂之阵与男性"旗鼓"相当了。可以说，这正是沈善宝在《名媛诗话》全篇中努力表达的思想，也包括对女性文学批评的自信。

《题鸿雪楼诗稿四章》则是对沈善宝本人的诗作的品评。其二以成连东海移情比喻沈作的境界，称赞"舣舣大集"的"超绝胸襟清绝调"，正搔到作者的痒处。从前面的评介看，沈善宝在《名媛诗话》中表达的、流露的文学思想，最核心的就是女诗人应该开拓胸襟，超越闺阁，作品应该大气，从而达到与男作家并驾齐驱的境地。陈静宜的一词四诗，所评诗人、诗作，以及所编诗话，可说是对沈善宝文学活动、文学思想全面而生动的描述，所以才赢得了沈的青睐。

《名媛诗话》收有高景芳的古体诗《输租行》，以及马韫雪的《大梁霪雨吟》、黄克巽的《弃儿行》，评论道：

> 古诗，闺阁擅场者虽不甚少，而畅论时事恍如目睹者，甚难多得。……高夫人写官吏之横暴，马黄二夫人写小民之流亡，皆不失忠厚之旨。①

这一大段评论见于卷二，长达六百五十余字，以同类题旨——古体而写"时事"并为一条，牵连以出，这在全书中属于特殊体例，是编者在这方面的文学主张的集中表现。其中包括了两方面的主张：一是女作家在选择体裁方面也应多样化，因题材而异。二是标举"畅论时事恍如目睹"的写实笔法，可与其褒扬学杜、称许"真朴""苍老"笔法之论相互发明，表现出对女性诗作力度、厚度的期待。

站到今天的学术立场，来看《名媛诗话》在文学批评方面的特点，一是集中保存了一批女性的文评著述，其中有些相当珍贵，可补中国文学批

---

① 沈善宝：《名媛诗话》卷二，第 14—15 页。

评史之缺；二是站在女性的立场上评文衡艺，观点与方法都有异于恒流者。

沈善宝秉持知人论世的文评传统，在引诗评文之前总是先介绍作者的家世、经历。如前所述，对于那些胸襟阔达、识见不凡者，总是不吝辞费褒扬一番。如介绍曹孺人："为人明大体，性正直，遇事有断才，最知兵法。偶论及，皆与古人暗合。《孙子十三篇》，能一一得其甚解。"介绍如亭夫人："能骑射，识见过人，诗致清峭。《游西湖》云：'岭自栖霞一脉分，水仙王庙按重云。闺中也仰精忠烈，不拜花神拜岳坟。'《闻夫子小恙以诗致问》云：'百里飞鸿去，匆匆问恙迟。凭谁丹药好，民病最难医。'《舟中偶成》云：'香味小舟中，渔妇作羹好。劳劳是鱼鹰，空看他人饱。'意甚深微。……典丽乔皇，如闻黄钟大吕之音。"

身为女性，对于男权社会中才女的命运有着深切的感受，于是往往把诗人的命运与她们的创作联系起来，从而形成了沈善宝文学批评的又一特色。如谓：

> 言为心声。吉凶动静，往往无意中先露。每见佳句成语谶者，不一而足。
>
> 故衡人诗文，即可定其人终身之通塞也。①

强调诗歌的境界往往与命运相关，可以看作是"性格即命运"命题的延伸。而在男权社会中，才女无法掌握自己的命运，所以有时诗作只能是无奈的悲歌。沈善宝尽管性格有豪迈的一面，对此却只能表示无奈的感慨："余见孟缇《咏古》云：'终始恩谁验浅深，长门愁坐漫沉吟。九天珠玉都无补，何必虚糜买赋金。'又见上元朱菊如景素《题回文诗后》云：'始信连波解爱才，肯因锦字遣阳台。当年若只怜歌舞，就是回文也枉裁。'余尝云使汉武不能爱才，长门赋虽工，何能感悟？窦连波不知翰墨，回文锦虽巧，亦复何益！二君之作，盖有深意焉。""亦复何益"，表现出她在"雄迈"的同

---

① 沈善宝：《名媛诗话》卷六，第65页。

时冷静的另一面。

可贵的是，沈善宝由此产生的使命感：

> 窃思闺秀之学与文士不同，而闺秀之传又较文士不易。盖文士自幼即肄习经史，旁及诗赋，有父兄教诲，师友讨论，闺秀则既无文士之师承，又不能专习诗文，故非聪慧绝伦者，万不能诗。生于名门巨族，遇父兄师友知诗者，传扬尚易；倘生于蓬荜，嫁于村俗，则湮没无闻者，不知凡几。余有深憾焉。故不辞掇拾搜辑，而为是编。惟余拙于语言，见闻未广，意在存其断句零章，话之工拙，不复计也。①

她关于女性文学社会环境的讨论，涉及女作家在教育、生存条件、交友条件，以及作品传播诸多方面的困境，深感女性进入诗坛之艰难。而由此不辞辛劳，力图以一己之力释此"深憾"，实令人肃然起敬。

《名媛诗话》的知人论世还有一个明显的特色，就是非常重视女诗人的艺术才能。如沈蕙孙"有《绣余集》《翡翠楼诗文集》，蕙孙善洞箫，制有箫谱"；林亚清"工文章，善书画，尤长墨竹。著有《墨庄诗钞》《凤箫楼诗集》……诗笔苍老，不愧大家"；柴如光"工丹青，《图绘宝鉴》称其'花卉翎毛，无不超妙'……诸子问诗法，口占云：'四杰新吟开正始，高岑诸子各称能。英华敛尽归真朴，太白还应让少陵。'"；邱荷香"评画云：'要把诗家比画家，岂容俗手强涂鸦。别开生面如抽茧，便学时眉不障纱。意在笔先胸有竹，韵流纸上眼无花。从知此事须书卷，妙诀尤难出齿牙。'"。她不但记述各自才艺，而且具体到艺术特色，并对兼通文艺的加以表彰。而所收《环青阁集》中的《赠女史唐墨兰并序》中的绘画评论尤为难得，略云：

> 墨兰女史颜如玉，家住吴门出名族。……绕栏谛玩调颜色，傅粉

① 沈善宝：《名媛诗话》卷一，第1页。

研朱还吮墨。弱腕濡毫写折枝，图成没骨工无匹。……倡随同调诚佳
事，无那长安居不易。十指辛勤聊济贫，一官淹蹇长需次。却倩丹青
是笔耕，翻教声价重京城。家家粉笺求描景，处处冰绡乞写生。芳名
遐迩流传遍，闻名怅未能相见。凭将翰墨结因缘，贻我团栾两纨扇。
开函朱碧倍鲜明，气韵殊非俗笔成。秋英半吐迎风艳，琼蕊方开带露
清。因知名实无虚让，珍藏什袭承佳贶。久慕长康擅写真，貌出全家
入屏幛。披图笑貌共依然，丛桂幽兰点染妍。坐间因复谈家事，为道
生涯绝可怜。初看名画已难得，复听斯言还太息。由来造物忌生材，
当时应悔抛心力。往往名高坎坷多，如居绝艺奈君何！投桃深感美人
意，报之琼瑶为作歌。①

这首长诗明显带有老杜《丹青引》的影响痕迹，只是女作家笔下更加细腻
婉转。诗中细细讲述了女画家的鬻画生涯，这一情节上承《儒林外史》，下
启《金粉世家》，②为其"补足"了生活基础。而融艺评入诗论，也可见沈
善宝文艺相通的批评观念。

　　对于《名媛诗话》，沈善宝自称："抑郁无聊，遂假闺秀诗文各集，并
诸闺友投赠之作，编为诗话……墨磨楮刻，聊遣羁愁；剑气珠光，奉扬贞
德——讵敢论文乎？"但显然这只是谦辞。她的真实想法已借陈静宜的诗
词表达出来——"慧业超千古"。从女性文学的角度看，从对文学史书写补
偏救弊的角度看，这一评论并非夸张。而就其文学批评史的价值论，这种
补救的意义更为明显一些。

　　《名媛诗话》虽然只是一部书，却是在大量女作家进入诗坛，而由于文
化的惰性，她们的心血大部分旋生旋灭，她们的智慧转瞬湮灭的情况下，
沈善宝"及时"出手，把几成绝响的材料广为搜集，善加编纂。由于她交
游既广，见识又高，所及对象多为一时俊彦，如顾太清等。所以这一部书
所保存的女诗人生平情况与作品，特别是他处难以见到的女性文学批评之

---

① 沈善宝：《名媛诗话》卷五，第57—58页。
② 《儒林外史》有沈琼枝卖字情节，《金粉世家》有冷清秋卖字情节。

作，几乎可以独自撑起一片天空。

　　沈善宝欲以此书为女作家张目——"军开娘子""何等旗鼓"，而局限于时代，这一雄心当时未能完全实现。但精金美玉终有显露光彩之时。《名媛诗话》所保存的女性批评文献，所揭示的女性文学批评的特色，以及编者本人全面而深刻的文学思想，都是女性文学研究与中国文学批评史研究的珍贵材料。可以说，这两个学术领域皆由此而得丰满，沈善宝的初心也将在新的语境中得以实现。

论《文心雕龙》对《高僧传》之影响

　　《高僧传》乃我国最重要的佛教史籍之一，不仅为治汉魏六朝佛教史者所必读，且对文史研究有多方面参考价值。此书与《出三藏记集》的关系一旦了然[①]，而受《文心雕龙》的影响，似尚未揭橥。

　　《高僧传》的著者释慧皎，生于齐明帝建武二年（495），卒于梁元帝承圣三年（554），均迟于刘勰三十年左右（刘勰生卒年从范文澜说）。其生平主要见于《续高僧传》，略云："释慧皎，未详氏族，会稽上虞人。学通内外，博训经律。住嘉祥寺，春秋弘法，秋冬著述……著《高僧传》一十四卷。"[②]道宣的这段材料大半来自僧果的《高僧传》跋语。僧果与慧皎同时，而且同避难于溢城，所记当可信。其他可资参证的材料还有两条。一条为《金楼子·聚书篇》：

　　　　法书初得韦护军睿饷数卷……又使潘菩提市得法书，并是二王书也。……遂蓄诸迹，又就会稽宏普惠皎道人搜聚之……

另一条见于慧皎本人的《高僧传》序：

　　　　尝以暇日，遍览群作，辄搜捡杂录数十余家，及晋、宋、齐、梁春秋书史，秦、赵、燕、凉荒朝伪历，地理杂篇、孤文片记。并博谘古老，广访先达，校其有无，取其同异。

---

　　① 《出三藏记集》的《述列传》三卷有译经者 32 人之传，被全部收入《高僧传》，据兴膳宏研究，《出三藏记集》的相当一部分文字出于刘勰之手。

　　② 道宣：《续高僧传》第六卷，见《电子佛典 2007》，T50，No. 2060。

合而观之，可知慧皎果然"学通内外"。他不仅大量搜集并研讨佛史、僧录，而且广泛收罗各类书籍，包括法书碑帖与地理杂篇之类。在他搜集并编入《高僧传》的僧人传记中，有三篇是刘勰的手笔，即僧柔、僧祐、超辩的碑文。而从《高僧传》中可以看出，他对与刘勰密切相关的《出三藏记集》《弘明集》，亦相当谙熟。如果我们再考虑到刘勰与佛门的密切关系，考虑到在天监年中，《文心雕龙》已被沈约"大重之"，"常陈诸几案"，刘勰本人也因此而被昭明太子"深爱接之"，①那么，认为慧皎曾见到并读过《文心雕龙》，当在情理之中。

但是，这仍属于推想，更确凿的证据应到作品内部去找。

关于《高僧传》，前人褒贬不一，如隋代《众经目录序》："（《高僧传》）辞参文史，体非淳正，事虽可寻，义无在录。"而唐《开元释教录》："谨详览此传（《高僧传》），义例甄著，文辞婉约，实可以传之不朽，永为龟镜矣。"虽抑扬不同，但指出的作品特色却是一致。"辞参文史，体非淳正"与"义例甄著，文辞婉约"同指该书在体例、文辞方面较多美文成分，而这与当时一般僧传的写法有所不同②。

就体例而言，《高僧传》分为两大部分，一为传文，二为赞论。传文分为十科，每科后列一篇赞论。慧皎认为，赞论部分尤能体现此书有所创新的特色。他在序言中特地指出："及夫讨核源流，商榷取舍，皆列诸赞论，备之后文。而论所著辞，微异恒体：始标大意，类犹前序；未（当为'末'）辩时人，事同后议。若间施前后，如谓烦杂，故总布一科之末，通称为论。"诚如他所说，《高僧传》的赞论颇异于常体，今节录两篇，以见其余：

　　传译之功尚矣，固无得而称焉。昔如来灭后，长老迦叶、阿难、末田地等，并具足住持八万法藏，弘道济人，功用弥博，圣慧日光，

---

①　均见《梁书·刘勰传》。

②《高僧传》以外，当时的僧传，今日可知其名目者十余种，唯宝唱《名僧传》存日人节钞本，余均佚。然《续高僧传》评裴子野《众僧传》为"文极省约，未极通鉴"，慧皎评他人所作为"嫌以繁广，删减其事，而抗迹之奇，多所遗削"，可想见其质木少文之状，亦可知慧皎本人的写作宗旨是自觉丰赡其文的。

余辉未隐。是后迦旃延子、达磨多罗、达磨尸利帝等，并博寻异论，各著言说，而皆祖述四《含》，宗轨三藏。至若龙树、马鸣、婆薮盘豆，则于《方等》《深经》，领括枢要，源发般若，流贯双林，虽曰化洽洼瘣，而亦俱得其性。故令三宝载传，法轮未绝。是以五百年中，犹称正法在世。

……然夷夏不同，音韵殊隔，自非精括诂训，领会良难。……论云："随方俗语，能示正义，于正义中，置随义语。"盖斯谓也。其后鸠摩罗什，硕学钩深、神鉴奥远，历游中土，备悉方言。复恨支、竺所译，文制古质，未尽善美，乃更临梵本，重为宣译，故致今古二经，言殊义一。时有生、融、影、睿、严、观、恒、肇，皆领悟言前，词润珠玉，执笔承旨，任在伊人。故长安所译，郁为称首。

……间有竺法度者，自言专执小乘，而与三藏乖越。食用铜钵，本非律仪所许；伏地相向，又是忏法所无。……尼众易从，初禀其化。夫女人理教难悟，事迹易翻，闻因果则悠然扈背，见变术则奔波倾饮，随堕之义，即斯谓也。

窃惟正法渊广，数盈八亿，传译所得，卷止千余。……而倾世学徒，唯慕钻求一典，谓言广读多惑，斯盖堕学之辞，匪曰通方之训。……若能贯采禅律，融冶经论，虽复祇树息荫……宁不勖欤！

赞曰：频婆掩唱，迭教攸陈。五乘竞转，八万弥纶。周星曜魄，汉梦通神。……俾夫季末，方树洪因。

（《译经》下）①

夫至理无言，玄致幽寂。幽寂故心行处断，无言故言语路绝。言语路绝，则有言伤其旨；心行处断，则作意失其真。所以净名杜口于方丈，释迦缄默于双树。……是以圣人资灵妙以应物，体冥寂以通神，借微言以津道，托形象以传真。……经云："依义莫依语。"此之谓也。

而滞教者，谓至道极于篇章；存形者，谓法身定于丈六。故须穷

---

① 慧皎：《高僧传》第三卷，中华书局，1992，第141—143页。

达幽旨，妙得言外……融、恒、影、肇，德重关中；生、睿、畅、远，领宗建业；昙度、僧渊，独擅江西之宝；超进、慧基，乃扬浙东之盛。虽复人世迭隆，而皆道术悬会。故使象运余兴，岁将五百。功效之美，良足美焉。

　　赞曰：遗风眇漫，法浪遭回。匪伊释哲，孰振将颓？潜、安比玉，远、睿联瑰。镭斧曲戾，弹沐斜埃。素丝既染，承变方来。

（《义解》五）^①

两篇比较，前者史述重于论说，后者论说重于史述，分别代表了《高僧传》赞论的两种类型。但是，两种类型侧重虽有不同，其基本构成却无二致。分析起来，皆由四部分内容构成：一为"讨核源流"的史述部分，二为"标大意"的论说部分，三为"辩时人""商榷取舍"的批评部分，四为篇末的赞辞部分。合此四部为一体，分论各科，文体特色鲜明。所以他自称"微异恒体"，而隋人"体非淳正"的批评也包括对此特色的认识与评价。

　　这样的体裁确非"恒体"通例，但却是《文心雕龙》的通体模式。今略节两篇，以资比较。《诠赋》：

　　诗有六义，其二曰赋，赋曰，铺也；铺采摛文，体物写志也。昔邵公称："公卿献诗，师箴瞍赋。"《传云》："登高能赋，可为大夫。"……至如郑庄之赋大隧，士蔿之赋狐裘，结言短韵，词自己作，虽合赋体，明而未融。及灵均唱骚，始广声貌。……于是荀况《礼》《智》，宋玉《风》《钓》，爰锡名号，与诗画境……

　　……繁积于宣时，校阅于成世，进御之赋，千有余首。讨其源流，信兴楚而盛汉矣。……原夫登高之旨，盖睹物兴情。情以物兴，故义必明雅；物以情观，故词必巧丽。丽词雅义，符采相胜。……然逐末之俦，蔑弃其本……

<hr />

① 慧皎：《高僧传》第八卷，中华书局，1992，第 342—344 页。

赞曰：赋自诗出，分歧异派……①

《神思》：

古人云："形在江海之上，心存魏阙之下。"神思之谓也。……故思理为妙，神与物游。神居胸臆，而志气统其关键；物沿耳目，而辞令管其枢机。枢机方通，则物无隐貌；关键将塞，则神有遁心。是以陶钧文思，贵在虚静，疏瀹五藏（脏），澡雪精神；积学以储宝，酌理以富才，研阅以穷照，驯致以绎辞……

人之禀才，迟速异分；文之制体，大小殊功：相如含笔而腐毫，扬雄……是以临篇缀虑，必有二患：理郁者苦贫，辞溺者伤乱。然则博见为馈贫之粮，贯一为拯乱之药，博而能一，亦有助乎心力矣。

……至于思表纤旨，文外曲致，言所不追，笔固知止。至精而后阐其妙，至变而后通其数，伊挚不能言鼎，轮扁不能语斤，其微矣乎！

赞曰：神用象通……②

以《诠赋》比较《译经》，以《神思》比较《义解》，不仅前述内容的四部分的基本构成完全相同，而且行文的思路，甚至遣词造句，都有十分近似之处。当然，很难断言慧皎有意模仿《文心雕龙》，但由此认为他曾研读过此书，并留下很深印象，当与事实不远。

不过，这里还有一个疑问：怎见得这种文体模式如何传承影响？难道不会是《文心雕龙》与《高僧传》同祖于其他吗？

刘勰对于《文心雕龙》的内容、结构、样式，都是颇费苦心的。他有感于前人论文"未能振叶以寻根，观澜而索源"的缺憾，为自己设定了"原始以表末，释名以章义，选文以定篇，敷理以举统""割情析采，笼圈条贯"的义例（《序志》）。统观《文心雕龙》全书，可将其文体特色归为三点：

① 刘勰：《文心雕龙》第二卷，人民文学出版社，1978，第134—136页。
② 同上书第二卷，第493—495页。

（1）以骈体为主、间以散行的非辩难体论说文。（2）史述与议论的穿插、配合（"原始以表末"与"敷理以举统"）。（3）论与赞的结合。如此规整定型、特色显著的论说文体，刘勰之前，似未曾有。

对于这种文体的成因，或归之于佛教经、论的影响。虽非无据，却未尽中肯綮。应该说，《文心雕龙》文体的形成，是刘勰广览博收，熔于一炉的结果。要而言之，有以下几个方面。一是继承了史论的传统。他说《论说》中指出"详观论体，条流多品……辨史，则与赞评齐行"。而在下文标举出的"敷述昭情，善入史体"的班彪《王命论》，便明显带有史述与议论结合的特点。这方面，更直接的影响当寻绎至沈约《宋书》诸传论（《谢灵运传论》可为代表）。其内容则兼有史论、议论，其体裁则骈偶为主，杂以散行。二是六朝时围绕佛教问题的论辩文章。这方面，前人之说备矣，不赘。三是当时通行的碑传文体。文后缀"赞"，始自《汉书》。但《汉书》之"赞"虽有申发、补充前文之义，却非四言颂体。前有骈散之文，后缀四言韵赞，这是汉末以来碑铭通例。正如刘勰所总结："夫属碑之体，资乎史才。其序则传，其文则铭。"显然，刘勰的文体观是比较圆通的。他既认为论体中不妨"善入史体"，又认为碑体中应该"资乎史才"；三种文体之间存在着融通渗透的可能。而他通过《文心雕龙》的写作，实现了这种可能。可以说，《文心雕龙》的文章体式是取碑传文的框架、运论辩文的思路、纳史论文的内容。在这个意义上，称其"自铸伟辞"亦无不可。

明乎此，我们便可断言，《高僧传》的论赞直接受到《文心雕龙》的影响、启发。

《高僧传》的论赞共计十篇，体式基本统一。今再节录数则，以资进一步印证上文。

　　　　唱导者，盖以宣唱法理，开导众心也。昔佛法初传……夫唱导所贵，其事四焉：谓声、辩、才、博。非声则无以警众，非辩则无以适时，非才则言无可采，非博则语无依据。至若响韵钟鼓，则四众惊心，声之为用也；辞吐后发，适会无差，辩之为用也……然才非己出，制

自他成。吐纳宫商，动见纰谬。

（《唱导》）①

　　夫篇章之作，盖欲申畅怀抱，褒述情志；咏歌之作，欲使言味流靡，辞韵相属。故《诗序》云："情动于中而形于言，言之不足，故咏歌之也。"然东国之歌也，则结韵以成咏；西方之赞也，则作偈以和声。虽复歌赞为殊，而并以协谐钟律，符靡宫商，方乃奥妙。……但转读之为懿，贵在声文两得。若唯声而不文，则道心无以得生；若唯文而不声，则俗情无以得入。故经言"以微妙音歌叹佛德"，斯之谓也。

（《经师》）②

　　……若乃心路苍茫，则真仪隔化；情志慊切，则木石开心。故刘殷至教诚感，釜庾为之生铭；丁兰温清竭诚，木母以之变色；鲁阳回戈而日转，杞妇下泪而城崩。斯皆隐恻入其性情，故使征祥照乎耳目。至如慧达招光于刹杪……故知道藉人弘，神由物感，岂曰虚哉。

（《兴福》）③

熟于《文心雕龙》篇章者，览此自当有会心之处。

　　彦和与佛门缘分殊深，而《文心雕龙》所受佛学影响④，近年来亦颇多发明。但《文心雕龙》影响于佛学以及其他文化领域的情况，向因材料短缺故不得而知。似乎当时除沈约、萧统外，社会对这部"体大思精"的巨著毫无反应。今得窥见其影响《高僧传》之痕迹，庶可稍补此缺憾。

---

　　① 慧皎：《高僧传》第十三卷，第521—522页。
　　② 同上书第十三卷，第507—508页。
　　③ 同上书第十三卷，第496页。
　　④ 笔者在《佛教与中国古典文学》中将佛学对《文心雕龙》之影响归纳为三个方面，即篇章结构方面、方法论方面、思想观点方面，而以方法论方面最值得发掘。

清初文论中的佛学影响

说起佛学对中国古代文论的影响，自然首先想到皎然、严羽。不过，若论在一个时期中，若干大家、多个方面同时表现出这种影响，并形成某种特色，似以清初为最著。

清初二三十年间，文论相当繁荣。小说戏曲理论方面，金圣叹的《第六才子书》、李笠翁的《闲情偶寄》及毛氏父子的《三国志演义》评点等，皆为传世名作。诗文论方面，钱谦益、王夫之、金圣叹、归庄等，亦各有卓荦之创见。其中，金圣叹、钱谦益浸淫于佛学甚深，王夫之、黄宗羲等也颇有涉足。他们或移佛学命题与概念于文论，或运佛学思路于品评，使自己的理论观点程度不同地蒙上佛光。梳理其各自的情况并加以对比分析，对于认识清初文论之特色无疑将有所裨益。

一

金圣叹与佛教的"因缘"，几乎萦系其终生。他自称十一岁即读《法华经》，成年后的佛学专著有《法华百问》《法华三昧》《涅槃讲场私钞》《法华讲场私钞》《宝镜三昧私钞》《西城风俗记》等近十种。不仅如此，在他二十八岁时，还诡称天台高僧之灵附体，并以此灵名义与钱谦益进行了佛学切磋。①中年以后，他一度热衷于登坛讲经说法，杂糅佛、道、儒，并穿插小说野史，编成讲稿，名《圣自觉三昧》。据廖燕记载，"每升座开讲，声音宏亮，顾盼伟然。……座下缁白四众，顶礼膜拜，叹未曾有。先生则

---

① 参见拙文《钱谦益与金圣叹"仙坛倡和"透视》，《南开学报》，1993 年第 6 期。

抚掌自豪，虽向时讲学者闻之攒眉浩叹，不顾也。"①金圣叹自己描述登坛说法的盛况："西城由来好风俗，清筵法众无四邻。圣叹端坐秉双轮，风雷辊掷孰敢亲？譬如强秦负函谷，六国欲战犹逡巡。"②得意情状，溢于笔端。直至临刑前作《绝命词》，他还自比作佛教人物无著、世亲。③

　　在佛学各宗派中，金圣叹于法华一脉的经论用功最勤，其次为禅。对于其禅学造诣，《昭代丛书》的编纂者杨复吉评价道："唱经堂主人以禅学入门，即以禅学为归宿，故谈禅诸文靡不三藏贯彻。即此一编（按：指《西城风俗记》），微言妙谛，触手纷披，雅不同缁流语录，为梦呓，为口诨……宏畅宗风，端赖此种。"但是，在金圣叹的同时代人中，却很少有人对他的佛学成就做正面评价。究其原因，实与其独特的学风有关。他的崇拜者廖燕形容其治学方式："凡一切经史子集，笺疏训诂，与夫释道内外诸典，以及稗官野史，九彝八蛮之所记载，无不供其齿颊，纵横颠倒，一以贯之，毫无剩义。"这样的学风，长处在于联想力强，思路灵活，短处在于有失严谨，甚至不免于牵强附会。因而，再加上金圣叹玩世不恭的人生态度与低下的社会地位，自然被当作君子视作野狐禅了。

　　平心而论，金圣叹也确实算不得佛学"专家"。但其独特的治学态度，却使他得以在"学科边缘"有所成就。早在明末，他就开始援佛学入文论，以"因缘生法"来解释小说创作的虚构问题，并进而分析创作的心理机制与小说人物个性化的途径。正是得力于佛学，才使金圣叹的小说人物理论在李卓吾的基础上前进了一大步。入清后，他继续循此思路游心于文苑，在《西厢记》与唐诗批评中陆续提出了一些类似的援佛论文的命题。理论性较强的有如下两个。

　　1."无"字说。在《读第六才子书西厢记法》中，涉及此说的有二十二则，可说是全文的核心观点。其说略谓：

　　① 廖燕：《金圣叹先生传》，载陆林辑校整理《金圣叹全集》第六册附录，凤凰出版社，2008，第158页。

　　② 金圣叹：《赠顾君献》，载《金圣叹全集》第二册，第1253页。

　　③ 金圣叹：《绝命词》（或题为《与儿子雍》："今朝疏到无疏地，无著天亲本宴如。"），载《金圣叹全集》第二册，第1214页。

仆思文字不在题前，必在题后。若题之正位，决定无有文字。不信，但看《西厢记》之一十六章，每章只用一句两句写题正位，其余便都是前后摇之曳之，可见。

《西厢记》是何一字？《西厢记》是一"无"字。赵州和尚，人问："狗子还有佛性也无？"曰："无！"是此一"无"字。

人问赵州和尚："一切含灵，具有佛性，何得狗子却无？"赵州曰："无！"《西厢记》是此一"无"字。

最苦是人家子弟，未取笔，胸中先已有了文字。若未取笔，胸中先已有了文字，必是不会作文字人。《西厢记》无有此事。①

这些话较费解，原因在于其立论基础为赵州和尚的"无"字公案，而此公案属于只可意会、"说出即不是"的禅门奥秘。所以，要理解金说真谛，不得不勉为其难地说说"无"字公案。

狗子有无佛性的话头屡见于禅门，答案不一，目的只在于由此引发对禅境的启迪。金圣叹在《读法》中虽再三再四地称引赵州从谂，其实大半并非从谂之言。金氏所说，半出己意，半受慧开无门和尚的影响。无门和尚阐发从谂的"无"道：

参禅须透祖师关，妙悟要穷心路绝。……如何是祖师关，只这一个"无"字，乃宗门一关也。……莫有要透关的么？将三百六十骨节，八万四千毫窍，通身起个疑团，参个"无"字。昼夜提撕，莫作"虚无"会，莫作"有无"会，如吞了个热铁丸相似，吐又吐不出，荡尽从前恶知恶觉，久久纯熟，自然内外打成一片，如哑子得梦，只许自知，蓦然打发，惊天动地，如夺得关将军大刀入手，逢佛杀佛，逢祖杀祖，于生死岸头，得大自在……举个"无"字，若不间断，好似法烛一点便着。②

---

① 《金圣叹全集》第二册，第859—861页。
② 慧开无门：《无门关》第一则。

无门和尚撇开从谂原公案的枝叶①，对"无"的最本质内容进行淋漓尽致的发挥。佛学的"无"本是梵语"阿"的译文，对惑智言为"断见"，对圣智言为超越"断、常"的"妙无"，与"空空"有相通处。赵州从谂与慧开无门之"无"，要旨都在于启迪修持者体认一种超越"断、常"两种边见，非有非非有的特殊心理状态，亦即禅境。在这样"无"的心境中，理念、逻辑都停止了作用，而性灵却无比明彻，体验着无生无灭、物我一体的大圆融的喜悦。

金圣叹借鉴慧开对"无"境的描述来形容创作心态：

> 此一书（按：指《西厢记》）……皆是我心头口头吞之不能，吐之不可，搔抓无极，醉梦恐漏，而至是终竟不得已，而忽然巧借古之人之事以自传，道其胸中若干日月以来七曲八曲之委折乎？其中如径斯曲，如夜斯黑，如绪斯多，如蘖斯苦，如痛斯忍，如病斯讳……②

显然，种种形容语不过是慧开"吞吐不得""只许自知"一类话头的再铺张，但一经借用，便使这个佛学命题转而具有了"跨学科"的内涵。把金圣叹有关议论综合起来，他的"无"字说具有深浅两层含义。

深层含义是对创作心理的体认，要旨在于强调文学创作的某种非理性、直觉状态。他反复赞叹"心之所不得至，笔已至焉""心之所不至，手亦至焉"的创作境界。③"心不至"云云，即含有理念驻足、思维路绝之意。由此，他反对经理念为创作先导，主张即景生情，触目兴感，也就是"未提笔并无文字，一提笔即有文字"的直觉态。但金氏这段文字的内涵不止于此，它还十分准确地揭示出审美创造心理的"有意义空白"之特征④。在此类创造性思维过程中，总要经历一种特殊的混沌状态，看似不曾形成任何

---

① 从谂公案原有"（狗子）有业识在"等话头，《无门关》中皆撇开不论。
② 金圣叹：《西厢记·惊艳》总评，载《金圣叹全集》第二册，第 893 页。
③ 详见拙文《从"三境"说看金圣叹美学思潮之渊源》，《天津社会科学》1988 年第 3 期。
④ 此用王先霈的提法，参见《文学评论》1996 年第 3 期王文。

明晰的构思，看似"空白"，但却有一股力量、一种情绪躁动于胸中，隐然指向正孕育着的创造物。越是天才的创造，越须经此阶段。对此已有很多经验谈，也引起当代文艺心理学家的重视。而早在三百年前，金圣叹就有如此生动且准确的描述，这一定程度上归功于佛学的启迪。

浅层含义则是提倡意在言外。他认为理性状态下的作品是"心之所至，手亦至焉"，而笔墨之外毫无余韵。只有在"无"的状态下的作品，才会"用笔而其笔之前、笔之后、不用笔处，无处不到"①。

2. "忍辱心地"说。此说先后见于金圣叹给许定赉、邵点、韩住的信中：

> 弟昨与升年书，有唐律诗出自一片心地之语。……只是寻常即景咏物之章，固莫不从至诚恻怛流出，是以为可贵可美也……
>
> 弟固不肖无似，然自幼受得菩萨大戒，读过梵网心地一品，因是比来细看唐人律诗，见其章章悉从心地流出。所谓心地者，只是忍辱、知足、乐善、改过四者尽之也。……弟亦只云唐律诗必从此四种人胸中始得流出耳。
>
> 弟昨与兰老论唐律诗，曾云必须忍辱、知足、乐善、改过。……不忍辱，不知足，不乐善，不改过，即断断未有能为律诗者也。律诗一起，一承，一转，一合，只是四句……然其中则有崎岖曲折苦辣甜酸，其难万状，盖曾不听人提笔濡墨伸腕便书者也。……无有一时半刻不心心于忍辱、知足、乐善、改过也者，此所谓心地。②

此说把律诗创作置于"忍辱"等"心地"的基础上，实在大出常人之意表。故而金氏本人也明白"窃恐河汉者不少"，"弟今乍语，亦知难信"。他自称，"忍辱"等四种"心地"出于《梵网经》，其实并不尽然。《梵网经》所列三十种"心向果"与十种"地向果"中，虽有忍心、喜心、进心、回向心等

---

① 金圣叹：《西厢记·借厢》总评，载《金圣叹全集》第二册，第904页。
② 金圣叹：《圣叹尺牍》，载《金圣叹选批唐诗》，浙江古籍出版社，1985，第509页。

名目，但并非"四者尽之矣"。而"忍辱"一词，更直接的来源当为习见的"六波罗蜜"。所以，可以说，"忍辱心地"说同"无"字说一样，既有佛学渊源，又有金圣叹改造发挥的成分。

金圣叹从佛经中找到了律诗创作法则，乍看似很怪诞，而细推敲，却自有其道理在。首先，他以"忍辱心地"说补充自己的"律诗分解"理论。金圣叹为了反对那种"只加意作中间四句"的浅陋诗风，提出律诗分前后二"解"的主张，强调诗的表情达意功能，强调"诗非异物，只是一句真话"，"诗者，人之心头忽然之一声耳"。所以乃有"唐律诗出自一片心地"的观点。此之所谓"心地"，等同于"性灵""真性情"，指欲表现之主体感受的内容。但是，律诗的格律要求与表情达意的创作冲动是相互制约的，作者只是在格律"镣铐"的限制下，才享有表情达意的自由。因而，在律诗写作的过程中，作者既有表现自我的冲动与愉悦，又有在掌握律诗形式——即驾驭其特定传达手段中顺逆因应的复杂体验。金圣叹把后者也归为"心地"的内涵，以"忍辱"等佛学用语来形容之。"忍辱心地"云云，含有顺应格律限制，于必然中求自由的创作主张。正因为"律诗……视之甚似平平无异，然其中则有崎岖曲折苦辣甜酸，其难万状"，所以，创作中有时须委曲主体情志以顺从文体的客观要求，斯为"忍辱"；有时却征服文体的形式障碍使主体情志顺畅抒发，斯为"知足"，等等。

要之，金圣叹的"忍辱心地"说含有相反相成的两个层面。一是以"出自一片心地"来强调诗歌创作的主体性。二是以"忍辱"等形容创作心境，说明律诗在形式方面的严格要求迫使主体必须通过"顺应—征服"的曲折过程方可成功把握。

二

钱谦益受乃父影响，少年即对佛教产生兴趣，中年更研读《华严》《维

摩》等①，在为人与为文两个方面都深受熏染。垂暮之年，备历坎坷，越发寄情释典，其《赠觉浪和尚序》云："余老归空门，粗涉教典，根器钝劣，了不知向上一着。一时尊宿开堂竖拂，都不参请。自笑如城东老姆，独不见佛。有目余不喜宗门，作夜郎主倔强者，不复置辩，颔之而已。"语似谦退，实于佛学造诣颇自负。

瞿式耜与钱谦益谊兼师友，曾在《牧斋初学集》序中专论佛学对钱谦益文学思想的影响：

> 癸酉，居太夫人丧，读《华严经》，益叹服子瞻之文，以为从华严法界中流出。戊寅春，逾冬颂系，卒业三史，反复《封禅》《平准》诸篇，恍然悟华严楼阁于世谛文字中。子由之称子瞻曰："读释氏书，深悟实相，博辩无碍，浩然不见其涯也。"先生其几矣乎！②

钱氏诗文格局阔大，圆通而富于变化，确受佛经启发不小。而入清以后，更自觉于佛经与文心之间的沟通，其《列朝诗集小传》评袁中郎的"性灵说"：

> 中郎以通明之资，学禅于李龙湖，读书论诗，横说竖说，心眼明而胆力放，于是乃昌言击排，大放厥词。天下之文人才士始知疏瀹心灵，搜剔慧性，以荡涤摹拟涂泽之病，其功伟矣。机锋侧出，矫枉过正，于是……风华扫地。③

他把中郎的诗歌思想溯源于禅学，进而把公安派之得失皆归结于禅悟之得失，虽稍嫌片面，却也持之有故。从李卓吾的"童心"到袁宏道的"性灵"，确实都深深打有佛学的印记。钱谦益与小修相莫逆，自然对此体认真切。

---

① 钱氏《牧斋有学集》中缘于《维摩经》的话头甚多，可参看。
② 钱谦益：《牧斋初学集》，钱曾笺注，钱仲联标校，上海古籍出版社，1985，第53页。
③ 钱谦益：《列朝诗集小传》，上海古籍出版社，1983，第567页。

就思想传承而言，他本人也受李、袁影响甚深，持论往往近于"童心""性灵"之说，时而以佛理再相印证，于是提出一些佛学色彩更显明的命题，主要有"熏习"说、"弹斥淘汰"说等。现分别略加阐释。

1."熏习"说。

其《高念祖怀寓堂诗序》云：

> 余窃谓诗文之道，势变多端，不越乎释典所谓"熏习"而已。……佛氏所谓"应以善法扶助自心，应以法水润泽自心，应以境界净治自心，应以精进坚固自心，应以忍辱坦荡自心，应以智证洁白自心，应以智慧明利自心"者也。……《易》曰："拟议以成其变化。"而至于变化，则谓之不思议。熏不思议，变而疑于神矣。韩退之云"根茂实遂膏沃光晔"者，亦是物也。世间与出世间，亦岂有二道乎！念祖为诗，去烦除滥，俗情既尽，妙气来宅，其熏习于琮公者深矣。[①]

初看此论，似与韩愈《答李翊书》中陶冶性情、培植根本并无二致。但细推敲起来，还是颇有差异的。钱氏此论的前提是"心性本体"观，思路是佛学的去染返净，与韩愈的道德修养观并不相同。依钱氏看来，文学创作之源既非道德信条，亦非社会生活，而是心体性灵。这一点与金圣叹的"心地"颇相通，同为袁中郎诗论的余绪。正是基于此，钱氏提出，诗文水平的提高是一个不断"去烦除滥"的过程，而此过程与明心见性的过程同步，且以后者为基础。同时，这个过程并不是理性的道德化过程，而是"熏不思议"的带有神秘色彩的变化过程。其结果就是"俗情既尽，妙气来宅"。一旦"妙气来宅"，自然"横说竖说"皆成文章了。从基本思路看，此说与李卓吾"童心"说大端无二，但钱氏明用佛语，又舍弃了李说中反礼教的成分，因而显得较为玄奥，而不似卓吾那么锋锐。

对于"熏习""妙气"之说，牧斋甚为得意，后又屡屡言及，如《空一

---

① 钱谦益：《牧斋有学集》，第 751 页。

斋诗序》:"季华少习禅支,晚为清众……所谓客情既尽,妙气来宅者,与其为诗也,安得而不佳。"①《赠别胡静夫序》:"往余游金陵,胡子静夫方奋笔为歌诗……情若有余于文,而言若不足于志……别七年,再晤静夫,其诗卓越然名家,为时贤眉目。……客情既尽,妙气来宅,静夫其将进于道乎?"②两个半世纪后,梁启超论文学功用,也大谈"熏"之妙用。用意与钱氏完全不同,但用此僻语却属无独有偶。至于是否受到牧斋启发,却无从得知了。

2."弹斥淘汰"说。

其《陈古公诗集序》云:

佛言此世界初,风金水火四轮次第安立,故曰"四轮持世"。四轮之上为空轮,而空轮则无所依。……人身为小情器界,地水火风与风金四轮相应,含而为识,窍而为心,落卸影现而为语言文字。倡颂歌词,与此方之诗,则语言之精者也。今之为诗,矜声律,较时代,知见封锢,学术柴塞,片言只句,侧出于元和永明之间,以为失机落节,引绳而批之,是可与言诗乎!此世界山河大地,皆唯识所变之相分;而吾人之为诗也,山川草木、水陆空行、情器依止,尘沙法界,皆含摄流变于此中:唯识所现之见分,盖莫亲切于此。今不知空有之妙而执其知见学殖封锢柴塞者以为诗,则亦末之乎其为诗矣!……佛于鹿苑转四谛后,第三时用《维摩》弹斥,第四时用《般若》真空淘汰清净,然后以上乘圆顿甘露之味活之。今不知弹斥,不知淘汰,取成糜之水乳以当醍醐,此所谓下劣诗魔入其心腑者也。呜呼!将使谁正之哉?陈子古公自评诗曰:"意穷诸所无,句空诸所有。"……今之称诗可与谈"弹斥淘汰"之旨,必古公也。古公之诗,梯空蹑玄,霞思天想,无盐梅芍药之味,而有空青金碧之气,世之人莫能名也。③

① 钱谦益:《牧斋有学集》,第 842 页。
② 同上书,第 897—898 页。
③ 同上书,第 799 页。

这段话融汇了"万法唯识"的理论与天台宗判教的思路，以之说明诗歌的特质，同时批判当代诗坛的舍本逐末倾向。

佛教的法相唯识理论认为，世界的本体为阿黎耶识，由此派生出眼耳鼻舌身等识。眼识等，以所感知对象为"相"，以自身之感觉为"见"。钱氏所云"相分""见分"，即由此来。按照这种看法，大千世界不是独立实存的客体，文学也不以表现客体为目的；在纷繁的现象背后，是"识"在流转，是"心"在作用，而心、识的符示化为语言文字，语言文字之精粹即是诗。诗是"见分"巧妙而集中的表现，若超越其具体内容，就可达到真空妙有的"识"。所以，诗中写到的物色、呈现的词采声律都不是诗之所以为诗；只有透过、超越这些，也就是经过"弹斥淘汰"的功夫，才可见出写心达识的本质。

"弹斥淘汰"是天台宗判教的观点。在其"五时八教"说中，第三时为方等时，佛于此时说《维摩经》，"弹小（乘）斥偏（见）"；第四时为般若时，佛于此时说《金刚经》等，"荡相遣执"，淘汰各种执迷分别之想。钱氏引此论诗，意在批评当代诗坛，包括自矜盛唐格调者、质实少化者等皆为"小乘""偏见"之属，非批判之不能知何谓真诗。同时，与上文相发明，强调诗对现实世界的超越、对外在形式的超越，即对"相"超越后，诗方可写心达识。

牧斋身后，王士禛倡"神韵"之说，朱彝尊赏"清空"之境。二人与牧斋之间，或直接或间接，皆有相当程度的联系。而"神韵"与"清空"相通于空灵、超越。因而，若溯二者之源于牧斋"弹斥淘汰"说，似不无可凭。

三

与金圣叹、钱谦益不同，王夫之是一位正统的道学家，极度推崇张载，以卫道自任。故在他的著作中，时有批判佛教的言论。但他不是简单抨击否定，而是在深入研究的基础上，对佛学的观点及方法做切实的分析。他

著有《相宗络索》，对法相唯识的逻辑方法进行梳理阐释。所以，他一方面否定佛学的基本观点，一方面又从其中学会细密的辨析名理的方法。同时，他与佛门人物也有一定的联系。与他同在永历朝廷任职的学者方以智出家为僧后，几次劝他也皈依佛门。他虽未听从，但"不忍忘其缱绻"，寄诗婉辞，并称赞方的行为是"逃禅洁己"。这种情况也表现在王夫之的文学批评之中。总的来说，他的诗论是以儒家"兴观群怨"说为核心的，并颇有贬斥诗僧之言（这与黄宗羲适成对照，黄对僧诗之"清"甚为推许），但同时又援佛学入诗论，提出了"现量"说。其论略云：

> "僧敲月下门"，只是妄想揣摩，如说他人梦，纵令形容酷似，何尝毫发关心？知然者，以其沉吟，"推""敲"二字，就他作想也。若即景会心，则或推或敲，必居其一；因景因情，自然灵妙，何劳拟议哉？"长河落日圆"，初无定景；"隔水问樵夫"，初非想得：则禅家所谓"现量"也。

> 咏物诗，齐梁始多有之。其标格高下，犹画之有匠作、有士气。征故实，写色泽，广比譬，虽极镂绘之工，皆匠气也。又其卑者，饾凑成篇，谜也，非诗也。李峤称大手笔，咏物尤其属意之作，裁剪整齐而生意索然。亦匠笔耳。至盛唐以后，始有即物达情之作。……禅家有三量，唯现量发光，为依佛性；比量稍有不审，便入非量。况直从非量中施朱而赤，施粉而白，勺水洗之，无盐之色败露无余，明眼人岂为所欺邪？①

现量、比量是佛家因明学中的两个理论范畴。玄奘所译《因明入正理论》云："此中现量谓无分别，若有正智于色等义离各种等所有分别，现现别转，故名现量。"这里重要的是"无分别"三字。印度因明学古已有之，至佛教瑜伽派大师陈那加以改造，遂成为法相唯识学的重要理论方法。现量的无

---

① 王夫之《姜斋诗话》，载《清诗话》，上海古籍出版社，1978，第9页，第22页。

分别性，正是陈那的理论贡献。所谓"分别"，就是使用概念对事物进行分类、界定，接近于现代认识论的理性认识阶段。现量既然"无分别"，也就停留在整体感知阶段，是对事物声色形态做直观的了解。当然，因明学并无明确的理性、感性之分野，也无所谓认识阶段的高低，而只是强调现量状态下事物自相直接而真实的呈露。与现量相反，比量是在事物之间的比度中，经过推理、分析后获得的认识。《因明入正理论》云："比量者，谓藉众相而观于义。"并举一例：已知着火时生烟，今见远方烟起，故可推知远方起火。至于非量，不是通行讲法。《相宗络索》的"三量"条解释道："若即着文句，起颠倒想，建立非法之法，即属非量"。这其实就是推理错误的比量，通常称为"似比量"。

王夫之认为，好诗的创作接近于现量，次者近于比量，劣诗则为似比量。他称合乎"现量"观的作品是"即物达情之作"，"因景因性，自然灵妙，何劳拟议"，如"长河落日圆""隔水问樵夫"之类。他的观点大致可归纳如下：（1）生活经验是创作基础。他还曾有过更明确的说法："身之所为，目之所见，是铁门槛。"（2）诗的创作要靠直觉。王夫之解释"现量"之"现"道："一触即觉，不假思量计较。"（3）这种直觉状态是心灵与客体的契合，而以真切的心灵体验为主导。对此，他又讲："心灵人所自有。……总以曲写心灵，动人兴观群怨，却使陋人无从支借。"（4）靠诗法、推理都写不出好诗，雕章琢句更等而下之。他曾强调："凡言法者，皆非法也。释氏有言：'法尚应舍，何况非法？'艺文家知此，思过半矣。"

王夫之的"现量"说，可溯源至钟嵘的"自然英旨""皆由直寻"等观点，而他的特点在于援入了佛学的"现量"说，从而更突出了对直觉性、非理性的强调。严格地讲，他虽认真研究过佛学，但在以"现量"论诗时，却并非严守因明学本义，如谓"唯现量发光"之说，已有明显的禅宗思想的印记。不过，这几乎是移所有佛学理论于文学批评者所不可避免的。

四

应该说明的是，上述理论观点并不能代表金、钱、王的全部主张，甚至在各自的文学思想体系中，也并不占有特别重要的位置。本文特地拈出并加以阐发，一则为了更为全面地认识这几位清初文论重镇，特别是他们的思想渊源；二则是把这些理论观点集中在一起，便可以看到，清初二三十年间的文论，确实受到佛学一定程度的影响，从而形成了某些特色。

清代前期，佛教比较兴旺。顺治、康熙、雍正三朝帝王皆热心佛事，顺治皇帝封玉林通琇禅师为"国师"，雍正皇帝亲自编纂《御选语录》。但这种热闹兴旺主要是清廷统治手段的结果，若论僧侣的佛学水平，则远不能与隋唐相比，甚至尚在中晚明以下。不过，这个时期的佛教有一特异之点，为历代所无，即相当数量的中上层士人，包括明宗室成员，削发为僧，如函可、八大山人、石涛、大错、澹归、药地、戒显、弘智等。①他们既有"避纣东海"之意，便把不满清朝统治的感情态度带入了佛教，因而密切了具有类似态度的士人与佛教的关系。另一方面，"天崩地解"的大事变以及匡复之想的屡次幻灭，也使得相当一部分士人消沉感伤，遁入佛学去建构自己的精神家园。这样，能文之僧与谈空之士的数量便远迈前代，从而在佛学与文学之间增加了沟通渠道、联系纽带。黄宗羲称："诗为至清之物。僧中之诗，人境俱夺，能得其至清者。故可与言诗，多在僧也。"②正是这种情况的反映。金圣叹、钱谦益等援佛说文，固然有他们个人思想、学养的原因，也与这个特殊的时代背景有相当的关系。

这几个人中，王夫之僻处一隅，思想自成体系。而金圣叹与钱谦益，钱谦益与黄宗羲，则有程度不同的联系。金圣叹与钱谦益的直接交往只有一次，便是崇祯八年（1635）的所谓"仙坛倡和"。金圣叹以降神的方式邀

---

① 《天童弘觉忞禅师北游集》卷三引茆溪行森语："近三十季来，则世家公子、举监生员，亦多有出家者。"

② 《平阳铁夫诗题辞》，《南雷文定》卷三。

至钱谦益，诡称钱为高僧慧远转世，自己是智者大师高足的后身。然后，二人彼此唱和，金氏作古风、七律各一，牧斋报以和诗一组，又作《灵异记》一篇。此虽为仅见之事，却颇能反映二人思想、性格的特色。而由于事涉佛、文两面，对于本文讨论的内容当不无关联。二人的间接联系则与诗人徐增有关。徐是金圣叹的诗文友，崇拜金氏为人，服膺其诗歌"分解"理论，并在《而庵诗话》中大力鼓吹。而他又出入牧斋门下，有文字交往。有趣的是，牧斋评徐增其人其诗，也是从佛学立论取譬："（徐）萧然如道人禅老……吾读内典，劫火初起……（徐）身当劫后，缘情托物……安知劫火起灭不在义人笔端、一口吹唾耶？"[①]因此，若说金、钱在援佛论文方面相互影响似乎不必，若说他们及周围的一些作家同声而相应，则与事实不远。

虽然在金、钱、工以佛理说诗论文时，并无声气直接相通，但思路与观点却有相通之处。要而言之，有以下四个方面。

1. 从佛学的心、识理论出发，强调文学活动的主体性。金圣叹的"心地"说、钱谦益的"弹斥淘汰"说，主旨皆在于此。而王夫之以"现量"论咏物，也有这层含义。

2. 用宗教体验类比于创作心理，说明文学创作的非理性特征。金圣叹的"无"字说、钱谦益的"熏习"说、王夫之的"现量"说，都包含这种观点。

3. 以佛学修持的境界比喻文学创作的高妙境界，并批判当代文坛的浅俗浮滥状态。钱谦益的"弹斥淘汰"说，"客气—妙气"说，金圣叹的"无"字说，在这方面彼此相通。

4. 某些提法不谋而合，曲折反映了共同的心态。如金圣叹以"忍辱心地"描述律诗创作的心理要求，钱谦益则以"忍辱"说明"熏习—妙诗"的心理内容。虽然是佛家常用之话头，但引入诗论却似乎绝无仅有。这便不能不使我们联想到那个特定的时代背景及特定的汉族士人的心态。

---

① 钱谦益：《徐子能黄牡丹诗序》，载《牧斋有学集》卷二十，第853—854页。

　　当然，清初濡染佛学的文论观点并不止于上述，而上述各种理论也很有瑕疵，特别是佛理与文理的契合，并未圆融。本文旨在拈出这个向被忽视的现象而已，详尽剖析评判且俟之他日。

金圣叹姓氏辨疑及其字号的思想文化内涵

一

金圣叹在当时与后世，都常常被视为怪人。这首先当然要归之于他放言无忌的性格，但与各种如实的及失实的传说亦不无关系。而围绕其姓氏、字号就颇多此类传说。

关于其姓氏，多年来，有一种甚有影响的说法，认为圣叹本姓张，因故易为金。如无名氏的《哭庙记略》云："金圣叹，名人瑞。庠生。姓张，原名采，字若来（按：'采'之误）。"又如《辛丑纪闻》云："金圣叹，名喟，又名人瑞。庠姓张，原名采，字若采。"而邱炜菱的《菽园赘谈》则袭二书之语，唯称为"旧姓张"略异。现代人仍沿用前说。如《中国历代文论选》（1980年版）"金人瑞"条："本姓张，名采。后改姓金，名喟，字圣叹，明亡后更名人瑞。"又如《沉吟楼诗选》（1979年影印本）出版说明："人瑞原名采，字若采，又名喟，号圣叹，庠姓张。"等等。

关于其字号，更是传说多多，今排比数端。

1. 廖燕的《金圣叹先生传》："先生金姓，采名，若采字，吴县诸生也。……鼎革后绝意仕进，更名人瑞，字圣叹。……或问'圣叹'二字何义？"先生曰："《论语》有两'喟然叹曰'，在'颜渊'为叹圣，在'与点'则为圣叹。予其为点之流亚欤！"

2. 《痛史》本《哭庙记略》："金圣叹，名人瑞。庠生。姓张，原名采，字若采。……后以岁试怪诞不经黜革，下科试，顶金人瑞名……"

3. 《甲申朝事小纪》本《哭庙记略》："金圣叹，名人瑞，姓张，原名采，

字若采。……后以岁试文怪诞不经黜革，下科试，顶张人瑞名……"

4. 无名氏《辛丑纪闻》："金圣叹，名喟，又名人瑞。庠姓张，原名采，字若采。……后以岁试之文怪诞不经黜革，来年科试，顶金人瑞名……"

5. 尤侗《金圣叹传》："……原名喟，字若采，相传先生之父供孔子像，忽闻像上起喟叹，而先生适生，因命名曰'圣叹'云。"

6. 王应奎《柳南随笔》："金人瑞，字若采，'圣叹'其法号也。"

7. 蔡丏因《清代七百名人传》："金人瑞，长洲人，初名喟，字若采，一字圣叹。……客复问'圣叹'二字何义。曰：'予名喟，圣叹即喟然叹之意。《论语》中有二喟然叹，在颜渊则为叹圣，在曾点则为圣叹。春风沂水，予其为点之流亚欤。'"

8.《沉吟楼诗选》出版说明："人瑞原名采，字若采，又名喟，号圣叹，庠姓张。……以岁试文怪诞不经黜革，及科试，又顶金人瑞名就试……。"

9.《中国历代文论选》："金人瑞，本姓张，名采。后改姓金，名喟，字圣叹，明亡后更名人瑞。"

10. 何满子《金圣叹评传》："金圣叹厌恶平凡，喜欢标新立异，巧立名目。……他自己的名字，就变换过多次，先名采，字若采；后来改名金人瑞；最后改为喟，字圣叹。"

这样一位文坛的重量级人物，姓名问题如此混乱而学术界竟熟视无睹，实在令人吃惊。何况，金氏的姓名字号还与其思想倾向大有关联，更应引起我们研究的兴趣。

二

先辨其姓氏。

金圣叹本无易姓之事，更与张采无涉，今辨疑如下。

早在 20 世纪 30 年代，陈登原先生已就此有所考证，指出金圣叹的族兄为金昌，可知其本姓金。又指出乾隆年间，娄县有张若采其人，"娄县与吴县不远，乾隆与顺治亦不远，当不容有第二人焉。"（《金圣叹传》）先生

关于金昌之说，不失为解决问题的一个硬证，而张若采之说，则实未中肯綮。张采与张若采本非同名，且乾隆后期距顺治百有余年［张若采，字谷漪，乾隆五十五年（1790）进士］，"不容有第二人"的推论难以成立。张姓说仍有影响，与登原先生辨之未彻抑或有关。今承登原先生之说，再加补充，从两个方面加以考索。

首先证明金圣叹确系金门子孙，并无易姓之举。陈登原先生曾以两条理由来证明这一点：一是《四库全书总目提要》凡三见金人瑞之名，于姓氏无异词；二是族兄为金昌。今补充四点。

1. 钱谦益《天台泐法师灵异记》云："天台泐法师者何？慈月宫陈夫人也。……以天启丁卯五月，降于金氏之乩，今九年矣。……乩所凭者，金生采。"金采即金圣叹。周亮工《赖古堂尺牍新钞》注云："金人瑞，圣叹，一名彩，吴县人。"钱、周与圣叹同时，耳目所及，记载可靠。可知金圣叹有更名之举，原名为金采。天启丁卯，圣叹年甫冠。而钱氏称"降于金氏之乩"。此时钱谦益正与金圣叹合作"仙坛倡和"，直接往来，所记更无疑义。由此可知圣叹本为金门子孙，而非日后因故易姓。

2.《圣叹尺牍》（附于《贯华堂选批唐才子诗》）每篇后有圣叹之子金雍（即释弓）所加小注。其中称金佉为"叔祖正士佉"，金昌为"家伯长文昌"，金丽为"家叔若水丽"，金希仁为"家叔胜私希仁"，称金释颜为"舍弟"。其"叔祖""家伯"之类称谓皆依金雍自己辈分，非关圣叹（《赖古堂尺牍新钞》中有"与家伯长文昌"，即本于此，非圣叹之伯也。）可知至少圣叹上一辈（金佉）即已姓金，且族人亦复不少，与张氏无涉。值得注意的是金丽，字若水，而圣叹原名金采，字若采，名字皆成序，为同宗兄弟无疑。更可证圣叹"张姓"之无稽。

3.《苏州府志》与《吴县志》之"艺文考"皆称："金彩，贯华堂集。"《吴县志》"冢墓"条称："文学金人瑞墓。"于姓氏均无异词。

4. 廖燕在金圣叹身后不久曾莅吴凭吊，并为之作传。廖极仰慕圣叹为人，又亲临其地，其记载当非后世道路之词可比。其传文称："先生金姓，采名，若采字。吴县诸生也。"于姓氏亦无异词。另外，举凡康熙年间笔记

杂谈，皆直书金圣叹或金人瑞，并无"张姓"之说。

即此数端，圣叹本为金门子孙，可无疑矣。

三

其次，辨析"张姓"说之源起。

以金采为张采，实为年代渐远，道路传闻之误。张采非特实有其人，且与圣叹同时、同郡，性情、际遇亦有相类之处：

张采为复社领袖之一，与张溥齐名，世称"娄东二张"。《小腆纪传》云："采特严毅，喜甄别可否，人有过，辄面斥之。"而金圣叹则"遇理所不可事，则又慷慨激昂，不计利害，直前蹈之"①，"时有以讲学闻者，先生辄起而排之"②。二人皆有口无遮拦之累，且皆由舌树敌，种下祸根，此其一也。

《研堂见闻杂记》记张采之死甚详，他死于衙役恶棍之手："受先张公，素以搏击豪强为名……是时州守朱公犹在治所，素与张公不协，因公屡发其恶，心不平，无以报，于此不无颐指之意，故一时行凶，皆衙恶。……遂有'豪宦张采既死，诸人不得更乱'一示。……盖其立身太峻，任事太切，皎皎易污，白璧易瑕，故末后受此惨祸。"

而圣叹则抨击暴政，死于哭庙之案。二人皆以攻击贪官污吏而得祸，且又有巧合之处：张采几死于朱姓州守之手，而金圣叹则死于朱姓巡抚之手。道路相传，更易混淆。此其二也。

张采有《两汉文选》行世，是书梓刻于崇祯六年（1633）。前有自序，署名为"苏州太仓张采序"。此"文选"选两汉文计四十卷，间有批注、按语。当其时也，金氏各种批注书籍亦陆续行世。金氏原名金采，亦为苏州人士。百余年后，世人但知苏州有金采以批点选辑名世，遂张冠而李戴，当亦在情理之中。此其三也。

---

① 邱炜萲：《菽园赘谈》卷七，载《金圣叹全集》附录，凤凰出版社，2008，第208页。
② 廖燕：《金圣叹先生传》，载《金圣叹全集》附录，第158页。

康熙间名士刘献廷，"生平极口许可金圣叹"①，且为圣叹选订《沉吟楼诗选》。他乃金氏未及门之弟子，则为世人共知。其《广阳杂记》有"张采曰：周礼冬官之亡，不尽系秦禁"云云。后人知之不确，由此而生误会，亦有可能。此其四也。

要之，张采与金采同名，且同时同郡，兼有数端相类之处，而金氏又有更名之举，时代稍远，后人遂由更名臆及改姓，恰又有张采某些行迹尚存，拍之恰合，于是便有了金圣叹"本姓张"之说。

此说最早见于《哭庙记略》，而刊于嘉庆己卯（1819）的白鹿山房《丛刻三种》本与刊于道光庚寅的《甲中朝事小纪》本略有不同（《痛史》录自白鹿山房本）。稍后则见于晚清的《辛丑纪闻》。相比照之下，可以看出，三者绝大部分内容相同，所不同之处则在个别文字方面。由白鹿山房本略事删削而成《甲申朝事小纪》木，删削、润饰而后更名，是为《辛丑纪闻》。比勘之下不难发现演变痕迹。明乎此，便找到了"庠姓张"的来由。原来，白鹿山房本《哭庙记略》的行文为"庠生，姓张"。而《辛丑纪闻》漏脱一个"生"字，成为"庠姓张"。后人不察其不词，遂于"本姓张"之外，又生"庠姓张"一说。②

综上所述，"张姓"说实为年年久远的误会。初缘张采与金采之相淆，遂生"本姓张"之说；后由钞刻脱漏，又生"庠姓张"之说，以致金圣叹的姓氏直到 20 世纪 80 年代仍疑云重重。

四

再辨其名。

金圣叹姓氏之记载所以如此混乱，与其纷杂的名、字、号情况不无关系。综合各家记载，金氏名采，又名人瑞（人瑞为所更名），字若采，则大

---

① 全祖望：《全祖望汇集校注》卷二十八《刘继庄传》，朱铸禹汇集校注，上海古籍出版社，2000，第528页。

② 黄霖兄曾撰文，称询及某前辈，得知"庠姓"之可能。惜尚缺文献依据。

半无异议。问题集中在三方面。（1）有无"金喟"之名？如果有，是"初名"还是最后一次的改定名？（2）"圣叹"是字是号？是否为鼎革后更名改号的新字号？其含义如何？（3）"人瑞"系何时、为何而改？

先辨"金喟"说。检点有关材料，此说问世不早于晚清。所谓尤侗的《金圣叹传》见于《陈眉公、金圣叹才子尺牍》，此书为民国七年（1918）上海求古斋书帖社石印本。卷首有署名尤侗的序，称"陈徵君眉公、金先生圣叹辑著尺牍各一编，一以富浅人之贫，一以增深人之慧"云云，而其实只不过是一般的尺牍程式，绝无"深慧"可言。书中题款又变为"金人瑞圣叹氏鉴定，男雍释弓撰"。且此书不见于金氏著作的任何目录中，故为托名无疑。另外，尤侗在《艮斋杂记》中对金圣叹多有诋抑，与此口吻大异。故所谓"尤传"实不足据。提到"金喟"的另两种材料是《辛丑纪闻》与《清代七百名人传》，亦均为清末民初之作。①至于清中叶以前，特别是金氏亲朋友好的著述中，从无"金喟"之说。因而，金圣叹并无"喟"之一名，自然也就不存在"喟"为本名还是最后定名的问题了。

此讹传之由来在于廖燕《金圣叹先生传》。《传》中解释"圣叹"时，称"《论语》有两'喟然叹曰'"云云，遂启后人联想之端。而蔡丐因《清代七百名人传》则以非史家应有之态度，"事为文料"，想当然地杜撰出金圣叹自述"予名喟，圣叹即喟然叹之意"。

实际上，金圣叹自述语出自赵时揖《第四才子书•评选杜诗总识》："余问邵悟非（讳然），先生之称'圣叹'何义？曰：'先生云，《论语》有两喟然叹曰，在颜渊则为叹圣，在与点则为圣叹。此先生自以为狂也。'"廖《传》当出于此。

有人据此认为，"以圣人自拟，就是他自名喟，字圣叹的原因"，实属误解。以"圣叹"为号，确实反映出一种志趣，但不是简单地"自拟圣人"，而是有着深刻思想背景的人生选择。

廖《传》云，"圣叹"为鼎革后与"人瑞"一起所更改的字与名，亦不

---

①《辛丑纪闻》出自《哭庙记略》，已见前文。《哭》初成文于康熙；传抄中多有改动，而改为《辛》则为晚清事。"名喟"乃在此际增入。

确。金氏自号"圣叹"为明代之事。《沉吟楼诗选》之《赠顾君猷》："今年甲申方初春……圣叹端坐秉双轮，风雷辊掷孰敢亲!"《第五才子书•序一》："是则圣叹廓清天下之功，为更奇于秦人之火。"《第五才子书》批语中亦不罕见，如二十二回："圣叹于三千年中，独以才子许此一人，岂虚誉哉?!""独以"云云，说明这条批语系"六大才子书"之说尚未形成时所作。那么，金氏自号"圣叹"当在二三十岁间。

"圣叹"的出典，他自己讲得很清楚，为《论语》的"侍坐"一则（即上文"与点"）。孔子命弟子们"各言其志"，曾点乃称："暮春者，春服既成，冠者五六人，童子八七人，浴乎沂，风乎舞雩，咏而归。"于是，"夫子喟然叹曰：'吾与点也!'"对这段文字的阐释，是理学的一个重大理论问题，王学与朱学在此有明显分歧。王阳明赞赏曾点，认为这种洒落的人生态度是心性修养的最高境界，并以此对抗朱熹所提倡的"竞竞业业"的敬畏人生。其赠夏东岩诗云："铿然舍瑟春风里，点也虽狂得我情。"而夏为程朱信徒，答诗便针锋相对："孔门沂水春风景，不出虞廷敬畏情。"可以说，高扬"曾点之志"，在一定程度上就是重视主体的生命价值，追求洒落适性的人生境界，而背离道学家拘谨敬畏的人生模式；也就是王阳明所肯定的"狂者胸次"。金圣叹之自号圣叹，正是取义于此，表明了一种人生道路的选择，一种人生价值的认同。邵悟非所云"此先生自以为狂也"之"狂"，指的正是这一点。金圣叹《王子文生日》诗："曾点行春春服好，陶潜饮酒酒人亲。"以行春之曾点与饮酒之陶潜同为人生楷模，着眼点亦在洒落疏狂上。

圣叹以此为号，纯属明志之举，既非与"人瑞"相配之字，亦非与"喟"相配之字。后人因疑"圣叹"与"人瑞"之不相关，转造出"名喟"一说，与事实相去更远。金昌为圣叹兄弟兼学友，其字为长文，而号为"圣瑗"，亦可证"圣叹"非字。

至于"人瑞"之名，当为黜革生员后，再度应试时所改。查《吴县志》，县境内有两座"人瑞坊"，均为明后期彰显百岁老人而立。故知此名实为临场应试，随意而起，甚至带有几分游戏味道。明清易鼎，金圣叹虽对新朝

有所抵制，但远非矢志孤忠之遗民（详见拙作《金圣叹传论》第七章）。故"因鼎革而更名"之说不仅证据不足，且与金圣叹思想状况不合。

　　总而言之，金某原名采，字若采，二三十岁间别号圣叹，且因科考而更名人瑞。"张姓""名喟，字圣叹""因鼎革更名"诸说皆为讹传，一概可以廓清之。

也谈中国文论的"失语"与"话语重建"①

　　近年来，中国当代文论的"失语"与"话语重建"逐渐成为一个热门话题，学术界耆宿与新锐陆续发表了一系列很好的意见，既使人们清醒地意识到问题的存在，也颇有发人深思、推进学科发展的真知灼见。大要言之，在"失语"现象的认知及重建的必要性方面，论者可达成共识，而在"失语"程度的判断与重建的途径上，则见仁见智未能相契。如有学者认为重建须经中西交融方可完成，而相反的观点则以为中国传统文论自有话语体系，不过由于历史的误会而失之交臂，传统文论所依托的哲理更有相当程度的超前价值，因此重建须首先树立"我本俱足圆成"的信心，直接传统而发扬之；又如有的学者认为重建是一个渐进的过程，须经"杂语共生态"过渡而渐趋于一元，相反的见解则主张既然"不取诸邻"，那么由"杂"归"一"的过程也大可不必了；等等。可以说，以上见解都有自己的依据，并非信口开河。但是，由于这是一个涉及面极宽的问题，有些侧面迄今似尚未详及，如客观、全面衡估传统文论（不是印象式的，不是拣择式的，不是情绪化的）的价值与再生的潜能，讨论文论"失语"的思想文化背景，话语重建与思想发展、理论创新的关系，等等；也由于兹事体大，贤者亦难免千虑一失，故言之已详的话题亦不无商榷的可能。因此，不揣谫陋，贡献一点儿刍荛之见——有思想也有困惑，就教于前辈与学友。

---

　　① 此文与沈立岩合作，本人为第一作者。

一

当"失语"由神经病理学的术语移植到文论中来的时候，不仅以其原有的对语言障碍之感受性和表达性的双重指涉，巧妙地对应了文学研究中读解与表述的无能，而且显示出它与影响深远的语言学转向的精神关联，以及与话语理论更为直接的呼应。所以，很快被理论批评界的有识之士普遍接受。但接受并使用这一新理论"话语"，并不意味着已自觉其确切内涵。事实上，人们在使用这个借喻式的名目时，包含了许多不尽相同的意思。梳理、弄清这种状态无疑是必要的。

人们给予"失语"的意义之一，是对目前文学理论与文学批评领域混乱局面的一般性概括。如果说理论的可靠与有效意味着专门术语的明晰性与体系化，意味着内在逻辑体系的完整连贯，以及普适的解释能力的话，那么中国文论的现状无论如何也说不上是令人满意的。尽管文学研究早已放弃了与科学比翼齐飞的幻想，但同科技一体化阔步前行的情况相对照，文论界莫衷一是并各行其道的状态仍不能不令人窘迫和焦虑。因此，"失语"的这层含义主要就是形容同一指涉领域中语言共同体的瓦解局面。当然，也可以说得好听一点儿，就是所谓的"多元化"。第二种意思是说，当旧有的理论模式以令人惊讶的速度丧失了活力，而五花八门的异域新说（其实有很多是旧说）蜂拥而入的时候，肤浅的激动之后便是深刻的眩惑与迷失。这些外来学说形神各异，甚至相互抵牾，每一个的背后都有一串我们不甚了了的传统和背景，于是造成了理解与转化上的困难。脾胃的不适或许缘于缺少适宜的脾胃，当固有的思维结构尚不具备强健的同化机制时，新说越多便越是泛滥无归。"失语"在此似乎就是指一种理解与沟通上的隔膜感和转化中的无力感。然而，最引人注意的，是"失语"的最后一种意思。虽然同前两种不无联系，但包含了远为深刻的思考。这种意见认为，"失语"是一种文化上的病态，主要表现为当代的中国文论完全没有自己的范畴、概念、原理和标准，没有自己的体系，也就是没有自己的话语，每当我们

开口言说的时候，使用的全是别人也就是西方的词汇和语法；而且这一情形由来已久，溯其源头乃是"五四"新文化运动。因为在此之前，我们曾经拥有一个绵延数千年的完整而统一的传统，拥有自己的话题、术语和言说方式。遗憾的是，这个传统在"五四"的反传统浪潮中断裂了、失落了，而且溺而不返，从此我们就无可挽回地陷入了"失语"的状态，从而丧失了中西对话上的对等地位。在这里，"失语"的意思就应当精确为"失母语"（不过"失语"与"母语"这两个词亦皆非母语所固有）。

由于这第三种意思中包含了一些意义重大的价值判断，且引申出去，就是前述的"取之白足"的话语重建主张，因此，我们将着重予以分析和讨论。

首先应当承认，这种见解基于对世界思想潮流的敏锐感应，以及发扬民族传统的良好愿望。在全球性的"后殖民"思潮之中，由了百余年文化压制的摒除，"彼可取而代之"的心态在自尊自信的中国读书人中已相当普遍。而欲与西方文化争胜代雄，自然须重新认识、估价民族传统，并寄予历史性的厚望。这种心态完全可以理解，这种厚望的出发点也是正确的。因为拒斥传统不仅愚蠢，而且几乎是不可能的。但是，如何看待"传统"的全部意义以及充分考虑传统在历时性运动中的复杂状态，则是一个忽略不得但又常常被忽略的问题。我们习惯于以一种删繁就简的方式使复杂的问题变得易于理解，并不自觉地把自己所愿意看到的理解为自己实际所看到的。以"应该"代替"实然"，就不免把一个充满了各种异质成分和激烈冲突的矛盾统一体理想化为一种和谐单纯的景观，从而把向传统的回返视为一件理所应当而又轻而易举的事情（20 世纪 80 年代"复兴儒学"的鼓噪即为不远之殷鉴）。

另外一个问题是，我们究竟应该如何看待一种传统的变迁兴替，怎样估量这一过程中所可能存在的承递、移植、再生、变异等复杂的现象，如何把握这种种现象中的随机性因素和逻辑性因素之间的辩证关系。在传统的再生过程中，上述复杂因素都将直接影响新范型的建立，制约着"克里斯玛"的形成。因此，"复兴"之举实为说来容易做来难的事情。更何况，

我们还必须面对已经形成而且无计可避的一个现实,即在民族性与世界性、传统性与现代性、人文与科学等一系列范畴的对置中所产生的种种进退失据、择取为难的理论困境及连带而生的复杂心态问题。如何批判地检视并成功地超越这些二元对立,也不是一个简单的答案所能了却的。

带着上述问题,重新思考中国当代文论的"失语"现象,我们又会有什么新的收获呢?老实说,我们收获的不是确实的答案,而是重重的疑问。

二

先来探讨一下文化传统的衡估问题。"不取诸邻"的重建构想明确预设了母语从文化话语优于西方的前提。其理由是:自从提出了"诗言志"的"开山纲领"以来,中国传统文论历经数千年,形成了一套具有独特的理论视界、独特的术语范畴、独特的致知方式、独特的趣味标准和独特的表达方式的话语体系;而特别需要强调的是,作为它的基础,我们还拥有自己独特的思维模式和生存方式,也就是有机性、整体性的"天人合一"的思维模式和衍生的物我相融的诗意生存方式。这些都同西方世界那种重逻辑而轻直觉、重概念而轻隐喻、重推理而轻描述、重思辨而轻诗意、重理性认识而轻感性体悟的倾向完全相反,同西方人心物二分、主客对置的思维模式更是存在着深刻的差异。多年以来,西方上述模式之流弊日益显露,而打破上述壁障的呼声则日益强烈,其思想领域的实际发展也呈现向东方偏转的趋势。这样看来,我们完全有理由相信,我们的传统文论话语不仅可随"天人合一"观而一起再生、复兴,而且势将成为世界性的主流话语系统,并迎接西方文论界的归附。这种见解忘记了"凡事有利即有弊",对传统文化及传统文化的衡估都失于片面。恩格斯在《自然辩证法》中有一个为现代科学所印证的精辟见解,即人类思维的历史乃个体思维之历史的重演。这就是说,人类的思维须经过一个从主客未分到主客分化再到主客统一(融合)的辩证过程。主客相合与主客相分并不是一个简单的此优彼劣的问题。西方自柏拉图至黑格尔的"主客二分"传统,虽为其近现代思

想文化的主流，并成为相对于东方的主要特点，但并非其全部，也非与生俱有。它也是经历了漫长的曲折演化之后才在近代哲学中确立起来的，也正是从那时起，西方的哲学与自然科学形成并保持了一种密切的互动关系。可视为其标志的现象是一身兼哲学家与科学家二任的人物自此屡见不鲜。至于他们在思想史上的作用，只要看一看笛卡儿是如何以"心物二元论"和"自然规则"（笛卡儿以为"即机械规则"）改造了西方人的世界观，弗·培根又是怎样用来自工匠传统的经验方法和"新工具"为日后大行其道的实验科学奠定基石就一清二楚了。如果我们以"诗意的贫乏"和"低劣的占有欲"来贬责这种思维模式的话，那么，我们恰恰是从鸦片战争以来一次次切肤之痛中感受到它的威力和好处，这个事实就格外地富于讽刺意味了。主客二分缺乏诗意，但造就了科学技术；"天人合一"压抑了科技的进步，却创造了一种诗意的人生（对于两千余年的中国民众来说，这种"诗意"的存在及其"实惠"，似还可推敲），此间优劣高下，实未易评骘。但是，诗意的人生在得不到物质力量的保护时肯定是脆弱易碎的，至少这一点，历史已经清楚地告诉了我们。

其实，说到东方或中国的传统，也不宜用笼统的"天人合一"来加以总括①。因为，即在"天人合一"的思想以较为明晰的理论形态提出未久（初民的巫觋文化最具天人合一的品性，但似非论列范围之内），"天人相分"之说亦应运而生。其"天行有常"和"制天命而用之"的思想，正反映了萌芽时期的主客二分意识。与西方所不同的是，这种萌芽意识一直未能良好地发育生长，迟至明清之际才从漫长的蛰伏中苏醒过来。但既以"天人合一"的主流而论，也还存在着一系列不可通约的因素。一方面是对"天""人"有着互异甚至是互不相容的理解，另一方面是对"合一"的性质和方式存在分歧。"天"，在此所指为外在于人的全部自然，在彼则是神学意义的人格化的绝对主宰；在此指未经社会规范的生存状态，在彼则指道德法则的终极依据。天人的"合一"可以是孔孟天人相通式的合一，也可以是

---

① 参阅张世英《天人之际：中国哲学的困惑与选择》，人民出版社，1994。

老庄"坐忘""心斋"式的合一，还可以是董仲舒等"感应""谶纬"式的合一。面对这名同实异的理念，我们如何决定自己的弃取呢？我们所一心向往的所谓中国传统的天人合一的境界，究竟是谁家之境界呢？是儒家贯之以仁义道德而终成为封建政治理论（"天命攸归""天子"）的天人合一，还是道家取法自然而放弃社会责任的天人合一？是汉儒近于巫术的天人合一，还是宋儒禅味十足的天人合一，甚或是小传统的泛神式的天人合一（当下气功大师们正是这一传统的光大者）？而当我们做进一步考察，发现在两千余年的现实社会生活中，在"天人合一"的大帽子下，"天"与"人"实未尽和谐，而是存在着明显的"天"重"人"轻，甚至见"天"不见"人"（极致便是"存天理，灭人欲"，"以理杀人"）的情形时，我们想当然的那种诗意情调还能剩余多少呢？

原则上讲，中西思维模式与生存方式，诚如春兰秋菊，不宜做简单的比较抑扬；同时，各自有其所短所长（如币之两面），故以己之长较人之短亦非智举。至于把西方现代或后现代哲学向主客融合的转向理解为向东方"天人合一"传统的皈附，则一如将"模糊数学"理解为"不求甚解"一样稍嫌皮相。因为，这种转向主要只能从西方思想发展的内在逻辑中寻求解释，尽管外来的影响也是一个原因。对于"五四"反传统运动，我们也当作如是观。我国古代的"天人合一"观念虽有上述纷繁之表现，但有一个共同的基本点：非主客二分（及其衍生的主体性原则）的感性倾向。同样是物极必反，才有了"五四"学人对理性的呼唤，对"科学"与"民主"的追求。这是对明末清初以来重理性、重主体的思想趋向的一次跃升式承继，是基于中国思想文化发展演变的内在逻辑——"穷则变，变则通"——的豹变。虽曰"反传统"，但实为更深层次的传统再生，且确实形成了新的传统（尽管其"克里斯玛"的程度还不够）。因此，简单视为"传统断裂"或文化"失语"，是不够妥当、公允的，也是对历史演进的连续性与非连续性之辩证关系理解不足的表现。

三

　　"五四"以来，与文化思维模式的深层转变密切相关，中国的文学理论及批评也发生了深刻的范式革命。尽管此中情形至为复杂，但仍能看到一个最基本的事实，那就是理性的思维与方法逐渐居于主流的地位：我们逐渐形成了较为明确而系统的文学理论，虽然在不同的历史阶段有程度不同的争鸣，也有主流及非主流的流派之别，但毕竟可以在文学的性质、文学的功能、文学的历史、文学的创作与评鉴诸多方面有了理性对话、探讨的可能，有了在人才教育中进行文学研究之科学训练的可能，有了借助大众传媒引导读者的可能。对于专业性文学研究者来说，也有了一套较具操作性的致知方法及探索因果联系的逻辑手段。总之，我们逐渐有了一套异于两千年传统的话语系统（虽然其整合程度不高），而半个多世纪来，我们的文学批评和文学理论基本是用这套话语来书写的。当然，这套系统形成的数十年，适逢西方文化霸权（广义的"西方文化"）扩张之际，很多名词乃至观念移植或借鉴于西方（"西方"亦属广义）。但也不乏由传统转化而来的术语或命题。如"文以载道"的传统观念就在经过西方话语"包装"之后，成为数十年间我国文艺理论批评的主导理论。当时，由于人们自信或自负，并无"失语"之感（幸耶？非耶？亦难遽断）。由于三十年前自酿的苦酒，也呼应于世界性的后现代思潮，人们换了一副眼光来回顾20世纪，忽然发现了习焉不察的问题，发现了对"五四"及其影响重新估定的必要。于是有了全面"失语"的看法，而文论界自愿首当其冲，率先检点自己本世纪漫长的"失语"历程，并出现了复兴传统的见解。如前所述，今人所云"失语"实有三层含义，其一、其二两层之喻指大致无讹，而第三层的"失母语"观却须再加推敲。因为"母语"也是历时性观念，对今人而言，"五四"作为一种实际存在的传统，其移植、翻新的话语早已汇入了母语的系统之中。所以，指今日文论界之混乱为"失母语"所致，当略加分说，明辨所失者究竟何物，所失程度又如何，而不可笼而统之一概而论。

　　对于以复兴为重建的主张来说，清醒地衡估传统文论（为方便行文，下文所言均指旧传统）之长短，以及再生的潜能，应是立论的前提。一般的看法是，中国传统文论以印象式的感悟、评点为基本模式；其趣味标准倾向于通过"不涉理路、不落言筌"的直觉，去把握隐于文字背后的神秘意味，即所谓"象外之象""韵外之致"。作为这种趣味的语言对应物，则不注重对有迹可求的成分进行抽象概括与分析，不注重由此而生的明确概念或命题——即所谓"死法"，而是通过"妙悟"产生形象性、联想性的象喻式用语——"郊寒岛瘦""错彩镂金"之类。其总体精神则重审美体味而轻社会历史性分析、重人文精神而轻理性态度。上述认识并不完全准确，但颇有代表性，也在很大程度上指出了传统文论的重要特色。这些特色与西方文论相比，自有其不可抹杀的意义、不可替代的价值。作为古代文学作品的同根共生之物，传统文论的理论范畴在欣赏、解读这些作品时，可能更有助于传达会心之妙；传统文论的发展嬗变，与创作批评相印证，可以构成文学思想中的全景；作为民族审美心理的载体之一，传统文论的某些命题迄今仍被广泛认可并采用；作为与西方迥异的理论统系，彼此具有互为"思想资源库"的必要性与可能性。毫无疑问，传统文论是我们民族文化遗产中弥足珍贵的一部分。

　　但是，这并不意味着它可以在不远的将来再生、复兴，因为它自身的弱点妨碍其直接转化为现代意义的文论话语系统。

　　弱点之一：概念、术语使用随意，欲确定其内涵非常困难。这表现为三种情况。第一种情况是文论家自身使用概念时，内涵并不统一。即以"体大思精"的《文心雕龙》来说，一个"情"字，在不同的章节中便有至少三四种不同的内涵，如"圣人之情"（《征对》）指性情，"情信而辞巧"（《征圣》）指情貌，"绮靡以伤情"（《辨骚》）指情怀，"情饶歧路"（《神思》）指思维，"情动而言形"（《体性》）指情感，"设情以位体"（《熔裁》）指内容，其间虽不无关联，但所指的差异也是明显的。再以晚近大家王国维而论，"意境"之说经他提倡而成为影响最大的传统范畴，但在他的著作中，对此的解释与使用并不统一。如"其次或以境胜，或以意胜，苟胜其一，不足

以言文学"，"境"与"意"对举，指作品描写的外部世界；而"境非独谓景物也，喜怒哀乐亦人心中之一境界。故能写真景物、真感情者，谓之有境界"，"境"却兼指景物与情感，而"境界"则指心、物描写之"真"；"有造境，有写境，此理想与写实二派之所由分也"的"境"，含义更泛，几乎与"作品内容"同义①。至于到了《宋元戏曲考》中"意境"一词的主要含义又成了"生动形象"之类。倒不是说静安思维混乱，上述不同内涵之间亦有理路可寻，但一词多义而混杂使用毕竟不是严谨理论著作所应有。第二种情况是同一概念，古今内涵不一，彼此内涵不一，而又混杂使用。即以"文学"一词来说，今日通行的用法实自20世纪初方始，故当时对于"文学史"的范围，泥古者还不以为然。又如"小说"一词，古今内涵几经变迁，初始与当今几乎毫不搭界，以致今人研究理论批评史者，面对历代冠以"小说"之名的庞杂议论，甚感弃取两难。又如诗论中使用频率最高的"比兴"一词，郑玄、郑众、钟嵘、刘勰、皎然、朱熹等，所解各异，直至今日，钱锺书与赵霈霖的解释亦相去甚远。再如上述"境界"之义，王国维自己固然未能划一，而与中唐诸人又有所不同。《诗格》所云"思若不来，即须放情却宽之，令境生"，《诗式》所云"诗人之思初发，取境偏高，则一首举体便高"，《董氏武陵集纪》所云"境生于象外"，其义皆更近于佛学的止观法门。第三种情况是象喻性的用语及移植的概念过多，始作者未加界定说明，继踵者各遂己意。即如一个"气"字，曹丕的"文以气为主""时有齐气"已自有别，而刘勰的"情与气偕""肇自血气"，韩愈的"气盛言宜"，苏辙的"以为文者，气之所形"等，显然又与曹丕不同。再如"风骨"一词的诠释，历来为治"龙学"者面临的难题，彦和本身便使用角度不一，而后人解释更歧见纷纭，究其原因，实为"风骨"一词性质使然。"风"与"骨"都是设喻之词，譬喻的"跛足"特色与生俱来。又如金圣叹的小说戏剧理论，凡内涵丰富的术语皆由佛学、儒学中借来，如"因缘生法""忠恕""格物""无"等等。这些术语的原义与附加义含混错杂，对于

---

① 均见王国维《人间词话》。

今人来说，不要说使用，就是阐发解释，稍有不慎就会落入"望文生义"的陷阱①。这种种情况的出现，不能不说是轻逻辑、轻思辨的传统所致。最具权威性的著作范例《论语》，其核心概念"仁"便无明确界定，"克己复礼为仁"与"仁者，爱人"的界说显然有着不同的价值取向。当然，这种状况也可从积极一面来理解：稍许含混的、多义并存的术语在文艺鉴赏中自有其优势——这正是"自足"说的重要理由。只不过，要建立一个话语"系统"，就不能不考虑到它的有序性、普适性和可操作性。而要达到这样的基本要求，停留在含混与歧义上，显然是不行的。

　　弱点之二：分体文论极不平衡，诗论一枝独秀，小说、戏剧理论薄弱。主张"自足"重建者，多举"神韵""境界""象外之象""意在言外"等语，殊不知这些术语、命题均未出诗论范围，甚至基本未出抒情诗理论的圈子。由于正统文学观念（这又是一个问题，且待下文分说）的影响，我国小说、戏剧长期处于文坛的边缘地带，小说理论、戏剧理论自然不登大雅之堂。近年来，虽有多部关于小说理论史、戏剧理论史的著作，篇幅长者数十万言，但平心而论，若就理论本身总结、归纳一下，"干货"究竟能有多少？先来看理论范畴及术语概念。小说理论自以金圣叹为翘楚，金氏所论在那个时代不能不算深刻，但作为理论形态来要求，也不过"因缘生法""忠恕""格物""事为文料""性格"数语而已。其他如"正犯略犯""舒气杀势""影灯漏月""草蛇灰线""弄引獭尾"之类，分析起来可能含有相当丰富的内容，但多属比喻、印象式语言，很难成为普适性理论话语。金氏之前，可称道的小说理论家仅李卓吾而已，他的理论用语主要为"人情物理""化工""趣""同而不同"等。金氏身后，毛氏父子及张竹坡、脂砚斋等，皆效法金氏而不及者，对理论用语的贡献至多不过"据实指陈""起结""取势""宾主""寓言""情理""囫囵语"等十余条而已（当然，如果硬要把"横云断山""奇酸苦孝"之类算上，则又当别论）。戏剧理论首推笠翁，他的《闲情偶寄》在17世纪当属上乘之作，但作为理论术语也不过留下"关

━━━━━━━━━━━━━━━━━━━━

① 如有的研究者释金氏"格物"说为"创作源于生活"，却不知金氏所谓"格物"乃取王龙溪、罗汝芳一脉的训解，故有"闭门造车，开门合辙"之说。"源于生活"云云，殊乖金氏本意。

目""主脑""结构""针线""机趣""宾白""格局""科诨"等，而其中有些是一般品评用语，有些是戏曲专用语。笠翁身后，则每况愈下矣。再来看理论见解。明清两代的小说评点有数百种，文字多者达数十万字，但真正有理论建树的不过凤毛麟角。在当时的历史条件下，有些甚可称道，但从总体发展来看，进入 18 世纪以后，我国小说理论成就实在难以令人满意。戏剧理论的情况又不及小说，王骥德、李渔之外，对"戏剧"进行理论性探讨者，几乎想不出几个名字。如果说，这种不平衡的状况在抒情诗为主要文学式样的古代，还可以"存在即合理"视之，那么时至今日，我们面对的文学格局早已发生了根本性变化，叙事类作品的比重大大超过了抒情诗，而叙事作品中的鸿篇巨制又占有了相当重要的地位。当我们考虑建构（或复兴）文论话语体系时，不能不想到所面对的文学现实。而一旦面对这一格局变化的现实，我们便不能不承认，"不平衡"确是传统文论的弱点——特别是需要它"复兴"而面对（并处理）当代文学的现实之时。

    弱点之三：理论创新的动力不足，主流理论发展不明显。由于两千年封建社会的思想专制，"天不变，道亦不变"，"咸以孔子之是非为是非"，所以在汗牛充栋的文论著作中，独树一帜的篇什比例甚低。作为封建社会思想文化主流的儒家，刘勰之后[①]，其文学理论虽则始终居于正统地位，但自身的思想却基本停滞。尽管有白居易、韩愈等写出一些漂亮的论诗谈文之作，对理论的发展却并不明显。更不要说那些几十遍、几百遍重复着"言志""载道"之陈言的应景文章了。综观一部理论批评史，几次步幅较大的进步（包括理论话语的更新、充实、调整），都是在异质文化或异端思想同主流思想文化的碰撞中实现的，而这种碰撞毕竟是不多见的。

    理论创新之不足的另一个原因是文学评论者的兴趣在品味而不在思考。清代诗话数百种，高者梳理源流，品评滋味，低者摭拾轶事，袭人唾余。纯以理论形态出之者，仅叶横山《原诗》一部而已。即使倡导一说而开宗立派的领袖们，如王渔洋、沈归愚、袁子才等，对所倡言的"神韵""格调"

---

① 刘勰的文学思想，或言以佛学为要基。此处从众。

"性灵"，也不肯做稍许详明的解说。因此，这些诗话中的大部分，把玩则甚佳，佐史亦有物，唯独提炼其理论观点，不免"以火来照所见稀"了。

正因为如此，如果进行历时性研究，我们可以写出洋洋洒洒数百万言的理论批评史，而绝无材料匮乏之虞。而一旦要在共时的框架中进行理论的归纳与梳理，局面就完全不同了。

指出这些弱点，实在有些煞风景，很可能为本学科的师长、学友所不喜见。但事实如此，亦无可奈何。更何况，所谓"弱点"是相对复兴而成为当今之"话语系统"的重任而言，不过是难孚厚望的意思。若止于历史性的描述，则完全可以代之以"特点"二字，并从"个性存在"的角度给予充分肯定。

四

中华文化曾经有过骄人的辉煌，中国古典文论也曾经有过几度繁荣。但进入 18 世纪以来，西方的经济、文化明显加快了发展的速度，而相形之下，我们则步履蹒跚。毋庸讳言，近三百年来，西方思想文化的成果（包括马克思主义）远远超过了我们同期的成绩。因此，进入 20 世纪以来，中国的知识分子在方方面面心甘情愿地做起了小学生。这不仅包括自然科学诸学科，也包括哲学、经济学、社会革命理论、历史学、法学，以及文艺学。如果把这种大背景之下文艺学"师夷长论"称为"失语"的话，那么必须认识到，这只是更广泛"失语"的一个有机组成部分。

假如当初没有这一全面"失语"的过程，假如我们至今仍顽强地固守在不变的传统上，那今日局面当如何？自然，这种假如是毫无意义的。不过，对此各骋想象之骏足，也未必没有好处。

当然，检讨这一"失语"的全过程，特别是目前的状况，我们也必须看到其负面，即作为一个拥有辉煌过去的民族，我们做学生的时间稍微长了一些。其中的原因自非一端，而有的原因是无法避免的（外敌入侵），有的则是"自取其咎"——从这个意义上讲，理论"失语"实为百年来我们

这个民族多舛命运的必然结果。同样道理，文论的"失语"又是这一广泛理论"失语"（中性的、描述意义上的）的必然结果。所幸的是，这些原因有的已成为过去，有的正在成为过去，因此，我们有理由期待着理论全面繁荣的局面，有理由期待着有创见的哲学家。而我们民族的有个性的文艺思想、文论体系、文论话语，只有在那样的大背景下，才可能真正地自然生成。

"师不必贤于弟子，弟子不必不如师。"在一个世纪将要过去的时候，我们终于能够大声说出这句话了——因为摆脱了单纯小学生的身份，并且在一些方面做出了昔日老师所不及的成绩。同时，随着时代潮流的变化，"道之所存，师之所存"，我们在很多方面也完全无愧色地为人师表了。但是，是否应该就此隐瞒当年立雪程门的经历呢？或以之为耻，励志洗刷呢？似乎皆不必要。

这些话好像扯得远了一些，但和我们讨论的问题，在某种隐蔽的层面上还是有关联的。回到本题来，虽然对文论"失语"的程度与性质看法不尽相同，但大前提——存在"失语"现象——还是无疑的。因此，重新建构文论话语系统，进而加入国际平等对话，是文论界同人共同的课题。近日读乐黛云先生的《比较文学的国际性和民族性》一文，其中对此课题的应答甚为精辟："过去我们只能崇尚西方的经典，今天我们就要以东方经典雄视天下。显然，这样的思维方式创造不出任何新事物……事实上，中国文化能否为其他文化所接受和利用，绝非中国一厢情愿所能办到的。……在各民族文学理论交流、接近、论辩和相互渗透的过程中，无疑将熔铸出一批新概念、新范畴和新命题。这些新的概念、范畴和命题，不仅将在东西汇合、古今贯通的基础上使文学理论作为一门理论科学，进入世界性和现代性的新阶段，而且在相互比照中，也会进一步显示各民族诗学的真面目、真价值和真精神。"这种"不薄自家爱高邻，清词丽句视同仁"的态度无疑是通达的，也是现实的。不过，欲达此"新阶段"，恐须经过相当长的历程。作为近期的操作方式，传统文论与现代文论似仍应以各自的体系内部调整为主，辅以彼此借鉴与渗透为宜，一如中医与西医之关系。这实在是卑之无甚高论，但也许是脚踏实地之论。

一统或多元

——谈中国古典文论的现代转化

或问：传统文论的转化及再生，是近年来学界的热点论题之一。这一现象是否可看作传统文论复兴的契机已来临？

答：分析这一现象，不妨把话题扯得远一些。20 世纪对传统文论的研究，有过三次高潮：30 年代，50 年代中叶至 60 年代初，70 年代末至今。就研究的目的、方式而言，彼此差异颇大。30 年代基本属于纯学术的研究，五六十年代则强调"古为今用""建立马克思主义的、民族化的文论体系"，新时期以来双轨并行，研究者们一方面进行历史主义的阐释与定位，一方面继续着建立民族化体系之梦。而进入 90 年代以来，由于多种原因，这后一方面逐渐强化，遂使传统文论的转化及再生问题成为学术界之热点。

根究其原因，主要是来自三种不同方向的力量，基于并不相同的目的，对中国古典文论产生了相同的期待。其一，近一个世纪的时间里，传统文论被研究者对象化、客体化，现在它的研究者们在当代文化建设使命的召唤下，渴望自己所钟爱的对象反客为主，以堂堂之阵进入当代文学理论批评的现实。其二，二十余年间快餐式输入的种种域外文论，风光过后渐感与本土文化隔膜与夹生，渴望找到比较扎实的滩头阵地。其三，半个多世纪以来的当代主流文论，在摆脱庸俗教条对自身之束缚的同时，也失去了主流位置与自信，于是渴望通过"民族化"找到重新振起的踏板。当然，这里有一个共同的大背景：中国日渐深入于世界范畴的文化交流、撞击与对话之中。

这种局面无疑将促进传统文论的研究工作，但是否意味着"复兴"，则还须斟酌。如果复兴指的是得到进一步的重视，研究成果更为可观，那当

属无疑。如果是指全面恢复生机，成为中国当代文论的主流，甚或世界当代（及下个世纪）文论的主流，那似乎有些一厢情愿了。

问：这样说太武断了吧。

答：古语云"天不变道亦不变"，反言之，天变则道亦不得不变。对于文论来说，它的"天"有两重：一重是哲学（广义），一重是文学。古今中外，文论莫不滋生、依附于特定的哲学思想（广义）体系，自柏拉图至德里达，自"意生言外"至"因缘生法"，这实属不须烦言的常识。因此，传统文论的复兴必以传统思想之复兴为前提。然而，在当今之中国，若倡言儒释道（或"三教合一"）之思想、哲学复兴，怕不会有太高的认同率吧。

另一方面，当代文学与传统文学相比，无论在观念上，还是实际内涵，都有很大差异。传统文学之观念与文章学混同，传统文学之载体与口语分离，传统文学之重心在于抒情诗，传统文学之对象为（占人口极少数的）士大夫，如是等等，皆于传统文论中留有深深的烙印。而当代文学提出的问题，很多只属于当代，传统文论中根本没有相就的命题、范畴。皮之不存，毛将焉附？皮都变了，毛自然也应该变一变了。

问：作为一般性的推理，你的看法似乎没有逻辑错误。但是，你忽略了一个重要的事实：当代世界的思想潮流正在摆脱西方主客两分的理性主义而趋向于东方传统的天人合一。更何况，文艺自身具有非理性的特点。因此，基于天人合一思想之上而又带有非理性色彩的传统文论，完全有"好风凭借力"的机会。

答：这个问题太大，这里难以详述，请您参看拙文《也谈文论"失语"与"话语重建"》（《文学评论》1997 年第 3 期）。我想再强调两点：第一，综观人类的文明发展史，天人相分与天人相合、理性与神秘、逻辑与混沌、思辨与直觉等看似对立之两极，皆有互补性而未可偏废；但若以文明进步为坐标，则两极实不能等量齐观，而应承认理性、逻辑、天人相分之主导地位。这一点，即使从当代人类生活的全局来看，尽管"后现代"甚嚣尘上，也至多不过占据一个补偏救弊的位置，并没有从根本上改变理性、逻辑等的主导地位。第二，文艺自有其重感性之特点，但文艺研究的理论形

态并非文艺本身，甚至与文艺鉴赏也颇有不同。当我们谈及"理论体系"时，这种差别尤其不可忽视。

问：如此说来，传统文论不具备再生为当代主流文论的可能，那么其价值岂不要大打折扣？另外，主流文论由何而生呢？舶来？中西合璧？还是回到 50 年代？

答：我觉得这个问题的提出反映出一种传统思维定式，即对一统的渴求。这种渴求虽然可以理解，但毕竟有些不切实际。即使在相对封闭的古代，文论的繁荣也非一统局面；而当今的文论领域，更随着世界范围的思想活跃而呈现出百花齐放、百家争鸣的气象。虽有大学者讥之为"各领风骚数十天"，但较之于数十年一贯制，怕还是一种进步吧。当然，对于那种似是而非的二道贩子，以及抬洋人唾余而傲视国人者，要另当别论。

世界范围的文论领域目前是多元的，其前景，没有任何朕兆，也没有任何理由会复归于一统。而随着不可逆转的文化交流大趋势，中国的文论领域也不可能置身潮流之外。在多元共荣的局面中，传统文论自有其发展的空间。打个不甚贴切的比喻，中医与西医等，并存于世而各自发展；这种局面之下，中医的发展目标绝不应是"以我为主一统医学"，而应走互相借鉴、各自发展的道路。传统文论在当代的策略选择与此相似：承认多元，自我发展，以扎实的挖掘清理为基础，以广泛的借鉴吸收促进发展。这种发展既要保持自家特色，又须经过当代精神的洗礼。你发展起来了，别人自然会来借鉴，自然有了话语权力，但这仍不意味着就此别无分店。发展起来，成为多元世界中生气勃勃的一个，其价值岂容低估？而彼此互为资源库、基因库，自身的价值也同样不容低估。

对复兴儒学的困惑与思考

儒学评价的问题，自"五四"以来，几度成为学术界的热点，扬之者九天，抑之者粪壤，实为最棘手的公案之一。而诸多前辈时贤沉浸其中，钩沉索隐，发微阐幽，各种观点均有相当充分的论述，可谓剩义无多。笔者对此素有兴趣，但于抑扬之际，颇感难以定夺，本无置喙意。近年来，随着国家经济转型的加速，对文化建设的呼唤也日见强烈，复兴儒学的主张又时见报刊，大意谓东亚各国的经济腾飞有赖于儒学，而我国应借鉴此经验，以倡导推行儒家文化来促进现代化进程。因兹事体大，于国计民生或有关联，故不揣浅陋，略陈多年之困惑，以期引起讨论。

对儒家的很多观点，笔者内心亦颇欣赏。比如"仁者，爱人"，提倡和谐的人际关系，当然很好；"老吾老以及人之老，幼吾幼以及人之幼"，提高社会的道德境界，无疑有益；"夫子之道，一以贯之，忠恕而已"，存在着很大的理论再生的空间，值得珍视，等等。但是，也有为数不少的主张，令人难于苟同，如"克己复礼为仁"，在孔门是极重要的命题，而对现代社会来说显然格格不入；又如"君君，臣臣，父父，子子"，是后世"三纲五常"的滥觞，对社会的改革、发展怕也不甚有利。不过，问题的关键不在这里，而在于作为一个完整的有机的思想体系，作为一个曾经在历史实践中检验了两千余年的学说，其评价不能各取所需地割裂来看，也不能离开其发展流变的过程来看，更不能脱离实践的效果来看。而一旦把儒学放在具体的历史过程中进行整体性考察时，似乎难于摆脱一系列的困惑，包括理论方面、历史方面及方法论方面等。

要"复兴儒学"，首先面临的是"何谓儒学"或"儒学的基本内涵是什么"的问题。众所周知，两千五百年间，自居于"儒"者枝叶纷披，却从

未实现过"大一统"。先是"儒分为八",继而是孟、荀异趋,接下来是今古文之争,道统之辨,朱陆、朱陈、朱王之异同,等等,出主入奴,同室操戈,迄未断绝。而人们通常作为中华民族文化主干称道的"儒学",是包括了(也应该包括)这纷纷杂杂、林林总总的一切的。那么,两千五百年后的我们,若谈"复兴儒学",则无法回避对象选择上的困惑。

可能的选择有四种。

一是笼而统之地包容,凡自张儒家旗号者皆为复兴对象,这显然行不通——"自张旗鼓自操戈",实与我们文化建设的初衷不合。

二是拣择其中一、二合自家口味者张扬之,而摈弃其余。如海外"新儒学"主要取材于程朱,国内有学者特赞赏具有一定超越意味的阳明心学等。若作为学术研究,偏好自然无妨,但若作为"复兴儒学"大前提下的选择,便不免碍难之处。即以程朱、阳明而言,当年颜元、李塨、戴震之关便都很难通过,而他们彼此之间的攻讦也是定不可免的。如果"复兴"之军马未动,争辩、批判之旧案已先行,那样的话,作为今日文化建设的一种选择,自然是不够明智的了。

三是归纳、抽绎出儒学的"本质""特质""共性",而忽略各派标新立异之点。这种主张听起来较为合理,但具体运作起来亦有相当困难。因为不仅归纳时无法避免见仁见智的分歧,而且基本思路上存有悖论之嫌:儒学的"本质"是由"儒家"各派中略异存同归纳得出的,而作为归纳的对象,其确定标准则为"儒学"的"本质",这就陷入了互为前提的逻辑困境。举例来说,泰州学派算不算儒学一派?王艮、何心隐乃至李卓吾、金圣叹算不算儒家一员?这似乎要看他(它)是否合乎儒学"本质"特性。而儒学"本质"特性的抽绎,或宽或严,却又取决于是否把这些"边缘"人物、派别列为归纳对象。正因为运作的上述困难,所以近年来作这方面文章的,结论颇有歧异。如或归结为"治国安民""修己安人""经世致用",或归作"性情与礼教的关系""修身与事功的关系"等。而这些命题有时失于空泛,有时内存矛盾倾向。在"知"的层面上,作为一种理论分析,自有其价值;但若落实到"行"的层面,作为"复兴"的内容,则未免因空

泛而甚难运行。

四是"回到孔子"。这也是一种听起来很诱人的主张：既然程朱陆王各有其偏，何不回到原初纯正的阶段？年来论证儒学有益于经济发展者，多循此思路阐发自己的观点。然而，这种选择似也有两个难解之结。首先，两千余年间，先儒们面临内部的离异纷争时，何尝不援孔为据，"以孔子是非为是非"。正如扬雄所言："众言淆乱则折诸圣。"（《法言·吾子》）但这只能为各自多一些自我肯定的论据，从未消除已有的分歧，也从未有哪个人真的"回到"了孔子。历史一经离开，绝对无法返回。孔子殁后，弟子们因有子相貌似孔子，而推举他为师，但貌似容易，神似不能，于是终于有子张、子夏、子游的学派分裂。究其原因，实与孔子思想的内在矛盾倾向有关。亲炙弟子尚不能维持师说，今人又如何"返回"？其次，我们之所以要在传统文化的基础上再造辉煌，并非有思古之幽情，也不是囿于民族之立场，而是因为几千年的历史，已把这种文化溶入民族血液之中，无论你喜欢不喜欢，它都或显或隐地存在着，是绝对无法摆脱的事实。所以，"五四"那样猛烈的文化批判浪潮过后，虽留下了一些新的东西，但传统文化的深层格局却如落潮后的礁石，又浮现、挺立出来。故此，新文化的建设，只是能承认传统，然后因势利导之。这才是重视传统文化的根本原因。因而，"删掉"两千五百年，直接孔子，不仅事实上不能做到，而且也大悖于初衷。

四种选择似都有障碍，此困惑之一也。

主张复兴儒学者，大多有一种倾向，即有意无意间将儒学脱离开具体的社会历史背景，而描述为超越现实经济基础与政治制度的"纯"道德观或文化哲学。这显然是过于简单化而且不免于一厢情愿了。在儒学不再是一般的学术思想，而是社会的统治思想，是指导社会生活各领域的官方哲学时，在它已经实实在在地运作于社会生活两千余年的情况下，如果闭目不见这一实践过程，不分析其实践效果，而仅仅有选择地抽绎某些理论命题做评论依据，恐怕算不得科学、客观。譬如评价一个植物品种的优劣，不去田间观察其长势，不去仓廪过问实际收成，而端坐于书斋把玩之，测

其直径，察其色泽，那么即使写出一百份观察报告，也终未得其要领。

儒学的实践品格主要表现在它开出的两份"药方"上：如何管理社会，如何做人。检验其实践效果，也应从这两个方面着眼。

就前一方面来说，儒学史上有一桩著名的公案，应对我们有所启发，这就是南宋时陈亮与朱熹的"王霸义利"之辨。淳熙九年（1182），朱熹为官衢州，布衣陈亮登门求教，结果二人在"王霸义利"及"天理人欲"诸问题上产生分歧，辩论十天未有结果。此后，陈亮因议论、批判时政而入狱。出狱后，朱熹去信劝诫道："绌出义利双行、王霸并用之说，而从事于惩忿窒欲，迁善改过之事，粹然以醇儒之道自律。"①他明确地把"醇儒之道"与"事功"置于彼此对立的地位。对此，陈亮作书反驳。你来我往的笔墨官司打了多年，终以各自坚持己见而不了了之。

在这场辩论中，双方的一个焦点是对历史的认识和对历史人物的评价。朱熹先后致书十五封，认为只有上古时的政治才合乎天理，后世均为人欲，即使事功最盛的汉唐也是"以智力把持天下"，"专以人欲行"。因此，他把历代英雄一笔抹倒。对此，陈亮自不会心服，他摆出汉高祖、唐太宗的功业："其国与天地并立，而人物赖以生息"，"本领非不洪大开廓"。然后反问，若如此尽不合乎"天理"，那么"万物何以阜蕃，其道何以常存乎？"②

对于朱熹持论之偏，后人多有讥弹，杨慎尖锐指出："朱文公……评论古今人品，诚有违公是而远人情者。……秦桧之奸，人皆欲食其肉，文公乃称其有骨力；岳飞之死，今古人心何如也，文公乃讥其横，讥其直向前厮杀。汉儒如董如贾，皆一一议其言之疵。诸葛孔明名之为盗，又议其为申、韩；韩文公则文致其大颠往来之书，亹亹千余言，必使之不为全人而已。盖自周、孔而下，无一人得免者。"③确实，以常理常情衡量，朱熹的这些观点都是"违公是而远人性"的。但是，平心而论，他却并非信口雌黄。他的臧否标准是明确的，就是"内圣外王""致君尧舜""修齐治平"

---

① 《朱文公文集》卷第三十六《寄陈同甫之书》，四部丛刊影印明嘉靖本，第685页。
② 《龙川集》卷二十《甲辰秋与朱元晦书》，清宗廷辅校刻本，第164页。
③ 《升庵集》卷四十六，四库全书本，第296页。

的儒家理想政治观。而以此衡量历史人物，没有一个可以及格。

陈亮与朱熹的辩论，至少可以给我们两点启示：第一，站在儒家的立场上，做事业的"英雄"与修心性的"醇儒"是格格不入的（大程也有"不可存丝毫计较利害之心"的说法）；第二，孔子之后，朱熹之前，一千余年间的政局无论兴衰，儒家的政治理想从未真正实现，历史的发展证明了儒家的政治理想只能是空中楼阁。

但是，多数研究者仍然说儒学是民族文化的主干，说儒学是封建政治的重要理论基础，而历代统治者也确实标榜儒学，甚至以儒学为取士依据选拔政治人才，这应该说也是事实。两种情况貌似抵牾，其实并无矛盾。因为儒学的政治主张本有两个层面：一是理想层面，一是现实层面。前者是所谓"王道统治"，张扬得热闹，却从未真正实现过，甚至也未曾有过哪怕较为认真些的试验。后者则是以"纲常""忠孝"为基础的君主专权统治。儒者对此，并无太多的理论阐述，但在实践的层面上却无不承认其绝对权威；而历代君主也正是在这里发现了与儒学的契合点。《明实录》洪武十八年（1385）冬十月，记朱元璋"御制《大诰》成，颁示天下"时的言论："（胡元时）华风沦没，彝道倾颓，自即位以来，制礼乐，定法制，改衣冠，别章服，正纲常，明上下，尽复先王之旧，使民晓然知有礼义，莫敢犯分而挠法。万几之暇，著为《大诰》，以昭示天下。……忠君孝亲，治人修己，尽在此矣。能者养之以福，不能者败以取祸，颁之臣民，永以为训。"①很明显，其核心思想是"纲常"与"忠孝"，据"纲常"而使上下尊卑得以明确，倡"忠孝"而使臣民守礼义，"莫敢犯分"地驯顺接受统治。朱元璋这段话极有代表性，明确揭示出儒学与君主政治间的实质性联系。宋理宗、元仁宗、清圣祖、清高宗等，皆有类似言论。而汉高之用叔孙通，汉武之用董仲舒、公孙弘，虽未明言，其用心亦分明在此。

这种情况怎样评价，也是较为复杂的话题。"纲常""忠孝"对于农耕文明条件下的宗法制社会，应该说是基本"合身"的。而随着农耕文明的

---

① 中央研究院历史语言研究所校印《明实录附校勘记》明太祖高皇帝实录卷之一百七十六，黄彰健校勘，中华书局，2016。

被超越，宗法制社会随之的崩解，这些思想及其实践操作成为"已陈之刍狗"自属理所当然。

再说另一方面。那些理想层面的儒家政治观念，在两千余年间并非毫无作用。它有时成为改良政治的依据，有时成为批判、矫正现实的理论武器，可以说是封建制度得以自我调整的重要因素。但是，这种积极的作用总是十分有限的，原因就在于它摆脱不了一个根本性的局限，即君主的绝对权威。所以，即使如海瑞那样冒死直谏，只要君主"龙颜大怒"，他也就只剩下"天子圣明，臣罪当诛"的份儿了。甚至"明君"乾隆，当直臣尹壮图指出某些政策弊端时，恼羞成怒，对尹侮辱打击至死，不过是为了自己一点儿"面子"。

主张复兴儒学的人，往往只看到儒家政治学说中理想层面的某些命题，如"足食足兵""使民以时"之类，而忽略了根植于宗法社会，为王权服务的现实层面。问题是，在实际的历史践履过程中，这两个层面在理论上是紧密联结、相互依托的，而在实践上却是彼此脱节、通塞殊途的。如果说，两千余年间，儒家的政治学说只能在实践中跛足前行，那些较为美观的花朵从未真实结果，那么，我们凭什么认为，在土壤、气候发生了根本性变化的今天，这棵老树反倒能够新芽苗生、果实累累呢？

此困惑之二。

就"如何做人"这后一方面来说，也存在着理想与现实两层面脱节的问题。儒学的人格理想是培养"君子"，进一步则为"圣贤"。而何谓"君子""圣贤"，自孔孟以下，其说不一。玄远一些的，有"仁者胸次，鸢飞鱼跃"之类说法；雄壮一些的，则是"修身齐家治国平天下"。而这都是在理想层面，有"务虚"之嫌。现实一些的，则是"忠孝节义""入则孝，出则悌"之类行为标准。当然，除去这些，还有很多更具体的说法，如"人不知而不愠，不亦君子乎""君子食无求饱""君子有九思"等，但这些都只是标准中的"目"，前述之"仁""修齐治平"与"忠孝节义"等才是"纲"。而再进一层来看，无论"仁者胸次"多么超妙，"修齐治平"多么高尚，一旦回到具体的做人的问题上，任何一个儒者都是毫不犹豫地站在"忠孝"

的旗帜下，而当"忠孝不能两全"时，又只能是"忠"字当头了。可以说，一切有关人格模式的探究论辩，只要落在现实动作的层面，"忠孝"都是不言自明的前提，是无可辩驳的现实之"纲"。

回顾两千五百年的历史，我们就会发现，没有一个儒者在现实中实现了"修齐治平"的人格理想——无怪乎朱熹要把前贤一笔抹倒。原因何在呢？我们不妨看几个例子。

韩愈以继承了儒学道统自命，于是谏迎佛骨奋不顾身，"欲为圣明除弊政，敢将衰朽惜残年！"这当然合乎儒家人格理想。但是，宪宗皇帝却并不体谅他的苦心，先是下狱论死，后虽赦出却远谪瘴疬之地。韩愈不仅要"谢主隆恩"，还要违心地"检讨"一番。至于气节风骨之类的君子标准，只好放置一边了。

白居易初登仕途，也是意气风发，激浊扬清，不遗余力，"岂图志未就而悔已生，言未闻而谤已成"，终于被贬江州。于是，他也顺水推舟地调整了自己的人生模式，提出："大丈夫所守者道，所待者时。时之来也，为云龙，为风鹏，勃然突然，陈力以出；时之不来也，为雾豹，为冥鸿，寂兮寥兮，奉身而退。进退出处，何往而不自得哉？"（《与元九书》）显然，这种"何往而不自得"的圆滑态度，虽有"守道待时"的借口，却仍悖于儒家的人格理想。这一转折后，白居易也就再无一首《卖炭翁》了。

明嘉靖年间，有"大礼议"事件，百余名文官为维护儒家的礼法制度，直言极谏，甘冒入狱、贬谪乃至廷杖的惩罚。无论其主张如何，这种气节风骨都是合乎儒家人格标准的。但是，君主绝不欣赏，廷杖而死的就有十七人。于是，衣冠丧气，儒士心塞，朝廷风气自然转化为阿附顺承了。

这只是随手拈出的几例，但已足可说明一个道理：儒家人格模式中包含着自我否定的内在矛盾。现实的以"忠孝"为纲的人格模式，意味着对专制权力的屈从，这与道义责任、品格理想必然产生冲突。事实证明，在大多数情况下，冲突往往导致了后者的萎缩。类似白居易那样，由理想儒家人格转向现实的"准"儒家人格者，在封建时代的中后期，可说是"比比皆是"了。

　　至于说"修齐治平"理想人格的无法实现，李卓吾有一段精彩的分析："成大功者必不顾后患，故功无不成。商君之于秦，吴起之于楚是矣。而儒者皆欲之。不知天下之大功，果可以顾后患之心成之乎否也？吾不得而知也。顾后患者必不肯成天下之大功，庄周之徒是已。是以宁为曳尾之龟，而不肯受千金之币；宁为濠上之乐，而不肯任楚国之忧。而儒者皆欲之。于是乎又有居朝廷则忧其民，处江湖则忧其君之论。不知天下果有两头马乎否也？吾又不得而知也。……此无他，名教累之也。以故瞻前虑后，左顾右盼，自己既无一定之学术，他日又安有必成之事功耶？又况依仿陈言，规迹往事，不敢出半步者哉！"①他认为儒者不能成就大功业的原因在于自身，大要有四个方面。一是"顾后患"。何谓"后患"，说穿了就是对君权的畏惧，"天威难测"。二是"两头马"，即前述那种以白居易为代表的"何往而不自得"的人格模式。三是"无学术"，儒学中缺少实际办事的学问。四是规行矩步，道德教条太多。而总括为一条，则是"名教累之也"。

　　这真是一针见血之论。

　　尽管两千余年的封建社会中"修齐治平"的人格理想从未真正实现，但仍有儒者以之作为人生之梦。于是，就在封建社会垂暮之时，终于在文学作品中出现了"修齐治平"功德圆满的形象——《野叟曝言》中的文素臣。作者用百万言的长篇编织了儒生修身而为醇儒；齐家而致母慈子孝，妻妾同心事夫；治国而扶持颠危，位至相父，平天下而四夷宾服，岁岁来朝。完全是图解儒家人格理想，用文学形象来疏解这千年困窘的情结。然而，每当作者稍为顾及现实生活的情理，稍为流露出内心的真实欲求时，他所虚构的理想人格就出现了根本的裂罅。如欲治国便不可避免地与君权冲突，结果便流露出仇视君父的情绪；欲做醇儒就须坐怀不乱，非礼勿视，于是就形成了病态的扭曲的性行为，等等。这本书虽为小说家言，但却相当深刻地暴露了儒家人格理想的先天痼疾。

　　回到本文篇首的话题：儒家陶冶人格的很多具体命题都令人神往，如

―――――――――

① 李贽：《孔明为后主写申韩管子六韬》，载《焚书·续焚书》，中华书局，1975，第224—225页。

"君子不忧不惧""富贵不能淫，贫贱不能移，威武不能屈""民胞物与"等，也都是应赞美提倡的。但如上所述，其人格模式之"纲"——"修齐治平"迂阔不着边际，以屈从专制为"忠"，以顺从为"孝"的封建"忠孝"观大悖于现代社会趋向，这些既已被历史舍弃，自无重新拾回之理。那么，"纲"既不存，"目"如何保持一完整体系？若须重组重建，何必名之为"儒"学？

此困惑之三也。

囿于篇幅，困惑之处不能尽数详陈，再择大端罗列二三，展开论述，且俟之他日。

所谓"儒学"，首先当丁"六经"（或"五经"）中求之。而"六经"的真正思想、学术价值如何，古人已多有质疑。若剥掉人为的"经"的外衣，其中多数恐远不能与《老》《庄》《孙》《韩》《管》《商》以及《肇论》《大乘起信论》相比吧？既然如此，特别尊崇有何必要？

检点历史，儒家发挥的作用主要是维持封建宗法社会的秩序，这与其偏于保守的价值取向是一致的。而今日之中国，改革与发展是第一课题。因此，说儒家的某些命题有辅助社会健康发展的作用则可，以之为振兴民族文化的主要基础，似与大潮流不够协调。

既然作为思想体系而"复兴"，有诸多碍难之处，那么来个"唯是是从"如何？无论儒、法、道、墨、释、兵、名，凡有生机的命题，一概在"民族文化"的旗号下，具体地个案地阐释、激活，吸收为现代中华文化的养分。不另张旗帜，不预构模式，视其于现实生活是否有益，于社会发展是否有利，在实践中是否可能而定取舍。让文化与经济在良性互动中自然发展而成。

当然，这也只能是一种设想，牵涉的问题很多，须另作专文阐述了。

一个被忘记的核心概念："忠恕"

年来，一连串令人吃惊的大事小情走红网络。复旦的博士生投毒案，不仅是因发生在名校而"出名"，使人感到震动的是读书读到这样高的层次，竟为"分摊水费"的琐事下此狠手。雅安地震，募捐情况与当年汶川天壤之别，而且据说上年度整个社会善款额"跳水"竟达百亿。如此等等，使我们痛感在民族复兴的进程中，社会心理之困境已成为当下亟待解决的难题。

频发的社会冲突以及"围观者"的态度，暴露出社会整体的文化认同感在明显下降。而文化建设方面，成效似乎也并不如预期。可以利用的资源相对匮乏。以致国外的某些政客放言"中国不足畏"，理由是"没有属于自己的有影响力的思想文化成就"。

有鉴于此，挖掘传统文化中的"富矿"，加以"冶炼"，进行激活，使其成为文化建设的本土资源，既可以下接"地气"，又可以显示华夏文明的重生活力，便成为当下刻不容缓的任务。

传统思想文化的体系中，有一个核心概念被国人忘记、冷落了多年，这就是"忠恕"。

"忠恕"是儒学重要的居于核心地位的概念。《论语·里仁》记载：

> 子曰："参乎，吾道一以贯之。"曾子曰："唯。"子出，门人问曰："何谓也？"曾子曰："夫子之道，忠恕而已矣。"①

---

① 《论语注》，康有为注，楼宇烈整理，中华书局，1984，第51—52页。

把"忠恕"与孔子尊奉的"道"联系在一起，这已经是很高的定位了。而"一以贯之"更进了一步，明确以"忠恕"为整个思想体系的核心、骨架。在另一篇《论语·卫灵公》中，孔子再次表达了类似的观点：

> 子贡问曰："有一言而可以终身行之者乎？"子曰："其恕乎。"①

作为终生的行为准则，孔子标举出"恕"为首选，其重视程度不言而喻。

而在孔子的思想体系中，有两段重要的论述实为上述"忠恕"说的注脚："夫仁者，己欲立而立人，己欲达而达人。""己所不欲，勿施于人。"二者的共同点都是"推己及人"，也就是"恕道"。前者是从积极面讲，后者是从消极面讲，合起来乃得全面。

正是由于孔子如此推重，后世儒者也便给予高度重视，出现了大量的相关阐释文字。仅《朱子语类》一书中，这个词就出现了 217 次，可见一斑。这些阐释文字主要集中在三个方面的内容上：一个是概念本身的释义；一个是揭示、讨论与儒学其他概念的关联；一个是评价这一概念的意义与价值。由于孔子自己没有更为具体、详尽的解释，也由于阐释者各自理论倾向的差异，这些阐释文字之间表现出一定的畸轻畸重的出入。但这种出入互相补充，反而更扩充了"忠恕"的理论内涵。

儒学经典的注疏中，邢昺疏云："忠，谓尽中心。恕，谓忖己度物也。"孔颖达疏云："忠者，内尽于心；恕者，外不欺物。恕，忖度其义于人。"这两种解释对后世影响很大，不过实乃后起之说。先秦至两汉的文献中，"忠"主要有二义：其一指美德，如"忠，德之正也"（《左传·文公元年》），"忠者，德之厚也"（《贾子·大政上》）等；其二专指臣下事君之道，如"逆命而利君谓之忠"（《荀子·臣道》），"忠者，臣之高行也"（《管子·形势解》）等。到南北朝时，皇侃的《论语》疏中才有"忠，谓尽中心也"的新解。"恕"的早期释义也较泛，如"恕，仁也"（《说文》）。不过，以"忖己度人"

---

① 《论语注》，第 238 页。

解"恕"，大多数文献是一致的。

从皇侃到孔、邢，他们的共同点是，变前人伦理评价式的解释为状态描述。"尽忠心""内尽于心"都不是明显的褒赞语。由于这种解释较为抽象，可以涵括前人种种不同说法，且暗合于理学家喜谈心性的倾向，故宋代以还，言及"忠恕"者，大多据此而生发。宋儒如二程所云：

> 恕字甚大，然恕不可独用；须得忠以为体。不忠何以能恕！①
> 忠恕，所以公平。造德则自忠恕，其致则公平。②
> 天地变化草木蕃，不其恕乎？③

朱熹则云：

> 尽己之谓忠，推己之谓恕。
> 忠只是一个忠，做出百千万个恕来。④

这便开始给予"忠恕"更丰富的理论内涵，而不是简单地以"忠君"释忠，以"宽恕"释恕了。到了明儒，特别是阳明的门下及后学，对于"忠恕"的理论内涵有了更大的发挥甚至创造，如《明儒学案》所录：

> 孔门宗旨，惟是一个仁字。孔门为仁，惟一个恕字。如云"己欲立而立人，己欲达而达人"，分明说己欲立，不须在己上去立，只立人即所以立己也。己欲达，不须在己上去达，只达人即所以达己也。（按：罗汝芳）
>
> 盖天地之视物，犹父母之视子……此段精神古今独我夫子一人得

---

① 程颢、程颐：《二程遗书》卷十八，四库全书本，第114页。
② 同上书，卷十五，第94页。
③ 程颢、程颐：《二程外书》卷七，四库全书本，第23页。
④ 黎靖德：《朱子语类》卷二十七，四库全书本，第21页。

之，故其学只是求仁，其术只是个行恕，其志只是要个老便安，少便怀，朋友便信，其行藏，南子也去见，佛肸也应召，公孙弗扰也欲往……于人亦更不知一毫分别，故其自言曰："有教无类。"（按：罗汝芳）

恕者，如心之谓，人己之心一如也。若论善，我既有，则天下人皆有；若论不善，天下人既不无，我何得独无?此谓人己之心一如。（按：杨启元）

忠恕是学者求复其本体一段切近功夫。（按：聂豹）①

对于心学"忠恕"理论传承阐发最力的是金圣叹。他在《水浒传》评论中以"忠恕"解释作品的思想倾向与人物塑造：

粤自仲尼殁，而微言绝，而忠恕一贯之义，其不讲于天下也，既已久矣。夫"中心"之谓忠也，"如心"之谓恕也。……率我之喜怒哀乐自然诚于中形于外，谓之"忠"；知家国天下之人率其喜怒哀乐无不自然诚于中形于外，谓之"恕"。知喜怒哀乐无我无人无不自然诚于中形于外，谓之"格物"；能无我无人无不任其自然喜怒哀乐，而天地以位，万物以育，谓之"天下平"。②

综合上述论述，在"忠恕"的思想系统中，包含了这样几层意思：

（1）"忠"就是真实自我的充分表现。

（2）"恕"就是体认他人的自我表现，给予理解与肯定。

（3）实现"忠恕"，体现社会的宽容与公平，是天下大治的表现。

（4）"忠恕"合乎大道，是天地化育万物的基本精神，所以也就是个人最高的精神境界——与"仁"贯通。

作为一个思想系统，"忠恕"这个核心观念中蕴含了伦理学的因素——个人的道德标准，蕴含了社会学的因素——人际关系的理想状态，蕴含了

---

① 黄宗羲：《明儒学案》卷三十四，沈芝盈点校，中华书局，1985，第788—789页。
②《金圣叹全集》第四册，陆林辑校整理，凤凰出版社，2008，第769—771页。

认识论的因素——人与人如何在精神层面沟通、交集，蕴含了本体论的因素——世界多样性的解释。因此，称之为本土思想传统中的"富矿"绝非过誉。

如此可贵的思想文化资源，何以长期被冷落，甚至被大泼污水呢？当然是和过去的百余年那种特殊的历史环境有关。时代主题促使"与天斗、与地斗、与人斗，其乐无穷"大行其道，"忠恕"自然就退避三舍了。时至21世纪，时代主题发生了根本的转变，重新审视"忠恕"的意义与现实价值也就适逢其时了。

其实，费孝通先生著名的"各美其美，美人之美；美美与共，天下大同"主张，正是"忠恕"思想的现代表述。在现代学术的视域下，我们还不妨对"忠恕"有一种现代理论话语的表述："忠"所强调的，就是一个人的主体性，或者说是主体的自觉；"恕"所要求的就是对于"主体间性"的了解与践履。

我们还可以在对"忠恕"进行现代阐释，激活它使其融入现代话语体系的基础上，进一步构建"道——忠恕——仁"的更大的理论框架。这对于与西方进行平等的思想文化对话当大有裨益。

诚然，任何一种理论都有其特定的适用范围，没有可以包打天下的思想。在当今日趋复杂的世界形势下，更不能给"忠恕"之说太多负担。它的主要功能当在于提升国人人生的境界感，从纯粹功利的泥沼里拔出腿来——即使力有不逮，也促使更多人"心向往之"。也许，"忠恕"精神的复活，对于消除或是削弱弥漫着的戾气能起到一些作用。同时，伴随着对"忠恕"的阐释、激活，它可以成为构建当代中国国际形象的重要侧面，成为中华崛起的一份助推力。至于在另外的场合，我们还需要不同的文化精神，那属于另一篇文章讨论的内容了。

徘徊于"还原"与"建构"之间

"还原历史"，这一直是文学史研究领域中，很多严肃负责的学者们的理想，也是他们工作的圭臬。20 世纪五六十年代，他们在内心深处恪守此道，抗拒着庸俗社会学与简单两分法；八九十年代，他们高自标识此道，蔑视半瓶子醋式的"新方法潮流"。在这个意义上，"还原"之说维系学脉而有益学风，厥功甚伟。

于是，尽管始终伴随着或强或弱的质疑，十余年来，"还原历史"实际上成为文学史领域带有很大权威性的话语，骎骎然而有不证自明的势头。

然而如果我们超越情感上的尊敬，而纯然从学理上加以审视的话，恐怕有几个疑点还是无法释然的。

疑点之一：历史可能"还原"吗？

这在史学领域，其实早已不成为问题。历史之不可能还原，至少在三个层面上都有无可辩驳的理由。首先，生活是"全息"的，有着无穷多的侧面与无穷多的联系。人类的记录手段，即使在数码时代，也只能略存其梗概而已，何况是在数百数千年前。王安石称《春秋》是"断烂朝报"，其实相对于生活的丰富而言，我们所能看到的古代史料也大都不过是"断烂朝报"的水平。历史性研究据此进行，当然是别无选择的事情；但如果以为据此就可以将历史"复原"，就未免太高估了自己的能力以及这些材料的"含金量"。实际上，当我们考索、辩证诸如李白究竟几入长安，曹雪芹祖籍丰润抑或辽阳的时候，只不过是对无数历史链条、无数历史环节中的个别环节做彼是此非的分析判断，而更大量的环节早已随时光的逝波而"白鸥没浩荡"了。分清彼此是非，自属研究者分内之事，意义、价值亦不待言；但一个或几个环节远非全部环节，遑论全部链条，这也是研究者应该

心知肚明的。其次，我们据以"还原"的史料，都是相对的"客观"、有限的"真实"。一部二十五史，且不论"隐恶扬善""为尊者讳""成王败寇"的成分有多少，即使我们相信都是史鱼、董狐在秉笔，相对性、有限性也仍然是无法摆脱的，因为"历史说到底毕竟只是一种书写"。

明乎此，在强调研究工作中应有穷究所以的精神时，在强调学术研究的客观态度时，标举"还原历史"的旗号，是无可指责的，甚至也是必要的。但是，由此而夸大我们认识、把握世界的能力，夸大一些具体问题上文献辩证的意义，甚至把文学史的全部意义定位于"还原历史"，就未免误入迷途了。

疑点之二："文学"之史的研究应该以"还原"为观止吗？

这个问题更是直抵古代文学研究的根本。"文学史"与"政治史""经济史""社会史"相比，共同点当然是十分明显的——都是对"过去"的回顾与描述。但不同点同样是不容忽视的。"政治史""经济史""社会史"所描述的都是已经消失在现实生活之外的"过去时"的现象，研究者面对的是类似"化石"的对象，所依据的文献则是对此"化石"的说明。"文学史"则不然。它所描述的对象往往具有双重属性，既是"过去"的，又是"当下"的；它所依据的文献，往往既是历史天空中曾经闪烁过的星，又是在今天现实生活的精神苑囿中仍在散发着芳香的生机勃勃的花木。当我们考证"行吟泽畔"究竟是发生在汉江流域还是沅江流域的时候，我们是在追寻历史；当我们沉思"何不淈其泥而扬其波""安能以皓皓之白，而蒙世俗之尘埃乎"的时候，屈原的精魂便如同站立在我们对面、凝视着我们眼睛的一位朋友。当我们讨论《石头记》庚辰本与己卯本的关系时，我们是在追寻历史；当我们看罢电视连续剧《红楼梦》，带着失望的情绪重新细读文本，思考着剧中的林妹妹究竟缺失了什么的时候，我们的情怀和思考《倾城之恋》《白鹿原》改编的得失之时并无二致。

文学史面对的主要材料——文学作品以及围绕文学作品的有关文献，与其他领域的史学一样，实质是一大堆具有特殊逻辑关系的符号。这些语言符号之中当然携带着历史往事的讯息，串联起这些信息，给予尽可能自

洽的解释，这便是"还原"。可是，这些语言符号中还携带着写作者的生命体验、心灵呐喊，这些并不因时光流逝而衰减，而固化。在一定的意义上讲，"尚友古人"，分享他们的生命历程，观赏他们丰富的心灵世界，从而把我们有限的生命（空间的与时间的）在精神世界中无限拓展开来，这才是文学史最重要的价值所在。其他的工作都是因为附丽于此才有了存在的理由，才有了特有的价值。

疑点之三：学术研究的当代性、主体性有排除的可能吗？

和前两个问题相关联的一点是，在古代文学研究的领域中，工作的当代性、主体性是"正能量"呢，还是"负能量"？

这个问题可以分两个层面来谈。第一个层面是纯粹理论层面。由于研究者是活生生的、存在于当下的"人"，其知识建构、语言工具也必然带有当代性，所以完全排除当代性、主体性，在理论上是不可能的。如同量子力学的"测不准"定律一样，观测所伴随的"主体干扰"是宿命的。不过，这种纯理论思辨对于解决具体问题帮助并不大。重要的是另一个层面：具体工作实践中又如何？

这一层面又可分作两部分，以文献辨析为中心的工作与以文学性分析研究为中心的工作。前者肯定要更多地强调客观。不过，在对象的选择、材料的选择、路径的选择上，研究者的个性（心理意义的个性与思想意义的个性）也是会发挥影响的。以《柳如是别传》为例，非陈寅恪不会做此题目，非陈寅恪也不会如此铺陈地来做此题目，更不要说《柳如是别传》字里行间发散出的属于研究者个人的真情性了。又如林语堂的《苏东坡传》，在为传主缕述生平的同时，在一定程度上也照出了作者自家的精神面貌，这与其取材的重点、渲染的手法显然不无关系。

至于说以文学性分析为中心的工作，研究者主体性的发挥更是不言而喻的。鲁迅先生讲："（《红楼梦》）单是命意，就因读者的眼光而有种种：经学家看见《易》，道学家看见淫，才子看见缠绵，革命家看见排满，流言家看见宫闱秘事……"这虽然说的是一般读者，道理却相通于研究者。日前某研究者倡言"《三国演义》《水浒传》是中国人的精神地狱，《红楼梦》

是中国人的圣经",恰恰证明了鲁迅先生近一个世纪前的论断并不过时,也证明了文学性"研究"的基础是文学性"鉴赏"——研究者也是一个"读者"。

对此应该怎么评价呢?

首先,作为一个研究者,自我的要求要高一些。既是一个普通读者,又要超越普通读者。《文心雕龙·知音》:"操千曲而后晓声,观千剑而后识器。""千曲""千剑"既有广见闻的功效,也是尽量破除偏执的手段。

其次,即便观过千剑、操过千曲,主观性仍会存在。这其实也是好事。带着主观的性情、体验分析文学作品,可以更多地体认文本中携带的情感、性灵的讯息,避免研究成果成为干枯的高头讲章。而研究者基于不同体认进行的研究,可以相互映衬、补充,可以充分体现出文学文本的多义性。

但是,这种主观性,以及连带而生的当代性,必须有所制约。这种制约体现为对历史文献的尊重——在历史文献面前,研究者没有师心横口的权利。假如谁要坚持这一类权利也无妨,那就改行去写通俗小说或到媒体上主持什么讲坛好了。同时,这种制约也表现为对学术共同体在方法论意义上的共识的尊重,否则也必然难以取得学术界的认可。

要而言之,文学史领域中,"还原"与"建构"如同《周易》中的阴阳关系,彼此相对待,彼此相依存,彼此相涵容,彼此相促进。每位学者可以有所偏重,但不应偏执于一方;对于整个学科来说,徘徊于二者之间,可能是学科基本属性使然,也是一种正常的、良好的状态。

东坡诗"入务"考论

一

东坡诗《七月五日二首》①中有"避谤诗寻医，畏病酒入务"之句。"入务"，注家多做囫囵语，而《汉语大词典》更是望文生义，做出完全错误的解释。这个词并非僻典，唐宋人诗文中时有使用。而其出典涉及古代的社会管理思想与诉讼法的制定与执行，将其梳理清楚，对于今天实有多方面的借鉴意义。

先来举几个其他作品中使用"入务"的情况：

> 赵子饮酒如淋灰，一年十万八千杯。若不令君早入务，饮竭东海生黄埃……（苏轼《赵郎中见和戏复答之》）
>
> 今日起差晚，持课几到午，饥饱虽难医，荤酒且入务，脱粟快一饭，白眼视寰宇……（李之仪《晚起和韵》）
>
> 浊酒只今俱入务，新诗从此试寻盟，黄尘掠面无佳思，乞得逢君眼便明。（周孚《喜清宇、伯强自外县归》）
>
> 竹马儿童喜欲狂，循良太守似龚黄。仓庚百啭蚕桑启，布谷一声粳稻香。耕馌尽陶齯国化，游嬉已遍舜民乡。文书便合登高阁，为说东郊入务忙。（徐鹿卿《劝农上宫教》）

---

① 《苏轼诗集》卷十四，中华书局，1982，第 690 页。

这是宋人作品，再举个唐人的：

> ……将吏随衙散，文书入务稀。闲吟倚新竹，笋粉污朱衣。（白居易《晚兴》）

接下来看看前人的有关注疏。清人王文皓辑注的《苏轼诗集》中，施注为："法令所载，'寻医'为去官，'入务'为住理。诗中所用盖出此。"王注为："诗寻医，谓不作诗也；酒入务，谓止酒不饮也。"查注为："白乐天诗：将吏随衙散，文书入务稀。"查注后出，以诗证诗，没有提供什么新的解释。王注意思当然不错，但不是合格的"注"——失诸囫囵。施注最明快，"入务为住理"，但何谓"住理"，却是一笔新糊涂账。清人沈钦韩在《苏诗查注补正》中以大段文字试图为查慎行补足这个缺憾，引《旧五代史》"至时而不肯尽辞，入务而即便停罢"（其引文不尽准确，此不具论），曰："谓入家务，州县即不受词讼也。'入务'之谓停止，乃歇后语，非入务即是停止。"所引不差，但他根本没有读懂原文，于是出现了"入家务""歇后语"这样莫名其妙的说法。

我们再来看《汉语大词典》的条目。

> 【入务】1.谓着手处理。唐白居易《晚兴》诗："将吏随衙散，文书入务稀。"2. 宋代掌酒税之官名酒务，亦借称酒店。因以"入务"谓止酒不饮。 宋苏轼《七月五日》诗之一："避谤诗寻医，畏病酒入务。"王十朋集注引陈师道曰："酒入务，谓止酒不饮也。"[1]

这笔糊涂账比古人不遑多让。第一，由于不能理解苏诗，便把白居易的诗与苏东坡的诗分开来注。第二，注白"谓着手处理"，完全叫人摸不到头脑。第三，注苏由官称扯到酒店，而"进入酒店"怎么就成了"止酒不饮"？

---

[1] 罗竹风主编《汉语大词典》，上海辞书出版社，1986，第 1064 页。

这个思维的逻辑越发令人啧啧称奇。

其实，如果稍微细心考察一下古代的典章制度，这个问题的答案是很清楚的。

二

在前面引述的徐鹿卿诗句中，"文书便合登高阁，为说东郊入务忙"，已经透露出两层意思。一层是"入务"与"农忙时节"联系着，另一层是在此时节，文书要"束之高阁"，亦即精简政务。我们对照有关史籍，就可以看得更清楚了。《旧五代史》：

> 甲辰，诏曰："准令，诸论田宅婚姻，起十一月一日至三月三十日止者，州县争论，旧有厘革。每至农月，贵塞讼端。近闻官吏因循，由此成弊。凡有诉竞，故作逗遛，至时而不与尽辞，入务而即便停罢，强猾者因兹得计，孤弱者无以自伸。起今后应有人论诉陈词状，至二月三十日权停。若是交相侵夺、情理妨害、不可停滞者，不拘此限。①"

这通诏书有三层意思：第一层是回顾一项法令，即有关"田宅婚姻"的诉讼，只有五个月受理，其他时段为因农忙而暂停（"至农月"）；第二层指出有官吏钻这个空子，在诉讼时段故意不予结案（"不与尽辞"），把案件拖到"入务"时段，"由此成弊"，而受害者多为"孤弱"小民；第三层命令对"入务"停讼的法令进行修正，对情节严重的案件可"不拘此限"继续审理。

准此，我们便得知，"入务"是一项与重农、劝农有关的法令，即"进入因农忙而停止一般民事案件（婚姻田产）诉讼的时段"。简言之，就是农忙时停止民事诉讼。

这项政策究竟起于何时，尚无明确记载。而最早的文字记录则见于

---

① 薛居正等：《旧五代史》卷一一七，《周书》第八，世宗纪第四，中华书局，1976，第1560—1561页。

《左传》：

> 晋侯始入，而教其民。二年欲用之。子犯曰："民未知义，未安其居。"于是乎出定襄王，入务利民，民怀生矣。①

这是影响很大的一段文字，子犯先后以"知义""安居""知信""知礼"来向晋文公献策，最终奠定了晋文公的霸业。因此，后世儒家学者总是对此津津乐道。"入务"就是"安居"政策的主要内容。

这段记载的历史真实性已经无从考证——春秋乱世，是否有可能行此法令，不妨存疑。但是，以"入务"以劝农，重农息讼的良政思想，无疑是源远流长的。

在苏轼的时代，此项政策在现实社会管理中普遍实行，并广为人知，可以找到很多佐证，如：

> 在法，诸婚田之讼，自二月以后为入务。（宋无名氏《州县提纲》）
> 或至来年春入务后，有逃户未归者，其桑土即许邻保人请佃，供输租税。（《五代会要》）
> 检准律令，诸婚田入务，若先有文案，交相侵夺者，不在此例。（《晦庵集》）

所以，苏轼等在诗中使用"入务"一词，不会在读者中出现阅读障碍。他用此词只取其"停止办公"的意味，"畏病酒入务"就是"因为健康的考虑，暂停饮酒"。由于借用公务用语来描述个人生活情状，自然透出几分幽默。另一首答赵郎中的诗所云"若不令君早入务，饮竭东海生黄埃"更是戏谑与夸张兼具：如果不让你"入务"歇班，你就会把东海喝个底朝天！而处处以幽默之眼观世，以幽默之词调侃，正是苏东坡诗歌的一个突出特色。

---

① 《春秋左传正义》，载《十三经注疏》清嘉庆刻本卷十六，阮元校刻，中华书局，2009，第3956页。

三

言既至此，不妨稍微延伸一下，了解当时执行"入务"政策的种种问题，以及对策的讨论。

《州县提纲》所论甚详：

> 良民业在务农，耕耘一失其时，则终岁饥馁，往往不惮厚赂以求和，或不赂则至于有司穷究得直，彼不过负妄诉之罪，而被诉之家所损已多矣。在法，诸婚田之讼，自二月以后为入务。今县家多畏诬告者之健讼……故不务农之人，得以乘其农急而规财，使务农者不得安业。

此书是地方施政的"指南"类书籍，从经验出发，指出"入务"往往被刁民利用的弊端。而朱熹则讲得更加透彻：

> 照应近据诸县申到，人户理诉婚田债负，皆称目今正是青黄不接之际，告示候务开日施行。使司契勘人户互诉婚田争地，多是有力上户之家占据他人物业，或是迁延不肯交钱退赎，或是抗拒不伏赴官理对，只要拖延衮入务限，使下户被苦，无能结绝。检准律令，诸婚田入务，若先有文案，交相侵夺者，不在此例。况今本州多是禺田，只有早稻，收成之后农家便自无事，可以出入理对；在田亦少施工未获之利，自可退业以还有理之家。诸县争论田地词诉，可以承行理对，不必须候十月。使司已于六月十八日符长沙等一十三县遵守施行讫。①

他有理有据地指出，原本用意很好的政策，在执行过程中由于设计上的漏

---

① 朱熹：《晦庵集》卷一百，四部丛刊影明嘉靖本，第2253页。

洞，成为"有力上户之家"鱼肉细民的法宝。因此，他实事求是地进行了修正：原始要终，指出"入务停讼"的立法本意是恐误农时，而当地的"农时"事实上很短，因此不必设置到半年以上；由此提出了可以灵活变通，根据具体情况，"承行理对，不必须候十月"的"地方法规修正案"，而且雷厉风行，立刻在所辖"一十三县"推行下去。

一项初衷不错的法令、政策，是如何成为"坑民"的东西；一项明显有漏洞的法令、政策，怎样才能得到及时的修正——从对"入务"的梳理中，我们或许还会引发诸多"题外"的思考。

庄禅与孔孟：金庸“武侠”理想人格源头论

武侠思想之溯源，学界多直指墨家。这固然不错。但以之分析金庸小说中的人物，却很难搔到痒处。不必说令狐冲、段誉、杨过、黄药师、风清扬这样的形象，就是郭靖、袁承志、张无忌、胡斐等人物，他们身上所表现出的品性就绝不仅是“摩顶放踵”所能包括的。实际上，这些人物形象的魅力，很大程度上是因为其丰富的内涵超越了传统的“武”与“侠”。“庄禅”与“孔孟”，就正是金庸塑造“武侠英雄”之理想人格的两个重要思想资源。

一

对于金氏作品流露出“庄禅意识”，学界早已有人觉察到，如陈平原十几年前就指出其“在小说中追求庄禅境界——使刀光剑影中忽而洋溢着书卷气”①。不过，他对此持较为审慎的肯定态度，因为把武功同“庄禅”相联系，“初看甚觉玄妙，细想则未必高明”。至于思想层面，就更谈不上太多的意义了。

现在看来，这样的判断可能略显保守了一些。“庄禅意识”不仅为小说中的武功罩上了一层文化的色彩，更重要的是它浸透在作品的一系列重要人物形象中，甚至影响到某些作品的基本价值取向。

所谓“庄禅意识”，主要指在庄子思想与禅宗观念影响下的人生态度与价值取向。庄禅互通，古人言及者甚多，但二者连类成为一个名词使用却

---

① 陈平原：《千古文人侠客梦》，人民文学出版社，1992，第103页。

并不多见。如晚明方以智那样明言"庄禅者，出世之圜几也"①的，是很特别的情况。近人徐复观的《中国艺术精神》、李泽厚的《中国古代思想史论》先后把庄子思想、禅宗观念联系到一起，指出"人们常把庄与禅密切联系起来，认为禅即庄"②，自20世纪80年代中后期逐渐产生了较大的影响，"庄禅意识"遂成为讨论传统思想文化时常见的用语。

不过，尽管很多人都在使用着，却很少有稍微细致一些的辨析——包括徐、李两位先生。究竟二者在哪些方面是相同或相近的？当作为一个词使用时，人们不约而同地默认内涵有哪些？另一方面，二者的不同又有哪些？换言之，二者有哪些思想观念是"庄禅"所不能包含进去的。这是一个相当复杂的思想史课题，当然不是本文所要解决的。但是，在展开话题之前，略加分说则是必要的。

庄与禅，都看重自然本性，真率放任，而反对烦冗的礼法拘束；二者都蔑弃世俗价值，追求精神的自由与洒脱；在看待红尘的是非、利益时，庄以"彼此"、禅以"不二"为基本态度，也具有相同的超越倾向。这些自然都包含在"庄禅意识"中。至于《庄子》中较为突出的蔑视权贵、批判现实的思想，禅宗一脉秉承的菩萨乘的慈悲精神，虽不是对方所有，但二者连用时，人们往往也有所采撷，使得"庄禅意识"成为表现以超脱旷远精神境界为主，但又不排除在现实世界中"担水砍柴无非妙道"行为的通达用语。

以此来衡量金氏作品的人物画廊，我们会发现一个形象的系列，他们的身上程度不同地体现出"庄禅意识"：令狐冲、段誉、黄药师、杨过等等。他们虽然经历不同，面目各异，但精神气质确颇有臭味相投之处。

在这个形象系列中，令狐冲最具典型性。我们不妨从他的个性入手分析。令狐冲性格的突出特点是任性而为，不加检束——当然，其底线是基于"正义"。作者是很自觉地按照这个基调来塑造令狐冲的。在令狐冲还没有登场时，他惹下的麻烦就已经纷纷攘攘了：酗酒、结交匪类、淫邪、胡

① 方以智：《通雅》第二卷，《四库全书》集部。

② 李泽厚：《庄玄禅宗漫述》，载《中国古代思想史论》，人民出版社，1985，第213页。

言乱语。而随着事实真相的显露，"正义"的底线逐渐凸现出来，他头上的恶名一点点洗雪，但是，他和其他那些"侠士"的区别也鲜明地刻画出来了。对于读者来说，相信绝大多数此刻不但谅解了令狐冲在特殊情势下的特殊言行，而且会喜欢上这个侠义、潇洒、机智的年轻人。可是，接下来的一场戏立刻让读者们气闷不已。回到华山之后，令狐冲的师父"君子剑"岳不群先开香堂收了林平之为徒，并借收徒之机，大讲戒律：

> 洁身自爱，恪守本派门规，不让堕了华山派的声誉。
> 真正要紧的是，本派弟子人人爱惜师门令誉。
> 本派首戒欺师灭祖，不敬尊长……六戒骄傲自大，得罪同道；七戒滥交匪类，勾结妖邪。①

然后，他历数令狐冲的不是，指责令狐冲处处犯戒：

> 旁人背后定然说你不是正人君子，责我管教无方。
> 你此番下山，大损我派声誉，罚你面壁一年。②

这样，作者就把岳不群置于令狐冲的对立面上，既为下文情节的发展打下基础，又进一步把令狐冲的个性映衬了一下。通过这一笔，开始把令狐冲放逐到了"正人君子"的"戒律"之外。而通过这一放逐，令狐冲与岳不群之间在为人准则上的分歧也开始显现。此时岳不群的伪君子、阴谋家的嘴脸还没有暴露，所以虽有分歧却还未分善恶。岳不群最关心的是"声誉""令誉"，是"旁人背后的议论"，而令狐冲却是率性行事，无愧于心而已。在这个意义上，岳不群的立场、态度都有浓厚的"道学气"。想来这也正是作者想要达到的效果。另外，岳不群要求令狐冲见到魔教中人格杀勿论，是把关于"魔教"的观念作为行事准则，令狐冲却是听凭自己的体认、直

---

① 金庸：《笑傲江湖》，生活·读书·新知三联书店，1994，第279—282页。
② 同上。

觉，不相信观念的权威。这也在一定程度上反映出"越名教而任自然"的思想倾向。而集中表现"名教"与"自然"之间的冲突、令狐冲在二者之间选择的情节，是他和"女魔头"任盈盈的恋情。作品在歌颂爱情的同时，也赞颂了真情真性、率情任性的人生态度。

我们来看看《庄子》是怎样看待礼法与真情的：

> 礼者，世俗之所为也；真者，所以受于天也，自然不可易也。故圣人法天贵真，不拘于俗；愚者反此，不能法天，而恤于人，不知贵真，碌碌而受变于俗——故不足。惜哉！①
>
> 畸人者，畸于人而侔于天。故曰：天之小人，人之君子；人之君子，天之小人也。②
>
> 彼方且与造物者为人，而游乎天地之一气……彼又恶能愦愦然为世俗之礼，以观众人之耳目哉！③

秉天然之性而行事为人，置世俗之礼于不顾，置众人之毁誉于不顾，这不正是令狐冲做人的基调吗？

因自然真情而与世俗礼法冲突，而不顾众人毁誉，这几乎成为金庸刻画少年英侠的一个情节模式——令狐冲与任盈盈，杨过与小龙女，郭靖与黄蓉，张无忌与赵敏，这些都是金庸系列作品中的重头戏，也是他给读者留下最深刻印象的情节与人物。

当然，金庸作品中的庄禅意识绝不只是通过叛逆式的爱情来体现，而且在不同人物身上，体现的程度也大不相同。庄禅色彩较为浓厚的另一种"模式"是他笔下的"浪子"们。最有"浪子"嫌疑的自然仍是首推令狐冲。他曾自我"检讨"道：

---

① 《庄子集释》第十卷《渔父》，郭庆藩辑，王孝鱼整理，中华书局，1982，第 1032 页。

② 同上书第三卷《大宗师》，第 273 页。

③ 同上书第三卷，第 268 页。

令狐冲自己，便是个好酒贪杯的无行浪子。①

而从精神气质而论，这个系列中还应该包括杨过、段誉、胡一刀、黄老邪、风清扬、金蛇郎君，以至少女黄蓉、赵敏、任盈盈、何铁手，等等。这些人物形象的共同特征是：人生态度上，带有一定程度的"出世"倾向；价值追求上，不仅蔑视俗世的富贵，而且对江湖的荣誉、权力也没有兴趣；行为方式上，大多不拘小节，不顾毁誉，率性而为；情感状态上，往往看似游戏人生，实则内心肝肠如火，一往情深。

金庸对这一类人物的态度，有一个渐变的过程。在他前期的作品里，这类人物多为配角，主角的形象还是以"严正""端方"为基调，如陈家洛、袁承志等。到了中期，这类人物的分量明显加重，与"严正""端方"的人物分庭抗礼，形成"双峰对峙"的格局，如黄蓉之于郭靖，杨过之于黄蓉、小龙女，赵敏之于张无忌等。到了后期的《笑傲江湖》，金庸本人的价值取向完成了一个蜕变，由两个"浪子"型人物令狐冲、任盈盈同时站到了舞台的中央，同时又在"背景"上搭配了神龙见首不见尾的风清扬，诗意盎然的绿竹翁，痴于音乐的曲洋、刘正风，构成了"浪子"笑傲江湖的全景图。

此类人物出现在作品中，丰富了文化的内涵，增加了思想的张力，也使作品产生了特殊的审美效果。

作为英雄传奇的一个分支，传统武侠文学的一个特点是黑白分明，正邪不两立。《水浒》可作为一个代表。受新文学的影响，20世纪三四十年代的新派武侠中，开始出现亦正亦邪的人物，丰富了武侠世界。而金庸"浪子"系列的出现，更进一步颠覆了传统武侠世界的价值体系。在令狐冲们的洒落人生面前，"严肃"的武侠英雄们的功业，虽然仍旧被肯定，却显得已落二义。文本中的武侠世界也不再是黑白两种颜色，而是增加了很多间色，斑驳陆离，越显幽深。

---

① 金庸：《笑傲江湖》，第1172—1173页。

浸染了庄禅意识的人物，在"武侠"必有的勇武刚直、匡扶正义等品性之外，都增加了洒脱、率真的品性，以及一定程度的叛逆性格。而作品表现这种性格的时候，情节、背景、环境等自然都会因之变化，从而形成一种飘逸之美。如《笑傲江湖》中，绿竹巷一节：

> 一条窄窄的巷子之中。巷子尽头，好大一片绿竹丛，迎风摇曳，雅致天然。众人刚踏进巷子，便听得琴韵丁冬，有人正在抚琴……奏了良久，琴韵渐缓，似乎乐音在不住远去，倒像奏琴之人走出了数十丈之遥，又走到数里之外，细微几不可再闻。琴音似止未止之际，却有一二下极低极细的箫声在琴音旁响了起来。回旋婉转，箫声渐响，恰似吹箫人一面吹，一面慢慢走近，箫声清丽，忽高忽低，忽轻忽响，低到极处之际，几个盘旋之后，又再低沉下去，虽极低极细，每个音节仍清晰可闻。渐渐低音中偶有珠玉跳跃，清脆短促，此伏彼起，繁音渐增，先如鸣泉飞溅，继而如群卉争艳，花团锦簇，更夹着间关鸟语，彼鸣我和，渐渐的百鸟离去，春残花落，但闻雨声萧萧，一片凄凉肃杀之象，细雨绵绵，若有若无，终于万籁俱寂。箫声停顿良久，众人这才如梦初醒。……岳夫人叹了一口气，衷心赞佩，道："佩服，佩服！冲儿，这是甚么曲子？"令狐冲道："这叫做《笑傲江湖之曲》。"①

这样的笔墨，以往的武侠小说中似从未曾有。小巷、绿竹、琴韵、箫声，特别是对乐境的描写，渲染出了与洛阳城喧嚣而污浊的江湖世界迥然有异的清凉宁静的另一个世界，而这个世界只属于令狐冲与任盈盈。这样就把人与环境在精神层面、审美层面融合起来，为作品注入了雅趣与诗意。

---

① 金庸：《笑傲江湖》，第521—524页。

二

说金庸的武侠英雄身上或有庄禅意识，人们还比较容易接受；若说金庸塑造的理想人格，其中有孔孟的思想因子，可能很多读者会惊异，甚至不以为然。之所以如此，是因为人们通常的印象里，儒生都是"温良恭俭让"的，如李白所描写："鲁叟谈《五经》，白发死章句。问以经济策，茫如坠烟雾。足著远游履，首戴方山巾。缓步从直道，未行先起尘。"自然与好勇斗狠的武侠不搭界。

不过，这只是对孔孟学说的皮相看法。孔孟教人，确是有"温良恭俭让"的一面，甚至是主导的一面，但是他们的人格理想中还有另一面，有与武侠精神相通的　面。最为直接的是"见义不为，无勇也"①。由此演变出的成语"见义勇为"，可以说是古今武侠文学的第一信条。其实，除此之外，《论语》中还有不少论述同样体现在金庸的小说中，影响其情节构设、人物塑造。如对君子重然诺、有担当、轻生死的责任感的歌颂：

> 曾子曰："可以托六尺之孤，可以寄百里之命，临大节而不可夺也。君子人与？君子人也！"②

急人之难，托孤寄命，大节不可夺，正是金庸标榜其作品超越旧武侠的地方。③具体到小说的人物，《鹿鼎记》的陈近南，尽管作者深隐处不无对其"愚忠"的惋惜之意，但总体叙事态度是尊敬的、感佩的。陈近南的形象正是在"可以托六尺之孤，可以寄百里之命，临大节而不可夺"的过程中树立起来的。除去涉足江湖这一层，以为人行事而论，作者塑造的陈近南，完全可以用曾子的评价："君子人与？君子人也！"在这个意义上，把陈近

---

① 朱熹：《论语集注》卷一"为政第二"，载《四书章句集注》，齐鲁书社，1992，第17页。
② 同上书卷四"泰伯第八"，载《四书章句集注》，第76页。
③ 金庸：《飞狐外传·后记》，载《飞狐外传》，生活·读书·新知三联书店，1994，第725页。

南视为武侠版的文天祥，亦相去不远。另一段"托孤寄命"的故事是《倚天屠龙记》中少年张无忌受纪晓芙之托，万里迢迢护送孤女杨不悔到昆仑山。途中艰险备尝，多次生死关头，张无忌都是以身相护，以身相代，终于不辱使命。当然，这种行为也可以用司马迁对"侠"的定义"重然诺，轻死生"来解释。不过，终不及曾子的描述于境界上更为接近。其他类似的情节还有如《射雕英雄传》的江南七侠为一句诺言深入大漠十余年，照顾、教育孤儿郭靖；《碧血剑》中袁崇焕旧部以及崔秋山、穆人清等对孤儿袁承志的保护、教育，等等。甚至可以说，"托孤寄命"是金庸小说一个重要的情节模式，也是塑造人物形象的一条重要途径。

还有《论语》中对个人意志的强调：

子曰："三军可夺帅也，匹夫不可夺志也。"①
曾子曰："士不可以不弘毅，任重而道远。仁以为己任，不亦重乎？死而后已，不亦远乎？"②
子曰："岁寒，然后知松柏之后凋也。"③

把"匹夫不可夺志"与"三军夺帅"连类对比，就把个人意志问题放到了非常特殊的背景下，即面对极为强大的外力压迫，甚至带有武力色彩的压迫，因此意志的坚持需要主体付出重大代价。这种情境恰是好的武侠文学最钟爱的，金庸的作品自不会例外。他的几部主要作品都在主人公的意志品质上做足了文章。最突出的是《天龙八部》。萧峰武功盖世，先是丐帮帮主，后任辽国南院大王，似乎完全可以予取予求。但是作者却为他安排了一条最为坎坷的人生道路，让他不断陷入阴谋与圈套，面对着一个比一个大的压力，而每一次他都是以钢铁般的意志进行抗争。最严重的一次，是当他面对辽帝耶律洪基的南侵野心时，为了两国的百姓而坚决反对，结果

---

① 朱熹：《论语集注》卷五"子罕第九"，第 91 页。
② 同上书卷四"泰伯第八"，第 77 页。
③ 同上书卷五"子罕第八"，第 92 页。

被剥夺了三军统帅的地位，失去了自由，但宁死而不肯屈服。其实，这个情境在《射雕英雄传》中已经出现过一次。那是郭靖反对成吉思汗的南侵野心，被剥夺了右路军统帅的职位，但他宁死不屈。这两个情节在两部作品里都是重头戏，可见金庸对"匹夫不可夺志"的观念的青睐。

其他，如《论语》中的这样一些论述，也都可以在金庸的作品感受到它们的影响：

> 子曰："不得中行而与之，必也狂狷乎！狂者进取，狷者有所不为也。"①
> 子曰："朝闻道，夕死可矣。"②
> 四海之内，皆兄弟也。③

当然，其影响或隐或显，或直接或间接，不可胶柱鼓瑟地看待。

至于孟子，他的"大丈夫"观念更是优秀武侠文学不可或缺的灵魂。他讲：

> 富贵不能淫，贫贱不能移，威武不能屈，此之谓大丈夫。④
> 我善养吾浩然之气……其为气也，至大至刚，以直养而无害，则塞于天地之间。⑤

由此出发，孟子主张与君主打交道时，应有"说大人则藐之"的气概与傲骨，要做"帝王之师"。正是在强化主体精神，占据"正义"制高点这一层面，《孟子》与金庸产生了交集。我们来看《倚天屠龙记》中的一段：

---

① 朱熹：《论语集注》卷七"子路第十三"，第 135 页。
② 同上书卷二"里仁第四"，第 32 页。
③ 同上书卷六"颜渊第十二"，载《四书章句集注》，第 118 页。
④ 朱熹：《孟子集注》卷六"滕文公章句下"，载《四书章句集注》，第 80 页。
⑤ 同上书卷三"公孙丑章句上"，第 35 页。

　　张无忌大声道："这般残忍凶狠，你不惭愧么？"……这几句话情辞恳切，众人听了都是心中一动。灭绝师太脸色木然，冷冰冰的道："好小子，我用得着你来教训么？你自负内力深厚，在这儿胡吹大气。好，你接得住我三掌，我便放了这些人走路。"……只见张无忌背脊一动，挣扎着慢慢坐起，但手肘撑高尺许，突然支持不住，一大口鲜血喷出，重新跌下。他昏昏沉沉，只盼一动也不动的躺着，但仍是记着尚有一掌未挨，救不得锐金旗众人的性命。他深深吸一口气，终于硬生生坐起，但见他身子发颤，随时都能再度跌下，各人屏住了呼吸注视，四周虽有数百众人，但静得连一针落地都能听见。便在这万籁俱寂的一刹那间，张无忌突然间记起了九阳真经……经文下面说道："他自狠来他自恶，我自一口真气足。"他想到此处，心下豁然有悟，盘膝坐下，依照经中所示的法门调息，只觉丹田中暖烘烘地、活泼泼地，真气流动，顷刻间便遍于四肢百骸。……（灭绝师太）这一招乃是使上了全力，丝毫不留余地。张无忌见她手掌击出，骨骼先响，也知这一掌非同小可，自己生死存亡，便决于这顷刻之间，哪敢有些微怠忽？在这一瞬之间，只是记着"他自狠来他自恶，我自一口真气足"这两句经文，绝不想去如何出招抵御，但把一股真气汇聚胸腹。猛听得砰然一声大响，灭绝师太已打中在他胸口。……张无忌躬身一揖，说道："多谢前辈掌底留情。"灭绝师太哼了一声，大是尴尬。①

以一个初出茅庐的后生小子，挫败了心狠手辣、武功超卓的灭绝师太，一是靠道义上的凛然正气，二是靠胸中养就的"一股真气"。这里的"真气"当然不是简单等同于孟子所说的"浩然之气"，但是也并非毫不相干。孟子的"养气"说，本就有虚实两种理解的可能。从虚的方面理解，就是道德修养的提升，自信心、涵养的加强；而从实的方面理解，则接近于道家调节呼吸的养生之道。宋明理学家中颇有如此理解的，于是才有了王阳明军

---

① 金庸：《倚天屠龙记》，生活·读书·新知三联书店，1994，第683—693页。

中长啸的传说。散入民间的"气功"，从思想源头来看，本就是道家、道教与儒家（主要是思孟后学）合流的产物。而武侠小说中的内功习练，则又与"气功"之说密不可分。

金庸在刻画他的理想英雄时，是浸染了孟子"大丈夫"思想主张的。面对威武、富贵、贫贱的考验，终于矢志不移的形象，在金庸小说中可以举出一个系列，不过最典型的是以下几场戏中的人物：

一个是胡斐之于凤天南。为了给一个素不相识的穷汉钟阿四报仇，胡斐与大恶霸凤天南殊死相斗。凤天南两次重金相诱，邀集京城武林名宿武力胁迫，胡斐终不为所动。在此书的再版后记中，金庸特别引述了孟子的"大丈夫"之论，并认为是塑造武侠英雄的基本品行。

一个是郭靖之于成吉思汗。成吉思汗自幼呵护郭靖，后又以爱女相许，封以金刀驸马、右路军统帅。但当郭靖得知成吉思汗计划攻取南宋的时候，坚决反对，为此舍弃了功名富贵，并几乎招致杀身之祸：

> 纸上写的是成吉思汗一道密令，命窝阔台、拖雷、郭靖三军破金之后，立即移师南向，以迅雷不及掩耳手段攻破临安，灭了宋朝，自此天下一统于蒙古。密令中又说，郭靖若能建此大功，必当裂土封王，不吝重赏，但若怀有异心，窝阔台与拖雷已奉有令旨，立即将其斩首，其母亦必凌迟处死。郭靖呆了半晌，方道："妈，若不是你破囊见此密令，我母子性命不保。想我是大宋之人，岂能卖国求荣？"……成吉思汗虎起了脸，猛力在案上一拍，叫道："我待你不薄，自小将你养大，又将爱女许你为妻。小贼，你胆敢叛我？"郭靖见那只拆开了的锦囊放在大汗案上，知道今日已是有死无生，昂然道："我是大宋臣民，岂能听你号令，攻打自己邦国？"成吉思汗听他出言顶撞，更是恼怒，喝道："推出去斩了。"郭靖双手被粗索牢牢绑着，八名刀斧手举刀守在身旁，无法反抗，大叫："你与大宋联盟攻金，中途背弃盟约，言而无信，算甚么英雄？"成吉思汗大怒，飞脚踢翻金案，喝道："待我破了金国，与赵宋之盟约已然完成。那时南下攻宋，岂是背约？快快斩

了！"诸将虽多与郭靖交好，但见大汗狂怒，都不敢求情。郭靖更不打话，大踏步出帐。①

这一番浓墨重彩，描绘的不是"勇武"，也不是"义气"，在传统武侠文学中完全不曾有过，金庸着意描写的正是"富贵不能淫，贫贱不能移，威武不能屈"的"大丈夫"。

前面已经提到，《天龙八部》中有一段十分相似的情节，也是辽帝图谋南侵，任命萧峰为元帅，许以"宋王"的重赏，但萧峰"举目向南望去，眼前似是出现一片幻景：成千成万辽兵向南冲去，房舍起火，烈炎冲天，无数男女老幼在马蹄下辗转转呻吟，宋兵辽兵互相斫杀，纷纷堕于马下，鲜血与河水一般奔流，骸骨遍野"，便断然拒绝，最终付出了生命的代价。

另一个典型的情境是《笑傲江湖》令狐冲之于东方不败。东方不败以江湖最有势力的魔教组织副统领相诱，以走火入魔的生命危险相逼，以任盈盈的婚事相胁，要令狐冲加入魔教，助其一统江湖。令狐冲同样"不能淫""不能移""不能屈"，坚持了自己的操守。

显然，从故事类型来看，这几个段落的骨架几乎完全一样。对于一个文学高手来说，重复自己不能不说是一个遗憾的事情。那么金庸何以出此"下策"呢？解释只能是，他对于孟子倡导的"大丈夫"精神实在是太"心向往之"了。当然，从读者反映的角度看，由传统的"武侠"升华到现代的"大丈夫"，也是他们喜闻乐见的——这几个人物向来都是高踞于"最喜欢人物"排行榜前列。这当然也是通俗文学泰斗金庸所关注的因素。

《孟子》中还有大段论述更是直接涉及"武侠"相关的话题，在金庸小说中也有明显的反映。其论为：

> 北宫黝之养勇也，不肤挠，不目逃，思以一毫挫于人，若挞之于市朝；不受于褐宽博，亦不受于万乘之君；视刺万乘之君，若刺褐夫；

---

① 金庸：《射雕英雄传》，生活·读书·新知三联书店，1994，第1378—1380页。

无严诸侯，恶声至，必反之。孟施舍之所养勇也，曰："视不胜犹胜也。量敌而后进，虑胜而后会，是畏三军者也；舍岂能为必胜哉？能无惧而已矣。"孟施舍似曾子，北宫黝似子夏。夫二子之勇，未知其孰贤。然而孟施舍守约也。昔者曾子谓子襄曰："子好勇乎？吾尝闻大勇于夫子矣：自反而不缩，虽褐宽博，吾不惴焉；自反而缩，虽千万人，吾往矣。"[①]

这里涉及两个相互关联的话题：一个是"勇气"的几种表现方式，以及其优劣、高低的判断；另一个是孔子对"勇"的最高层次——"大勇"的论述。前者在古代的武侠文学中，多有体现，而在现代新武侠之作中，类似的思路也是常见的。而后者，金庸在小说中更是有精彩的演绎，特别是对于"自反而缩，虽千万人，吾往矣"的"大勇"的表现，更是金庸施展才华的好题目。《倚天屠龙记》中面对六大门派的高手，张无忌为了阻止一场大屠杀，以及化解江湖百年恩怨，毅然挺身而出。《碧血剑》中，袁承志为了不使奸人阴谋得逞，面对各路江湖好汉，出面保护焦公礼。而《笑傲江湖》描写令狐冲援手向问天一段，更是允称"虽千万人，吾往矣"的典范情境：

> 穿过一片松林，眼前突然出现一片平野，黑压压的站着许多人，少说也有六七百人……令狐冲再走近十余丈，只见亭中赫然有个白衣老者，孤身一人，坐在一张板桌旁饮酒，他是否腰悬弯刀，一时无法见到。此人虽然坐着，几乎仍有常人高矮。令狐冲见他在群敌围困之下，居然仍是好整以暇的饮酒，不由得心生敬仰，生平所见所闻的英雄人物，极少有人如此这般豪气干云。他慢慢行前，挤入了人群……向问天嘿的一声，举杯喝了一口酒，却发出呛啷一声响。令狐冲见他双手之间竟系着一根铁链，大为惊诧："原来他是从囚牢中逃出来的，

---

① 朱熹：《孟子集注》卷三"公孙丑章句上"，第344—345页。

连手上的束缚也尚未去掉。"对他同情之心更盛，心想："这人已无抗御之能，我便助他抵挡一会，胡里胡涂的在这里送了性命便是。"当即站起身来，双手在腰间一叉，朗声道："这位向前辈手上系着铁链，怎能跟你们动手？我喝了他老人家三杯好酒，说不得，只好助他抵御强敌。谁要动姓向的，非得先杀了令狐冲不可。"

此时，令狐冲内力全失，与人争斗无异送死。但他一则折服于向问天的气度，二则同情他的境遇，三则看到追杀者的队伍里颇有一些宵小之徒，于是"自反而缩"——自问合乎正义，便不顾众寡悬殊，挺身向这大群武士挑战。其实，在金庸的小说中，这也是一个常见的情节模式，是表现少年侠士"大勇"的一种主要方式。

与前面论述的庄禅意识相通的地方，在于孔孟思想元素的注入，使得人物的精神丰富、厚重，从"武勇"的层面升华起来。而二者不同之处，在于孔孟思想元素加强了义侠们的社会责任感，以及担当的精神、坚强的意志。而对此的表现，则使得作品透射出更强烈的阳刚之美。

三

金庸对传统文化的兴趣与了解是相当广泛的。在他的第一部武侠作品《书剑恩仇录》（原名《书剑江山》）中，男主角陈家洛在最关键的时刻，从《庄子·养生主》中悟到了武学的最高境界，从而一举击败了一生最可怕的敌手张召重。而在他的中期重要作品《倚天屠龙记》与晚期重要作品《笑傲江湖》中，男主人公所学武功精髓都是以简驭繁、以无胜有、计白当黑，老庄思想的味道甚为浓厚。至于对佛教的学习，他曾在与池田大作的对话中详细讲述，略云：

> 我经过长期的思索、查考、质疑、继续研学等等过程之后，终于诚心诚意、全心全意地接受。佛法解决了我心中的大疑问，我内心充

满喜悦，欢喜不尽——"原来如此，终于明白了！"从痛苦到欢喜，大约是一年半时光。随后再研读各种大乘佛经，例如《维摩诘经》《楞严经》《般若经》等等，疑问又产生了。这些佛经的内容与"南传佛经"是完全不同的，充满了夸张神奇、不可思议的叙述，我很难接受和信服。直至读到《妙法莲华经》，经过长期思考之后，终于了悟。

佛法的作用应当主要是勉励人们提高道德修养，克制过分的贪心和欲望，为社会及旁人的福利作出贡献……考虑它的社会效果，我们似乎应当着重它慈悲、和平、息争和爱的一面，以促进人类社会的和谐合作。[①]

可见金庸在佛学上是颇用了一番功夫的。而且，他始终抱持理解的同情，又以理性的态度进行独立的思考，从而有了独到的真知灼见。他的佛学修养体现于小说，最明显的是《天龙八部》。不仅篇名从佛典中来，而且其中悲天悯人的氛围也是其他作品所不及的。作者刻意写佛法的地方是少林寺灰衣老僧点化萧远山、慕容博一段，不过，体现佛禅旨趣最为自然的却是段誉这个形象。粗粗看来，段誉颇有科诨小丑之嫌，但若读进去，就会体味到他那骨子里的无心、妙悟。另外，金庸自己也曾明确讲到佛法对其小说创作的影响：

我在写作《倚天屠龙记》时表示了人生的一种看法，那就是，普遍而言，正邪、好恶难以立判，有时更是不能明显区分……我所以有此观点，或许是受了佛法的教导。

在与池田的对话中，金庸同样多次谈到了儒家的思想及其经典，如：

社会的根本是"信赖"。昔日，孔子被弟子子贡问及："政治，最

---

① 金庸、池田大作：《探求一个灿烂的世纪》，明河社出版有限公司，1998，第231页。

重要的基础是什么？"（《论语·颜渊》第十二）孔子答曰："足食，足兵，民信之矣。"……孔子的这番话，在现代对个人也是很适合的。①

金庸也曾把儒、佛并称来立论：

> 大乘佛教普度众生的大慈大悲十分伟大，儒家修齐治平的理想也崇高之至。②
>
> 中国的精神文化，譬如可从儒家的道德方面学到不少东西，儒家有所谓"修身、齐家、治国、平天下"的说法，就是由自我革新开始，最终向着世界和平的思想作为目标的。从佛教中去学习则更易领会，可在学习佛教的基本教导中致力"成为善人"、"行善"的人生，从而形成不只为自己个人，而是"为他人贡献"的心。③

这里谈儒家、佛教，都是作为人格理想之渊源来谈论的。更有趣的是，二人的谈话还直接涉及孔孟思想对于武侠人物精神、气质的意义：

> 金庸：友谊主要源自感情，义气则包含了理智的判断。即使和一人感情并不深厚，但为了"应当这样做才合道理"，往往会作出重大牺牲，那是所谓"义气"。
>
> 池田："见义不为，无勇也。"（《论语·为政》）如斯所言，此为人间正道。就会奋不顾身而为之；为他人而舍己，更是金庸先生的武侠小说中所描写的"大丈夫"的典范。④

这些言论说明金庸武侠人物的人格中确实流淌着来自传统文化的血液。其

---

① 金庸、池田大作：《探求一个灿烂的世纪》，第263—264页。
② 同上书，第244页。
③ 同上书，第225—226页。
④ 同上书，第207—208页。

实，他本人有过十分明确的表白："我写的武侠小说……真正的宗旨当是肯定中国人传统的美德和崇高品格、崇高思想，使读者油然而起敬仰之心，觉得人生在世，固当如是。"我们上面所做的分析，不过是指实了这一点。

金庸在塑造自己的武侠英雄时，从庄禅与孔孟中汲取养分，丰富了人物的精神世界，增加了作品的文化含量，成为新武侠"雅化江湖"的一个重要方面。从文学创作的角度看，金庸的难能之处不在于他的思想有多深刻，也不在于他涉及的知识有多广博，而在于把这些思想因子巧妙无痕地融合到每一个血肉丰满的"活体"之中，并能与那些跌宕起伏的武侠故事相互促进，毫无生涩牵强之感。

当然，金庸之所以能够冶诸般于一炉，除却他自身的功力之外，文化传统固有的兼容品性也是同样重要的原因。庄、禅的相通已见前述，庄禅与孔孟的兼容，更是中国思想史一个引人注目的特点。禅宗吸收老庄的思想因子，而其组织、传承方式打有儒教印记；儒家则吸收禅宗、道家的元素，衍生出宋明理学，正因为如此，"三教互补""三教合一"的主张才会产生广泛的影响。即使抱持"原教旨"的态度，回到儒家原典，我们仍然能够看到"相通"的地方，如《论语》的"侍坐"一节，曾点自言其志：

> 暮春者，春服既成，冠者五六人，童子六七人，浴乎沂，风乎舞雩，咏而归。[1]

相对于前面子路、子有的治国方略，子华的治礼思想，应该说曾点之志与通常孔子的入世主张是有些距离的，却不料得到了孔子的称赞，并表示自己与其同志。这样一种逍遥自在、亲和自然的人生姿态，与庄禅的生活态度几无二致。

金庸作品中的儒家、道家思想元素，有些是他自觉吸取融汇进去的，有些则是自身的修养自然地流露。而无论是哪一种情况，由于他把侠士英

---

[1] 朱熹：《论语集注》卷六"先进第十一"，第112页。

雄们的人格理想从传统的勇武、义气加以丰富与提升，融入了孔孟、庄禅的元素，就同时丰富、提升了作品的文化品位。他的武侠小说之所以能够雅俗共赏，特别是在很多饱学之士中产生共鸣、获得赞誉，重要原因之一便在于此。

广采博取，点珠成金

——论金庸成功的重要路径

一

金庸先生已归道山。各大媒体无不载于头版以致哀。无论是作为一位作家，还是报人、文化产业主、社会活动家，能享此哀荣者屈指可数。

当年，东亚银行董事长李国宝先生请我为金庸先生写推荐信，角逐诺贝尔文学奖，我写下三点理由：海内外印行三亿册，上至学者专家，下到贩夫走卒，影响之广，罕有其匹；在武侠文学，乃至英雄传奇的文类范围内，创作成绩与艺术水平登峰造极；在俗文学雅化方面，做出前所未有的成绩。当然，我也明言，这些并不足以打动评委，因为他们秉持的是不同的标准。

十余年过去，金庸作品的影响力依然。在百度上输入"金庸"，相关网页仍然在三千万左右。新京报"大民大国·40 年 40 本书"的榜单涵盖了古今中外各个领域，《金庸作品集》赫然名列第七。而在世纪之交由来自全球各地的学者作家联合评选的"二十世纪中文小说一百强"中，金庸竟然有两部作品入围，与鲁迅、老舍、张爱玲、巴金四位并列。

据"清华南都"2014 年 7 月 7 日公布的统计数据，各知名大学图书馆近一年来借阅频率最高书籍排行：北京大学前十部中，金庸小说占有三席，《鹿鼎记》第四，《天龙八部》第八，《倚天屠龙记》第九；上海交通大学前二十种里，有金庸小说四种；台湾清华大学，前二十种里则有五部之多。另据华东师范大学图书馆 2015 年 3 月 14 日公布的统计数据，该馆近十六

年来累计借阅超过千次的十部书中有金庸两部：《神雕侠侣》《鹿鼎记》；位列前四十部的还有《笑傲江湖》《射雕英雄传》《天龙八部》，皆超过八百次。

海外的行情也逐渐看涨。2018 年，英译《射雕英雄传》在伦敦出版，获得成功，而他国多家名社已开始跟进。

指出这些，是想说明两点：金庸的小说并非划过天空的流星，而是保持着持久影响力的重要文学作品；这样的文学/文化现象理应成为重要的学术对象，而不能惯性地以"武侠"二字贴上标签打入另册。

金庸的文学活动取得了巨大的成功——这一点当无疑义。至于何以取得如此成功，则可以有很多角度进行研究。本文择其一，专题讨论一下他是如何广采博收，从传统文化、古代文学，以及外国文学之中汲取、借鉴，甚至"偷意"、模仿的。并由此研判，这样的"采""收"，合理的边界在哪里？金庸先生有无"犯规"行为？而这种情况置于文学史背景下，又当如何看待与评价？

二

金庸创作从传统文化中汲取思想资源，其例不胜枚举。本人曾有专文论述，这里不过多重复，仅举两个最典型的例证。一个是《论语·泰伯》中有：

> 曾子曰："可以托六尺之孤，可以寄百里之命，临大节而不可夺也。君子人与？君子人也！"[1]

金庸《倚天屠龙记》的一个大关目即由此生发：主角张无忌目睹了侠女纪晓芙的惨剧，而纪临终托孤寄命，让张护送自己的幼女到万里之外的昆仑山；一路上多次出生入死，而张"临大节不可夺"，彰显出他人格的高尚。

---

[1] 朱熹：《论语集注》卷四"泰伯第八"，载《四书章句集注》，齐鲁书社，1992，第 76 页。

　　另一个是《庄子·大宗师》：

　　　　颜回曰："回益矣。"仲尼曰："何谓也？"曰："回忘仁义矣。"曰：
　　"可矣，犹未也。"它日，复见，曰："回益矣。""何谓也？"曰："回
　　忘礼乐矣。"曰："可矣，犹未也。"它日，复见，曰："回益矣。"曰：
　　"何谓也？"曰："回坐忘矣。"……仲尼曰："同则无好也，化则无常
　　也。而果其贤乎！丘也谓从而后也。"①

　　这是一段很有趣味也富有哲理的文字。同样是《倚天屠龙记》，一大段情节
完全仿此写出：武当山面临存亡考验，张无忌出场决斗，对手是剑术名家，
而他须从头学起；作品写张三丰现场传授太极剑法，张无忌努力忘掉招数，
一次又一次越忘越多，最后几乎忘光，于是进入了高明的剑术境界，一举
获胜。两相比较，一次甚于一次的"忘"，最终"忘光"的结局，以及"忘"
表现出的"无招胜有招"的哲理意味，何其相似乃尔！

　　不仅是大传统中的经典文献，即使小传统的通俗之作，也是金庸广采
博收的对象。如《笑傲江湖》的一幕重头戏：令狐冲等进入天险黑木崖袭
击东方不败，使用的方式便是来自《水浒传》。《水浒传》鲁智深进入天险
二龙山袭击邓龙，用的是曹正的计策：

　　　　把一条索子绑了师父。小人自会做活结头。却去山下叫道："我们
　　近村开酒店庄家。这和尚来我店中吃酒，吃的大醉了，不肯还钱，口
　　里说道，去报人来打你山寨；因此，我们听得，乘他醉了，把他绑缚
　　在这里，献与大王。"那厮必然放我们上山去。到得他山寨里面见邓龙
　　时，把索子拽脱了活结头，小人便递过禅杖与师父。你两个好汉一发
　　上，那厮走往那里去！若结果了他时，以下的人不敢不伏。此计若何？②

---

① 王叔岷：《大宗师第六》卷一内篇，载《庄子校诠》，中华书局，2007，第266页。
② 施耐庵、罗贯中：《水浒传》第十七回，人民文学出版社，2013，第208—209页。

《笑傲江湖》写令狐冲等谋划上黑木崖的办法：

> 任我行笑道："很好！你就绑了令狐冲去领赏。"……东方不败的居处，甚是难上，你绑缚了令狐冲去黑木崖，他定要传见。"……向问天道："令狐兄弟最好假装身受重伤，手足上绑了布带，染些血迹，咱们几个人用担架抬着他，一来好叫东方不败不防，二来担架之中可以暗藏兵器。"任我行道："甚好，甚好。"①

思路与方式显然是借鉴了《水浒传》。

《三国演义》同样是金庸重要的思路源泉。《射雕英雄传》有一段精彩的文字，表现成吉思汗的领袖气质：

> 哲别进帐，谢了赐酒，正要举杯，桑昆叫道："你这小小的十夫长，怎敢用我的金杯喝酒？"哲别又惊又怒，停杯不饮，望着铁木真的眼色。蒙古人习俗，阻止别人饮酒是极大的侮辱。何况在这众目睽睽之下，教人如何忍得？……铁木真对者勒米道："拿我的头盔来！"者勒米双手呈上。铁木真伸手拿过，举在空中道："这是我戴了杀敌的铁盔，现今给勇士当酒杯！"揭开酒壶盖，把一壶酒都倒在铁盔里面，自己喝了一大口，递给哲别。哲别满心感激，一膝半跪，接过来几口喝干了，低声道："镶满天下最贵重宝石的金杯，也不及大汗的铁盔。"铁木真微微一笑，接回铁盔，戴在头上。②

熟悉《三国演义》的朋友立刻会想到其中脍炙人口的名篇——"温酒斩华雄"。气量狭小的袁术以身份贬低关羽，而曹操反其道以一杯热酒温暖了关受伤的自尊，从而彰显了曹与袁的境界差异，并预示了此后关羽与曹操的特殊的关系。这些要素在金庸的笔下全部复现。当然，他绝不是简单地袭

---

① 金庸：《笑傲江湖》第三十回，生活·读书·新知三联书店，1994。

② 金庸：《射雕英雄传》第四回，第127—128页。

取，而是在蒙古文化的语境中重新陶冶了一番。特别是以头盔做酒器，真是神来之笔，足以使读者忘却曾经的"温酒"的"红模子"。

同一书中刻画郭靖有这样一段：

> 蒙古军铁骑数百如风般驰至，但见襄阳城门大开，一男一女两个少年骑马绰枪，站在护城河的吊桥之前。统带先锋的千夫长看得奇怪，不敢擅进，飞马报知后队的万夫长。……过了一个多时辰，大纛招展下一队铁甲军铿锵而至，拥卫着一位少年将军来到城前，正是四皇子拖雷。……黄蓉回过头来，右手一挥，城内军士点起号炮，轰的一声猛响，只听得东边山后军士呐喊，旌旗招动。拖雷脸上变色，但听号炮连响，西山后又有敌军叫喊，心道："不好，我军中伏。"当即传下将令，后队作前队，退兵三十里安营。郭靖见蒙古兵退去，与黄蓉相顾而笑。[①]

这样的场面在《三国演义》中出现过多次。首先是张飞单枪匹马扼守当阳桥一段："文聘引军追赵云至长坂桥，只见张飞倒竖虎须，圆睁环眼，手绰蛇矛，立马桥上，又见桥东树林之后，尘头大起，疑有伏兵，便勒住马，不敢近前。"还有赵云据汉水一段："却说张郃、徐晃领兵追至蜀寨，天色已暮；见寨中偃旗息鼓，又见赵云匹马单枪，立于营外，寨门大开，二将不敢前进。"当然，就思路而言，还有诸葛亮空城计一段。金庸借鉴于此，凿然无疑，但他熔为一炉，又添加了黄蓉在侧、拖雷旧谊的要素，便视为创作也可无妨。

细读之下，类似的借鉴正复不少，又如李渔《十二楼·奉先楼》，舒娘子被掳，将军宠愈专房，其子亦视如己出。舒秀才偶然得遇妻子，妻子寻死云云。这个情节其实十分牵强，但富有戏剧性。于是被金庸移用到《射雕英雄传》中，"将军"变成了完颜洪烈，舒娘子变成了包惜弱。这个情节

---

① 金庸：《射雕英雄传》第四十回，第1444—1445页。

几乎成了《射雕英雄传》全书展开故事的基础，甚至影响到另一本《神雕侠侣》。当然，金庸有点铁成金之功。但基本内核来自李渔，也是十分明显的。

三

南怀瑾曾经说"现在写武侠小说的都是乱写，很多都是偷还珠的东西"。当然具体是谁在"偷"，他并没有点名，但是以"现在写武侠小说的"来看，他这番话的所指里肯定是少不了金庸的。这番话有卖老资格的味道，也讲得有些过头。平心而论，金庸作品的文学水平，还是比还珠楼主要高一大截的。但是，南怀瑾老先生讲的，又有一定的道理，就是金庸作品里确确实实有很多——注意，我说是"很多"——还珠楼主小说的要素，包括情节设计、人物形象等。而对此，金庸先生也没有太充分地说明。所以从这个意义上说，南怀瑾的话也不无道理。

先看情节方面。金庸第一部小说《书剑恩仇录》（原名《书剑江山》）的开篇，写陕西扶风延绥镇总兵李可秀为女儿聘了一位家庭教师陆高止，表面上，这"陆高止是位饱学宿儒"，实际他"原是屠龙帮中一位响当当的人物"，因为"清廷严加查缉，陆菲青想到'大隐隐于朝、中隐隐于市、小隐隐于野'之理，混到李可秀府中设帐教读"。而他的江湖仇敌发现了踪迹，上门寻仇，引发了一连串争斗。

这个情节既有几分诡异，又富有悬念，作为武侠、传奇小说的开篇相当成功。不过，它并非金庸的原创，而是来自还珠作品。

还珠楼主先是在《蜀山剑侠传》中构设了类似的情节。侠客赵心源为避祸到一个大户人家陶钧的家里来当教师，被仇人发现。他的仇人是西川八魔，结仇的原因是抱打不平，他用梅花针伤了八魔邱聆。而《书剑》中，向陆菲青寻仇的是关东六魔，陆菲青用芙蓉针射死了三魔焦文期。可以说，脱胎、模仿的痕迹是十分明显的。而还珠楼主当年对自己设计的这一情节相当得意，以致在后来的作品中又多次"复现"。如《青门十四侠》的开篇，

写侠客裴琮避仇隐身于大户人家做教书先生，身份暴露，仇敌找上门来。又如《独手丐》开篇也是写一侠士"文武双全"，因为"得罪了好些亲贵，仇敌太多……不得不暂避凶锋，隐居土豪家中做教书先生。忽接良友警告，有仇敌寻来，避往秦岭深山之中"云云。这一基本情节如此反复出现，引起金庸的关注并有意无意之间进行了模仿，自然有很大概率了。

类似的情况可以举出一大批，如《碧血剑》袁承志和猩猩一起发现了一个秘洞，在洞里得到了金蛇宝剑。这一情节来自《蜀山剑侠传》，其中写裴芷仙带着大猿猴袁星发现了一个秘洞，在洞里得到了七修剑。又如《飞狐外传》，小英雄胡斐被困于铁厅，英勇机智逃出困境。这一情节来自《独手丐》，其第十回回目就叫"铁牢中的小英雄"。再如《雪山飞狐》中，写一个贪官南某，用龌龊的手段得了一口宝剑，才德不配，因宝剑丧了命。这个情节在还珠的《蛮荒侠隐》里出现过，其中有一个超级污吏贾本治，也是得了口宝剑然后因为宝剑送了命。诸如此类的例子，可以说是不胜枚举。

再来看人物形象方面。这方面，金庸从还珠楼主的作品中获取的灵感、思路，甚至"红模子"，同样为数不少。

《射雕英雄传》的洪七公是一个形象鲜明的人物，从外形到嗜好，都与其他侠客们有较大的区别度。华山论剑产生了五大高手，其中最可爱的就是这个北丐洪七公。他的形象特征是缺了一个手指头，所以江湖人称"九指神丐"。从性格上看，最与众不同的是非常馋、非常贪吃。对此，作品反复渲染。而最生动的一笔是小姑娘黄蓉用厨艺结交他，不仅得到他的传授，还使他出手赶走了讨厌的求婚者欧阳克。就人物形象的生动、个性鲜明而言，以上描写都堪称生花妙笔。不过，类似的形象在几十年前已经出现在还珠楼主笔下了。还珠的《云海争奇记》中有一个奇特的形象葛鹰，个性突出，与他人区别度极大。从形象上讲，他一只手多了两个指头，所以江湖人称"七指神偷"。从性格上看，最与众不同的是他非常馋、非常贪吃。对此，作品反复渲染。而最生动的一笔是小姑娘江小妹用厨艺结交他，得到他的保护，出手赶走了讨厌的求婚者冉金红母子。

还珠描写葛鹰的贪吃：

　　随手捞起整只酱鸭撕下一腿，放在口边一阵乱啃，晃眼剩了一根空骨。又抓起一把果肉满塞口里，嘴皮乱动，喳喳直响。跟着又抓了两个馒头同塞口内，方始坐下。一样跟一样，酒菜馒头接连不断大嚼起来。小妹见那些东西便七八个人也吃不完，他却狼吞虎咽，吃得那么难看，有似饿疯了一样。①

金庸描写洪七公的贪吃：

　　当下撕下半只，果然连着鸡屁股一起给了他。那乞丐大喜，夹手夺过，风卷残云的吃得干干净净，一面吃，一面不住赞美："妙极，妙极，连我叫化祖宗，也整治不出这般了不起的叫化鸡。"黄蓉微微一笑，把手里剩下的半边鸡也递给了他。那乞丐谦道："那怎么成？你们两个娃娃自己还没吃。"他口中客气，却早伸手接过，片刻间又吃得只剩几根鸡骨。②

若称之为异曲同工，似乎不足以说明二者之间的形神毕肖。

　　葛鹰这个形象给金庸留下的印象太深，以至于把他的一些言行又"拆"下来，用到了其他作品中。《鹿鼎记》有一段很滑稽的笔墨：韦小宝串通沐王府群雄，强行要把一个丑女（装扮的）嫁给纨绔子弟郑克塽，逼他拜天地。而这一段其实是《云海争奇记》中葛鹰戏弄冉金红的桥段：葛鹰和黑摩勒扣住了冉的儿子纨绔子弟姜绍祖，声称把他带走和一个丑女成亲云云。

　　洪七公这个形象贯穿了《射雕英雄传》与《神雕侠侣》。后者有一段别具特色的描写：洪七公在华山顶上装睡，要杨过为他警卫；他的宿仇藏边五丑要借机杀害他。结果五个坏家伙全被洪七公废掉。洪的别出心裁行为，一则考验杨过，二则诱使五丑上当，同时由此表现出他的游戏风尘、自负自信。类似的桥段，也在还珠楼主的作品中出现过。《云海争奇记》里也有

① 还珠楼主：《云海争奇记》第十回，中国书店，1989，第419页。
② 金庸：《射雕英雄传》第十二回，第425—426页。

一个乞丐，叫神乞车卫，同样是装醉昏睡，让一个年轻人申林来护卫他，诱使四个恶棍借机来行凶，结果除掉了恶贼。有趣的是，洪七公是把五丑弄成了废人，车卫也是把带头的凶徒弄成了废人。

类似的人物形象的借鉴以致模仿同样不胜枚举。如《书剑恩仇录》中红花会徐天宏，人称"武诸葛"，特点是个子较矮。和他唱对手戏的是个女汉子周琦，人称"女李逵"。两个人见面必拌嘴，而其实暗生情愫。还珠楼主的《天山飞侠》里，有个陆平，也是个子比较矮，也有个女汉子叫淳于荻，两人也是见面必斗口，而其实彼此很感兴趣。又如反派人物丁春秋，出场时大讲排场、装神弄鬼，与《蜀山剑侠传》的亓南公差相仿佛，等等不一。

对20世纪三四十年代的其他武侠作家，金庸也是广采博收的。如《碧血剑》里，袁承志的大师兄黄真，形象很奇特，完全是一个商人打扮，兵器也是左手一个算盘，右手一支笔；对敌时满口经商话语，滑稽玩世。这个形象乃脱胎于朱贞木的《七杀碑》。《七杀碑》中有一个"贾（gǔ）侠"，也是拿着算盘做兵器，张口闭口生意经地滑稽玩世。其他如《碧血剑》里的老捕头，角色、言行都与《七杀碑》中的老捕头虞二麻子相似。还有《碧血剑》里的"大关刀""怪蛇"等，也都可以在《七杀碑》中看到类似的影子。几乎可以说，金庸在写作《碧血剑》时，是比较集中地翻阅着朱贞木的作品的。

四

如果说金庸早期的作品的灵感多来自本土——如前述的还珠楼主、朱贞木的小说，到了中后期，借鉴、袭取外国文学的内容就多起来了。

例如《连城诀》。小说的故事框架是一个乡村的年轻人狄云被人陷害，他入狱后多年的情人被哄骗嫁给了设计陷害的仇人。但他在死囚牢中结识了异人丁典，从丁典处学到了一身高明的本领。出狱后，他凭借着学到的本领，快意恩仇，置几个仇敌于死地；而面对旧情人时，却陷入了情感的旋涡。

这一框架明显来自法国作家大仲马的名作《基督山伯爵》。其故事框架为：青年爱德蒙·邓蒂斯遭到几个卑鄙小人的陷害，被打入黑牢。入狱后，女友梅色苔丝在不明真相的情况下嫁给了陷害他的仇人费尔南。但邓蒂斯在黑牢中结识了狱友法利亚神甫。神甫向他传授各种知识，并在临终前把埋于基督山岛上的宝藏的秘密告诉了他。邓蒂斯越狱后找到了宝藏，成为神通广大的巨富，化名基督山伯爵，精心策划后，快意恩仇，置几个仇敌于死地；而面对旧情人时，却陷入了情感的旋涡。

借鉴与模仿的痕迹昭然。当然，金庸不仅是借鉴与模仿，他在此基础上加上了重要的一笔：欺骗狄云的罪魁祸首其实是他最信赖的师父、外表忠厚质朴的戚长发。这一笔也就使得全篇的主旨不是停留在奇诡的命运转折与报仇手段方面，而是转移到武林的尔虞我诈与人心险恶上。

金庸对大仲马这一传奇意味十足的故事情节十分喜爱，以至于到创作的末期再次借鉴、移用，那就是他更重要的作品《笑傲江湖》。《笑傲江湖》写青年人令狐冲陷入黑牢，却在无意中得到了异人任我行绝世武功的秘诀。因他的被冤，青梅竹马的小师妹移情别恋。而最阴险的人物恰是他视为偶像的师父岳不群。虽然这部作品的内容更加丰厚，意味也非常复杂，但最基本的故事情节——黑牢奇遇而命运转折，被人冤枉而失去情人，却仍然不离大仲马的路数。

另一个典型的例子是对杰克·伦敦《海狼》的模仿。魔鬼号的船长拉森绰号"海狼"。他强大无比，像一头猛兽。由于少年时受压迫、欺凌形成了极端偏激的性格。拉森狂暴凶恶，不仅对其他水手任意虐杀，而且蔑视上帝，挑战大海。但是，他又才能超众，机智勇猛。各种偶然的因素使得儒雅的卫登与美女莫德到了"魔鬼号"上。他俩随时处在暴虐的威胁之下。共同的遭遇使卫登与莫德结合到一起，他们运用智慧与"海狼"周旋，终于找机会逃走，到了一个小岛，艰苦生存下来。失明的拉森也到了这个小岛上。卫登与莫德修复"魔鬼号"并回到了文明世界。

金庸的《倚天屠龙记》是从张翠山与谢逊的故事开始的。谢逊绰号"金毛狮王"。他强大无比，像一头猛兽。由于青年时受欺骗、凌辱形成了极端

偏激的性格。谢逊狂暴凶恶，不仅对各派人物任意虐杀，而且蔑视苍天，挑战大海。但是，他又才能超众，机智勇猛。各种偶然的因素使得儒雅的张翠山与美女殷素素到了谢逊的船上，并随时处在谢逊威胁之下。他俩运用智慧与"狮王"周旋，终于找机会逃走，到了一个"冰火岛"艰苦生存下来。失明的谢逊也到了这个小岛上。最终张翠山与殷素素脱离"冰火岛"，回到了文明世界。

相似的程度是不是超出一般的想象？

当然，这样向"外"借鉴的做法在中国作家中绝非金庸一人。20世纪新文化运动前后，改革开放初期的八九十年代，几乎都是一时之风气。武侠小说"三大家"中，梁羽生借鉴于《牛虻》《双城记》，古龙借鉴于弗林明《007》系列小说，也是众所周知的事实。所以，问题不在于是否有所借鉴，而在于是照搬还是点化，点化的水平是高还是低。

五

综上所述，金庸先生文学活动的一个很突出的特点就是广采博收。不但借鉴、模仿的面广泛达于古今中外，而且有些模仿程度之深令人吃惊。

怎样认识这一现象，对于全面、准确评价金庸的创作成就，以及其文学史地位，都是很重要的侧面。同时对于类似的文坛现象也有举一反三的意义——在这方面，金庸的表现堪称典型。

大体说来，金庸对前人作品的借鉴、模仿可分为两种情况。一种是借鉴其思路，不涉及细节，或细节涉及较少。如前述《论语》的"托孤寄命"，《庄子》的"忘"，还有《水浒》的二龙山、《三国》的当阳桥等。这种情况任何一个作家都难以避免，甚至越博学的作家越会出现。所以，这种借鉴完全无可厚非，也没有什么争议。另一种则带有"红模子"的嫌疑，也就是说不仅思路，在细节上也有较多模仿。前面举出的《倚天屠龙记》之于《海狼》，《射雕英雄传》铁木真敬酒哲别之于《三国演义》温酒斩华雄，《射雕英雄传》《神雕侠侣》洪七公之于《云海争奇记》之葛鹰等。

后一种情况里，金庸借鉴、模仿最多的是还珠楼主。笔者粗略统计，金庸小说从还珠作品中"乾坤大挪移"的地方可达三位数。他的很多奇思妙想其实来自还珠楼主。比起戛戛独造来，这一事实当然令人不爽。不过，也应该指出的是，金庸的借鉴不能简单视为"天下文章一大抄"，因为他在借鉴的同时又经过了力度不小的熔铸。

即以洪七公的形象来讲，金庸借鉴于葛鹰形象的地方实在是不少：手掌的畸形，贪吃而知味，因品尝美味而与小姑娘结交，因喜爱小姑娘而保护其免遭骚扰，等等。但是，洪七公的性格基调却与葛鹰大不相同。葛鹰亦正亦邪，行事带三分诡异；而洪七公则是坦荡磊落，在五大高手中以光明正大、正气凛然明显区别于黄药师、欧阳锋等四人。上述借鉴于葛鹰的"细部"描写，融汇到洪七公整体形象中，起到了锦上添花的作用。由于"锦"的出色，"花"也变得分外出色。黄蓉为洪七公烹饪，洪七公对黄、郭一对小恋人的欣赏、爱护，在金庸笔下趣味盎然。比起《云海争奇记》中，江小妹顶名烹饪一段，应该说是"出于蓝而胜于蓝"的。

再以前述"铁厅"有关情节而言，还珠楼主的贡献是想象出了"铁厅"的奇诡情节，并以这种独特、怪异的环境作为少年英雄姜飞面临的考验。这两点都被金庸吸收到《飞狐外传》之中，但他以此为基础进行了很大力度的再创造。姜飞困在铁厅，所能做的只是演练武艺试图破除误会。而在《飞狐外传》中，困于铁厅的共有八人，彼此间恩怨纠葛，在生死关头各有打算；而胡斐的舍己救人、机智大胆与赵半山的沉稳、仗义因众人的反衬格外突出、感人。尤其是胡斐脱险后，再入铁厅火窟抢救敌对的王剑杰，更是塑造出仁厚义侠的动人形象。可以说，这番改造使原来的故事脱胎换骨，称之为"创作"也完全无妨。

要说明的是，金庸的借鉴并非都能做到这种"点珠成金"的程度，有些稍加改头换面便用到自己的作品里。这和当年的写作本是定位于通俗小说，又是以报刊连载的方式（目的主要是增加订阅数量，而不是看重文学水平），有很大的关系。

唐代诗僧皎然的《诗式》专论文学写作中借鉴与抄袭的异同：

> 三同之中，"偷语"最为钝贼。如汉定律令，厥罪必书……弱手芜才，公行劫掠。若评质以道，片言可折，此辈无处逃刑。其次"偷意"。事虽可闵，情不可原，若欲一例平反，诗教何设？其次"偷势"。才巧意精，若无朕迹，盖诗人偷狐白裘于阆域中之乎。吾示赏俊，从其漏网。①

看来唐代的诗苑文坛，借鉴与抄袭也是普遍的现象。皎然地分析文本之间的"同"有三种情况，一种是文字全同，即"偷语"，皎然斥之为"公行劫掠"，主张严厉惩罚。另外两种就比较微妙了。"偷势"，是受到启发，充分借鉴，但重新熔铸冶炼一番，以致表面上几乎看不出借鉴的痕迹。皎然认为这是高明的写作方式，完全可以接受。"偷意"就有点儿麻烦了。皎然也没细加分说。不过大意是明白的，既有模仿的痕迹，却又不是照搬过来。皎然对此持矛盾的态度，主张不能"一例"对待，是要有所区别的。

皎然这种文"偷"论甚有见地，对我们认识、评价金庸的"采、收"有启发意义。金庸作品基本可以排除"偷语"现象。"偷势"现象既然痕迹不彰，这里也置而不论。金庸的"采、收"大体可算在"偷意"范围内。这一范围不可"一例"观之，所要做的就是有所区分。前面提到的诸如洪七公、胡斐、铁木真等文例，虽有采撷自还珠的灵感，却又经过了金氏炉鼎的熔炼，可谓已经"点珠成金"了，也就是说可以予以正面的评价——读者群早已通过自己的阅读行为做出过同样的评价。至于提到的陆菲青、裘芷仙一类文例，大约可以看作金庸创作的美中不足之处。

不过，如果金庸先生能够更坦荡一些，更明确地对还珠楼主等表达一下自己的感谢，这些"不足"也就自然消逝了。当然，没有"如果"。

---

① 何文焕辑《历代诗话》，中华书局，1981，第34页。